臺灣科舉

詩選

王鴻鵬 ◎ 主編

瀛海無波桂殿秋，送君去作廣寒游。
嫦娥正織登科記，看取題名最上頭。

九 州 出 版 社
JIUZHOUPRESS

圖書在版編目（CIP）數據

臺灣科舉詩選 / 王鴻鵬主編. -- 北京 ： 九州出版社，2020.12

ISBN 978-7-5225-0811-5

Ⅰ．①臺… Ⅱ．①王… Ⅲ．①古典詩歌－詩集－中國

Ⅳ．①I222

中國版本圖書館CIP數據核字(2022)第020810號

臺灣科舉詩選

作　　者	王鴻鵬　主編	
責任編輯	古秋建	
出版發行	九州出版社	
地　　址	北京市西城區阜外大街甲 35 號（100037）	
發行電話	(010)68992190/3/5/6	
網　　址	www.jiuzhoupress.com	
印　　刷	三河市興博印務有限公司	
開　　本	720 毫米 ×1020 毫米　16 開	
印　　張	34.25	
字　　數	530 千字	
版　　次	2022 年 4 月第 1 版	
印　　次	2022 年 4 月第 1 次印刷	
書　　號	ISBN 978-7-5225-0811-5	
定　　價	168.00 元	

《臺灣科舉詩選》

主　編：王鴻鵬

副主編：師　毅　包紀波

編委會（按姓氏筆劃排序）：

王文慧　王鴻鵬　包紀波　李　彬　見世君

陳朝霞　師　毅　張鳴鳴　管曉悅

序

詩，肇始於四言，詩經乃宗；騷體繼發，離騷翹楚；五言古風，漢魏扛鼎；律絕橫空，李唐折桂；詞曲濫觴，宋元冠冕；明清因循，諸體兼備，此乃言詩之形式也。

或言志；或詠物；或懷古；或抒情；或記事；或寫景；此乃言詩之內容也；故有詠物言志詩、山水田園詩、邊塞戰爭詩、詠史懷古詩、贈友迎送詩、宮怨閨愁詩之別。

古人云：詩者，蓋志之所之也，情動於中，而形於言。

詩人孟郊，屢試不第，一朝登科，心中狂喜，躍馬歌呼："昔日齷齪不足夸，今朝放蕩思無涯。春風得意馬蹄疾，一日看盡長安花"。盡吐胸中之塊壘，遂成千古絕唱。

才子祖詠，落拓不羈，面對試題《終南望餘雪》，援筆而就："終南陰嶺秀，積雪浮雲端。林表明霽色，城中增暮寒"。雖不合試律六韻之規，卻膾炙人口，為歷代詠雪之佳作。

隋唐以降，科舉日盛，綿延千載，仕宦一途；孔孟遺經，奉為聖典，獨尊儒術，澤被士林；白衣秀士，皓首窮經，終不墜青雲之志；天子門生，錦繡文章，領博學鴻詞之風；儒學道統，詩國興榮，科舉之制，功莫大焉。

今有學者考訂，儘大唐一朝，科考試律之詩，計存五百；及第落第之作，幾近千篇；故將此類吟詠，冠之以科舉詩名。

縱觀歷朝歷代，凡有科舉之制，必有科舉之詩存。或謂科舉詩何？曰：為科舉而寫詩，寫科舉之詩矣！

清廷收復臺灣，設學堂、延師儒、興科舉。文人、學子莫不醉心應試。書院授道，絳帳宗風；烹經煮史之餘，載筆吟哦，唱和不絕；由此詩社林立，杏壇成蔭；擊鉢掄元，月旦甲乙。

臺灣一隅，詩詞專集、選本百餘種；騷人、墨客三千家；盡顯詩苑文風之強勁，吟壇百花之爭放，個中豈乏科舉之詩哉！

譬如送人應試詩：瀛海無波桂殿秋，送君去作廣寒遊。嫦娥正織登科記，看取題名最上頭。（丘逢甲《送黃翼臣（桂榮）秋試》）

譬如賀人及第詩：月桂今秋一鑒開，笙簧譜宴鹿鳴杯。君門擬是天荒破，定接南宮衣錦回。（陳宗賦《賀高孝廉墀英秋捷》）

譬如科考紀事詩：天子門生世所尊，保和殿試沐天恩。臨軒進卷傳臚唱，獨占鰲頭中狀元。（黃純青《中狀元》）

譬如落第詩：不盡劉蕡感，徒欽七子雄。祥乖徵狗夢，技墜貫鵬工。奪錦標無望，泥金報已空。六街羞走馬，佳句冷秋楓。（盧本源《落第詩》）

諸如此類，足以展示臺灣士子之社會心態與心路歷程，亦能發現臺灣科舉詩之表徵：

以題目觀之：詩異於其他文體，詩之題目即為主題。兼之有試士、及第、入泮、落第、春闈等專業術語。

以內容觀之：大凡吟詠科舉之作，詩中多有折桂、掄元、功名、臚唱等科舉語境、詞彙。

以詩體觀之：首推五言六韻、八韻試帖詩。此體雖多受詬病，卻乃科舉詩之重要支脈；其押韻、詮題、裁對、琢句、字法、詩品、起結、煉格之八法，於作詩技巧而言，實有裨益。

以上孤陋之言，錯訛之處，懇請指正。

王鴻鵬

壬寅春月

寫於安華橋

凡　例

1. 本書目錄按類以作者先後排序，以作者姓名代替篇名。

2. 作者簡介在作品之後，按首次出現標注，再次出現不重複標注。

3. 全書共分十三類：讀書、課子、入泮、書院、送別、紀事、科考、落第、雜採、試帖、唱酬、祝壽、哀輓。

4. 每類依作品出處，先臺灣文獻叢刊，次臺灣先賢詩文集彙刊，再次臺灣詩錄、臺灣詩錄拾遺、廣臺灣詩乘、最後全臺詩依次排列。

5. 作品依其叢刊、彙刊所排序號先後；或詩選、詩錄之卷次、頁碼先後排列。

6. 一詩多版本者，以作者詩集為準，次及其他，不作版本說明。

目 录

一、讀書詩

二、課子詩

三、入泮詩

五、送別詩

六、紀事詩

七、科考詩

八、落第詩

九、雜採詩

十、試帖詩

十一、唱酬詩

十二、祝壽詩

十三、哀輓詩

一

讀書詩

冬日題舊社何秀才書堂
孫元衡

便是佳山水，書堂得自然。庭無新種樹，池有不枯泉。
几硯惟粗具，茶瓜罕俗筵。小窗橫竹榻，深穩足安眠。

欲行還輟駕，塵思坐來清。竹密翠相倚，榴寒火更明。
遊蜂喧午隊，凍鳥作春聲。詎羨南荒隱，悠悠計此生。

臺灣文獻叢刊 第 0010 種 孫元衡《赤嵌集》卷二 第 37 頁

作者簡介

　　孫元衡，字湘南，清桐城人，以漢州牧卓異，特簡佐台。持心方正，雖勢位莫能撓之。往來之人，咸頌德焉。至攝諸篆而文廟興，署府符而單寒振，置義學田而貧士有資，嚴緝捕法而宵小以靖；公之善政，洵所謂美不勝書者。秩滿，遷山東東昌府。士民建坊立碑。有《赤嵌集》四卷。

景孫讀書鄰花居
鄭用錫

不出門庭外，潛修託草茅。　丹鉛誰默契，[①]文字幾知交？
努力傳家學，游心在典爻。[②]退閒無一事，　吾豈等懸匏！[③]

編者註：①丹鉛：指點勘書籍用的朱砂和鉛粉，亦借指校訂之事。清·龔自珍《己亥雜詩》之六二："著書不為丹鉛誤，中有風雪老將心。"②典爻：典，墳典，三墳五典的並稱，後為古代典籍的通稱。爻：《周易》中組成卦的符號，含有交錯和變化之意。③匏：《說文》瓠也。取其可包藏物也。《詩·邶風》：匏有苦葉。《註》陸佃曰：短頸大腹曰匏。又《爾雅翼》匏在八音之一，笙十三簧，竽三十六簧，皆列管匏內，施簧管端。又以為飲器，《詩·大雅》：酌之用匏。《禮·郊特牲》：器用陶匏，以象天地之性。

臺灣文獻叢刊 第 0041 種 鄭用錫《北郭園詩鈔》卷二 第 20 頁

水田福德祠，余少時偕弟藻亭（用鑑）讀書處，近漸廢圮，命兒輩重新之，感賦

鄭用錫

憶昔讀書處，　經今五十春。齋廬曾借我，祠宇久依神。
祀社枌榆在，①比鄰主伯親。何堪風雨蝕，幾欲廢明禋！②

里閭輪奐改，③今莫醵金遲。④藉此靈光在，　長將胐薌期。⑤
衣冠尊古貌，　豚酒拜群兒。⑥一瓣心香祝，⑦連床記早時。

編者註：①祀社：祭祀土神。枌榆：泛指故鄉。②明禋：明，潔；禋，敬也，以事神之禮事公也。③里閭：里巷；鄉里。④醵 jù 金：集資，湊錢。⑤胐薌 xī xiǎng：散佈，彌漫，多指聲響、氣體的傳播。⑥豚酒：豬肉和酒。泛指祭品。⑦心香：佛教語。謂中心虔誠，如供佛之焚香。

臺灣文獻叢刊 第 0041 種 鄭用錫《北郭園詩鈔》卷二 第 24 頁

讀書
鄭用錫

自笑前身一蠹魚，①白頭仍向酉山居。②
千秋於我終烏有，　萬卷如今付子虛。③
祇此嗜痂留痼癖，④忽將食蹠棄殘餘。⑤
窮年兀兀無長策，　不為功名亦讀書。

編者註：①蠹魚 dù yú：蟲名。即蟫，又稱衣魚。蛀蝕書籍衣服。借指書籍，亦指死啃書本的讀書人。②酉山：指湖南省懷化地區的二酉山，包括大酉山和小酉山，傳說是秦始皇焚書時藏之地，表示學業之古源，藏書聖地。③子虛：漢·司馬相如作《子虛賦》，假託子虛、烏有先生、亡是公三人互相問答。後因稱虛構或不真實的事為"子虛"。④嗜痂 shì jiā：《宋書·劉邕傳》："邕所至嗜食瘡痂，以為味似鰒魚。嘗詣孟靈休，靈休先患灸瘡，瘡痂落牀上，因取食之。靈休大驚，答

曰：‘性之所嗜。’”後因稱怪僻的嗜好為“嗜痂”。⑤食蹠 shí zhí：比喻善學而知識淵博，語出《呂氏春秋·用眾》：“善學者若齊王之食雞也，必食其蹠數千而後足。”高誘註：“蹠，雞足踵。喻學者取道眾多，然後優也。”比喻廣泛搜求，點滴積累知識。

臺灣文獻叢刊 第 0041 種 鄭用錫《北郭園詩鈔》卷四 第 55 頁

作者簡介

鄭用錫，字在中，號祉亭，臺灣淡水廳竹塹（今新竹市）人，清道光三年進士。官禮部員外郎，兼儀制司事務，以母老乞養歸里。主明志書院講席。築《北郭園》，常集官紳吟詠其間，并組“竹社”，竹塹文風因之而盛。有《北郭園全集》。

書事
丘逢甲

七尺珊瑚綠玉盆，寶花璀璨照天門。
洞庭新進龍君貢，壓倒汪洋北海鯤。

題仲遲月中課讀圖
丘逢甲

一年幾度見明月？況值紅羊換刼年！①
萬里河山方破碎，一家兒女共團圓。
群龍無首今何在？雌鳳清聲夜滿天。
我正憂時不成寐，將詩題寄彩雲邊。

編者註：①紅羊：紅羊刼，指國難，古人以為丙午、丁未是國家發生災禍的年份。丙丁為火，色紅；未屬羊，故稱。

臺灣文獻叢刊 第 0070 種 丘逢甲《嶺雲海日樓詩鈔》卷十 第 207 頁

東山感秋詞
（次康步厓中翰題壁韻六首之一）
丘逢甲

萬樹秋聲撼睡童， 讀書情趣遜歐公。[1]
挑燈自寫紉蘭句，[2]一卷離騷當國風。[3]

編者註：①歐公：指宋代著名政治家、文學家歐陽修。②紉蘭：《楚辭·離騷》："扈江離與辟芷兮，紉秋蘭以為佩。"以"紉蘭"比喻人品高潔。③國風：《詩經》的一部分，大抵是周初至春秋間各諸侯國的民間詩歌，包括《周南》《召南》和《邶風》《鄘風》《衛風》《王風》《鄭風》《齊風》《魏風》《唐風》《秦風》《陳風》《檜風》《曹風》《豳風》，也稱為"十五國風"，共一百六十篇。

臺灣文獻叢刊 第 0070 種 丘逢甲《嶺雲海日樓詩鈔》選外集 第 346 頁

作者簡介

　　丘逢甲，字仙根，別署海東遺民，祖籍嘉應鎮平（今廣東蕉嶺）。清光緒十五年登進士，授工部主事。無意在京做官返回臺灣，臺中衡文書院擔任主講。臺灣淪陷後，攜家眷內渡廣東。先在家鄉和潮州、汕頭等地興辦教育，宣導新學，支持康梁維新變法，後任廣東教育總會會長。民國元年病逝，終年四十八歲。有《嶺雲海日樓詩鈔》。

泉州雜詩六首（選一）
林朝崧

助教歐陽子，天南不世才。家鄉三島近，科第八閩開。[1]
少日讀書處，游人訪古來。遺篇那可見，石室滿塵埃。[2]

編者註：①科第：科舉制度考選官吏後備人員時，分科錄取，每科按成績排列等第，叫做科第。八閩：福建省的別稱。②石室：古代藏書處。

臺灣文獻叢刊 第 0072 種 林朝崧《無悶草堂詩存》卷一 第 1 頁

書癡

林朝崧

誤著頭巾計已疎，　磨穿鐵硯習難除。
署門力謝崔儦客，[1]棄產惟營李謐書。[2]
身後儒林爭一席，　老來雪案補三餘。[3]
才疎志大真堪笑，　合在愚公谷裏居。[4]

編者註：①崔儦：字岐叔，崔仲文子，清河東武城人，隋朝易州刺史。少與范陽盧思道、隴西辛德源相友善，每以讀書為務，負恃才地，忽略世人。大署其戶曰："不讀五千卷者，無得入此室"。數年之間，遂博覽群言，多所通涉。初舉秀才，為員外散騎侍郎。遷殿中侍御史。②李謐：北魏藏書家，著名隱士。字永和。趙州平棘人。十三歲即通音律、五經、歷數、方技諸學。十八歲，與博士孔璠討論經學，數年後孔璠卻要向他請教疑難，有同門師兄戲之曰："青成藍，藍謝青，師何常，在明經。"後他仍感覺書籍不足，乃發憤鳩集諸經，廣校異同。曾說"丈夫擁書萬卷，何假南面百城"。又絕交下帷，杜門卻掃，棄產營書。對重複訛誤之書，手自削刪校讎。所藏書"無重複者，四千卷有餘"。卒，詔諡貞靖處士。③雪案：《文選·任昉〈為蕭揚州作薦士表〉》"乃集螢映雪"。李善註引《孫氏世錄》："孫康家貧，常映雪讀書。"原指映雪讀書時的幾案，後泛指書桌。④愚公谷：在山東省淄博市西。漢·劉向《說苑·政理》："齊桓公出獵，逐鹿而走入山谷之中，見一老公而問之曰：'是為何谷？'對曰：'為愚公之谷。'桓公曰：'何故？'對曰：'以臣名之……臣故畜牸牛，生子而大，賣之而買駒。少年曰：牛不能生馬！遂持駒去。傍鄰聞之，以臣為愚，故名此谷為愚公之谷。'"北魏·酈道元《水經註·淄水》："時水又屈而逕杜山北，有愚公谷。"後以喻隱居之地。

臺灣文獻叢刊 第 0072 種 林朝崧《無悶草堂詩存》卷三 第 110 頁

作者簡介

林朝崧，字俊堂，號癡仙，署無悶道人，臺灣臺中人。幼即耽詩，年十九為邑諸生，不日課舉子業而課詩，以詩文驚其長老。日人踞臺，避亂晉江，遍歷名山大川，後尊母命歸臺。於光緒二十八年創"櫟社"，與社友唱酬，以宣洩抑鬱無聊之氣。晚年築"無悶草堂"，縱情酒色，以四十一歲之壯年，鬱鬱而終。有《無悶草堂詩存》五卷，其存集之詩，頗多憂傷時局之作，首陽之志、睢陽之氣，凝鑄於字里行間，讀之令人感憤。

題洪鐵濤深山讀書圖
連橫

驅遣風雲氣未平，　且攜長劍叱龍耕。①
胸中自有陰符在，②不與時流競小名。

編者註：①龍耕：傳說西漢末期，劉秀逃難，經仙都杏花邨，見前面山窮水盡，無路可逃；看後頭，馬蹄聲嘶，追兵將到，慌忙躲在一個農夫家中。追兵趕到，不見劉秀的蹤影，四下尋找，因天色很晚，伸手不見五指，只好馬放南山，兵住農家安營紮寨。第二天一早，天還沒亮，劉秀偷偷摸到河邊想逃走，只因無橋過不了河，好生著急。劉秀臉朝東方對天長歎："蒼天若有眼，給劉秀一條生路呀！"忽然間，電閃雷鳴，狂風大作，飛砂走石，從兆弄垚方向，蹿出一條龍，縱身跳過河，前爪抓在山崖上，頭朝東北，尾向西南，只見金光閃閃，耕出一條路，劉秀見此大喜："天主我不絕！"迅速從龍道逃走了，後成為東漢開國皇帝光武帝。②陰符：《陰符》是古代軍事著作《太公六韜》裡記載的一篇文章，《六韜》又稱《太公六韜》、《太公兵法》，是中國古代先秦時期著名的黃老道家典籍《太公》的兵法部分。陰符，我國古代帝王授予臣屬兵權和調動軍隊所用的憑證，也是古代兵權的象徵。一符從中剖為兩半，有關雙方各執一半，使用時兩半互相扣合，表示驗證可信。兵符的使用盛行于戰國及秦、漢時期。因其常用銅鑄成伏虎形，故稱之為"虎符"，後泛指兵書。

臺灣文獻叢刊 第0094種 連橫《劍花室詩集》之《寧南詩草》第78頁

作者簡介

連橫，字雅堂，號劍花，臺灣臺南人，祖籍福建漳州龍海人。清光緒二十八年在廈門捐得監生，再赴福州應補行經濟特科鄉試，不第。三十一年春，攜家眷抵廈門。籌辦《福建日日新報》，主持筆政，1914年回臺，1936年病逝。著有《臺灣通史》《臺灣詩乘》等，是臺灣著名史學家、愛國詩人，被譽為"臺灣文化第一人"。

題朱翁子負薪讀書圖[①]（百字令）
許南英

伯鸞德耀，[②] 看齊眉舉案，夫妻和煦。
誰識買臣翁子苦，負耒橫經如故？[③]
挾卷三餘、負薪一束，日日行吾素。
中年當信，蒼蒼不予誤！

可嘆十載糟糠，姬姜憔悴，[④] 竟下堂求去！
轉瞬會稽官太守，不是單寒窮措。
世外浮雲、門前覆水，[⑤] 此錯伊誰鑄？
一坏黃土，[⑥]至今尚留羞墓！

編者註：①題解：《漢書·朱買臣傳》：朱買臣"家貧，好讀書，不治產業，常艾薪樵，賣以給食，擔束薪，行且誦書。其妻亦負戴相隨，數止買臣毋歌嘔道中。買臣愈益疾歌，妻羞之，求去。買臣笑曰：'我年五十當富貴，今已四十餘矣。女（汝）苦日久，待我富貴報女功。'妻恚（huì，怨恨）怒曰：'如公等，終餓死溝中耳，何能富貴？'買臣不能留，即聽去。其後，買臣獨行歌道中，負薪墓間。"後果拜為會稽太守。②伯鸞德耀：漢梁鴻字伯鸞，孟光字德耀。夫婦相敬如賓，貧賤而志不移，舊時作為賢夫婦的典型。③負耒：指背負農具，從事農耕。④姬姜：春秋時，周王室姓姬，齊國姓姜，二姓常通婚姻，因以"姬姜"為貴族婦女之稱，亦為婦人之美稱。⑥坏：同坯，土丘。

臺灣文獻叢刊 第 0147 種 許南英《窺園留草》之《窺園詞》第 206 頁

作者簡介

許南英，字子蘊，號蘊白，署窺園主人等，臺灣臺南人。清光緒十六年恩科進士，授兵部主事，不就。歸臺後，究心墾土化番之務，嗣應聘協修通志。乙未之役，籌辦臺南團練局，任統領。日軍入臺南，懸像索之，

乃憮然內渡。旋隻身遊南洋；返國後歷任知縣、同知。武昌革命軍起，投
袂從之，被推為閩南革命政府民事局局長，攝龍溪縣事。民國五年九月赴
蘇門答臘棉蘭，翌年底病卒客寓。南英早期詩作，仍具濃厚士大夫意味；
乙未之役後，詩風為之一變，不僅反映作者之心路歷程，亦可為臺灣史事
作見證。其文獻價值，較同時代其他詩文集為高。著有《窺園留草》。

題梁定甫秋夜讀書圖
施士洁

山之麓，一間屋，屋外蒼松松外竹。
蘭蕙花，梧桐木，四圍點綴青黃綠，況更籬東淵明菊。
是時秋半正當十五六，蟾魄團圞白於玉。①
有人倚几燒短燭，手把一經頂光禿。
布衣隨我身，草履隨我足，岸然道貌淡無欲，靜夜洗心課幽獨。
賤子披圖一寓目，涼飂習習生胸腹。
咄哉末流枉徵逐，直以詩書爲利祿！
夕嚦朝呫自縛束，長夏炎炎揮汗讀。
物而不化何其俗，爭比先生此尺幅。
妙境洋洋神穆穆，老天位置高人局，我亦愛之無此福！

編者註：①蟾魄：月亮的別名，亦指月色。團圞：圓貌。

臺灣文獻叢刊 第 0215 種 施士洁《後蘇龕合集》之《後蘇龕詩鈔》卷一 第 12 頁

《讀我書屋吟草》題後（選二）
施士洁

題志學吟
初學鸞吟便欲仙，① 靈芝山色寫華牋。②
兒時有味青燈在，③ 記否蘭成射策年？④

題侍訓吟

元龍湖海舊家風，⑤ 豪氣呵成筆舌工。
天授才人斑竹筆，⑥ 奇花開徧鯉庭紅。⑦

編者註：①鸞吟：鸞鳳鳴叫相和，比喻優美的樂曲。②華牋：質好而色美的紙，常用來寫信、題詩等。③青燈：光線青熒的油燈。宋·陸游《秋夜讀書每以二鼓盡為節》詩："白髮無情侵老境，青燈有味似兒時。"④射策：漢代考試取士方法之一。《漢書·蕭望之傳》："望之以射策甲科為郎。"顏師古註："射策者，謂為難問疑義書之於策，量其大小署為甲乙之科，列而置之，不使彰顯。有欲射者，隨其所取得而釋之，以知優劣。射之言投射也。"南朝·梁·劉勰《文心雕龍·議對》："又對策者，應詔而陳政也；射策者，探事而獻說也。言中理準，譬射侯中的。二名雖殊，即議之別體也……對策者，以第一登庸；射策者，以甲科入仕。"⑤元龍：陳登字元龍，徐州人。機敏高爽，博覽載籍，雅有文藝。少有扶世濟民之志，年二十五，舉孝廉，除東陽長，養養育孤，視民如傷，遷典農校尉。興修農業，廣積稻穀。曹操以登為廣陵太守，登陰合眾以平呂布，拜伏波將軍。⑥斑竹：即文竹。漢·蔡邕《筆賦》："削文竹以為管，加漆絲之纏束。"⑦鯉庭：《論語·季氏》陳亢問于伯魚曰："子亦有異聞乎？"對曰：'未也'。嘗獨立，鯉趨而過庭，曰：'學《詩》乎？'對曰：'未也。''不學《詩》，無以言。'鯉退而學《詩》。他日又獨立，鯉趨而過庭，曰：'學禮乎？'對曰：'未也。''不學禮，無以立。'鯉退而學禮。聞斯二者。陳亢退而喜曰："問一得三，聞《詩》、聞禮，又聞君子之遠其子也。"唐·劉禹錫《酬鄭州權舍人見寄》："鯉庭傳事業，雞樹遂翱翔。"

臺灣文獻叢刊 第 0215 種 施士洁《後蘇龕合集》之《後蘇龕詩鈔》卷三 第 63 頁

題揚搏九孝廉令先尊慈讀續圖
施士洁

神州大陸紛腥羶，　海隅屬市浮空烟。
典墳寥落辟纑廢，① 獨有賢者全其天。
山深林密隔凡籟，　書聲倏起機聲連。
一燈相對課兒女，　此景乃在羲皇前。②

吾友楊侯食舊德，　燕居念之常怦然。
但憑尺幅示後世，　宗風清白猶能傳。
是何神妙寫生手？　見圖如見雙椿萱。③
侯顧謂予小子洁，　知交豈得瘖無言。
洁也少孤負庭訓，④　慈幃聊復娛餘年。⑤
父書不讀母機斷，　羸躬內省叢尤愆！⑥
滄桑萬劫祇一瞬，　遂令祖硯成荒田。
人生大本讀與續，　二者缺一家不蕃。
披圖再拜為侯賀，　今之所衍皆祥源。
五車美富七襄巧，⑦　侯將以此詒子孫。
漳山蒼蒼漳水碧，　此圖永寶丹青痕！

編者註：①辟纑：績麻和練麻。謂治麻之事。②羲皇：即伏羲氏，又稱宓羲、庖犧、包犧、犧皇、太昊等，《史記》中稱伏犧。華夏太古三皇之一，與女媧同被尊為人類始祖。③椿萱：《莊子·逍遙遊》謂大椿長壽，後世因以椿稱父。《詩·衛風·伯兮》："焉得諼草，言樹之背。"諼草，萱草。後世因以萱稱母。椿、萱連用，代稱父母。④庭訓：《論語·季氏》記孔子在庭，其子伯魚趨而過之，孔子教以學《詩》《禮》，後因稱父教為庭訓，泛指家教。⑤慈幃：舊時母親的代稱。⑥羸躬：屏弱的軀體。⑦五車：指五車書。形容讀書多，學識豐富。《莊子·天下》："惠施多方，其書五車。"七襄：指反復推敲寫成的詩文。

臺灣文獻叢刊 第 0215 種 施士洁《後蘇龕合集》之《後蘇龕詩鈔》卷七 第 169 頁

作者簡介

施士洁，名應嘉，字澐舫，號芸況，晚號耐公，臺灣臺南人，進士施瓊芳次子。清光緒三年進士，點內閣中書。性放誕，不喜仕進，歸里掌教於白沙、海東等書院。士洁淡於仕宦而勤於吟詠，平生所歷、所見、所為、所聞，概入詩文。其詩乙未前所作，意態悠閒，語多淡雅；割臺西渡後，激憤悲涼，語多痛切；有《後蘇龕合集》十七卷。

澎湖竹枝詞（選一）
查元鼎

日日風號日日晴，打頭破屋讀書聲。
蔡家進士官江右，李孝廉崇太白名。

臺灣文獻叢刊 第 0280 種《臺灣詩鈔》卷四 第 65 頁

作者簡介

　　查元鼎，字小白，浙江海寧人。清咸豐初，遊幕臺灣，遂居竹塹。有
《草草草堂吟草》。

過杞林讀書處有感
彭鏡泉

梯雲依舊榜茅廬，①卅載前曾此讀書。
昔日少年今白首，　浮生若夢信非虛！

文字滄桑劇可哀，　升堂誰復執經來！
詩書自昔遭秦火，②愁向前朝話劫灰。

風雨瀟瀟翰墨林，　故山猿鶴渺難尋。
重來莫問存亡事，　寥落晨星感不禁！

原註：①梯雲：舊讀書堂名。編者註：②秦火：指秦始皇焚書之事。

臺灣文獻叢刊 第 0280 種《臺灣詩鈔》卷二十一 第 406 頁

作者簡介

彭澄奮，字鏡泉，臺灣新竹人，生平不詳。

書堂聽讀
洪棄生

我無車馬客，亦乏絲竹情。　　虛堂聽讀書，四壁金石聲。
秋風九霄外，常有黃鶴鳴。　　嘈呓互相答，露下天地清。
人間塵俗耳，一洗笛笆箏。　　時聞吟李杜，滄海吼長鯨。
時聞哦韋柳，雪竹引銀笙。　　琅琅誦墳典，天風吹瓊英。
讀書有餘樂，何必軒冕榮！①　　獨存千古意，可以語諸生。
"書中求大義，勿為泥功名"！

編者註：①軒冕：古時大夫以上官員的車乘和冕服。《管子·立政》："生則有軒冕、服位、穀祿、田宅之分，死則有棺槨、絞衾、壙壟之度。"泛指為官。

臺灣文獻叢刊 第 0304 種 洪棄生《寄鶴齋選集》詩選 第 232 頁

作者簡介

　　洪棄生，本名攀桂，學名一枝，字月樵。清光緒乙未臺灣淪日後，改名繻，字棄生，臺灣彰化人。著有《寄鶴齋詩集》《古文集》《駢文集》及《瀛海偕亡記》等書百餘卷。

為吳汝艮兄弟賦讀書燈
施瓊芳

雪螢猶不廢居諸，①　　況得蘭膏續晝餘。②
東壁休教迷誤豕，③　　南油何礙展饞魚。④
豁開暗室無欺後，　　伴對寒更有味初。
共是文光能照我，　　分陰寸炷惜相如。

勒塔題橋氣未降，　　五車芸簡一蘭釭。⑤
春風鑽柳分新火，　　秋雨吟蟲坐小窗。
作錫傳規書寄黨，⑥　　生花有喜筆符江。

他時祕籍觀金鏡，　　引得紅蓮導炬雙。

金枝半炧雀催更，⑦　猶聽琅琅雅頌聲。
日月千秋光聖訓，　　星辰五夜降文明。
帳烟後世兒孫識，　　帶炷他年仕宦清。
試問敲棊花落處，⑧　灰心到曉竟何成。

編者註：①雪螢：即雪映窗紗。《尚友錄》卷四：「孫康，晉京兆人，性敏好學，家貧無油，於冬月嘗映雪讀書。」②蘭膏：古代用澤蘭子煉製的油脂，可以點燈。《楚辭·招魂》：「蘭膏明燭，華容備些。」③東壁：《晉書·天文志上》：「東壁二星，主文章，天下圖書之祕府也。」因以稱皇宮藏書之所。明·高明《琵琶記·孝婦題真》：「休誇東壁圖書府，賽過西垣翰墨林。」④南油：指燈。饞魚：即饞魚燈，用鮇魚脂煉油點的燈。據說用作宴飲、烹調時照明則特別明亮，故名。《花田紀事》一曰：「閱佛經，有饞燈，初不解，查為鮇魚，即懶婦魚也。多膏，可以為燈，照酒食則明，照紡績則暗，此可為懶婦之喻。」⑤芸簡：指書翰。元·張養浩《次馬伯庸少監贈經筵官虞司業詩韻》：「簪紳星聚披垣西，芸簡含光動列奎。」⑥錫：錫者賜也。⑦炧 xiè：殘燭。⑧棊：同「棋」。

臺灣先賢詩文集彙刊 第一輯 02 施瓊芳《石蘭山館遺稿》卷十三 第 347 頁

即前題戲書二絕
施瓊芳

兩載名場跋涉身，①　歸來架上半封塵。
有書未讀燈空詠，　　祇恐燈花暗笑人。

自維疎懶畏炎蒸，深羨君家學教興。
師弟友昆三伏夜，書燈鬧比上元燈。

編者註：①名場：指科舉的考場。以其為士子求功名的場所，故稱。唐·劉複《送黃曄明府岳州湘陰赴任》詩：「擬古名場第一科，龍門十上困風波。」

作者簡介

施瓊芳，初名龍文，字見田，臺灣臺南人。性恬淡好學，清道光十七年舉拔貢，旋登鄉試；翌年應禮闈，已薦未酬，仍留都扃戶讀書。道光二十五年恩科進士，銓選六部主事，久滯京曹。嗣補江蘇知縣，未就職，乞養回籍。尋任海東書院山長。子士洁，光緒三年進士。有《石蘭山館遺稿》二十二卷。

讀書燈
鄭家珍

領取醰醰味，^①名山近十年。^②漫同鄰火乞，^③可有閣藜燃。^④
心是長明地，　城真不夜天。　新涼還就汝，　重結小牕緣。

編者註：①醰 tán：（酒味）醇厚。②名山：指可以傳之不朽的藏書之所。《史記·太史公自序》："以拾遺補藝，成一家之言……藏之名山，副在京師，俟後世聖人君子。"司馬貞索隱："言正本藏之書府，副本留京師也。"③鄰火：鄰居的燈火。清·吳偉業《廢蘂》詩："書將鄰火映，夢共佛燈沉。"④藜：指青藜燈，即讀書燈。明·張景《飛丸記·賞春話別》："夜剝青藜燈，晝拭烏皮幾。"。

作者簡介

鄭家珍，字伯璵，號雪汀，臺灣新竹人，弱冠設帳於東邨別墅。年二十七，由廩生中式光緒甲午科舉人。翌年臺灣改隸，挈眷移籍內渡，開館晉江城內。民國八年，應臺灣詩社之聘來臺，寓居新竹凡八載，教讀於寓所，從學者甚眾。家珍之詩，"氣慨高渾，直邁前賢。器局恢弘，旨深詞正，有立馬吳山、看花洛苑之慨；兼有哀屈弔賈之聲，卻無無病呻吟之痛，宜可傳也"。有《雪蕉山館詩集》。

書癡
陳貫

人情世事總茫然，白首窮經却似顛。
愛盡漂流猶握卷，螢雖枯死尚持篇。
一家凍餒偏無累，滿架琅琊別有天。
可惜讀書真種子，畢生活計誤青氈。①

編者註：①青氈：指清寒貧困者，亦指清寒貧困的生活。李光《集詩述感》
詩：「門巷蕭條酬應懶，英雄末路一青氈。」

臺灣先賢詩文集彙刊 第二輯 12 陳貫《豀軒詩草》卷之二 第 56 頁

作者簡介
　　陳貫，字聯玉，號豀軒，臺灣苗栗苑里人，陳瑚（滄玉）之弟。自幼
好學，涉獵羣書，耽詩好屬文，與乃兄滄玉有一門雙璧之譽。林朝崧既倡
設「櫟社」，滄玉首先響應，聯玉與同里鄭濟若同時加盟為社友。論者評其
詩作「勁氣直達，稍欠婉約」。有《豀軒詩草》。

讀書燈
施梅樵

深院微光露，　紗帷一點妍。　名山風雨夕，　斗室笑談緣。
鑿壁思分映，①焚膏欲廢眠。②百篇今束閣，③相對轉淒然。

嘗盡寒窗苦，　艱難汝解憐。　每牽歐子夢，　細數陸家錢。
白髮愁相對，　黃庭寫幾篇。④清光猶未減，　分照鏡臺前。

相對無嫌忌，　蕭齋舊有緣。⑤歌吟懷子夜，　風雨記丁年。
光自縈帷帳，　聞曾映簡編。⑥滄桑拋棄久，　寂寞小窗前。

却被儒冠誤， 相看汝亦憐。 十年曾坐映， 一穗也生妍。
繼晷功休輟， 分光壁恰連。 草堂風雨夜， 助我著成編。

編者註：①鑿壁：《西京雜記》卷二："匡衡字稚圭，勤學而無燭。鄰舍有燭而不逮，衡乃穿壁引其光，以書映光而讀之。"後即以"鑿壁偷光"為刻苦攻讀之典，亦省作"鑿壁"。②焚膏：點上油燈，接續日光。形容勤奮讀書。出處唐·韓愈《進學解》："焚膏油以繼晷，恒兀兀以窮年。"③百篇：指《詩經》。④黃庭：書名，即《黃庭經》。是道教上清派的重要經典。⑤蕭齋：寺廟或書齋的雅稱。⑥簡編：指書籍。清·顧炎武《謁夫子廟》詩：宅有絲竹響，壁有簡編留。

臺灣先賢詩文集彙刊 第三輯 11 施梅樵《捲濤閣詩草》卷下 第 104 頁

偶成并示同學諸子
施梅樵

別館風生夜正涼，吟詩聲繞讀書堂。
却慚老大終無用，慣為丹鉛不覺忙。

臺灣先賢詩文集彙刊 第三輯 11 施梅樵《捲濤閣詩草》卷下 第 132 頁

作者簡介

施梅樵，字天鶴，臺灣彰化鹿港人，施家珍之子。梅樵天資甚高，讀書過眼能誦，少時學於溫陵。年十八赴府考，主司欲拔置案首，其父薦洪月樵以代之，不欲其早成也；年二十四，始以案首入泮。臺灣割日，避亂晉江；後回鹿港，從此絕意仕途，惟以詩酒為其生涯。中歲以後，流離轉徙，到處設帳授徒，足跡遍及南北。梅樵詩、文、書法俱佳，有名於時。王竹修謂其詩"古風遒勁峭拔，恍似白香山，近體則藻麗英華，直逼杜工部"。有《梅樵詩集》。

讀書樂
邱坤土

勤攻燈下鬢鬚皤，莫道書滛等著魔。①
風雨無違埋首讀，聖賢為伴細心磨。
三更燈火師韓愈，一片襟懷繼孟軻。
每到趣時還自笑，樽前把卷且吟哦。

編者註：①滛："淫"的訛字。

臺灣先賢詩文集彙刊 第三輯 16 邱坤土《靜盧吟草》續集 第 202 頁

冬夜讀書
邱坤土

月照梅花伴起居，　補將短晷繼三餘。①
添來獸炭爐同擁，②點得燈檠卷細舒。
映雪孫康勤不遜，囊螢車胤擬何如。
雞聲報曉渾忘倦，　猶自傾心辨魯魚。③

編者註：①三餘：《魏略·儒宗傳·董遇》：（董）遇字季直，性質訥而好學。興平中，關中擾亂，與兄季中依將軍段煨。采稆負販，而常挾持經書，投閑習讀，其兄笑之而遇不改。……遇善治《老子》，為《老子》作訓註。又善《左氏傳》，更為作《朱墨別異》。人有從學者，遇不肯教，而云："必當先，讀百遍！"言："讀書百遍，其義自見。"從學者云："苦渴無日。"遇言："當以'三餘'。"或問"三餘"之意。遇言"冬者歲之餘，夜者日之餘，陰雨者時之餘也。"即是說："冬天是一年中的空餘時間，夜晚是一天中的空餘時間，陰雨天是平時的空餘時間。"指讀書要抓緊一切閑餘時間。②獸炭：做成獸形的炭，亦泛指炭或炭火。《晉書·外戚傳·羊琇》："琇性豪侈，費用無復齊限，而屑炭和做獸形以溫酒，洛下豪貴咸競效之。"唐·張南史《雪》詩："千門萬戶皆靜，獸炭皮裘自熱。"③魯魚：魯魚豕亥 lǔ yú shǐ hài 的簡稱，指書籍在刻印過程中的錯誤。把"魯"字錯成"魚"字，把"亥"字

錯成 "豕" 字。見晉·葛洪《抱樸子》："諺云：'書三寫，魚成魯，帝成虎。'"

臺灣先賢詩文集彙刊 第三輯 16 邱坤土《靜盧吟草》續集 第 208 頁

綠陰讀書
邱坤土

種得芭蕉半畝餘， 稱心耕讀傍精廬。
黃編細展炎威隔，[①]紅日能遮密蔭舒。
煮史烹經師太傅， 觀今鑒古繼相如。[②]
濃陰苒苒清風爽， 自勝勤功午夜書。

編者註：①黃編：指書籍。②相如：指西漢著名辭賦家司馬相如。

臺灣先賢詩文集彙刊 第三輯 16 邱坤土《靜盧吟草》續集 第 222 頁

作者簡介

　　邱坤土，字敦甫，號夢蝶，臺灣臺北士林人。初任公學校訓導，攜諸弟赴東京，自營商以應弟就學，三年後歇業返臺。敦甫中歲以前，致力於商，原不涉文事。返臺歸隱谷關時，始試作詩。迨五十二歲至東勢，得識邱東瀛、邱和珍父女。以和珍一女子能詩，身為男子獨不如而生愧。乃從邱氏習平仄，掄詩韻。自是以後，於營商之餘，日夜耽吟，廣交各地詩人求教，勤於詩會，遂成詩狂。有《靜盧吟草》。

讀書燈
蔡罔甘

十載寒窗下，憑君夜結緣。青藜光閃爍，黃卷字明鮮。
伴我三更讀，藉伊一點燃。他時如得志，應謝此釭先。[①]

編者註：①釭：油燈。江淹《別賦》："夏簟清兮晝不暮，冬釭凝兮夜何長。"

臺灣先賢詩文集彙刊 第三輯 20 蔡罔甘《旨禪詩畫集》詩 第 6 頁

作者簡介

蔡旨禪，諱罔甘，道號明慧，臺灣澎湖馬公人。以父母禱於觀音而孕。年二八守清門，藉以報雙親恩。賦性貞淑，天資聰敏，自幼與群兒異。或繡鳳或塗鴉，不事嬉游，九歲則長齋繡佛。既長，拜同鄉宿儒陳錫如門下，研究詩文。後隻身赴廈門美專深造，學成返澎赴臺，於彰化設帳授徒，以養雙親，以才、孝聞名。平居頗致力於弘佛法以利生，建佛堂，修梵宇，講經開覺，說法啓迷。晚年修澄源堂并任住持，翌年圓寂。有《旨禪詩畫集》。

讀書

高文淵

讀書志千載，我意其亦然。經書列左右，朝夕面昔賢。
書中有真味，開卷時流連。古人錐刺股，把髮樑間懸。
牛角夕陽掛，映雪兼蒲編。我效昔人讀，繼晷青燈前。
含英更咀華，無間斷拳拳。畢生注心血，風雨年復年。
光芒有李杜，詩詞萬古傳。行萬里之路，盡古人之篇。
深解讀書趣。老喜事丹鉛。

吳醉蓮評曰：純是讀書便佳得無窮之妙境也。

臺灣先賢詩文集彙刊 第四輯 02 高文淵《勗未齋詩選》第 99 頁

讀書

高文淵

讀書燈下過三更，　也伴幽蛩唧唧鳴。
涉獵堪嗟無止境，　興亡棖觸有餘情。
古來著作千秋想，　意切研磨百煉精。
等是蜉蝣身世寄，①賢愚歷歷自分明。

高泰山評曰：讀書人自是求名到底能留多久甚可畏也。

編者註：①蜉蝣：一種小昆蟲。成蟲常在水面飛行，壽命很短，常以蜉蝣形容朝生暮死。

臺灣先賢詩文集彙刊 第四輯 02 高文淵《勗未齋詩選》第 130 頁

讀書
高文淵

讀書日繼夜，所欲從心期。　古人留著作，　書成百世師。
後人讀其書，見解各紛馳。　山川鐘靈秀，　萬物分外奇。
用之有不盡，取之有分歧。　奉之如圭臬，①讀之靡有涯。
曉燈人朗誦，老尚坐皋皮。②夜再橫枕上，　流覽忘寢遲。
學知且不足，得失心莫知。　興懷一及此，　茫然難自持。
古人不可作，今人復何為。　欲識書中趣，　對卷生嘆之。
讀書日繼夜，成就待何時。

編者註：①圭臬：土圭和水臬，古代測日影、正四時和測量土地的儀器，比喻把某些言論或事當成自己的準則。②皋：皋比。古人坐虎皮講學，後因以指講席。

臺灣先賢詩文集彙刊 第四輯 02 高文淵《勗未齋詩選》第 176 頁

冬日讀書
高文淵

釀寒歇微雨，暝色半窗橫。　攤書淨几上，有味足含英。
年已七旬二，還惜三餘情。　無涯泛學海，心想登蓬瀛。
研磨苦日短，立意在專精。　讀罷一無事，逍遙杯酒傾。
忘懷此身世，狗苟蝸角爭。①炊沙倘作飯，蜉蝣齊死生。

徐偉元評曰：詩情豪邁志趣超凡。

編者註：①蝸角：傳說有建立在蝸牛角上的國家，右角上的叫蠻氏，左角上的叫觸氏，雙方常為爭地而戰，伏屍數萬。後以"蝸角"比喻微小之地。

臺灣先賢詩文集彙刊 第四輯 02 高文淵《勗未齋詩選》第 177 頁

作者簡介

高文淵，名源，號石泉，臺灣臺北人。師事萬華夢覺書齋顏笏山夫子，於鄉設立文山吟社，并入臺北瀛社、高山文社、鷺洲吟社，時與各吟社互通聲氣。後調職高雄，加入壽峰詩社，得與該社諸君子相切磋，擊鉢催詩引以為樂。有《勗未齋吟草》

讀書燈
陳懷澄

天人微妙詎相知，心與燈花怒發時。
古道照人顏色處，文明氣象入緇帷。①

編者註：①緇帷：喻林木繁茂之處。《莊子·漁父》："孔子遊乎緇帷之林。"成玄英疏："緇，黑也。尼父遊行天下，讀講《詩》《書》，時於江濱，休息林籟，其林鬱茂，蔽日陰沉，布葉垂條，又如帷幕，故謂之緇帷之林也。"後因以為高人賢士講學之典。唐·吳筠《高士詠·通元真人》："已陳緇帷説，復表滄浪謠。"

臺灣先賢詩文集彙刊 第四輯 06 陳懷澄《沁園詩存》第 44 頁

作者簡介

陳懷澄，字槐庭，又字心水，號沁園，臺灣彰化鹿港人，生員。性聰敏，喜讀書，善詩詞古文，復工小楷、知音律、能篆刻。弱冠交遊江湖名士及海內諸大家，與臺中士紳林癡仙等組織櫟社，以琴書詩酒自娛，被社中士紳推為巨擘。同時為鹿苑吟社、鷺江詩會、大冶吟社主要社員，騷壇咸稱為健將。陳氏早期作品浮靡艷麗，情意纏綿，迨割臺後，因閱歷興亡，一變為激楚淒蒼。有《沁園詩存》。

書香
王少滄

淵源赫赫早馳名，　寶笈瑤函一線賡。①
鄴架飄香人俊傑，②牙籤藻繪墨縱橫。③
從無縞紵嬌時媚，④自有箕裘發正聲。⑤
父擅工詩兒法律，　後先輝映羨光榮。

編者註：①寶笈：亦作寶籍，珍貴的書籍。南朝‧梁‧沈約《為齊竟陵王發講疏》：「靈篇寶籍，遠探龍藏，蓋無得而言焉。」瑤函：泛指珍貴的典籍。②鄴架 yè jià：唐‧韓愈《送諸葛覺往隨州讀書》詩：「鄴侯家多書，插架三萬軸。」鄴侯，即李泌，後因以「鄴架」比喻藏書處。③牙籤：系在書卷上作為標識，以便翻檢的牙骨等製成的簽牌，亦指書籍。藻繪：彩色的繡紋，錯雜華麗的色彩，亦指文辭、文采。④縞紵：《左傳‧襄公二十九年》：「（吳‧季劄）聘於鄭，見子產，如舊相識。與之縞帶，子產獻紵衣焉。」後因以「縞紵」喻深厚的友誼，亦指朋友間的互相饋贈。⑤箕裘：《禮記‧學記》：「良冶之子，必學為裘，良弓之子，必學為箕。」孔穎達疏：「積世善冶之家，其子弟見其父兄世業鉤鑄金鐵，使之柔合以補治破器，皆令全好，故此子弟仍能學為袍裘，補續獸皮，片片相合，以至完全也……善為弓之家，使幹角撓屈調和成其弓，故其子弟亦覩其父兄世業，仍學取柳和軟撓之成箕也。」良冶、良弓，指善於冶金、造弓的人。意謂子弟由於耳濡目染，往往繼承父兄之業，後因以「箕裘」比喻祖上的事業。

臺灣先賢詩文集彙刊 第四輯 07 王少滄《藏月樓詩鈔》第 7 頁

作者簡介

王少滄，名嬌娥，系出中州名門。幼極聰慧，長耽翰墨，師事櫟社王了庵有年。新鶯乍囀，別有清音；雛鳳一鳴，不同凡響。未幾盡得薪傳。由是益精勤，凡數十年如一日。為南陔吟社社員，并曾推為臺中東墩吟社、中社副社長。

讀書三首

陳哮

文篇藏滿架，　時習補三餘。　不為名成就，唯期樂自如。
囊螢風可慕，　刺股志堪譽。　琴劍同肝膽，晨昏讀草廬。

溫故親窗几，　咿唔嚮太虛。①五更人靜讀，徹夜燭光舒。
鳥字傳蝌蚪，②麟經剔蠹魚。③聖賢心已領，猶自補三餘。

我愛讀詩書，　將身作蠹魚。　精研窮二酉，溫習補三餘。
口誦心開竅，　眼觀意展舒。　咿唔天外響，音韻繞茅廬。

編者註：①太虛：中國古代哲學名詞，或指"深玄之理"，或指"氣"，此指天、天空。②鳥字：字聖倉頡為軒轅黃帝的史官，相傳五千年前，倉頡仰觀天象，俯察鳥獸蟲魚之跡，創造出中國最原始的象形文字，從而結束了遠古時期結繩記事的蒙昧時代，並逐漸演變成今天的漢字，倉頡也被後人尊稱為"造字聖人"。蝌蚪：古文字體的一種。筆劃多頭大尾小，形如蝌蚪，故稱。清·姚鼐《篆秋草堂歌贈錢獻之》："魯壁再傳蝌蚪書，相傳竟斷衛伯儒。"③麟經：《麟經》，即《春秋經》，中國古代儒家典籍"六經"之一，是魯國的編年史，由孔子修訂而成。

臺灣先賢詩文集彙刊 第四輯 16 陳哮《心聲詩集》五言律 第 15 頁

作者簡介

陳哮，字俊聲，臺灣臺南縣七投鄉人。幼穎悟，讀書過目不忘，廿六歲時參加教諭考試合格則獻身教育。嗣應地方父老催促，出任七股莊莊長，議員等職。先生任事謹嚴，處世忠誠，有"忠厚長者"之譽。惟心薄名利，性好詩酒，公餘之暇，吟詠不輟。其發為詩詞者又都有神人心世道之作，良足珍也。有《心聲詩集》。

童時與進學
陳帶

大地長墻補刼痕，攀枝下井戰庭墩。

咸評大膽英豪氣，好動天真義俠魂。

料我將來非小器，勸親及早送黌門。^①

貧兒豈負成龍望，十載寒窓任眾論。

編者註：①黌門 hóng mén：學宮之門，借指學宮、學校。

臺灣先賢詩文集彙刊 第四輯 16 陳帶《垂紳詩集》詠史類 第 45 頁

作者簡介

　　陳帶，字垂紳，世居臺南新營。公學校畢業後，復以優異成績畢業臺北師範學校，初任國小教師，後榮任新營家事職業學校校長，作育英才達數十年，桃李滿天下。任教之餘，為宏揚本土文化，加入新柳吟社，并曾任社長。有《垂紳詩集》。

讀書灯
張蒲園

坐對西窗下，詩書締夙緣。古今隨將相，歲月契神仙。

射燄搖青影，生花吐白煙。囊螢勤讀夜，貧乏買油錢。

臺灣先賢詩文集彙刊 第四輯 17 張蒲園《適心亭詩集》五言律 第 10 頁

學海
張蒲園

寒窗十載理心機，國字辛勤始入微。

妙奧無涯窮不盡，勸君加勉應秋闈。^①

編者註：①秋圍：圍通闈，秋圍指明清時期科舉三級考試中最低級別的考試。每三年的秋季，在各省省城舉行一次考試，即鄉試。因為在秋天舉行，故名"秋試""秋闈"。考中的稱為"舉人"，取得參加會試的資格。

臺灣先賢詩文集彙刊 第四輯 17 張蒲圍《適心亭詩集》五言律 第 44 頁

作者簡介

張蒲圍，名蓮蒲，字家璧，又號適心亭主，臺灣臺南縣七股鄉人。少從黃吉六、謝竹軒夫子遊，弱冠從商，曾加入文山吟社，出任淑德女中教職，轉任省立高雄商業職業學校教席，以迄退休。張氏專攻文史，長習詩詞，閒則以詩自娛，每有吟會，多能抽冗參加。有《適心亭詩集》。

讀書感懷
林豪

魯叟興詩教，[①]風騷重簡編。導源三百首，遺響五千年。
太息焚書後，　爭將異說傳。闢邪宗正學，蒿目望時賢。[②]

編者註：①魯叟：指孔子。②蒿目：極目遠望。《莊子·駢拇》：今世之仁人，蒿目而憂世之患。宋·王安石《憶金陵》詩之二："蒿目黃塵憂世事，追思陳跡故難忘。"

臺灣先賢詩文集彙刊 第四輯 20 林豪《誦清堂詩集》卷十二 第 265 頁

作者簡介

林豪，字嘉卓，一字卓人，號次逋，福建金門後浦人。負笈廈門玉屏書院，受教於莊牧亭，清咸豐九年舉於鄉。越年至臺灣，時戴潮春起事，林占梅奉命辦團練，見而禮之，延主潛園。事平，參與修志，主講文石書院。嗣內渡，數上春官不售，著書以老，并續修《金門志》。有《誦清堂詩集》。

讀書燈
莊雲從

十年辛苦一燈知，剔盡寒光獨睡遲。

夜半梅花香雪裏，小牕寒影伴吟詩。

臺灣先賢詩文集彙刊 第五輯 01 蔡汝修《臺海擊鉢吟集》四支 第 17 頁

作者簡介

　　莊龍，字雲從，號南村，臺灣臺中人。國語學校畢業後，曾任公學校教員，又於大甲設帳；後轉入臺中新聞，從事筆政。喜作詩，與大甲許天奎及苑裡陳瑚、陳貫兄弟交契。為"櫟社"創社"九老"之一，後又與許天奎、杜香國創設"衡社"。其所經歷多不順，三十歲以後，感與世故，故得狂疾，與外界隔絕幾達十年而卒。雲從性疏狂，不拘小節；好學，善五經，亦喜談禪。嗜作詩，連橫稱其詩筆清新。有《南村詩稿》。

書聲
子潛

琅琅聲徹讀書家，半夜西窗月欲斜。

絕好美人喉宛轉，隔簾相和咏梅花。

臺灣先賢詩文集彙刊 第五輯 01 蔡汝修《臺海擊鉢吟集》六麻 第 129 頁

作者簡介

　　陳朝龍，字子潛，號臥廬。世居竹塹（今臺灣新竹市），清光緒七年邑庠生。少以工詩聞名，號其居為"十癖齋"。掌教東城義塾。清光緒二十年，應邑令葉曼卿之聘，參與纂修《新竹採訪冊》，並主講明志學院。光緒二十一年因割臺之故，避亂西渡廈門，曾應安溪縣令劉威之聘擔任幕客。光緒二十九年卒于福州。

書聲

葦汀

寒夜燈光靜不譁，琅琅讀到月西斜。
比鄰我憶冬餘課，雛鳳聲清出絳紗。①

編者註：①雛鳳聲清：比喻有才華的子弟。唐·李商隱《韓冬郎即席為詩相送一座盡驚因成二絕寄酬兼呈畏之員外》之一：「桐花萬里丹山路，雛鳳清於老鳳聲。」

臺灣先賢詩文集彙刊 第五輯 01 蔡汝修《臺海擊鉢吟集》六麻 第 129 頁

作者簡介

鄭兆璜，字葦汀，臺灣新竹縣人。清光緒十七年補考十六年恩貢，候選吏部主事，文選司。

書聲

瑞陔

人影燈光透碧紗，　琅琅隨口韻無差。
弄機更喜山妻課，①軋軋聲喧到紡車。

編者註：①弄機：古謂弄機杼，即織布。南朝·陳·徐陵《詠織婦》：「弄機行掩淚，彌令織素遲。」山妻：隱士之妻。晉·皇甫謐《高士傳·陳仲子》：「楚相敦求，山妻了算，遂嫁雲蹤，鋤丁自竄。」後多用為自稱其妻的謙詞。

臺灣先賢詩文集彙刊 第五輯 01 蔡汝修《臺海擊鉢吟集》六麻 第 129 頁

作者簡介

陳濬芝，字瑞陔，號紉石，臺灣新竹縣人。清光緒八年舉人，曾入新竹梅社、竹梅吟社及臺北牡丹詩社為社友，又曾掌教新竹明志書院及臺北明道書院，光緒二十年第五次赴禮部考試（會試），中為貢士。甲午戰爭爆發，未及應殿試而返臺。清廷割讓臺灣，濬芝與臺灣名士邱逢甲等聯名奏請增加賠款以易臺灣，勿割地資敵。書上，不報。濬芝見局勢已無可挽回，義憤填膺，縱橫淚下，恥為異族之奴，憤然攜眷離臺內渡，歸籍福建安溪，掌教考亭、崇文兩書院。光緒二十四年，在京補殿試並被取為進士。目睹清政日非，遂無意仕進，歸隱經嶺。光緒二十七年病逝。著有《竹梅吟草》。

書味
雪和

青燈坐擁幾星霜，　書味醰醰溢古香。
莫羨饋貧糧已備，[①] 十年甘苦一身嘗。

編者註：①饋貧 kuì pín：饋貧之糧。南朝·梁·劉勰《文心雕龍·神思》："是以臨篇綴慮，必有二患：理鬱者苦貧，辭溺者傷亂，然則博見為饋貧之糧，貫一為拯亂之藥。"即是說：廣博的見聞是贈給知識貧乏者的寶貴的精神食糧。

臺灣先賢詩文集彙刊 第五輯 01 蔡汝修《臺海擊鉢吟集》七陽 第 135 頁

作者簡介
劉庭璧，字雪和，臺灣新竹人，生平不詳。

書味
葦汀

架書讀遍話連牀，有味還尋味外長。
記否寒窗時領略，十年風雨一燈嘗。

臺灣先賢詩文集彙刊 第五輯 01 蔡汝修《臺海擊鉢吟集》七陽 第 135 頁

兒童冬學
蔡啓運

比鄰讀鬧課童嚴，　雛鳳清音聽隔簾。

立雪餘閒呵凍筆，①兒時心事上眉尖。

編者註：①立雪：程門立雪。據《宋史·楊時傳》：楊時和遊酢"一日見頤，頤偶瞑坐，時與遊酢侍立不去，頤既覺，則門外雪深一尺矣"。謝應芳《楊龜山祠》："卓彼文靖公，早立程門雪。"凍筆：因寒冷而凍結的毛筆。宋·范成大《南塘冬夜倡和》："寒釭欲暗吟方苦，凍筆難驅字更遄。"

臺灣先賢詩文集彙刊 第五輯 01 蔡汝修《臺海擊鉢吟集》十四鹽 第 173 頁

作者簡介

蔡見先，字啓運，號應時，以字行，又字振豐，臺灣新竹縣人。蔡氏博學能文，喜兵書，好交遊，時與諸名士詩文唱酬。清光緒十二年將"竹社""梅社"改組為"梅竹吟社"，並擔任社長。十七年取中秀才，二十年遷居苗栗苑裡。乙未割臺之際，曾襄助表兄丘逢甲舉兵抗日。二十三年，與鹿港文人洪棄生、許劍漁等共創"鹿苑吟社"。十月，編修《苑裡志》。與林癡仙等人創立"櫟社"，為創社九老之一。蔡氏生平好擊鉢吟，所著《養餘軒詩鈔》，今已佚。

春日雜詠
王大俊

微雨過庭除，①芭蕉一葉舒。
分青憁壁上， 正好讀詩書。

編者註：①庭除：庭階。唐·劉兼《對鏡》詩："風送竹聲侵枕簟，月移花影過庭除。"元·無名氏《梧桐葉》第二折："搦管下庭除，書作相思字。"亦指庭院。

臺灣先賢詩文集彙刊 第五輯 02 賴子清《臺灣詩醇》前編 第 28 頁

作者簡介
王大俊，字愁儂，臺灣北門人，生平不詳。

除夕
劉振傳

一事無成又歲除，守株不變舊巢居。
還欣堂上雙親健，教訓兒曹勉讀書。

臺灣先賢詩文集彙刊 第五輯 02 賴子清《臺灣詩醇》前編 第 50 頁

作者簡介
劉振傳，字學三，臺灣新竹人，生平不詳。

寒夜讀書
鄭以庠

青氈兀坐入寒更，左右圖書擁百城。①
較與兒時還有味，一燈風雨古人情。

編者註：①百城：《北史·李孝伯傳》："丈夫擁書萬卷，何假南面百城？" 稱藏書富者為擁 "百城"。

臺灣先賢詩文集彙刊 第伍輯 02 賴子清《臺灣詩醇》後編 第 241 頁

作者簡介
鄭以庠，字養齋，臺灣新竹人，清光緒年間臺北府廩學生。乙未（1895年）割臺時，西渡廈門。後返臺，為竹社社員。

寒夜讀書
王甘棠

青燈斗室伴孤吟，無那霜風次第侵。
吩咐老妻添獸炭，擁爐閒對聖賢心。

臺灣先賢詩文集彙刊 第伍輯 02 賴子清《臺灣詩醇》後編 第 241 頁

作者簡介

王甘棠，字無涯，臺灣嘉義人，生平不詳。

冬夜讀書
張聯登

一年將盡臘殘冬，　披展青緗興味濃。[①]
耽讀何嫌膏繼晷，　怯寒只用酒澆胸。
添香爐上無紅袖，[②]　搖影庭前有碧松。
絲竹不聞雙耳靜，　雲山深處寄萍蹤。

編者註：①青緗：青色和淺黃色，也指這兩種顏色的織物。明·徐渭《宴集翠光岩》詩："暫脫錦袍懸翠壁，忽抽彤管拂青緗。"古代常用這種顏色的布帛做書衣、封套。因用以指書籍、畫卷等。明·胡應麟《少室山房筆叢·華陽博議下》："餘生平駑鈍，世事懵然，獨癖嗜青緗，逾於飲食。"②紅袖：紅袖添香，舊指書生學習時有年輕貌美的女子陪讀。清·魏子安《花月痕》第三十一回：從此綠鬢視草，紅袖添香，眷屬疑仙，文章華國。

臺灣先賢詩文集彙刊 第五輯 02 賴子清《臺灣詩醇》後編 第 241 頁

作者簡介

張聯登，字蓮亭，臺灣臺南佳里人，生平不詳。

讀書燈
鄭燦南

蘭缸耿耿漏三更，　有味兒時感此生。
斗室乾坤千卷夜，　名山風雨十年情。
彈章草起陳雙闕，[①]　報喜花開艷百城。
擬向昌黎借椽筆，[②]　倚窗閒賦短鎧檠。

編者註：①彈章：彈劾官吏的奏章。雙闕：原指皇宮門前兩邊供瞭望的樓；宮闕。亦指皇帝居處，借指朝廷。②昌黎：韓愈，字退之，河南河陽（今河南省孟州市）人，自稱"郡望昌黎"，世稱"韓昌黎""昌黎先生"。唐代傑出的文學家、思想家、哲學家，政治家。椽筆：《晉書·王珣傳》："珣夢人以大筆如椽與之，既覺，語人云：'此當有大手筆事。'俄而帝崩，哀冊諡議，皆珣所草。"後因以"椽筆"指大手筆，稱譽他人文筆出眾。宋·王安石《英宗皇帝輓辭》之一："誰當授椽筆，論德在瓊瑤。"

臺灣先賢詩文集彙刊 第五輯 02 賴子清《臺灣詩醇》後編 第 289 頁

作者簡介

鄭燦南，字幼佩，臺灣新竹人，生平不詳。

讀書燈
陳百川

照雨搖風獨下帷，　碧紗長護碧琉璃。①
禁烟不到雞窗火，②分與隣家曉乞時。

編者註：①碧紗：碧紗籠。宋·吳處厚《青箱雜記》卷六："世傳魏野嘗從萊公（寇準）遊陝府僧舍，各有留題。後復同遊，見萊公之詩，已用碧紗籠護，而野詩獨否，塵昏滿壁。時有從行官妓，頗慧黠，即以袂就拂之。野徐曰：'若得常將紅袖拂，也應勝似碧紗籠。'萊公大笑。"後以"碧紗籠"為詩以人重的典故。明·李東陽《次韻寄題鏡川先生後樂園》之一："多少舊題詩句在，碧紗籠底認青苔。"亦省作"碧紗"。②雞窗：《藝文類聚》卷九，南朝·宋·劉義慶《幽明錄》："晉兗州刺史沛國宋處宗嘗買得一長鳴雞，愛養甚至，恒籠着窗間。雞遂作人語，與處宗談論，極有言智，終日不輟，處宗因此言巧大進。"後以"雞窗"指書齋。唐·羅隱《題袁溪張逸人所居》："雞窗夜靜開書卷，魚檻春深展釣絲。"

臺灣先賢詩文集彙刊 第五輯 03 曾笑雲《東寧擊鉢吟前集》四支 第 34 頁

作者簡介

陳百川，字香沙，臺灣臺中人，生平不詳。

讀書燈

黃子清

久將一盞伴書帷，絕勝芸窗①燭數枝。

我有文星光萬丈，夜深普照朗吟詩。

編者註：①芸窗：指書齋。唐‧蕭項《贈翁承贊漆林書堂詩》："卻對芸窗勤苦處，舉頭全是錦為衣。"金‧馮延登《洮石硯》詩："芸窗盡日無人到，坐看玄雲吐翠微。"明‧高濂《玉簪記‧命試》："絳桃春暖魚龍變，向芸窗志絕韋編，功名一字總由天。"

臺灣先賢詩文集彙刊 第五輯 03 曾笑雲《東寧擊鉢吟前集》四支 第 34 頁

作者簡介

黃子清，字號不詳，臺灣臺中人，生平不詳。

讀書燈

葉際唐

焚膏繼晷學昌黎，一盞窗前伴古稽。

黃卷自翻針自利，餘光分得到山妻。

窗前高掛護玻璃，　燦爛如燃太乙藜。①

倘念車螢孫雪苦，②咿唔合到曉雞啼。

編者註：①太乙藜：即太乙燃藜，源見"青藜照閣"。晉‧王嘉《拾遺記》卷六："劉向于成帝之末，校書天祿閣，專精覃思。夜有老人，著黃衣，植青藜杖，登閣而進，見向暗中獨坐誦書。老父乃吹杖端，煙然，因以見向，說開闢已前。向因受《洪範五行》之文，恐辭說繁廣忘之，乃裂裳及紳，以記其言。至曙而去，向請問姓名。云：'我是太一之精，天帝聞金卯之子有博學者，下而觀焉。'乃出懷中竹牒，有天文地圖之書，'餘略授子焉。'"後以此典形容夜讀或勤學，也用以形容得高人傳授。清‧錢謙益《棹歌十首為豫章劉遠公題扁舟江上圖》："卯金之子有文章，太乙燃藜下取將。"②車螢：車胤囊螢映雪。《晉書‧卷八十三‧車胤傳》："車胤字武子，南平人也。曾祖浚，吳會稽太守。父育，郡主簿。太守王胡之名知人，見胤於童幼之中，謂胤父曰：'此兒當大興卿門，可使專學。'胤恭勤不倦，博學多通。家貧不常得油，夏月則練囊盛數十螢火以照書，以夜繼日焉。"孫雪：即孫康映雪。《藝文類聚》卷二："孫康家貧，常映雪讀書，清介，交遊不雜。"

臺灣先賢詩文集彙刊 第五輯 03 曾笑雲《東寧擊鉢吟前集》八齊 第 92 頁

作者簡介

葉際唐，字文樞，祖籍泉州同安，祖先渡臺在竹塹北門街營商，遂定居。舉秀才。乙未割臺，葉氏隨祖父歸泉州，後返臺，寓居新竹。以華僑身份教讀，臺人爭相請益。葉氏在竹嘗立書房課讀，並組"讀我書社"。課子之際屢屢在《詩報》發表《百衲詩話》，介紹大陸名家詩作。葉氏數度榮膺全臺擊鉢聯吟大會詞宗，詩藝精湛。中日戰爭期間，被迫離臺，卒於泉州故里。

學海
黃石輝

蘇流韓派古今傳，[①] 萬頃思潮勢接天。
世代滄桑頻歷劫， 不知何日變書田。[②]

編者註：①蘇流韓派：指蘇軾、韓愈。②書田：以耕田比喻讀書，故稱書為"書田"。宋・王邁《送族侄千里歸漳浦》："願子繼自今，書田勤種播。"亦指舊時巨族大姓以公置田產中的地租所得，行為族中子弟讀書的補貼，謂之"書田"。

臺灣先賢詩文集彙刊 第五輯 03 曾笑雲《東寧擊鉢吟前集》一先 第 177 頁

作者簡介

黃石輝，本籍臺灣高雄，知名作家，筆名有瘦儂、瘦童等。他於日治時期發起的臺灣話文論戰，啟蒙了臺灣鄉土文學。

學海
王松江

深防無底潤無邊，彼岸登臨覺渺然。
文界詞源翻此日，乘槎何處覓張騫。[1]

編者註：[1]乘槎：乘坐竹、木筏。南朝·梁·宗懔《荊楚歲時記》：漢張騫奉命出使西域等河源，乘槎經月，到一城市，見有一女在室內織布，又見一男子牽牛飲河，後帶回織女送給他的支機石。北周·庾信《哀江南賦序》：「況複舟楫路窮，星漢非乘槎可上；風飆道阻，蓬萊無可到之期。」宋·蘇軾《次韻正輔同遊白水山》：「豈知乘槎天女側，獨倚雲機看織紗。」

臺灣先賢詩文集彙刊 第五輯 03 曾笑雲《東寧擊鉢吟前集》一先 第 177 頁

作者簡介
王松江，字竹客，臺灣屏東人，生平不詳。

學海
陳連得

滔滔不僅似河懸，蘇派韓潮幾變遷。
何用中流擎砥柱，頹波挽起筆如椽。[1]

編者註：[1]頹波：向下流的水勢，比喻衰頹的世風或事物衰落的趨勢。高旭《自題〈未濟廬詩集〉》詩：「豈真詞筆挽頹波？俠骨行看漸折磨。」

臺灣先賢詩文集彙刊 第五輯 03 曾笑雲《東寧擊鉢吟前集》一先 第 177 頁

作者簡介
陳連得，字月樵，臺灣澎湖人，生平不詳。

學海
陳榮果

桑田雖變總難遷，　心水思潮一氣聯。
我也過江名士鯽，^①圖書試泛米家船。^②

編者註：①過江名士：形容人數很多。西晉滅亡，東晉建立，北方知名之士紛紛來到江南。有人諷刺他們說，過江名士多於鯽。柳亞子《丹青引》："過江名士多於鯽，唯君傑出群流中。"②米家船：北宋書畫家米芾，常乘舟載書畫遊覽江湖，後常以"米家船"藉指米芾的書畫。宋·黃庭堅《戲贈米元章》詩之一："滄江盡夜虹貫月，定是米家書畫舡。"金·元好問《錢過庭煙溪獨釣圖》詩之二："小景風流二百年，典刑來自米家船。"

臺灣先賢詩文集彙刊 第五輯 03 曾笑雲《東寧擊鉢吟前集》一先 第 177 頁

作者簡介
陳榮果，字春林，臺灣澎湖人。曾拜澎湖名儒陳延年為師，創萍香吟社徵詩活動。

書香
曾逢時

藜燃太乙有餘光，　書味醰醰隔世香。
曾祝南豐香一瓣，^①心花怒發大文章。

編者註：①南豐：曾鞏字子固，宋建昌軍南豐人（今江西南豐），世稱南豐先生。北宋著名散文家，文學家，"唐宋八大家"之一。嘉祐二年進士，官至中書舍人。曾鞏少年即有文名，"卓然有大過人者"，剛成年即名聞四方，曾為歐陽修的學生，頗得歐陽修賞識，有"醉翁門下士"的稱號。曾鞏文風慓鷙奔放，雄渾瑰偉，王安石稱"曾子文章眾無有，水之江漢星之鬥"。蘇軾則贊："曾子獨超軼，孤芳陋群妍。"而朱熹則說："餘年二十許時，便喜讀南豐先生之文，而竊慕效之，竟以才力淺短，不能遂其所願。"

臺灣先賢詩文集彙刊 第五輯 03 曾笑雲《東寧擊鉢吟前集》七陽 第 221 頁

作者簡介

曾逢時，字吉甫，臺灣新竹人。曾與當地文人鄭家珍、黃旺成等成立
"亂彈會"，由新竹公學校與女子公學校之本省教師共同研究詩文。

書香
曾溫柔

儒林聲價自生光，採了芹香折桂香。①
怪底有人銅臭重，不知華國有文章。②

編者註：①採芹：《詩經·魯頌·泮水》："思樂泮水，薄采其芹。"毛傳："泮
水，泮宮之水也。"鄭玄箋："芹，水菜也。"古時學宮有泮水，入學則可采水中之
芹以為菜，故稱入學為"采芹""入泮"，後亦指考中秀才，成了縣學生員。折桂：
《晉書·郤詵傳》："武帝於東堂會送，問詵曰：'卿自以為何如？'詵對曰：'臣舉
賢良對策，為天下第一，猶桂林之一枝，崑山之片玉。'"後因以"折桂"謂科舉
及第。唐·杜甫《同豆盧峰知字韻》："夢蘭他日應，折桂早年知。"②華國：光耀
國家。《周禮·春官·典路》："凡會同軍旅，弔于四方，以路從。"漢·鄭玄註："王
出於事無常，王乘一路，典路以其餘路從行，亦以華國。"晉·陸雲《張二侯頌》：
"文敏足以華國，威略足以振眾。"

臺灣先賢詩文集彙刊 第五輯 03 曾笑雲《東寧擊鉢吟前集》七陽 第 221 頁

作者簡介

曾溫柔，字寬裕，臺灣新竹人，生平不詳。

書香
鄭以庠

瑯環福地即仙鄉，①　奕業家傳拜素王。②
覷破宣尼無隱旨，③　也同禪悟木樨香。④

編者註：①瑯環：也作"琅環"。傳說中的仙境名，傳說是天帝藏書的地方，

後泛指珍藏書籍之所在。雷昭性《參禪白雲古剎苦不能靜詩以遣之》：“恍惚入琅環，飄蕩遊岣嶁。”奕：世，時代。北周‧王妙暉《造釋迦像記》：“使如來福業，不墜於今奕。”②素王：孔子的別稱。漢‧王充《論衡‧定賢》：“孔子不王，素王之業在《春秋》。”《淮南子‧主術訓》：“孔子之通，智過於萇宏，勇服于孟賁……然而勇力不聞，伎巧不知，專行教道，以成素王。”唐‧劉滄《經曲阜城》詩：“三千弟子標青史，萬代先生號素王。”③宣尼：孔子，西漢平帝元始元年追謚孔子為褒成宣尼公，後因稱孔子為宣尼。④禪悟：謂洞達禪理。

臺灣先賢詩文集彙刊 第五輯 03 曾笑雲《東寧擊鉢吟前集》七陽 第 221 頁

書香
黃爾竹

滿架牙籤氣味長，　左圖右史總芬芳。 ①
蠹魚空作龍涎想，② 不識蘭臺有秘藏。 ③

　編者註：①左圖右史：形容室內圖書多。《新唐書‧楊綰傳》：“獨處一室，左圖右史。”②龍涎：龍涎，是古人傳說中的龍的唾液，亦有龍涎香、龍涎井和龍涎酒等。與中國古代神話與傳說有關，古代人民認為龍是一種神異動物，比較美好的象徵含義。③蘭臺：漢代宮內收藏典籍之處。《漢書‧百官公卿表上》：“御史大夫……有兩丞，秩千石。一曰中丞，在殿中蘭臺，掌圖籍祕書。”漢‧焦贛《易林‧巽之明夷》：“典策法書，藏蘭臺，雖遭潰亂，獨不逢災。”亦泛指宮廷藏書處。

臺灣先賢詩文集彙刊 第五輯 03 曾笑雲《東寧擊鉢吟前集》七陽 第 221 頁

作者簡介
黃爾竹，字凌霄，臺灣臺中人，生平不詳。

古書
黃守謙

三墳五典作清修，① 案上燈前伴白頭。

囑咐兒曹須曬閱， 先人手澤簡編留。②

編者註：①三墳五典：三墳，指伏羲、神農、黃帝的書；五典，指少昊、顓頊、高辛、唐虞的書。孔安國《尚書·序》云："伏羲、神農、黃帝之書，謂之《三墳》，言大道也。少昊、顓頊、高辛、唐虞之書，謂之《五典》，言常道也。清修：謂淡泊省修。明·範濂《雲間據目抄·俞顯卿》："公抗疏論之，坐誣。掛冠家居，杜門清修，敦尚孝友。"②手澤：猶手汗。後多用以稱先人或前輩的遺墨、遺物等。《禮記·玉藻》："父沒而不能讀父之書，手澤存焉爾。"

臺灣先賢詩文集彙刊 第五輯 03 曾笑雲《東寧擊鉢吟前集》十一尤 第 274 頁

作者簡介
黃守謙，字式垣，臺灣桃源人，生平不詳。

古書
鄭永南

蠹食塵封不計秋， 牙籤滿架憶從頭。
開廚觸我興亡感，① 秦刼於今數部留。

編者註：①開廚：《晉書·文苑傳·顧愷之》："愷之嘗以一廚畫糊題其前，寄桓玄，皆其深所珍惜者。玄乃發其廚後，竊取畫，而緘閉如舊以還之，給云未開。愷之見封題如初，但失其畫，直云妙畫通靈，變化而去。"後以"開廚"形容精妙的繪畫。唐·王維《春過賀遂員外藥園》詩："畫畏開廚走，來蒙倒屣迎。"

臺灣先賢詩文集彙刊 第五輯 03 曾笑雲《東寧擊鉢吟前集》十一尤 第 274 頁

作者簡介
鄭永南，字墨禪，臺灣桃源人，生平不詳。

古書
呂梅山

手澤相傳世代留，典墳一部幾千秋。
滄桑閱盡墨痕老，猶共新編疊案頭。

臺灣先賢詩文集彙刊 第五輯 03 曾笑雲《東寧擊鉢吟前集》十一尤 第 274 頁

作者簡介
呂梅山，字號不詳，臺灣桃源人，生平不詳。

書味
葉際唐

琳琅萬卷古香浮，　濃淡殊難一例收。
小品文章嫌餖飣，[1] 醉心只向六經求。[2]

腐儒粗糲笑難謀，[3] 却擁牙籤當膳饈。
掩卷未甘雞肋棄，[4] 青燈長戀夜窓幽。

萬卷家藏詡汗牛，[5] 誰云未可當珍饈。
英華百氏供咀嚼，　適口鯖應勝五侯。[6]

編者註：[1]餖飣：比喻文辭的羅列、堆砌。明·胡應麟《詩藪續編·國朝上》："第詩文則餖飣多而鎔鍊乏，著述則剽襲勝而考究疎。"清·李慈銘《越縵堂讀書記·史記》："臧氏之學，頗嫌餖飣，繁而寡要。"[2]六經：孔子在晚年整理的《詩》《書》《禮》《易》《樂》《春秋》，後人稱之為"六經"。其中《樂經》已失傳，所以通常稱《五經》。《禮經》：漢代是指《儀禮》，宋朝以後《五經》中的《禮經》一般是指《禮記》。《三字經》中："詩書易，禮春秋，號六經，當講求。"禮指《大禮》《小禮》，後失傳其一，並更名為《禮記》。[3]粗糲：糙米，泛指粗劣的食物。唐·杜甫《有客》詩："竟日淹留佳客坐，百年粗糲腐儒餐。"[4]雞肋：雞的肋骨。比喻無多大意味，但又不忍捨棄之事物。宋·楊萬里《曉過皂口嶺》詩："半世功名一雞肋，生平道路九羊腸。"⑤汗牛：謂牛運書累得出汗，形容著述或藏書極多。宋·俞文豹《吹劍四錄》："汗牛試卷浩無涯，剗盡雷同別一家。"⑥鯖 qīng：魚類的一科，身體呈梭形而側扁，鱗圓而細小，頭尖口大。

臺灣先賢詩文集彙刊 第五輯 03 曾笑雲《東寧擊鉢吟前集》十一尤 第 278 頁

學海
楊爾材

> 蘇潮韓海思淋漓，未許塵寰俗子知。
> 自有千尋深莫測，還同萬疊廣無疑。
> 茫茫誰作中流柱，濟濟人吟大雅詩。①
> 却喜年年風浪靜，秦灰飛不到津涯。②

編者註：①大雅：《詩經》的組成部分之一。《左傳·襄公二十九年》："吳公子劄來聘……為之歌《大雅》。曰：'廣哉，熙熙乎！曲而有體，其文王之德乎！'"後亦用以稱閎雅淳正的詩篇。唐·李白《古風》之一："大雅久不作，吾衰竟誰陳？"②秦灰：指秦始皇所燒書籍的灰燼。元·宮天挺《范張雞黍》第二折："秦灰猶未冷，漢道復衰絶。"元·郝經《秋興》詩："六經依舊垂天地，千載秦灰散刼空。"津涯：岸；水邊。《書·微子》："今殷其淪喪，若涉大水，其無津涯。"孔傳："言殷將沒亡，如涉大水無涯際，無所依就。"宋·李綱《小字華嚴經合論後序》："如泛巨海，浩無津涯，必觀星斗乃辨方所。"

臺灣先賢詩文集彙刊 第五輯 04 曾笑雲《東寧擊鉢吟後集》第 41 頁

作者簡介
楊爾材，字近樗，臺灣朴子人，生平不詳。

學海
林自東

歐風美雨嘆多岐，^① 派別東西費苦思。

韓海汪洋無底止， 蘇潮澎湃莫推移。

千重墨浪翻新樣， 萬疊靈源湧妙辭。^②

濁世狂瀾誰力挽， 共扶大雅繫安危。

編者註：①歐風美雨：比喻歐美的政治、經濟和文化。隨著西方文化的湧入，中國的社會風俗和衣食住行等深受影響。如西方的洋布、洋裝、吃西餐等。②靈源：指心靈。晉·陸雲《夏府君誄》：“淪心眾妙，洞志靈源。”

臺灣先賢詩文集彙刊 第五輯 04 曾笑雲《東寧擊鉢吟後集》四支 第 42 頁

作者簡介

林自東，字如陵，臺灣朴子人，生平不詳。

書帶草
莊根茹

蒙茸匝地綠陰初，^① 疑是芝蘭竟不如。

遶砌青茵春雨織， 穿簾翠帶曉煙舒。

非侵遠道王孫憶，^② 豈識深宮帝女居。^③

漫說化螢能照字， 光翻異彩入圖書。

編者註：①蒙茸：蔥蘢。唐·羅鄴《芳草》詩：“廢苑牆南殘雨中，似袍顏色正蒙茸。”匝地：遍地。唐·王勃《還冀州別洛下知己序》：“風煙匝地，車馬如龍。”②王孫：泛指貴族子弟。《楚辭·淮南小山〈招隱士〉》：“王孫游兮不歸，春草生兮萋萋。”王夫之通釋：“王孫，隱士也。秦漢以上，士皆王侯之裔，故稱王孫。”唐·杜甫《哀王孫》詩：“腰下寶玦青珊瑚，可憐王孫泣路隅。”③帝女：帝王之女。唐·袁不約《長安夜遊》詩：“鳳城連夜九門通，帝女皇妃出漢宮。”

作者簡介
莊根茹，字友蘭，臺灣松山人，生平不詳。

書帶草
黃彩堂

不堪城下影扶疎，　簇簇含煙翠帶舒。
芸閣青迎君子佩，[1] 蓬窓綠拂美人裾。[2]
詞林奇種蘭堪伍，　藝苑靈根薤豈如。[3]
他日書香欣繼世，　鄭家瑞氣近皇儲。

編者註：[1]芸閣：藏書處。唐·元稹《答姨兄胡靈之見寄五十韻》：芸閣懷鉛暇，姑峰帶雪晴。何由身倚玉，空睹翰飛瓊。[2]蓬窓：指其簡陋的寓所。[3]靈根：植物根苗的美稱。明·陳所聞《懶畫眉·月下劉中明招賞牡丹》曲："一叢凝露在沉香，移得靈根傍錦堂。"亦指有才德修養之人。

作者簡介
黃彩堂，字逸樵，臺灣佳里人，生平不詳。

夜讀
陳旺回

人愛晴耕兼雨讀，我惟夜補日之餘。
敢期太乙藜燃閣，翻笑孫康雪映廬。
黃卷字分魯魚跡，青燈光射斗牛墟。[1]
于今欲續中原史，不憚樊膏一校書。

編者註：[1]斗牛：二十八宿中的斗宿和牛宿。北周·庾信《哀江南賦》："路

已分於湘漢，星猶看於斗牛。"唐·賈島《逢博陵故人彭兵曹》："踏雪攜琴相就宿，
夜深開戶斗牛斜。"

臺灣先賢詩文集彙刊 第五輯 04 曾笑雲《東寧擊鉢吟後集》六魚 第 52 頁

作者簡介
陳旺回，字子春，臺灣關西人，生平不詳。

夜讀
葉步戡

年來為惜寸陰餘，　續把檠燈理舊書。①
萬卷翻殘披鄴架，　一宵從不入華胥。
放翁肯許良為友，②季子聞知亦羨予。③
亥豕而今皆細認，　明朝足否化龍魚。④

編者註：①檠：燈架，燭臺，借指燈。②放翁：陸遊，字務觀，號放翁，越
州山陰（今紹興）人，南宋文學家、史學家、愛國詩人。③季子：指春秋時吳季
劄。季子為吳王壽夢少子，不受君位，封於延陵，號延陵季子，省稱"季子"。歷
聘各國，過徐，徐君愛其劍，季子為使上國，未與。及返，徐君已死，乃系其寶劍
于徐君塚樹而去。事見《史記·吳太伯世家》。後人稱頌其高風亮節。《陳書·宣帝
紀》："詠季子之高風，思城陽之遠託。"借指情誼生死不渝者。④龍魚：亦名"魚
龍變化"。魚化為龍，古喻金榜題名。《封氏聞見記》卷二："故當代以進士登科為
登龍門。"李白《與韓荊州書》："一登龍門，便聲價百倍。"

臺灣先賢詩文集彙刊 第五輯 04 曾笑雲《東寧擊鉢吟後集》六魚 第 52 頁

作者簡介
葉步戡，字號不詳，臺灣龍潭人，生平不詳。

讀書燈
許夢青

雞窓獨坐每邀君，　　繼日空成不世勳。
隻眼遍窺天祿秘，[1]　寸心盡照石渠文。[2]
人誇暗室光明地，　　我道熙朝紀縵雲。[3]
還有餘暉能射斗，　　壓低劍氣夜中分。

編者註：[1]天祿：漢代閣名，後亦通稱皇家藏書之所。明·徐渭《芸閣校書篇》詩：「他年在天祿，羞與俗人同。」[2]石渠：石渠即石渠閣，在長安未央宮大殿的北面，是漢朝皇宮內藏書之處。是漢初丞相蕭何提議建造的，收藏入關後所得秦朝的各類珍貴圖書典籍。因宮殿下石為渠以導水，故稱石渠閣。漢宣帝時，曾徵召著名學者劉向在石渠閣教授《谷梁春秋》並論析《五經》。漢成帝時，在此處珍藏皇宮各類典籍秘本，並安排博士施讎和名儒在石渠閣講學辯論《五經》異同。石渠閣實際上是皇家圖書館兼學術討論的所在地。後以「石渠」或「石閣」為典，用以指秘書省、集賢殿書院等藏書之處。唐·耿湋《題清源寺》：「陳跡留金地，遺文在石渠。」宋·周紫芝《鷓鴣天·荊州都倅生日》：「借令未解鑾坡去，也合讎書在石渠。」[3]熙朝：興盛的朝代。宋·陳師道《賀翰林曾學士書》：「兄弟相望，乃平世之榮光；魯衛同升，亦熙朝之故事。」

臺灣先賢詩文集彙刊 第五輯 04 曾笑雲《東寧擊鉢吟後集》十二支 第 86 頁

作者簡介

許夢青，字荊石，號劍漁，又號高陽酒徒，祖籍安溪，世居臺灣彰化鹿港。其詩悲歌激越，多作不平語。乙未之役，避亂泉州。後歸，莫以自遣，詩酒以終。著有《鳴劍齋遺草》，未梓。

讀書燈
葉際唐

一盞輝煌耀典墳，　　咿唔坐對到宵分。[1]

偷光壁異匡衡鑿，　繼晷膏師韓愈焚。
味蠹照時編是簡，　飛蛾赴處閣名芸。
紅裳幻女應相笑，^② 何苦徒為白首勤。

編者註：①宵分：夜半。《魏書·崔楷傳》："亮由君之勤恤，臣用劬勞，日昃忘餐，宵分廢寢。"唐·李群玉《中秋越台看月》："宵分憑檻望，應合見蓬萊。"②紅裳：紅色衣裳。借指美女。宋·朱熹《春穀》詩："紅裳似欲留人醉，錦障何妨為客開。"

臺灣先賢詩文集彙刊 第五輯 04 曾笑雲《東寧擊鉢吟後集》十二支 第 86 頁

觀書

鮑國棟

蘭臺經史義含包，　披卷齊肩閱不拋。
閉口休談今世事，　凝眸雅與古人交。
唐虞鳴盛風猶在，^①　亥豕分明字弗淆。
看到安邦匡國策，　叮嚀細把筆新鈔。

編者註：①唐虞：唐堯與虞舜的並稱。亦指堯與舜的時代，古人以為太平盛世。《論語·泰伯》："唐虞之際，於斯為盛。"

臺灣先賢詩文集彙刊 第五輯 04 曾笑雲《東寧擊鉢吟後集》三肴 第 129 頁

作者簡介
鮑國棟，字樑臣，臺灣高雄人，生平不詳。

觀書

吳茗椀

蘭香書氣相本交，　萬卷凝眸未忍拋。
守我案中天地色，　任他窗外雨風敲。

須防東閣魚蟬食，^① 漫作喬家姊妹嘲。

安得負薪猶悅目，^② 勖心經史礪同胞。^③

編者註：①東閣：東廂的居室或樓房。古樂府《木蘭詩》："開我東閣門，坐我西間牀。"②負薪：背負柴草。謂從事樵采之事。指貧困的生活處境。③勖 xù：表示勉勵。唐·李白《古風》之二十："勖君青松心，努力保霜雪。"

臺灣先賢詩文集彙刊 第五輯 04 曾笑雲《東寧擊鉢吟後集》三肴 第 129 頁

作者簡介

吳茗椀，字紉秋，臺灣臺北人，生平不詳。

夜讀
吳祥輝

灯下殷勤究典章，井田封建費思量。^①

咿唔直到三更後，那管隣人笑老狂。

編者註：①井田：是具有一定規劃的方塊田，井田制是我國奴隸社會的土地國有制度，西周時盛行。那時，道路和管道縱橫交錯，把土地分隔成方塊，形狀像"井"字，因此稱做"井田"。封建：是一種分封的政治制度。據《呂氏春秋通詮·慎勢》載："封建，即封邦建國，古代帝王把爵位、土地分賜親戚或功臣，使之在各自區域內建立邦國，即封建親戚以藩屏周。相傳黃帝為封建之始，至周制度始備。"

臺灣先賢詩文集彙刊 第五輯 05 黃洪炎《瀛海詩集（上）》第 37 頁

作者簡介

吳祥輝，字春麟，臺灣臺北人，生平不詳。

夜讀
蘇國輔

夜靜齋中把卷披，更深尚自學吟詩。

一編杜集燈前味，直到雞聲報曉時。

臺灣先賢詩文集彙刊 第五輯 05 黃洪炎《瀛海詩集（上）》第 125 頁

作者簡介

蘇國輔，字號不詳，臺灣臺北人，生平不詳。

隨月讀書
黃坤明

當空伴讀一輪明，堦下孜孜到五更。

欲盡餘光升屋去，終宵不寐復重賡。[①]

編者註：①賡：繼續的意思。

臺灣先賢詩文集彙刊 第五輯 05 黃洪炎《瀛海詩集（上）》第 179 頁

作者簡介

黃坤明，字啓東，臺灣新竹人，生平不詳。

讀書感懷
王清標

窗前刺股五更深，[①] 亥豕魯魚未悟心。

學海潮流隨世轉， 亡羊歧路總難尋。

編者註：①刺股：戰國時期，有一位名士叫蘇秦，是位出名的政治家。在年輕時，由於學問不多不深，曾到好多地方做事，都不受重視。回家後，家人對他也很冷淡，瞧不起他，這對他的刺激很大。所以，他下定決心，發奮讀書。他常常讀書到深夜，很疲倦，常打盹。為此他想出了一個方法，準備一把錐子，一打瞌睡，就用錐子往自己的大腿上刺一下。這樣，猛然間感到疼痛，使自己清醒起來，再堅持讀書，這就是蘇秦"刺股"的故事。

臺灣先賢詩文集彙刊 第五輯 06 黃洪炎《瀛海詩集（下）》第 368 頁

作者簡介

王清標，字友梅，臺灣東港人，生平不詳。

學海揚帆
邱萬福

> 曾向程門立雪求，　書詩滿載歷春秋。
> 泛來墨浪推移力，　振作文風戰逆流。
> 仰止尼山聞木鐸，[①] 瞻依泗水繫蘭舟。[②]
> 虛心願沐恩波麗，　深淺詞源得自由。

編者註：①尼山：尼山原名尼丘山，孔子父母"禱于尼丘得孔子"，所以孔子名丘字仲尼，後人避孔子諱稱為尼山，位於曲阜市城東南30公里。②泗水：泗水隸屬于山東省濟寧市。泗水是泗河文化的發祥地，歷史悠久。孔子曾遊學至泗水，站在泉林泉頭上，望著晝夜流淌不息的泉水，發出了"逝者如斯夫，不舍晝夜"的慨然長歎。李白足跡遍及泗河兩岸，並留下"秋波落泗水，海色明徂徠"的佳句。朱熹亦寫出了"勝日尋芳泗水濱，無邊光景一時新。等閒識得東風面，萬紫千紅總是春"的詩篇。

臺灣先賢詩文集彙刊 第五輯 07 賴子清《臺灣詩海》前編 第 92 頁

作者簡介

邱萬福，字攸同，臺灣嘉義人，生平不詳。

讀經
鄧修然

漫將古籍任封塵，魯壁遺編劫後身。①
勤向窗前重檢校，免教國粹久沉淪。

編者註：①魯壁：《〈書〉序》：“至魯共王好治宮室，壞孔子舊宅，以廣其居，於壁中得先人所藏古文虞、夏、商、周之書及傳、《論語》《孝經》，皆蝌蚪文字。”後以“魯壁”指孔子故宅藏有古文經傳的牆壁。唐玄宗《晚宴兩相》詩序：“乃命學者繕落簡，緝遺編，纂魯壁之文章，綴秦坑之煨燼。”宋·陸遊《晴窗讀書自勉》詩：“天全魯壁藏，不墮秦火虐。”

臺灣先賢詩文集彙刊 第五輯 07 賴子清《臺灣詩海》前編 第 93 頁

作者簡介
鄧修然，字漁父，臺灣南投人，生平不詳。

讀書
蔣啓源

為愛文章展卷頻，殷勤時習不辭辛。
也應玩索諸經意，自放光明德照鄰。

臺灣先賢詩文集彙刊 第五輯 07 賴子清《臺灣詩海》前編 第 94 頁

作者簡介
蔣啓源，字號不詳，臺灣嘉義人，生平不詳。

書城
陸文饒

室大眞如斗，書城擁不孤。研經親鄭孔，尙友得韓蘇。

繼晷焚銀燭，陶情倒玉壺。誰爲吳道子，畫我讀書圖。

作者簡介

陸文饒，字號不詳，湖南臨湘人，清光緒間生員。著有《西村詩鈔》等。

九經
郭明安

孝弟能教薄俗醇，治平精義在彝倫。[1]
化成禮讓刑應措，才去浮華用始眞。
凡事當爲千載法，古歡重拾一番新。[2]
書生留得昏花眼，佇盼宣尼樂育仁。

編者註：[1]治平：治國平天下。語本《禮記·大學》："身脩而後家齊，家齊而後國治，國治而後天下平"。清·侯方域《南省試策》之三："太子異日有天下之責者也。但得青宮讀書，辨古今興亡，識人才邪正，足以治平耳矣。"亦謂政治清明，社會安定。[2]古歡：往日的歡愛或情誼。《文選·古詩〈凜凜歲雲暮〉》："良人惟古歡，枉駕惠前綏。"李善註："良人念昔日之歡愛，故枉駕而迎己。借稱舊好，老朋友。清·黃景仁《雜詩》："鮑叔稱古歡，用惠深自售。"

作者簡介

郭明安，靜觀，臺灣瑞芳人，生平不詳。

書香
游象新

寶笈瑤函麗藻舒，[1] 幾疑百和熱焚餘。
蒸編幽馥存冰繭，芸帙濃薰走蠹魚。[2]

秘護儘教蘭作室，　　珍藏端合石爲渠。

劇憐吟到梅花句，　　班宋詞華總不如。③

編者註：①麗藻：指綺麗的景物。清‧吳偉業《九峰詩‧機山》：“江山麗藻歸《文賦》，京洛浮沉負鈞磯。”亦指華麗的詩文。晉‧陸機《文賦》：“游文章之林府，嘉麗藻之彬彬。”②芸帙：猶芸編。明‧梁寅《蒙山賦》：“坐紫苔兮綠綺奏，蔭蒼松兮芸帙舒。”③班宋：班固和宋玉均善辭賦，以富麗見稱，後以之泛稱辭賦之美者。清‧孔尚任《桃花扇‧聽稗》：“早歲清詞，吐出班香宋豔；中年浩氣，流成蘇海韓潮。”

臺灣先賢詩文集彙刊 第五輯 07 賴子清《臺灣詩海》前編 第 106 頁

作者簡介

游象新，字雪齋，臺灣頭城人，生平不詳。

曝書
謝長海

珍重名山秘籍藏，劇愁霉浥到縑緗。①

啓廚時恰逢長夏，防蛀功還仗太陽。

且把殘編祛蠹跡，更教逐卷撒芸香。②

蕭疏月影侵堦後，親共家僮檢點忙。

編者註：①霉浥：霉，雨中暑氣也。霉雨善汙衣服，故又云霉浥，言其爲霉所壞也。縑緗：供書寫用的淺黃色細絹。高燮《柬曼殊大師並乞畫偕隱圖》：“聊寄縑緗盈尺幅，願言偕隱是吾徒。”亦指書冊。②芸香：芸香屬莖基部木質的多年生草本植物，其特有的香味有殺蟲效果，可用來驅蠅、辟蠹，成為古人最簡便易行的方法，也是一種頗含詩意之舉。芸草不僅辟蠹，而且還能夾在書中做書簽用，書中清香之氣，日久不散，打開書後，香氣襲人，正是名副其實的“書香”。不僅如此，“芸”還和書及與書有關的事連在一起，形成許多專用詞語。如書籍又稱“芸編”；讀書仕進者謂之“芸人”，校書郎稱為“芸香吏”，專司典籍的秘書省叫作“芸香閣”“芸台”“芸省”或“芸署”，藏書處稱“芸局”，書齋別稱“芸窗”或“芸館”，書籤則稱"芸籤"等。

臺灣先賢詩文集彙刊 第五輯 07 賴子清《臺灣詩海》前編 第 106 頁

作者簡介

謝長海，字鐸庵，臺灣苗栗人，生平不詳。

讀書燈
簡清風

一穗搖紅影，窗櫺透幾重。幽齋人讀史，孤館夜鳴蛩。
蘭燄爭明月，書聲雜晚鐘。焚膏長不倦，艷放筆花穠。

臺灣先賢詩文集彙刊 第五輯 07 賴子清《臺灣詩海》後編 第 197 頁

作者簡介

簡清風，字穆如，臺灣基隆人，生平不詳。

偶筆
賴國華

露重風高細雨餘，冰輪斜轉夜窗虛。
宵來枕上無他夢，夢與諸生講舊書。

塾中作

雞聲唱徹四更時，萬種愁情似亂絲。
欲向疏窗圓冷夢，中庭況復雨淋漓。

臺灣先賢詩文集彙刊 第五輯 08《詩詞合鈔》之八《琢其吟草》第 57 頁

作者簡介

賴國華，字璋，號琢其。清同治己巳年，時年十九，以第七名入泮，不慕名利，終身設帳造士。善書弈，著有《琢其詩文集》各一卷。

讀書
吳蘅秋

佶屈聱牙困一燈，眼花每苦字如蠅。
汲深綆短嗟何及，梧葉秋聲感慨增。

編者註：①汲深綆短：綆，汲水用的繩子。汲深綆短，喻才力不能勝任，多用作謙辭。

臺灣先賢詩文集彙刊 第五輯 10《應社詩薈》之《蘅廬詩槀》第 164 頁

作者簡介
吳蘅秋，字號不詳，臺灣彰化人，生平不詳。

恆春竹枝詞（八首選一）
胡徵

義墩番童四處收，蓬頭跣足語啁啾。
也知三五團圝坐，放學歸來又牧牛。

陳漢光《臺灣詩錄》第九卷 第 1107 頁

作者簡介
胡徵，字如澄，廣西桂林人，清光緒年間人士，生平不詳。

萬石巖
（內有讀書臺，爲延平郡王讀書之處）
連橫

江城落日鼓聲哀，東海騎鯨去不回。

後起儒生幾人傑，吟詩空上讀書臺。

陳漢光《臺灣詩錄》第十卷 第 1288 頁

寒夜讀書
鄭以庠

牙籤萬軸小蓬瀛，料峭風寒逼短檠。
一卷離騷一壺酒，雲廬消夜古狂生。

陳漢光《臺灣詩錄》第十卷 第 1295 頁

聚芳園八景之一
北苑書聲
翟灝

兒子讀書聲，此事良可喜。
未識老壯時，能作駒千里？

林文龍《臺灣詩錄拾遺》第 22 頁

作者簡介
翟灝，字笠山，山東淄川人，增貢生。清乾隆五十七年，來臺任南投縣丞，嘉慶元年、七年二度回任。

讀書堂
李長庚

尊崇朱子像，羅列聖賢箴。
學問資師友，淵源深不深。

《全臺詩》第叁冊 李長庚 第 262 頁

舟中示二兒
李長庚

暫時相聚復相離，膝下承歡慰母慈。
可記阿爺臨別語，讀書一事要深維。

《全臺詩》第叁冊 李長庚 第 276 頁

重陽傷別示兒
李長庚

一門三處度重陽，且自消愁莫嘆傷。
經濟文章須努力，休教離索繫心腸。

《全臺詩》第叁冊 李長庚 第 277 頁

作者簡介

李長庚，字超人，號西巖，福建同安人。清乾隆三十六年武進士，乾隆五十二年任福建海壇鎮總兵。嘉慶五年，擢福建水師提督，不久調浙江，長年致力於追勦海盜蔡牽與朱濆之工作。嘉慶十二年十二月二十五日，追討蔡牽至黑水洋，不幸中砲身亡，追封三等烈伯，諡號"忠毅"。長庚出身行伍，但是頗能著作，有《李忠毅公遺詩》。

雜詩平韻三十首（選一）
章甫

遙天雲路任鵬翔，　鎩翮安能萬里長。[①]
悔失桑榆收已晚，[②]枉拋歲月度方剛。
嬌容都愛花兼柳，　辛性誰堪桂與薑。
自是不才應見棄，　青袍何誤讀書郎。

編者註：①鎩翮 shā hé：猶鎩羽。晉·左思《蜀都賦》："鳥鎩翮，獸廢足。"宋·歐陽修《述懷》詩："鎩翮追羣翔，孤唳驚眾聽。"②桑榆：指桑樹與榆樹。日落時光照桑榆樹端，因以指日暮，比喻晚年、垂老之年。《後漢書·馮異傳》：失之東隅，收之桑榆。曹植《贈白馬王彪》："年在桑榆間，影響不能追。"

《全臺詩》第叁冊 章甫 第353頁

夜讀
章甫

永夜無紛擾，孤燈對古人。
天心憐守拙，還我讀書身。

《全臺詩》第叁冊 章甫 第383頁

作者簡介

章甫，字文明，號半崧，臺灣縣（今臺灣省臺南市）人。清嘉慶四年歲貢，三次渡海赴試，皆不中，遂設教里中。重修府學文廟時曾捐銀贊助，其後擔任董事。甫性嗜古，天分甚高。讀書博采經子百家之菁華，究心詩學之源流正變。其後絕意仕途，課兒孫自娛，時人目為高士。詩文俱工，著有《半崧集》六卷。

步高梅園書齋元韻
黃敬

聞說書齋倚嶺坪，　前村花柳翠相迎。
庭無俗客紅塵遠，　座有高人雅韻生。
筆到泉涯泉落處，　詩題石壁石留名。
寄聲報與仙翁道，　異日登臨伴我行。

卜築書齋倚屯坪，　萬千氣象對君迎。
瀠洄曲水窗前繞，　倒卓青雲足下生。①
夜靜池塘魚讀月，　春深岩谷鳥呼名。
此中自覺天衢近，②寄語登高共一行。

新築書齋卜地坪，　春風桃李一門迎。
谷中人向苔衣坐，　樹外人從鳥道生。
芳草有神應入夢，　好花無數不知名。
登高覓卻盡頭處，　回首山光逐我行。

編者註：①倒卓：猶倒立、倒豎。宋‧王禹偁《酬安秘丞歌詩集》詩："又似
赤晴乾撒一陣雹，打折瓊林枝倒卓。"②天衢：王逸《九思‧遭厄》："躡天衢兮長
驅，踵九陽兮戲蕩。"天空廣闊，任意通行，如世之廣衢，故稱天衢。

步陳晴川書齋元韻
黃敬

書齋蕭洒好閑遊，雲物淒涼一色秋。
倚檻敲詩花欲笑，臨池洗硯水長流。
松篩月色橫窗古，竹弄金聲入院幽。
此日流觴欣暢飲，何時樽酒再重酬。

《全臺詩》第肆冊 黃敬 第131頁

步高梅園書齋元韻
黃敬

世事浮雲不一端，高人托足在深巒。
因尋樵徑苔粘履，為問花枝露滴冠。
樹隱夕陽空外落，池生春草夢中看。

幾回借問屯山路，積雪如今殘未殘。

千岩萬壑出雲端，不及屯陰一翠巒。
水遠山腰環玉帶，露垂石髮綴珠冠。
有時月自蚌中吐，是處花從鳥道看。
遙憶雲峰高士在，書聲徹夜雨聲殘。

高齋聳峙北山端，大塊文章聚此巒。
天織雲霞為繡錦，地栽草木作衣冠。
舉頭銀漢雙星近，回首滄浪一粟看。
有客登臨憑借詠，一聲唱徹雪花殘。

步陳晴川書齋元韻
黃敬

書齋隔斷俗塵緣，　托足莫嫌此地偏。
雨後庭陰空翠落，　春深樹靄入聲傳。
案前青史窗前竹，　雲外飛鳶物外天。
教罷兒童時翹首，　千秋白雲滿山巔。

晴川瀟洒脫塵緣，　卜築最宜枕地偏。
三徑苔沉牛隻過，①　數家風動竹聲傳。
笑談世事渾如夢，　指點人間別有天。
欲擬舞雩歸詠事，②　振衣直拂北山巔。

編者註：①三徑：亦作"三逕"。晉·趙岐《三輔決錄·逃名》："蔣詡歸鄉里，荊棘塞門，舍中有三徑，不出，唯求仲、羊仲從之遊。"後因以"三徑"指歸隱者的家園。晉·陶潛《歸去來辭》："三徑就荒，松竹猶存。"②舞雩 yú：雩，古代為求雨而舉行的一種祭祀。舞雩：古代求雨時舉行的伴有樂舞的祭祀，指舞雩台。

《論語晉·先進》："浴乎沂，風乎舞雩，詠而歸。"後指樂道遂志，不求仕進。

《全臺詩》第肆冊 黃敬 第 132 頁

作者簡介

黃敬，字景寅，臺灣淡水關渡人，人稱"關渡先生"。年幼喪父，母親督學苦讀。清道光二十八年，安溪舉人盧春選來淡設教，乃師事之，學業大進。咸豐四年取中歲貢生，後獲授福建福清縣學教諭，因母年邁未就，於是設帳關渡，以敦行為本，及門多秀士。

二

課子詩

秋興
許志清

一年容易又秋風，物換星移大海東。
雲水蒼茫驚去燕，關山迢遞感征鴻。
杜陵有興詩懷壯，歐子聞聲賦手工。
梧葉滿階誰掃盡？明朝還欲課兒童。

臺灣文獻叢刊 第 0034 種　王松《臺陽詩話》下卷 第 65 頁

作者簡介
許志清，字超英，清咸豐間名孝廉，生平不詳。

示松兒
鄭用錫

男兒貴自立，弧矢昔所懸。① 相期在千古，不讓今人前。
我年三十六，一第幸登天。 蹉跎猶自悔，兀兀嗟窮年。
窮通雖有命，爾志當益堅。 譬如登華岱，奮跡陟其巔。
且披鄴侯架，更着祖生鞭。 光陰如過隙，轉瞬難久延。
桑榆收已晚，時逾境亦遷。 門閭吾望子，勿復廢鑽研！

書帶草
鄭用錫

在昔稱康成，② 著述傳吾道。 兩序列生徒，③ 高密儒生噪。
不其城外山， 山下生瑞草。 稱之曰書帶， 形肖名亦好。
我聞周濂溪，④ 窗前生意繞。 又聞杜荀鶴，⑤ 科名有吉兆。
屈軼長明廷，⑥ 紫芝來四皓。⑦ 同是託靈根， 一一成大造。
未若此葳蕤， 左縈復右抱。 爲語兒輩知， 此乃吾家寶。

一室拜經神，青青長摛藻。⑧

編者註：①弧矢：古代國君世子生，以桑弧蓬矢射天地四方，期其有志于遠大，後因以"弧矢"喻生男孩，亦指男子當從小立大志。《禮記·內則》："國君世子生……射人以桑弧蓬矢六，射天地四方。"宋·陸遊《鵝湖夜坐書懷》詩："士生始墮地，弧矢志四方。"②康成：漢·鄭玄之字。《後漢書·鄭玄傳》："鄭玄，字康成，北海高密人也。"唐·劉長卿《送鄭說之歙州謁薛侍禦》詩："嘗聞馬南郡，門下有康成。"宋·司馬光《為龐相公讓明堂加恩第二表》："昆侖傚玉帶之圖，路寢采康成之義。"③兩序：所謂兩序，是仿照封建朝廷分文、武兩班之次秩序，而將執事僧分成東、西兩序。④周濂溪：周敦頤，號濂溪，世稱"濂溪先生"。《愛蓮說》的作者，他是著名哲學家，理學派開山鼻祖，著有《周子全書》行世。⑤杜荀鶴：字彥之，自號"九華山人"。晚唐詩人。他出身寒微，中年始中進士。以詩名，自成一家，尤長於宮詞，官至翰林學士知制誥。⑥屈軼：亦稱"屈佚草"。亦稱"屈草"，古代傳說中一種草，謂能指識佞人，故又名"指佞草"。晉·張華《博物志》卷三："堯時有屈佚草，生於庭，佞人入朝，則屈而指之。"⑦紫芝：真菌的一種、似靈芝，古人以為瑞草，道教以為仙草，比喻賢人。《淮南子·俶真訓》："巫山之上，順風縱火，膏夏紫芝，與蕭艾俱死。"高誘註："膏夏、紫芝皆喻賢智，蕭、艾、賤草。皆喻不肖。"四皓：商山四皓，秦時隱士，漢代逸民。是居住在陝西商山深處的四位白髮皓須、德高望眾、品行高潔的老者，他們四位分別是蘇州太湖甪里先生周術，河南商丘東園公唐秉，湖北通城綺里季吳實，浙江寧波夏黃公崔廣。四皓本來為秦代官員，古稱秦博士。秦人歷代務農講武，任用賢能的知識份子奠定了霸業。到秦始皇嬴政時，廢井田，毀學校，焚燒經籍，坑殺儒生。四皓見時政日非，危亂將至，逃離咸陽，隱居在"上洛商山"。後人說此不與亂世合作的態度，為"避世"或"避秦"。⑧摛藻：鋪陳辭藻。意謂施展文才。漢·班固《答賓戲》："雖馳辯如濤波，摛藻如春華，猶無益於殿最也。"唐·虞世南《門有車馬客行》："高談辨飛兔，摛藻握靈蛇。"

臺灣文獻叢刊 第 0041 種 鄭用錫《北郭園詩鈔》卷一 第 3 頁

讀易示諸兒
鄭用錫

五經衆説郛，①	惟易滙衆理。②	道通月窟中，③	義蘊天根裏。④
嗟彼讀易者，	不過混沌耳。	不知先後天，	圖自羲文始。⑤
爻詞象象繫，⑥	周公及孔子。	象以括其全，	爻各隨所視。
三百八四爻，	取象皆虛擬。	其間德位時，	當須判臧否。
承乘兼比應，	毫髮難差徙。	吉凶同悔吝，	占詞辨由起。
二五位居中，	論正或未是。	惟中能兼正，	餘雖正莫比。
互卦與錯卦，	旁通悟其旨。	一陰復一陽，	變化無涯涘。
何人執此編，	一一窮原委。	由淺而及深，	幸勿踰前軌。

編者註：①說郛：《說郛》為明代文言大叢書，是元末明初的學者陶宗儀所編纂，多選錄漢魏至宋元的各種筆記彙集而成。書名取揚子語"天地萬物郛也，五經眾說郛也"，《說郛》意思就是五經眾說。該書共百卷，條目數萬，彙集秦漢至宋元名家作品，包括諸子百家、各種筆記、詩話、文論；內容包羅萬象，有經史傳記、百氏雜書、考古博物、山川風土、蟲魚草木、詩詞評論、古文奇字、奇聞怪事、問卜星象等。《說郛》為歷代私家編集大型叢書中較重要的一種，元末明初著名詩人楊維楨為之作序，說："學者得是書，開所聞擴所見者多矣。"②易：即《周易》。是我國最古老的一部筮占之書，約成書於西周時期。起初編纂此書的目的，是為了便於占算時檢索吉凶的結果。春秋時期，有人依附於它的卦爻形式藉以發揮哲學思想。戰國時期，一些儒家學者系統整理了一批解說《周易》的作品，並把它們編纂成書。到了"獨尊儒術"的漢代，《周易》被奉為儒家經典，成為經學家們研治的一項專門學問，這就是易學。③月窟：傳說月的歸宿處。唐·岑參《獻封大夫破播仙凱歌》之二："官軍西出過樓蘭，營幕傍臨月窟寒。"宋·邵雍《秋懷》詩之三二："脫衣掛扶桑，引手探月窟。"④天根：星名。即氐宿。東方七宿的第三宿，凡四星。亦指自然之稟賦、根性。漢·賈誼《新書·等齊》："人之情不異，面目狀貌同類，貴賤之別，非人天根著於形容也。"明·唐順之《與應警庵郡守》："惟古人為學，堅苦磨鍊，忍嗜欲以培天根，久之則此心凝靜，百物皆通。"⑤羲文：伏羲氏和周文王的並稱。《後漢書·班固傳下》："今論者但知誦虞夏之《書》，詠殷周

之《詩》，講義文之《易》。"李賢註："伏羲畫八卦，文王作卦辭。"唐·白居易《哭劉敦質》詩："哭罷持此辭，吾將詰義文。"⑥爻詞象象：爻詞：說明爻義的文辭，《周易》六十四卦，每卦六爻，共三百八十四爻，加上乾、坤兩卦各有一用爻，總為三百八十六義，故有三百八十六爻辭。每爻先列爻題，後為爻辭。象象：伏羲根據洛書河圖畫出八卦，周文王在他的基礎上推衍出六十四卦，由六個（陰爻 陽爻）爻組成的六十四卦即是象．而象則是對卦象的解釋。

臺灣文獻叢刊 第 0041 種 鄭用錫《北郭園詩鈔》卷一 第 8 頁

示長孫景南
鄭用錫

我昔當爾歲，小技尚未售。① 爾年方十七，已作泮宮遊。②
今茲二十一，年富力更優。　天姿或可造，勿與庸俗儔。
所居好恬靜，落落迥不猶。　期保千金體，心氣歸和柔。
此是養生訣，併爲學業謀。　傳薪今賴爾，力穡當有秋。③

編者註：①售：出售，買，引申為酬謝，指女子得嫁，考試得中。②泮宮：西周諸侯所設大學。《詩·魯頌·泮水》："既作泮宮，淮夷攸服。"《漢書·郊祀志上》："周公相成王，王道大洽，制禮作樂，天子曰明堂辟雍，諸侯曰泮宮。"後泛指學宮。③力穡：努力耕作。《書·盤庚上》："若農服田力穡，乃亦有秋。"

臺灣文獻叢刊 第 0041 種 鄭用錫《北郭園詩鈔》卷一 第 11 頁

題寒機課子圖
（爲謝安臣孝廉母作）
丘逢甲

慈竹斑斑滿地陰，　烏衣門巷雪華深。
機聲古屋三遷夢，　燈影寒窗五夜心。
晚節終憐范滂傳，① 春暉長入孟郊吟。②

流傳不待甘泉畫，　　彤管先教寫德音。③

　　編者註：①范滂：字孟博，汝南征羌人。東漢時期党人名士，與劉表、陳翔、孔昱、范康、檀敷、張儉、岑晊並稱為"江夏八俊"。范滂因被舉薦為孝廉、光祿四行出任冀州請詔使，後調任光祿勳主事，後又被太尉黃瓊徵召任職。太守宗資先前聽說過范滂的名聲，聘請他到郡府中擔任功曹，把政事交給他處理。延熹九年，牢修誣陷指控"人"党，范滂獲罪被關進黃門北寺獄，後來審判結束釋放回鄉。建寧二年（169 年）漢靈帝劉宏又大批誅殺党人，范滂隨即去監獄投案，英勇就義，享年三十三歲。②孟郊：字東野，湖州武康（今浙江德清縣）人。唐代著名詩人，有"詩囚"之稱，又與賈島齊名，人稱"郊寒島瘦"。③彤管：古代女史用以記事的杆身漆朱的筆。《詩·邶風·靜女》："靜女其孌，貽我彤管。"亦指女子文墨之事。

臺灣文獻叢刊 第 0070 種 丘逢甲《嶺雲海日樓詩鈔》卷六 123 頁

夜課
鄭登瀛

　　挑燈幷坐讀書床，一卷風詩課幾章。
　　讀到小星三五句，笑將詩意問檀郎。①

　　編者註：①檀郎：舊時人稱美男人為"檀郎"，女子也以其作認夫婿或所愛男子的尊稱。中國歷史上著名的美男子，西晉文學家潘安的小名為檀郎，後遂用檀郎代指夫君或情郎。

臺灣先賢詩文集彙刊 第二輯 05 鄭登瀛《鄭十洲先生遺稿》第 36 頁

　　作者簡介
　　鄭登瀛，字十洲，號竹溪詩隱，臺灣新竹人，鄭用錫曾孫。少從竹塹名儒高敬修學，勤功經史。其性情恬淡，不喜結交流俗，故平生斂跡於北郭園中，惟與同門劉梅溪、羅百祿煮酒吟詩，以遣濁世。登瀛中歲以後，惟以吟詩學書為事。登瀛之詩，人謂瓣香隨園，專事性靈。一字一句，出於內心，措辭之高雅，出筆之秀健，興會之淋漓，氣格之深穩，可與林小眉、連雅堂並稱。其存集之詩雖無多，然不乏愴言家國、感歎興亡之作，自可以史詩觀也。有《鄭十洲先生遺稿》。

課徒偶作
鄭虛一

丹鉛陳几席，尚有古人風。設教兼男女，授徒雜冠童。
神遊千卷裏，首聚一齋中。吾道原真樂，何須怨困窮。

臺灣先賢詩文集彙刊 第二輯 08 鄭虛一《山色夕陽樓吟草》第 141 頁

課三兒叔承四兒建堂夜讀
鄭虛一

青燈有味在斯時，開卷琅琅夜課兒。
愚魯聰明都莫論，黃金不及一經遺。

臺灣先賢詩文集彙刊 第二輯 08 鄭虛一《山色夕陽樓吟草》第 145 頁

作者簡介

鄭虛一，名秋涵，字虛一，號錦帆，臺灣新竹人，鄭用鑑之曾孫。少聰穎，隨父以亭內渡，曾從鷺門周少雲學。諸子百家，靡不研究。乙未之亂，移居鶴浦。宣統元年，挈眷返臺，設帳成趣園，着意栽培鄉黨宗族子弟。晚年老於故鄉，為"竹社"之社員。虛一之詩，直抒胸臆，自寫性靈，處處存讀書人本色，雖無意於求工，而自然與性情吻合，則尤為可貴也。有《虛一詩集》二種。

燈窗課子
高文淵

訓子殷勤讀，芸窗燭影紅。燃藜因繼晷，畫荻仰遺風。①

意切成龍望，才希繡虎同。功名期一舉，^②折桂廣寒宮。^③
廖遜我評曰：意隨筆到縝密緊湊。

編者註：①畫荻：宋·歐陽修四歲而孤，家貧，母鄭氏以荻管畫地寫字，教其讀書，後以"畫荻"為稱頌母教之典。宋·劉克莊《挽劉母王宜人》："分燈照鄰女，畫荻訓賢郎。"②功名：舊指科舉稱號或官職名位，泛指功業和名聲。見於《史記·管晏列傳》："吾幽囚受辱，鮑叔不以我為無恥，知我不羞小節而恥功名不顯於天下也。"金·董解元《西廂記·諸宮調》卷三："不以功名為念，五經三史何曾想。"③廣寒宮：傳說唐玄宗於八月望日遊月中，見一大宮府，榜曰："廣寒清虛之府"，後因稱月中仙宮為"廣寒宮"，是上界神仙為嫦娥建造的一座宮殿。因為這座宮殿是一個具有宇宙靈性的蟾蜍幻化而成，所以廣寒宮又稱作蟾宮。

臺灣先賢詩文集彙刊 第四輯 02 高文淵《勗未齋吟草》第 157 頁

社友許君一經教子圖
（為令嗣允揖茂才囑題）
林豪

人生有子能文章，　　絕勝南面稱侯王。
莫道故家無長物，　　百城坐擁皆琳琅。
矯矯許君人中鶴，　　義方垂訓拔塵俗。
一經教子流孔長，　　三世論交源可溯。
我今披圖瞻鬚眉，　　堂堂古月留光儀。
試從奎璧樓頭望，^①　如見平生課誦時。
（奎閣為許君喬梓讀書處）

編者註：①奎樓：亦稱魁星閣，為敬奉奎星所建。奎星是中國天文學中二十八宿之一，稱為"奎宿"，被尊為主宰文章興衰、主管科舉考試的天神，因為傳說中的"奎"的形象頭部像鬼，一腳向後翹起，一手捧鬥，一手執筆，合起來如一"魁"，所以奎星又俗稱魁星。

臺灣先賢詩文集彙刊 第四輯 20 林豪《誦清堂詩集》卷十二 第 264 頁

夜課
王松

绛帷獨坐夜無聊，一盞青燈起草挑。
振觸錦衾誰獨旦，聯吟辜負月明宵。

臺灣先賢詩文集彙刊 第五輯 01 蔡汝修《臺海擊鉢吟集》二蕭 第 111 頁

作者簡介

　　王松，字友竹，號寄生，署滄海遺民，臺灣新竹市人。自少功詩，不習舉子業，欲以詩人終其身。乙未割臺，挈家內渡，海上遇盜，剽掠一空。迨臺局稍定，重歸竹塹，蟄居"如此江山樓"，縱酒賦詩，不屑與世周旋。日人慕其名，徵聘數至，輒避不就，獨以詩結交鄭香谷，主北郭園三十年；友竹之詩，出入宋元之間；宗法隨園，以性靈為主，近體尤見性情。連橫評為"淵而穆，宏而肆"。割臺後，詩風為之一變，以畢生濟世經綸未得伸，劫餘孤憤、牢騷抑鬱，故所詠意感沉造而多變音，感人至深。有《友竹詩集》二種。

舌耕
鄭炳煌

吟哦舘底督諸生，　坐擁皋比歲幾更。
我自課徒人叱犢，[①] 并爲糊口苦經營。

　　編者註：①叱犢：大聲驅牛；牧牛。宋·陸遊《訪村老》："大兒叱犢戴星出，稚子捕魚乘月歸。"

臺灣先賢詩文集彙刊 第五輯 02 賴子清《臺灣詩醇》後編 第 217 頁

作者簡介

鄭炳煌，字郁仙，臺灣新竹人，生平不詳。

講學
李若琳

經史傳心學，詩篇養性情。如何憑記誦，　止以弋科名。①
身世無殊軌，親疏有定衡。春風浴沂意，②領此在儒生。

編者註：①科名：科舉考中而取得的功名。唐・杜牧："或以吏理進官，或以科名入仕。"《唐詩紀事・蔡京》："京以進士舉登學究科，時謂好及第惡科名，有錦上披羹之誚焉。"科名分為生員（俗稱秀才）、舉人與進士三級，分別是通過童試、鄉試、會試三級科舉考試而取得的。②浴沂：語出《論語・先進》："浴乎沂，風乎舞雩，詠而歸。"謂在沂水洗澡。後多用"浴沂"喻一種怡然處世的高尚情操。宋・林逋《溪上春日》詩："獨有浴沂遺想在，使人終日此徘徊。"

臺灣先賢詩文集彙刊 第五輯 02 賴子清《臺灣詩醇》後編 第 241 頁

作者簡介

李若琳，字號不詳，貴州開州人。舉人，清道光十七年，由漳浦知縣調署蘭廳通判。

老塾師
楊登祥

設帳傳經數十年，人稱長者腹便便。
書詩課爛毛錐禿，桃李栽成鐵硯穿。
白髮頻添心益壯，青氈坐破志猶堅。
盤中苜蓿嘗來慣，三十六牙嘆不全。

臺灣先賢詩文集彙刊 第五輯 04 曾笑雲《東寧擊鉢吟後集》一先 第 117 頁

作者簡介

楊登祥，字少貞，臺灣苑里人，生平不詳。

老塾師
莊子淵

庠序殷勤不計年，^① 栽成桃李滿庭前。
經綸事業傳千古， 道德文章著萬篇。
弟子成名憑馬帳，^② 國家優政在書田。
先生兩鬢如霜雪， 尚且潛心造聖賢。

編者註：①庠序：古代的地方學校，後亦泛稱學校。《孟子·梁惠王上》："謹庠序之教，申之以孝弟之義。"《漢書·董仲舒傳》："立大學以教於國，設庠序以化於邑。"②馬帳：《後漢書·馬融傳》："融才高博洽，為世通儒，教養諸生，常有千數……善鼓琴，好吹笛，達生任性，不拘儒者之節。居宇器服，多存侈飾。常坐高堂，施絳紗帳，前授生徒，後列女樂，弟子以次相傳，鮮有入其室者。"後因以"馬帳"指通儒的書齋或儒者傳業授徒之所。元·丁複《送客》詩："馬帳朋方集，麟經講未殘。"

臺灣先賢詩文集彙刊 第五輯 04 曾笑雲《東寧擊鉢吟後集》一先 第 117 頁

作者簡介
莊子淵，字號不詳，臺灣大甲人，生平不詳。

老學生
張國珍

廿七春秋學老泉，^① 孜孜不倦短長篇。
勵冰志久身還健， 立雪身寒志更堅。
月桂未曾攀素手，^② 霜花早已著華顛。
自慚一卷書遲讀， 來日無多倍愴然。

編者註：①老泉：宋·蘇洵，號老泉。蘇洵埋葬于"老翁泉"。這個泉之所以得名，是因為當地人說月明之夜，可見一白髮俊雅老翁倚坐在堤防之上，有人走近時，老翁則消失于水中…因為那片地方的名稱，蘇洵通常亦稱為"蘇老泉。""蘇老泉，二十七，始發奮，讀書籍。"這是《三字經》裡對於蘇洵的描述。②素手：潔白的手，多形容女子之手。《古詩十九首·青青河畔草》："娥娥紅粉妝，纖纖出素手。"唐·李白《游泰山》詩之一："含笑引素手，遺我流霞杯。"

臺灣先賢詩文集彙刊 第五輯 04 曾笑雲《東寧擊鉢吟後集》一先 第 119 頁

作者簡介
張國珍，字友石，臺灣新竹人，生平不詳。

老學生
陳萬坤

> 未餒吚唔氣浩然，　　芸編長伴小窗前。
> 風追孔步星霜久，[①]　雪立程門歲月延。
> 屈指纔知齡半百，　　潛心常嚼字三千。
> 忘餐發憤由來慣，　　白首青衫勝少年。[②]

編者註：①孔步：即孔步亦步，比喻模仿別人的行動，多用於表現盲目學樣仿造別人。《莊子·田子方》："夫子步亦步，夫子趨亦趨，夫子馳亦馳，夫子奔逸絕塵，而回瞠若乎後矣。"②青衫：新舉人朝見，著青衫，不著襴衫，謂其異于歲貢生。

臺灣先賢詩文集彙刊 第五輯 04 曾笑雲《東寧擊鉢吟後集》一先 第 119 頁

作者簡介
陳萬坤，字厚山，臺灣新竹人，生平不詳。

老學生
陳泰階

> 送窮何賴感頻年，　　負笈猶遲愧古賢。

自昔章成常落伍，只今道究敢居先。
墨磨人易誰能識，筆中書難我亦憐。
閱歷空深鬚髮白，執經終愧號書顛。

臺灣先賢詩文集彙刊 第五輯 04 曾笑雲《東寧擊鉢吟後集》一先 第 119 頁

作者簡介
陳泰階，字伯墀，臺灣新竹人，生平不詳。

老學生
吳達材

文章千古業無邊，誦讀何妨似少年。
但願功扶名教日，竟忘時近夕陽天。
青春作賦由他好，皓首窮經且自憐。
門下傳呼人上課，龍鐘最合立當前。

臺灣先賢詩文集彙刊 第五輯 04 曾笑雲《東寧擊鉢吟後集》一先 第 119 頁

作者簡介
吳達材，字號不詳，臺灣新竹人，生平不詳。

秋燈課子圖
陳文石

金風竹外度流螢，膏火宜人課一經。
少小工夫妨老大，黃昏景象著丹青。
書香不斷兒時味，燈影相親子夜形。
窓下披來堪借訓，桂蘭榮發麗秋庭。

臺灣先賢詩文集彙刊 第五輯 04 曾笑雲《東寧擊鉢吟後集》九青 第 178 頁

作者簡介

陳文石，字輝山，臺灣澎湖人，生平不詳。

秋燈課子圖
蔡清福

一幅秋光寫落梧，　　蘭膏助讀未為愚。

和丸仲郢風猶在，[①]　畫荻歐陽影不孤。

始信賢豪成大器，　　都從勤勉脫窮途。

義方是訓資賢母，　　家法應知自古無。

編者註：①和丸仲郢：《新唐書·柳仲郢傳》：“母韓，即皋女也，善訓子，故仲郢幼嗜學，嘗和熊膽丸，使夜咀咽以助勤。”後因以為喻母教之典。《幼學瓊林》卷二“祖孫父子”：“和丸教子，仲郢母之賢。”

臺灣先賢詩文集彙刊 第五輯 06 黃洪炎《瀛海詩集》（下）第 357 頁

作者簡介

蔡清福，字拱星，臺灣東石郡布袋莊人。幼失恃，年九齡，父送入學，年二十三，設館課徒，兼營商業。二十八歲，受義竹人士之聘，任為講師。設竹音吟社、六桂吟社、新鷗吟社。後回布，設同聲吟社等。年雖不惑，手猶不釋卷。

課子
林金標

少年意志莫輕浮，進取還須計遠謀。

忠孝毋違循聖訓，謙恭何患乏良儔。

功名自是勤勞得，富貴應從道義求。

世味許多辛苦事，關心刻刻戒愆尤。[①]

編者註：①愆尤 qiān yóu：過失，罪咎。唐·李白《古風》詩之十八："功成身不退，自古多愆尤。"

臺灣先賢詩文集彙刊 第五輯 07 賴子清《臺灣詩海》前編 第 74 頁

作者簡介

林金標，字占鰲，臺灣汐止人，生平不詳。

番社雜詠二十四首（選一）
黃叔璥

漢塾

紅毛舊習篆成蝸，①漢塾今聞近社皆。②
謾說飛鴉難可化，③泮林已見好音懷。④

編者註：①紅毛：舊指荷蘭，後亦泛指西洋或西洋人。②塾：舊時私人設立的教學的地方。③飛鴉：貓頭鷹，古稱鴉，又稱梟，《說文》："梟，不孝鳥，食母而後能飛。"④泮林：泮水邊的林木。《詩·魯頌·泮水》："翩彼飛鴉，集於泮林。"南朝·梁·劉勰《文心雕龍·誇飾》："且夫鴉音之醜，豈有泮林而變好。"

陳漢光《臺灣詩錄》第四卷 第 218 頁

作者簡介

黃叔璥，字玉圃，順天大興人。清康熙四十八年進士。康熙六十一年，初設臺灣巡察御史，叔璥首膺。既至，安集哀鴻，措置時務多得當。著有《臺海使槎錄》《番俗六考》等。

巡社課番童
林紹裕

宿雨初收潤水渾，　閑騎款段過蠻村。
檳榔交暗青圍社，　椰子高懸赤映門。

卉服授經通漢語，[①] 銅鐶把耒識君恩。
三年來往慚司教，　喜見番童禮讓敦。

編者註：①卉服：用絺葛做的衣服。《書·禹貢》："島夷卉服。"孔傳："南海
島夷，草服葛越，藉指邊遠地區少數民族或島居之人。清·王士禛《池北偶談·談
故三·林舍人使琉球詩》："徐福當年采藥余，傳聞島上子孫居。每逢卉服蘭闍問，
欲求贏秦未火書。"

陳漢光《臺灣詩錄》第六卷 第 394 頁

作者簡介

林紹裕，字號不詳，福建永福人（又作福州人），拔貢。清乾隆二十五
年任鳳山縣訓導，旋署教諭。

巡課新港番童
黃對揚

草榻琴書歲月遷，多因巡課滯青氈。
幾團綠樹迷村外，十里青畦到馬前。
聞說夷人敦舊俗，也參講席味真詮。
民風自古關儒術，服教番黎正帖然。[①]

編者註：①帖然：順從服氣，俯首收斂。《晉書》：前秦"（王）猛之未至鄴
（城）也，刦盜公行，及猛之至，遠近帖然，燕人安之。"《魏書》："東南清晏，遠
近帖然。"

陳漢光《臺灣詩錄》第七卷 第 571 頁

作者簡介

黃對揚，號廎堂，福建龍溪人，舉人。清嘉慶八年任臺灣縣學訓導，
秩滿，陞廣西來賓知縣。

宿中山曹氏邨塾（二首錄一）
施鈺

路轉圓林外，^① 山居夾碉中。晝田仍舊井，問世有遺風。
水潳鴨頭綠， 花飛龍爪紅。自安耕鑿苦，日課兩三童。

原註：①市名。

林文龍《臺灣詩錄拾遺》第 76 頁

作者簡介

施鈺，字少相，一字霄上，號石房居士，臺灣彰化鹿港人，為施世榜七房之孫。清道光年間增貢生，後內度居於泉州，著《臺灣別錄》二卷，《石房樵唱》二卷。

初至鳳山學署有感成二十韻
朱仕玠

渺軀輕鴻毛， 生死敢豫計。 舟航信乾坤， 遂造大荒裔。
儒官俗簡賤， 訓諭固職司。 負力窮展陳， 微員成虛置。
較祿等貳令，^① 論階崇邑尉。 未敢與齊觀， 曹閒脫權勢。
筮日勉就位，^② 淫霖行潦沸。 踏濘五六役， 前導失行次。
兒童拍手笑， 婦女掉頭詈。 壁立絕几榻， 廚荒假食器。
循例張科條，^③ 諸生無一至。 空抱素餐慚， 深辜設官意。
安能驅麋鹿， 近使諧孔翠。^④ 肩輿偶行遊， 列隸紛起侍。
詢知學宮官， 箕踞意復恣。^⑤ 所歷盡挪揄，^⑥ 矧茲饒瘴癘。^⑦
何如百夫長，^⑧ 出入弓刀騎。 駭汗雨翻盆， 拳身蝟縮刺。
野鶴忍調饑， 自韜霄漢志。 由來太行阪， 鹽車有騏驥。^⑨

編者註：①貳令：縣丞的別稱。宋·范浚《送葉彥益縣丞之任江寧》詩："去追禮樂羣英盛，豈復區區勞貳令。"②筮日：古人舉行禮儀選擇吉日的占卜方式。

用蓍草占卦為筮，用龜殼占卦為卜。③科條：是指法令條文、法律條文。《戰國策·秦策一》：“科條既備，民多偽態。亦指條例；章程。宋·范成大《圍田歎》詩之四：“台家水利有科條，膏潤千年廢一朝。”④孔翠：孔雀和翠鳥，亦單指孔雀，喻精華。《隋書·經籍志四》：“晉代摯虞，苦覽者之勞倦，於是採摘孔翠，芟除繁蕪，自詩賦下，各為條貫，合而編之，謂為《流別》。”⑤箕踞：一種輕慢、不拘禮節的坐的姿態。即隨意張開兩腿坐著，形似簸箕。《莊子·至樂》：“莊子妻死，惠子弔之，莊子則方箕踞鼓盆而歌。”⑥揶揄：耍笑、嘲弄、戲弄、侮辱之意；是對人的一種戲弄、嘲笑時用語。⑦原註：予始任德化，繼署理永春。⑧百夫長：舊時統率百人的小頭目。《書·牧誓》：“千夫長，百夫長。”孔傳：“師帥卒帥。”孔穎達疏：“百人為卒，卒長皆上士。”唐·楊炯《從軍行》：“寧為百夫長，勝作一書生。”⑨鹽車：運載鹽的車子。《戰國策·楚策四》：“夫驥之齒至矣，服鹽車而上太行。蹄申膝折，尾湛胕潰，漉汁灑地，白汗交流，中阪遷延，負轅不能上。伯樂遭之，下車攀而哭之，解紵衣以冪之。”後以“鹽車”為典，多用於喻賢才屈沈於天下。漢·賈誼《吊屈原文》：“驥垂兩耳，服鹽車兮。”

《全臺詩》第貳冊 朱仕玠 第389頁

作者簡介

朱仕玠，字璧豐，又字璧峰，號筠園，福建建寧縣人，清乾隆癸酉拔貢生。通經史百家之書，與其弟仕琇各以詩、古文見長，在京城頗負聲名，惜屢試不第，乾隆二十八年由德化教諭調任鳳山縣教諭。是年六月蒞任，次年夏，因丁母憂回籍。著有《小琉球漫誌》、《筠園詩稿》三卷等。

題韋載玉授經圖
朱景英

一經授受家法古，坐使篆金賤于土。①
後來樸學盛接武，門閥城南天尺五。②
皤然一老湖湘南，壓肩藤笈身蕉衫。③
拄杖直度關門杉，又來鯤國便風帆。④
示我一卷行看子，卷中之人宛然似。

梧陰覆地荷貼水，偶邵繩床橫石几。⑤
玉雪無匹曰袞師，為剖經義祛經疑。⑥
只此亦足忘其衰，投腳萬里將何為。
有唐一代重世族，裴杜崔盧遞烜煜。
不見歐九操簡牘，宰相韋家數更僕。⑦
及身瓠落惟嗟吁，故家池館何有無。
傳經心事亦已孤，雪泥鴻爪留斯圖。
我題此圖不容讚，菀枯俯仰增長歎。
慰藉無端同一粲，當窗亭午賴桐爛。

編者註：①籯金 yíng jīn：一籯之金。古人常用籯存放貴重金銀財寶，故亦用以喻指財富。《漢書·韋賢傳》："遺子黃金滿籯，不如一經。"後以"籯金"指儒經。②樸學：本指古代質樸之學，後泛指儒家經學。接武：步履相接。前後相接；繼承。南朝·梁·劉勰《文心雕龍·物色》："古來辭人，異代接武，莫不參伍以相變，因革以為功。③蕉衫：用麻布縫製的衣衫。唐·白居易《東城晚歸》詩："晚入東城誰識我，短靴低帽白蕉衫。"④鯷國：《漢書·地理志下》："會稽海外有東鯷人，分為二十餘國，以歲時來獻見。"晉·左思《魏都賦》："於時東鯷即序，西傾順軌。"後偶以代指日本。⑤繩床：一種可以折迭的輕便坐具。以板為之，並用繩穿織而成。又稱"胡床""交床"。《晉書·藝術傳·佛圖澄》："迺與弟子法首等數人至故泉上，坐繩牀，燒安息香，呪願數百言。"⑥袞師：唐·李商隱幼子名袞師，商隱有《驕兒詩》："袞師我驕兒，美秀乃無匹。"後遂用為對嬌兒的美稱。清·繆沅《房中詩》："嬌兒袞師繞案長，文如翻水聲琅琅。"⑦歐九：歐陽修排行第九故稱歐九。

《全臺詩》第叄冊 朱景英 第20頁

作者簡介

朱景英，字幼芝，一字梅治，號研北，湖南武陵人，清乾隆十五年舉解元。乾隆三十四年由寧德知縣，被拔擢擔任臺灣海防同知，乾隆三十九年調任北路理番。著有《海東札記》，另著有《畬經堂詩集》。

寄示次兒廷鈺
李長庚

年來頗覺風濤苦，寄語吾兒要讀書。
文武雖然同報國，荷戈總說是征夫。

《全臺詩》第叁冊 李長庚 第 278 頁

塾課即事
章甫

花村夜雨讀書燈，曉起茶煎午飯蒸。
得氣先知春鴨水，篤時難語夏蟲冰。
移山畢竟非無濟，超海從來是不能。
千里要窮樓上目，端應踏上最高層。

《全臺詩》第叁冊 章甫 第 378 頁

蚤歲
姚瑩

蚤歲功名欲擅奇，壯遊橫海絕天涯。
誰言破浪乘風客，又課垂髫問字兒。
同輩金蟬誰意氣，腐儒門戶自仳離。
中年臥病逢淪落，一飯難忘憶舊時。

《全臺詩》第肆冊 姚瑩 第 72 頁

作者簡介

　　姚瑩，字石甫，號明叔，因以"十幸"名齋，又號幸翁，安徽桐城人，
從祖姚鼐為桐城派古文創始人之一。清嘉慶十三年進士，二十一年出任福

建平和縣知縣，二十二年調任龍溪知縣，以法治縣，頗有政績，二十四年調任臺灣知縣，道光元年移署噶瑪蘭通判。道光十八年擢臺灣道，在臺十餘年，洞悉臺灣地勢民情，整飭吏治，振興文風。著有《中復堂全集》九十八卷。

勸學歌
黃敬

列位諸君聚一堂，何人不是讀書郎。
我今把筆閒敲句，奉勸知心語數行。
書千卷，冊萬箱，君今不學曰無傷。
盍念古人傳世句，為人不學如牛羊。
年方富，力方充，君今不學曰無妨。
荏苒韶光不我待，老來方悔少年場。
日又永，夜又長，勸君早學勿徬徨。
寸陰易過時時惜，十載寒窗當自強。
春交夏，秋交冬，勸君須早勿太康。
自古聖賢皆苦讀，匡衡昔日尚偷光。
槐花黃，桂花香，花花催迴少年狂。
萬里青雲誠得志，功名早達帝王鄉。
君不見古來名士，
買臣負薪，李密掛角，孫敬懸樑。
君不見當朝宰相，官居一品，位至三公。
許時節，何等高超，何等軒昂。

全臺詩 第四冊 黃敬 第 137 頁

勸學歌十則
黃敬

古聖賢，惜光陰。
惜光陰，一分值得百分金。
那堪枉卻千千丈，誤了白駒沒處尋。

從今後，莫錯過。
莫錯過，烏飛兔走疾如梭。
年華隨水滔滔去，亟向中流挽急波。

天未明，讀古經。
讀古經，千秋事業炳日星。
須從疑處方能悟，未到熟時不可停。

日將午，讀詩詞。
讀詩詞，古調新吟件件宜。
服處還當臨晉帖，穿殘鐵硯一片錐。

日向暮，讀古文。
讀古文，百家子史甚殷勤。
省些無益閒言語，多閱奇書廣見聞。

夜未艾，讀佳篇。
讀佳篇，摘取名家時派研。
誦到精神團結處，燈花吩咐好加鞭。

或課藝，練氣機。
練氣機，雕龍繡虎任毫揮。

筆花總入勤儒夢，柳汁不沾惰士衣。①

多閑戶，少嬉遊。
少嬉遊，世態蒸人氣易浮。
執袂拍肩相逐逐，春場馳騖起風流。②

遲一刻，缺一功。
缺一功，學業不絕腹笥空。
我這數言當木鐸，諸生莫作耳邊風。③

宜勉力，勿徘徊。
勿徘徊，人人盡是棟樑材。
眼前多少龍門客，那箇不從燒尾來。④

編者註：①柳汁：即柳汁染衣。唐·馮贄《雲仙雜記》卷一錄《三峰集·柳神九烈君》：“李固言未第前，行古柳下，聞有彈指聲，固言局之，應曰：‘吾柳神九烈君，已用柳汁染子衣矣，科第無疑。果得藍袍，當以棗糕祠我。’固言許之，未幾狀元及第。”後因用為將取得功名的典故。②春場：春季郊外為射獵而整出的空地。唐·李商隱《公子》詩：“春場鋪艾帳，下馬雉媒嬌。”③木鐸：以木為舌的大鈴，銅質。古代宣佈政教法令時，巡行振鳴以引起眾人注意。《周禮·天官·小宰》：“徇以木鐸。”鄭玄註：“古者將有新令，必奮木鐸以警眾，使明聽也……文事奮木鐸，武事奮金鐸。”後指以喻宣揚教化的人。《論語·八佾》：“天下之無道也久矣，天將以夫子為木鐸。”④燒尾：唐以來士子登第或官吏升遷的慶賀宴席。唐·封演《封氏聞見記·燒尾》：“士子初登榮進及遷除，朋儕慰賀，必盛置酒饌音樂，以展歡宴，謂之燒尾。説者謂虎變為人，惟尾不化，須為焚除，乃得成人，故以初蒙拜受如虎得為人，本尾猶在，體氣既合，方為焚之，故云燒尾。一云新羊入羣，乃為諸羊所觸，不相親附，火燒其尾則定……中宗時，兵部尚書韋嗣立新入三品，戶部侍郎趙彥昭假金紫，吏部侍郎崔湜復舊官，上命燒尾，令於興慶池設食。”亦喻顯達。清·錢謙益《次劉漁仲留別韻》：“黃卷秋燈燒尾客，綠窗朝日畫眉人。”

《全臺詩》第肆冊 黃敬 第 138 頁

警諸生
陳維英

館裡翻同傀儡棚，[1] 卻將嬉笑當書聲。
詩多作賊文蠻語， 滿眼狐狸亂戰爭。

黃鵠紛心放不求， 三郎非睡即閒遊。[2]
教人究莫使人巧， 善奕從茲笑奕秋。

編者註：①傀儡：原指木偶，如傀儡戲。後比喻不能自主、受人操縱的人或組織。

②原註：中有三郎者。

《全臺詩》第伍冊 陳維英 第 194 頁

作者簡介

陳維英，字碩芝，又字實之，號迂谷，臺灣淡水廳人，清咸豐九年舉人。少時受業於庠生黃德輝、舉人陳六山、拔貢鄭用鑑及其長兄陳維藻。道光二十五年任福建閩縣教諭；咸豐元年，臺灣道徐宗幹舉為孝廉方正；咸豐九年鄉試中舉，授內閣中書。回籍後掌教於仰山、學海兩書院。晚年建讀書之處於劍潭畔，名曰"太古巢"。著有《鄉黨質疑》《偷閒錄》《太古巢聯集》等。

三

入泮詩

諸姪入泮，作此勗之
鄭用錫

少年急求名，　不妨苟爲就。枉尺而直尋，勿安於媕陋。[①]
譬彼牛蹏涔，[②]　去濁存清溜。一勺雖無多，涓涓夜復晝。
赴海縱大觀，　濫觴已非舊。斯言非爾欺，請以書座右。

編者註：①媕陋 ān lòu：謂人云亦云，見識淺陋。清·王鳴盛《十七史商榷·新舊唐書一》：“竊謂校書之道，貴擇善而從；徇今而媕陋，泥古而迂癖，皆病也。”②牛蹏涔：牛足印中的水，比喻狹小的境地。語本《淮南子·氾論訓》：“夫牛蹏之涔，不能生鱣鮪。”高誘註：“涔，雨水也。滿牛蹏中，言其小也，故不能生鱣鮪也。”

姪孫紀南入泮
鄭用錫

回憶歸田解組時，[①] 髫齡乍見早稱奇。[②]
成篇一一詩書誦，　屬對泠泠響應隨。
洗耳幸傳千里報，　關心又到九秋期。
頻宮驥足初教展，　努力加鞭莫放遲。

編者註：①解組：猶解綬。《梁書·謝朏傳》：“雖解組昌運，實避昏時。”宋·梅堯臣《和酬裴君見過》：“我昨謝銅章，解組猶脫屣。”②髫齡：幼年。唐·王勃《〈四分律宗記〉序》：“筠抱顯於髫齡，蘭芳凝於卉齒。”

如蘭、如金二姪入泮，書以勗之
鄭用錫

兩兩阿咸素志伸，　　摩挲喜作石麒麟。
藻芹一水遊今日，^① 棠棣雙開趁早春。^②
如此成名真拾芥，　　須知吾道在傳薪。
家風幸守青氈舊，　　努力清芬望後人。

編者註：①藻芹：比喻貢士或才學之士。語本《詩·魯頌·泮水》：「思樂泮水，薄采其芹……思樂泮水，薄采其藻。」②棠棣：《詩·小雅·常棣》篇，是一首申述兄弟應該互相友愛的詩，後常用以指兄弟。唐·張九齡《和蘇侍郎小園夕霽寄諸弟》：「興屬兼葭變，文因棠棣飛。人倫用忠厚，帝德已光輝。」宋·蘇軾《生日王郎以詩見慶次其韻並寄茶二十一片》：「棠棣並為天下士，芙蓉曾到海邊郭。」

臺灣文獻叢刊第 0041 種 鄭用錫《北郭園詩鈔》卷四 第 55 頁

賀施君渭入泮
章甫

表表仙風天寶紀，君才遙繼前人美。
年少文壇旗鼓爭，筆搖五嶽雲落紙。
劍精預卜逢雷知，萬丈光芒騰氣紫。
泮芹一浴水流香，桂碧杏紅連枝起。^①
瀛洲橋，長安市；
春風得意恣遨遊，馬上看花憑笑指。

編者註：①泮芹：語出《詩·魯頌·泮水》：「思樂泮水，薄采其芹。」本指泮水中的芹菜，藉指古代學宮中的秀才。

臺灣文獻叢刊 第 0201 種 章甫《半崧集簡編》五七言古詩 第 1 頁

門人陳植靑入泮
章甫

讀書不爲名，今人與古比。讀書亦為名，都從采芹始。
少小從予遊，及門推質美。果處囊中錐，穎脫便如此。
爾看馬空群，一發直千里。勿以着初鞭，而畫半途止！
古來范子期，重任秀才起。小就而大成，吾將拭目俟！

臺灣文獻叢刊 第 0201 種 章甫《半崧集簡編》五七言古詩 第 6 頁

賀陳仲義長郎潁臣入泮
章甫

君家驚座奇今古，君學承家誰與伍！
掃軍筆陣擅橫行，不傍垣牆自闢戶。
寶光燭起海天東，知是珊枝羅水滸。①
鯤鵬倏忽化神奇，雲翼摩空爭快覩。

編者註：①珊枝：即珊瑚，由一種叫珊瑚蟲的腔腸動物的外骨骼聚集而成。
用"珊瑚"喻珍奇之物或人才，如"鐵網珊瑚"，喻搜羅珍奇之物或人才。

臺灣文獻叢刊 第 0201 種 章甫《半崧集簡編》五七言古詩 第 8 頁

賀陳朝修入泮
章甫

奎璧爛華文，①才名已屬君。驥馳應馬率，鶴立肯雞群？
乍出竿頭日，看梯石上雲。遙知橫筆陣，掃却萬人軍。

編者註：①奎璧：《重修奎宿樓記》："邑之有奎宿樓也，創始於康熙戊戌，徙
建於乾隆庚午。自是以還，遞有興修。夫奎為西方七宿之一，居戌，為魯分野，故

曲阜聖廟有奎文閣，謂奎璧聯輝也。"《宋史》："五星聚奎，占者謂主文教昌明，真儒輩出。"《孝經·援神契》："奎主文昌，雖為武庫，實文章之府。"

門人施鈺入泮（有序）

章甫

伊古文章蓋世，盛稱兩漢東、西；從來詩賦擅場，艷鬭六朝金粉。爾乃天寶之仙風，未渺石渠之家學。猶傳柳館焚膏，藜曾窺蠹；蓮塘校字，墨可飽魚。既磨鐵硯乎三餘，自脫穎錐於一試。晉材①易用，隨地咸宜；魯泮從遊，得時則駕。璧府瀾翻千頃紫，芹鄉日上百竿紅。有志凌雲，倍切琢磨美玉；虛心成竹，轉求鼓鑄精金。去夏投囊入室，賦鶯鳴之什；今春負笈登堂，修雉執②之儀。字本無奇，却效亭前載酒；音誰共賞？偏來海上尋琴。唯期青出於藍，共扶大雅；冰寒乎水，母圉小成！躍鯉浪之三千，搏鵬程於九萬！今日漁師初獻，報來鐵網之登；他年宮女爭看，齊唱金門之啟。騷壇增價，講席生光；用序厥由，並詩以勗。

肩吾以後讀書身，③　初服儒冠物色新。
自命匪奢天下任，　　相期無負古之人！
巧憑玉尺裁量準，④　愧度金針刺繡神！⑤
海鶴異時參杏燕，　　乘軒笑指榜龍津⑥。

編者註：①晉材：即晉材楚用。借指人材為他人所用。②雉執：古代士朝見天子或士與士相見時執雉為贄，後遂指拜訪、相見時所持贈之禮品。③肩吾：傳說中的神名。《莊子·大宗師》："夫道有情有信，無為無形，可傳而不可受…… 肩吾得之以處大山。"④玉尺：玉制的尺，藉指選拔人才和評價詩文的標準。唐·李白《上清寶鼎詩》："仙人持玉尺，度君多少才。玉尺不可盡，君才無時休。"清·趙翼《秋闈分校即事》："淡墨才分榜藥香，遽持玉尺許評量。"⑤金針：金針度人。比喻秘法，訣竅；度：通"渡"，越過，引伸為傳授，把高明的方法傳授給別人。金·元好問《論詩》："鴛鴦繡出從教看，莫把金針度與人。"⑥龍津：龍門一名河津，故稱。《晉書·郭璞傳》：“登降紛於九五，淪湧懸乎龍津 。”唐·李商隱《春日寄懷》：“欲逐風波千萬里，未知何路到龍津。”馮浩註：“《三秦記》：‘河津一名龍門，水險不通，黿魚之屬莫能上，江海大魚薄集門下數千，不得上，上則為龍。’”

丁巳秋，年兄林煒如懸弧；時長郎達卿偕弟靜有臺、厦遊泮雙喜。
（二首）
章甫

擷藻流香蔚翠嵐，　鯤沙鷺島鬧歌酣。
連鑣爭奮群空北，　列宿欣占極耀南。
金友玉昆方陸二，[1]陽喬陰梓等蘇三。[2]
雙齊文福推奇特，　盛事眞堪播美談。

萬丈文光達上台，秋高直射斗牛來。
導河西授傳家鉢，學海東掄華國才。
十載硯穿磨日月，雙鋒匣出鼓風雷。
是龍露角觀初變，拔浪端應奪錦回。

編者註：[1]金友玉昆：友、昆指兄弟，對他人兄弟的美稱。“二陸”就是西晉的陸機、陸雲兄弟。陸機，字士衡，吳郡吳縣華亭人，西晉文學家、書法家，死于八王之亂，被夷三族。曾歷任平原內史、祭酒、著作郎等職，故世稱陸平原，傑出的書法家，他的《平復帖》是我國古代存世最早的名人法書真跡。陸雲，字士龍，陸機的胞弟。陸機兵敗被冤殺，陸雲也一起遇害。他的詩重藻飾，以短篇見長，他的《春節帖》被選入《淳化閣法帖》，後人匯《陸士龍集》。[2]喬梓：喬木高，梓木低，比喻父位尊，子位下，因稱父子為“喬梓”。趙必豫者，咸淳元年進士，父崇岫同科，時稱喬梓聯輝。蘇三：即三蘇，指北宋散文家蘇洵和他的兒子蘇軾，蘇轍。三蘇為唐宋八大家中的三位。

賀李碧雲入泮
章甫

瀛橋環翠藻芹鄉，年少翩翩列上行。
寶劍匣鳴隨異彩，靈芝甲折便奇香。
氣華曾潤詩書腹，品貴原生錦繡腸。
秋月春風憑管領，看花莫惜馬蹄忙！

臺灣文獻叢刊 第 0201 種 章甫《半崧集簡編》七言律 第 38 頁

諸子姪入塾，題書齋南壁，並奉正楊明浦先生
林占梅

璃窗四壁張， 清趣味尤長。 風帶書聲朗，花資墨氣香。
作文師永叔，①下筆羨江郎。②此塾誠幽爽，陰陰護翠篁。③

入塾年親送，尊師藉訓謨。最難唯際遇，切勿浪功夫。
機慧煩先導，專勤亦要途。破蒙三載矣，詩禮重庭趨。

編者註：①永叔：歐陽修，字永叔，號醉翁，北宋文學家、史學家。②江郎：指江淹，字文通，南朝著名文學家、散文家。③翠篁：翠綠的竹林。南朝·梁·江淹《靈丘竹賦》："於是綠筠繞岫，翠篁縣嶺。"

臺灣文獻叢刊 第 0202 種 林占梅《潛園琴餘草簡編》辛酉 第 125 頁

作者簡介

林占梅，字雪村，號鶴山，臺灣淡水竹塹人。少從丈人遊京師，學日殖。後於里居建潛園，延款賓客，文酒極一時之盛。平居善琴，每藉以自遣；以此，所著詩稿稱《潛園琴餘草》。

泮水荷香
莊嵩

淨植亭亭蘸一池，文昌祠外日斜時。
風搖翠葉香生沼，月照高花水滿陂。
采藻采芹猶在念，紉蘭紉蕙總相思。
此間無限搴芳意，衹有凌波仙子知。

臺灣先賢詩文集彙刊 第二輯 13 莊嵩《太岳詩草上》乙亥 第 182 頁

賀潘少江入泮
陳維英

十年風雨坐茅廬，此日新硎發刃初。
百戰屢超童子隊，半途無廢古人書。
美才最忌驕兼吝，大德方能實若虛。
久困泮池因懶學，願君鑒我作前車。

臺灣先賢詩文集彙刊 第五輯 02 賴子清《臺灣詩醇》前編 第 124 頁

雞籠謝生錫五入泮
陳維英

雞籠山峙水之旁，獨秀江東有謝莊。①
物色何嘗拘地僻，科名難在破天荒。②
特生蘭砌烏衣雋，為報椿庭系履芳。③
品學慎毋安小就，不加沙石枉琳瑯。

編者註：①謝莊：字希逸，南朝宋大臣，文學家。陳郡陽夏人（今河南太康縣），出生于建康。以《月賦》聞名。歷仕宋文帝、宋孝武帝、宋明帝三朝，官至中書令，加金紫光祿大夫。一次南平王鑠獻赤鸚鵡，普詔群臣為賦。太子左衛袁淑文冠當時，作賦畢，齎以示莊；莊賦亦竟，淑見而歎曰："江東無我，卿當獨秀。我若無卿，亦一時之傑也。"遂隱其賦。②破天荒：形容從來沒有過的事，或第一次出現的事。語出宋・孫光憲《北夢瑣言》卷四："唐荊州衣冠藪澤，每歲解送舉人，多不成名，號曰'天荒解'。劉蛻舍人以荊解及第，號為"破天荒"。③椿庭：指父親。以椿有壽考之征，庭即趨庭的庭，所以世稱父為椿庭，上古有大椿者，以八千歲為春，八千歲為秋。《莊子・逍遙遊》謂上古有大椿長壽，《論語・季氏》篇記孔鯉趨庭接受父訓，後因以"椿庭"為父親的代稱。

臺灣先賢詩文集彙刊 第五輯 07 賴子清《臺灣詩海》後編 第 145 頁

泮水荷香
王賓

薰風吹泮水，荷芰發清香。澹蕩煙波裏，氤氳臺榭傍。
敢誇君子質，幸藉聖人光。尚願扶搖力，微馨獻玉堂。①

編者註：①玉堂：漢時待詔於玉堂殿，唐時待詔於翰林院，至宋以後，翰林遂並蒙玉堂之號。"《宋史・蘇易簡傳》："帝嘗以輕綃飛白大書'玉堂之署'四字，令易簡榜於廳額。"明・李東陽《院中即事》詩："遙羨玉堂諸院長，酒杯能綠火能紅。"

《全臺詩》第貳冊 王賓 第 204 頁

作者簡介
王賓，字利尚，臺灣鳳山縣人，清乾隆三年舉人，生平不詳。

泮水荷香
柳學輝

一湖蓮水泮，氣味奪芹香。似放濂溪種，應分大士芳。
至人禋祀地，君子溯洄方。最是扶輿力，馨聞直薦王。

《全臺詩》第叁冊 柳學輝 第 135 頁

作者簡介

柳學輝，字號不詳，臺灣鳳山縣人，清乾隆年間（1736—1795 年）生員，生平不詳。

賀陳握卿遊泮
章甫

白沙理學世傳芳，[①]擷藻猶流翰墨香。
五色筆花新吐艷，　三條燭火看搖光。
揚鬐出海經鯤化，　振翮摩天極鳳翔。
珍重姮娥親種桂，　秋來攀與少年郎。

編者註：①白沙理學：陳獻章，字公甫，號石齋，明朝中期著名的理學家、教育家，因世居白沙村，世人稱之為"白沙先生"。白沙先生去世後從祀孔廟，成為嶺南地區唯一入祀孔廟的大儒，有"聖代真儒""嶺南一人"之美譽。白沙先生繼承了孔孟的儒家思想，開創明儒心學之先河，以"自然為宗""澄心悟道""以道為本，道通於物""學貴自得""學貴知疑"等哲學思想，開創了"江門學派"。其學術成就"昭在當時""垂於後世"，上承程朱理學，下啟明儒心學，促進了明至清初學術思想的繁榮。

《全臺詩》第叁冊 章甫 第 382 頁

曹生敬甫入泮
陳維英

小試休誇屢冠軍，士先論品後論文。
梅因骨勁不驚雪，竹以心虛易入雲。

施生希尹入泮
陳維英

經傳平日推三鳳，賦獻凌雲化一鯤。
入我籠中何作藥，當為遠志濟元元。

張博雲入泮
陳維英

端人取友固能端，要先書生一味酸。
天下引來為己任，范公纔著秀才冠。

《全臺詩》第伍冊 陳維英 第 197 頁

賀李起鳳入泮
陳維英

報道芹宮列姓名，　此心尚未解歡情。
問年能使甘羅妬，①舉筆偏教太白驚。
半吐芙蓉初日麗，　一聲雛鳳曉風清。
後來歲月賒賒在，　何患鵬霄九萬程。

編者註：①甘羅：戰國末期下蔡人，戰國時期秦國名臣甘茂之孫，著名的少年政治家。甘羅自幼聰明過人，小小年紀便拜入秦國丞相呂不韋門下，任其少庶子。甘羅十二歲時出使趙國，使計讓秦國得到十幾座城池，甘羅因功得到秦王政（後來的秦始皇）賜任上卿（相當於丞相）、封賞田地、房宅。司馬遷《史記》："甘羅年少，然出一奇計，聲稱後世。雖非篤行之君子，然亦戰國之策士也。"

賀君治宗友生冠軍遊泮
陳維英

吾宗汝特出，吾徒授汝筆。衣缽得真傳，詞場屢第一。
黃卷與青衿，件件師恩德。學道如學琴，須盡成連術。
非移海上情，猶未入於室。獨笑方子春，有名而無實。
虛名不可居，推愛通息息。寄語藍與青，風雲齊努力。

《全臺詩》第伍冊 陳維英 第 198 頁

附：陳維英《太古巢聯集》（選）

黃必先捷泮
文字曲江場中稱帥　家聲冕仲殿上掄元

黃必先由廳案前捷泮
發關渡山之秀氣吐霧峰前早知隱豹
冠淡水廳之人文觀潮齋上初起潛龍

鄭祉亭禮部姪鵬秋入泮
東序又升多佳子弟　南宮先導樂賢父兄

李起鳳登泮
（十三齡適值大比年）
尚是蝸髻瓊花太重　最宜駒齒苹草初肥

王嘯濤同硯入泮
芸窗細論驚便腹首選前茅今果及鋒而試
棘院宏開望出頭讀書養氣願皆磨厲以須

吳景星入泮
且為鴞泮采芹客　本是蟾宮斫桂仙

吳光煥名貽蘭入泮
尹公取友必端投蘭有臭　吳子學仙將就斫桂先聲

林生步瀛字洲士泮捷之喜
蘭院育才慼化雨　芹官選秀喜凌雲

蘇子褒十五齡游泮
賦品東京文章西漢笑任昉舉秀才尚多一算
鹿苹今歲燕杏來春較子瞻登進士猶少五齡

何希周榮泮
東海三人堪追故步　南溟萬里更奮前程

金聲謝文子錫五入泮
樂賢父兄燕翼共推風矩　得佳子弟鳳毛初起雲程

郭治醇秀才子入泮
羨郎君才氣無前一室菁莪多萃人文科目選
喜夫子書香有後三秋桂樹卜繩祖武榜頭題

賀泰卿姪次郎雪六入泮
屬在同本同源早為留心後進　尤望教詩教禮使之努力前程

傅焜伯由郡案首入泮
總角時卜魏舒宅相　出頭日振杜預家風
（外從孫杜若虛遊武泮）

葛瑪蘭胡生玉峰字崑璞入泮
課業憐才士龍入座　讀書立志司馬題橋

蔡則仁入泮適值斷絃
芹映鸞旂士子初登雲外去　桂香蟾窟嫦娥先向月中來

詩賓甥冠軍入泮
（乃祖乃父均冠軍入泮姊逝已久）
又壓元白以紹家聲言采藻芹業傳三世
為生甫申而儲國器追思萱草功在百年

家愧居入泮
果然不愧駒千里　肯許同聞鹿一聲

代敬甫賀陳洞漁入泮
位置樓中須峻元龍之品　掃除天下願充仲舉之才

代敬甫賀李孝杏入泮
後進愜心筆傳李白　前程拭目衣染柳青

代家嚴賀林恆恬姻世講入泮
在素封之家尤以書香為貴　喜故人有子尚期雲路旋登

賀斌臣鷹揚入泮
我愧書癡竇氏長兄偏喜武　人饒在癡杜侯良將本能文

以文儒而輟榮學兵馬燧當年志大　由武舉而登壇拜將汾陽來日功高

賀何其旋明經子姪竝以冠軍入武庠
技超射圃弟和兄雙鵰一箭　才試科場文及武三鳳九霄

賀鄭希彥中武舉
班定遠本文儒所出　郭汾陽由武舉而升

入泮宴賓戲臺聯
禮樂衣冠於斯為盛　功名富貴作如是觀

苹野笙簧先接譜　杏園筵宴試銜杯

長子入泮宴賓堂聯
泮水風清濫等小子　潁川星聚下榻高賢

博帶峩冠三揖三讓　崇山曲水一詠一觴

鄭祉亭進士令咸瞻淇由廳案首入學
芝蘭子弟謝東山名誇文帥　書草家風鄭北海學紹經神

李生春波領袖遊庠
（字澄源余掌教仰山月課曾拔首卷廳考取置第一）
仰山曾壓青蓮卷　泮水先聞碧藻香

楊生士芳籍學之榮
白雪門中鵠立　青雲梯上蟬聯

臺灣先賢詩文集彙刊 第四輯 01 陳維英《太古巢聯集》三 慶賀 第 12 頁

四

書院詩

明志書院勗諸生
鄭用錫

多年解組寄浮漚，[①]文字因緣一席留。
聊借毫端評月旦，[②]敢誇皮裹有春秋。
賦成五色雖迷目，　筆埽千軍始出頭。
我倘識途慚老馬，　年年棧豆欲何求。[③]

編者註：①浮漚：水面上的泡沫，因其易生易滅，常比喻變化無常的世事和短暫的生命。宋·范成大《石湖中秋二十韻感今懷舊而作》："水天雙對鏡，身世一浮漚。"②月旦：東漢末年由汝南郡人許劭兄弟主持對當代人物或詩文字畫等品評、褒貶的一項活動，常在每月初一發表，故稱"月旦評"或者"月旦品"。無論是誰，一經品題，身價百倍，世俗流傳，以為美談。因而聞名遐邇，盛極一時。後來，"月旦人物"便成為品評人物的一個成語。③棧豆：馬房豆料，亦比喻才智短淺的人所顧惜的小利。宋·陸遊《六十吟》："孤松摧折老澗壑，病馬凄涼依棧豆。"

臺灣文獻叢刊 第 0041 種 鄭用錫《北郭園詩鈔》卷四 第 56 頁

過羅山有設縣安營建興學校之舉書以紀事
宋永清

曉色寒侵露未晞，黃沙漠漠撲征衣。
勞人幾度圖興建，大地千年護翠微。
丘壑欲開桃李徑，□疇漸覺稻粱肥。
海邦形勝雄東顧，立馬羅山□落暉。

編者注：□原稿缺字。

臺灣文獻叢刊 第 0066 種 周元文《重修臺灣府志》卷十 藝文志 第 413 頁

作者簡介
宋永清，字號不詳，山東萊陽人。清康熙四十三年，以漢軍正紅旗監生任鳳山知縣。善察民情，雅意文教，頗有宦績。工詩，著有《溪翁詩草》。

韓山書院新栽小松（四首）
丘逢甲

鬱鬱貞葆夜拂霜，　十年預計比人長。
要從韓木凋零後，　留取清陰覆講堂。

不惜階前尺地寬，　孤根未穩護持難。
何須定作三公夢，①且養貞心共歲寒。

森森高節自分明，　莫學胥濤作憤聲。②
大廈將傾支不易，　棟樑材好惜遲生。

出林鱗鬣尚參差，　已覺干霄勢崛奇。
只恐庭階留不得，　萬山風雨化龍時。

編者註：①三公：三公是中國秦朝地位最尊顯的三個官職的合稱，秦朝以後多為虛職。周代已有此詞，西漢今文經學家據《尚書大傳》、《禮記》等書以為三公指司馬、司徒、司空，古文經學家則據《周禮》以為太師、太傅、太保為三公。②胥濤：傳說春秋時伍子胥為吳王所殺，屍投浙江，成為濤神，後人因稱浙江潮為"胥濤"，亦泛指洶湧的波濤。②鱗鬣 lín liè：代稱松樹。鱗喻松樹皮，鬣喻松針。明·吳承恩《畫松》詩："鱗鬣如有聲，飢蛟對相語。"

臺灣文獻叢刊 第 0070 種 丘逢甲《嶺雲海日樓詩鈔》卷三第 39 頁

題文石書院
烏竹芳

雲根結就已多年，　質染烟霞早得天。

出澗虹霓精氣聚，　沈淵珊網寶輝連。

移來席上原生色，　產在海濱妙自然。

肇錫嘉名文運啟，①澎瀛鍾毓遇前賢。

編者註：①肇錫嘉名：出自《離騷》，"皇覽揆余初度兮，肇錫餘以嘉名。"

臺灣文獻叢刊 第 0115 種 蔣鏞《澎湖續編》卷下 藝文紀 第 117 頁

作者簡介

烏竹芳，字筠林，山東博平人，舉人。清道光五年，署噶瑪蘭通判，
道光十年，又署澎湖通判。

謁馬仰山書院紀事
陳維英

拓土開疆廿載營，　版圖初入我初生。

楊公始建鱣堂迥，①朱子重修鹿洞成。②

學海共源懷梓里，　仰山對崎表蘭城。

席前地接文昌府，　門下天生武庫英。

枉坐虎皮談易竭，　自慚馬骨相難精。

額增月課辛勤校，　指摘雷同子細評。

養士貴無寒士氣，　衡人故不得人情。

苞苴屏卻青氈冷，③苜蓿烹來白水清。

教重身心輕翰墨，　儒先經術後科名。

恐荒豚犬三餘業，　忍唱驪歌一曲聲。

東道攀輿行且止，　北郊張樂送如迎。

蒼蒼雲樹百回首，　槐市風光夢寢縈。④

編者註：①鱣堂 zhān táng：《後漢書·楊震傳》："後有冠雀銜三鱣魚，飛集講
堂前，都講取魚進曰：'蛇鱣者，卿大夫服之象也。數三者，法三台也。先生自此
升矣。'"後因稱講學之所為"鱣堂"。宋·朱熹《奉和公濟兄留周賓之句》："鱣堂

偶休閒，雞黍聊從容。”②鹿洞：指白鹿洞。宋代朱熹講學處。宋·韓補《紫陽山賦》：“既表章乎鹿洞，宜敷錫乎枌榆。”清·方苞《餘處士墓表》：“再至匡廬，淹留濂溪、鹿洞。”③苞苴：苞，通“包”。饋贈的禮物。《莊子·列禦寇》：“小夫之知，不離苞苴竿牘。”鍾泰發微：“古者饋人魚肉之類，用茅葦之葉，或苞之，或藉之，故曰‘苞苴’。”④槐市：漢代長安讀書人聚會、貿易之市，因其地多槐而得名。後借指學宫、學舍。據《三輔黄圖》載：“倉之北，為槐市，列槐樹數百行為隊，無牆屋，諸生塑望會此市，各持其郡所出貨物及經傳書記、笙磬樂器相與買賣。”南朝·梁·元帝《皇太子講學碑》：“轉金路而下辟雍，晬玉裕而經槐市。”唐·武元衡《酬談校書長安秋夜對月寄諸故舊》詩：“蓬山高價傳新韻，槐市芳年把盛名。”

臺灣文獻叢刊 第 0280 種《臺灣詩鈔》卷四 第 77 頁

詠狄邑椒山書院詩并序（十月五日）
李望洋

明世宗嘉靖二十九年秋八月，俺答犯京師，詔以仇鸞節制諸路兵馬。九月又以仇鸞總督京營戎政，邊事益壞。三十年三月，仇鸞畏寇甚，密遣人結俺答義子脱脱，使貢馬互市。俺答利貨幣，投譯書於宣大總督蘇祐，祐以聞鸞與嚴嵩請成之。兵部車駕司員外郎楊繼盛上言諫止，疏入，立下獄，貶狄道典史。椒山即其號也。因出資，購狄道東山上鳳凰臺，創建書院一所，內有講堂房舍，延諸生肄業其中。椒山先生日坐講堂，與諸生論道，文風蒸蒸日上。迨三十四年，帝既罷馬市，乃思繼盛言，自典史四遷，復為員外郎，此椒山書院所以得名。地迨本朝同治間狪逆變亂，陷狄城，書院焚燬無存，所遺者，院前文峰塔而已。余牧是邦，未及捐資修建，深抱歉焉。今歲杏生太尊權篆是邑，請魏午莊方伯籌欵重建，洵盛舉也。余前八月三日因公抵狄，聞而喜之，因作七律一章，以答杏生云爾。

文星降謫到臨洮，講道東山筆自操。

為諫大同開馬市，因來小邑試牛刀。

心源一脈傳洙泗，門下千秋植李桃。

今日重修名士地，好將才俊付甄陶。①

編者註：①甄陶：化育；培養造就。漢・揚雄《法言・先知》："甄陶天下者，其在和乎！"《文選・何晏〈景福殿賦〉》："甄陶國風。"李周翰註："甄陶，謂燒土為器。言欲政化純厚，亦如甄陶乃成。"

作者簡介

李望洋，字子觀，號靜齋，臺灣噶瑪蘭廳頭圍堡人，從宿儒朱品三授業。弱冠設館訓蒙，舌耕養親。清咸豐四年入泮，九年中式舉人。嗣以父母喪，居家守制讀禮，并倡修仰山書院。同治十年，入都會試，考取大挑一等。歷知渭源等縣州，在任頗著政聲。光緒十年辭官回籍，兼長仰山書院。望洋考取大挑一等籤分甘肅試用知縣後，於同治十一年正月二十六日由臺起程，六月十六日抵蘭州，至光緒十年繕寫封章辭官回里。其間宦遊鄂、豫、陝、甘凡十三載，行跡所歷，耳目所見聞，舟中覓句，馬上構思，因物感興，輒記以詩，結集彙編為《西行吟草》二卷。望洋秉性厚重，為官清廉，詩如其人。

羅山書院故址
林培張

離離原草綠成茵，甄別人材事總塵。

代謝已虛山長席，筵空誰省宰官親。

春風秋月憑來往，衰柳寒禽自主賓。

我向諸羅數遺跡，蜉蝣身世劇翻新。

作者簡介

　　林培張，字植卿，一作湜卿，又字次逋，號芷庭，臺灣嘉義人。幼穎悟好學，既長，入羅山書院，為進士林啓東之高弟。清光緒中進嘉義縣學，後補增生。臺灣割日，科舉廢，爰設塾訓蒙。時島內詩學勃興，詩社林立，培張見之心喜，乃出入羅山、南嘉、網珊等吟社，與社友詩酒唱和，尤與朴子楊爾材交稱莫逆。培張出身羅山書院，學有根柢；復以性放誕不羈，素抱凌雲之志，故章句詩詠僅其營生之餘事耳。楊爾材評其詩謂善於傳神描景、詞無泛設，真情流露云。有《寄廬遺稿》。

留別文石書院諸生
胡建偉

學舍難忘結構深，杖藜時聽讀書音。①
雖無韓子興潮化，具有文翁教蜀心。②
杼軸終當成錦繡，鴛鴦尤冀度金針。
諸生勉矣終如始，文石輝煌盡國琛。③

　　編者註：①杖藜：謂扶著手杖行走。藜，野生植物，莖堅韌，可為杖。《莊子·讓王》：「原憲華冠縰履，杖藜而應門。」唐·杜甫《暮歸》：「年過半百不稱意，明日看雲還杖藜。」宋·蘇軾《鷓鴣天》：「村舍外，古城旁。杖藜徐步轉斜陽。」②文翁教蜀：《漢書·循吏傳·文翁傳》：「文翁，廬江舒人也。少好學，通《春秋》，以郡縣吏察舉。景帝末，為蜀郡守，仁愛好教化。見蜀地辟陋有蠻夷風，文翁欲誘進之，乃選郡、縣小吏開敏有才者張叔等十餘人親自飭厲，遣詣京師，受業博士，或學律令。……數歲，蜀生皆成就還歸，文翁以為右職，用次察舉，官有至郡守刺史者。又修起學官於成都市中，招下縣子弟以為學官弟子。」「由是大化，蜀地學于京師者比齊、魯焉。至武帝時，乃令天下郡、國皆立學校官，自文翁為之始云。……至今巴蜀好文雅，文翁之化也。」唐·杜甫《贈左僕射鄭國公嚴公武》：「諸葛蜀人愛，文翁儒化成。」③國琛：國寶，比喻有德才的人。明·唐順之《次韻答張戶部羽卿》：「自笑如山木，何言是國琛。」

作者簡介

胡建偉，號勉亭，廣東三水人，清乾隆四年進士。乾隆三十一年，任澎湖通判，設社塾，創文石書院，政績尤多。時澎湖士赴試臺灣，多憚風濤。胡氏詳請道府"織題局試"，兩年間澎湖士子入學者六人，澎人誇為盛事。乾隆三十五年，補鹿港同知，在臺創立澎瀛書院，為澎湖諸生赴試寓所，士民為之立祀於文石書院。乾隆三十七年，陞臺灣北路理番同知。纂有《澎湖紀略》十二卷。

與文石書院諸生
張璽

星河島嶼此天同，　浴詠春風共冠童。
禮樂百年沾聖化，　誦絃多士仰儒宗。
珊瑚網下鮫人窟，　①蚌蛤珠胎夜月中。
為語芸牕勤講肆，　菁莪樂育望無窮。②

編者註：①鮫人：又名泉客，是中國古代神話傳說中魚尾人身的神秘生物，與西方神話中的美人魚相似。早在干寶的《搜神記》中就有記載："南海之外有鮫人，水居如魚，不廢織績，其眼泣則能出珠。"唐·李商隱《錦瑟》："滄海月明珠有淚"便引用了鮫人的傳說。據傳說，鮫人的油燃點極低，且一滴就可以燃燒數日，民間盛傳秦始皇陵中就有用鮫人油做燃料的長明燈。②菁莪：《詩·小雅·菁菁者莪》篇名的簡稱，亦指育材。宋·朱熹《白鹿洞賦》："樂《菁莪》之長育，拔儁髦而登進。"

臺灣先賢詩文集彙刊 第五輯 02 賴子清《臺灣詩醇》前編 第 156 頁

作者簡介

張璽，字號不詳，河南河內人，舉人，清乾隆五十二年任澎湖通判。

與文石諸生

張五典

海邊無事偶相過，遞引深杯且和歌。

風雨閉門黎進士，記從笠底識東坡。①

編者註：①笠底識東坡：南宋人張端義在其《貴耳集》卷上中記載："東坡在儋耳，無書可讀，黎子雲有柳文數冊，盡日玩誦。一日遇雨，借笠屐而歸。人畫作圖，東坡自贊：'人所笑也，犬所吠也，笑亦怪也。'用子厚語。"又有記載說，宋紹聖年間，蘇東坡貶儋時，經常和黎子雲來往談詩論對，對他十分敬重，有詩傳世："寂寞兩黎生，食菜真目瞿儒。"東坡父子被逐出官舍陋屋後，黎子雲慷慨讓出環境僻靜清幽的城東舊宅澗給東坡建屋辦學，東坡取《漢書·揚雄傳》"載酒問字"之典故，命名為"載酒堂"，後來擴建為東坡書院，芳名千古。

臺灣先賢詩文集彙刊 第五輯 02 賴子清《臺灣詩醇》前編 第 156 頁

作者簡介

張五典，字敍百，陝西涇陽舉人，官攸縣知縣。

示文石書院諸生

蔣鏞

簿書七載勉從公，政拙還兼課士功。

講貫苦難音語譯，品評惟賴道心同。

八行制勝詞須洽，五字呈材句必工。

自愧擁臯非博物，敢云西蜀效文翁。

臺灣先賢詩文集彙刊 第五輯 02 賴子清《臺灣詩醇》前編 第 157 頁

作者簡介

蔣鏞，字懌弇，湖北黃梅人，清嘉慶七年進士，道光元年補澎湖通判。喜栽培士類，自爲文石書院山長，軫恤孤貧，民賴以活。

仰山書院新成
楊廷理

龜山海上望巍然，　追溯高風仰宋賢。
行媲四知敦榘範，[1]道延一線合真傳。
文章運會關今古，　理學淵源孰後先。
留語諸生須黽勉，　堂前定可兆三鱣。[2]

編者註：①行媲四知：匹敵；比得上。唐·韓愈《醉贈張秘書》：“險語破鬼膽，高詞媲《皇墳》。”四知：《後漢書·楊震傳》：“當之郡，道經昌邑，故所舉荊州茂才王密為昌邑令，謁見，至夜懷金十斤以遺震。震曰：‘故人知君，君不知故人，何也？’密曰：‘暮夜無知者’。震曰：‘天知，神知，我知，子知，何謂無知！’密愧而出。”又《傳贊》：“震畏四知。”後多用為廉潔自持，不受非義饋贈的典故。榘範 jǔ fàn：規範。②三鱣 sān zhān：東漢楊震明經博覽，屢召不應，有鸛雀銜三鱣魚飛集講堂前，人謂蛇鱣為卿大夫服之象；數三，為三台之兆。果後位至太尉。事見《後漢書·楊震傳》。後每用以為典，指登公卿高位的吉兆。宋·司馬光《贈太師文公挽辭》詩：“庭有三鱣集，門容駟馬過。”

臺灣先賢詩文集彙刊 第五輯 02 賴子清《臺灣詩醇》後編 第 264 頁

作者簡介

楊廷理，字清和，一字半緣，號雙梧，晚號更生，廣西柳州人。清乾隆四十二年拔貢生，次年朝考一等一名。乾隆五十二年十月初陞任臺灣知府，隨即主持歲試，並委由海東書院掌教曾中立編輯優等文章，親自校訂，以為課藝，計有《臺陽試牘》初集、二集、三集，並重刻《柳河東先生集》，著有《東瀛紀事》一卷，《雙梧軒詩草》等。

白沙書院落成
曾日瑛

敢因小邑廢絃歌，　講苑新開事切磋。

誰謂英才蠻地少，　原知高士海濱多。

文章大塊花爭發，　詩思淵泉水蹙波。

他日應知化鄒魯，①好從斷簡日編摩。

編者註：①鄒魯：鄒，孟子故鄉；魯，孔子故鄉，後因以“鄒魯”指文化昌盛之地、禮義之邦。清·錢謙益《河南河南府永甯縣知縣孫志元授文林郎制》：“具官某服鄒魯之遺教，作江漢之名儒。”

作者簡介

曾日瑛，字芸田，江西南昌人，監生。清乾隆十一年調淡水同知，孜孜以造士為懷。每巡行各鄉，設旌善懲惡二簿，籍其姓名，獎戒有差，民風丕變。調知臺灣府值旱，步禱烈日中，旬餘得雨，遂病暍卒，民哀思之。

文石書院偶成
黃瑞玉

澎島無學宮，別駕胡勉亭先生，出俸錢構講院，公餘輒課諸生，官府自兼山長。

一來澎島棹孤舟，文石書齋院宇稠。

遠上沙堤隨地拱，門前翠岫隔山浮。

夜燈紅處書聲朗，春水綠時詩景幽。

自笑才疏無善狀，忝居此席不勝羞。

作者簡介

黃瑞玉，字維岩，自少失恃，從父渡臺。清嘉慶十七年，充府學歲貢，家居授徒，善誘披獎勤，故從遊者多所成就，嘗主澎湖文石書院講席，喜吟詠。著有《蝸堂詩草》，藏於家。

學海書院懷古
駱子珊

散策淡江濱，龍山景象新。緬懷追往哲，回首憶前塵。
華國文章貴，觀風士氣伸。茫茫將墜緒，肩仔屬吾人。①

編者註：①肩仔：即仔肩，指所擔負的任務；責任。語出《詩·周頌·敬之》：
"佛時仔肩。"鄭玄箋："佛，輔也；時，是也；仔肩，任也。"宋·葉適《賀葉丞
相》："未能獨任，容有累於設施；命以仔肩，固顯示於德行。"

臺灣先賢詩文集彙刊 第五輯 02 賴子清《臺灣詩醇》後編 第 265 頁

作者簡介

駱子珊，字綱川，號立庵，又號鐵花等，臺灣瀛社社員。精古文詞，
喜交遊，耽吟詠，尤嗜擊鉢催詩，有會必赴，曾任"高山文社"常務幹事、
副社長。與同志組織《東瀛雪鴻會》，每月定期開例會，各展所藏。擅書法，
所書楹聯題識，散見於龍山寺與學海書院。

重陽過海東書院
楊二酉

重洋遠渡度重陽，載酒尋花花正黃。
文苑連朝開霽色，春臺九月著羅裳。
種來桃李新多實，培得芝蘭舊有香。
今日登高臨海國，奎光一點上扶桑。

臺灣先賢詩文集彙刊 第五輯 07 賴子清《臺灣詩海》前編 第 74 頁

作者簡介

楊二酉，字學山，山西太原人，清雍正十一年進士，入翰林。乾隆四
年，以御史巡臺，奏建海東書院以造士，頗得民望。

書院即景六詠（在龜山麓）

卓肇昌

窗嵐

半畝宮牆布席壇，烟光雲影繞干闌。

巖蒸雲氣晴能雨，樹挾風聲夏欲寒。

隱几亦山青未了，門窗滿目界眞寬。

蹊間有客裴徊處，好把心茅仔細看。

亭樹

蒼翠陰層畫不如，主人枯坐小亭虛。

綠施旎旖微飆度，疎影橫斜淡月初。

花似解人頻揖客，鳴如知趣欲窺書。

東風不管愁人倦，葉落階前未掃除。

軒燕

紫燕珊珊落故軒，講堂聽罷自翩翻。

雙飛未忍留仙去，栖僻還宜處士門。

秋客重來殷款款，主人惜未解言言。

一生巧計輸黃雀，飲啄官倉長子孫。

牆竹

閒來寄傲倚窗南，　牆外蕭蕭竹映籃。

雨滴猶聞悲帝子，　風飄何用怨江潭。

杯傾蟻綠枝先醉，①閒到蠹文影代緘。

好與坡公心賞處，　況當菁翠是春三。

晚蟬

夏木森森覆碧廊，凉颼蟬沸度殘陽。

可憐癡子呼蝶夢，為少書聲鬧草堂。
顧影還疑悲痀僂，有懷欲訴笑螳螂。
一枝聊得栖身處，絡繹催人何太忙。

濠蛙

院傍城隄，濠間水滿，蛙沸噪人
小築衙齋傍水隈，鳴蛙閣閣惱人來。
了無遠近分雙部，豈有官私噪幾回！
科蚪生前疑事幻，蟾蜍月下鬧聲哀。
世間如許不平事，群沸紛紛莫漫猜！

編者註：①蟻綠：酒面上浮起的綠色泡沫，亦借指酒。《文選·謝朓〈在郡臥
病呈沉尚書詩〉》：“嘉魴聊可薦，綠蟻方獨持。”張銑註：“綠蟻，酒也。”唐·白居
易《問劉十九》詩：“綠蟻新醅酒，紅泥小火爐。”

陳漢光《臺灣詩錄》卷六 第 354 頁

作者簡介

卓肇昌，字思克，臺灣鳳山人，為卓夢采之子。清乾隆十五年舉人，
官揀選知縣，不赴。少穎異，能承庭訓，好為古文辭，論世知人，具有特
識，一時老師宿儒，咸器重之。著有《栖碧堂全集》，藏於家。

玉峰書院借廬
柯輅

花木蕭疏草不除，廣文宮冷樂何如。
家無醅酒貪留客，橐有俸錢常買書。
半日吟詩登小閣，幾人問字到吾廬。
本來面目依然在，且擬携經帶月鋤。

陳漢光《臺灣詩錄》卷七 第 550 頁

作者簡介

柯輅，字瞻我，號淳庵，福建晉江人，清乾隆四十四年舉人。嘉慶四年任嘉義訓導，六年調署彰化教諭，後陞江西安仁知縣。著有《閩中文獻》等。

示文石書院諸生
蔣鏞

寒氈誦習貴心堅，暑繼三冬念勿遷。
屏去俗情徵實學，闡來新義獲真詮。
詩書到熟方生妙，志氣能勤始益專。
莫謂科名遺此地，蓬瀛有願竟登先。

陳漢光《臺灣詩錄》第七卷 第 637 頁

余主明志講席入都後代者為藻亭弟今春假還仍主之誌感
鄭用錫

載酒仍看問字奇， 再來漸覺鬢成絲。
追陪杖履趨榆社，①慚愧丹鉛託絳帷。②
少不如人何況老， 才難信已敢稱師。
青氈本是吾家物， 十載門墻共護持。

編者註：①榆社：枌榆社之省，漢高祖故鄉的里社名，泛指故鄉的里社。明·高啟《與詩客七人會飲余司馬園亭》詩："情與酒兼和，園亭駐晚珂。家同榆社近，人比竹林多。"泛指故鄉。②絳帷：猶絳帳。對師門、講席之敬稱。《隨園詩話補遺》卷一引清·吳蕙詩："有志紅窗學詠詩，絳帷深幸侍良師。"

陳漢光《臺灣詩錄》卷七 第 646 頁

贈陳握卿己巳年引心書院館倡結社月課 春秋祭祀
魏爾青

結社春秋祭祀愿，丹爐點化課詩文。
惟君默契神仙意，樂道飄然迥出羣。

最好無虛結社名，奇文共賞對花評。
香風引發心中隱，一筆揮雲奠太清。

林文龍《臺灣詩錄拾遺》第 35 頁

作者簡介

魏爾青，字號不詳，臺灣縣人。清嘉慶年間（1796—1820 年）人士，生平不詳。

臺俗富而悍儳而不文余葺橫舍召生徒月必以試巾卷盈廷儲金錢若干爲母入其子爲書院費復選刻《海東課藝》藉開文敎風氣由是荒陬僻陋多文學之士矣（二首錄一）
唐贊袞

海邦玉尺費裁量，紙價居然貴洛陽。
漫誚門前桃李盛，天敎栽植到遐方。^①

編者註：①遐方：猶遠方。漢·揚雄《長楊賦》：“是以遐方疏俗，殊鄰絕黨之域，自上仁所不化，茂德所不綏，莫不蹻足抗首，請獻厥珍。”

林文龍《臺灣詩錄拾遺》第 183 頁

作者簡介

唐贊袞，字韡之，善化人，清同治癸酉舉人。光緒十七年，調署臺澎道，旋補臺南府；迄二十一年正月，去任。有《鄂不齋集》。

文石書院（有序）
張五典

澎嶼無學宮，別駕胡勉亭先生，出俸錢構講院，公餘輒課諸生，
官府山長兼之矣。詩以紀之。

寸莛由來許叩鍾，植林開硎謝長供。
千間廣庇勞工部，六百還捐自曼容。[1]
何翅經師推北海，應從天下說中庸。
移情我亦隨烟櫂，悟得琴心在眾峰。

編者註：①曼容：漢時琅邪人邴漢居官以操守高尚著稱。其兄之子邴丹（字曼
容）也清廉守節，做官不肯做俸祿超過六百石的官，超過則自行免去，名聲超過邴
漢。後以此典稱美人有品行，不戀官祿。宋·蘇軾《次韻劉景文西湖席上》："我今
官已六百石，慚愧當年邴曼容。"

彭國棟《廣臺灣詩乘》第四卷 第 91 頁

初郡中魁堂會社無區丙寅（1806）陳君握卿建朱子祠脩敬字堂
顏曰中社書院以郡外有南北社此中立也
吳成謨

古社今衙署此君，　關中特立振斯文。
沂公惜字崇前聖，[1]朱子傳閩証夙聞。
地薄西南雄學海，　堂開左右慶連雲。
春秋二仲頻馨存，　善氣時來滿院薰。

編者註：①沂公惜字：據傳，宋時，王沂公之父愛惜字紙，見地上有遺棄的，
就拾起焚燒，便是落在糞穢中的，他畢竟設法取將起來，用水洗淨，或投之長流水
中，或候烘曬干了，用火焚過。如此行之多年，不知收拾淨了萬萬千千的字紙。一
日，妻有娠將產，忽夢孔聖人來分付道："汝家愛惜字紙，陰功甚大。我已奏過上

帝，遣弟子曾參來生汝家，使汝家富貴非常。"夢後果生一兒，因感夢中之語，就取名為王曾。後來連中三元，官封沂國公。

《全臺詩》第肆冊 吳成謨 第 98 頁

作者簡介
吳成謨，字號不詳，清嘉慶年間（1796—1820 年）人士，生平不詳。

讚和齋陳先生總理引心書院十三年
曾潛成

引心院建十三年，惟日孜孜為勸賢。
講席宏開陶偉器，文壇結構選青錢。①
群材喜得登雲路，主席欣看入月仙。
藝苑書勳名可久，歌詩祝頌樂無邊。

編者註：①青錢：質地為銅、鉛、錫合金。新版《辭源》說明："以紅銅五成，白鉛四成一分半，黑鉛六分半，錫二分四者配鑄者，謂之青錢。"比喻有才學的人。

《全臺詩》第肆冊 曾潛成 第 217 頁

庚辰（1820）歲來郡考試閒步引心書院詣文昌寂凝壇及準提寺呂祖廟見其棟宇堅牢門屏鞏固規形體制迥異昔時詢諸守院人稔知陳君廷瑜勤勞董脩從事十三年不厭不倦方得遍觀厥成余聞而心慕之不揣鄙詞歌以為贈

曾潛成

三教迴環氣運開，文壇佛座接仙臺。
憑依在德昭靈感，蘊藉為功達化裁。
慧眼時觀龍軸降，靈符畫引鶴書來。
百年故址今殊昔，董倡奇勳實偉哉。

編者註：①化裁：謂隨事物變化而相裁節，後多指教化裁節。語本《易·繫辭上》："是故形而上者謂之道，形而下者謂之器，化而裁之謂之變。"孔穎達疏："化而裁之謂之變者，陰陽變化而相裁節之謂之變也。"

《全臺詩》第肆冊 曾濬成 第 218 頁

作者簡介

曾濬成，字號不詳，清嘉慶年間（1796—1820 年）人士，生平不詳。

五

送別詩

送篠岫赴北闈，兼寄王文在秋曹
孫元衡

丹成赴玉京，閩越曠期程。江嶂膚雲臥，灘舟澡雪行。
魚龍應有氣，金石自成聲。若見王秋部，為余餉酒兵。①

編者註：①酒兵：《南史·陳暄傳》：“故江諮議有言：‘酒猶兵也，兵可千日而不用，不可一日而不備，酒可千日而不飲，不可一飲而不醉。’”後因謂酒為“酒兵”。金·元好問《追錄洛中舊作》詩：“酒兵易壓愁城破，花影長隨日腳流。”

七弟、沅真、光三、會貞同舟泛海，擬在姑蘇登岸，馳赴秋闈，贈別
孫元衡

仙舟李郭去從容，①別酒蘭英氣味濃。
六月天雲開島嶼， 南風海水似吳松。
珠連夜照蟾光合， 鵬徙秋程雁字逢。
直到姑蘇楓葉岸， 寒山曉寺待鳴鐘。

漁洋先生評：結句佳。

編者註：①仙舟李郭：《後漢書·郭太傳》載，李膺與郭泰同舟而濟，從賓望之，以為神仙，故稱“李郭仙舟”。據傳南朝時期，太原界休人郭太字林宗，出身貧寒，但他積極好學，到處遊學。遊學到洛陽見到河南尹李膺，李膺十分喜歡與他交往，一時傳為佳話。後來郭太要回家，京師很多學者來送行，郭太只與李膺兩人乘船而行，送行的人說他們像一對神仙。明·李贄《直沽送馬誠所兼呈若翁歷山並高張二居士》詩：“直沽今日賦將歸，李郭仙舟亦暫違。”

施龍門（瓊芳）進士公車北上，道中得句云：

兒身跋涉關山苦，都在慈親想像中。

臺灣文獻叢刊 第 0034 種 王松《臺阳詩話》第 3 頁

洪瑞卿茂才（世儀）晉省秋試，做客夢絕句云：

曉鐘一覺西樓夢，猶似辭家上計時。

王成三廣文（炳乾）和云：

萬里河山一夢移，心中驚喜信還疑。
故園晤對人依舊，渾似當年未別時。

臺灣文獻叢刊 第 0034 種 王松《臺阳詩話》第 60 頁

籟雲將歸里應秋試
鄭用錫

莫嗟鬢影幾成霜，　籬菊當秋老更香。
誰贈綈袍憐范叔，[1]曾燒丹鼎學淮王。[2]
枯桐爨下終知遇，[3]寶劍匣中甯久藏？
且暫籠樊依野鶩，　冲霄看汝好飛揚！

編者註：[1]綈袍：戰國時魏人范雎先事魏中大夫須賈，遭其譖謗，笞辱幾死。後逃秦改名張祿，仕秦為相，權勢顯赫。魏聞秦將東伐，命須賈使秦，范雎喬裝，敝衣往見。須賈不知，憐其寒而贈一綈袍。迨後知雎即秦相張祿，乃惶恐請罪。雎以賈尚有贈袍念舊之情，終寬釋之。見《史記·范雎蔡澤列傳》。後多用為眷念故舊之典。唐·白居易《醉後狂言酬贈蕭殷二協律》："賓客不見綈袍惠，黎庶未霑襦袴恩。"[2]淮王：西漢淮南王劉安篤好神仙黃白之術，賓客甚眾，其中蘇飛、李尚、左吳、田由、雷被、伍被、毛周、晉昌八人才高，稱之"八公"。八公聚此煉丹，丹藥方成，劉安因被告謀反畏罪自殺，除雷被一人外均被誅戮。後傳武帝派宗正前往捕解，劉安吞服丹藥與八公攜手升天，餘藥雞犬啄食亦隨之升天，從此山因八公得名，"一人得道，雞犬升天"的神話亦廣傳今古。③枯桐爨 cuàn 下：謂焚燒桐木為炊。事本晉·干寶《搜神記》卷十三："吳人有燒桐以爨者，邕（蔡邕）聞火烈聲，曰：'此良材也。'因請之，削以為琴，果有美音。"後以"爨桐"指遭毀棄的良材。唐·顧非熊《冬日寄蔡先輩校書京》："惟君知我苦，何異爨桐鳴。"清·魏源《默觚下·治篇八》："世非無爨桐之患而患無蔡邕。"

臺灣文獻叢刊 第 0041 種 鄭用錫《北郭園詩鈔》卷四 第 63 頁

送蔡生臺灣小試
周凱

海外英才今見之，　如君始可與言詩。
志高元幹空流輩，　文愧昌黎敢説師？
大木定邀宗匠斲，①小疵先把俗情醫。
島中相贈無長物，　聊解春裘作饋遺。

獵獵秋風欲戰時，　一帆準擬廈門吹。
翹才有館堪投足，②匡鼎能詩亦解頤。③
稿束牛腰相論定，④氣充鵬翮看飛馳。
贈言且慰綢繆意，　一夕匆匆惜別離！

原註：①謂平遠山觀察。②廈有玉屏書院。③謂幕中王香雪。④余方輯廈、金二誌，生亦續補《澎湖紀略》。

臺灣文獻叢刊 第 0042 種 蔡廷蘭《海南雜著》附錄二 第 55 頁

作者簡介

周凱，字仲禮，號芸皋，別署內自訟齋，浙江富陽人。清嘉慶十六年進士，道光十三年署分巡臺灣兵備道。道光十六年再至臺，次年卒於官。
主修《廈門志》及《金門志》。著有《內自訟齋詩文鈔》。

送黃翼臣（桂榮）秋試（二首）
丘逢甲

瀛海無波桂殿秋，送君去作廣寒游。
嫦娥正織登科記，看取題名最上頭。

盛事流傳記昔賢，橡花紅徧嶺東天。
神州蒼莽英雄出，不爲科名合着鞭。

臺灣文獻叢刊 第 0070 種 丘逢甲《嶺雲海日樓詩鈔》選外集 第 306 頁

送潮州諸孝廉公車北上（三首）
丘逢甲

科名天水溯開先，　已在昌黎未到前。
瑞兆橡花占廟木，　人文離火應星躔。
尚書南渡陳言日，　漕使東巡獻頌年。
若有千秋容自致，　好將勳業紹高賢。

瀛州人物盛前明，　講學鐘宜有繼聲。
況值特科徵俊異，[1]莫將平步羨公卿。
萬言制策魁多士，　一代邊材起本兵。
珍重孝廉船北上，　西湖波定鳳皇鳴。[2]

魏闕江湖別思賒，　出門西笑說京華。
八千里路辭鄉土，　廿四番風羨杏花。
勝友如雲新置邸，[3]吉音傳電遠飛車。

南珠亭畔婆娑客，　佇待泥金報到家。

原註：①今春皇上有特旨求經濟之士。②潮諺云：鳳嘯湖平，代出公卿。③都門潮州有新舊會館。

臺灣文獻叢刊 第 0070 種 丘逢甲《嶺雲海日樓詩鈔》選外集 第 311 頁

乙酉鄉試，舟至馬江口占
許南英

扁舟一棹馬江平，席帽依然太瘦生。①
賣藕小娃猶認得，笑余三度到榕城！

編者註：①太瘦生：太瘦，很瘦。生，語助詞。唐·李白《戲贈杜甫》詩："借問別來太瘦生，總為從前作詩苦。"

臺灣文獻叢刊 第 0147 種 許南英《窺園留草》乙酉 第 4 頁

送汪杏泉入都補殿試
許南英

風雲變態幾經秋，　刼火生還有舊遊。
東海文章餘數子，　西清品望孰爲儔！
樓臺蜃氣文星朗，　邑里鯤沙逝水流！
栖翠簽間同蓺燭，①莫談鄉事起鄉愁！

不容混迹列樵漁，　奔走風塵難索居。
好友難逢多難後，　遺民喜見受恩初。
一官老我羞元亮，　三策期君學仲舒。
浪說此鄉多寶玉，　東行枉駕故人車。

原註：①廣州府署西偏書屋。

題畫梅，贈汪杏泉
（時新登甲榜回籍）
許南英

一枝又占故園春，猶是天公雨露仁。
剩有延平祠入夢，已無花下詠花人！

次海東書院山長宋荔卿《歸粵西兼赴禮闈留別》元韻（四首）
章甫

小春佳景餞分離，兆應春宮酒滿卮。
馬帳正吟留別句，鱣堂恰好落成時。[①]
曾開講席宏來學，忽買歸舟動去思。
自計西旋旋北上，文章報國寸心知。

尊酒論文海外緣，兒曹師事已年年。
眞能有術金都化，直欲無瑕璧乃全。
驥騁憑敎奮平地，鶴盤端合響遙天。
力扶大雅相期切，儕輩應思策簡編。

老大久已業荒荒，聞道先生返故鄉。
下里敢聯高曲妙，小言愧和大聲長。
南來吾道傳薪火，北上公車飽劍霜。[②]
便挂雲帆閩海去，波臣効順渡重洋。

聲價由來十倍論，君才早自擅雄渾。

空群萬馬行文勢，　掃陣千軍落筆痕。

赤幟任憑壇上拔，　紅綾看取閣中存。

泥金好寄春潮信，③飛渡佳音到鹿門！④

原註：①適修海東書院落成。

編者註：②公車：因漢代曾用公家車馬接送應舉的人，後便以"公車"泛指入京應試的舉人或代指舉人進京應試。明·王晫《今世說·雅量》："〔李夢蘭〕弱冠舉孝廉，公車不第，策蹇南歸，務益砥礪讀書。"滿洲貴族入主中原不久，為了籠絡知識份子，在順治八年作出規定："舉人公車，由布政使給與盤費。"即應試舉人的路費由政府供給，路費的多少，因路程遠近而不同。廣東瓊州府最多，每名三十兩白銀，山東最少，每名只有一兩。其餘地區，由三兩至二十兩不等。另外還規定，雲南、貴州和新疆的應試舉人除了每人發給白銀三兩，還發給火牌，憑牌供給驛馬一匹，車上插一面"禮部會試"黃布旗。這樣，"公車"就成了應試舉人的代稱了。③泥金：用金粉或金屬粉製成的金色塗料，用來裝飾箋紙或調和在油漆中塗飾器物，藉指泥金帖子。宋·張元幹《喜遷鶯慢》詞："姓標紅紙，帖報泥金，喜信歸來俱捷。"④鹿門：鹿門山之省稱，在湖北省襄陽縣。後漢龐德公攜妻子登鹿門山，采藥不返，後因用指隱士所居之地。唐·杜甫《冬日有懷李白》詩："未因乘興去，空有鹿門期。"

臺灣文獻叢刊 第 0201 種 章甫《半崧集簡編》七言律 第 23 頁

步家薇臣《歸赴秋闈》原韻送行
林占梅

乘風指日返仙鄉，炯炯文星百丈光。

折桂定躋蓬苑選，看花詎把小園忘！

翀霄力大鵬方健，緩轡吟閒馬不忙。

會見掇科如拾芥，功名事業兩難量。

臺灣文獻叢刊 第 0202 種 林占梅《潛園琴余草簡編》甲子 第 158 頁

溫陵故友翁汝哲茂才（佩元）物化數載，其嗣君克剛（應旌）
抵艋見訪，盤桓旬日赴彰春試，握手依依，口號送之
林占梅

具有凌雲志，相期豈一衿！佳音頻洗耳，制課望關心。
學羨三冬足，交論兩世深。臨歧重握手，惆悵漫成吟。

臺灣文獻叢刊 第 0202 種 林占梅《潛園琴餘草簡編》甲子 第 159 頁

癸巳鄉試，遇風泊舟不行

吳德功

試罷歸家急，攜朋共買舟。鄉關千里遠，風雨一天秋。
笥篋堆船積，波濤阻客留。高堂殷盼望，何日卜刀頭！[1]

編者註：[1]卜刀頭："還"的隱語。還歸。刀頭有環，環、還音同。《漢書》
卷五十四《李廣蘇建列傳·李廣·（孫）李陵》昭帝立，大將軍霍光、左將軍上官
桀輔政，素與陵善，遣陵故人隴西任立政等三人俱至匈奴招陵。立政等至，單于置
酒賜漢使者，李陵、衛律皆侍坐。立政等見陵，未得私語，即目視陵，而數數自循
其刀環，握其足，陰諭之，言可還歸漢也。

臺灣文獻叢刊 第 0280 種《臺灣詩鈔》卷十一 第 189 頁

作者簡介

吳德功，字汝龍，臺灣彰化人，著《戴案紀略》《施案紀略》及《瑞桃
齋詩稿》《瑞桃齋文稿》等。

送四兄昭玉六弟昭澄附海舟西歸晉省應試鄉闈

施瓊芳

片帆滄海闊， 遊子盼征舠。 綵服辭親出， 清樽祖道邀。[1]

友生憑手握，同氣最魂銷。琴瑟離堂譜，壎篪別曲調。
共舟君有侶，索處我無聊。憶昨偕明晦，憐茲各寂寥。
棗梨供案物，風雨對牀宵。臭味馨蘭洽，衷懷義竹昭。
云何人綽綽，頓隔地迢迢。只為占榴實，因之折柳條。
德綸頒僻澨，[2]恩榜啓皇朝。多士材爭奮，吾家志亦超。
壯哉心破浪，逸矣氣凌霄。習武休嫌俗，談經漫笑樵。
途長方識驥，霜降欲搏鵰。槐蘂忙應似，[3]匏歌涉見招。[4]
庭趨殷捧檄，河廣忘容刀。芍藥花臨贈，梧桐葉正彫。
瓜秋初掛席，棣蕚遂聯鑣。估客篷檣備，書童劍佩挑。
半鉤瞻璧月，五兩候金飈。順假鴻毛路，輕乘鹿耳潮。
晴光澎島鬱，素景滬江饒。流水情俱往，停雲首每翹。
蜃涎虛構閣，黿背未成橋。健羨神鴉送，難禁意馬搖。
夜溫姜被迴，[5]春草謝池遙。[6]加飯言叮杜，延顏句詠蕭。
此行緣大比，先著拜宗祧。梓里葆恭敬，桐垣矚麗譙。
觀光當早歲，攬勝徧閩嶠。逐驛青山看，隨村白酒澆。
九龍呈隱約，五虎望岧嶤。荔邁中邦果，榕垂故國喬。
賢徽欽烈穆，古迹訪諸繇。峰覘鰲頭聳，堪資畫槀描。
庚郵名輩集，亥市賈塵囂。雁序新題塔，鴒原頌奪標。
既經甌郡閱，[7]須向禹門跳。[8]來信需張鴿，佳音過泮鴞。[9]
莫雖簪帽少，桂自拂衣飄。田樹將完本，周禾究合苗。
重逢期後會，惜解慰今朝。待作還鄉宴，纔驅上計輶。
南宮將赴棘，西渡更歸橈。競爽分優劣，相歡在寓僑。
和怡仍燕喜，聲價愧蜂腰。世澤榮科目，慈闈福冀徼。
晨昏暎愛日，寒暑感移杓。

編者註：①祖道：古代為出行者祭祀路神和設宴送行的禮儀。《漢書》載，西漢將領李廣利率軍隊出擊匈奴之前，"丞相為祖道，送至渭橋"。《三國志·孫破虜討逆傳》："施帳幔於城東門外，祖道送稱（公仇稱），官屬並會。"《荊軻刺秦王》："至易水上，既祖，取道。"文中的"祖"就是"祖道"，臨行祭路神，引申為餞行送別。②僻澨：僻，偏遠；澨 shì，水邊、岸邊。《楚辭·屈原·九歌·湘夫人》："朝馳余馬兮江皋，夕濟兮西澨。"《文選·潘嶽·秋興賦》："泉湧湍于石間兮，菊揚芳於崖澨。"④槐蘂：即槐花，此指舉子應試之事。槐花黃：唐朝長安舉子，被薦舉應試的士子落第者，六月不出城，借居寺廟，習作文章，七月時再獻新文至禮部考試稱為"拔解"，時人語云"槐花黃，舉子忙"。故此鄭毅有《槐花》詩："毿毿金蘂撲晴空，舉子魂驚落照中。今日老郎猶有恨，昔年相謔十秋風。"⑤匏歌：匏，是中國古代所說的"八音"之一，《三字經》中有這樣的句子：匏土革，木石金，絲與竹，乃八音（中國古代人把製造樂器的材料，分為八種，即匏瓜、粘土、皮革、木塊、石頭、金屬、絲線與竹子，稱為"八音"）。中國古樂器中的笙、竽屬於匏音。⑥姜被：《後漢書·姜肱傳》："肱與二弟仲海、季江，俱以孝行著聞。其友愛天至，常共臥起。"李賢註引《謝承書》曰："肱性篤孝，事繼母恪勤。母既年少，又嚴厲。肱感《愷風》之孝，兄弟同被而寢，不入房室，以慰母心。"後因以"姜被"指兄弟和兄弟之情。唐·杜甫《寄張十二山人》詩："歷下辭姜被，關西得孟鄰。"唐·杜牧《冬至日遇京使發寄舍弟》詩："旅館夜憂姜被冷，暮江寒覺晏裘輕。"⑦謝池：即謝家池，源見"夢惠連"，泛稱詩人文士家池塘。元·汪元亨《醉太平·警世》曲："怪鶯兒亂啼，驚蝶夢初回，正春風草滿謝家池。"⑧甌郡：⑨禹門：即龍門，指科舉試場。宋·辛棄疾《鷓鴣天·送廓之秋試》："禹門已準桃花浪，月殿先收桂子香。"⑩泮鴞 pàn xiāo：《詩·魯頌·泮水》。謂泮林中的貓頭鷹，食泮林之桑葚，可變其醜音，比喻可以感化者。《詩·魯頌·泮水》："翩彼飛鴞，集于泮林，食我桑黮，懷我好音。"鄭玄箋："言鴞恆惡鳴，今來止于泮水之木上，食其桑黮。為此之故，故改其鳴，歸就我以善音，喻人感於恩則化也。"

臺灣先賢詩文集彙刊 第一輯 02 施瓊芳《石蘭山館遺稿》卷十一 第 314 頁

九月初旬歸山雜詠（十首選二）
李望洋

廬山面目久蒙塵，及早回頭乃見眞。
記得少年窗下事，焚香照讀不言貧。
（余少家貧讀書膏火不繼，夜則燒香條照字讀之）

自問生前未了因，颶災盜劫死仍頻。

彼蒼何意偏留我，又到鑪中鍊鐵身。

（余前二十八歲，乙卯科內渡赴省鄉試，舟到海山洋面，突遭盜劫，兩手腕受傷，歸時又遇颶風，波浪滔天，船幾覆沒，性命俱在呼吸之間，噫，彼時亦危矣哉）。

臺灣先賢詩文集彙刊 第二輯 04 李望洋《西行吟草》卷下 第 155 頁

己未省試舟發後浦港晚宿溜五店
林豪

西風扶上木蘭舟，　碧草黃沙古渡秋。
行李一肩安柁尾，[①]浪花幾叠打船頭。
人隨去雁依依遠，　帆入蒼煙點點收。
料理詩囊兼硯匣，　庚郵到處任勾留。[②]

秋風十載慣催裝，　傀儡何堪又上場。
親逝名心全似水，　我行客鬢半成霜。
郵亭朋滿同吟少，　村酒更殘獨漉涼。
萬種離愁今夕始，　漏聲已較昨宵長。

編者註：①柁 duò：同"舵"。②庚郵：更替驛遞。庚，通"更"。宋·鄒登龍《送表兄趙奏院赴南外知宗》詩："丙枕或思前夜席，庚郵寧肯後鋒車。"

臺灣先賢詩文集彙刊 第四輯 20 林豪《誦清堂詩集》卷四 第 59 頁

己未季冬公車北上留別里中親友
林豪

迢迢風雪逐征鞭，　莽莽關河啓別筵。
祖逖渡江饒壯志，[①]陸機入洛正華年。[②]

迎人山色供詩料，　送我花枝笑獨眠。
不盡登臨懷古興，　章臺楊柳釣臺煙。

聞說幽燕壯士多，　酣嬉慷慨市中過。
高臺骨亦千金價，　易水寒生一曲歌。
屠狗流風應未歇，③盧龍征戍近如何。④
董生昔日來游處，⑤弔古懷人淚似波。

飛騰健筆憶諸公，　角逐詞場幾載同。
落落晨星勞夢寐，　匆匆印雪各西東。
紅樓把酒春風裏，　白社談詩夜雨中，⑥
可念灞橋霜雪甚，⑦有人漂泊似飛蓬。

黃花三徑悵難禁，　花下傾杯別淚深。
嘗我冰霜千里苦，　負他風雨十年心。
江南碧草詞人恨，　塞上黃雲獨客吟。
為向東籬盟一語，　尚餘詩夢故園尋。

編者註：①祖逖：字士稚，范陽遒縣人，東晉軍事家。祖逖率部北伐，北渡長江。當船至中流之時，他眼望面前滾滾東去的江水，感慨萬千。想到山河破碎和百姓塗炭的情景，想到困難的處境和壯志難伸的憤懣，豪氣干雲，熱血湧動，敲著船楫朗聲發誓："祖逖不能清中原而複濟者，有如大江！"意思是若不能平定中原，收復失地，自己就像這大江一樣有去無回！後人便用"中流擊楫"比喻立志奮發圖強。祖逖早年與劉琨為友，共以收復中原為志。祖逖獲得朝廷任用後，劉琨對人道："我枕戈待旦，志梟逆虜，常擔心祖逖先吾著鞭。"意思是擔心祖逖趕在自己前面建立功業。後人在詩文中常引用"先鞭""祖鞭"，以此形容奮勉爭先。②陸機：字士衡，吳郡吳縣（今江蘇蘇州）人，西晉著名文學家、書法家。陸機在孫吳時曾任牙門將，吳亡後出仕西晉，太康十年（289年），陸機兄弟來到洛陽，文才傾動一時，受太常張華賞識，此後名氣大振，時有"二陸入洛，三張減價"之說。陸機"少有奇才，文章冠世"，詩重藻繪排偶，駢文亦佳。與弟陸雲俱為西晉著名文學家，被譽為"太康之英"。與潘嶽同為西晉詩壇的代表，形成"太康詩風"，世有"潘江陸海"之稱。③屠狗：《史記》卷九十五《樊噲列傳》，"舞陽侯樊噲者，沛人也，以屠狗為事。"張守節正義："時人食狗，亦與羊豕同，故噲專屠以賣之。"後遂以"屠狗"指宰狗。後亦泛指出身低微者，或位卑的豪傑之士。④盧龍：不賣盧龍。《三國志·魏書·田疇傳》：田疇字子泰，右北平無終人。曹操北征烏丸，田疇以司空戶曹掾隨軍，建議偷越盧龍口出擊並親為嚮導，有功，封亭侯，不受，曰："豈可賣盧龍之塞，以易賞祿哉？"後用為詠不以功邀賞之典。唐·李昂《從軍行》詩："田疇不賣盧龍策，竇憲思勒燕然石。"陳子昂《送著作佐郎崔融等從梁王東征》詩："莫賣盧龍塞，歸邀麟閣名。"⑤董生：名召南，壽州安豐（今安徽壽縣西南）人，一生不得志，應進士不第，去游河北，韓愈作有《送董召南游河北序》。⑥白社：詩社名。"⑦灞橋：建成于隋開皇三年（583年），因在原灞橋址以南，故稱為"南橋"，並在橋兩邊廣植楊柳。到唐朝時，灞橋上設立驛站，凡送別親人好友東去，一般都要送到灞橋後才分手，並折下橋頭柳枝相贈。久而久之，"灞橋折柳贈別"便成了特有的習俗。李白歎道："年年柳色，灞陵傷別。"岑參寫道："程莫早發，且宿灞橋頭。"經過歷代墨客騷人妙筆的潤飾，日久天長，灞橋竟被人們改稱為"情盡橋""斷腸橋""銷魂橋"。經過歷代文人雅士們不斷寫詩作賦，灞橋折柳贈別那種離愁別緒和深情厚誼就被定格了下來。由於灞橋兩岸"築堤五裡，栽柳萬株，遊人肩摩轂擊，為長安之壯觀"（《西安府志》），每當早春時節，柳絮飄舞，宛若飛雪，就形成了"灞橋風雪"景觀，這就是著名的"關中八景"之一。明代著名畫家吳士英有《灞橋風雪圖》（現藏於故宮博物館）。另據《韻府群玉》中記載："孟浩然嘗于灞水，冒雪騎驢尋梅花，曰：'吾詩思在風雪中驢子背上。'"

臺灣先賢詩文集彙刊 第四輯 20 林豪《誦清堂詩集》卷五 第 75 頁

己未十二月初八日由廈門火輪船起程
林豪
時同舟者陳良田先生，李石村舍人，家友遜員外，同賃官艙較為爽淨，余與王希敬同年住第二重艙，腥臭薰人，殊不可耐。

驪歌動江干，　揮手一惘悵。送者返自涯，　皆作別離狀。

平生慣風波，　中流隨蕩漾。　越險性命輕，　乘風意氣壯。
同舟詠五君，　朝夕互酬唱。　元龍本豪士，　李膺亦雅量。
我無百尺才，　合把高樓讓。　祇有王仲宣，①體弱相與共。
人本判低昂，　床宜分下上。　袴下既相安，②頭地難與抗。
蟄伏成冬蟲，　壯懷不得暢。　入甕誰請君，　縮首類覆醬。
局促初向隅，　閉置乃塞向。　書未桶底脫，　天亦井中望。
莫出處囊錐，　似韞櫝中藏。　臭味作羶腥，　觸手皆塵障。
不夜眼光暝，　未死身疑葬。　溷跡人鬼間，　俄作楚囚樣。③
白浪極天來，　夢魂隨之漲。　勢如戚氏春，④身付蔡姬蕩。⑤
長吉肝欲嘔，⑥黑獺膽亦喪。　我本沙中鷗，　時泛海上浪。
到此始茫然，　難勝頹波盪。　幸有同里人，⑦憐我情悽愴。
過從相笑言，　心目始一放。　鄉味良可談，　切勿意怏怏。

編者註：①王仲宣：王粲，字仲宣，山陽高平人，三國時曹魏名臣，也是著名文學家。與魯國孔融、北海徐幹、廣陵陳琳、陳留阮瑀、汝南應瑒、東平劉楨合稱“建安七子”。王粲為七子之冠冕，文學成就最高。他以詩賦見長，《初征》《登樓賦》《槐賦》《七哀詩》等是其作品的精華，也是建安時代抒情小賦和詩的代表作。②袴下：《史記·淮陰侯列傳》：“淮陰屠（宰殺牲畜）中少年有侮信者，曰：‘若雖長大，好帶刀劍，中情怯耳。’眾辱之曰：‘信能死，刺我；不能死，出我袴下。’於是信孰視之，俛出袴下，蒲伏。一市人皆笑信，以為怯。”“召辱己之少年令出胯下者以為楚中尉。告諸將相曰：‘此壯士也。方辱我時，我寧不能殺之邪？殺之無名，故忍而就於此。’”③楚囚：《左傳·成公九年》：“晉侯觀於軍府，見鐘儀。問之曰：‘南冠而縶者，誰也？’有司對曰：‘鄭人所獻楚囚也。’”本指被俘的楚國人，後藉指處境窘迫無計可施者。④戚氏春：劉邦去世，惠帝即位，呂後做了皇太后，就下令將戚夫人幽禁在永巷，剃去頭髮，頸束鐵圈，穿上囚徒的紅衣，讓她舂米做苦役。戚夫人一邊舂米一邊唱着《舂歌》，呂太后聽說後大怒，說：“你還想靠著你的兒子嗎？”然後毒殺了趙王劉如意，接着砍斷了戚夫人的手腳，剜掉眼珠，熏聾耳朵，喝下啞藥，把她扔在窟室裏，稱為“人彘”。⑤蔡姬蕩：司馬遷在史記中有記：“二十九年，桓公與夫人蔡姬戲船中，蔡姬習水，蕩公，公懼，止之，不止，出船，怒，歸蔡姬，弗絕，蔡亦怒，嫁其女。桓公聞而怒，興師往伐。”

⑥長吉：李賀，字長吉，是"長吉體詩歌開創者"，唐代河南福昌（今河南洛陽宜陽縣）人，家居福昌昌穀，後世稱李昌谷，是唐宗室，唐高祖李淵的叔父李亮（大鄭王）後裔。有"詩鬼"之稱，是與"詩聖"杜甫、"詩仙"李白、"詩佛"王維相齊名的唐代著名詩人。李賀把詩歌作為嘔心瀝血和事業，其母說他"嘔出心乃已"。他刻意追求詩歌語言的瑰美冷峭。⑦原註：謂舵工楊瑤。

送張揆卿歸赴浙闈秋試
林豪

論詩樽酒喜相邀，握手河梁意轉饒。①
歸思已隨滄海月，雄文直壓浙江潮。
囊中赤嵌新吟草，夢裡青山舊畫橈。
此去射雕推妙技，春明相待莫辭遙。②

編者註：①河梁：漢·李陵《與蘇武》詩之三："攜手上河梁，遊子暮何之？……行人難久留，各言長相思。"後因以"河梁"借指送別之地。南朝·齊·王融《別蕭諮議》："徘徊將所愛，惜別在河梁。"②春明：即唐都長安春明門，因以指代京都。

送文石書院諸生赴省秋試并呈潘司馬
林豪

文獻多年跡欲陳，喜逢儒吏一番新。
煙銷島嶼鐘靈秀，海長珊瑚蔚席珍。
大雅風規欣接軫，中流月色映扶輪。
蒸蒸士氣經培植，合有英才起後塵。

追隨講席數頻年，此會重看玉筍聯。
馬縱識途嗟老矣，驪將開道氣昂然。
虎門潮湧濡椽筆，鯤海秋高送客船。
自昔棘闈辛苦地，^①及時努力望羣賢。

編者註：①棘闈：春秋楚棘邑之門。《左傳·昭公十三年》："〔申亥〕乃求王，遇諸棘闈以歸。夏五月癸亥，王縊于芊尹申亥氏。"杜預註："棘，里名。闈，門也。"宋·洪邁《夷堅甲志·胡克己夢》："吾夢棘闈晨啟，它人未暇進，獨先入坐堂上，今茲必首選。"明·汪廷訥《種玉記·登雋》："昨日裡對策棘闈，今日里策名天府。"

臺灣先賢詩文集彙刊 第四輯 20 林豪《誦清堂詩集》卷八 第 173 頁

再上公車留別
林豪

雪花如掌打江城，又作冰天萬里行。
射策蘭成愾老大，乘風宗愨快生平。^①
新詩頗挾幽并氣，舊夢驚傳鼓角聲。
難得交親情獨厚，辦裝為數去來程。

重向邯鄲夢一場，名心底事未全忘。
蕭蕭兩鬢同蓬葆，袞袞諸公盡玉堂。

攘臂憑人嗤逐虎，補牢猶自惜亡羊。

劇憐白髮貧家女，壓線依然作嫁裳。②

編者註：①宗慤 què：字元幹，南陽涅陽（今河南鄧州）人，南朝·宋·名將。宗慤少年時，叔父宗炳曾詢問他的志向。宗慤道：“我願駕着長風，劈開綿延萬里的巨浪。”宗炳歎道：“如果你不能大富大貴，就必然會使家族破敗。”這就是成語“乘風破浪”的出處。②壓線：謂刺繡縫紉時按壓針線。唐·秦韜玉《貧女》詩：“苦恨年年壓金綫，為他人作嫁衣裳。”後以“壓綫”比喻徒為別人辛苦忙碌。

叠前韻謝鄭山長和作
林豪

高築吟壇五字城，　小同絕學本孤行。

名場茵溷都歸命，　陸海波濤豈易平。

敢道爨琴無俗調，①　却憐雅琯有同聲。

庭前帶草家風舊，　好作浯洲下士程。

半生角逐老名場，　冰炭胸中已漸忘。

滿耳箏琶憑瑣瑣，　千秋旗鼓自堂堂。

君愁美玉輕彈鵲，　我為求珠偶捋羊。②

何幸無鹽重刻畫，　更因巴曲譜霓裳。

編者註：①爨琴 cuàn qín：謂焚琴為炊。宋·蘇軾《次韻朱光庭喜雨》：“破屋常持傘，無薪欲爨琴。”喻指糟蹋美好的事物。②捋羊：《古小說鈎沈》輯《幽明錄》略謂：晉時洛下有人誤入一洞穴，深不可測，所歷幽遠，入一都，邞郭修整，宮館壯麗，見人皆長三丈，被羽衣，奏奇樂，凡過如是者九處。最後所至，苦飢餒。長人指中庭一大柏樹，近百圍，下有一羊，令跪捋羊須，初得一珠，長人取之，次捋亦取；後捋令啖，即得療飢。請問九處之名，答曰：“君還問張華，當悉此間。”往還六七年間，即歸洛，問華，華云：“九處地僊名九館大夫，羊為癡龍，其初一珠，食之與天地等壽，次者延年，後者充飢而已。”

庚辰二月再上春官輪船寄泊榕城海口夜中不寐歌以待旦
林豪

臥榻倦欲眠，喧聲如潮起。
初疑身立池塘間，兩部吠蛙聒兩耳。
又疑日暮群烏飛，繞樹啞啞啼不已。
其音高以粗，其類集如螘。
闖堂竟夕攪清眠，一笑嬲人太無理。[①]
我聞晉人尚清談，祖尚虛無搖塵尾。
或持堅白稱風流，或肆雌黃競披靡。
蚊聚紛紛欲成雷，雞談個個誇利齒。
吁嗟此曹瓦缶鳴，嘖嘖煩言豈類是。
窺天漫作元遠談，不知身仍在井底。
我無祖生才，　聞聲起舞五更裡。
又無阮生狂，[②]抗聲長嘯空餘子。
解穢難將羯鼓搥，釋紛敢把魯連擬。
由來下士蒼蠅聲，聽其自鳴與自止。
莫怪刺刺不肯休，世上吉人能有幾。

編者註：①嬲人 niǎo："嬲" 在詞典里的意義是糾纏，攪擾："汝能為歌，吾輩即去，不復嬲。"②阮生狂：三國·魏·阮籍性狂放，故稱。李光《集詩述感》："賈生年少阮生狂，潦草風塵困一場。"亦省作 "阮狂"。沈礪《滬上度端陽》詩："阮狂嵇懶緣何事，未許頑心寸寸灰。"

將赴春闈道上口占
施仁思

平堤芳草逐輕鞍，作客休歌行路難。

宿雨困人遲逆旅，好風吹我上長安。

山容黯淡含朝靄，天氣陰晴帶曉寒。

竹裡人家雲裏樹，一齊都入望中看。

臺灣先賢詩文集彙刊 第五輯 02 賴子清《臺灣詩醇》後編 第 233 頁

作者簡介

施仁思，字藻香，號子芹，又號石峰，臺灣彰化鹿港人，清光緒十七年辛卯舉人。生具奇才，有豪傑氣，與鹿港生員許咸中交情甚篤，對其子嗣許夢青亦關照有加。割臺之際，臺中知府黎景嵩，在彰化白沙書院設籌防局以禦日軍，施仁思挺身而為佐理。及日軍陷竹塹，施氏更與武進士許肇清，偕同鹿港士紳組成義勇軍，共謀抗日。及彰化城陷，為奉親保家，始攜眷返回泉州。光緒二十三年六月卅日病卒，著有《施子芹先生詩文集》，今不傳。

餞贈諸生赴臺院試
張璽

清風絕徼靖邊藩，①盛典重優養士恩。②

鑑秉天南新掃榻，筵開海北欲傾樽。

衣冠四十斯文寄，③禮樂三千至道存。

但願鯤鵬騰渤海，敢言桃李盡公門！

原註：①時臺匪初平。②一年兩試。③士子只四十餘人。

陳漢光《臺灣詩錄》第六卷 第 451 頁

送陳握卿赴秋闈
薛邦揚

三鳳聯飛出海東，劈開雲路直摩空。

紛披五采文章爛，　横掃千軍氣勢雄。
玉筍班名馳北闕，①金花貼字捷南宮。②
程途此去渾無限，　買得輕帆扇好風。

編者註：①玉筍班：指英才濟濟的朝班。唐・李宗閔知貢舉，門生多清秀俊
茂，唐伸、薛庠、袁都輩，時謂之玉筍班。唐・鄭穀《九日偶懷寄左省張起居》：
"渾無酒泛金英菊，漫道官趨玉筍班。"②南宮：南宮是唐代禮部的別稱。進士科考
試由禮部主持，並在禮部南院放榜。

陳漢光《臺灣詩錄》第六卷 第 475 頁

作者簡介

薛邦揚，字垂青，臺灣縣人，清乾隆間廩生。林爽文之役，郡城被圍，
邦揚募兵以抗，久而食盡，典產以濟，身經數十戰，乾隆五十二年陣亡，
年二十八。

秋試行役感詠十五首
洪繻

微名迫我路，　我行過千里。既越兩重洋，又涉百重水。
波濤挾蛟鼉，①時時向人跂。咫尺生風雲，天色迷瞻視。
身在澎湃中，　輕擲同敝履。不識有眠食，豈復有何止？
言念古戰場，　安能在海裡。丈夫志四方，艱難此為始。

我行過關山，　一平復一險。馬角與船唇，流水常閃爍。
一入矮屋中，　蒼蒼為之掩。如蜂攢蜜房，如娥傍燈焰。
不必帝京塵，　緇衣已先染。歎息古英雄，此中多沈奄。
義氣幸發越，　磨刀不懼剡。摛文倚幨帷，月明星點點。
俯首念歸途，　胸中海瀲灩。

歸來阻海風，　臥船經八日。火輪不得施，心如飛箭疾。

驚浪向面生，朝陽從波出。縮地古有人，越海今無術。
一夕玉鏡平，如鯁胸中失。問津傍蓬山，陸始水已畢。
扁舟過酒家，誰能辨清質？身如蟠泥龍，不免蠅與蛭。
嗟彼遠遊子，何以同郵駬？③

一出臺北城，即接鐵車路。萬山隨轉圜，千里失廻顧。
雖喪磐石安，却勝輿夫步。斷虹懸空中，駛輪旋飛渡。
翹首望前途，煙霞蔽午樹。息駕入城門，似馬初停鶩。
問我從何來，天風兼海霧。块瑝整行裝，明朝從此去。

一日復一日，行行將到家。前途已無幾，盼望轉成遐。
馬上有秋色，路上有秋花。夕陽在樹外，反哺有暮鴉。
驚心堂上親，未諗餐飯加。入門問老母，依舊兩鬢華。
病體雖不康，憐子意猶賒。只為區區者，累母望天涯。
歎息古人賢，魚米亦孔嘉。

阿兄見我至，為我拂衣裳。阿嫂見我至，為我具羹湯。
童穉先後走，相爭負行囊。自維不肖軀，滿堂何皇皇。
乃知天倫中，至樂有餘長。人生思富貴，悲喜在外傍。
呼僕噉晚飯，燥吻兼饑腸。一飽身已困，不復思酒漿。

荊妻房外立，望我闌干頭。相見問勞苦，翻諱已心愁。
自君之出門，不敢登高樓。樓頭紅日照，樓外白雲浮。
見雲不見人，風信海中漚。鯉魚常渺渺，鴻雁自悠悠。
景物夙已換，自夏以徂秋。桂輪圓復仄，橘柚綠已稠。
道上漸經霜，言念季子裘。相見雖云歡，明日將遠遊。
嫁君在少年，離別何如流。為卿話旅況，卿當添煩憂。

丈夫負弧矢，豈復戀家室？惟有高年親，艱難離雙膝。

幽禽鳴木中，時亦思琴瑟。逐逐雞肋名，似飢拾橡栗。
謀名復謀利，驥馬徒奔佚。思之輒不解，未能遺識悉。
仉傯風塵中，金玉鎖素質。

行人已歸家，家書始附至。汪洋一海橫，飛鴻失其翅。
歎息遠行人，數語空自寄。上有覯縷懷，④下有平安字。
日月兩周天，一紙滯途次。草茅望闕情，寸衷無由致。
委質數篇文，與此論何異。江湖與故鄉，遙下數行淚。

俛念大海中，求珠應不夜。自恃驪龍精，當有神光射。
一寸明月輝，豈無約雀下。象罔眼如箕，搜尋何能罷。
升之在雲衢，鱗甲風雷化。沈之在重淵，光芒泥塗藉。
得失兩心煎，欲脫不能卸。本無毫末加，何為動驚咤。
但思出身階，此為乘時駕。成都有相如，不屑貰郎借。
是以一卷文，珍重不輕假。可憐遭按劍，猶望連城價。

九月月即望，桂樹開花時。蕊傍將懸闕，顛倒郢中兒。
我身在海角，引領望天池。雲程阻風信，得失未應知。
寸心已先往，大夢猶奔馳。飛電空中下，一刀割亂絲。
得意不須喜，失意何庸悲？翻悔昨日情，此心如醉癡。

月色淡將曙，天明秋路遠。鳥聲喚行人，蕭蕭到山館。
上嶺午煙蒼，下嶺夕陽晚。空中盼白雲，不舒復不卷。
渺渺溪中水，秋深流轉淺。平坐閒齋中，詩書慵過眼。
轉念讀書樂，再把陳編玩。浩歌梁父吟，落葉空階滿。

木末起蟬響，秋深天氣涼。蕭森商聲遠，孤園搖眾芳。
感此心容悴，入世多悲愴。富貴非所慕，雄心失行藏。
所以古之人，載質每皇皇。八代起衰手，為此亦徜徉。

鴻鵠羣燕雀，雅雛傲鳳凰。愛雖不奔競，潦倒未應忘。

流水遠更遠，空山深復深。懷在白雲內，時傍高松陰。
幽人誰與語，一片古時心。入世多塵俗，誰復領清襟。
所以古賢豪，輕遇重知音。伯牙不可作，子期毀其琴。
柯亭豈無竹，蔡邕邈難尋。此地有高山，攜酒獨登臨。

苒苒百世懷，悠悠千古想。置身恨不高，未能空萬象。
尺寸何所施，風塵徒軄掌。一朝為浮名，琴書失素養。
與世爭涓埃，胸中胡不廣？遙遙望古今，寥寥思天壤。

編者註：①蛟鼉：指水中兇猛的鱷類動物。漢·司馬相如《子虛賦》：「其中則有神龜蛟鼉瑇瑁鱉黿。」唐·韓愈《石鼓歌》：「年深豈免有缺畫，快劍斫斷生蛟鼉。」②潕潕：潕：水邊。《文選·潘嶽〈西征賦〉》：「華蓮爛於淥沼，青蕃蔚乎翠潕。」亦指水滿溢而波動的樣子。宋·蘇軾《飲湖上初晴後雨》：「水光潕灩晴方好，山色空濛雨亦奇。」潕：雲興起的樣子：「有潕萋萋，興雨祈祈」。③駰：古代驛站專用的車，後亦指驛馬。《說文》：駰，傳也。朱駿聲曰：「車曰駰，曰傳，馬曰驛，曰遞。」④覼縷：謂詳述。清·趙翼《哭緘齋侄》詩：「問疾只嫌闇拒客，不教覼縷訴心期。」

陳漢光《臺灣詩錄》第九卷 第 1076 頁

作者簡介

洪繻，本名攀桂，學名一枝，字月樵，臺灣彰化人。少讀書塾，弱冠就讀白沙書院，參加秀才縣試，取結前列，府試未中式，二十三歲考取秀才後赴福州參加四次鄉試皆無所獲。光緒乙未臺灣淪日後，改名繻，字棄生，以文人身份響應唐景崧抗日活動。著有《寄鶴齋詩集》《瀛海偕亡記》等書，百餘卷。

丁卯（1807）中秋夜渡西螺溪有懷兒輩秋闈即事成詠
楊廷理

水月清光極望幽，巡行溪上恰中秋。

塵勞此夜供吾老，文捷今番冀汝收。

香滿桂林頻記注，槳橫海艦想夷猶。[1]

萑苻阻我佳時節，為問何人助一籌。[2]

原註：[1]時王元戎舟師寄椗雞籠頭澳中。[2]時海盜朱濆竄泊淡北、蘇澳，予奉賽將軍令，馳赴雞籠頭，會商愛、王二元戎進兵攻剿事。

《全臺詩》第叁冊 楊廷理 第 210 頁

送韋鏡秋問西國琛兄弟應省試
劉家謀

親在成名好，家貧就道難。七鯤新舉跡，雙鳳早飛翰。

若過吾廬便，為言遠客安。男兒四方志，別淚肯輕彈。

《全臺詩》第伍冊 劉家謀 第 347 頁

作者簡介

劉家謀，字仲為，一字芑川，福建侯官人。清道光十二年中舉，之後科場不順，道光二十六年以大挑初任寧德訓導，道光二十九年調臺灣府學任訓導，在任凡四年。著有《海音詩》《觀海集》，皆寫於臺灣，內容多為關注臺灣風土民情之作，對於臺灣政治、社會與文化有深刻的觀察與描寫歷來為有識者所重視。

六

紀事詩

題劉銘伯制科策後（二首）
丘逢甲

米雨歐風捲地來，　^①有人策馬上金臺。

空彈賈誼憂時淚，　共惜劉蕡下第才。^②

書劍南歸滄海濶，　河山北望戰雲頹。

太平策在終須用，　且抱鄉心付嶺梅。

早聞聲價重龍門，　一疏轟傳叩九閽。

吾輩當爲天下計，　此才豈藉特科尊！^③

愁邊在陸龍蛇起，　夢裏當關虎豹蹲。

誦罷高文雞喔喔，　何時對舞共劉琨！^④

原註：劉銘伯名士驥，廣東龍門人，公之至友。

編者註：①米：米即米國，是日本人對美國的稱謂。②劉蕡：字去華，幽州昌平人，唐朝名臣。博學善屬文，明春秋，沈健有謀，浩然有救世志。寶歷二年，擢進士第。時宦官專橫，蕡常痛疾。太和初，舉賢良方士，能直言極諫。是年馮宿等為考策官，見蕡對嗟服，以為漢之鼂（錯）董（仲舒）無以過。但中宦當途，畏之不敢取。正人傳讀其文，有相對垂泣者。諫官禦史為之扼腕憤發。執政反從而弭之。時被選者二十三人，所言皆亢飯常務，頗得優調。河南府參軍李邰謂人曰："劉蕡下第，我輩登科，實厚顏矣！"疏請以所授官讓蕡，不納。令狐楚、牛僧孺皆表蕡幕府，授秘書郎，以師禮待之。而宦官深疾蕡，卒誣以罪，貶柳州司戶參軍，卒。③特科：舊時于常科外選拔人才的考試。清·薛福成《選舉論中》："然則今之取士如何？曰：'常科之外，宜開特科。'"④劉琨：字越石，中山魏昌（今河北無極縣）人。晉朝政治家、文學家、音樂家和軍事家，西漢中山靖王劉勝之後、光祿大夫劉蕃之子。工于詩賦，少有文名，為魯公二十四友之一。劉琨與祖逖一起擔任司州主簿時，感情深厚，不僅常常同床而臥，同被而眠，而且都有著建功立業，成為棟樑之才的遠大理想。一次半夜，祖逖聽到雞叫，叫醒劉琨道："此非惡聲也。"意思是，這是老天在激勵我們上進，於是與劉琨到屋外舞劍練武。此為

"聞雞起舞"之典的來源。

臺灣文獻叢刊 第 0070 種 丘逢甲《嶺雲海日樓詩鈔》卷九 第 186 頁

戲贈蔣亦璞試院
丘逢甲

槐花黃時舉子忙，　使君忙過槐花黃。
一樓閉置似新婦，　三月清齋逾太常。
使君曾上烏臺坐，①使君鐵面比包老。
打門有客來送詩，　門吏莫疑關節到。

編者註：①烏臺：烏臺指的是禦史臺，漢代時禦史臺外柏樹很多上有很多烏鴉，所以人稱禦史臺為烏臺，也戲指禦史們都是烏鴉嘴。

臺灣文獻叢刊 第 0070 種 丘逢甲《嶺雲海日樓詩鈔》卷十二 第 254 頁

狀元來
（憶臺雜咏之一）
丘逢甲

兩府謠傳故國哀，看花長恨狀元來。
風流一覺劉郎夢，滿地苔封碧瓦堆。

臺灣文獻叢刊 第 0070 種 丘逢甲《嶺雲海日樓詩鈔》選外集 第 353 頁

庚寅恆春考義塾賦
（以二月十二當堂考課為韻）
鐘天佑

核士精心，掄才着意；值庚寅考課而來，非庚子拜經以至。申明

154 ｜ 臺灣科舉詩選

義塾典章，以美恆春福地；彰後學之詞賦文章，闡前賢之道德仁義。俊乂牢籠，英豪薈萃。揣摩十載，應教脫穎而飛；統會萬殊，尚許及鋒以試。考以言而詢以事，居然國士無雙；崇其實非慕其名，孰是天才寡二。原夫恆春之新闢也，駿業恢宏，鴻圖卓越；招徠異域、遐荒，棲止南閩、北粵。然而草昧初開，文明未發。義理之旨，雖識心攻；學問之途，尚期力竭。欲儲才而敦本，何須草率之師？遵取錄以定期，爰卜花生之月。於是官廨鋪陳，公堂採拾；眾士攜卷而來，群英秉筆而入。相題布置，奚容潦草完篇？琢句安閒，漫道空疎取襲。或則意思婉曲，若湍水之瀅洄；誰能筆品高超？似峭峰之巍岌。權衡有當，披沙便可求金；藻鑒無私，得五應宜拔十。等級昭然，既經明試，各盡爾心，有教無類；紹孔、孟之淵源，衍程、朱之道義。毋或助而或忘，敢于遊而于戲。勉爾小子，勿負殷勤！俾我大儒，無忝洙泗。學到至誠，位育兩亦參三；法茲老子，道源一能生二。捧出瑤草，共羨琳瑯；盡成廊廟之選，堪為邦國之光。比白璧之百雙，人間競美；擬青錢之萬選，翰苑流芳。倘云洗伐功深，問心無容自許；若論魁元雋獲，屈指有誰敢當？是蓋徽流懿美，吏著循良；造就才高德裕，栽成玉質金相。何莫非栽陪得力，化育多方？由是恆春文風丕振，文運恢張；甲第連綿，蛟騰鯉躍；簪纓濟美，鳳翥鸞翔。則澤干櫓以詩書，聲清樂府，遷甲冑為禮讓，風靜琴堂。向使恆城之義塾無聞，恆邑之居民玩好；則五方之陋習難除，千里之仁風莫保。而乃布化宣猷，隆師重道。萃十餘鄉之士，庶義化應珍；豎千萬載之基，圖學文為寶。緬茲嘉士，陶成要本潛修；欲覓真才，甄別無如清考。思我聖朝，道學昌明，儒林廣大；摩義漸仁，此倡彼和。克己則一私不容，讀書而萬卷宜破。念恆德之攸貞，愛春風之滿座。富才端資富學，業非淺嘗；修德必本修身，功期寡過。約之即誠意正心，恢之為帝臣王佐。迴憶澄心考校，恍同盛世之書升；咸知大義昭彰，非等尋常之塾課。

作者簡介

鐘天佑，字吉甫，臺灣嘉應州人，生平不詳。

補博士弟子紀事
陳肇興

一

歲歲風簷裏，　文章困數奇。空存天下志，　纔作秀才時。
賣賦憐身賤，　緘書慰母慈。鯉庭遺訓在，　囬首一凄其。

二

紅榜塡名後，　青雲得路初。幾人誇拾芥，①今我幸知書。
駟馬高題柱，　豺狼逼倚閭。前途傳警報，　仔細慎囬車。

三

釋菜瞻先聖，②衣冠一色新。拖青欣有伴，　曳白詎無人。
泮水芹初秀，　官橋柳已勻。從玆舒驥足，　萬里騁風塵。

編者註：①拾芥：芥：小草。拾取地上的小草，喻指事情不費多大氣力就能辦到。②釋菜：即“祭菜”“舍采”。古代學校開學時或祭器成時以蘋藻等祭奠先聖先師的禮儀，較釋奠禮為輕。一說此禮不及先聖。《禮記·文王世子》：“始立學者，既興（釁字之誤）器用幣，然後釋菜，不舞不授器。”鄭玄註：“釋菜，禮輕也。釋奠則舞，舞則授器。”《周禮．春官宗伯》：“春入學，舍采合舞。”鄭玄註：“舍即釋也。采讀為菜，始入學必釋菜禮先師也。菜，蘋蘩之屬。”

臺灣文獻叢刊 第 0144 種 陳肇興《陶村詩稿》卷一 第 7 頁

第一樓觀榜
陳肇興

買棹初從福地遊，　桂花香滿越山秋。
文章遠溯千餘歲，①姓氏高懸第一樓。
同榜人誇從古少，②題名我愛得朋稠。③

鯉庭囘首黄泉隔，　欲寫泥金暗淚流。

原註：①是科三題是世之相後也千有餘歲。②是科中式二百二十五名。③額中十四人，半生平故交。

作者簡介

陳肇興，字伯康，號陶村，臺灣彰化人。少穎悟，事親至孝。清道光末年入白沙書院，咸豐八年舉於鄉。築居所名《古香樓》，儲書詠歌以自娛。有《陶村詩稿》八卷，所詠不特沉摯悲涼，自為聲調，且能反映當時政治、軍事之得失，及小民忠愛之精神，宜其有"詩史"之稱也。

聞蔡絳卿司馬令嗣（應臣）縣試前茅，書以誌喜
許南英

一紙千金重，君家喜信聞。愛人能以德，有子必知文。
入座芝蘭味，摩空鸞鶴群。新硎初出試，拔隊作前軍。

癸卯鄉闈分房襄校，和同鄉虞和甫鎖院述懷原韻
許南英

衡鑒堂開八月天，從君校理共西偏。
人才薈萃南交外，文氣高騰北斗邊。
銜命儒臣殷薦士，濟時聖主急求賢。
相期大雅扶輪手，斲破方觚且學圓。

不虛所學究人天，守舊維新各一偏。
但使霸才能富國，且同文士策籌邊。①

蟾宮組織登科記，羊石搜求避世賢。
尚恐遺珠珠海裏，惱人雙淚比珠圓。

回首低簷矮屋天，愛才心事不妨偏。
廿年席帽隨人後，一瞥霜風入鬢邊！
見說文章原有價，豈眞科第竟無賢？
倚欄夜半看星斗，耿耿元精暈影圓。

黃槐忙舉晚秋天，赤道炎涼氣候偏。
內史遙從薇省下，同官分校桂堂邊。
但能得士歌鴻遇，也似生兒喜象賢。
一事羨君嬴老蚌，年華未老已珠圓。②

原註：①"富國""籌邊"皆本科題目。②和甫長郎年未弱冠，前科鄉試以額滿見遺。

臺灣文獻叢刊 第 0147 種 許南英《窺園留草》癸卯、甲辰 第 66 頁

傳臚日，戲贈同年吳蕭堂殿撰
（十拍子）
許南英

紅杏枝頭春鬧，景陽樓上鐘撞；曉日天門排玉筍，贊引詞臣上玉堂，傳臚姓字香。

昨日敝裘行路，今朝衣錦還鄉；閶面狀頭差一着，還是才人惜豫章，八閩天破荒。

臺灣文獻叢刊 第 0147 種 許南英《窺園留草》之《窺園詞》第 204 頁

再入都有感
（摸魚子）
許南英

記慈恩，舊題名處，瓊林春宴通籍；六街策馬看花去，得意徧遊春陌。宣麻白，内院頒，紅綾恩賜承金闕。恩波叠叠，喜就職樞曹、贊襄武庫，詎意兵機發！

中東事，注意垂涎甌脱，鯤身鹿耳愁絕！長安索米三載，幾易冬裘夏葛！才又拙，嗟聽鼓應官，兩鬢生華髮！西山挂笏，決計不如歸；朝來對鏡，笑我頭如雪！

臺灣文獻叢刊 第 0147 種 許南英《窺園留草》之《窺園詞》第 206 頁

中秋出闈，夜遊三山
章甫

七藝今朝滿，三秋此夜分。遊人多異地，試客盡同群。
燈爛光欺月，歌高響遏雲。榕城好風景，隨處挹清芬。

臺灣文獻叢刊 第 0201 種 章甫《半崧集簡編》五言律 第 14 頁

門人郭紹芳秋闈獲雋（二首）
章甫

天孫錦織渡瀛橋，瀛島天章亦錦標。[①]
筆本家傳粧五色，燭仍官限試三條。
朱衣夜靜頭方點，赤鯉雷鳴尾已燒。
報聽霓裳雲外奏，仙風吹曲桂香飄。

講席談經課事修，幾曾倜儻擅英流。

獨能淬劍磨風雨，便覺凌霄射斗牛。
豹變早經成七日，鵬搏休止奮三秋。
來春走馬長安陌，佇看翩翩得意遊。

原註：①臺亦牛女分野。

臺灣文獻叢刊 第 0201 種 章甫《半崧集簡編》七言律 第 32 頁

禮闈聯捷
施士洁

名場磨我總書癡，得失無端衹自知。
今日官衫容易著，一衿苦憶未青時！

莫嗤舞袖太郎當，還算春婆夢一場。
絕倒曲江唐進士，不禁忍俊少年狂。

臺灣文獻叢刊 第 0215 種 施士洁《後蘇龕詩鈔》卷一 第 16 頁

咫園和痕字韻疊韻答之
（時咫園方省試優榜）
施士洁

文章妙到天然處，讀者難尋斧鑿痕。
誰識咫園一枝筆，導河千里出龍門？

眼底諸豪食肉飛，窮生骨相了無奇。
相逢一笑村夫子，胸有千秋得失知。

人面桃花似去年，又箋“香草”學莘田。
羣雌見我新詩扇，一日臺江萬口傳。

（臺江宴集，以愿園所贈詩扇傳示歌姬）

聖主優賢開特榜，龍頭一老屬於公。
會看橫掃千軍日，足踏青雲口吐虹！

臺灣文獻叢刊 第 0215 種 施士洁《後蘇龕詩鈔》卷七 第 158 頁

蘇菱槎孝廉出示其先曾王父鼇石制府《公車得意圖》索題，蓋
制府未第時同安鄭泳所繪也

施士洁

昔聞先子云，鼇石天人姿！	此語六十年，垂白鑴心脾。
今見吾父執，尺幀親爲披。	觥觥九州伯，措大驚須眉。
豈知真色相，乃在酸寒時。	飯顆太瘦生，旁有奚囊隨，
頹紅走薄笨，席帽猶未離。	公車望得意，繪圖以祝之。
其義取吉祥，無懊抑可知。	眼底黃金臺，神駿誰能羈？
刹那破空去，沈沈詫夥頤。	咄哉廬山面，自鏡還自嗤！
三十六年中，夢熟黃粱炊。	貧仕例不達，既達非人爲。
歸臥晝錦堂，笑吟寒瘦詩。①	髯蘇舊頭巾，回甘味如飴。
君子貴豹變，一第安足奇。	差幸范喬硯，②詒厥今在茲。
丹青示雲仍，寶此同宗彝。	傳神妙阿堵，虎頭真筆癡。
萬目仰山斗，憬然千載思。	讀畫三太息，甚矣吾其衰！

編者註：①寒瘦詩：即郊寒島瘦。本指孟郊、賈島簡嗇孤峭的詩歌風格，後
用以形容詩文類似的意境。孟郊，字東野，湖州武康人。少時隱居嵩山，稱處士，
近五十歲才中進士，任溧陽縣尉，與韓愈交誼頗深。抑鬱不得志，遂辭官事孝，其
《遊子吟》為唐詩中之極品。"寒"既指詩內容之嗟悲歎苦，亦謂其詩有清冷之意境
美，力避平庸淺率，追求生新瘦硬。賈島，字浪仙，范陽人。初落拓為僧，名無
本，後還俗，屢舉進士不第。在洛陽以詩文投謁韓愈，因有吟詩沖犯韓愈馬頭之
"推敲"佳話流傳。其五古宗法韓愈、孟郊，喜為詠懷述志刻琢窮苦之言，賈島以

苦吟著名，因為"兩句三年得，一吟雙淚流"之歎。後專攻五律，獨樹一幟。詩風清奇僻苦，峭直深刻，以寄情偏僻，鑄字煉句取勝。②范喬：字伯孫，西晉陳留外黃人。年二歲時，祖馨臨終，撫喬首曰："恨不見汝成人！"因以所用硯與之。至五歲，祖母以告喬，喬便執硯涕泣。九歲請學，在同輩之中，言無媟辭。喬好學不倦。父粲陽狂不言，喬與二弟並棄學業，絕人事，侍疾家庭，至粲沒，足不出邑里。時張華領司徒，天下所舉凡十七人，于喬特發優論。又吏部郎郗隆亦思求海內幽遁之士，喬供養衡門，至於白首，於是除樂安令，辭疾不拜。喬凡一舉孝廉，八薦公府，再舉清白異行，又舉寒素，一無所就。

臺灣文獻叢刊 第 0215 種 施士洁《後蘇龕詩鈔》卷十一 第 282 頁

萃士歌
錢秉鐙

中興聖人重文墨，取士恥循舊資格。
上書召對無奇才，儲賢有館空自開。
庭試諸生本故事，親拔明經稱萃士。
木天教習隨庶常，梧垣徑授寵莫當。①
傳聞館課兼風雅，可憐萃士無知者！
羽書已報東吳失，萃士初學調音律。
為語萃士學勿遲，關外需君退虜詩！

原註：①貢元授禮科。

臺灣文獻叢刊 第 0225 種 錢秉鐙《藏山閣集選輯》之《生還集》第 100 頁

作者簡介

錢秉鐙，字幻光，號田間，安徽桐城人。曾任南明隆武朝延平府推官，永歷朝禮部主事，翰林院庶吉士，後遷翰林院編修。南明永歷四年，兩粵失守，永歷帝自梧州逃奔南寧。秉鐙未及隨駕，於是削髮為僧，法號西頑。後返鄉還俗，改名澄之，字飲光，晚年號田間老人。澄之博學多才，詩文尤負重名，著有《藏山閣集》《田間集》等。

場中題壁八首（選一）
洪棄生

插腳紅塵廿四年，泥蹻釋後欲登天。①
蓬萊弱水三千路，鰲背曾經海上船。

編者註：①蹻：舉足行高也。

遇李石鶴孝廉（是年北上，捷入翰林）賦贈二首
洪棄生

君名清琦，晉江名孝廉，籍彰化。將赴公車，渡臺；於友人處見鄙作詩文、策論，詫為海外奇士。客次相逢，忽如知舊；贈句云"前身共作龍華客，他日願為驥尾人"！感其磊落，賦此贈之。

三生石上證前因，　交道文章信有神！
脫略形骸千古量，　相忘輩行一朝親。
竟誇海岱逢奇士，　自是閩天出晉人。
此去長安萬餘里，　柳袍應拂帝京塵。

天涯不用共溫存，　此去文星照帝閽。
別我看花春逗路，　送君渡海雪浮尊。
華亭聽鶴江南地，①　燕市驅車薊北門。
得意未應高步上，　願留龍尾待追奔！

原註：①上海縣地，古屬華亭。

壬申九月十五日夜在玉尺堂同黃畊翁考校試卷首場閱畢步月有感
李望洋

頻年容易又深秋，借箸屆門遜一籌。
玉鏡高懸掄士地，金鍼暗度聚奎樓。
文章半是逢青眼，場屋能無嘆白頭。
今夜月明人盡望，惟光多處是蘭州。

臺灣先賢詩文集彙刊 第二輯 04 李望洋《西行吟草》卷上 第 55 頁

試院憶菊
李望洋

屆門深鎖日悠悠，為校文章聽曉籌。
玉尺堂開名士地，金城花放故園秋。
疎枝且向霜中傲，晚節應為我輩留。
好訂東籬明月下，亭亭瘦影共凝眸。

臺灣先賢詩文集彙刊 第二輯 04 李望洋《西行吟草》卷上 第 57 頁

丙子科帶補甲子科奉調入簾派充內收掌官八月二十一日闈中遇雪敬步內監試官聘卿顏大人原韻
李望洋

簾門聽鼓是秋天，曉雪隨風任轉旋。
徒向空中看白戰，誰將詩酒共纏綿。

創建分闈為愛才，文章好帶雪花來。
知誰修到梅仙骨，獨占三秋第一魁。

序過秋中氣漸寒，曉風吹雪柳初殘。
雖然如絮參差落，還與飛花一樣看。

寂守重簾未幾時，高吟白雪竟先施。
從知郢曲人難和，始悔趨庭不學詩。

起視重簾欲曉天，漫空雪色任迴旋。
可憐萬里西行客，檢點征衣嘆薄棉。

文衡南北正量才，多少文章浣雪來。
我是天曹閒散吏，不知誰是占花魁。

頻年容易又秋寒，新雪壓枝花欲殘。
可嘆榮枯無定局，來時還作去時看。

歷盡艱辛到老時，雪風何事漫相施。
回頭早訂尋芳約，一朵梅花一首詩。
（聘卿大人讀到此處極蒙許可）

又詠
李望洋

纔過中秋四五天，　何因新雪逐風旋。
眼看六出漫空下，①好似飛花落舞筵。

棘門深鎖日悠悠，　雪裡閒吟又一秋。
何處西風吹得緊，　分開天路下蘭州。

衡鑒堂邊儘日閒，　誰教風雪下蘭山。

諸君若問眞消息，　應在寒梅未着間。

編者註：①六出：花分瓣叫出，雪花六角，因以為雪的別名。唐·元稹《賦得春雪映早梅》："飛舞先春雪，因依上番梅。一枝方漸秀，六出已同開。"

臺灣先賢詩文集彙刊 第二輯 04 李望洋《西行吟草》卷上 第 85 頁

五色雲
鄭如蘭

卿雲一朵郁紛施，　非霧非烟瞥眼過。
可有聖君徵筆錄，　更誰賢相兆登科。
春陵久望蔥蔥氣，①蒲坂曾聞縵縵歌。②
信是化工陶鑄妙，　故教靈秀出岩阿。

天朝定鼎命長新，　曠代休徵此洊臻。
氣護靈芝昭聖瑞，　光流彩筆頌皇仁。
金莖布澤煩賢宰，　玉葉書祥仗史臣。
泰華峰頭霖雨徧，　皞熙樂作太平民。③

綺景韶光滿柳隄，　超超雲漢孰端倪。
蓬萊帝闕瞻彌近，　樓閣仙山望與齊。
白鶴迴旋常左右，　黃虬飛舞倐東西。
眼前君莫泥龍誚，　他日層霄好作梯。

霞天散彩煥文章，　瑞靄何期分外望。
南極星邊蒸紫氣，　東瀛日角映黃光。
七襄機錦天孫織，　九叠屏衣玉女張。
此是百年新景象，　其間名世卜興昌。

編者註：①春陵：地名。漢侯國，在今湖南省寧遠縣西北，後遷往南陽的白水鄉，仍號春陵，當在今湖北省襄陽縣東，光武帝起於此。②蒲阪：地名，位於今山西省永濟縣西蒲州。相傳虞舜在此建都，春秋時屬晉，戰國時屬魏，西漢改稱為“蒲反”，東漢復舊，隋煬帝大業初併入河東縣。地當黃河轉折東流處，有風陵渡隔河與潼關相望，為河東通往關中的要衝。③皞熙：熙熙皞皞。光明祥和之意。

臺灣先賢詩文集彙刊 第二輯 05 鄭如蘭《偏遠堂吟草》卷下 第 87 頁

作者簡介

鄭如蘭，初名德桂，字香谷，號芝田，臺灣新竹人，鄭用錫之姪。少而雋異，既長文譽大起，受知於丁曰健，補博士弟子員，旋拔優等；履赴秋闈，不償。家雖巨富，而性儉樸，遇有地方義舉，則未嘗後人。光緒十五年，以曾練勇抗法，獲授候選主事，後加道銜。臺灣割日後，捐棄世務，日與賓客詩酒過從，詠於所居北郭園。如蘭之詩，多五七言近體，吳曾祺云：“其沖融凝遠，能使矜者和、躁者靜，與靖節之詩類而不類，不類而類。”

試廡偶題二首
王松

三畝城東宅，頻年此託居。恰隨新燕至，猶補舊巢苴。
柳色分隣樹，芸香祕枕書。爾時陪俊秀，羣季各輕裾。

櫛比題新額，于喁屬邑才。門臨官道雜，軒倚夕陽開。
今雨巾爭墊，黃壚釀乍陪。翠簾還把卷，庭月點莓苔。

臺灣先賢詩文集彙刊 第二輯 06 王松《友竹行窩遺稿》第 132 頁

報名錄
莊嵩

一行姓氏慰人懷，喚盡春風十二街。
惱煞孫山山外客，倚門望斷好音乖。

臺灣先賢詩文集彙刊 第二輯 14 莊嵩《太岳詩草》下 第 21 頁

榜後與諸同年閒敘
李逢時

多士操瓠六藝陳，分廊坐舍等魚鱗。
文逢急處千言就，詩到忙時一字貧。
落第厭看登第榜，得名休耀失名人。
而今幸托錐刀末，更染龍池柳色新。

臺灣先賢詩文集彙刊 第三輯 08 李逢時《泰階詩稿》第 33 頁

作者簡介

李逢時，字泰階，臺灣噶瑪蘭城人。性警敏，少時好遊藝；既長，奔走府州縣，常常行役於外。咸豐七年，與族弟春波同置栖雲別墅於蘭城西枕頭山下，多種果樹，每值桃李盛開，輒邀朋儕作文酒之會。九年春，應故交聘，延坐山齋授徒；十一年秋，獲選辛酉科拔貢生。平生雖歷遊郡縣，并曾遠渡福州，終抑鬱不得意，歸隱而歿。存集之詩作，述懷、詠景、酬唱、敘事，皆言之有物，足補志乘之闕。至其詩風，乃取逕少陵，短詠清新可誦，長歌尤具神韻，有《泰階詩稿》。

五月十五夜赤嵌試寓贈汝玉汝成昆季入院應試 集杜少陵句
傅于天

志在麒麟閣，①樓高月迴明。②神仙縹有數，③心跡喜雙清。④

谷鳥鳴還過，⑤高風卷旆旌。⑥異方同宴賞，⑦邂逅逐門成。⑧
子健文章壯，⑨才高處士名。⑩詞華傾後輩，⑪江海送君情。⑫

精理通談笑，⑬飛騰戰伐名。⑭層城臨媚景，⑮萬里正含情。⑯
之子時相見，⑰斷雲疎復行。⑱蛟龍得雲水，⑲冰雪淨聰明。⑳
交態知浮俗，㉑幽居近物情。㉒今朝烏鵲喜。㉓

原註：①酬薛十二丈判官見贈。②季秋蘇五弟纓江樓夜宴。③敬簡王明府。
④屏跡第一首。⑤上白帝城第二首。⑥送郭中丞充隴右節度使。⑦陪王侍御宴通泉
東山野亭。⑧漫成第一首。⑨別李義。⑩春日江村第五首。⑪贈比部蕭郎中十兄。
⑫送元二適江左。⑬贈待進汝陽王。⑭公安縣懷古。⑮和嚴中丞西城晚眺。⑯邂
夜。⑰題張氏隱居第二首。⑱雨。⑲贈嚴八閣老。⑳送樊二十二侍御赴漢中判官。
㉑贈虞十五司馬。㉒屏跡第一首。㉓西山第三首。

編者註：第二首末缺一句。

臺灣先賢詩文集彙刊 第三輯09 傅于天《肖巖草堂詩鈔》第22頁

作者簡介

傅于天，字子亦，號覽青，臺灣彰化人。構草堂於東勢峰下、大甲溪
邊，額曰"肖巖"，躬率子弟耕讀於其間。與呂汝玉、汝修、汝成三兄弟親
如手足，亦與邱龍章、逢甲父子交篤。光緒初，吳子光講學於文英書院，
館於呂家筱雲軒，子亦與呂氏兄弟、邱逢甲等受業焉。子光引其為文章知
己，而寄以厚望。後應試，為邑生員；旋卒，年僅二十六。子亦品高學邃，
性情果毅難容世，風度孤高弗入時，一身傲骨，唯悅服吳子光。築室水湄，
做青山孤隱士，以桑麻為樂事。獨與呂家昆仲交遊，相與唱和。子亦詩作
存者無多，皆為近體。有《肖巖草堂詩鈔》。

丁酉秋闈步林仲衡遊鼓山原韻
陳宗賦

鼓山閩嶠最危巔，幾欲登臨竟不然。
歷盡風霜無避地，望施雲雨可回天。
關心松柏堅多節，轉瞬桑田已變遷。
試罷歸期原未定，平安兩字篆香烟。

臺灣先賢詩文集彙刊 第四輯 01 陳宗賦《篇竹遺藝》第 34 頁

賀高孝廉墀英秋捷
陳宗賦

月桂今秋一鑒開，笙簧譜宴鹿鳴杯。
君門擬是天荒破，定接南宮衣錦回。

臺灣先賢詩文集彙刊 第四輯 01 陳宗賦《篇竹遺藝》第 45 頁

作者簡介

　　陳宗賦，字祚年，號篇竹，又號叔垚。幼聰穎，好讀書，慕范文正公之為人，亦頗以天下為己任，光緒庚寅進臺北府茂才，蓋年已二十七矣。從此矢志青雲，努力用功，曾受任同知銜翰林院典簿，甲午之役，日本據臺，先生恥食周粟，不甘屈膝異族，遂賦詩西渡鷺江，效避秦也。後因事再返臺，日本政府慕先生之名，屢次欲起用為參事兼區長之職，先生不改初志，每婉辭之。光緒辛丑再渡福建，自茲而後，創設三復學堂，以造就人才為娛，晚年應福州東瀛學校之聘，再渡大陸，執鞭教授國文，一九二八年歿於福州。先生善詩文對聯，又善書法，楷草行篆等皆佳。有《篇竹遺藝》。

折桂
王少滄

香飄蕊府斧曾修，此日攀來壯志酬。
最是雲梯今得步，一枝君獨占鰲頭。

臺灣先賢詩文集彙刊 第四輯 07 王少滄《藏月樓詩集》第 4 頁

留學生
王少滄

負笈求師奮欲先，不辭千里慕前賢。
功名自是勤勞得，衣錦還鄉着祖鞭。

入學考試
王少滄

中市今朝學府開，文章濟濟冠全臺。
螢窗十載蘇旬業，蕊榜千篇鄭廣才。
護國未來天下士，神童他日棟樑材。
雲梯直上誰先到，好向蟾宮折桂回。

臺灣先賢詩文集彙刊 第四輯 07 王少滄《藏月樓唱和集》第 12 頁

登龍門 四首
陳哮

禹鑿津門壯，①飛超興不低。文章欽李白，聲價重昌黎。
筆下龍蛇動，　胸中錦繡齊。扶搖天上去，雲路任東西。

本異池中物，　天隅一躍躋。成龍蟠宇宙，化雨福黔黎。

雁塔留名姓，　蟾宮任品題。崢嶸頭角露，聲價信非低。

神物騰門過，　洋洋得意兮。掄魁誇獨鶴，及第冠群雞。
丹桂三秋馥，　青雲一路齊。髫年欣脫穎，才調媲昌黎。

禹門高百尺，　躍出看雲低。金榜標名姓，珠宮任品題。
成龍蟠大地，　化雨濟災黎。泮水揚鰭起，扶搖上玉梯。

編者註：①禹鑿：禹鑿龍門的傳說最早見於《墨子·兼愛中》："古者禹治天下，西為西河漁寶，以泄渠孫皇之水。北為防原，註後之邸，池之寶，灑為底柱，鑿為龍門，以利燕、代、胡、貉與西河之民。……"此言禹之事。關於洛陽龍門為大禹所開鑿的記載較多。洛陽龍門，又稱伊闕。《水經註》說："昔大禹疏龍門以通水，兩山相對，望之若闕，伊水歷其間，故謂之伊闕。"《漢書·溝洫志》也說："昔大禹治水，山陵擋路者毀之，故鑿龍門，辟伊闕。"

臺灣先賢詩文集彙刊 第四輯 16 陳哮《心聲詩集》五言律 第 16 頁

三及第
張蒲園

名登金榜筆如鋒，奪錦鰲頭夙所宗。
為感素庵當日事，三元何幸再相逢。

臺灣先賢詩文集彙刊 第四輯 17 張蒲園《適心亭詩集》七絕 第 117 頁

闈中中秋夕口占
林豪

五策揮成意未闌，搴簾吟到漏聲殘。
廣寒翹首無多路，不信嫦娥一面難。

臺灣先賢詩文集彙刊 第四輯 20 林豪《誦清堂詩集》卷一 第 4 頁

哀薛生二首
林豪

咸豐九年恩科鄉試，幷補行戊午正科，中額二百五名，赴試者多至九千餘人，輿價倍昂。余與同社諸生，緩步抵省，而薛生中暑臥病甚劇，時，試期已迫，同寓者勸之歸，乃賃肩輿促裝將發矣，余力阻曰，省城距家八日，途次誰為護持，不若且留，有我輩在，湯藥無慮也。遂止，尋卒。時八月三日也，余與同人為之盛殮，停其櫬古寺中，而為詩哀之。

賫恨掄才地，才偏與命讎。炎風敲病骨，繭足度庚郵。
夢已虛金榜，身先赴玉樓。送君蕭寺去，寂寞一棺留。

白髮門前倚，紅顏燈下思。不知生死訣，尚怪捷音遲。
杜宇催何苦？籃輿體豈支。羈魂應自慰，幸緩束裝期。

臺灣先賢詩文集彙刊 第四輯 20 林豪《誦清堂詩集》卷四 第 62 頁

闈中題壁
林豪

兩度榕城寂寂回，　今宵矮屋更徘徊。
至公堂下天如水，①還為中秋看月來。

編者註：①至公堂：科舉時代試院中的大堂。明·阮大鋮《燕子箋·入闈》："到至公堂上，高宴春風。"清·李漁《鳳求鳳·冥冊》："仰體得上天心，纔坐得至公堂。"

臺灣先賢詩文集彙刊 第四輯 20 林豪《誦清堂詩集》卷四 第 65 頁

聞捷口占
林豪

一紙泥金報恐遲，親朋相慶溢門楣。
無端淚滴紅箋上，記得萱闈勸學時。

臺灣先賢詩文集彙刊 第四輯 20 林豪《誦清堂詩集》卷四 第 72 頁

庚申正月抵王家營遇變南還途中雜感
林豪

二十六日，由王家營起旱，至魚溝，遇公車數百輛轉回，始知捻匪竄擾，宿遷桃源皆不守，余與同年董映廊回寓，漏已四下，即令人赴青江浦買舟暫停舟中，蓋稍遲，已無舟可買矣。二十八日早刻，岸上礮聲震耳，蓋勇營索餉生變也。余於夢中驚醒，啓篷窗一望，兩岸男婦避亂者紛紛，港內百舟一時俱發，抑塞難行，倉皇中，淚亦不能墮也。

射策春明願已違，山川依舊景多非。
煙橫草色無情綠，雨打楊花作陣飛。
送客林鶯猶怨別，勸人杜宇苦催歸。
那堪萬里關河阻，重理征鞍向故扉。

飛花綺陌亂啼鶯，歸路何堪緩緩行。
動地鼓鼙江上沸，接天荊棘馬頭生。
影隨六鷁因風退，跡共孤鴻印雪輕。
回首燕雲春樹外，闌珊孤夢落江城。

臺灣先賢詩文集彙刊 第四輯 20 林豪《誦清堂詩集》卷五 第 87 頁

喜家仙洲鸑鷟秋捷二首
林豪

十子論文日，　何人第一才。　龍門同角逐，　驥足絕塵埃。
剖膽清於雪，　狂談氣似雷。　桂花天上種，　一笑且扳來。

少年爭跋扈，　吾道亦云孤。　夾漈經猶抱，[①]陳蕃榻已蕪。[②]
風花悲世態，　脂粉任時趨。　努力加餐飯，　鵬程有遠圖。

原註：①謂鄭嘉士孝廉。②謂陳石香員外。

臺灣先賢詩文集彙刊 第四輯 20 林豪《誦清堂詩集》卷九 第 200 頁

庚辰三月十五夜闈中作
林豪

碧天如水夜漫漫，二十年來此地看。
如此風光如此月，老夫吟興未曾闌。

綺歲曾描十樣眉，眉痕深淺與誰宜。
自憐兩鬢霜如許，猶效新粧問入時。

臺灣先賢詩文集彙刊 第四輯 20 林豪《誦清堂詩集》卷十 第 223 頁

觀榜
陳濬芝

桂花消息果誰佳，觀榜紛紛遍六街。
我却泥金閒待報，不須走馬逐同儕。

臺灣先賢詩文集彙刊 第五輯 01 蔡汝修《臺海擊鉢吟集》九佳 第 47 頁

觀榜
黃應奎

揭曉催傳到六街，親看名姓榜頭排。
深閨謝汝關情甚，簷鵲聲中卜繡鞋。

臺灣先賢詩文集彙刊 第五輯 01 蔡汝修《臺海擊鉢吟集》九佳 第 47 頁

作者簡介
黃應奎，字號、生平均不詳。

廣寒宮織登科記
陳朝龍

天上人間兆寶函，織成蕊榜妙機緘。
姓名自出嫦娥手，錦繡文章便不凡。

臺灣先賢詩文集彙刊 第五輯 01 蔡汝修《臺海擊鉢吟集》十五咸 第 178 頁

和贊虞中丞闈中即事韻
吳魯

人情閱歷歲華深，卅載京塵宦海沈。
翻白愧遭當道眼，驚秋又動故園心。
身羈老驥閑中櫪，響閟焦桐爨下音。
蹻足入舟翻自悔，將歸琴理箇中尋。

臺灣先賢詩文集彙刊 第五輯 02 種 賴子清《臺灣詩醇》前編 第 157 頁

作者簡介
吳魯，字肅堂，號且園，福建晉江人。清同治十二年登拔萃科，光緒十四年順天鄉試中舉，光緒十六年殿試狀元及第，授翰林編修，為福建科舉時代最後一個狀元，歷任陝西典試，安徽、雲南督學，雲南主考，吉林提學使，資政大夫。吳魯以振興文教為己任，廣籌經費，建立學堂，主張因材施教，重用從海外留學歸來的人才。吳魯能書善畫，其字體沈雄峻拔，堪稱大家。著有《蒙學初編》《正氣研齋類稿》《正氣研齋遺詩》等。

漱蘭年丈來主閩試喜晤感賦
陳寶琛

別夢江南逐去潮，却從烏石話金焦。
戰場極目濤猶怒，時事填胸酒易消。
三徑蓬蒿容仲蔚，滿山藜藿待寬饒。
日華轉眼開春殿，天上風珂想早朝。[1]

編者註：[1]風珂：指馬勒上隨風擺動的玉制裝飾品。金·董解元《西廂記·諸宮調》卷三："嘶風的驕馬弄風珂，雄雄軍勢惡。"

臺灣先賢詩文集彙刊 第五輯 02 賴子清《臺灣詩醇》前編 第 163 頁

作者簡介

陳寶琛，字伯潛，號弢庵，福州人，中舉后曾來臺灣。清同治戊辰成進士，歷任署理南洋大臣，禮學館總纂大臣，弼德院顧問大臣。宣統帝時為侍講，盡忠輔育。張勛復辟，舉為議政大臣。民國二十年滿洲事變。隨帝入滿洲。及建國登極，仍隨侍為帝師傅。民國廿四年捐館，年八十八。有《滄趣樓詩》。

閱卷偶閒有作
楊桂森

休言小試可聊聊，[1]百仞雲梯望正高。
尺寸量來尋繡虎，　波濤寬處得金鰲。

落花懼下孤寒淚，　　撈玉還防瓦礫淆。
莫恃此心眞白水，　　便將崑片也輕拋。

斗橫星轉四更殘，　　蓮炬双開滿座寒。
銖黍不差慚眼慧，　　披尋屢次或心安。
丹毫揮灑看原易，　　一句思量作甚難。
仙海魚龍憑換骨，　　還期共奮九霄翰。

編者註：①小試：舊時太學生、童生應貢舉及學政、府縣之考試。清·錢泳
《履園叢話·譚詩·以人存詩》："鄒君春帆……工於帖括，屢困小試。"

臺灣先賢詩文集彙刊 第五輯 02 賴子清《臺灣詩醇》後編 第 233 頁

作者簡介

楊桂森，字蓉初，雲南石屏人。清嘉慶四年進士，以翰林散館授南平
知縣。嘉慶十五年正月，調任彰化知縣。十六年重修學宮，始制禮樂器，
又手定"白沙書院學規"。十七年，兼署北路理番同知兼鹿港海防。以終養
去，民思其德，入祀名宦祠。

花榜
蘇孝德

香國文章月旦殊，　　女郎星耀紫薇樞。
蟾宮倘織登科記，①合把群芳列蕊珠。

編者註：①登科記：科舉時代及第士人的名錄。唐代有"登科記"，宋以後名
"登科錄"，亦稱"題名錄"，詳載鄉、會試中式人數、姓名、籍貫、年歲以及考官
以下官職姓名，並三場試題目。唐·張籍《贈賈島》："姓名未上登科記，身屈惟應
內史知。"

臺灣先賢詩文集彙刊 第五輯 03 曾笑雲《東寧擊缽吟前集》七虞 第 78 頁

作者簡介

蘇孝德，字櫻村，臺灣嘉義人，生平不詳。

花榜
林謹

雁塔題名性質殊，錦標滿寫百花圖。

記曾金谷園中日，獨占群花是綠珠。

臺灣先賢詩文集彙刊 第五輯 03 曾笑雲《東寧擊鉢吟前集》七虞 第 78 頁

作者簡介

林謹，字少英，臺灣臺中人，生平不詳。

觀射
許稚堁

流矢如星技絕長，　今看左肘已生楊。[①]

主皮中鵠何須羨，　一箭雙鵰早擅場。

破的看來在挽強，　幾人百步可穿楊。

彀中盡是英雄輩，[②]誰把瑂弓滿月張。

編者註：①左肘：成語"柳生左肘"。《莊子·至樂》："支離叔與滑斤叔觀于冥伯之丘，崑崙之虛，黃帝之所休，俄而柳生其左肘，其意蹶蹶然意惡之。"柳，一說指疱癭。後以"柳生左肘"的典故指得了生瘡癭的病症，又喻指不如意事。唐·王維《老將行》："昔時飛箭全無目，今日垂楊生左肘。"②彀 gòu 中：天下英雄皆入掌握之中。彀中：弓箭射程之內，比喻控制之下。五代·王定保《唐摭言·述進士》："文皇帝修文偃武，天贊神授。嘗私幸端門，見新進士綴行而出，喜曰：'天下英雄入吾彀中矣！'"文皇帝：唐太宗李世民。故後世以"入彀"比喻就範，入圈套。

臺灣先賢詩文集彙刊 第五輯 03 曾笑雲《東寧擊鉢吟前集》七陽 第 227 頁

作者簡介
許稚塤，字逸漁，臺灣鹿港人，生平不詳。

觀射
許五頂

莫誇白羽可穿楊，影似流星與電光。
只好申威休殺虐，須知鳥盡已弓藏。

臺灣先賢詩文集彙刊 第五輯 03 曾笑雲《東寧擊鉢吟前集》七陽 第 227 頁

作者簡介
許五頂，字幼漁，臺灣鹿港人。生平不詳。

觀射
王鳳儔

設正布鵠各操弓，小技由來用意長。
挽盡人心繩盡率，羨他殷序勝周庠。[1]

編者註：[1]殷序周庠：庠序，中國古代地方所設立的學校。《孟子·滕文公上》："設為庠、序、學、校以教之。庠者，養也；校者，教也；序者，射也。夏曰校，殷曰序，周曰庠；學則三代共之，皆所以明人倫也。"

臺灣先賢詩文集彙刊 第五輯 03 曾笑雲《東寧擊鉢吟前集》七陽 第 227 頁

作者簡介
王鳳儔，字金龍，臺灣鹿港人，生平不詳。

觀射
施溓

妙技穿楊獨擅場，操絃揖讓始升堂。
曲江雁與轅門戟，為力爭雄總可傷。

臺灣先賢詩文集彙刊 第五輯 03 曾笑雲《東寧擊鉢吟前集》七陽 第 227 頁

作者簡介

施溓，字讓甫，臺灣鹿港人。曾為大冶吟社社員，與施江西、施性湍、施一鳴，並稱"大冶四施"，頗負時譽。後又創立聚鷗吟社，倡導詩學。

觀射
陳懷澄

精神專貫的中央，一發能穿百步楊。
直與注油同手熟，堯咨不必太誇張。

臺灣先賢詩文集彙刊 第五輯 03 曾笑雲《東寧擊鉢吟前集》七陽 第 227 頁

名刺
林朝崧

片紙投來未敢輕，久藏懷裡任毛生。
年來不獨慵干謁，欲向江湖隱姓名。

又

紛紛投謁到公卿，細字頭銜寫不清。[1]
笑我更無官可署，世間傳徧只詩名。

編者註：[1]細字：小字。北齊·顏之推《顏氏家訓·養生》："庾肩吾常服槐實，

年七十餘，目看細字，鬚髮猶黑。"唐·韓愈《短燈檠歌》："夜書細字綴語言，兩
目瞭昏頭雪白。"清·唐孫華《壽郭雉先七十》詩之一："細字巾箱殘卷在，傳家經
訓是蓄畚。"

臺灣先賢詩文集彙刊 第五輯 03 曾笑雲《東寧擊鉢吟前集》八庚 第 239 頁

名刺
戴永

提攜偏藉頑奴手，磨滅猶存狂士名。
莫把人情嗟薄紙，投來先有主人迎。

臺灣先賢詩文集彙刊 第五輯 03 曾笑雲編《東寧擊鉢吟前集》八庚 第 239 頁

作者簡介
戴永，字還浦，臺灣新竹人。新竹縣學附生，讚同廢除八比考試，曾
作《濫時文》諷之。

名刺
李翊業

幾時青眼博公卿，片紙分明認姓名。
好是新年人似鯽，春筵交換有歡聲。

臺灣先賢詩文集彙刊 第五輯 03 曾笑雲編《東寧擊鉢吟前集》八庚 第 239 頁

作者簡介
李翊業，字逸樵，名祖堂，別號雪鄉居士，為李錫金之孫，臺灣新竹
人，為臺灣日治時期與張純甫並稱之新竹兩大書法家與鑒賞家。

廣寒宮織登科記
葉際唐

嫦娥枉費手摻摻， 蕊榜名題去取嚴。
我只天孫雲錦愛，①不須一第艷頭銜。

編者註：①天孫：星名，即織女星。《史記・天官書》"婺女，其北織女。織
女，天女孫也。"唐・司馬貞索隱："織女，天孫也。"亦指傳說中巧于織造的仙女。
唐・柳宗元《乞巧文》："下土之臣，竊聞天孫，專巧於天。"

臺灣先賢詩文集彙刊 第五輯 03 曾笑雲《東寧擊鉢吟前集》十五咸 第 303 頁

廣寒宮織登科記
鮑國棟

文章組纂紫泥函，①素手機心亦不凡。
鴛杼編風梭弄月， 為他士子織頭銜。

編者註：①紫泥：古人以泥封書信，泥上蓋印。皇帝詔書則用紫泥，後即以
指詔書。清・吳偉業《九峰草堂歌》："紫泥欲下早蟬蛻，掉頭不肯隨東封。"

臺灣先賢詩文集彙刊 第五輯 03 曾笑雲《東寧擊鉢吟前集》十五咸 第 303 頁

廣寒宮織登科記
黃文虎

清虛府上巧机緘，桂籍時將姓字嵌。
為問姮娥司織造，古來及第幾青衫。

臺灣先賢詩文集彙刊 第五輯 03 曾笑雲《東寧擊鉢吟前集》十五咸 第 303 頁

作者簡介

黃文虎，字習之，臺灣臺北人，生平不詳。

廣寒宮織登科記
黃彩堂

詩題雁塔清華句，錦織蟾宮巧樣銜。
珍重名經千佛紀，榜花拈笑欲超凡。

臺灣先賢詩文集彙刊 第五輯 03 曾笑雲《東寧擊缽吟前集》十五咸 第 303 頁

筆花
彭澄盦

一枝班管舊生涯，^①夢繞江淹處士家。^②
才子文章堆錦繡，　騷人翰墨燦雲霞。
紛披意蕊心香發，　藻采風情腹笥誇。
難得聖朝多雨露，　瓊林苑裏鬥芳華。

編者註：①班管：用斑竹製成的筆管，多指毛筆。班，通"斑"。明·文徵明《閑興》詩："端溪古研紫瓊瑤，班管新裝赤兔毫。"②江淹：字文通，宋州濟陽考城人，南朝政治家、文學家，歷仕宋、齊、梁三朝。江淹六歲能詩，十三歲喪父，雖家境貧窮，但很好學。二十歲左右在新安王劉子鸞幕下任職，開始其政治生涯。宋·泰始四年（468年），被任命為巴陵王國左常侍。升明元年（477年），齊·高帝聞其才，召為尚書駕部郎、驃騎參軍事。齊·建元（479年）初，改任驃騎豫章王記室，兼東武縣令，參與草擬詔書冊令，並撰寫國史。延興（494年）初，為禦史中丞，先後彈劾中書令謝朏等人。中興元年（501年），遷任吏部尚書。梁天監元年（502年），任散騎常侍、左衛將軍，封為臨沮縣開國伯。不久又改封為醴陵侯。天監四年（505年），江淹去世，終年六十二歲，梁武帝為他穿素服致哀，並贈錢三萬、布五十匹。諡號憲伯。江淹是南朝辭賦史上的名家。

臺灣先賢詩文集彙刊 第五輯 04 曾笑雲《東寧擊缽吟後集》六麻 第 140 頁

筆花
張漢

怪底江郎綺夢誇，　風流文采正繁華。
管城春色河陽縣，^①桂府秋風毛穎家。^②
榜自題時原號蕊，　詩經刪後亦稱葩。
一枝願附蒼龍角，　燦作雲間五色霞。

　　編者註：①管城：毛筆的別稱；管子。唐代野史，《開元遺事》中寫有一書生進額李林莆，將筆稱為"管子"，這是將毛筆稱為管子的記載。②毛穎：中書君。唐·韓愈《毛穎傳》中載："毛穎者，中山人也，號曰管城子，累拜中書令，呼為中書君"。

臺灣先賢詩文集彙刊 第五輯 04 曾笑雲《東寧擊鉢吟後集》六麻 第 140 頁

作者簡介
張漢，字純甫，臺灣新竹人，著名書法家與鑒賞家，余事不詳。

筆花
魏清德

芸香帶草共生涯，不待金鈴愛護加。
生傍詞源饒灌溉，開從翰苑擅芳華。
曾傳艷入江郎夢，祇合濃薰馬氏家。
今古却輸錢樹貴，文章憎命莫咨嗟。

臺灣先賢詩文集彙刊 第五輯 04 曾笑雲《東寧擊鉢吟後集》六麻 第 140 頁

花榜
蔡清福

香國人材性質殊，^①凌霄今見一株株。
紫薇齊耀群芳譜，　紅杏爭開百卉圖。
蕊榜裙釵欣奪錦，　春官滄海恐遺珠。
青樓從此高聲價，　車馬紛紛塞滿途。

編者註：①香國：猶花國。宋·許月卿《木犀》："分封在香國，筮仕得黃裳。"
金·元好問《紫牡丹》之三："已從香國偏熏染，更惜花神巧剪裁。"

臺灣先賢詩文集彙刊 第五輯 06 黃洪炎《瀛海詩集（下）》第 356 頁

闈中感賦
賈景德

麗日輝煌鎖院開，　都堂處處是掄才。
無譁戰士爭魁甲，　有價文章列上臺。
歷劫河山天眷顧，　滿城桃李手親栽。
平生不解為馮婦，^①攘臂如何肯再來。

編者註：①馮婦：孟子曰："晉人有馮婦者，善博虎，卒為善士。則之野，有
眾逐虎，虎負隅，莫之敢攖，望見馮婦，趨而迎之，馮婦攘臂下車，眾皆悅之，其
為士者笑之。"馮婦"江山易改本性難移"，雖立志成為善人，不再博虎，但受不了
眾人慫恿，又重操故技而為士者所恥笑。後常以"馮婦"代指重操舊業。

臺灣先賢詩文集彙刊 第五輯 第 07 種 賴子清《臺灣詩海》前編 第 75 頁

作者簡介

賈景德，字煜如，號韜園，山西晉城沁水縣人，清光緒三十年中甲辰
科進士。飽讀詩書，練就一手道德文章。承轉啟合，羅列排比，下筆有神，
妙手華章。組織過"漫社"詩社，又在太原組織"韜園詩社"，和當時山西

一些著名文人詩酒唱和。著有《韜園詩集》。

<h2 align="center">次韻闈中感賦</h2>
施禹勤

掄文珊網及時開，　多士欣看吐鳳才。
鯤化鵬摶莊子趣，　膽嘗薪臥越王臺。
璠璵群策青雲想，①杞梓均霑白露栽。②
棫樸作人量玉尺，③大宗師又鑒衡來。

編者註：①璠璵：美玉名。《初學記》卷二七引《逸論語》：“璠璵，魯之寶玉也。孔子曰：美哉璠璵，遠而望之，煥若也；近而視之，瑟若也。”泛指珠寶。比喻美德賢才。三國・魏・曹植《贈徐幹》詩：“亮懷璠璵美，積久德愈宣。”②杞梓：杞和梓。兩木皆良材。宋・司馬光《送李汝臣同年謫官導江主簿》詩：“良工構明堂，必不遺杞梓。”比喻優秀人材。唐・元稹《代曲江老人》：“杞梓無遺用，蒭蕘不忘詢。”③棫樸：白桵和枹木。《詩・大雅》中的篇名，該篇詩序稱是詠“文王能官人也”，故多以喻賢材眾多。

臺灣先賢詩文集彙刊 第五輯 第 07 種 賴子清《臺灣詩海》前編 第 75 頁

作者簡介

施禹勤，字號不詳，江蘇人。精詩詞書法，有《施禹勤詩鈔》行世，余事不詳。

<h2 align="center">次韻闈中感賦</h2>
何揚烈

瀛洲秋爽畫圖開，衡鑑爭看拔異才。①
萬里龍媒傳朔漠，千金駿骨市燕臺。
文求入彀心如弩，記織登科錦可裁。
想見鵬鯤齊變化，垂雲迅羽日邊來。

編者註：①衡鑑：衡器和鏡子，比喻準繩、楷模。宋·范仲淹《上執政書》："賞罰者，天子之衡鑑也。衡鑑一私，則天下之輕重妍醜，從而亂焉。"亦指品評，鑒別。宋·陸遊《南唐書·伍喬傳》："及覆考牓出，喬果為首，泊、貞觀次之，時稱主司精於衡鑑。"

作者簡介

何揚烈，字武公，亦字仲偉，湖南醴陵人，二十三歲上庠卒業。先後參與嘉義"玉岑詩社"、宜蘭"五峰詩社"。工詩詞，其詩雄麗亦有唐人胎息。著有《枕髑髏齋詩稿》《紅豆簃詩集》。

次韻闈中感賦
施景琛

廬陵衡鑑畫堂開，　道德文章典俊才。
風化起衰超八代，　勛名晉秩歷三臺。
棗梨待弁同年錄，[①]桃李分榮昔日栽。
巾幗少微星照命，[②]評量沈宋亦偕來。[③]

編者註：①棗梨：謂雕版印刷。舊時多用棗木或梨木雕刻書版，故稱。清·王士禎《與程崑崙書》："詩自萬歷甲辰，未付棗梨。茂翁貧且甚，不能自謀板行。"②少微：星座名。共四星，在太微垣西南。《史記·天官書》："廷藩西有隋星五，曰少微，士大夫。"張守節正義："少微四星，在太微西，南北列：第一星，處士也；第二星，議士也；第三星，博士也；第四星，士大夫也。占以明大黃潤，則賢士舉；不明，反是；月、五星犯守，處士憂，宰相易也。"③沈宋：唐詩人沈佺期、宋之問的並稱。唐·杜甫《秋日夔府詠懷奉寄鄭監李賓客》："陰何尚清省，沈宋歘聯翩。"清·趙翼《甌北詩話·七言律》："唐初沈宋諸人益講求聲病，於是五七律遂成一定格式。"

作者簡介

　　施景琛，字涵宇，福建長樂人。少年即勤讀詩書，才華橫溢，胸懷大志，晚號泉山老人，東越居士。清光緒二十三年丁酉舉人，後遷居榕城泉山之麓貢院裡。戊戌變法後廢科舉，斷其科舉仕途，從而秉承父志，致力於地方事業，著有《勸蠶說》等。

次韻闈中感賦
謝尊五

嚴肅棘闈藻鑑開，青錢萬選擢英才。
衡量玉尺初登座，燦爛文奎突上臺。
造士菁莪時諷誦，春官桃李日培栽。
天門放榜知誰屬，學子爭先擠擁來。

臺灣先賢詩文集彙刊 第五輯 第 07 種 賴子清《臺灣詩海》前編 第 76 頁

作者簡介

　　謝尊五，字夢春，號靜軒老人，臺灣臺北市人，先代將門出身，清光緒年間入泮為諸生。民國十四年，曾遊寓燕京。返臺後，設帳鄉里垂三十年，及門多俊秀。入臺北"瀛社"為社員，尊五懷淵行純，平居退然若不勝衣，而當道義存亡之際，則奮袂而起。乙未割臺，以諸生而慷慨有澄清之志。中年遊居大陸，釋其故國之懷；返臺設帳，吟詠僅為自娛。有《夢春吟草》。

花榜
賴惠川

滿紙琅玕月旦公，昇平瑞藻揭東風。
臙脂版籍榮奎府，翰苑聲華艷蕊宮。
妙舞霓裳花爛熳，清陰桃李玉玲瓏。

三爐別寫泥金帖，彩筆酬春寵眷隆。

臺灣先賢詩文集彙刊 第五輯 07 賴子清《臺灣詩海》後編 第 221 頁

花榜
賴惠川

琅函僊籍揭雕欄，　歐碧程紅取次看。
一紙香流榮玉冊，　萬華霞舉艷春官。
歌傳白苧酬風月，①帖寫金泥馥麝蘭。
唾手功名同拾芥，　斗宮新貴屬羅紈。

三爐揭曉唱東風，　嫩蕊纖葳及第同。
柳外袍分僊子綠，　樓頭花燦狀元紅。
焚香擢秀臣心潔，　滴露研朱月旦公。
滿座金泥簫管闃，　幾生修到綺羅叢。

巍科獨占眾芳前，②花樣文章得意篇。
風月江山新世胄，　琵琶門巷舊同年。③
香凝玉笋胭脂貴，　彩映金鰲露蕋鮮。
爛熳春光榮貢樹，　珠宮學士選青錢。

編者註：①白苧：白苧，詞牌名。白苧歌，是釋居簡創作的詩詞。釋居簡，字敬叟，號北磵，宋代潼川府通泉縣人，他是南宋中後期臨濟禪的重要傳人，也是一位既關注現實社會又追求自然旨趣的詩僧。他堅持操守、品行高潔，而且關注社會人情，愛恨分明，這使得他的詩歌作品內容充實而不空洞，有着自己的風格特點。②巍科：猶高第。古代稱科舉考試名次在前者。巍科包括：會元、狀元、榜眼、探花及二甲第一名的傳臚。宋·岳珂《桯史·劉蘊古》："其二弟在北皆登巍科。"③同年：古代科舉考試同科中式者之互稱。唐代同榜進士稱"同年"，明清鄉試、會試同榜登科者皆稱"同年"。清代科考先後中式者，其中式之年甲子相同，亦稱"同年"。

臺灣先賢詩文集彙刊 第五輯 08 賴柏舟《詩詞合鈔》之《悶紅小草》第 112 頁

作者簡介

賴惠川，本名尚益，以字行，號頤園，別署"悶紅老人"，臺灣嘉義羅山人。三代有文名，為嘉義有名的書香世家。惠川家學淵源，工詩詞，自稱"悶紅老人"，取"綠悶紅愁"之意，文館因名"悶紅館"，為與詩友唱和吟詠并講課授徒之所。竹枝詞與同題詩的創作極多，為臺灣文學史中第一位出版詩別集的文人。

奉和賈煜老闈中感懷
呂咸

秋闈還隔市聲譁，好向蟾宮踏桂華。
矍鑠老翁心似鏡，菁莪多士筆生花。
綱張滄海珠光粲，斗映銀河月影斜。
文德武功齊邁進，江山重整喜彌加。

嶽嶽河汾杖國年，高名早紀大羅天。①
鵷班曾領公卿上，鯤島今開風氣先。
謀國老成宏作育，興邦多難仗英賢。
一生耜耟無成就，聽詠霓裳羨眾仙。

編者註：①大羅天：道教所稱三十六天中最高一重天。《元始經》云：大羅之境，無復真宰，惟大梵之氣，包羅諸天太空之上。"唐·王維《送王尊師歸蜀中拜掃》："大羅天上神僊客，濯錦江頭花柳春。"唐·李商隱《留贈畏之》之一："空記大羅天上事，眾仙同日詠《霓裳》。"

臺灣先賢詩文集彙刊 第五輯 09 曾今可《臺灣詩選》第 47 頁

作者簡介

呂咸，字箸青，河北宛平人。工書畫，與張大千、于非闇等文藝名流交往甚密。

名剌
高泰山

寸楮每懷謀一面，①明書小字欲無淆。
未應投向權門去， 翰墨吾儒本淡交。

編者註：①寸楮：名片。清·張爾岐《蒿庵閒話》卷一："寸楮往來，始於崇禎年，以嚴禁請託，於投挾為便也。"亦指短信。楮，紙的代稱。

臺灣先賢詩文集彙刊 第五輯 10《應社詩薈》之《養性吟草》第 288 頁

作者簡介

高泰山，字號、生平均不詳。

雁塔
曾文新

文物唐朝盛，人才數不清。
我來登雁塔，慚愧未題名。

臺灣先賢詩文集彙刊 第五輯 17 曾文新《了齋詩鈔》之《台北定居》第 164 頁

作者簡介

曾文新，名啓銘，號了齋，臺灣新竹人。出生於書香門第，自幼敏而好學，拜其宗叔曾秋濤為啟蒙師，復遊於宿儒張純甫、施梅樵夫子門下，讀書採掇菁華，不守章句，髫齡已能詩，以珠玉為咳唾，以錦繡為肝腸，其緣情之作，或謂可追韓偓，因號小冬郎。曾氏壯歲移居花蓮，偕同好創蓮社以倡風雅，晚年定居臺北，任新生詩苑主編達十二年。有《了齋詩鈔》。

秋闈後登烏石山（選化鵬詩集）
謝錫鵬

插雲高閣控神州，午後來登最上頭。
斜日西沉背鴉紫，大江東去海門秋。
如山有約花應笑，與佛無緣客不留。
多謝僧雛供茗慣，為淹題句鎮江樓。

自攜書劍走天涯，歲歲重陽不在家。
一笑獨斟茆店酒，十年空負故園花。
秋深水國歸帆遠，樹老山城落雁斜。
西指鄉關重回首，一團雲暗一層遮。

陳漢光《臺灣詩錄》第八卷 第902頁

作者簡介

謝錫鵬，字怡吾，臺灣淡水苗裏人。清咸豐間府學增生，長詩賦。著有《化鵬山房詩集》。

試士
何如謹

相期同上鳳池班，文字丹黃手自刪；
却笑蓬廬非廣廈，也教寒士盡歡顏。

萬事等雲過，人生對酒歌。枕戈增慷慨，投筆悔蹉跎。
有感情難已，無端喚奈何。此身留報國，未許老烟蓑。

陳漢光《臺灣詩錄》第九卷 第988頁

作者簡介

何如謹，字厚卿，廣西灌陽人。清同治九年舉人，光緒十三年任恆春知縣。

東事戰敗聯十八省舉人三千人上書次日美使田貝索稿爲人傳鈔題曰《公車上書記》一是時主和者爲軍機大臣孫毓汶眾怒甚孫畏不朝遂辭位

康有為

海東龍泣艦沉波，上相軺軒出議和。①
遼臺膴膴割山河，抗章伏闕公車多。
連名三千轂相摩，聯軫五里塞巷過。
臺人號泣秦檜歌，九城謠諜徧網羅。
扛棺摩拳，擊鼓三撾。檜避不朝，辭位畏訶。
美使田貝驚士氣則那，索稿傳鈔天下墨爭磨。
嗚呼！椎秦不成奈若何！

編者註：①軺軒：古代使臣乘坐的一種輕車。清·姚鼐《萬年庵次劉石荰韻以呈補山》：“前輩軺軒過，風流憶宛然。”亦為古代使臣的代稱。

林文龍《臺灣詩錄拾遺》第235頁

作者簡介

康有為，原名祖詒，字廣廈，一字更生，號長素，廣東南海人。清光緒十五年，以諸生伏闕上書，建議改革，清廷不之省；光緒二十一年，得知《馬關條約》簽訂，聯合千余名舉人上萬言書，即“公車上書”。光緒二十四年開始進行戊戌變法，變法失敗後逃往日本，組織保皇會，鼓吹開明專制，反對革命，民國十六年卒。

賀陳握卿補增
吳萃奎

增廣由來制盛唐，茂才聲價倍生光。

士逢知己文章重，學到如君志氣揚。

自命信堪居上等，同儕幾見列成行。

他年養就沖天翮，定入雲霄萬里翔。

《全臺詩》第肆冊 吳萃奎 第 101 頁

作者簡介

吳萃奎，字號不詳。清嘉慶年間（1796—1820 年）人士，生平不詳。

賀陳霞林中舉
陳維英

皮相誰知骨是仙，①丁鴻特識把經傳。②

雙雙舉子三三節，③六六成名二二年。④

箭出竹林連中的，⑤琴歸栗里懶張絃。⑥

為霖更望從龍去，⑦莫學閒雲山上眠。⑧

原註：①生為巨室婿不諧，癸五年，避難芝蘭，少納之者，予招同寓焉。②丁述安為淡水廳搜訪淡北人才，予以生對，後廳考試拔第一。③九月初生男，九月杪放榜。④中六六名，年二二歲。⑤生繼伯兄聯捷鄉闈，時稱大小阮云。⑥予自己巳（1869）年秋闈房薦，嗣後屢試不售，以致懶惰云。⑦若天大旱，用汝作霖雨云。⑧予近居獅子巢上以避囂，如閒雲寓於山上眠云。

《全臺詩》第伍冊 陳維英 第 198 頁

七

科考詩

《藏山閣集選輯》之《行朝集》
錢秉鐙

臨軒曲

上御極之三年，行在史館中乏員，內閣輔臣黃士俊、嚴起恒奏請考選，桂林留守瞿式耜疏薦部屬臣某某等堪備館職。於是禮臣黃奇遇等議倣唐、宋開制科取士，有詔："三品以上各舉所知、卿貳等自舉其屬，彙送吏部"。又勑冢臣晏清會同禮詹翰諸臣嚴加考核，取及格者若干人；孝廉知名未仕者，亦與焉。以冬十二月二十四日，臨軒親試經藝三道、策論各一道、詩一首；取中八人，授翰林院庶吉士官。小臣庸劣，濫與茲選。敬成口號二十章，以志其盛。

從龍初沐聖恩波，詔選詞臣闢制科；
格外郎官叨與試，本朝異數恐無多。
（謹案：唐、宋名臣，率由制科以登館閣。蓋於進士科外間舉此科，召試職官有譽望者，又號大科）

經年廷議許臨軒，今日真承聖主恩；
囊筆曉趨雙闕下，恭隨臚唱入端門。
（臨軒議，久之未舉；兩輔臣申請，始允行。屆期，上常服御門，百官俱吉服、侍臣等素服候於午門外。鴻臚寺傳呼，臣等始雁序而入）

袞衣黃幄殿中間，玉几憑臨咫尺攀；
跪迎爐烟宣履歷，分明覯面識龍顏。
（鴻臚寺引臣等從東堦上，逐一唱名，當殿跪奏履歷、籍貫）

面對安祥霽聖容，香烟深處閃重瞳；
天心可否無人識，御筆高低點不同。
（面奏時，上注視久之；徐用御筆點名，點有上、有下。內出圖書二

方付兩輔臣，視點上、下，分朱、黑二色鈐其名：朱者文曰"資俸足"，黑者文曰"資俸不足"。疑有優劣於其間，而實不然）

唱罷勾臚肅仗齊，小臣分號殿東西；
千官班靜相公出，恭請天恩御賜題。
（點名畢，分東、西號，編坐殿之兩廡；輔臣出奏請題）

內外關防視鎖闈，金吾傳奉凜天威；
書生邏卒尋常見，爭似銀貂共錦衣。
（坐號既定，每員命內使一人、金吾一人監視，巡綽校尉供役；隔席不得耳語）

內臣黃帕捧書來，香案從容信手開；
遙見閣臣承旨起，御題擬就聖人裁。
（臣等拱立候題久之，望見內使捧書置案上，上信手摘數葉，付兩輔臣擬題。輔臣承旨，起立殿東隅；會擬畢呈上，請裁奪）

麻紙龍文拂案黃，欲登宸翰費端詳；
猶防次第違經傳，口詔傳宣有巨璫。
（題呈內侍進黃紙一道，上斟酌再三，始用墨筆親書頒下。又諭近侍口傳：移《論語》題居《中庸》前）

蹕聲起去晷將斜，老筆難矜舊有花；
日暮大官勤賜膳，傳聞輦駕在"文華"。
（上起御文華殿，臣等始就坐。午後賜百官宴，並賜臣等餚食一器，已賜湯飯一道。至夜，復賜粥一餐，給燭一枝）

詞瀾正倒夜偏闌，中使頻催蠟燭殘；
帝輦欲還宮漏促，花磚隊隊宿鵷鸞。

（上留文華殿，命中使催卷；臣獨後完。百官露宿，候臣等事畢，始同出）。

當場灑筆慣驚人，錦玉圍觀訝有神；
剔燭細書"光武論"，內家也解點頭頻。
（始催卷者數輩，訝臣運腕甚捷；寫至"光武論"，有嗟嘆者）

分衡早勅玉堂偓，夜半簾前忽放還；
獨召閣臣留便殿，堂餐直被禁中傳。
（先是，兩輔臣奏允詹翰諸臣同入閱卷。夜分盡，勅遣。獨留兩輔臣宿文華殿宮中，賜臥具；黃衣小豎司飲食：關防特嚴）

侍臣收卷上親臨，慚愧么麼費聖心；
謄錄諸生霑帑賜，同朝爭羨主恩深。
（上坐便殿，俟收卷畢還宮；取肇慶府學諸生善書者充謄錄生，給以帑金）

未央宮闕卷初呈，內殿班齊賀聖明；
面勅言官嚴檢舉，當軒拆號御填名。
（二十五日暮，鴻臚寺傳齊各官侍班。上出御文華殿，輔臣將閱過卷分上、中、下進呈拆號。上詔科道官面舉情弊，以示至公。每唱一名，御筆親為填寫）

中興特重玉堂賓，固請加恩放八人；
不是聖朝恩太吝，分明珍惜籠微臣。
（既拆號過六卷，遽命已；輔臣再三奏請，更允兩卷，合得八人）

最憐新進與同升，郡吏、曹郎籍漫憑；
曾荷相公援例請，聖恩特賜一條冰。

（中式八人，俱改庶吉士。輔臣以臣等資俸或深，引先朝推知考選例，請授編檢；上云："此朕特典，與考選不同"！竟令臣等皆從庶常起家）

曠典能無舊例遵，榜頭端屬首揆掄；
即居盧後猶疑忝，盛事寧堪第一人！
（臣為次輔所取士，而榜頭出元輔門；舊例如此）

煌煌手詔夜深傳，八士同時入木天；
纔是國恩難報日，旁人莫漫羨登仙。
（榜放之後，上親灑宸翰，勅內閣、吏部："朕親試取中劉莒、錢秉鐙、楊在、李來、吳龍楨、姚子莊、涂弘猷、楊致和等，著即授翰林院庶吉士官。特諭"。臣等恭覩御書端楷嚴整，仰見聖意至詳慎也）

勅使凌晨候謝恩，口傳天語浹春溫；
榜中怕有馮唐老，為報青年慰至尊！
（謝恩之晨，上遣小使出覘臣等老少；傳報天意怡悅，謂自御極來僅有此舉）

新恩初許禁中行，為謁先師閣吏迎；
再拜中堂前致謝，共稱天子讓門生。
（臣等授職後，始得至閣前一拜先師，謁謝中堂）

臺灣文獻叢刊 0225 錢秉鐙《藏山閣集選輯》之《行朝集》第 160 頁

《晴園詩草》
黃純青

書房三十首 有序

民間立私學，以訓童蒙，謂之書房。其學規，自正月入（開）

學，至十二月散學，不定畢業年限。蒙師謝禮，為束金，膳米，節儀。其學課，為讀書，習字，講義，背誦，默書，作對，作詩，作文。所讀書籍有孝經，聖諭，大學，中庸，論語，孟子，朱子四書集註，詩經，書經，易經，禮記，春秋，八股文，試帖詩等。應試科舉必讀之書有三字經，千家詩，幼學群芳，聲律啟蒙，古詩，唐詩，古文等，隨意讀之書。書房中祀魁星像，其像取魁字為鬼舉足而定其斗之形。書房學生朝夕進退，必正身向魁星像立而揖之。每一書房，蒙師一人，學生三四十人。學生求學可分為二。自七歲至十五歲，俗稱小學生；自十六歲至二十五歲，俗稱大學生。小學生在求識字，以能記帳，通尺牘。大學生，在求科舉登第，以能詩文，通制藝為程度。余自九歲至二十一歲，為書房學生。專攻製藝，以期登第。乙未臺灣改隸，學校興，科舉廢，余亦輟學也。回顧青年時，在書房讀書，感覺興趣不尠。賦七絕三十首。

入書房
九齡負笈入書房，滿座春風芸草香。
冠者先登童子後，執經問義列成行。

編者註：負笈：又為"破筆"。

拜蒙師
茅廬瀟灑仰山齋，書案攜來手自排。
贄禮恭呈師拜見，德門初入比兒偕。

原註：仰山齋：書房名。在樹林，茅屋三間，中祀魁星像，為蒙師王秀才，設立私學。秀才名作霖，字雨生，樹林鄰村，溪洲人也。余自九歲至二十一歲，為仰山齋學生。乙未，臺灣改隸，六月初一日，齋遭兵燹，余亦輟學。今樹林一百五十八番地，為仰山齋舊址。書案：學生自備。贄禮：銅錢二百文，用紅紙封之，俗稱紅包，為蒙師贄見禮。贄：初見時，執以為禮者也。左傳，莊二十四年，男贄，大者玉帛，小者禽鳥，以章物也。女贄，不過榛栗棗脩。以告虔也。比兒：

長兄之子，名煙春同時入學。

禱魁星
豆糖友愛可分甘，芹卵葱松取義覃。
科甲連登心所願，魁星禱告叩頭三。

原註：魁星：星名也，書房祀之。其像，取魁字為鬼舉足而起其斗之形。叩
頭三：學生初入學，跪於地上，三叩其頭，禱告魁星。科甲連登：其意謂連捷登第
也。漢唐取士，皆有甲乙等科，後因稱科舉為科甲。豆糖：以豆和糖。入學時。分
贈同窗，以表友愛。芹卵葱松：芹，水芹也。芹與勤同音，義取勤讀，又取入泮采
芹之意。卵，雞卵也。學生脫殼食之，義取出脫。葱與聰同音。松，松明。二者取
讀書聰明。學生初入學，必備芹卵葱松以獻魁星，而禱告之。

人之初
春風淡蕩曳輕裾，曉上書房背負書。
字指聲隨開口讀，先生句點人之初。

原註：人之初：學生初入學，第一日，讀三字經。人之初者，三字經，第一
句也。點句：師以朱筆點句。字指聲隨：學生執三字經，披於師案上，師以手指人
字，讀曰人，學生亦以手指人字，隨其聲而讀之曰人。次指之字，其次指初字，皆
如是也。

天對地
兒童午假出書房，日暖風和含笑香。
路上喃喃天對地，心防放縱念毋忘。

原註：天對地：此對白也。為學生初入學，第一日，作對課程，午假，學生
將歸，師授之曰，天對地，又以手指天，解之曰，天是天。學生應之曰，天是天，
又以手指地，解之曰，地是地。學生應之曰，地是地。將出門，向魁星揖曰，天對
地，天是天，地是地。出門，不時念之。歸學入門，仍向魁星，揖而念之。對料，
可分為天文，地理，草木，禽獸，鱗介，昆蟲。對句：自一字至七字。含笑：花
名，過午則香。

初講義
學庸論孟簡編青，訓詁先求字識丁。
三字經書初講義，夕歸朝上告魁星。

編者註："訓詁"句又改"口誦心維手執經"。"三字句"又改"朱筆圈人初講義"。

原註：初講義：入學初日，日夕將歸，學生執三字經，師以朱筆圈人字，自指其身解之曰，人是人。學生以手指人字，應之曰，人是人。將出門，向魁星揖曰，人是人，此為第一日講義課程。其方法，由淺入深，自一字而一句，進至一章。學庸論孟：大學，中庸，論語，孟子，謂之四書。書房學生，首讀三字經，次讀四書，其次讀五經。簡編青：其意謂以竹簡編書籍也。《後漢書·吳祐傳》：祐父恢，欲殺青簡以寫經書。注，以火炙簡令汗。取其青易書，復不蠹，謂之殺青，亦謂汗青。《青溪暇筆》：古者，著書以竹，初稿書於汗青。汗青者，竹皮浮滑如汗，以其易於改抹。既正，則殺青，而書於竹素。殺（音賽）削也，言去青皮，而書竹白，不可改易。訓詁：講求字義，曰訓詁。漢時，訓詁學極盛行，《爾雅》為訓詁專書。識丁：謂識字也。《唐書·張弘靖傳》：天下無事，汝輩挽兩石弓，不如識一丁字。

上大人
淨几明窗文具陳，花香蝶舞午晴新。
松煙濡筆紅循黑，習字初摹上大人。

原註：習字：習字，為書房學課。每日，自午後一時至三時行之。其方法：先循上大人，次摹王子去求仙，其次臨帖。上大人：小楷字模也。印紅字，裝為小冊，學生以筆濡墨，循而摹之，名曰循字。其文如左。

上大人，孔乙己。化三千，七十士。尔小生，八九子，佳作仁，可知礼也。

右上大人，據《燉煌經卷》唐人疏記中，釋半滿教義，有云：如世小兒上學，初學上大夫等。據此，唐時已有之。惟上大人，作上大夫耳。清·張爾岐《蒿庵閒話·禪宗正派》載之：提刑郭功甫謁白雲禪師，雲上堂曰：夜來，枕上得个山頌，謝功甫大儒，遠訪之勤，須舉與大眾。乃上大人，丘乙己，化三千，七十士，爾小生。八九子，佳作仁，可知禮也。然則唐時上大夫，至宋已作上大人矣。惟孔乙己作丘乙己，則孔字，乃後人所改，又據明。祝允明《猥談》云，一友謂余，此孔子上其父書也。又據伊能嘉矩《臺灣文化志》中卷第五篇第一章，有謂上大人，自中華傳入日本云云。由此观之，上大人見解不一。愚意，取字形簡易，筆畫稀少，使兒童易學也。

王子求仙

先生筆蹟半糢糊，王子求仙隔紙摹。
體取真書形簡易，揮毫染翰墨初濡。

原註：王子求仙：字模也。先生書之，學生隔紙摹之。不知所本，其文如下：王子去求仙，丹成上九天。山中方七日，世上幾千年。白石分金井，青芝布玉田。古今人自老，片月下長川。

跣足

兒童跣足上書房，相習成風自鄭王。
肉履天然誇健腳，登山涉水步安康。

原註：跣足：俗稱赤腳。鄭王：明，延平郡王，鄭成功也。鄭王，以為臺灣孤島，山高流急，獎勵赤腳，使之習慣，以便登涉。肉履天然：出自晴園（ ）（ ）經。
編者註：（ ）（ ）未識之字。

鬌尾

辮髮梳頭累母忙，朝朝整理上書房。
鄰兒作伴行行去，鬌尾風搖背後揚。

原註：鬌尾：編髮為辮，覆以朱縷，垂於背後，曰頭鬌尾。

寫春聯

凌雲志壯筆如椽，新換桃符墨色鮮。
裁取紅箋勞老母，九齡童子寫春聯。

原註：春聯：除夕，以紅箋書對句，貼於門柱，謂之春聯。宋·趙庚夫《歲除即事詩》：桃符詩句好，恐動往來人，則今之春聯。本於桃符板也，又《簪雲樓雜記》：明太祖，都金陵，除夕，忽傳旨公卿士庶，門上須加春聯一幅。桃符：以二桃木板，懸門旁，畫神荼、鬱壘像，以壓邪，謂之桃符，每歲除夕換之。見《荊楚歲時記》。又五代時，於桃符上。題聯語，謂之題桃符。宋史《蜀世家·孟昶》：命學士為題桃符，以其非工，自命筆題云：新年納餘慶，佳節号長春。寫春聯：余九歲，值歲暮。母試問曰，除夕將至，汝今讀書識字，能寫春聯乎？曰能。曰汝果能也？曰能，能。母喜之，為余裁紅箋，乃書春聯一幅，除夕貼於門上。元旦，客來，讀而笑之曰：志在春秋功在漢，心同日月義同天。此關公聯，非春聯也！一時傳為趣語。先是，余見某商店中，祀關公畫像，旁懸此聯，倣而寫之。關公者，漢·關羽也。臺俗商人，皆祀關公畫像。

賣字

天增歲月人增壽，春滿乾坤福滿堂。
十歲兒童揮大筆，村邊賣字客傾囊。

原註：賣字：余自舊年除夕，寫春聯失敗，其後留意講究，感覺有趣。今年歲暮，書而賣之。客好奇，傾囊爭買，母喜之，仍為余裁箋。天增歲月：天增歲月人增壽，春滿乾坤福滿堂。春聯也。

束修膳米

束修膳米表微誠，蒲節中秋禮進呈。
弟子輪番炊事理，起居飲食侍先生。

原註：束修：蒙師，謝禮也。通稱束金。學生一人一年，自二圓至十二圓。《論語·述而篇》子曰：自行束修以上，吾未嘗無誨焉。朱子註曰：修，脯也。十脡為束。古者相見，必執贄以為禮，束修其至薄者。膳米：以米贈師為糧，曰膳米。學生一人一年，自一斗至二斗。禮進呈：蒲節，中秋節。學生以節儀贈先生，謂之禮。所謂節儀者，以銅錢二百文，或三百文，用紅紙包之者，是也。弟子輪番：先生炊事，弟子輪番理之。起居飲食，弟子輪番侍之。

端午賜扇

端午薰風賜扇揚，青蒲黃酒寫縑緗。

文留股上師嚴訓，毋浴乎沂溺可防。

原註：端午賜扇：五月初五日，名端午節，先生賜扇。青蒲黃酒：端午日，飲雄黃酒，以除癘疫。懸青蒲劍，以辟妖邪。讀書人，硃書對句於黃紙，貼諸門上。句曰：采青蒲，青雲得路；飲黃酒，黃甲連登。文留股上：端午日，兒童三五成群，浴於水，常有溺者，先生嚴戒之。文留學生股上，以防浴水也。浴乎沂：冠者五六人，童子六七人，浴乎沂，風乎舞雩，詠而歸。見《論語·先進》。

中秋分餅

父兄母姊笑燈前，放假歸來靄靄然。

多謝先生分月餅，中秋佳節樂團圓。

原註：月餅：形圓像月，謂之月餅，亦稱中秋餅。先生於中秋節日，分贈學生。

先生晝寢

困人天氣日當中，一枕蟬声送午風。

朽木難雕君莫笑，先生晝寢夢周公。

原註：先生晝寢：書房學規，午後。一時至三時，為學生習字時間。夏季日長，先生利用習字靜肅時，晝寢。朽木難雕：宰予晝寢，子曰，朽木不可雕也。見《論語·公冶長》。夢周公：子曰：甚矣吾衰也，久矣吾不復夢見周公。見《論語·述而》。

戒讀墨子

獨尊儒學課兒童，斥墨排揚道不同。

夜靜焚膏偷讀墨，先生戒勿異端攻。

原註：戒讀墨子：夜靜，偷讀墨子。師知，戒之曰：墨子異端，不可攻也。斥墨排揚：孟子曰：揚氏為我，是無君也。墨氏兼愛，是無父也。無父無君，是禽獸也。見《孟子·滕文公》。

焚小說

德教專修儒學崇，稗官小說惑童蒙。

西廂水滸紅樓夢，嚴重搜查付祝融。

原註：焚小說：余為學生時，常觀戲台上，演魏蜀吳，爭漢鼎故事，急買《三國志演義》。連日連夜讀之，感覺有趣，遂好小說，慫恿窗友讀之，一時學業頗怠。師怪之，審知為小說所荒，戒之不聽，乃嚴重搜查，發見許多小說，指《西廂記》曰：此淫書也。指《水滸傳》曰：此盜書也。指《紅樓夢》曰：此情書也。有害無益，付之祝融。祝融：火神也。上古火官，亦取以為名。《禮·月令》：孟夏之月，其神祝融。稗官：本小官之名，後以為小說之稱。《漢書·藝文志》：小說家者流，蓋出於稗官。注：如淳曰：細米為稗，街談巷說，其細碎之言也。王者欲知間巷風俗，故立稗官，使稱說之。西廂：即《西廂記》，元曲名，王實甫撰。因唐元稹之《會真記》，而演為傳奇也。世傳實甫作《西廂記》，至"碧雲天，黃花地，西風緊，北雁南飛"。構思甚苦，仆地遂死。其下，皆關漢卿，續成之。據《曲海總目提要》：西廂記，劇曲名，元·王實甫撰。《草橋驚夢》後四齣，關漢卿補。事據《會真記》，《待月西廂》而作。乃元稹實事。而嫁名於張生也。按，稹所作姨母鄭氏墓志云：其喪夫，遭軍亂，微之，為保護其家備至。與傳奇所叙正合。又稹作陸氏姊志云，予外祖父授睦州刺史。鄭濟。而唐崔氏譜。永寧尉鵬，亦娶鄭濟女。則鶯鶯者，乃崔鵬之女，于稹為中表。正傳奇所謂鄭氏為異派之從母者。稹有《夢遊春古詩》七十韻。雖不點姓名，而所叙，則《會真記》中事實。白居易和之，廣為百韻。蓋鶯之與元遇，的然無疑也。自元人作《西廂記》，人盡以為張珙，忘其假託矣。又清·梁廷相《曲話》：西廂作自元人，董解元，作《絃索西廂》；王實甫作《西廂記》；關漢卿作《續西廂記》。明·陸采作《南西廂》；清·張坦綸（編者：應為周坦綸）作《竟西廂》，雪研子作《翻西廂》，無名氏作《後西廂》，查繼佐作《續西廂》。水滸：即《水滸傳》，小說名也。相傳為元末明初羅貫中作，又有謂明施耐庵撰，羅貫中續。明。金聖歎斷自七十回以後，羅貫中續。此書以北宋末年，大盜宋江等。三十六人，橫行齊魏之事迹，以及南宋至明代中葉，民間流傳水滸故事，演輯而成。人數亦由三十六天罡，加七十二地煞，增衍至一百零八人。其描寫人物，刻畫盡致，版本頗多，有百回者、百十回者、百十五回者、百二十回者，又有金聖歎刪定之七十一回本。或有截百十五回本之下半，為征四寇。清初，又有《水滸後傳》，題古宋遺民著，雁宕山樵評。中述宋江服毒後，水滸英雄，助宋禦金

失敗，李俊等。一行渡海至暹羅，遂立李氏王朝云。其書流布頗廣，有傳入日本，翻譯為和文。三男得時，亦曾以《水滸傳》為本，參加己意，作《和文水滸傳》。分為一千一百三十一回，自昭和十三年十二月至十八年十二月，日日連載於臺灣新民報也。余為學生時，所讀《水滸傳》，乃金聖歎刪定本也。宋江橫行齊魏之事，見《宋史》卷三百五十一《侯蒙傳》，卷三百五十三《張叔夜傳》。紅樓夢：小說名，一名《石頭記》，又名《金玉緣》。凡百二十回。前八十回曹雪芹撰，後四十回高蘭墅續。雪芹，清康熙時人。蘭墅，乾嘉時人。是書為曹雪芹，隱敘家事盛衰之事，其中賈寶玉為其自況之人。所敘述備極風月繁華之盛，所記男女數百人，各具本末，一一生動。雖不外悲喜之情，聚散之迹，而人物事故，無在不擺脫舊套也。

千家詩
日影遲遲草色鮮，千家詩句落窗前。
初吟七絕声音好，雲淡風輕近午天。

原註：千家詩：詩集名。為書房學生，近體詩讀本。原來千家詩，乃宋劉後村，分門類纂。唐宋名家詩選。余為學生時，所讀千家詩，名曰千家，實則數十家而已，此乃後人增刪而改編之，非原本也。卷末一律，為明祖《送楊文廣南征》之作，可知非宋人選定之原本矣。初吟七絕：千家詩，上卷七絕，下卷七律。上卷第一首，七絕第一句，為“雲淡風輕近午天”。

聲律啓蒙
新編韻律啓童蒙，平仄聲分自一東。
草木昆虫禽獸對，駢文四六剪裁工。

原註：聲律啓蒙：書名，邵陵，孫育萬著（編者註：應為車萬育著）。為書房學生駢文材料讀本，分為上下平三十韻，第一篇為一東，附列於後。平仄：詩賦所用字音，分為平上去入四聲。平聲為平，上声，去声，入声，為仄。凡聲律駢體之文，皆以平仄相互，為一定格調。自唐以來，科舉用詩賦取士，韻書有官定之本，而四聲遂為功令。如宋之《禮部韻略》，明之《洪武正韻》，清之《佩文詩韻》者，是也。一東：佩文詩韻平聲，分為上平、下平。上平自一東至十五刪，下平，自一先至十五咸，計三十韻。上声，自一董至二十九豏。去声，自一送至三十陷。入

声，自一屋至十七洽。上去入，計七十六韻，合計一百零六韻。駢文：文體名，別於散文而言。古之文章，多用偶語。洎南北朝，則專尚駢儷，以聲色相矜，藻繪相飾，浮艷既極，文趨卑靡矣。唐初尚沿此習，韓柳革之，力起八代之衰，主以氣勢行文，不尚辭華。世遂稱用偶語者為駢文，與散文對舉。四六：以四字六字為對偶，故名四六，即駢儷文也。柳宗元《乞巧文》，有"駢四儷六"之語。李商隱《樊南甲集序》，有喚曰"樊南四六"之句。《文心雕龍》有曰，筆句無常，而字有常（編者註：常應為條）數。四字密而不促，六字格而非緩。

聲律啟蒙第一篇 一東韻

雲對雨，雪對風，晚照對晴空。來鴻對去燕，宿鳥對鳴蟲。三尺劍，六鈞弓，嶺北對江東。人間清暑殿，天上廣寒宮。夾岸曉煙楊柳綠，滿園春色杏花紅。兩鬢風霜，途次早行之客，一簑煙雨，溪邊晚釣之翁。

原註：右以一字起，以四六結。句句相對，其文取協音成韻，易於誦讀，以供詩賦材料也。此為第一篇，韻押一東。上下平三十韻，每韻三篇，計九十篇。篇篇以一起，以四六結，一律也。

幼學群芳

稽古通今意味長，網羅故事著群芳。
天文地理分篇讀，混沌初開第一章。

原註：幼學群芳：書名。為書房學生古今故事讀本。第一篇為天文，第一句曰"混沌初開"。

出恭入敬

出恭入敬守成規，坐席無端不許離。
子曰書歌終日念，分陰寶惜戒荒嬉。

原註：出恭入敬：學生如廁，謂之出恭，以木板書"出恭""入敬"，謂之出恭牌。欲出恭，必先領出恭牌，置諸書案上，始許離席。廁者，今之便所也。《史

記》，沛公起如廁。子曰書歌：學生終日念《論語》，有子曰，子曰，口誦，而心不維，旁人聞而譃之，曰，念子曰歌。亦有稱書房為子曰店。分陰：《晉書·陶侃傳》：大禹聖者，乃惜寸陰，至於眾人，當惜分陰，豈可逸遊荒醉。生無益於時，死無聞於後，是自棄也。朱熹詩：只恐分陰閒過了，更教人笑（編者註：笑應為誚）牧豬奴。

默書背誦

學業荒嬉掌可刑，威施夏楚震雷霆。

默書背誦如忘記，罰跪魁星熟子經。

原註：默書：師示某篇，或某章，默記而書之。背誦：默記其所讀之書，置諸師前案上，立而背誦之。夏楚：教刑也，以竹為之。學生違訓，師以夏楚刑其掌心。《禮·學記》：夏楚二物，收其威也。注：夏，榎也；楚，荊也。按：榎，山檟也，亦名山楸，即榎也。罰跪魁星：如遇默書背誦忘記時，罰跪魁星神前，手披其書，持物其首，膝屈於地，而熟讀之。子經：謂四子書及五經也。

終日吚唔

勞心勞口不勞筋，終日吚唔學業勤。

自笑童生文弱甚，長留指甲號斯文。

原註：終日吚唔：終日讀書。吚唔之声不絕也。童生：《明史》，士子未入學者，通謂之童生。蓋沿習唐、宋時，童子科之名，清因之。所謂士子未入學者，尚未進入儒學之意也。文弱：終日讀書，不事體育，自然文弱。余亦文弱者之一人也。長留指甲：長留指甲，誇示為斯文人。

終身默記

十載孜孜志不灰，五經四子讀千回。

終身默記非無意，科舉題頭自此來。

原註：終身默記：四書、五經，熟讀而默記之，終身不忘也。余今年七十歲，尚能默記七八分，此乃受科舉制度所賜也。科舉題頭：清代，科舉試題，自四書五

經而來也。五經：詩經、書經、易經、禮記、春秋者是也。四子：孔子，孟子，曾子，子思，等，四子書者，是也。

專攻八股

搖頭擺尾讀時文，繼晷焚膏日夜勤。

諸史百家全不顧，止求八股冠千軍。

原註：專攻八股：清朝，科舉制度，以八股文為制藝。所以讀書人專攻八股，以期登第。余為書房學生十二年間，前六年，熟讀四書、五經；後六年，專攻八股文。時文：八股文也。搖頭擺尾：讀時文時之形容也。諸史：二十四史也，為清乾隆時所定歷代正史，即史記、漢書、後漢書、三國志、晉書、宋書、南齊書、梁書、陳書、魏書、北齊書、周書、隋書、南史、北史、舊唐書、新唐書、舊五代史、新五代史、宋史、遼史、金史、元史、明史。百家：謂諸子也。《漢書·武帝紀》：表章《六經》，罷黜百家。按《漢書·藝文志》，諸子百八十九家，舉成數言，故曰百家。

作對

花香鳥語送春風，大崍山明夕日紅。

靜坐幽窗裁對句，榕鬚柳眼巧而工。

原註：作對：為學生課程。其對句，自一字至七字。大崍山：書房對面有山，名曰大崍。

作詩

格律苛嚴試帖詩，抬頭頌聖有成規。

五言八韻揚風雅，賦得寒梅第一枝。

原註：作詩：作試帖詩也，為學生課程。試帖詩：清朝科舉制度，以八股文、試帖詩取士。試帖詩，小試定五言六韻；鄉、會試，定五言八韻。大抵以古人詩句命題，冠以"賦得"二字，於詩中自成一體。抬頭頌聖：頌聖之句，提高一行，謂之抬頭。萬一違式，詩文雖佳，不能中選。寒梅第一枝：今日清江路，寒梅第一枝，此宋朱熹詩句也。余為書房學生時，曾賦此題。

作文

起承轉合獨凝思，破二承三落筆時。

八股文成年十二，神童穎悟眾稱奇。

原註：作文：作八股文也。為學生課程。起承轉合：作文布局之次序也。八股文：八股文，亦稱八比文。為清科舉時應試制藝文章，以四書章句命題。其文，首二句曰破題，道破全題要義。次三句曰承題，伸明破題之意。其次曰起講，為一篇開講之處。接起講處，曰前二股，為一篇前題。前股之後，曰中二股，為全篇中堅。中股之後，曰後二股，為暢發中股未盡之義。終曰結股，為一篇總結。前中後結各股，文句相對。全篇字數，順治初，定四百五十字。康熙時，改五百五十字。尋又改六百字，過多則不合格。其後制漸弛，又多至七百字。余生於光緒間，其時，小試五六百字，鄉、會試，六七百字。因八股文，流為虛學，至清末廢之。破二承三：八股文，首二句，曰破題。次三句，曰承題。十二能文：書房學生，作八股文，有一定進程。初學破題，次學破承，再進學起講，更進學前股、中股、後股，至於完篇。余十二歲時，學作起講，而完全篇。師疑之，余請命題面試，屢試皆完篇。師驚異，同學稱奇，甚至有譽為神童者。

搭題

孔孟曾思儒道揚，小題全句大全章。

乾隆變本離奇甚，搭截為題經義亡。

原註：搭題：搭截四書句，為八股文題，謂之搭題。如上句截其下半，下句截其上半者，是也。余少年時曾應科舉試，所作搭題。舉其例如左。諂也見義：《論語·為政篇》：子曰，非其鬼而祭之，諂也。見義不為，無勇也。即上句截其下半，下句截其上半也。豈其然乎子曰臧武仲：《論語·憲問》篇，上章，截其末句下半句。下章，截其首句上半句。小題大題：八股文，以四書句命題。單句謂之小題，全章謂之大題。原來小試以小題，鄉、會試以大題，試之。至乾隆時，始創為搭題也。經義亡：本來八股為經義之文。清乾隆時，變本加厲，創為搭題，經義亡矣。孔孟曾思：孔子，孟子，曾子，子思，是也。

獎學七首

義學
義學新興會課開，貢生明志育英才。
點心貪食君休笑，獨占頭名得意回。

原註：義學：民間捐資設學，教人子弟，而不收學費者，謂之義學。會課：每月集諸生，會於義學。考試起講，評定甲乙，優者賞之，謂之會課，亦稱起講會。貢生：貢生胡焯猷，新莊山腳人。於清乾隆二十八年，捐租二百石，建設新莊山腳義學，稱明志書院。點心貪食：新莊山腳義學，與我樹林鄉里相鄰。余為學生時，偕窗友五六人，赴山腳義學，考起講會。因該義學，以蒸糯米和糖為點心，款待諸生。會中人，有竊笑余等為童子無知之點心班。及發榜，自頭名至第六名，為余等獨占。彼之所謂點心班者，乃輕視童子無知，為貪食點心而來也。

社學
建學育才德業隆，先端士習振民風。
詩文月課大觀社，膏火千錢獎給豐。

原註：社學：明，洪武八年，詔鄉社皆置學，以教民間子弟，是為社學之始。清後，於大鄉巨鎮各置社學。大觀社：社學也，即大观書社，社在板橋街。清同治間，富紳林維讓、維源兄弟，捐資倡設。社前大屯、观音，兩山峙焉，故名大观。詩文月課：大观書社為獎學，月課詩文，評定甲乙，賞之。膏火千錢：余為學生時，月課詩文常入選，曾受大观書社千錢一貫獎賞，充為勉學膏火之費用也。先端士習：據大观書社，主講，莊正。所撰大观書社碑文，有曰：地富庶而民強悍，睚眥之怨，逞刃相仇，連年累歲，亡身破家不休。其性耶？習耶？其不學不教之咎耶。又曰：轉移風氣，在士不在民。士為四民之首，一舉一動，關係民風。士習端，則民生观感興起，日趨於善。漓，則鄉里效尤放縱，日鶩於爭。云云。愚意，當時漳泉分類械鬥，板橋街稱漳州庄，三角湧稱泉州庄。兩庄對立，各舉領袖，以漳泉雜居中立地之我樹林鄉里為戰場，其害甚大。莊主講，有見及此，勸維讓、維源，建學設教，先端士習，以振民風，可謂有心人矣。

書院

學海登瀛建北臺，新興書院育人材。

名題上取詩文選，金榜連登捷報來。

原註：書院：書院者，士子講學之所也。據《玉海·唐明皇》，置麗正書院，集文學之士，講學於其中，此為設書院之始。宋時，有白鹿，石鼓、應天、嶽麓四大書院。元時，各路州府皆設之，明清時多設。我臺灣為海外富庶之地，設立尤多也。學海：書院名，在艋舺。道光二十二年建，名文甲。二十七年，改稱學海。登瀛：書院名，在臺北城內，光緒六年建。上取：學海書院，屬淡水縣。登瀛書院，屬臺北府管理。兩書院為獎學，月課詩文，評定甲乙。分為上取，中取，次取，賞之。捷報：月課詩文入選者，由該當書院給與捷報以獎之。受者貼於壁上，以誇榮譽。其式以紅箋書全油，長二尺，幅一尺五寸。余為學生時，曾受之，其例如左。

捷報

貴府相公黃印炳南蒙

特調淡水縣正堂汪　　　考列

上取第六名連登

金榜　　　學海書院報

捷報

貴府相公黃印炳南蒙

掌教登瀛書院山長吳　考列

上取第三名連登

金榜　　　登瀛書院報

賓興

資助寒儒義可稱，捐金獎學號賓興。

海東鄒魯文風振。濟濟人材科第登。

原註：賓興：以私家捐款，助寒儒為學資，或贈呈科舉應試者上省上京旅費，

謂之賓興，其風頗盛行。《周禮·地官·大司徒》，以鄉三物，教萬民而賓興之。賓興之名，本此。海東鄒魯：臺灣雖孤懸海外，其民富而好學，有稱為海東鄒魯者。

育才租
讀書上進學資需，門第求高必業儒。
兄弟分家田產配，先抽子弟育才租。

原註：育才租：遇兄弟分家時，先抽田租若干石，充為子弟學資，以期登第，名曰育才租。其風盛行。

西學堂
西學新興特例開，學生官費遇優哉。
專修儒學嫌孤陋，智育兼行養達材。

原註：西學堂：臺灣與福建分離，獨立一省。光緒十一年，劉銘傳任初代臺灣巡撫，斷行新政，於臺北設西學堂，聘西洋人為教師，以興新學。

番學堂
文教覃敷六合均，番無生熟視同仁。
雕題殊俗欣歸化，犵草蠻花雨露新。

原註：番學堂：教育番人之學堂也。劉銘傳任臺灣巡撫時，於光緒十二年，在臺北設置番學堂。生熟番：既歸化之番人，曰熟番。未歸化之番人，曰生番。雕題：刻其面以丹青涅之，蠻俗。

崇祀四首

犬祭魁
牛祭先師犬祭魁，禮行三獻鼓三催。
頒來胙肉功名顯，羹和鹽梅醉幾杯。

原註：牛祭先師：孔子稱為大成至聖先師，以太牢之禮祭之。何謂太牢？牛羊豚者，是也。犬祭魁：臺俗以七月初七日，為魁星誕辰。儒生殺犬，取其首以祭之。巡臺御史六十七，詩云：朝來門巷集儒巾，屠犬吹簫共賽神。見《臺灣府志》。三獻禮：祭禮也，有初獻、亞獻、終獻之別，名曰三獻禮。鼓三催：祭時，有鼓初嚴、鼓再嚴、鼓三嚴之禮。功名顯：其意謂科舉登第也。諺云：不食牛犬，功名不顯。臺人平時不食牛犬，惟祭肉則食之。

祀朱子

関閩濂洛仰高風，理學名儒四派同。
書院堂高祀朱子，學宗閩派福臺同。

原註：朱子：宋，朱熹也。字元晦，一名仲晦，晚號晦翁。婺源人，僑寓建州。紹興中，登進士，曾任同安主簿，漳州太守，累官寶文閣待制。慶元中，致仕，卒，年七十一。謚文，稱朱文公。因從祀孔廟，又稱朱子。朱子之學，大抵窮理以致其知，反躬以踐其實，而以居敬為主。宋之理學，至熹而集其大成。婺源，今安徽撫湘道。建州，今福建建甌縣。閩派：自北宋至南宋，理學名儒：濂溪周敦頤，洛陽程顥、程頤。関中張載，閩中朱熹，稱濂、洛、関、閩，四派。福建、臺灣各地書院，皆祀朱子牌位，學宗閩派。

祀梓潼

文運蒸蒸文教隆，文星光曜文昌宮。
文人結社興文學，廟宇巍巍祀梓潼。

原註：梓潼：神名。《明史·禮志》，梓潼帝君，姓張，名亞子。居蜀七曲山。仕晉，戰沒，人為立廟，唐、宋屢封至英顯王。道家謂梓潼掌文昌府事及人間祿籍。元時，加賀為帝君，而天下學校，亦有祠祀者。歲以二月三日，生辰遣祭。文昌宮：《史記·天官書》，斗魁戴匡六星，曰文昌宮：一曰上將，二曰次將，三曰貴相，四曰司命，五曰司中，六曰司祿。臺灣各地，建置廟宇，祀梓潼帝君，稱文昌祠，為文人所崇信。

敬字亭

報本知恩字識丁，獸蹄鳥迹創成形。

社盟文炳崇倉聖，潭底新興敬字亭。

原註：敬字亭 其形如亭，其中建爐，收集棄置字紙，焚之，謂之敬字亭，亦稱聖跡亭。積年灰滿，取而祭之，乃以鼓樂奉送，投之海中。倉聖：黃帝之史，倉頡，見鳥獸蹄遠之跡，知文理之可相別異也，初造書契。見《說文序》。世稱倉頡造字，尊為聖人，敬而祀之。潭底：地名。為樹林西鄰村落。文炳社：為蒙師王秀才，等十八人，結盟社名，於潭底建敬字亭，以崇倉聖也。識丁：謂識字也。《唐書·張弘靖傳》，天下無事，汝輩挽兩石弓，不如識一丁字。

科舉三十七首 有序

清朝，科舉制度，有文科，有武科。文科試其文章，武科試其武藝也。有正科，有恩科。正科，為定期取士。恩科，如遇朝廷慶典，特恩開科取士，臨時行之。取士方法，由童試而鄉試而會試而殿試。童試三年二回，集府縣童生試之。自正月至四月之間，先縣試，次府試，終院試，於所屬府縣考棚行之。及第者，曰生員，俗稱秀才。鄉試，三年一回，以子卯午酉歲為正科，集全省生員試之，自八月初八日至十五日，於所屬省城貢院行之，及第者稱舉人。會試，三年一回，以丑辰未戌歲為正科，即鄉試翌年，集全國舉人試之，自三月初八日至十五日，於京師貢院行之，及第者稱貢士。殿試，待會試完了，定四月二十六日，集當年會試及第貢士，天子親臨保和殿試之，及第者，分為三等：曰一甲，曰二甲，曰三甲。一甲三名，賜進士及第，二甲賜進士出身，三甲賜同進士出身。其中第一甲第一名，稱狀元，第二名稱榜眼，第三名稱探花。二甲第一名，稱傳臚，其餘皆稱進士，此文科也。至於武科，可謂大同小異。科舉制度，大略如是。自唐以來，歷朝行之。至清，變本加厲。以八股文、試帖詩為制藝，束縛讀書人思想。乾隆間，其至創為搭題，愈出愈奇，愈離愈遠，其後相沿成風。本來八股經義亡矣，讀書人為科舉制度所籠絡，不得不專攻制藝，以期登第。莫怪知有八股、試帖，不知有百家也；知有四書、五經，不知有諸史也。滿清以制藝束縛讀書人思想，天下英雄，盡入彀中，其計智巧妙，遠勝於焚書阬儒。噫，科舉制度之魔力，何其大也。然至清末，雖知其非而廢之，晚矣。余科舉中人也，童而習之，箇中滋味，嘗之深矣。垂老追述一二，感覺興趣不尠，聊賦七絕三十七首。

考秀才

三年兩試正科開，第一難關考秀才。
淡水河清春日麗，童生魚貫入場來。

原註：考秀才：俗稱童試，曰考秀才。童試，童子試也，通稱小試。正科：科舉制度，有正科，有恩科。定期開科，曰正科。第一難關：小試、鄉試、會試、殿試，四者，以小試為第一難關。淡水河：河名，為臺北名川。春日麗：縣試，以初春行之。童生：應童試之士，稱童生。

燈火搖春

文房四寶一籃輕，早起攜來徒步行。
燈火搖春花吐艷，長衫輕曳曉風清。

原註：燈火搖春：春日早起，自攜燈火，入場應試。籃：以方形竹籃，分作兩層，盛文房四寶，攜之入場，名曰場籃。長衫：應試者，皆衣淺色粗布長衫也。所謂長衫者，其衣長至足趾也。

漢番閩粵

一鈎曉月挂春城，老少咸來入考棚。
廩保臨監防頂替，漢番閩粵籍分明。

原註：漢番閩粵：應試者，有漢人，有番人。漢人之中，有閩籍，有粵籍。考棚：試場，俗稱考棚。老少咸來：應試者，名曰童生，實則五六十歲，亦來參加。廩保臨監：應試者入場時，廩保臨席監視，以防頂替。所謂廩保者，廩生為應試者保證也。

隸卒娼優

格限身家三代清，廩生保結慎銓衡。

賤民賤役休求進，隸卒娼優等不平。

原註：隸卒娼優：隸卒賤役，娼優賤民，不許應試。三代清：非三代清白，不許應試。何謂三代清白？應試者自身，及父祖三代，不作賤民賤役也。廩生保結：生員食廩者，曰廩膳生，簡稱廩生，亦稱廩保。應試者非由廩生保證三事，不許應試。三事者，何也？一曰：應試者三代身家清白也；一曰：應試者自身不受杖一百以上刑罰。一曰：應試者其縣下有本籍者。

徧體搜查

分來摺紙白如銀，詩韻平声十一真。

徧體搜查防夾帶，詩文書籍禁隨身。

原註：徧體搜查：應試者，不許夾帶書籍，於入場時，搜查其身體。摺紙：應試者，入場時，由禮房給與規格摺帖，以作卷紙，及稿紙。詩韻：因為應試者，不許夾帶書籍，故於入場時，由禮房配付詩韻。記得縣試正場，韻限十一真。

接耳交頭

東西陣列筆縱橫，千字文編席次盈。

接耳交頭嚴教示，特書大字貼階楹。

原註：接耳交頭：以白紙大書不許交頭接耳，貼於階楹。東西陣列：應試者席，分為東西兩廊。千字文：以千字文編席次，余為盈字。

試題迴覽

列坐東廊對短檠，試題迴覽夜初明。

破承起講文思湧，風雨毫端筆有聲。

原註：試題迴覽：書試題於木板，持而行之，以俾應試者迴覽。破承小講：八股文，首二句曰破題，次三句曰承題，其次曰起講，亦稱小講。

詩文脫稿

詩文脫稿自矜奇，欣喜高揚得意眉。
卷紙磨光謄小楷，千軍獨掃夕陽遲。

原註：卷紙磨光：以貝殼磨卷紙，使之光滑。

知縣垂青

先難後獲題初試，八股文章一筆成。
知縣臨場親閱卷，偏垂青眼取頭名。

原註：知縣垂青：淡水縣知事葉意深，親身臨場閱卷。余先進卷，立而觀之。
葉知事閱至起講，執筆連圈。及發榜，余名列第一。先難後獲：八股文試題：為仁
者先難而後獲。其題出自《論語‧雍也》篇。

馳書報捷

砲煙彈雨起毫端，鏖戰文場興味闌。
初出書房欣得勝，馳書報捷慰親歡。

三覆

正場首覆再而三，粒選篩精一笑堪。
滿座含餔歌盛世，麵湯味美麵包甘。

原註：三覆：考試方法。由正場而首覆，而次覆，而三覆。縣考如是，府考
亦如是也。考至三覆，禮房以麵湯一碗，麵包三個，款待應試者。箇中滋味，余嘗
試之。粒選篩精：自正場至三覆入選者漸次減少也。

縣考完成

縣考完成二月天，宴開團覆月初圓。
喬司酒令陪末席，二九翩翩一少年。

原註：縣考完成：縣考分為六回：曰正場，曰覆經，曰首覆，曰次覆，曰三

覆，曰團覆，所謂一考五覆者，是也。團覆時，由禮房設宴款待應試者。司酒令：團覆宴開，座中余十八歲，年最少，司酌。

府考
難関十二皆通過，縣考無虧府考完。
翰墨緣深重聚會，江山風月酒杯寬。

原註：難関十二：縣考六関，府考六関，計十二難関，皆通過。翰墨緣深：縣考，團覆宴會，余少年司酌。府考，團覆宴會，余年少，仍司酌。

院考
府考纔完院考開，文章得意出場來。
果然名列牌高挂，一決雌雄待次回。

原註：院考：小試順序：先縣考，次府考，終院考。院考者，以提督學政為主考官也。牌高挂：院考正場合格，俗稱挂水牌。余正場合格，名挂水牌。待次回：次回覆考，再合格，稱生員，功名成矣。

秀才半進
不圖覆考曉初揭，榜外孫山暗自驚。
一簣功虧年十八，秀才半進不成名。

原註：秀才半進：余為淡水縣籍，該縣應試者一千人。其中院考時，挂水牌者三十人，進秀才者十四人。余年十八，名掛水牌，功虧一簣，友人戲我秀才半進也。揭曉：考試出榜，謂之揭曉，見《括畧志》。孫山：孫山，宋吳人，滑稽才子也。赴舉時，鄉人託其子偕往。榜發，鄉人子失意，山綴榜末。先歸，鄉人問其子得失，山曰：解名盡處是孫山，賢郎更在孫山外，見《過庭錄》。後人因謂應試不第，曰名落孫山。一簣功虧：《書·旅獒》：為山九仞，功虧一簣。

科舉閉幕
今年不第待明年，刺骨懸頭志益堅。

詎意臺灣科舉劇，從茲閉幕告團圓。

編者註：三四句又改為：詎意清朝科舉劇，臺灣割讓告團圓。

原註：科舉閉幕：乙未，臺灣改隸。學校興，科舉廢。刺骨：蘇秦，讀書欲睡，引錐自刺其骨，血流至足，見《國策》。懸頭：漢，孫敬，性嗜學，嘗閉戶讀書。欲睡，乃以繩繫頭髻，懸於梁上，見《楚國·先賢傳》。

八人同館

大觀青送府城春，市上童生往返頻。

飲食起居鄉友共，八人同館樂相親。

原註：大觀：大屯、觀音，兩山，排闥送青。府城：臺北城也。八人同館：應試者。鄉友八人，於臺北城內，府前街，同租民家為旅館。

狂喜

長衫碗帽滿清裝，尾直如飛辮髮揚。

道是頭場初發榜，名題前列喜如狂。

原註：長衫：應試者，皆衣淺色粗布長衫也，所謂長衫者，其衫長至足趾也。碗帽：形如飯碗，故稱。碗帽，以紅絲為球，結於帽頂，即小帽也，亦稱瓜皮帽。以烏貢緞裁為六瓣，合而縫之，義取六合統一。頭場：縣考、府考，分為六次，第一次曰頭場。滿清裝：剃頭辮髮，長衫碗帽，謂之滿清裝。名題前列：名題榜上，自第一名至第十名，曰前列。自第十一名至第二十名，曰後列。狂喜：縣考頭場發榜，同館友人某，見之，不禁狂喜。辮髮揚於背後，尾直如飛，馳歸旅館報捷。癡立不語，久之曰：名題前列。

喪氣

墻頭仰視榜初頒，姓氏連登十八環。

縣考頭場憐落第，垂頭喪氣愧無顏。

原註：喪氣：縣考頭場落第者，百人之中，十人而已。同館先輩某，因頭場落第，不禁垂頭喪氣，憤而言曰：自少至老，歷試十五科，未曾頭場落第，文宗肉

眼無珠。可恨！可恨！十八環：榜上題名，以每五十人為一環，其形圓如花蕊。淡水縣籍，應試者一千人，合格者九百人，榜上分十八環。

由命
言采其芹志未酬，霜華兩鬢一天秋。
文章入格皆由命，何日朱衣暗點頭。

原註：由命：鄰館先輩某，年六十，采芹之志未酬。嘆曰：文章入格皆由命，惟待朱衣暗點頭。朱衣點頭：宋，歐陽修，知貢舉，閱卷時，常覺背後一朱衣人，時復點頭，然後其文入格。始疑侍吏，及回視之，一無所見，見《侯鯖錄》。言采其芹：《詩·魯頌》：思樂泮水，言采其芹。釋：諸侯之學曰泮宮。芹，水菜也。今謂士人進學，曰入泮采芹，本此。

客舍消閒
四人合局賭場開，四色牌分入手來。
客舍消閒娛博戲，光陰虛度士風隳。

原註：客舍消閒：自正月至四月之間，由縣考而府考而院考，歷時頗久。客舍無聊，往往以博戲為消閒，甚至貪利之徒，以嫖賭飲誘之者亦有之。間有一二勉學之士，欲在客舍讀書，人反以臨渴掘井笑之。士風隳敗，良可歎也。四色牌：為四人合局博戲紙牌也。牌分黃紅黑白四色，故稱之。各色紙牌，以二十八葉為一具。黃紅兩色，有帥仕相俥馬砲兵七種，各種四葉；黑白兩色，有將士象車馬包卒七種，各種四葉。以上四色，合計一百十二葉。其博戲方法，與《牧豬閒話》所謂碰和，及《揚州畫舫錄》所謂碰壺，大同小異。

陞官圖
不博榮歸顏不歡，呼才唱德坐團欒。
宦情薄似一張紙，我厭爭名袖手觀。

原註：升官圖：博戲之具也。以紙一張，列文武大小官名為圖，另用骰子，書德才功贓，擲之。遇德則高陞，才次之，功亦陞轉，贓則降罰，博至榮歸為終

局。此戲始於唐之李郃。宋劉敞撰有《漢官儀新選》一卷，稱為選官圖，見徐度《郤掃編》。清時踵之者，皆取當時現行官制，圖之。

象棋

守河防敵卒當先，將鎮中央馬兩邊。
此日鴻溝分楚漢，英雄割據待他年。

原註：象棋：戲具，奕之一種也。其子以象牙，或骨材木料製之。形圓，大如錢，共三十二枚。兩人對局，各用十六枚。一方以帥為主，統士相車馬砲各二，兵五，其色紅。一方以將為主，統士象車馬砲各二，卒五，其色黑。棋局形方，畫有棋位及路綫。中分一界，其名曰河。按位佈棋，帥將居中，輔以士相，兩邊車馬砲護之，兵卒各守其河。奕時，依法出動，越河攻敵，以擒對方主帥，或主將者為勝。按：象棋，創自唐，相國，牛僧孺，唐文宗開成己未年，見《佛祖歷代通載》。鴻溝：項王乃與漢約，中分天下。割鴻溝以西者為漢，鴻溝而東者與楚，見《史記·高祖紀》。按：鴻溝，即今河南省之賈魯河，為楚漢分界之處。

右考秀才二十三首

進秀才

節近端陽院考開，童生濟濟入場來。
百人取二誰登第？突破難關進秀才。

原註：端陽：即端午也。《月令廣義》，五月五日，曰端陽。進秀才：小試及第，稱生員，俗曰進秀才。

賜秀才

皓首窮經志可嘉，秀才欽賜老陳家。
孫兒雀躍欣相告，今日阿公帽插花。

原註：賜秀才：童生年老者，特恩欽賜秀才，免其考試，余名之曰賜秀才。老陳家：鄰鄉先輩陳某，自少至老，屢試不售，年六十餘歲，得欽賜秀才。皓首窮

經：謂年老勉學也。宋梁灝，八十二歲，及第狀元。謝表云：皓首窮經，青雲得路。帽插花：進秀才，賜金花簪帽。

竊秀才

漢番閩粵族相異，淡竹蘭名額有常。

狡詐童生嗤冒籍，一衿竊取意揚揚。

原註：竊秀才：狡獪童生，以冒籍詐取秀才者，余名之曰竊秀才。漢番閩粵：應試者，有漢人，有番人；漢人之中有閩籍，有粵籍；閩者福建，粵者廣東也。淡竹蘭：縣名。淡水縣，新竹縣，宜蘭縣者，是也。此三縣為臺北府轄，府考，院考，在臺北城。額有常：淡水，新竹，宜蘭各縣之閩籍、粵籍、番籍生員取進，名額有定。冒籍：以漢人詐稱番人，以閩人詐稱粵人，以甲縣人詐稱乙縣人，皆謂之冒籍。據余所知，漢人陳某，詐冒番籍，一衿竊取，意氣揚揚，人多嗤之。因漢人冒番籍容易及第，何也？漢人百人之中取二人，番人十人之中取一人，故也。衿：衿，秀才服飾。《詩》，青青子衿。

孔秀才

串通廩保弊端生，冒籍登場賄賂行。

應試詩文鎗可倩，成名力借孔方兄。

原註：孔秀才：借孔方兄成名者，余稱之曰孔秀才。孔方兄：錢也。錢孔方，故稱之。《魯褒·錢神論》：親之如兄，字曰孔方。鎗可倩：應試時，以金錢為謝禮，託人代作詩文，謂之倩鎗。廩保：廩生為應試者保結，故稱廩保。冒籍登場：福建省之泉州人，廣東省之嘉應州人，有專業代庖者，往往於院考時，自對岸來臺，串通廩保，冒籍登場，為人代作詩文，以獲其利。

秀才郎

金花簪帽秀才郎，金頂青衿意氣揚。

玉笋班聯儒學進，泮宮樂采水芹香。

原註：秀才郎：郎，稱之也。金花簪帽：及第秀才，賜金花簪帽。金頂：秀

才之頂珠也，以黃金製之。按：清時官服，帽頂珠形，以紅珊瑚、藍寶石、青金石、水晶、硨磲、金，為官品之別，稱曰頂戴。金頂者，秀才頂戴也。青衿：秀才服飾也。《詩·鄭風》：青青子衿。玉笋班：《唐書》李宗閔，知貢舉，門生多清秀俊茂，時号為玉笋班。儒學：小試及第，獲得生員資格，可以進入府縣儒學肄業。泮宮：《詩·魯頌》：思樂泮水，言采其芹。釋，諸侯之學曰泮宮。芹，水菜也。今謂進入儒學，曰入泮采芹。

秀才娘

太老尊稱父顯揚，驕其妻妾秀才娘。
國恩家慶門懸綵，祭祖酬神宰豕羊。

原註：秀才娘：稱秀才妻，曰秀才娘。太老：稱秀才父，曰太老。驕其妻妾：施施從外來，驕其妻妾。見《孟子·離婁》。國恩家慶：以紅貢緞，長十八尺，幅四尺，繡"國恩家慶"四字，金色奪目，其名曰綵，即繡幕也。遇有慶事，懸之門上。

衣錦榮歸

紅綾色艷藍清寬，衣錦榮歸一笑歡。
指日高陞齊祝賀，戲文點演跳加冠。

原註：紅綾：及第秀才，賜紅綾一幅，又其兩肩垂於胸背，以章其身而榮之。藍清：秀才服飾也。戲文：榮歸時，點演《指日高陞》《加官晉爵》戲文以祝賀之。

秀才探客

爐插金花謁祖先，片紅貼壁姓名傳。
秀才探客人爭看，音樂悠揚奏轎前。

原註：秀才探客：新進秀才，拜訪家宗親戚友，謂之探客。爐插金花：拜訪宗親時，贈金花一對，插於神前香爐，拜謁祖先，以顯揚之，受者答以祝儀。片紅：片紅，即名刺。以紅箋長七寸，幅三寸，書新進儒學生員某姓名，受者貼之壁上。轎前音樂：秀才探客時，頭戴金頂，帽簪金花，身衣藍清，肩乂紅綾，足履緞靴，坐在轎中，轎前奏樂，人爭看之。

同宗登第

新進秀才黃茂清，同宗登第喜光榮。

堂前演戲堂中宴，四座杯傾一笑迎。

原註：同宗登第：意謂同姓者進秀才。黃茂清：艋胛。下崁人，新進秀才，來樹林探客。凡我樹林黃姓，喜其同宗登第，設宴演戲，歡迎之。

右進秀才九首

考舉人

船過澎湖枕可安，官輪載夢水天寬。

閩三粵一編田至，海外斯文另眼看。

原註：考舉人：俗稱鄉試，曰考舉人。官輪：官費輪船也。臺灣士子，上福州省城考舉人，因乘帆船，過澎湖溝，常遭覆滅，乃派官輪以濟之。田至：舉人中式，臺灣定額四名。閩三，粵一。另編字號，閩籍至字，粵籍田字。

中舉人

閩江船上軸輪張，破浪乘風意氣揚。

鄉試舉人誰中式，中秋月桂正飄香。

原註：中舉人：鄉試中式者，稱舉人。月桂飄香：鄉試，八月初八日入場，十五日出場，故稱中舉人，曰月桂飄香。

中進士

未戌丑辰大比年，皇都會試月初圓。

杏園遊宴春三月，進士題名雁塔聯。

原註：中進士：會試中式者稱進士。未戌丑辰：每逢未戌丑辰之歲，會試開科取士也。大比年：謂朝廷開科取士之年也，三年一回。鄉試以子卯午酉為大比；會試，殿試，以未、戌、丑、辰為大比。《周禮·地官·鄉大夫》：三年則大比，考其德行、道藝，而興賢者能者。杏園：杏園，與慈恩寺南相值，唐新進士多遊宴於

此也，見《張禮遊城南記》。雁塔題名：唐時，新進士有雁塔題名之舉。按：雁塔舊址，在今陝西省長安縣，慈恩寺中。

中狀元
天子門生世所尊，保和殿試沐天恩。
臨軒進卷傳臚唱，獨占鰲頭中狀元。

原註：中狀元：殿試及第一甲。第一名，稱曰中狀元。天子門生：天子親臨殿廷試士，故及第狀元，稱天子門生。殿試：天子親臨殿廷試士，謂之殿試。唐天授元年，武后策貢士於洛陽殿，此為殿試之始。清，天子親臨保和殿試之。臨軒進卷：天子臨軒，宰相進卷，宰臣折視姓名，則曰某人，傳於階下。衛士齊聲傳其名而唱之，謂之傳臚。傳臚者，二甲進士第一名也，以其名入臚唱，故稱傳臚也。獨占鰲頭：俗語，謂狀元獨占鰲頭，非盡無稽。臚唱畢，讀禮官引東班狀元，西班榜眼二人，前趨至殿陛下，則狀元稍進，立中陛石上，正中鐫升龍及巨鰲，蓋禁蹕出入所由，即古所謂螭頭，俗語本此，見《洪北江詩話》。

智勝焚書
八股文俱試帖詩，專攻虛學費心思。
人材籠絡興科舉，智勝焚書計巧奇。

原註：智勝焚書：滿清，以科舉制度之制藝，束縛漢人思想。天下英雄，盡入彀中。其計智巧妙，遠勝於焚書阬儒萬萬也！專攻虛學：八股文、試帖詩，為滿清科舉制度之制藝，虛學也。余為書房學生十二年間，前六年熟讀四書、五經，後六年專攻八股、試帖。清時讀書人，為科舉制度所籠絡，多有終身專攻制藝，諸史百家全不顧者。徐靈胎曾作《時文嘆》一曲，附錄如左：

讀書人，最不濟，爛時文，爛如泥。國家本為求才計，誰知道變了欺人計。兩句破題，三句承題，擺尾搖頭，便是聖門高弟。可知道三通、四史，是何等文章？漢祖、唐宗，是那朝皇帝？案頭放高頭講章，店裏買新科利器。讀得來，肩背高低，口角噓唏。甘蔗渣兒，嚼了又嚼，有何滋味？辜負光陰白日，昏迷一世，就教他騙得高官，也是百姓、朝廷的晦氣。

晴園曰：描寫讀書人，爛時文。形容盡致，無微不入。然不非制度，而非讀書人。非正本清源之見也。

狀元吟十首 有序

　　科舉制度時代，及第狀元，為絕頂榮譽，而狀元思想，遂成為風俗。噫，科舉制度之魔力，何其大也。畧舉其事，賦七絕十首，名之曰狀元吟。

其一 演劇一例

十載焚膏燈下苦，一朝及第錦衣尊。

金鞍白馬人形劇，扮演寒儒中狀元。

原註：人形劇：通稱布袋戲，常演寒儒中狀元。以白面書生人形，裝為苦學者，一旦及第狀元，朝衣朝冠，騎白馬，挂金鞍，遊行皇都，拜訪宰相，觀者感動。

其二 博戲一例

四紅骰擲興遄飛，丹桂風飄香滿衣。

月餅團圓秋氣朗，嫦娥親見奪元歸。

原註：奪元：中秋，製餅象月形，謂之月餅，亦名中秋餅。餅上朱書“狀元”二字，曰狀元餅。每逢中秋節，士子會飲賞月，骰擲四紅為戲，博得狀元餅者，名曰奪元。

其三 詩會一例

擊鉢催詩四韻成，狀元爭奪尚虛榮。

歸來得意嬌妻妾，獨占鰲頭第一名。

原註：擊鉢催詩 竟陵王子良，嘗夜集學士，刻燭為詩，四韻者則刻一寸，以此為率。蕭文琰曰：“頓燒一寸燭，而成四韻詩，何難之有？”乃與丘令楷江洪等，共擊銅鉢立韻，響滅則詩成，皆可觀覽，見《南史·王僧孺傳》。我臺灣人，常開詩會，名擊鉢吟，本此。所異者，不刻燭，不擊鉢，而又踵事增華也。其方法大抵限二三時間，成絕句二首，或律詩一首，當場選詞宗，即時評定甲乙，如殿試例。

中選第一名，稱狀元；第二名，稱榜眼；第三名，稱探花；第四名，稱傳臚；以下稱翰林，稱錄事，各贈賞品以勵之。奪得狀元者，為獨占鰲頭，揚揚得意，儼然及第殿試真狀元矣。驕妻妾：施施從外來，驕其妻妾，見《孟子·離妻》。

其四 生子一例
滿月筵開共舉觴，弄璋致祝客登堂。
狀元拜相期他日，字鑄黃金飾帽章。

原註：滿月：兒生後一箇月，曰滿月。弄璋：生男曰弄璋。《詩·小雅》：乃生男子，載弄之璋。狀元拜相：以黃金鑄“狀元拜相”四字，為小兒帽章。

其五 結婚一例
雙囍紅綾賀結婚，綵輿迎娶過前村。
桶盆攜進高声唱，生子生孫中狀元。

原註：雙囍：賀結婚禮物也。以金箔裁囍字，附於紅綾，謂之雙囍。囍，長三尺，幅二尺；綾長九尺，幅三尺。綵色奪目，受者懸之正廳壁上。綵輿：新嫁娘所乘四人扛之肩輿也，以繡幕圍之，以人物飾之，五綵奪目，謂之綵輿，亦稱新娘轎。桶盆：桶，便器。盆，浴器。以木製之，以硃塗之。其形圓，名曰子孫桶。為婦人日常用具，嫁女必須之物也。嫁時，挑夫肩而行之，隨綵輿後。及至男家，攜之而進，高聲唱曰：“子孫桶攜入房，生子生孫中狀元。”

其六 喪葬一例
官稱點主亦堂堂，銜列轎前意氣揚。
贊唱研硃紅一點，子孫代代狀元郎。

原註：點主官：喪家，聘請官紳點主，稱曰點主官。主，木主也，通稱神主。葬時，喪主背負神主，面向墓門，跪在地上。點主官，立其背後，手執墨筆，對主字上一點，次執朱筆，再點之。斯時贊禮生唱曰：“主上一點紅，子孫代代狀元郎”。銜列轎前：葬日，點主官乘四人扛大轎，自喪家起程，向墓地而進，轎前奏樂，以點主官頭銜，刻於木板，而行列之。四人扛，八人扛，曰大轎，高官乘之。

二人扛，三人扛，曰小轎，白丁乘之。余亦曾為人點主稱官，乘大轎。

其七 賀年一例

年糕一皿酒盈罇，恭賀新年笑語溫。

乾果福圓餤兩顆，祝君生子中狀元。

其八 會飲一例

雅會斯文二八天，杯浮紅酒啓瓊筵。

三元及第誰高唱？四座声聞拇戰宣。

原註：斯文會：各房童生結社，其名不一，余統之曰斯文會。其會，或祀孔子、朱子；或祀倉聖、（ ）聖；或祀文昌、梓潼、魁星。春秋致祭，宴會飲福。紅酒：酒名，以糯米和紅米釀之，為臺灣名產。三元及第：科舉時代，及第第一名，鄉試稱解元，會試稱會元，殿試稱狀元，謂之三元。會飲時，拇戰猜指數為三，高聲唱曰"三元及第"。拇戰：酒令也。通稱唱拳，亦稱猜拳。其法，兩人相對出手，各猜其所伸手指之數而合計之，以決勝負也。按：拇戰起自後漢，據謝肇淛《五雜俎》：後漢，諸將相宴，為手勢令。其法，以手掌為虎膺，指節為松根，大指為蹲鴟，食指為鉤戟，中指為玉柱，無名指為潛虬，小指為奇兵，腕為三洛，五指為奇峰。今之拇戰本此。

編者註：（ ）為未識之字。

其九 乞丐一例

鼓動春風陣陣溫，一團和氣吹千門。

新正丐祝頭家福，錢樹高搖中狀元。

原註：吹千門：新正，伶人登門奏樂，其樂器名曰鼓吹。以口吹之，曰吹春，又稱噴春。頭家：僱人或奴婢，稱主人曰頭家，主婦曰頭家娘。丐徒求乞，亦是如是稱呼。搖錢樹：新正時，丐徒折榕樹枝葉，以朱絲串銅錢，繫而垂之，立在門前求乞，搖其錢樹，祝曰："錢樹搖高高，生子生孫中狀元。"

其十 物名一例

舊醅紹酒釀春風，茉莉花開小院東。

我愛荔枝餤百顆，楓亭品味狀元紅。

原註：紹酒：紹興，地名。產酒，舊者名狀元紅，見《紹興府志》。茉莉：花名。紫茉莉一名狀元紅，見《陶朱公書》。荔枝：果名。形圓，皮皺，色紅，肉晶，味甘，為福建廣東名產，臺灣亦有之。福州報國寺產，名狀元紅，見《榕齋隨筆》。楓亭：荔枝。有名狀元紅者，惟楓亭為多，見《圖經》。

臺灣先賢詩文集彙刊 第二輯 15 黃純青《晴園詩草》上卷 第 37—109 頁

作者簡介

黃純青，名炳南，幼名丙丁，字純青，晚號晴園老人，以字行，臺北樹林人。幼從王作霖受業，年十二能作八股文。既長，公務之余亦耽文事。早歲曾與劉克明等創組"詠霓詩社"，嗣又參加"瀛社"，晚年創設"薇閣吟社""心社"，并首倡全國詩人大會。年近古稀，罷去所有公職，於"晴園"讀書種梅。七十歲壽辰時，僅成《晴園詩草》上卷，得七言絕句一三八首。純青之詩稿，係其退閒時所作，乃回憶自傳詩，自言："興到筆隨，寫其事實，詩體雖拘，方言不避。"集中所作書房、考試之詩篇，尤為清末科舉教育之文獻。至每首各有詳註，更屬特色，尤具可讀性。

《誦清堂詩集》之《榕城草》
棘闈雜詠二十首
林豪

錄遺

欲備宗工斲，①巖阿遍取材。未誇穿札手，②先試處囊才。③

玉獻荊山璞，　珠搜碧海胎。芹香當日採，　此地記曾來。

編者題註：錄遺為選錄遺才的意思，系明朝鄉試前的一種選拔考試。學政到任後第二年，對秀才舉行科考，考在一等、二等及三等前十名（中小省為前五名）的，可參加鄉試。三等的其他名次和因故未參加科考的秀才以及在籍監生、貢生等，再參加錄科考試。錄科未取和科考、錄科的缺席者，還可參加錄遺，名列前茅者亦有參加鄉試資格。

編者註：①宗工：猶宗匠，宗師。指文章學術上有重大成就，為眾所推崇的人。清·龔自珍《己亥雜詩》之四二："夾袋搜羅海內空，人材畢竟恃宗工。筠河寂寂罩黿死，此席今時定屬公。"②穿劄：射穿鎧甲。劄，鎧甲的葉片，形容射箭功力之強。《新唐書·魏元忠傳》："養由基射能穿劄，不止鄢陵之奔。"③處囊：《史記·平原君虞卿列傳》："平原君曰：'夫賢士之處世也，譬若錐之處囊中，其末立見……'毛遂曰：'臣乃今日請處囊中耳。使遂蚤得處囊中，乃穎脫而出，非特其末見而已。'"後常以"處囊"比喻一個人的才智得到機會便顯露出來。唐·駱賓王《上瑕丘韋明府啟》："是以臨淄遺婦，寄束縕於齊鄰，邯鄲下客，效處囊於趙相。"

唱名

遙應一聲有，昂頭入海中。龍門開秩蕩，魚貫列西東。
逐隊倉皇進，觀場傀儡同。何如金殿上，三唱便稱雄。

編者題註：唱名：科舉時代殿試後，皇帝呼名召見登第進士，叫唱名。宋·高承《事物紀原·學校貢舉部·唱名》："《宋朝會要》曰：'雍熙二年三月十五日，太宗禦崇政殿試進士，梁顥首以程試上進，帝嘉其敏速，以首科處焉。十六日，帝按名一一呼之，面賜及第。'唱名賜第，蓋自是為始。"清·平步青《霞外攟屑·說稗·荊釵記》："王龜齡年四十七，大魁天下，以書報其弟曰：'今日唱名，蒙恩賜進士及第。'"

搜檢

妙手空空耳，還教檢一遭。敞囊頻自叩，寸鐵不應操。
冊執兎園挾，聲傳鳳咮嘐。腹中餘稿本，幸未索秋毫。

編者題註：搜檢：指科舉時代進出科場的搜身。《元史·選舉志一》："鄉試、會試，許將《禮部韻略》外，餘不許懷挾文字。差搜檢懷挾官一員，每舉人一名差軍一名看守。"《明史·選舉志二》："巡綽監門，搜檢懷挾，俱有定員，各執其事。"

場籃

米炭油鹽醬，盛來共一筐。丁皮應細裹，毛穎且須囊。
帷幕縑裁素，筲籃竹剖黃。雙輪誰代挽，幾步汗沾裳。

編者題註：場籃：即考籃，是士人應科舉入場時所攜帶的專門用來盛放各種
考具和食物等的籃子。它雖不屬文房用具，但在明清科舉時代，卻幾乎是士人們家
家必備、人人必用的重要用品。這是一種有蓋的多層提梁籃子，一般為三層，形狀
以方形為多，與普通籃子一樣，多用藤、細篾、柳條、荊條編織而成，四角包銅，
講究的用銀。提梁上也往往鑲嵌有金屬花片，比較講究的考籃，盒蓋和提梁兩側，
或雕或鏤，另有各色吉祥花樣。和普通籃子不同的是，考籃的四壁和上下底面必須
玲瓏透光，以便考生進場被搜檢時，搜檢者可以看清籃中所攜有無違禁之物。考籃
裡面盛什麼？除了人們熟知的文房四寶，還有其他許多各式雜物，里頭放着的號
頂、號圍、號簾，合裝米麵餑餑的口袋，都洗得乾淨；卷袋、筆袋以至包菜包蠟的
油紙，都收拾得妥貼；底下放著的便是飯碗、茶盅，又是一分匙箸筒兒、合銅鍋、
銚子、蠟簽兒、蠟剪兒、風爐兒、板凳兒、釘子錘子之類。

衣包

棘舍西風冷，商量檢敝裘。一肩寒士擔，幾叠老妻謀。
錦待盧生奪，貂隨季子遊。解衣還磅礴，奮袖運毫柔。

號舍

豈願頻頻住，求安總笑君。檐低窺燕子，窠密集蜂羣。
炊飯銅鍋熟，搴簾木榻薰。未收青鎖鑰，來去尚紛紛。

編者題註：號舍：古代州、郡等學舍。明·文徵明《明故嘉議大夫沈公行狀》：
"視郡學隘陋弗稱，且文廟石列非制，遂徹而新之，建禦書樓，增置號舍。"指科舉
士子考試的地方。

題紙

片紙纔飛到，風簷漏已低。可能如已出，未敢請他題。
磨勘三場備，科條一例齊。今朝求佛腳，欲抱意都迷。

起稿

竟作萬人敵，冥搜一夕腸。油腔平日套，腹稿幾時藏。
艾蓄三年久，花開寸管香。鼉聲揮灑際，急就已成章。

交卷

收拾筠籠物，遲遲未忍行。從頭看仔細，題目認分明。
炮已聽三響，詩還誦數聲。待經收掌手，歸去意纔平。

分餅

競作三元想，①標題字亦鮮。惠將茶并試，影與月俱圓。
口眾情誰饜，　飢充願未慳。紅綾休便擬，名士且隨緣。

編者註：①三元：欽定御批一甲第一、二、三名即為狀元、榜眼、探花，一甲三人稱"進士及第"。"三元"即解元、會元、狀元的合稱，三者分別指明清時代科舉考試的鄉試、會試、殿試的第一名。明清時代，科舉考試分為四級，即院試（縣、府試）、鄉試（省試）、會試（京試）和殿試（廷試）。院試在縣、府舉行，童生可以參加院試，考取的稱為"生員""相公"或稱"秀才"。鄉試一般每三年在各省省城舉行一次，生員（秀才）才有資格參加，考中的稱"舉人"，舉人的第一名稱"解元"。會試在京城禮部舉行，舉人才有資格參加，考中了的稱為"貢士"。第一名貢士稱為"會元"。殿試是最高級的考試，由皇帝親自主持，貢士才有資格參加，考中了的稱為進士，第一名稱為"狀元"，第二名稱為"榜眼"，第三名稱為"探花"，合稱"三鼎甲"。

領簽

莫問簽誰典，庭前積似麻。去方隨手擲，倦或數枚譁。
枝小何能借，門高未許摣。匆匆投卷後，携出向人誇。

謄錄

畫豈同文貴，形教宿墨遮。近朱休謅豕，擊掌戒塗鴉。
莫使成蠅誤，何須刻鵠誇。葫蘆齊學畫，依樣便堪嘉。

編者題註：所謂"謄錄"，就是抄寫試卷，是宋朝用於杜絕舞弊的方法之一。舉子的親筆試卷稱真卷，謄錄後送歸封彌官存檔；謄錄的卷子稱草卷，送給考官評閱，謄錄與封彌合稱彌封謄錄製。

號軍

矮屋雄師集，風簷筆陣分。重圍齊按部，小校豈能軍。
但執蒼頭役，安知白戰紛。行間如信賞，下走倍殷勤。

編者題註：明代試士時，於考場中設置的監視人員。清仍之而失其實，但供役使而已。

籃榜

就枕疲方極，牆間想倍驚。卷中疑有誤，榜上幸無名。
墨埶三升辱，丹須九轉成。可憐紅勒帛，灰盡一時情。

彌封

生意成烏有，因緘紙尾書。暗中須待索，名下詎無虛。
睞目都迷汝，囊錐孰脫予。許多難記客，畫餅欲何如。

編者題註：把試卷上填寫姓名的地方折角或蓋紙糊住，以防止舞弊。宋·高承《事物紀原·學校貢舉·封彌》："《國史異纂》曰：'武后以吏部選人多不實，乃令試日自糊其名，暗考以定其等第。'蓋糊名考校，自唐始也。今貢舉發解，皆用其事曰彌封。"

薦卷

不是逢楊意，誰將妙處傳。帆張風乍引，梯近路開先。
青眼初留盼，丹壚但小還。蓬萊終到否？咫尺問仙緣。

編者題註：科舉考試中被選薦的試卷，亦指科舉考試時試卷被選薦的人。

揭曉

但過三場後，家家盼不窮。解頭遲筆下，癡想到闈中。
刮目誰無負，初心本至公。雲泥分頃刻，笑涕那能同。

堂備

到此方言命，誰教薦稱遲。楊陵過眼後，柳下受知時。
穎露囊猶處，侯封數并奇。由來非戰罪，淚共憤王垂。

編者題註：清制，各省鄉試考官在放榜前，還要在未錄取試卷中找一些尚可之卷作為備用卷，內批堂字或堂備字，以備寫榜時忽遇取中卷內有問題倉猝撤去，得以臨時補入，此類考卷即為"堂備卷"。

副榜

共作登龍客，偏將附驥蠅。塔題嗤後舉，鞭着讓先登。
中柱應疏術，參禪亦小乘。秋風重到否？觀榜厚顏增。

編者題註：科舉時代會試或鄉試取士，除正榜外另取若干名，列為副榜，始於元至正八年。明永樂中會試有副榜，給下第舉人以做官的機會。嘉靖中有鄉試副榜，名在副榜者准做貢生，稱為副貢。清只限鄉試有副榜，可入國子監肄業。

磨勘

慎重遴材意，吹毛一一加。駔追應莫及，蠅誤總難遮。
磨後還求玷，瑜中更索瑕。無心憐涉筆，應免引繩嗟。

編者題註：科舉時代對鄉、會試卷派翰林院儒臣等覈核，稱"磨勘"。清·陶福履《常談·磨勘》："唐開元二十五年，禮部侍郎姚亦奏請應試進士等唱第訖，其所試雜文及策送中書門下詳覆。此磨勘所由昉也。國朝康熙四十一年壬午科，始磨勘鄉試硃墨卷。乾隆元年，戶部侍郎李紱奏請增派翰、詹、科、道官磨勘。"

臺灣先賢詩文集彙刊 第四輯 20 林豪《誦清堂詩集》卷四 第 66 頁

《誦清堂詩集》之《春明夢餘草》
續棘闈雜詠十二首
林豪

余前在榕垣作棘闈雜詠，今應禮部試，大致從同，亦有不盡同者，因續成之，前已言者不復贅。

同鄉結報名

送結到部，可辦試卷，兼領一單，為歸途公輪之券領簽及卷，亦以單粘卷夾上，使一目了然。

　　一肩息行李，鄉情來言歡。取結無多費，迥殊入覲官。

　　處囊可立見，畫餅同笑看。報到春官去，辦卷兼領單。

貢院邊租寓

同人於附近貢院，合租民房作小寓，以便出場棲息，有先數日，在小寓養靜者，尤為得之。

　　驅車入內城，遠道廿餘里。近院儼蝸居，出闈同燕喜。

　　雪泥印飛鴻，時術若聚螳。先期養靜來，拭目忍爪指。

保和殿補覆

新舉子例在貢院覆試，趕不及者，皆補試於保和殿，短几上雖粘名紙，先至者皆自擇座位而揭去之，殿外小太監賣茶，可進出自如。殿中有二三王大臣監場，移時退去矣。

　　瑣院重衡才，補牢因後至。孝廉對大廷，佳兆思中秘。

　　擇坐名可移，解渴茗堪試。相近咫尺間，或為捉刀地。

知貢舉出示

示謂多士素諳功令，必無挾帶之弊，但物件須自檢點，不可假手僕人，恐誤攜片紙於上也。

　　功令何森嚴，多士已習熟。子細收衣籃，丁寧屏僮僕。

乃知藏兔園，無使露魚服。相信抑何深，一笑撝眾目。

同鄉官送考

同鄉衣冠至小寓送考，混入貢院，查探搜檢寬嚴，或代為領籤，蓋相沿成例也。

促裝方自檢，良儔倏至前。笑道為偵探，衣冠何偉然。
往復圍棘地，嫌疑泯瓜田。始知新例好，寬簡殊昔年。

御史臺分籤

轅門外立一臺御史，在上分籤，粗役以卷夾粘單呈目，即給之，有一役領十餘籤者。

盛服登高臺，臺下齊仰首。不上指佞章，但作典籤手。
卷夾粘一單，隨人可授受。何勞獬豸冠，下交牛馬走。

轅門口唱搜

王大臣高坐皮椅，一舉子到，則跟人高唱，搜過了。於是隨入隨唱，悉免搜矣。

大官肅冠服，坐看肩挑來。一聲搜過了，多士休裴徊。
魚貫分途入，龍門四扇開。各有青箱秘，問誰白戰回。

號舍軍分役

號軍一名，供役十人，亦自占一號，栖息對面，靠壁砌一長火罏，要開水煮飯甚便也。

一巷軍數名，分曹各執役。十號配一名，伺候朝至夕。
罏火久純青，茗甌或浮白。子夜猶宣勞，辛勤豈不力。

矮屋中辟塵

屋甚湫溢，沙土亦多，故以壁衣遮蔽屋頂，下及四壁，但須謹慎火燭耳。

矮屋多塵土，預備有壁衣。一燈如豆大，四壁微塵稀。
毫端鼃食葉，枕塊鶉栖枝。此中有苦樂，樂此不知疲。

柵門外送飯

初九午，役夫抬飯至柵外，人給肉三片，飯則任人自盛之，余取
肉飯即以還與號軍。

蓋戳事已畢，方思檢食單。忽覩柵門外，主恩命授餐。
肉食均三片，壺餐盈一簞。聊以詒下走，果腹自相歡。

琉璃廠候榜

有在一室候榜者，榜寫一名，立持飛報，以次盡知。欲入內探
信，必先捐貲領票，有票者方得入也。

風聲通鎖圍，景集來斗室。聞捷便飛黃，早知誰脫白。
館丁儘關心，賤子惟偃息。得失亦偶然，為誰代惋惜。

孫公園留京

後孫公園，為泉州總會館，房屋甚多，風景清曠。泉人留京者多
寓此，而僕未能也。

都門景物佳，賞心堪久處。遊春失前車，過夏期後舉。
一擊手空空，再登意栩栩。風氣可揣摩，其奈非吾與。

臺灣先賢詩文集彙刊 第四輯 20 林豪《誦清堂詩集》卷十 第 223 頁

八

落第詩

聞陳卜五表弟秋試報罷，余亦春試罷歸，書以誌感
許南英

我望君誠切，君懷我更長。愛君如手足，誤我是文章。
轉語聊相慰，何才那不償？相期齊努力，鬢髮未全蒼！

臺灣文獻叢刊 第 0147 種 許南英《窺園留草》丙戌 第 7 頁

丙戌偕徐仞千、陳梧岡兩同年來京會試，徐捷得工部，陳考得
中書；余已入彀，因對策傷時被放。二君強欲留余在京過夏，書此
謝之
許南英

工部原詩客，中書號舍人。來時同襆被，歸路自風塵。
臺閣花如錦，關河柳不春。不如歸去好，傲骨自嶙峋。

臺灣文獻叢刊 第 0147 種 許南英《窺園留草》丙戌 第 7 頁

被放出都
許南英

捫心自覺此心平，自古文章有定評。
不信再來猶有望，依然兩度未成名！
計偕遠道悲翁子，對策傷時笑賈生。
甚欲邯鄲尋夢去，人間無枕可通靈！

臺灣文獻叢刊 第 0147 種 許南英《窺園留草》己丑 第 20 頁

因病省試不果，書以誌勉
章甫

半世功名未遇時，文章得失寸心知。
不才敢恨輸先着，多病偏教落後期。
驢背雞聲憑獻策，葭蒼露白但吟詩。
三年且把毛錐琢，休道囊中未處之！

臺灣文獻叢刊 第 0201 種 章甫《半崧集簡編》七言律 第 27 頁

毓臣、養齋秋試不售，景商以詩慰之，即次其韻（十首選九）
施士洁

兩世論交重紀羣，翩翩公子況能文。
榜頭成敗君休較，醉眠兒曹灞上軍！

眼前畫餅噉名場，自大何人似夜郎？
笑汝有碑還沒字，漫誇史筆具三長。①

阿婆塗抹效西顰，老我東施總失眞。
二十年來花樣改，度鍼辜負繡鴛人。

滿目蝸爭蟻鬪紛，諸公於意果何云。
鏡中無數空花影，幾樹離離實有蕡？

快壻由來豔雀屏，桂花香裏影婷婷。
老天忝握量才尺，一□□量眼便青。②

心香一瓣說師恩，③更喜詩書裕後昆。

重向怡園尋爪迹，萬梅花下款柴門。④

人言陸賈與隨何，一樣談兵紙上多。
誰是浮文誰樸學，中朝造士流菁莪？

科名今又落孫山，墨汁磨人那得閒？
同輩儒衣皆左袵，不堪回首舊臺灣！

騷壇高築受降城，小范胸中當甲兵。
浪嶼詩才誰踵霸？依然牛耳主齊盟！

原註：①頭場史論。②老友黃拱垣子與壻偕捷。□□為缺字。③毓臣為林怡圉高足，於景商為世交。④怡圉別號"萬梅菴主"。

臺灣文獻叢刊 第 0215 種 施士洁《後蘇龕詩鈔》卷六 第 125 頁

恕園省試罷歸，訪我於瀟豁不晤而去，以詩箋、華履相貽；三疊前韻酬之

施士洁

支牀病叟剩鷄骨，　倦眼朦朧丁不識。
瞥見詩人紈扇詩，　明月團團照我室。
春來我有采薪憂，　兩月戶庭未敢出。
先生惠我魯風韈，①猥以儒文被俗質。
要使青雲足下生，　化去雙梟不停刻。
可奈瀟豁作寓公，②株守經年困籬棘！
袁宏深荷謝傅情，③表揚仁風誓勿失！
願隨劉毆執禮器，④不覺夢中繞丹漆。
相思恨隔一重城，　展轉客衾常反側。
昨忽聞君辱玉趾，　賤子衡茅頓生色。

誰知避面同尹邢，　　到此緣慳方悟佛。
怪君信宿又飛去，　　如僧餂龍一點筆。
遂園回首舊文讌，⑤渺渺墜歡何處拾？
吟榭差幸留爪痕，　　大匠當前示繩墨。
索居無那久離羣，　　百六東風過寒食。
三復瓊瑤桃李篇，　　投我幾回未報一！

編者註：①魯風鞵：唐宣宗叫人仿照孔子履製作的鞋。宋‧陶穀《清異錄‧衣服》：「宣宗（唐宣宗）性儒雅，令有司效孔子履製進，名‘魯風鞵’。②瀞誃：瀞，同淨。誃 yí，古代宮殿的側門，如「未央朝寂，誃門旦空」。③袁宏：字彥伯，小字虎，時稱袁虎。東晉玄學家、文學家、史學家。宏起家建威參軍、安南司馬記室。太傅謝安賞宏機捷辯速，自吏部郎出為東陽郡，乃祖之於冶亭。袁宏出任東陽太守時，謝安曾以一扇相贈，袁宏答謝道：「輒當奉揚仁風，慰彼黎庶。」後人因以「揚風仁政」來比喻為官清廉仁厚。④劉勰：字彥和，生活於南北朝時期的南朝梁代，中國歷史上的文學理論家、文學批評家。劉勰雖任多種官職，但其名不以官顯，卻以文彰，一部《文心雕龍》奠定了他在中國文學批評史上的地位。⑤原註：遂園，君同里陳小厫茂才別業。

臺灣文獻叢刊 第 0215 種 施士洁《後蘇龕詩鈔》卷六 第 133 頁

丁酉孟秋感懷七律
鄭鵬雲

踏遍槐黃跡已陳，江湖落拓一閒身。
功名有分三生定，時事如棋一局新。
五度秋風曾老我，二分明月正懷人。①
瀛東多少觀光客，桂籍留題亦宿因。②

原註：①謂吳澄秋、陳子潛諸廣文均歸籍應試。②謂嘉義黃采侯孝廉鴻藻。

臺灣文獻叢刊 第 0280 種《臺灣詩鈔》卷十一 第 199 頁

作者簡介

鄭鵬雲，字毓臣，臺灣新竹人。臺北府廩生。嘗與同邑陳朝龍纂修《新竹縣志》，並輯有《師友風義錄》。毓臣因受日据当局阻挠，不得渡海与试，遂賦此诗。

摯友陳君子潛頻年秋試薦而未售鬱伊若不自聊詩以廣之
王松

破帽多情苦戀頭，　鯉魚風過一年秋。
文奇誰賞劉司戶，①句逸空傳趙倚樓。②
帖括困人羞畫虎，　治安挾策解屠牛。
頗聞偵幹需材急，　會看英雄入彀收。

編者註：①劉司戶：即劉蕡。唐·李商隱有《哭劉司戶蕡》：路有論冤謫，言皆在中興。空聞遷賈誼，不待相孫弘。江闊惟回首，天高但撫膺。去年相送地，春雪滿黃陵。②趙倚樓：指唐渭南尉趙嘏。嘏工詩，杜牧最愛其"長笛一聲人倚樓"句，因稱為"趙倚樓"。宋·戴復古《長沙呈趙東岩運使並簡幕中楊唯叔通判諸文》詩："吟邊萬象寫不得，上有風流趙倚樓。"

臺灣先賢詩文集彙刊 第二輯 06 王松《友竹詩集》第 131 頁

與陳培三世兄，蔡子坊同學
陳宗賦

滔滔流水本無情，悔却當年醉未明。
名落孫山猶戀蝶，路迷津渡殊歸鶯。
與其欲買春風笑，曷若勿忘舊雨聲。
世事茫茫難逆料，定求實學望前程。

臺灣先賢詩文集彙刊 第四輯 01 陳宗賦《篇竹遺藝》詩 第 36 頁

名落孫山
高文淵

珠璣取捨賴先生、却負從公甲乙評。

座主有權無把握，詞宗隻眼欠分明。

孫山榜末真徼幸、滄海珠遺太不平。

徒抱滿腔幽恨在，可憐何處訴心聲。

陳曉齋評曰：滄海遺珠人所歎惜撫景傷遇感喟難免。

臺灣先賢詩文集彙刊 第四輯 02 高文淵《勗未齋吟草》第 147 頁

秋闈報罷戲占
林豪

懶把濁醪澆壘塊，厭聞荊婦慰綢繆。

三山山水殊佳絕，好待秋來續舊遊。

臺灣先賢詩文集彙刊 第四輯 20 林豪《誦清堂詩集》卷一 第 4 頁

落第詩
陳榮果

文章覆瓿負同呼，明眼何人辨石瑜。

天欲成君高格調，莫教翻怨鬼揶揄。

臺灣先賢詩文集彙刊 第五輯 03 曾笑雲《東寧擊鉢吟前集》七虞 第 82 頁

作者簡介

陳榮果，字春林，臺灣澎湖人，生平不詳。

落第詩

林亮

索句搜章翰墨娛，一腔心血未全枯。

金聲擲地都無用，太息詞宗眼力粗。

臺灣先賢詩文集彙刊 第五輯 03 曾笑雲《東寧擊鉢吟前集》七虞 第 82 頁

作者簡介
林亮，字伯昭，臺灣鳳山人，生平不詳。

落第詩

盧本源

不盡劉蕡感，徒欽七子雄。祥乖徵狗夢，技墜貫鵰工。

奪錦標無望，泥金報已空。六街羞走馬，佳句冷秋楓。

臺灣先賢詩文集彙刊 第五輯 04 曾笑雲《東寧擊鉢吟後集》一東 第 212 頁

作者簡介
盧本源，字懋清，臺灣臺北人，生平不詳。

落第詩

曾晁機

長抱遺珠恨，讓人氣吐虹。大才凌繡虎，小技試雕蟲。

未獲籠紗碧，翻看勒帛紅。朱衣頭不點，爨下負焦桐。

又

甲乙樊南外，騷壇拜下風。一篇同曳白，八句不圈紅。

價竟雞林失，名猶雁塔空。齊梁唐宋體，何日始精工。

臺灣先賢詩文集彙刊 第五輯 04 曾笑雲《東寧擊鉢吟後集》一東 第 212 頁

作者簡介

曾晁機，字笑雲，臺灣臺北人，林述三夫子之高足。精於韻學，探求甚深，為名滿臺陽之詩學大家，編有《東寧擊鉢吟集》。

孫山
謝雷明

揭榜纔知姓氏空，讓人折桂步蟾宮。
三場白戰都成夢，十載青氈負苦工。
往日大才誇繡虎，今朝小技笑雕蟲。
祇因難入春官眼，滿紙琳瑯勒帛紅。

臺灣先賢詩文集彙刊 第五輯 07 賴子清《臺灣詩海》前編 第 76 頁

作者簡介

謝雷明，字號不詳，臺灣中壢人，生平不詳。

孫 山
邱錦福

凌雲有志欲追求，底事朱衣未點頭。
雁塔名題人得意，龍門額點自含羞。
文章紅勒心雖快，貢樹香分願不休。
佇看風雲相際會，簪花他日解眉愁。

臺灣先賢詩文集彙刊 第五輯 07 賴子清《臺灣詩海》前編 第 121 頁

作者簡介

邱錦福，字號不詳，臺灣中壢人，生平不詳。

鍾馗
蔡登龍

雄威啖鬼橫山岳，正氣驅邪貫斗牛。
地下何須嗟不第，君王畫像勝封侯。

編者題註：鍾馗是中國著名的民間神之一，後來被道教納入神仙體系，他的主要職能是捉鬼。相傳，中國的唐朝時期，皇帝唐玄宗在一次外出巡遊後忽然得了重病，用了許多辦法都沒治好，皇帝非常著急。一天夜里他夢見一個穿着紅色衣服的小鬼偷走了他的珍寶，皇帝憤怒地斥責小鬼。這時突然出現一個戴着破帽子的大鬼，把小鬼捉住並吃到肚子裡。皇帝問他是誰，大鬼回答說：臣本是終南山進士，名叫鍾馗，由於皇帝嫌棄我的長相醜陋，決定不錄取我，一氣之下我就在宮殿的臺階上撞死了，死後我就從事捉鬼的事。唐玄宗從夢中醒來後病就好了，於是他命令當時最有名的畫家吳道子把夢中鍾馗的形象畫下來。由於這位皇帝本身就是一位狂熱的道教信徒，在他的大力支持下，此後，鍾馗作為捉鬼之神的地位就逐漸確立。

臺灣先賢詩文集彙刊 第五輯 07 賴子清《臺灣詩海》前編 第 80 頁

作者簡介
蔡登龍，字元亨，廣東潮州人，生平不詳。

庚申下第後入內閣供職
陳維英

五旬始得到京華，　悔作多時井底蛙。
薄命莫攀紅杏朵，　厚顏且對紫薇花。
身陪樞要貂毫潤，[①]手錄綸音鳳尾斜。
入直玉堂嚴肅甚，　隔墻便是帝王家。

原註：①軍機處惟中書領事得到。

臺灣先賢詩文集彙刊 第五輯 07 賴子清《臺灣詩海》前編 第 121 頁

罷歸有作
王殿沅

卅載勞人得賦閒，逍遙寄跡舊家山。
車驅關嶺青峰外，棹泛香湖綠水灣。
巾屐獨尋鷗鷺侶，烟霞長嘯酒詩間。
行藏從此無拘檢，大似開籠放白鷳。

扶搖搏擊有鯤鵬，蜩鸒榆枋亦自矜。[①]
老境或能甘似蔗，雄心今已冷於冰。
收帆直擬歸舟客，默坐還同退院僧。
一枕黃粱春夢了，三竿日上睡初興。

熊魚之欲未容兼，坎止流行意已厭。
奉席兒能承菽水，携筈婦尚理鹽鹽。
含飴孫幼甘同剖，高枕簾疏夢亦恬。
自笑此生論取與，天公傷惠我傷廉。

編者註：①榆枋：榆樹與枋樹，比喻狹小的天地。唐·趙中虛《遊清都觀尋沉道士得芳字》詩："早蟬清暮響，崇蘭散晚芳。即此翔寥廓，非復控榆枋。"

臺灣先賢詩文集彙刊 第五輯 07 賴子清《臺灣詩海》前編 第 121 頁

作者簡介：
王殿沅，字芷汀，臺灣嘉義人，生平不詳。

九

雜採詩

《海音詩》（選）
劉家謀

少時了了大時差，遊戲徒教誤歲華！
莫惜十年遲樹木，飄零容易是唐花。

臺童多早慧，父師教之為應制之文，一學而就；書法皆圓整光潤，不難造成大器。第入學之後，束之高閣矣。大抵八，九歲後，智識便開；二十歲外漸塞。說者謂：臺地諸山，早晨極開朗秀發，午後即多蒙翳；雖地氣使然，亦馳逐紛華有以錮之歟？

臺灣文獻叢刊 第 0028 種《臺灣雜詠合刻集》之 劉家謀《海音詩》第 22 頁

鴻荒鑿破海天空，慷慨當年賦大東！
無數明珠遭按劍，憐才倍憶撈蝦翁。

蔡香祖（廷蘭），澎湖人，以諸生充道光十七年拔貢，旋舉於鄉；二十四年，成進士，出為陝江令。澎之科第，自廷蘭開也。道光十一年，澎湖風災，周觀察凱自廈往賑，廷蘭為《請急賑歌》上之，一見傾心；既而視學臺、澎，遂膺首選。師生沆瀣，時並稱焉。嗟夫！青雲之士，不附驥尾而名不彰者，可勝道哉！吾欲夢周公矣！觀察常自號"富春江上撈蝦翁"。

臺灣文獻叢刊 第 0028 種《臺灣雜詠合刻集》之 劉家謀《海音詩》第 29 頁

《臺灣雜詠》三十二首（選二）
王凱泰

有味青燈短榻橫，米囊流毒到書生。
癡心欲立回頭岸，一一竽吹識姓名。

臺屬士子近多染食鴉片，令書院監院官擇敦品之士各給一簿，將食烟者注名於上；悔悟自新，即行登注；按月呈送，以備查核。

臺灣文獻叢刊 第 0028 種《臺灣雜詠合刻集》之 王凱泰《臺灣雜詠》第 43 頁

高樹濃陰盛暑天，出林檨子最新鮮。

島人艷說蓬萊醬，誰是蓬萊籍裏仙。

檨子，俗稱番蒜；切片醃食，名蓬萊醬。臺屬二百年來未得館選，常以此勗多士。

臺灣文獻叢刊 第 0028 種《臺灣雜詠合刻集》之 王凱泰《臺灣雜詠》第 46 頁

作者簡介

王凱泰，字號不詳，江蘇寶應人，曾官閩府中丞。倡為"臺灣雜詠"三十二首，續詠十二首。

《臺灣雜詠》（選一）
何澂

粵閩籍貫本分歧，　異地呈材莫漫奇。　①

為拔翹英開廣廈，　並移節鉞作宗師。　②

谷鶯早許棲雞樹，③海燕何年浴鳳池？　④

一領青衿獠戶貴，　皇朝今已廣恩施。　⑤

原註：①臺地考試，分粵籍、閩籍。②臺灣學政事宜，向由巡臺御史兼理；乾隆十七年，御史裁撤，改歸巡道考校。光緒元年，沈幼丹星使奏請以巡撫來臺，應歸巡撫主政，並於臺北府地方捐建考棚；奉旨：交部議准。③乾隆四年，巡臺御史諾布單德謨奏請臺士會試，照鄉試例：于福建卷中另編字號，額取一名；部議：令俟臺士來京會試。會試者果至十人之多，奏請欽定，而臺灣始有進士。④臺地二百年來，無館選。⑤番童向衹取佾、舞。光緒丁丑歲試，丁中丞取進淡水番童陳寶華一名撥入府學，以示鼓勵，附片奏明。

臺灣文獻叢刊 第 0028 種《臺灣雜詠合刻集》之 何澂《臺灣雜詠》第 70 頁

作者簡介

何澂，字竟山，山西山陰人。曾官太守，亦作"臺灣雜詠"二十四首。

吾鄉竹梅吟社之盛，於光緒初年為最。陳瑞陔貢士（濬芝）未第時，
詠新笋云：

干霄自是他年事，出得頭來已幾分。
（未幾，果舉於鄉，遂成甲午進士）。

臺灣文獻叢刊 第 0034 種　王松《臺陽詩話》上卷 第 9 頁

七年七月七日，景孫祀奎星，招七友爲斯盛社，書此勗之
鄭用錫

七月七日占星斗，勝友七人盛文酒。
心香一瓣拜奎星，天上文衡主持久。
相期雲漢踏金鼇，山盤十五戴其首。
願爾努力各飛騰，上應列星同攜手。
神如首肯來默相，報賽年年薦蘩韭。

臺灣文獻叢刊 第 0041 種 鄭用錫《北郭園詩鈔》卷一 第 13 頁

自解
鄭用錫

功名何必較贏輸，一枕黃梁有若無。
領取老莊齊物論，此中勞逸總懸殊。

臺灣文獻叢刊 第 0041 種 鄭用錫《北郭園詩鈔》卷五 第 76 頁

風物吟十二首（選一）
鄭大樞

奪采掄元喝四紅，月明如水海天空。

野橋歌吹聲寥寂，子夜挑燈一枕風。

中秋，士子遞為宴飲，制大肉餅朱書"元"字，用骰子擲四紅為奪元之兆。

臺灣文獻叢刊 第 0064 種 連橫《臺灣詩乘》卷二 第 85 頁

作者簡介

鄭大樞，臺灣縣人，清康熙六十年例貢，余事不詳。

聞言者屢有改科舉之議，疊頤山見贈韻，簡溫慕柳同年金山書院

丘逢甲

金繒局定厭儒巾，^①胡服群思逐後塵。

朝議頗聞圖改制，　臺綱原不重埋輪。^②

四筵抵掌東坡鬼，　一網驚心朔黨人。^③

幸有遺經吾道在，　山林終老著書身。

編者註：①金繒：黃金和絲織品，泛指金銀財物。《新唐書·王晙傳》："告以禍福，啗以金繒。"清·顧炎武《自大同至西口》詩之二："冠帶中原隔，金繒異域來。"②埋輪：東漢順帝時，大將軍梁冀專權，朝政腐敗。漢安元年，選派張綱等八人巡視全國，糾察吏治，餘人皆受命之部，而綱獨埋其車輪於洛陽都亭，曰："豺狼當路，安問狐狸！"遂上書彈劾梁冀，揭露其罪惡，京都為之震動，事見《後漢書·張綱傳》。後以"埋輪"為不畏權貴，直言正諫之典。③朔黨：宋·元祐三朋黨之一。主要人物有劉摯、梁燾、王岩叟、劉安世等，皆北方人，故稱。宋·王應麟《小學紺珠·名臣·元祐三黨》："洛黨，程頤為領袖，朱光庭、賈易等為羽翼；蜀黨，蘇軾為領袖，呂陶等為羽翼；朔黨，劉摯為領袖。"

臺灣文獻叢刊 第 0070 種 丘逢甲《嶺雲海日樓詩鈔》選外集 第 301 頁

去歲往長樂勸學，今聞學堂已開，喜而有作
丘逢甲

五華聞說講堂開，不負南行衍教來。
釋菜本宜先聖廟，驅車憶上越王臺。
山多赤土無林學，溪壅黃沙易水災。
今日樹人兼樹木，早興地利起人才。

臺灣文獻叢刊 第 0070 種 丘逢甲《嶺雲海日樓詩鈔》選外集 第 364 頁

題顏汀如畫蛺蝶探花圖
許南英

顏生寫蝶奪神工，寫到探花妙手空。
笑爾頭銜誇及第，溫柔鄉裏也招風。

臺灣文獻叢刊第 0147 種 許南英《窺園留草》丁亥 第 11 頁

乙未除夕山齋題壁（選一）
施士洁

靈光一叟巋然存，[1]落拓青衫舊弟昆。[2]
歲久還鄉翻作客，　山深序爵竟稱尊。
名場老我蠹成繭，　俗累羈人蝸處褌。
五十年前尋爪迹，　"登鼇軒"與"仰高軒"。[3]

原註：[1]雲巖兄年逾七十矣。[2]春舫兄昔同入泮。[3]二軒爲先君及亨六兄讀書處。

臺灣文獻叢刊 第 0215 種 施士洁《後蘇龕詩鈔》卷三 第 80 頁

村塾

盧若騰

彈丸海中島，　淳風鄒魯儔。　雖經喪亂餘，　絃誦聲尚留。

村村延塾師，　各有童蒙求。　鄰寓豪家子，　般樂狎倡優。

揮金市狡童，①蜩沸習歌謳。　歌聲與筆聲，　異調乃相仇。

驅遣師生散，　不肯容讙咻②村人問塾師，　怪事前有不？

塾師曰固然，　儒術今所尤。　相彼倡優輩，　揚揚冠沐猴。

或握軍旅符，　或司會計籌。　多有衣冠者，　交驩不為羞。

學書效迂緩，　學優利速售。　今日分手去，　及早善為謀。

村人笑相謝，　先生滑稽流。　吾兒不學書，　只可事鋤耰。

編者註：①狡童：《詩經·鄭風》的一篇，全詩二章，每章四句。即姣童，俊美的少年。《正義》："言彼姣好之幼童也。"②讙咻：讙：古代神話中的野獸，產於翼望山，形狀如野貓，一眼三尾，能作百種叫聲，有人養來禦凶煞邪，吃它的肉可以治療黃疸病。亦指喧嘩，議論紛紛。咻：象聲詞，形容某些動物的叫聲，亦指吵，亂說話。

臺灣文獻叢刊 第 0245 種 盧若騰《島噫詩》五言古 第 6 頁

作者簡介

盧若騰，字閑之，福建金門人。因金門為唐代時監牧地，故號牧洲。明崇禎庚辰十三年進士，嘗官浙江布政使左參議，分司寧紹巡海兵備道。居官潔己惠民，士民建祠以奉，有"盧菩薩"之稱。南明隆武立，授以右副都御史，後加兵部尚書。清軍南下，若騰守平陽，力戰，腰臂中矢，遇水師救出。聞閩敗，隆武帝被俘，痛憤赴水，為同僚救起。尋入舟山，輾轉至閩海，偕王忠孝、徐孚遠等居浯洲嶼，自號"留菴"，一意著述。永歷十七年（康熙二年，1663 年），清兵攻下金門、廈門。次年，遂與沈佺期等東渡，寓澎湖。病亟，遺命題其墓曰"有明自許先生之墓"。

送別楊草山仙翁
胡殿鵬

七鯤留別綺筵開，大筆蟠天際地來。
九十老翁翁不老，百花潭上占春魁。

臺灣文獻叢刊 第 0280 種《臺灣詩鈔》卷十八 第 355 頁

作者簡介

　　胡殿鵬，字子程，號南溟，臺南安平人。清光緒乙未之役，內渡寓廈門；越數年歸裏，時與連橫相過從，著有《南溟詩草》及《大冶一爐詩話》。

無聊自叙五首（選一）
洪棄生

少年負意氣，溺志在詩文。唾手功名場，謂可張吾軍。[1]
長途雖跌躓，懷抱猶凌雲。誰知時世變，四海生楚氛。
波濤鯨鯢聲，風異不可聞。兵燹滿寰區，世欲詩書焚。
痛憤摧五內，塵思空紛紛。登高望長安，遠海挂斜曛。

編者註：[1]張吾軍：謂壯大自己的聲勢。語出《左傳·桓公六年》：「我張吾三軍，而被吾甲兵，以武臨之，彼則懼而協以謀我，故難間也。」唐·韓愈《醉贈張秘書》：「詩成使之寫，亦足張吾軍。」

臺灣文獻叢刊 第 0304 種 洪棄生《寄鶴齋選集（七）》詩選（三）第 303 頁

臺陽上元日奎樓春祭魁星
施瓊芳

此日剛逢太乙禋，儒風別有瓣香陳。
社中福醴元宵宴，樓上文光列宿神。

珠璧五星天闢運，燈歌萬戶地生春。

夜來火樹銀花發，藉卜科名桂杏新。

臺灣先賢詩文集彙刊 第一輯 02 施瓊芳《石蘭山館遺稿》卷十二 第 334 頁

《東寧雜詠一百首》（選一）
林景仁

八股文章兩石弓，破荒劉蛻羨群空。

遂令大澤深山裏，一世龍蛇入殼中。

臺灣自康熙二十五年始設學，明年春，陸路提督張雲翼疏稱"二十六年丁卯大比，在臺灣為開科之始。請照甘肅、寧夏之例，於閩省鄉闈另編字號，額收一二名；俟肄業者眾，乃撤去另號，勿限額數"。臺灣之鄉科，自此始。三十二年，邑學生王璋以第六人登解榜。

武榜自康熙二十九年，阮洪義中甲戌榜武進士。

臺灣先賢詩文集彙刊 第一輯 13 林景仁《東寧草》第 287 頁

詩榜
陳貫

鉢聲繞歌唱名高，及第詩家意氣豪。

爭似當年黃榜好，萬人鼓樂奏嘈嘈。

臺灣先賢詩文集彙刊 第二輯 12 陳貫《豁軒詩草》第 14 頁

狀元籌
莊嵩

狀頭入手足歡愉，失利何須負負呼。

博得人前稱第一，宦途從此啓岐途。

角彩場中闢宦途，掄元竟屬牧猪奴。
終南捷徑非吾願，唾手功名讓博徒。

臺灣先賢詩文集彙刊 第二輯 14 莊嵩《太岳詩草補遺》第 96 頁

爛時文
莊嵩

漫將體格厠文壇，帖括何堪值一觀。[1]
便付蠹魚應不食，篇篇陳腐帶儒酸。

自然文字起衰難，制藝惟求動試官。[2]
糟粕篇篇無用處，虛名終古誤儒冠。

編者註：[1]帖括：唐制，明經科以帖經試士。把經文貼去若干字，令應試者對答。後考生因帖經難記，乃總括經文編成歌訣，便於記誦應時，稱"帖括"。《新唐書·選舉志上》："進士科起於隋大業中，是時猶試策。高宗朝，劉思立加進士雜文，明經填帖，故為進士者皆誦當代之文，而不通經史，明經者但記帖括。"清·嚴有禧《漱華隨筆·夾帶懷挾》："如古所謂帖括者，則又僅可資誦習，而於文義多致面牆。"亦泛指科舉應試文章。[2]制藝：指八股文。清·黃宗羲《萬祖繩七十壽序》："從錢忠介學制藝，稱為高第弟子。"亦作制義。古代在考試時作的文章，它的文體在科舉考試中有明確規定。在明清兩代，一稱作八股文。

臺灣先賢詩文集彙刊 第二輯 14 莊嵩《太岳詩草補遺》第 104 頁

詩榜
莊嵩

奪錦心空切，青雲翹首頻。關懷時忐忑，負手幾逡巡。

不為鷹揚兆，寧辭鵠立辛。登科宜有託，急煞題名人。

臺灣先賢詩文集彙刊 第二輯 14 莊嵩《太岳詩草補遺》第 137 頁

作者簡介

　　莊嵩，字伊若，號太岳，又號松陵，臺灣彰化鹿港人。出身書香世家，
自幼攻詩；迨林朝崧創"櫟社"，邀之為社友，并為霧峯林家西席；於霧峰
創革新青年會及一新義塾，講授國學垂三十餘年。又與施家本、丁寶濂等
於鹿港創設"大冶吟社"，繼施家本為第二任社長。生平篤實無華，有古君
子風。太岳以詩名世，論者指其所作出入杜、韓、韋、柳之間，而近於陶
潛，有《太岳詩草》。

菊花雜詠
李逢時

似曾臚唱一声通，披出宮袍爛熳紅。
畢竟鰲頭歸晚節，春風不艷艷秋風。

臺灣先賢詩文集彙刊 第三輯 08 李逢時《泰階詩稿》第 103 頁

杏
林培張

一枝燦爛出牆東，又見嫣然十里紅。
村店野橋沽酒路，冷煙疏雨賣花風。
尚書頭上誇榮耀，宣聖壇前勝化工。
却笑紫泥傳及第，斯人沉醉玉樓中。

臺灣先賢詩文集彙刊 第三輯 10 林培張《寄廬遺稿》第 45 頁

受業生五十人蒞舍慰懷感作
邱坤土

師道能尊枉駕探，桃紅李白燦吾庵。
人情未改前情憶，世事全非往事談。
欣看諸生才出眾，雖離數載色贏藍。
竿頭百尺鵬程展，感謝園丁樂且耽。

臺灣先賢詩文集彙刊 第三輯 16 邱坤土《靜盧吟草》續集 第 220 頁

科名草
高文淵

蒙茸匝地簇窗南，影自扶疏露半含。
椿樹徵祥憑獻彩，瑤階毓秀正拖藍。
榮同書帶春光麗，珍共靈芝翠色醂。
仙種曾經標蕊榜，杜公科第兆先諳。

臺灣先賢詩文集彙刊 第四輯 02 高文淵《昴未齋吟草》第 171 頁

考棚遺址
施少峰

知縣黃公築考棚，尚餘殘瓦與雕楹。
當年建府劉巡撫，歲試親臨表至誠。

原註：考棚即省試考場，位於臺中市政府後民生路巷內，光緒十五年，臺灣知縣黃承乙所建，巡撫劉銘傳於歲試時曾經親臨巡視。

臺灣先賢詩文集彙刊 第四輯 05 施少鋒《臺中古史雜詠》古蹟篇 第 28 頁

丘舉人娶神主
施少峰

丘林人鬼締婚盟，請帖偏無印父名。
惹得恩師伸正義，賀聯妙句譴門生。

原註：相傳台中地區，有一位丘姓舉人，考中舉人之後，因家貧缺乏川資往京赴試，友人勸其委屈先娶霧峰林家姑娘神主，可得粧奩，便可赴京考進士，丘舉人只好答應，林家亦許之，雖是人鬼聯婚，猶如一般婚禮，發帖請客，丘舉人卻以父貧，而以其叔為主婚人印在請帖，其師為當時知縣，一見帖上無印父名，而用叔名，甚不讚同，遂撰聯如左：丘太翁尚存，無名出帖，真是一錢二父子；林姑娘已死，引鬼入宅，何必三美四少年。

臺灣先賢詩文集彙刊 第四輯 05 施少峰《臺中古史雜詠》鄉土民俗篇 第 58 頁

作者簡介

施少峰，名能林，臺灣彰化鹿港人。名詩家施性湍之季子也，幼年失怙恃，卻刻苦自勵，故能克紹箕裘，壯年遷居臺中，以代書為業。業餘勠力宏揚本土文化，曾任《詩文之友》月刊總編輯，傳統詩學會理事等，一生致力於傳統文化之宏揚，施氏著作甚豐，其中之尤者，首推《臺中古史雜詠》。

《悶紅館全集》
新詩（選）
賴惠川

讀書不肯用工夫，紅榜名空洒淚珠，
枉把三千買批首，傢伙了又秀才無。

編者註：清制：考秀才年期，必在該屬之縣，先行縣考，第一名號批首，得批首者，府考時，必得進秀才。故凡買批首者，大約定價三千元，此乃公然秘密，不為貪污。結句，有買批首不得秀才者，故有是語，其文字之工拙可想也，秀才榜名紅榜。

臺灣先賢詩文集彙刊 第四輯 15 賴惠川《悶紅館全集》第 672 頁

我武維揚考秀才，人人勇躍入場來。

弓鳴馬上翻頭箭，得中紅心必奪魁。

（馬跑時，在馬上，翻身連射三箭，此藝甚難）

臺灣先賢詩文集彙刊 第四輯 15 賴惠川《悶紅館全集》第 688 頁

秀才人情紙一張，表示寒刪個性長。

眼孔憐他如小豆，何堪鳥肚又雞腸。

（寒刪：吝嗇也，雞仔腸鳥仔肚無量也）

學而第一教頑童，費盡心神無採工。

對馬誦經幾千遍，可憐馬耳一東風。

（無採工，無益，對牛彈琴，對馬誦經，昔時俗語也）

臺灣先賢詩文集彙刊 第四輯 15 賴惠川《悶紅館全集》第 689 頁

書房今日失常規，個個無心念學而。

莫怪學生搬海反，先生不在館中時。

臺灣先賢詩文集彙刊 第四輯 15 賴惠川《悶紅館全集》第 691 頁

紡成布疋用工遲，做布值錢人盡知。

只是未能長做布，剪裁或有做衫時。

（俗謂，做布值錢，做衫不值錢。謂布疋未經剪裁，完全之物，故值錢。若既做衫□則固定矣，值得幾許。前清，科舉時，舉人貴，以其尚有前程，未可限量也，進士不貴，以其前程固定，無所屬望也。孟子謂，仕非為貧也，而有時乎為貧，為貧而仕則不貴矣。）

功名自古各爭先，爭得功名自有錢。

在厝自貴出厝賤，聖人待價餓當然。

臺灣先賢詩文集彙刊 第四輯 15 賴惠川《悶紅館全集》第 694 頁

念書念到幾千回，不是神童却是獣。

癡父自然生戇子，偏偏說是狀元才。

臺灣先賢詩文集彙刊 第四輯 15 賴惠川《悶紅館全集》第 700 頁

老矣寒酸哭不成，破靴無底舉人兄。

讀書甚覺無錢賺，牽着黃牛上北京。

（結句童謠：月光光，秀才郎，騎白馬，過南塘，日英英，舉人兄，牽黃牛，
上北京）

臺灣先賢詩文集彙刊 第四輯 15 賴惠川《悶紅館全集》第 715 頁

多謝童哥吉語喧，唱來吉語入柴門。

秀糖湳到高高塔，生子生孫中狀元。

（結句童謠）

臺灣先賢詩文集彙刊 第四輯 15 賴惠川《悶紅館全集》第 718 頁

豚栅雞棲對掩扉，透年長伴讀書幃。

秀才落府去考較，名落孫山不敢歸。

（轉句童謠，透年，終年也）

秀才一去是生離，鼠瞰殘燈夜半時。

不若安心嫁鳥鼠，教他隔壁搬蕃芝。

（轉句童謠）

臺灣先賢詩文集彙刊 第四輯 15 賴惠川《悶紅館全集》第 724 頁

破布原來好補衫，補衫補到綠和藍。
綠衫勝過藍衫貴，笑彼藍衫只孝廉。
（轉句童謠，古謂柳汁染衣，蓋狀元穿綠袍，舉人穿藍袍也）

舉人文弱狀元驕，尸位憐他作大僚。
嫁與尖挑能重任，兩肩重任兩肩挑。
（轉句童謠，尖挑，竹梢也，所以挑物）

臺灣先賢詩文集彙刊 第四輯 15 賴惠川《悶紅館全集》第 725 頁

花魁二首
陳哮

蕋榜標名姓，居然絕世才。
群芳皆下拜，先放是花魁。

花榜掛春台，傳臚唱幾回。
鰲頭誰獨占，應讓向南梅。

臺灣先賢詩文集彙刊 第四輯 16 陳哮《心聲詩集》五言絕 第 5 頁

登魁星樓（在澎湖）
張蒲園

星高魁躔斗，樓上一詩翁。眼底江山麗，天邊海日紅。
落霞飛鳥影，秋水打船篷。最賞今澎島，文人尚古風。

臺灣先賢詩文集彙刊 第四輯 17 張蒲園《適心亭詩集》五言律 第 14 頁

科名草
張蒲園

瑤階獻瑞紫芝涵，預報登科兆美談。
芹藻果然標蕊榜，芙蓉從此秀蒲庵。
祥浮佳氣書縈帶，水漾寒光月映潭。
信是功名沾聖德，名揚天下世無慙。

臺灣先賢詩文集彙刊 第四輯 17 張蒲園《適心亭詩集》七律 第 207 頁

削科名
林豪

幾人才大信如江，無奈情魔未肯降。
雲路鯤鵬期第一，花叢蜂蝶浪成雙。
迷離金粉樓頭月，隔斷蓬瀛海上艭。
潦倒平生追不得，龍文辜負筆能扛。

臺灣先賢詩文集彙刊 第四輯 20 林豪《誦清堂詩集》附錄一 第 285 頁

除夕書感
楊士芳

年幾八十復何求，寡過無能問自羞。
朋友邀吾行善事，前愆可改免憂愁。

十載辛勤半讀耕，幸登科甲立功名。
門前五柳吾曾學，只願融融過此生。

臺灣先賢詩文集彙刊 第五輯 02 賴子清《臺灣詩醇》前編 第 50 頁

作者簡介

　　楊士芳，字蘭如，臺灣府噶瑪蘭廳人，清同治元年鄉試中舉人，同治七年中進士，殿試欽點浙江省即用知縣，加同知五品官銜。不久因母喪丁憂，未能赴任。光緒八年，任宜蘭縣掌教、仰山書院山長。

偶作
林俊

依人壓線恨偏長，鱸膾秋風憶故鄉。
劫後文章無實用，休教傀儡再登場。

臺灣先賢詩文集彙刊 第五輯 02 賴子清《臺灣詩醇》後編 第 344 頁

作者簡介
林俊，字號不詳，臺灣竹崎人，生平不詳。

傀儡
洪由凱

臚句傳宣體統尊，漢家制度至今存。
分明野外習儀日，線簍當場有叔孫。

臺灣先賢詩文集彙刊 第五輯 03 曾笑雲《東寧擊鉢吟前集》第 136 頁

作者簡介
洪由凱，字以倫，臺灣二林人，生平不詳。

傀儡
陳若時

隨班鵠立候傳宣，主命雖苛敢憚煩。

失志英雄都類此，受人牽制總難言。

臺灣先賢詩文集彙刊 第五輯 03 曾笑雲《東寧擊鉢吟前集》第 136 頁

作者簡介

　　陳若時，生平不詳，其臺中故居名聚奎居，被臺中市列為三級古蹟，於一九一九年興建完成，為了彰顯陳家興旺時所建，是一處結合中西合璧的美麗建築，也是到臺中遊訪古蹟時必到的景點。

杏花
趙一山

瓊林宴罷醉流霞，寶馬香塵去路賒。
一色爭春紅十里，贏他桃李豔繁華。

臺灣先賢詩文集彙刊 第五輯 03 曾笑雲《東寧擊鉢吟前集》第 209 頁

作者簡介
趙一山，字劍樓，臺灣臺北人，生平不詳。

杏花
王人俊

春風得意憶京華，豔說題名第一家。
眞箇尚書聲望峻，披紅挹紫待宣麻。

臺灣先賢詩文集彙刊 第五輯 03 曾笑雲《東寧擊鉢吟前集》第 209 頁

作者簡介

　　王人俊，名承烈，號采甫，以號行世，臺灣淡水艋舺人。清光緒十七年淡水縣生員，游泮後擬赴秋試，適逢乙未割臺之變，未成行。於是絕意仕途，閒居寄情詩酒，並設塾授課。與林湘沅、謝汝銓、洪以南諸賢，倡設臺北"瀛社"，為該社中堅社員。生平致力吟詠，直抒胸臆，詩風平易流暢，時以詼諧筆調，反映現實生活。鄉里父兄素重其品德，門生幾達千人。著作雖豐，惜遭兵燹而散失。

夜中作
賴國華

閒心久不慕功名，舊念偏從歲試生。
屈指於今期已屆，安排行李又宵征。

臺灣先賢詩文集彙刊 第五輯 08《詩詞合鈔》之八 賴國華《琢其吟草遺稿》第 57 頁

魁斗山早春
（山在寧南坊與文廟相對）
李泌

山名魁斗最稱雄，彷彿梯雲上桂宮。
遠望千村凝淑氣，平臨萬戶挹和風。
香飄桃李聞墻外，湧鬪魚龍躍泮中。
自是東寧春色早，雪花滿地着嫣紅。

陳漢光《臺灣詩錄》第四卷 第 230 頁

作者簡介

李泌，字號不詳，福建惠安人，清康熙年間（1662—1723 年），生平不詳。

留別澎湖諸生
吳性誠

風塵俗吏老書生，擊楫滄溟歷幾更。[①]
到此頗慚為政拙，去時深愧好官名。

三秋仙島看雲幻，五日廉泉飲水清。

惟有絃歌忘未得，旗亭詩酒送人行。②

原註：①臺灣距澎湖水程五更。②同學諸生多以詩文就正，瀕行復贈送行之什，依依惜別。

陳漢光《臺灣詩錄》第七卷 第 593 頁

作者簡介

吳性誠，字樸莽，湖北黃安人。廩生，清嘉慶十七年代理澎湖通判，二十年任鳳山縣丞，建阿猴書院；翌年署彰化知縣，時值穀貴盜起，勸平糴，善布施，頗有政聲。道光四年擢淡水同知，病歸卒。

輿誦篇（四首選二）
吳子光

廿年簪筆冠蓬萊，　皇路馳驅負異才！
包老何曾關節到，　使星遙識益州來。
功名鐘鼎千秋定，　衡嶽雲山此日開。
留取襜帷真面在，①有人風骨傲寒梅。

斗魁紫氣應文昌，　玉尺裁來教澤長。
三史三通新筆墨，②一官一集古辭章。
輶車雨潤春如海，　臺閣風生夜有霜。
至竟峴山功德在，　豐碑和淚讀襄陽！

編者註：①襜帷：車上四周的帷帳。《後漢書·郭賀傳》：“顯宗巡狩到南陽，特見嗟歎，賜以三公之服，黼黻冕旒。勑行部去襜帷，使百姓見其容服，以章有德。”借指車駕。唐·王勃《滕王閣序》：“都督閻公之雅望，棨戟遙臨；宇文新州之懿範，襜帷暫駐。”明·李攀龍《趙州道中憶殿卿》：“憶爾襜帷出牧年，風塵誰識使君賢。”②三史三通：魏晉南北朝以《史記》《漢書》《東觀漢記》為三史。唐開元以後，因《東觀漢記》失傳，乃以《史記》《漢書》《後漢書》為三史。三通：
指唐·杜佑《通典》、宋·鄭樵《通志》、元·馬端臨《文獻通考》的合稱。

陳漢光《臺灣詩錄》第八卷 第 884 頁

作者簡介
　　吳子光，字藝閣，廣東嘉應人，寄籍淡水銅鑼灣。清同治四年舉人，
分修《淡水廳志》，著有《一肚皮集》。

丁亥三月下浣，將卸篆，留別恆春僚友士民（四首選二）
丁日昌

詩滿行囊酒滿樽，①江淹南浦最銷魂。
敢云時雨人皆化，　為有春風座盡溫。
惜別前宵拼痛飲，　賞奇何日待重論？
興言學校吾尤愧，②莫向程門說感恩。

一官奔走老風塵，　九塞歸來又七閩。③
俗陋自當培子弟，④才疎何以答君親？
全家骨肉思傳聚，⑤滿目瘡痍賴拊循。⑥
記取瀕行持贈語，　好在海外報皇仁。

　　原註：①義塾各生贈行詩，懇摯纏綿，情深一往，武弁及百姓均送席租餞。
②擬廩請添設學額，以卸篆中止。③揀發新疆十載，部選閩省七年。④義塾十五
處，童子百餘人，屢飭各塾認真教導，不得誤人子弟。⑤二兒侍親在省，內子同
籍，大兒隨任恒春；一家三處分居，未何知日聚首。⑥恒邑新開之區，山多田少，
土瘠民浩。

陳漢光《臺灣詩錄》第九卷 第 939 頁

作者簡介
　　丁日昌，字雨生，號持靜齋，廣東豐順人。清道光二十二年，中秀才，

次年補廩生。光緒初年任福建巡撫，三年巡臺，頗有政績。生平好文事，藏書極富。著有《持靜齋藏書目》等，是中國近代洋務運動的風雲人物和中國近代四大藏書家之一。

光緒十八年三月初六日筱村中丞按試臺南正在明倫堂講書忽地大震因以詩記之
唐贊袞

堂皇高坐地震驚，滿堂潚澔洪濤聲。
如駕海舶檣忽傾，頭目眩轉浮滄溟。
諸生罷講相向瞪，魂搖氣慴神漸惺。
須臾奠定邀神靈，險遭不測入其坑！
我於其中浩歎興，兩間無處無虧盈！
世界本由缺陷成，自古斷鰲鰲足踁。①
扶輿畢竟誰支撐？賴有青門鼎力爭。②
乾坤浩蕩陂竟平，敢忘此日心凌兢！

编者註：①斷鰲：斷鼇立極，源見"女媧補天"。女媧斷鼇足以立四極撐起欲傾之天，比喻匡時濟世，功業宏偉。②青門：青門，特指中國漢代長安城的東南門，泛指京城東門等。宋·王禹偁《送榮禮丞赴宋都序》："青門曉晴，皇華啟行。"

林文龍《臺灣詩錄拾遺》第 188 頁

對鏡感懷
楊廷理

黃光何日上天庭，一曲勞勞頗厭聽。
入世功名粗有幸，登場傀儡恨無靈。
生初笑值箕張口，老鈍難誇刃發硎。

畢竟行藏誰主得，年來遇事薄調停。

《全臺詩》第叁冊 楊廷理 第 221 頁

玉堂春圖
章甫

古今畫品各成局，點染煙雲不一足。
玉堂春色大文章，賞心無分于雅俗。
眾香林裡占花王，鬥艷爭奇歸統屬。
三陽開泰萬象羅，朝盡深紅與淺綠。
君不見
周蓮陶菊愛有偏，不及牡丹眾所矚。
可知世間富與貴，乃是人人之所欲。

《全臺詩》第叁冊 章甫 第 314 頁

紫狀元
黃敬

只因白帝到籬東，拔取園英冠眾叢。
名壓梅魁憑豔紫，身超曲徑任拖紅。
高標吐出無雙品，晚節立成第一功。
幸遇探花瓊宴會，攀來宰相玉壺中。

不讓梅魁冠小園，籬疏獨占狀頭元。
高標吐出非雙品，及第開來無二尊。
也把幽香飄翰苑，何曾衣紫躍龍門。
淵明幾日歸家後，獻盞聊酬白帝恩。

《全臺詩》第肆冊 黃敬 第 124 頁

感時
陳維英

秀才一個值千金，不論文章只論錢。
利市襯衫當議價，膠庠弟子竟增員。
莫誇司馬能掄士，須讓宏羊為主權。
剜肉原知非至計，那堪軍務望誰填。①

同譜同官同本生，同餐同宿又同行。
燕山楚水歡風俗，茅店蓬窗話月明。
處處關心詢古跡，時時屈指數歸程。
五人外更添新體，秋塞南飛旅雁征。

原註：①八月九日同林丈文翰舍人，同年邱湯臣、進士家鏡帆比部，及門家洞漁中翰，出都豫楚江右回閩，途中漫興。

《全臺詩》第伍冊 陳維英 第 171 頁

榜花
陳維英

爭傳姓氏太稀奇，正是長安走馬時。
蕊榜開來驚眾目，杏林宴罷豁雙眉。
名真無二花邊署，佛卻盈千桂籍披。
惟有柳神相識早，芙蓉鏡下許君窺。

《全臺詩》第伍冊 陳維英 第 184 頁

嘲薄待塾師
陳維英

八九童蒙蜂一窠，未除乳臭教吟哦。
修金薄更小錢夥，膳米稀尤積稗多。

一年數節半無儀，過卻端陽節更奇。
扇面百文儀一百，算來倒乞百錢虧。

終歲全無肉味聞，豈徒三月不知云。
況衣無澣床無帳，王猛蝨兼吳猛蟁。

會文訪友或回家，觸怒東君大罵譁。
罵道明朝麾使去，定應街上唱蓮花。

姑借牛攔挂絳帷，待師如待牧牛兒。
天教子弟心茅塞，盡變成牛報不移。

從頭計算罄錢囊，僅可粗供一歲糧。
草草蝸廬輸稅重，先生還要典衣裳。

《全臺詩》第伍冊 陳維英 第 201 頁

紫狀元
陳維英

白帝曾經選玉園，秋光奪得號春元。
汁彈靖節先生柳，香出韓琦宰相門。
富貴牡丹無此品，科名小草未為尊。

紫袍金帶誰吾友，除卻松公不足論。

《全臺詩》第伍冊 陳維英 第 202 頁

附：陳維英《太古巢聯集》(選)

鄭祉亭春部大少君秋捷
秋榜科名蟾窟桂花傳舊種　春官門第鯉庭桃李長新陰

林生長春字錫慶新舉茂才
月課允推高弟　雲程不讓難兄

張儀庭令郎中副貢
中車也許投椎銳　調鼎終需借箸籌

賀鄭希彥中武舉
班定遠本文儒所出　郭汾陽由武舉而升

家濟江生秀並作舟前仰山月課屢取上卷
鉛黃屢許駒千里　金紫還期鶴九霄

臺灣先賢詩文集彙刊 第四輯 01 陳維英《太古巢聯集》

十

試帖詩

《石蘭山館遺稿》
施瓊芳

政貴有恒

格訓傳周誥，彰常治要徵。為觀書論政，轉悟易占恒。
有德欽星拱，無私頌日升。鴻謨垂正大，象魏布因仍。
久遠懸金鑑，平康準玉繩。一知民可式，三仰道方興。
最報東郊績，名符北嶽稱。雷風昭不易，皇化浹林蒸。

編者題註：《尚書·周書·畢命》：政貴有恆，辭尚體要，不惟好異，商俗靡靡，利口惟賢，餘風未殄，公其念哉。

詩正而葩

端莊流麗雜，三百五篇中。正既元音協，葩還異藻豐。
陔蘭歌教孝，田芑役言忠。棠棣仁恩浹，苹藋禮義隆。
山榮君子杞，阿蔭吉人桐。坰野無邪頌，淇園有斐風。
從繩傳木直，燦筆想花紅。最是康衢詠，堯天樂意融。

編者題註：詩正而葩：謂《詩經》意正而辭美。唐·韓愈《進學解》："上規姚姒，渾渾無涯；《周誥》《殷盤》，詰屈聱牙；《春秋》謹嚴，《左氏》浮誇；《易》奇而法，《詩》正而葩；下逮莊、騷，太史所錄，子雲、相如，同工異曲。"

十八學士登瀛洲

唐開文學館，士價重瀛洲。路遠登三島，才多倍九疇。
銀臺新伴侶，紫府古春秋。未見書酣讀，前身福記修。
梨香霏玉雨，松夢卜金甌。神馭排鸞鶴，官聯合扈鳩。
眾仙誰管領，上界此遨遊。喬彩薇垣耀，雙南美盡收。

編者題註："十八學士登瀛洲"首出唐太宗時期。大詩人李白在《夢遊天姥吟留別》一詩中有"海客談瀛洲，煙濤微茫信難求"之名句。"瀛洲"為神話中神仙所居之山名。《史記·秦始皇紀·二十八年》稱齊人徐市等上書秦始皇，海中有蓬萊、方丈、瀛洲三座供仙人居住的神山。十八學士：唐太宗李世民在長安城設文學館，邀大行台司勳郎中杜如晦、記室考功郎中房玄齡、太學博士陸德明及孔穎達、王府記室參軍事虞世南和姚思廉、蔡允恭、顏相時、于志寧、許敬宗、蘇世長、李玄道、薛元敬、薛收、李守素、蓋文達、褚亮、蘇勗共十八人常討論政事、典籍，當時稱之為"十八學士。唐太宗命大畫家閻立本為十八學士畫像即"十八學士寫真圖"，褚亮題贊。當時被唐太宗選入文學館者被稱為"登瀛洲"，這就是"十八學士登瀛洲"之來歷。

開徑望三益

三益殷勤望，陶公徑正開。匡廬標境界，羲易篆風雷。
記別蘭言座，曾虛栗里杯。方期文共賞，莫使轍仍回。
茅闢蹊間路，蓮邀社裏才。一堂佳日會，千里德星來。
松菊迎門待，琴書入室陪。輔仁端士習，棫樸聖恩培。

編者題註：晉·陶淵明《歸園田居》其六：素心正如此，開徑望三益。

鳴鶴在陰

卦氣中孚起，真詮物理尋。維魚曾格信，有鶴亦鳴陰。
月朗瑤笙度，風輕素氅臨。前身丁記姓，雅和子同心。
端合占靡爵，何須詠在林？陸鴻儀國笙，岡鳳吉人吟。
仙籍留華算，羲爻得好音。帝城珠樹茂，棲穩瑞雲深。

編者題註："鳴鶴在陰，其子和之。"白鶴在山的背陰鳴叫，它的同類聲聲應和，表示同類事物，互相感應。語出《易·中孚》："鳴鶴在陰，其子和之。吾有好爵，吾與爾靡之。"

千里暮雲平

高眺憑千里，閒雲暮靄平。收將峯突兀，鋪出練分明。
天路真如砥，嵐光欲到城。目窮山盡處，望斷客歸情。
隨意空仍色，無心送復迎。迷離濃澹影，連續去來程。
遠浦雙煙活，斜陽萬樹晴。倚樓風笛緊，佇待月華清。

編者題註：唐·王維《觀獵》：回看射雕處，千里暮雲平。

七月既望

壬戌神宗歲，庚辛白帝秋。中元過望夜，下水棹扁舟。
盆罷空王醮，簫吹雅客儔。金風三信度，大火兩旬流。
月漸虧娥兔，星還近女牛。時光前赤壁，景物古黃州。
日數觀濤合，人情乞巧猶。江山應復識，尚記此宵否？

編者題註：七月既望："望"是指農曆小月十五日，大月十六日。此句出自蘇
軾的《赤壁賦》"壬戌之秋，七月既望"。

河海不擇細流

海王非指測，河伯漫膠求。豈識難為水，都緣不擇流。
學來川克至，挹彼潦兼留。左右逢皆取，淄澠辨孰由。
大應含細入，委本待源收。振洩情奚慮，資深量最優。
朝宗書載夏，習坎易占周。涵育欽皇度，歸仁就下猶。

編者題註："河海不擇細流，故能就其深"出自李斯《諫逐客書》："是以泰山
不讓土壤，故能成其大；河海不擇細流，故能就其深；王者不卻眾庶，故能明其
德。"

農事遍東皋

農事田家重，原皋四望通。暮歸西照後，曉盼小星東。
梅雨分龍節，桑烟獻繭功。非關鳴鼓集，咸見播琴同。
平秩寅賓應，晴和酉熟豐。交春交夏際，或穫或耕中。
舒嘯懷陶令，聞歌憶陸公。民依知稼穡，黼座樂時隆。

編者題註：參見宋·謝逸《社日》：東皋農事作，舉趾待耕耘。

以文會友

若水交原淡，他山輔在仁。文章天下士，襟契箇中人。
見即鴻篇覽，儀猶雉贄申。同方同術地，鼓瑟鼓簧晨。
益比師資易，功仍譾笑純。窮年雞跖學，示我鹿鳴賓。
虎觀譚經久，鵝湖辯理頻。古來儒雅侶，勝會不虛陳。

編者題註："以文會友"，語出《論語・顏淵》："君子以文會友，以友輔仁。"晉・葛洪《抱樸子・漢過》："逮乎近代，道微俗弊，結黨合譽，行與口違者，謂之以文會友。"

何蓑何笠

阿降池臨後，追隨笠與蓑。山肩輕克荷，草具載無他。
卻漏油衣瓦，迎涼水蓋荷。睡餘明月足，覆占小天多。
半袒麑肱勢，微欹叩角歌。生涯鞭笛共，身世雨烟過。
曲處懷靈運，歸來唱志和。維魚徵聖瑞，庶彙育恩波。

編者題註："何蓑何笠"，語出《詩經・小雅・無羊》。何（音賀，去聲）：同荷。意思為擔，引申為披、戴，何蓑何笠就是披着蓑衣戴着斗笠。"或降于阿，或飲于池，或寢或訛。爾牧來思，何蓑何笠，或負其餱。三十維物，爾牲則具。"

馬蹄無處避殘紅

無計留香在，飛紅送馬蹄。印殘鴻爪雪，蹴破燕巢泥。
渧水經初雨，斑脂護曉蹊。踏憐金勒騎，掃懶錦囊奚。
臺柳朝朝折，宮蓮步步齊。直忘春晼晚，不辨路東西。
茵繡千重簇，鞭絲四望迷。桃源歸去也，回首隔前溪。

瑤琴一曲來薰風

一曲薰風奏，鳴琴伴讀書。西山邀老友，南凱護幽居。
身世唐虞在，淵源孔孟儲。諸生春坐久，三月味忘餘。
民慍當年解，天懷我輩攄。御來泠善也，鼓罷樂何如。

蓄異鸞徽素，涼生鹿洞虛。中和銘共佩，憶造紹成廬。

編者題註：宋·翁森《四時讀書樂》其中《夏》：讀書之樂樂無窮，瑤琴一曲來薰風。

陽禮教讓

壽介基豳俗，民和兆洛陽。讓端周著禮，王道聖觀鄉。
君子稱仁里，司徒立義方。耳提師弟類，齒貴父兄當。
祈耇詩咸誦，撝謙易不忘。賢書符月吉，美德闡天良。
虞芮羞行路，申酆感憩棠。昇平風物繪，春酒詠羔羊。

編者題註："陽禮教讓"，見《周禮·地官司徒第二·大司徒》：而施十有二教焉：一曰以祀禮教敬，則民不苟。二曰以陽禮教讓，則民不爭。三曰以陰禮教親，則民不怨。四曰，以樂禮教和，和民不乖。五曰以儀辨等，則民不越。六曰以俗教安，則民不愉。七曰以刑教中，則民不虣。八曰以誓教恤，則民不怠。九曰以度教節，則民知足。十曰以世事教能，則民不失職。十有一日以賢制爵，則民慎德。十有二日，以庸制祿，則民興功。宋·范仲淹有《陽禮教讓賦》。

麥天晨氣潤

麥事占胎裏，晴天亦潤晨。浪生秋四月，雲作稼千囷。
南畝來貽我，西山爽撲人。啟明疇尚暗，非雨礎偏津。
濕幸收蠶畢，香懷薦毳新。乘涼農去早，思餌客醒頻。
日薄遲灰槀，陰輕擁麴塵。秀寒聞里語，參驗趙詩真。

編者題註：宋·歐陽修《六一詩話》："龍圖學士趙師民，以醇儒碩學名重當時……詩思尤精，如：'麥天晨氣潤，槐夏午陰清'，前世名流，皆所未到也。"

槐花忙舉子

為報泥金信，佳槐特綻黃。風花隨處認，科舉迫人忙。
蔭已官街滿，音知相省揚。宴櫻新甲第，簪杏好年光。
誰卜龍頭屬，先看兔目長。語傳唐進士，樹種漢明堂。

屈指占榴實，關心聽桂香。右文欽聖世，栻樸茂無疆。

龍虎榜

青眼咸推贄，朱衣暗點詹。鳳凰池富麗，龍虎榜莊嚴。
金墨懸高閣，風雲出矮簷。變知文有蔚，見識首非潛。
桂籍星君護，氈書禮部黏。銀袍人立鵠，珠履窟攀蟾。
觀入經同講，門登客共瞻。霓裳偕詠日，皇極普恩霑！

秋分見壽星

太史書秋令，羲和奏瑞星。得天能久照，壽世本通靈。
昔自弧西在，今從井宿形。觜觿明並旦，日月會交經。
晝夜方分刻，乾坤不記齡。位南隨赤帝，拱北祝彤庭。
海宇徵時樂，郊壇薦祀馨。升恒堯舜德，嵩禱響頻聆。

三冬文史足用

磊落東方朔，公車策上封。身材魁眾士，文史足三冬。
雪映朝披案，霜催夜讀鐘。莊騷曾過眼，秦漢已羅胸。
冰硯溫存久，寒燈意味濃。窮經將致用，待試及今鋒。
歲暮丁年警，書多甲庫供。賢良堪應詔，金馬隱高蹤。

以千數，其不足采者輒報聞罷。朔初來，上書曰：‘臣朔少失父母，長養兄嫂，年十三學書，三冬文史足用。十五學擊劍。十六學《詩》《書》，誦二十二萬言。……’朔文辭不遜，高自稱譽，上偉之，令待詔公車……”唐·駱賓王《在江南贈宋五之問》：“一顧重風雲，三冬足文史。”

春水綠波

別恨春流處，盈盈鴨綠波。六朝桃葉渡，三叠柳枝歌。
草未新藍染，塵先細麴挓。換將秋水白，漾出雨潮多。
橋齒迷紅雁，嵐頭映翠螺。沚中人宛在，天上坐如何。
入畫空青現，縈情短棹過。溯洄南浦際，杳靄隔烟蘿。

編者題註：唐·朱休《春水綠波》詩：芳時淑氣和，春水澹煙波。

天孫為織雲錦裳

人巧仙工比，昌黎大雅渾。雲霞乘帝子，錦繡織天孫。
列宿胸羅滿，奇章手抉翻。星機同此贈，丹篆夢曾吞。
辭妙成黃絹，文光徹紫垣。雙梭行日月，五緯麗乾坤。
筆墨神呵護，經輪世仰尊。珠聯開學運，黼黻獻皇門。

編者題註：宋·蘇軾《潮州韓文公廟碑》：元豐七年，詔拜公昌黎伯，故榜曰："昌黎伯韓文公之廟。"潮人請書其事于石，因作詩以遺之，使歌以祀公。其辭有"公昔騎龍白雲鄉，手抉雲漢分天章，天孫為織雲錦裳。飄然乘風來帝旁，下與濁世掃秕糠"句。

前赤壁賦

烏鵲南飛杳，高吟霸氣休。江山歸玉局，風景賦黃州。
棹發騷詞唱，波流劫迹收。漁樵吾與也，水月客知不。
諦妙盈虛閫，情教物我猶。魏吳留緒論，天地入清謳。
杯酒談千古，扁舟載一秋。獨驚鱸膾夕，勝地異前遊。

編者題註：宋蘇軾有《前赤壁賦》。

秋之秋

管子明民事，勤農著四秋。在金商九數，維寶稼千疇。
併昔三時作，咸茲一序收。社祈來歲美，歌樂有年謳。
玉露滋沙背，黃雲覆隴頭。麥成分號並，椿實記齡不。
終物宜為艮，詮言漫解愁。秧鐮新月白，好上稻孫樓。

川不辭盈

不棄蹄涔集，空茫作大川。盈科斯進爾，習坎正渟然。
雖滿傾奚慮，能虛受莫捐。月來方印萬，浪激又增千。
觀海難為量，尋源孰測邊。何曾山讓土，終是本歸泉。
此日成洪濟，當時聚細涓。清流長晝夜，妙理聖言傳。

編者題註：魏晉張華《勵志詩》：山不讓塵，川不辭盈。勉爾含弘，以隆德聲。"

清風來故人

摹擬交情重，詩傳小杜工。新秋多美日，故友得清風。
角扇揮時到，低簾亞處通。思詢偕朗月，誦甫憶高嵩。
吹出金蘭味，清餘酒茗衷。祗欽君子德，詎作大王雄。
爽氣西山挹，佳懷舊雨融。為思前別在，望斷暮雲東。

編者題註：出自唐·杜牧《早秋》：大熱去酷吏，清風來故人。

中多與祭

萬國歡心洽，羣英內志專。鷺飛賓助祭，燕式國求賢。
正己持弓審，維寅贊幣虔。升三廊廟入，能八翼為宣。
璋未羧羧奉，皮先的的穿。掄才侯益地，秉德士孚天。
頌譜來雕什，儀觀大射篇。多材多藝選，師濟澤宮前。

子路負米

高弟傳洙泗，窮居孝克純。于囊從百里，致養樂雙親。
但免尸饔嘆，何辭負米頻。秉非來冉與，食不厭回貧。
啜菽言常凜，冠雄志未伸。鼎烹猶待楚，糧絕幸殊陳。
粟以仁人貴，勞無勇士辛。同茲曾閔行，師訓一經珍。

編者題註：漢劉向《說苑·建本》："子路（亦稱仲由）曰：'負重道遠者不擇地而休，家貧親老者不擇祿而仕。昔者由事二親之時，常食藜藿之實（指粗陋的飯菜），而為親負米百里之外。親沒之後，南游于楚，從車百乘，積粟萬鐘。累茵而坐，列鼎而食，願食藜藿為親負米之時，不可複得也。'"

眾仙同日詠霓裳

吉語長安報，霓裳詠眾仙。娜嬛開福地，絲竹奏鈞天。
逸韻鸞笙叶，清班鶴氅聯。金成丹六一，珠綴字三千。
曲譜中秋記，詩名上界傳。銀袍新伴侶，玉笛舊因緣。
樂雅諧佳句，人閑會小年。瀛洲欣路近，寰宇頌聲宣。

編者題註：唐·李商隱《留贈畏之》：空寄大羅天上事，眾仙同日詠霓裳。

臺灣先賢詩文集彙刊第一輯03 施瓊芳《石蘭山館遺稿》卷十九 試帖一 第477-499頁

酒近南山作壽杯

壽寓南山客，賡歌雅句裁。花承丹鳳輦，酒進紫霞杯。
日月尊中永，峯巒仗外開。仙風鳴劍佩，春色醉蓬萊。
嶽崎三台接，星輝五老來。柏椒薰玉饌，鸞鶴舞瑤臺。
鎬飲瓊筵列，嵩呼寶籙恢。錫敷皇建懋，稱兕普埏垓。

編者題註：唐·宋之問《奉和春初幸太平公主南莊應制》：文移北斗成天象，酒遞南山作壽杯。

堅冰在鬚

豪氣虯髯折，冰威力更堅。水寒金井日，人老玉關年。
鑷白容先改，敲凌韻乍圓。拂從龜手試，映覺蝟毛妍。
銀海枯無浪，華池凍有煙。撚成瓊屑落，唾作寶珠懸。
清澈壺同鑑，離披帛待纏。湛恩周挾纊，征士戴堯天。

其二

一夜鬚皆白，征人冷戍邊。舉頭猶月滿，拂頷有冰堅。
英氣空森戟，寒威正裹氈。風霜侵偉質，顏面學衰年。
斷比吟詩苦，清無束帛纏。蝟張餘怒噤，虎拑壯心懸。
凍礙掀髯笑，光添撫鬢鮮。鋤奸同櫛髮，聖武凱歌旋。

編者題註：唐·李華《吊古戰場文》：積雪沒脛，堅冰在鬚。鷙鳥休巢，征馬踟躕。

月林散清影

縞夜饒佳趣，林光散處清。人將花對影，月與水同情。
蟾魄神能繪，虯枝勢盡呈。綠天曾簇蓋，白地忽搖晶。
疏漏星千點，涼添露幾聲。安排仍錯落，寫照自分明。
鏡本輪宮幻，波難樹海平。御園潋景霽，喬幹益滋榮。

編者題註：唐·杜甫《游龍門奉先寺》：陰壑生虛籟，月林散清影。

文無難易

千古文章法，昌黎論不刊。但爭非與是，莫問易和難。
倚馬才防剿，雕虫力戒殫。筆鋒奇正陣，墨海淺深瀾。
氣載聲高下，題忘境窄寬。苦甘輪匠斲，生熟火爐丹。
此道肱三折，名人眼一般。書同昭盛世，諦當語收韓。

編者題註："文無難易"，出自唐·韓愈《答劉正夫書》："有來問者，不敢不以誠答。或問：'為文宜何師？'必謹對曰：'宜師古聖人。'曰：'古聖賢人所為書具存，辭皆不同，宜何師？'必謹對曰：'師其意不師其辭。'又問曰：'文宜易宜難？'必謹對曰：'無難易，惟其是爾。'如是而已，非固開其為此，而禁其為彼也。"

日色冷青松

一徑山房入，蕭森列萬松。忽疑紅日冷，知隔綠天重。
古木涵秋氣，寒雲寫暝容。白盧搖野馬，青老護髯龍。
濤韻千巖起，煙痕半晌封。林深消畏景，石瘦度幽蹤。
暮色鴉邊樹，涼陰鶴外峰。翠微中縹渺，采藥偶相逢。

編者題註：唐·王維《過香積寺》詩：泉聲咽危石，日色冷青松。

且看黃花晚節香

標出寒香節，安陽託興遲。名場過白髮，晚境看黃花。
為念喧淒閱，能全色味嘉。神仙多壽草，將相亦詩家。
對此人應淡，開時景尚賒。風霜經老眼，天地養秋華。
竹柏交同耐，桑榆念恐差。回思金帶瑞，紅藥麗春霞。

編者題註：宋·韓琦《九日水閣》：雖慚老圃秋容淡，且看黃花晚節香。

夜寒應聳作詩肩

有客吟肩聳，詩窗夜正闌。推敲方作勢，瑟縮不禁寒。
兀坐呈山樣，豪思汎海瀾。凍呵銀筆胝，栗起玉樓攢。
癯影臨燈下，涼痕到褎端。鳶真騰上速，驪覺索探難。
刻燭雙花落，披袍半臂單。冬烘休比誚，佳句播詞壇。

編者題註：宋·蘇軾《是日宿水陸寺寄北山清順僧二首》：遙想後身窮賈島，夜寒應聳作詩肩。

同工異曲

似異原非異，文章有化工。允符歌雪亮，不比語雷同。
玉尺裁量後，珠喉轉換中。巧思鴛製錦，別調鳳吹箆。

和縱陽春寡，評猶月旦公。百三家合選，十五國殊風。
各肖天人籟，相旋律呂宮。元音諧奏日，臚頌契宸聰。

編者題註：唐‧韓愈《進學講》：子雲相如，同工異曲。

春風得意馬蹏疾

快把先鞭著，長安得意辰。花迎鼉背客，風颭馬頭春。
驥足雲端展，鶯聲谷口新。勢真飛電掣，氣正吐虹伸。
楊柳青旗市，驊騮紫陌塵。剛逢題雁日，應有避驄人。
彎騁銅街遠，鑣聯玉筍親。他時天蹕扈，更喜策翔麟。

編者題註：唐‧孟郊《登科後》：春風得意馬蹏疾，一日看盡長安花。

河出榮光

地鞏金隄址，天垂玉燭光。榮封河作伯，瑞儷日含王。
星宿來源遠，雲霞散綺彰。赤圖龍馬上，紫氣斗牛旁。
鯉憶登門久，犀疑照渚剛。鏡珠雙鑒澈，帶礪萬年長。
奏到澂清頌，歌成糺縵章。朝宗徵獻寶，丕應德珍黃。

編者題註：唐‧段成式有《河出榮光》詩。

洗心藏密

洗滌歸精粹，功修宥密欽。玉方君子德，鏡仰至人心。
觀盥孚能若，坤囊咎莫侵。從知樞在水，何止式如金。
橐籥乾坤祕，槃盂夙夜箴。濯之斯皓皓，息者自深深。
兩字危微旨，三緘戒慎忱。淵涵昭聖度，蹈詠徧林壬。

編者題註："洗心藏密"。語出《易‧繫辭上》："是故，蓍之德圓而神；卦之德
方以知；六爻之義易以貢。聖人以此洗心，退藏於密，吉凶與民同患。"

河流順軌

聿紀榮河瑞，欣徵順軌流。曲隄千里赴，故轍八枝留。

如砥遵周道，為圖畫禹疇。鴻毛風儵遇，馬頰漲全收。

路坦由庚日，波恬洗甲秋。韜軒星使迹，橾畚水官謀。

載已坤輿協，清還海鏡侔。車書彰盛治，川嶽仰懷柔。

編者題註："河流順軌"。光緒《越嶲廳志》卷二：安順場取"山鎮六安、河流順軌"為名。

政如農功

立政須精勵，農功喻恰宜。如將禽饗戒，來警燕安思。

鳩扈分官日，雎麟起化時。厥田惟上也，修禮以耕之。

力稽盤留鑒，勤葘誥表規。樹徵人地敏，穀慶子孫貽。

待奏登三效，何殊挾五資。豳風無逸念，庶績帝廷釐。

編者題註："政如農功"。出自春秋·左丘明《左傳·襄公二十五年》：子產曰："政如農功，日夜思之，思其始而成其終。朝夕而行之，行無越思，如農之有畔。其過鮮矣。"

恭儉維德

郅治成周媲，官箴勵儉恭。相期君子德，用繼古人蹤。

葵藿無虛獻，蘋蘩有薄供。天高嚴虎拜，地暇美羔縫。

祇覺端紳笏，何曾侈鼎鐘。循牆銘可鑒，納牖義能從。

風草觀型象，冰淵潔敬容。即今澂敘肅，聖教妙陶鎔。

編者題註：恭儉：春秋·魯·孔丘《論語·學而》：夫子溫良恭儉讓以得之。夫子之求之也，其諸異乎人之求之與？原意為溫和、善良、恭敬、節儉、忍讓這五種美德，這原是儒家提倡待人接物的準則。維德：出自《詩經·大雅》，溫溫恭人，惟德之基，是說溫和謙恭，是高尚道德的基礎。

興廉舉孝

漢代崇廉孝，金門下詔徵。此科先貢舉，其法出賓興。
德里傳鳩樹，除書寫鶴綾。豹程文待變，烏養祿猶勝。
郡俾還珠守，堂教奉檄登。清風輪幣著，愛日組簪承。
旌楔堪傳世，彈冠已得朋。綸章殷簡在，二八慶同升。

編者題註："興廉舉孝"：推舉廉士，見《漢書·武帝紀》：興廉舉孝，庶幾成風。

竹外鳥窺人

坐對檐前竹，忘機有鳥窺。想應求好友，到此借高枝。
秋水迎眸處，春風識面時。誤因晶薄隔，倦或綠陰移。
賀廈親如許，巢林樂在斯。花光清慧眼，松影露吟眉。
鶯語詩人解，鷗心海客知。棣通承率育，梧鳳正來儀。

編者題註：唐·祖詠《清明宴司勳劉郎中別業》：簷前花覆地，竹外鳥窺人。

艾虎

越井岡頭艾，神奇鮑女傳。昔曾龍贅試，今作虎形懸。
裹露收筐底，迎風嘯戶前。采宜寅日驗，灼藉乙威便。
屈突揚名地，於菟得意天。何須生七月，儘可蓄三年。
似豹文成葉，非狐貌假權。冰臺推藥聖，服猛用尤先。

編者題註：艾鼬又稱作艾虎、地狗，是鼬科鼬屬的小型毛皮動物，體形象黃鼬。喜近樓生活，洞居，黃昏和夜間活動。主要以鼠型齧齒動物為食。艾鼬是鼠類的天敵，在控制農、林、牧業的鼠害方面有很大益處。

作事須循天理

循理方成事，欽哉對越天。畏三心有恪，覆萬道無偏。
牆記銘恭地，璣占察政年。黃中通此義，蒼宰握其權。
善誘高彌仰，惟能位罔愆。大經昭日月，微步惕冰淵。

鑒凜明明者，行同縮縮然。從茲陰驁慎，夙夜露香虔。

編者題註：清朝・金纓《格言聯璧》西居士周安士著述：做事須循天理，出言要順人心。

驅飛廉於海隅

義旅臨河朔，飛廉竄海隅。功成衣一著，用比駕三驅。
前鑒淵沈絲，先期火耀烏。虎賁馳不失，鳥俗勢應孤。
黨馨雷開董，威行日出區。名雖風伯竊，地豈水神逋。
投北情同快，漸東教可孚。鉞旄彰討後，好辨石銘誣。

編者題註：飛廉：商紂的諛臣。《孟子・滕文公下》："驅飛廉於海隅而戮之。"
趙岐註："飛廉，紂諛臣。"

麥秋至

日至徵皆熟，農祥麥告收。共欣民乃粒，首報夏之秋。
翠減前番浪，黃添到處疇。玉山晨挹潤，瓊實歲貽牟。
課畢蠶同上，嘗餘虀並羞。一天梅子雨，十里稻孫樓。
節協三新諺，途聽兩穗謳。熙朝占率育，符瑞史應修。

其二

清和佳序至，登麥上農謀。晨氣涼銷夏，年光熱報秋。
蠶沙開宿廩，鴉種換新疇。昨記逢辰長，今當建己收。
拾遺桑下雉，催穫雨前鳩。良月櫻廚啟，香風餅市浮。
糟因占鳥設，竿待護雞修。貢碧來遐服，招懷帝德優。

編者題註："麥秋至"，指節氣。小滿三候：一候苦菜秀，二候靡草死，三候麥秋至。第三候原為小暑至，後《金史志》改麥秋至。雖然時間還是夏季，但對麥子來說，卻到了成熟的"秋"。

園柳變鳴禽

節物因時變，先徵柳上禽。人游銷夏地，鳥託送春音。

聚翼防枝重，翻聲愛葉深。綠描金谷景，紅譜玉簫心。
細話千絲結，難教百囀禁。香風移別調，薄日坐清陰。
化境同蟬蛻，高才學鳳吟。山梁觀道妙，聖學萬方欽。

其二

也解牙餘棄，新聲變夏禽。雙柑高士癖，萬柳故園心。
簧譜交枝玉，絲垂密縷金。自安於止樂，豈抱不平吟。
語似雷同恥，聽宜日涉尋。舌蓮分智慧，泥絮話光陰。
綠意詩中趣，紅腔曲外音。雞談應有藉，窗影晝愔愔。

編者題註：南朝·謝靈運《登池上樓》：池塘生春草，園柳變鳴禽。

西郊雲好雨不垂

雨候占雲好，西郊信竟非。天心遲甲坼，人意切寅祈。
望向迎秋地，臨當盛夏威。者番停靄靄，何日降霏霏。
一角青雖撐，千畦綠未肥。澤宜隨露湛，翳恐逐風歸。
水德誰司橐，金方已啓機。出裝雷鼓震，豐洽願無違。

其二

小畜西郊象，雲多雨竟稀。時方摧夏扈，禮合效春祈。
渥澤頻占尺，濃陰尚缺圍。葛龍慵不起，魯馬健空飛。
匪愛奇峯色，期蘇涸轍腓。東皋齊引領，南陸偶潛暉。
膏笨屯爻久，機參兌位微。甘滋彰聖瑞，四表仰皇畿。

其三

東鸞頻舒卷，西郊切禱祈。偶因雲數片，認作雨先幾。
嶺上空披帽，嵐邊未溼衣。鋪將圖水墨，靳此寶珠璣。
泥踐曾占馬，河明不渡豨。信從朱鼉覓，舞與白龍依。
晴岫虛張蓋，陽門尚闔扉。云云終澍潤，香瓣答星旂。

編者題註：宋·王禹偁《苦熱行》：西郊雲好雨不垂，堆青疊碧徒爾為。

臺灣先賢詩文集彙刊 第一輯 03 施瓊芳《石蘭山館遺稿》卷二十 試帖二

第 501-523 頁

摘藻為春

脫盡浮華去，奇裁自有真。煥光應射斗，摘藻可為春。
錦樹增山色，金波綴水濱。直堪方麗采，不但比和神。
雕想顏詩續，清懷庾賦新。文章煙景價，楮墨日霞晨。
草豔池邊句，花生筆下人。芳心兼繡口，青帝託前身。

編者題註：《文選·張協〈七命〉》："至聞皇風載韙，時聖道淳，舉實為秋，摘藻為春。"張銑註："舉用賢能亦如秋時萬物成實也。"

奇文共欣賞

素有耽奇癖，相知喜得群。一盃名士酒，數卷古人文。
隴豆朝鋤畢，山經夏讀勤。座中黃絹賞，籬外白衣聞。
會友多佳日，驚才詫織雲。不疲真樂此，得解欲何云。
魏晉卑聲藻，羲皇溯典墳。桃源超俗筆，幾可掃千軍。

編者題註：魏晉·陶淵明《移居》：奇文共欣賞，疑義相與析。春秋多佳日，登高賦新詩。

首夏猶清和

首夏饒佳趣，詩傳謝客哦。韶光留淡蕩，天氣尚清和。
疏牖還垂箔，輕衫怯試羅。春疑重閏設，晝已小年過。
寒燠猜難定，陰晴問若何。釀花餘冷豔，吟草逸情多。
前信風催楝，新涼雨長荷。南薰宸意愜，吉士頌卷阿。

編者題註：南北朝·謝靈運《游赤石進帆海》：首夏猶清和，芳草亦未歇。

鞠有黃華

除卻姚黃貴，英華鞠盡收。高標三逕節，獨步九天秋。
巧樣金鈴綴，清光玉瓚流。通符君子理，淡對古人儔。
五色尊中位，千花讓上游。容堪青女傲，香引白衣留。
酒蘸鵝翎嫩，籬窺麀眼幽。西風吟意爽，有客絹辭修。

編者題註："鞠有黃華。"《禮記·月令》篇："季秋之月，鞠有黃華。"古人提到的黃華是一種野菊花，在秋季最後一個月盛開。後來古人發現，這種小小的黃色的野菊花可以食用和藥用，《神農本草經》記載："菊花久服能輕身延年。"屈原也有過"朝飲木蘭之墜露兮，夕餐秋菊之落英"之佳句。

國士無雙

得信成三傑，奇才出漂江。多多兵益善，落落士無雙。
逐鹿今資策，求魚昔泛艖。楚材如晉用，漢鼎共蕭扛。
獨步鴻溝界，高標虎帳幢。薦賢丞相切，論績列侯降。
喜作金刀輔，應憐玉斗撞。項劉興廢事，一將繫家邦。

編者題註：《史記·淮陰侯列傳》："諸將易得耳，至如信者，國士無雙。"指蕭何向劉邦推薦韓信，說他是國內最有才能之人，沒有人可與他相比。後以此典比喻才能出類拔萃的人。

好竹連山覺筍香

未惜千番呪，奚堪一日無。筍邊香幾陣，山際竹千株。
奇馥貓頭蘊，清陰鳳尾敷。夢遊芳國界，人坐綠天圖。
翠欲迎眸滴，芬應撲鼻俱。櫻廚三月景，蘭譜七賢徒。
蒼葍林疑入，篔簹谷可娛。解將風味領，佳句詠髯蘇。

編者題註：宋·蘇軾《初到黃州》：長江繞郭知魚美，好竹連山覺筍香。

蟬不知雪

把雪教蟬解，何從夢見之。風殊乾鵲曉，冰豈夏蟲知。
么麼無多智，寒暄已易時。熱腸忙未了，冷語問應疑。
不受金衣點，翻云玉戲欺。獅粧張子誚，犬吠柳州嗤。
空奏鳴槐操，難聞咏絮詩。桓寬留妙論，喻道貴因宜。

編者題註："蟬不知雪"。成語。漢·桓寬《鹽鐵論·相刺》："以所不睹不信人，若蟬之不知雪堅。"是說，知了夏天生，秋天死，看不到雪。比喻人見聞不廣。

古硯微凹聚墨多

雀瓦凹微露，龍香聚合多。烟雲供鍛鍊，歲月鎮消磨。
田好傳家舊，池臨應手和。劃開深淺界，縐出淡濃波。
活眼疑穿鵠，輕丸盡碎螺。墨豬肥不沁，筆虎凍休呵。
質撲堪供案，淋漓快擘窠。放翁傳硯癖，端石價如何。

*編者題註：宋·陸遊《書室明暖終日婆娑其間倦則扶杖至小園戲作長》：重簾
不卷留香久，古硯微凹聚墨多。*

一詩換得兩尖團

無限新詩債，應教食指占。蟲雕誇麗藻，蟹得選團尖。
數韻撚鬚就，雙螯繞手纖。錦心原鳳采，饞口亦雞廉。
春草思方豔，秋風興每添。鵝貼書必妙，羊換帖何嫌。
筆想千軍掃，螯看一解兼。東坡佳句咏，意味別酸醎。

編者題註：宋·蘇軾《丁公默送蝤蛑》：堪笑吳興饞太守，一詩換得兩尖團。

詩清都為飲茶多

妙解尋詞料，茶餘興在詩。清新開府句，醞釀建溪枝。
明月三生契，春風兩腋吹。文瀾融水乳，心將戰槍旗。
品愛敷蓉潔，才稱賦茗奇。筆花開豔處，墨汁飲濃時。
點訝擎甌幻，催嫌擊鉢遲。含芳兼漱液，吟罷舌香知。

編者題註：宋·徐璣《贈徐照》：身健卻緣餐飯少，詩清都為飲茶多。

焚香選卷

第一仙人出，馨聞自匪常。開闈唐唱燭，選卷宋焚香。
百和芬濃淡，三篇策短長。科名天子重，姓字狀元芳。
綠篆朝衣惹，青錢士價量。乙爐薰侍史，丙夜祝文昌。
旭日輝金榜，祥煙繞玉堂。還看甌卜相，丹陛慶賡揚。

稼穡維寶

一望如墉盛，殷勤稼穡功。詩篇曾詠寶，易卦合占豐。
即此三農富，何殊九府充。惟賢懷召訓，開國誦豳風。
繡隴謀晴雨，瓊脂數秬秠。粟生金可比，穀庇玉應同。
圖繪耕桑際，書成貨殖中。熙朝民事重，大有慰宸衷。

編者題註：《詩經·大雅·桑柔》第四十七句："稼穡維寶。"

師直為壯

惟直方為壯，師興績底成。道傳三代古，威振萬邦平。
矯矯前無敵，堂堂出有名。乾坤留正氣，雷雨助先聲。
決勝籌堪借，宣辭鼓必鳴。武昭夫子勣，吉叶丈人貞。
裘帶觀儒將，壺簞拜義兵。鷹揚欽帝世，寰海盡輸誠。

編者題註：《左傳·僖公二十八年》："師直為壯，曲為老，豈在久乎？"師：軍隊；直：理由正當；壯：壯盛，有力量。出兵有正當理由，軍隊就氣壯，有戰鬥力。

凡百敬爾位

凡百皆君子，何曾誚濫員。位須風儆切，敬乃日嚴宣。
楓陛趨蹌地，槐階咫尺天。凰飛多士吉，虎拜寸衷虔。
每繹兼山義，如賡集木篇。升逾才二八，言括禮三千。
作所工無曠，惟能事罔愆。斷章徵選句，帝念重興賢。

編者題註：魏晉·應瑒《侍五官中郎將建章台集詩》：凡百敬爾位，以副饑渴懷。

諸生講解得切磋

講解諸生計，情殷祭酒韓。切磋經有藉，磨琢石猶完。
蘚碣奇文字，槐街古服冠。丁鴻資辯藪，亥豕釋疑團。
說恐毫釐誤，功真骨角殫。毓成芹藻秀，勝似棗梨刊。

虎觀談何易，駝車載不難。垓埏霑聖教，實學勵儒冠。

編者題註：唐·韓愈《石鼓歌》：聖恩若許留太學，諸生講解得切磋。

袖中吳郡新詩本

袖得吳門本，襟痕意並關。詩情新歲月，宦轍舊湖山。
寒雨連江入，清風罷郡還。衫曾司馬濕，句待奪驪刪。
花鳥蘇臺詠，衣冠洛社攀。別裁中晚體，初服市朝間。
集購雞林國，隄成虎阜灣。巾箱誰熨貼，蠹素有雙鬟。

編者題註：唐·白居易《故衫》：袖中吳郡新詩本，襟上杭州舊酒痕。

穆如清風

一什徂齊誦，樊侯別尹卿。好從今雨篤，穆與古風清。
東國輶軒采，南薰雅頌成。尚欽君子德，來想故人情。
袁扇仁須奉，倫箎律自鳴。皎如臨玉樹，鏗爾作金聲。
託始雎鳩詠，言懷式燕賔。皋夔颺拜日，鼓吹曲昇平。

編者題註：《詩經·大雅·烝民》："吉甫作誦，穆如清風。"穆：美。謂和美如清風化雨滋養萬物。

綠樹陰濃夏日長

綠樹成陰後，幽居夏正長。閒留雲小住，夢與水俱涼。
偶聽占風鐸，頻添報刻香。屋桑鳩管領，梁日燕商量。
天展壺中景，人游物外鄉。倦餘呼茗爽，坐久數花詳。
頓覺清如許，應歌樂未央。惜分勤志士，書課每添行。

其二

莫惜餘春去，如年夏更長。樹陰添晝影，花事送韶光。
綠外琴能古，閒中奕不忙。火雲三舍避，藻景八磚量。
絮續丁簾半，蓮移午漏剛。鳥聲涼似水，人意靜於香。
價漫清風議，機憑永日忘。樓臺金碧地，佳興足徜羊。

編者題註：唐·高駢《山亭夏日》：綠樹陰濃夏日長，樓臺倒影入池塘。

牆新數仞

數仞宮牆在，興修大有人。曾聞絲竹古，又見堊塗新。
功自為山奮，基仍面泗因。德門輝覽鳳，聖宅瑞鍾麟。
三尺堯階擬，重檐魯廟遵。振衣今日仰，銘鼎昔年循。
得志堂高貌，成名巷達鄰。咸通碑記考，芹藻色長春。

編者題註：參見"數仞牆"源見"夫子牆"。《論語·子張》："子貢曰：'……
夫子之牆數仞，不得其門而入，不見宗廟之美，百官之富。'"本為子貢形容孔子學
問道德之高，後以"夫子牆"比喻人之才德高不可攀。

主善為師

阿衡陳至訓，主善實堪師。惕厲先庚凜，殷勤太甲規。
雞鳴端片念，蛾術切深資。一德咸孚矣，三人必擇之。
從教圜可轉，觀賴鑑能持。西面傳恭地，東平論樂時。
安惟仁宅吉，高及聖牆窺。沖挹欽皇極，昌言獻靡遺。

編者題註："德無常師，主善為師"。典出《尚書·咸有一德》中。師：榜樣。
意思是：德行修養是沒有固定的老師的，以善為原則的人都是自己學習的榜樣。

潤生席草

織席資甘旨，天教潤草生。蔓依貞木長，流繞節門清。
故物寒氈薄，新萑細毯平。刈應循葛谷，製偶仿桃笙。
冬夜溫無曠，春暉報有情。采蘋途不遠，滯穗利偏贏。
坐以能香貴，心將匪卷明。感誠徵動植，潛德荷褒旌。

其二

有草柔宜席，茸茸潤上萌。織來由節婦，奪去待經生。
苦易霜閨潔，茵鋪露葉平。懷冰無暇煖，鑒水若為盟。
憔悴資菅蒯，艱難計簞笙。僅供丹鯉進，詎擬綠熊精。

甲坼千條茂，辛勤十指成。孝泉人已遠，何處覓遺莖。

魯魚帝虎

魯尊經傳筆，帝重典謨書。何日訛蝌蚪，于今肖虎魚。
豐疑占夢幻，炳誚夔文虛。治國烹鮮擬，張侯服猛如。
龜山勞遠望，龍陛隔高居。目混形存半，皮留體失初。
蹲鴟同此類，渡豕概其餘。鼇正遵天府，奚煩問字車。

編者題註：《意林》卷四引晉葛洪《抱樸子》：諺云："書三寫，魚成魯，帝成
虎。"後因以"魯魚帝虎"稱傳寫刊印中出現的文字錯誤。

泉冷無三伏

伏日炎蒸候，山泉冷最耽。符應同癸六，節不畏庚三。
爽口渾忘暑，盟心詎酌貪。沈宜朱李配，飲可碧筒堪。
為辟流金酷，都資漱玉甘。石祠仍濟北，琴解尚薰南。
消夏冰藏井，澄秋月印潭。綃衣餐白粥，風韻憶清談。

編者題註：唐·皮日休《遊棲霞寺》：泉冷無三伏，松枯有六朝。

十年不摘洞庭霜

橘枝詞唱徹，滿眼洞庭霜。十載空馳憶，千頭未摘嘗。
鳳池新歲月，猿樹舊家鄉。雨話三秋素，風催一夕黃。
奇甘珍沆瀣，好景負瀟湘。喚覺揚州夢，吟成楚客香。
窺園多契闊，面壁費猜詳。待沐蓬瀛宴，傳柑奉寵光。

編者題註：宋·張耒《和天啟惠橘》：十年不摘洞庭霜，喜見新苞照眼黃。

身多疾病思田里

燕寢凝香處，如何疾病頻。朝廷恩賜骨，田里計抽身。
入夢歸鴻切，相形瘦鶴真。參苓籠底料，松菊徑中春。
恭敬休忘梓，艱難為采薪。撤琴方落寞，解組敢因循。

莊烏能吟越，醫和或在秦。左司頤養術，丹鼎得方新。

編者題註：唐·韋應物《寄李儋元錫》：身多疾病思田里，邑有流亡愧俸錢。

朝罷香煙攜滿袖

攜得香煙滿，朝回羨幼鄰。寶猊金殿地，綵袖玉堂人。
瑞霧天章護，清風宦況詢。鵷班相揖退，龍腦密薰勻。
衣肅青門曉，爐溫紫禁春。暫將魚佩解，猶認鷺斑新。
我輩冠彈貢，當年席坐荀。詩成臺閣體，薇浣進楓宸。

編者題註：唐·杜甫《奉和賈至舍人早朝大明宮》：朝罷香煙攜滿袖，詩成珠玉在揮毫。

臺灣先賢詩文集彙刊 第一輯 03 施瓊芳《石蘭山館遺稿》卷二十一 試帖三 第 525–547 頁

秋至最分明

碧落西風緊，分明見絳河。人間秋有色，天上水無波。
洗甲流方潔，逢庚序不訛。一條銀蠱界，萬里鏡新磨。
直比鴻溝劃，惟容鵲駕過。長年橫玉宇，此夜得金梭。
養晦三時久，增光七夕多。倬章昭泰運，紅縵叶賡歌。

編者題註：唐·杜甫《天河》：常時任顯晦，秋至最分明。縱被微雲掩，終能永夜清。

魏絳以和戎功受女樂

賜樂恩優絳，安戎建偉功。良謀馴醜虜，殊禮報英雄。
寵冠諸卿上，勳成八載中。羣侯皆翕合，雅奏類和同。
壯士閑邊馬，名姝唱霸風。鐘兼梟氏響，鼓罷虎牢逢。
宴樂君臣共，威聲夏裔通。何如苗格日，干舞慶熙隆。

其二

漢恥匈奴結，唐羞突厥通。若當時復霸，勢必暫和戎。
駕縱三軍起，邊須五利豐。舉箴稽有夏，作使報無終。
待至中原定，邀將大樂隆。賢勞非我獨，福祿願君同。
辭賞難違典，陳詩更納忠。晉侯能獎善，績合紹文功。

編者題註："魏絳以和戎功受女樂。"魏絳，姬姓，魏氏，名絳，諡莊，史稱魏莊子，春秋時晉國卿。魏絳在執法上嚴毅方正，在政治上具有遠見卓識，是一位善於領兵作戰的將領。他最大的貢獻是提出並實施和戎之策，開創了我國歷史上漢族爭取團結少數民族的先例。和戎政策實施後大見成效，到晉悼公十二年（前562年），僅短短的八年時間內，便取得了晉國與戎狄和睦相處的局面。悼公非常高興，將鄭國贈送的樂師、樂器，女樂的一半賜給魏絳，說："子教寡人和諸戎狄以正諸華。"

松涼夏健人

困人天氣熱，消禦賴涼松。風雨秋聲健，園亭夏趣濃。
心銜冰一片，身蔭蓋千重。南陸炎曦卻，西山爽籟逢。
清揚君子德，貴守大夫封。陶宅如多植，嵇生可免慵。
倦飛憐白鳥，卓立羨蒼龍。待鶴橫琴處，晴雲出晚峯。

編者題註：唐·司空圖《下方》：坡暖冬抽筍，松涼夏健人。

十月納禾稼

趣斂勤民事，衡星倏指冬。授時傳十月，納稼重三農。
滯穗餘鸚啄，藏囷擬蟄封。魚豐函夏慶，扈勸小春逢。
曉見金莖束，宵聞玉粒舂。滌場原有制，樓畝竟無庸。
寒信催刀尺，家儲數釜鍾。報成宸聽達，薄海詠崇墉。

編者題註：《詩經·七月》：九月築場圃，十月納禾稼。

待到重陽日

還日期何日，重陽興最新。鄉關驚旅客，風雨報詩人。
駒隙光頻度，龍山迹未陳。故園花作主，佳節雁來賓。
門款防租吏，籬窺約酒鄰。安排秋景致，想像菊精神。
僂指霜前夕，留心月上旬。冷香吟妙句，題向鹿糕珍。

編者題註：唐・孟浩然《過故人莊》：待到重陽日，還來就菊花。

松風半夜雨

何處聲疑雨，松間半夜風。千枝鳴淅瀝，一枕聽朦朧。
鶴宿寒當露，龍吟遠在空。落釵搖諛諛，剪燭話匆匆。
夢覺挑燈後，涼生偃蓋中。不知吹帽急，翻訝濕衣同。
曉日看張幄，春宵憶打蓬。披襟當此際，天籟正無窮。

編者題註：唐・杜牧《旅情》：松風半夜雨，簾月滿堂霜。

喜雨

邀得如天福，名亭喜繼坡。祈壬方懇摯，逢戊忽滂沱。
豐歲占魚夢，佳音報鵲窠。酒旗愁陣鮮，秧鼓樂郊過。
頌滿由庚路，功歸洗甲河。生金生粟比，雨玉雨珠歌。
計日需之久，惟星好者多。藹然熙皞象，陂瀅浹恩波。

梅子黃時雨

潦暑江南路，黃時雨在梅。入壬三兩尺，結子萬千枚。
猶記寒花發，曾勞密雪催。忽教酸釀釀，又費澤滋培。
金簇圓痕認，珠跳急點猜。傾瓢仙客術，調鼎相臣才。
楝外風吹盡，檀前水送來。絹詞吟妙景，長憶賀方回。

其二

蜜雨兼疎雨，迎梅又送梅。鵝兒黃蘸就，鳩婦黑呼來。
圓墜風前顆，香餘雪裏胎。泉餅茶料蓄，羹鼎食單開。

鮮釀三旬澤，應居百果魁。南楊支外譜，北宋曲中才。
作黤防衣篋，流酸入酒杯。為憐花落盡，江笛且停催。

編者題註：宋·賀鑄《青玉案·淩波不過橫塘路》：一川煙草，滿城風絮。梅子黃時雨。

以雷鳴夏
世說無雷國，斯言太不情。物皆從夏長，震自應時鳴。
誰勅推車速，都教失箸驚。神工驅六甲，陽德播三庚。
節是分龍近，機由啓蟄萌。七絃琴解慍，千里鼓傳聲。
羲叔功堪紀，豐隆令最行。經綸藏易奧，韓子闡來精。

編者題註：唐·韓愈《送孟東野序》："樂也者，郁於中而泄於外者也，擇其善鳴者而假之鳴。金、石、絲、竹、匏、土、革、木八者，物之善鳴者也。維天之于時也亦然，擇其善鳴者而假之鳴。是故以鳥鳴春，以雷鳴夏，以蟲鳴秋，以風鳴冬。四時之相推敓，其必有不得其平者乎？"

清風徐來
玉局逍遙日，金風宕樣初。何來清意近，為待雅人徐。
溫訝南薰再，涼留北牖餘。秋情渾不禁，爽氣最相於。
有韻宜高致，無聲住太虛。江天偕杳靜，詩酒荷吹噓。
落帽飄非似，披襟快正如。莫教遺響託，簫聽感樵漁。

編者題註：宋·蘇軾《前赤壁賦》：清風徐來，水波不興。舉酒屬客，誦明月之詩，歌窈窕之章。

文章實致身
縱有公侯貴，文章亦致身。丹誠流簡牘，青眼出風塵。
甲庫奇書蘊，丁年壯志伸。鴻篇千古事，鳳沼十年因。
董對曾推漢，奚干豈鬻秦。揮毫皆倚馬，畫閣不須麟。
日月光能遠，雲霄上可臻。南金儲妙選，珥筆獻楓宸。

編者題註：唐·杜甫《奉贈鮮於京兆二十韻（鮮于仲通，天寶末為京兆尹）》：侯伯知何等，文章實致身。

滿城春色屬羣仙

一曲霓裳奏，羣仙拜紫宸。吉祥金帖信，富貴錦城春。
鶯囀尋芳路，花迎及第人。冰銜天上署，煙景日邊新。
管領來千佛，喧觀擁萬輪。蘂珠三島樹，頓繡六街塵。
境想談瀛樂，名看勒塔頻。蓬池歸宴晚，璧月晃袍銀。

編者題註：唐·翁承贊《擢進士》：蝴蝶流鶯莫先去，滿城春色屬羣仙。

座中佳士

佳句如佳士，丰神映座中。瑟簧聯以誼，圭璧耀其躬。
掃榻儀逾肅，驚筵辯最雄。駒維情繾綣，鳳舉態和沖。
揮塵南朝彥，傾樽北海風。香宜荀席接，刺向李門通。
晨夕清言罙，春秋美日同。玉壺奇賞愜，典雅品尤工。

編者題註：唐司空圖《二十四品·典雅》：玉壺買春，賞雨茆屋，坐中佳士，左右修竹。

松浮欲盡不盡雲

欲盡雲仍在，松間隱約浮。非空非色認，不即不離求。
鶴影藏還露，龍鱗護未稠。烟輕痕似水，濤冷韻疑秋。
畫意描濃淡，詩情悟去留。橫琴如小憩，鋪練定全收。
鎮為晴天養，偏宜古樹幽。金枝華蓋瑞，佳氣滿皇州。

編者題註：唐·杜甫《閬山歌》：松浮欲盡不盡雲，江動將崩未崩石。

度己以繩

接人先度己，荀子論宜徵。緣識心為準，端資法若繩。
木因從克正，絲以直堪稱。古治同茲結，身脩儆與兢。

中規文記禮，絜矩道傳曾。常恐毫釐失，毋差累黍增。
恭懷銘帶鑒，寬凜佩弦懲。經緯欽皇建，羣黎頌日升。

編者題註："度己以繩"。《荀子·非相》："故君子之度己以繩，接人則用枻。"
指一定的道德標準要求自己，使自己的行為合乎法度。

一觴一詠

禊事脩觴詠，山陰勝地經。嘉辰傳杏酪，雅會集蘭亭。
爵翠同浮白，詩成賦踏青。壺尊香入抱，筆墨契忘形。
竹外醪應潔，花間韻亦馨。高風多白袷，佳日憶黃庭。
交似聯今雨，人疑聚德星。至今名帖著，東晉想儀型。

編者題註："一觴一詠"，晉·王羲之《蘭亭集序》："一觴一詠，亦足以暢敘幽
情。"觴：古代盛酒器，藉指飲酒；詠：吟詩，舊指文人喝酒吟詩的聚會。

庾信文章老更成

閱盡梁周局，文才更老成。江山芳草色，身世小園情。
車託三朝宦，珠連六代聲。鄉關暌北使，臺閣構西京。
枯樹心誰識，無花眼獨明。篇休楊集誤，律與杜詩衡。
遊洛思華歲，齊徐負盛名。別裁風雅正，丹陛萃羣英。

編者題註：唐·杜甫《戏为六绝句·其一》：庾信文章老更成，凌云健笔意纵横。

寬猛相濟

相業超齊仲，宗支出鄭成。政兼寬猛濟，道見德威行。
期得麟祥意，難辭蠆尾名。魚軒湊洧眾，犀甲馴游兵。
愛驗吹竽息，嚴觀鑄鼎明。萑苻他日事，水火此時情。
惠也人稱母，賢哉聖事兄。芳踪誰繼步，漢末武侯生。

編者題註："寬猛相濟"。《左傳·昭公二十年》："政寬則民慢，慢則糾之以猛，
猛則民殘，殘則施之以寬。寬以濟猛，猛以濟寬，政是以和。"

慈母手中線

手澤存衣綫，言懷母氏慈。草心東野句，萱樹北堂詩。

鍼度無雙譜，機縈不斷絲。指端縫縷縷，膝下戀怡怡。

刀尺催寒候，門閭望遠時。親恩周挾纊，兒意切瞻帷。

冬日添紋製，春風舞綵思。會當占鵲喜，征服瀚塵緇。

編者題註：唐·孟郊《遊子吟》：慈母手中綫，遊子身上衣。

楊柳風橫弄笛船

楊柳依依處，何來一曲傳。風中宜弄笛，波上正橫船。

鶴認登樓客，鷗隨泛宅仙。雪痕飛絮路，江影落梅天。

人倚三更月，蟬吟兩岸烟。為攜銀管到，愛繫綠陰邊。

冷籟宜含葛，新腔合扣舷。采蓮歸去後，萬頃自茫然。

編者題註：唐·趙嘏《憶山陽二首》其一：芰荷香繞垂鞭袖，楊柳風橫弄笛船。

鯨魚跋浪滄溟開

萬里滄溟界，鯨魚跋浪開。鱗掀千甲出，力挾五丁來。

龍鯉門庭峻，驊騮道路恢。揚晴輝夜月，鼓鬣戰春雷。

自漏吞舟網，俄成縱壑材。風乘豪士棹，川吸飲仙杯。

蓬嶼奇初闢，蒲牢韻試猜。驪珠誰得手，燒尾宴同陪。

編者題註：唐·杜甫《短歌行·贈王郎司直》：豫章翻風白日動，鯨魚跋浪滄溟開。

編橋渡蟻

堂北傾瓢雨，倉皇穴蟻奔。偶編修竹穩，為渡眾生繁。

舊垤曾鳴鸛，新橋免駕黿。河憐孤葦涉，國賀大槐存。

盡作穿珠過，都無累石煩。折枝真得力，戴粒亦銜恩。

陰騭蠕行感，功名豹變論。鼇頭臨唱易，碩德合掄元。

編者題註：渡蟻橋在湖北省隨州廣水市西原應山縣城南郊，為紀念北宋宋庠、宋祁以竹渡蟻而建，故名。相傳北宋仁宗年間，由安陸進京趕考的書生宋庠經過這裡，看見一群螞蟻正被流水從上游沖下來，宋庠見此，動了惻隱之心，順手撿了一把茅草鋪在水面上，讓螞蟻順著茅草爬到了對岸。幾天後宋庠進場應考，他文思敏捷，一揮而就，很快就做完了試卷。正準備上交時，忽然發現試卷上爬著一隻螞蟻，他順手將螞蟻拂去，不一會兒那只螞蟻又爬在試卷原來的地方一動不動。宋庠感到好奇怪，當他再次檢查試卷正準備上交時，不由大吃一驚，原來自己一時疏忽，將前人"敦萬騎于中營，方玉車之於乘"中的"玉"字，少寫了一點而誤為"王"字，宋庠嚇得出了一身冷汗，立即改正了這個字。宋庠後來中了頭名狀元，和這只螞蟻的補點有很大關係。為了報答螞蟻的"補點"之恩，宋庠在當初螞蟻過河的地方修了一座橋，讓過往行人通過，並名為渡蟻橋。

蘭薰雪白

蘭雪方曾史，名談廣絕交。薰非蕕可比，白豈黑能淆。
秋草三湘佩，春花六出苞。芷衡芬共擷，玉羽義咸包。
室喜聞言入，窗逢映字敲。舜琴風著操，羲易賁古爻。
美既兼香色，情應固漆膠。如何澆薄子，隙末竟貽嘲。

編者題註："蘭薰雪白"。蘭之馨香。喻人德行之美。南朝·宋·顏延之《祭屈原文》："蘭薰而摧，玉縝則折。"《文選·劉孝標〈廣絕交論〉》："顏冉龍翰鳳雛，曾史蘭薰雪白。"張銑註："蘭薰雪白，喻芳絜。"

鴻毛遇順風

風假鴻毛順，王褒喻得臣。漸逵儀厥羽，遵渚想其人。
警謝銜蘆急，機迎偃草新。送將千里目，扶上九霄身。
印雪痕猶在，沖颷翮已勻。津頭無妬婦，秋後有嘉賓。
舉也曾輷德，揚之合奉仁。譽髦鍾盛世，鼓俗慶熙春。

編者題註：宋·趙蕃《送施教授》：情融香梅萏，玉水春茫茫。鴻毛遇順風，市朝在錢塘。

忠孝狀元

宋代成忠孝，焚香慎選元。一朝科目瑞，兩字子臣言。

廷對覘華藻，家修溯本源。貞搜南省柏，芳采北堂萱。

至行天中祝，高名日下喧。始知千佛貴，終讓五倫尊。

義可兼廉節，心休戀飽溫。馨聞孚帝簡，卿靄耀微垣。

其二

孝梅忠果裏，種出榜花繁。此士宜稱吉，今科喜得元。

殷勤香細祝，次第卷頻翻。第一人誰屬，於三事克敦。

丹心蓉鏡照，綵服柳袍溫。子道兼臣道，名門本德門。

閭中倫紀察，高處姓名存。選舉超前宋，羣材荷帝恩。

編者題註：文天祥，字宋瑞，二字履善，號文山，吉州廬陵（今江西吉安）人。理宗寶祐四年（1256年）舉進士第一。恭帝德祐元年（1275年），元兵長驅東下，文於家鄉起兵抗元。次年，臨安被圍，除右丞相兼樞密使，奉命往敵營議和，因堅決抗爭被拘，後得以脫逃，轉戰於贛、閩、嶺等地，兵敗被俘，堅貞不屈，就義於大都（今北京）。能詩，前期受江湖派影響，詩風平庸，後期多表現愛國精神之作。存詞不多，筆觸有力，感情強烈，表現了作者威武不屈的英勇氣概，震撼人心，有《文山先生全集》。

臺灣先賢詩文集彙刊 第一輯 03 施瓊芳《石蘭山館遺稿》卷二十二 試帖四 第 549-571 頁

《述穀堂試帖》
鄭用錫

東韻

稼穡維寶 得豐字

異寶原非寶，當知稼穡崇。有秋勤服力，函夏慶登豐。

貴直逾珠玉，珍惟辨稑穜。但期甘可作，已覺藏常充。

不愛歸於地，其成告厥功。南金輸並入，北里獻皆同。

美利倉箱富，良謀子婦工。聖朝敦本計，黼座繪豳風。

銅爲士行 得銅字

表率推多士，如何勵厥躬。束身原是璧，制行卽爲銅。
質本堅剛秉，修將律度同。名山新鼓鑄，斗室舊磨礱。
寶鑑千秋朗，精金百鍊工。不誇靑入選，早抱赤輪衷。
立柱他時績，銘鐘蓋世功。聖朝敦實詣，耿介効臣忠。

功懋懋賞 得功字

國有酬庸典，皇朝重報功。殊勳隆懋賞，異數獎公忠。
臣志干城壯，天恩雨露同。鴻猷資寄託，燕賚示優崇。
入覲鼇圭瓚，臨軒錫矢弓。微勞膺聖眷，宣力慰宸衷。
蒲穀千官上，河山一柱中。旂常留姓氏，萬禩勗羣工。

編者題註：《書·仲虺之誥》：“德懋懋官，功懋懋賞。”孔傳：“勉於功者，則
勉之以賞。”

土圭測景 得中字

赤日交南陸，占時表地中。土深圭始正，景短測俱同。
半徑周形準，重規驗候工。懸繩知子午，植臬眂西東。
執玉圓殊璧，懸鉦鑠似銅。刻分參晷漏，尺寸異桓躬。
羲宅兼和宅，淸蒙與濁蒙。里差如計步，天道悟張弓。

其二

土深圭執測，辨景判西東。日至分長短，天高驗正中。
稽將躔度準，算到里差工。火繖驕陽熾，花磚煖氣烘。
駒光占寸寸，羊胛熟匆匆。宅自羲和始，量終子午同。
依時憑植臬，觀象悟張弓。葵藿知相向，朝陽仰聖衷。

編者題註：土圭：古代用以測日影、正四時和測度土地的器具。《周禮·地
官·大司徒》：“以土圭之法，測土深，正日景，以求地中。”賈公彥疏：“土圭尺有

五寸，周公攝政四年，欲求土中而營王城，故以土圭度日景之法測度也。度土之深，深謂日景長短之深也。”

公生明 得公字

應物須忘我，生明本自公。無私同示掌，有耀實由衷。

燭己調无妄，衡仍秉至中。智襟君子坦，心鏡至人冲。

量玉懷偏澹，求珠目詎窮。懸魚追昔日，宰肉溯高風。

知白誠相與，能黃理可通。名言堪取繹，海月一輪空。

編者題註：《荀子·不苟》：“公生明，偏生暗。”謂公正便能明察事理。後以此三字作為官場箴規。古代府州縣衙門大堂前面正中豎立一石，向南刻上“公生明”三字，北面刻上“爾俸爾祿，民膏民脂，下民易虐，上天難欺”十六字。後因出入不便，改為牌坊。

談笑可使中原清 得翁字

不負兒時祝，高談屬放翁。中原清此日，大笑謝羣雄。

揮塵當筵辯，持籌密幄功。江山誰攬轡，瀚海正韜弓。

折屐歡餘子，掀髯壯乃公。八垓成淨土，萬里想英風。

自展雲霄羽，都芟枳棘叢。儒生多勝算，經略愜皇衷。

編者題註：宋·陸遊《壬子除夕》：兒時祝身願事主，談笑可使中原清。

憂國願年豐 得豐字

憂樂關天下，微臣此願同。艱難存國計，祈禱在年豐。

所冀符初念，相交省厥躬。公田期共足，天庾盼常充。

有犮心能守，維魚夢可通。戴星勤庶職，膏雨慰宸衷。

補闕當思過，平疇競奏功。焚香還自祝，秉穗滿南東。

編者題註：唐·杜甫《吾宗》詩：在家常早起，憂國願年豐。

心中有心 得中字

物誰參物外，心本在心中。欲把靈臺揭，應從密幄通。
是非分曲曲，憂患共沖沖。明旦窺重叠，危微貫始終。
秤能權上下，宅已澈虛空。金鑑千秋朗，冰壺一片融。
塞淵當自秉，岐路本無窮。去僞存誠日，天君表裏同。

臺笠聚東菑 得東字

民事菑畬切，郊原舉耒同。笠聲朝雨裏，臺影夕陽東。
丁壯人維耦，辛勤畝克終。輪囷翻麥浪，欹側度梅風。
戴日三農聚，成雲一派通。啼鳩誰逐婦，叱犢有歸童。
已卜倉箱足，何虞杼柚空。大田多稼頌，鼓腹答皇衷。

瑤琴一曲來薰風 得風字

朗誦翁森句，焚香理嶧桐。有誰來顧曲，惟我快披風。
流水人蹤靜，高山夕照空。寄懷明月下，得意綠陰中。
逸響聆窗北，餘音繞逕東。螺徽曾九變，雁柱已三終。
穆若聲彌遠，溫其韻倍融。攜琴時對客，樂景正無窮。

一月得四十五日 得功字

促織寒螿月，宵深課女紅。惜分勤繼晷，得半計成功。
一匹量縑素，三週驗雨風。長更承短晝，人事補天工。
抽乙籤燈下，歸奇筮草中。五紋添弱線，十指剝春葱。
夜夜鳴梭急，家家弄杼同。遙知繰繭日，四野愜宸衷。

編者題註：《漢書·食貨志》："冬，民既入；婦人同巷，相從夜績，女工一月得四十五日。"顏師古對此作了注解："一月之中，又得夜半為十五日，共四十五日。"

荷風送香氣 得風字

消夏南亭畔，懷人得句工。香聞晨潤氣，荷送午晴風。
出水莖搖碧，凌波粉膩紅。鴛眠花向背，魚戲葉西東。
好共擎爲蓋，誰將曲作箹。麝煤烟自裊，烏影日初烘。
欲語看池上，相憐傍沼中。更聽清露滴，修竹隔簾櫳。

其二

一別襄陽路，南亭詠孟公。荷香濃挹露，花氣送宜風。
清自脾能沁，聞教鼻可通。潑光波上下，照影葉西東。
似著晨煙重，偏從午日烘。魚游曾戲徧，鴛夢竟甘同。
冉冉江鄉畔，溶溶水國中。懷人當永晝，抨酒截爲箹。

編者題註：唐・孟浩然《夏日南亭懷辛大》：荷風送香氣，竹露滴清響。欲取鳴琴彈，恨無知音賞。

狀元紅 得紅字

炎官張火繖，飛騎逐塵紅。荔譜無雙品，楓亭第一叢。
狀頭仙竟許，渴睡漢誰同。奪錦霞披彩，流丹日挂銅。
側生珠錯落，獨占玉玲瓏。小宋傳呼艷，長生奏曲工。
南州輸貢重，北闕拜恩隆。倘列櫻桃宴，羞盤佐碧箹。

編者題註：古時紹興人家有孩子出生，便釀酒數壇，然後泥封窖藏，待子女長大成婚之日，拿出來款待賓客。生女兒，這酒就叫作女兒紅；生兒子，這酒就叫作狀元紅，寓高中狀元之意，包含了父母對孩子的美好期望和祝福。

冬韻
張藻畫松 得松字

能事傳張藻，漓淋看畫松。榮枯雙管下，紙墨一時供。
鱗甲添毫活，雲煙著色濃。階前宜舞鶴，腕底欲蟠龍。
四壁濤如答，千崖月自舂。畢宏休並駕，韋偃有遺蹤。
豈有花生筆，原同竹在胷。請君爲直幹，共拜大夫封。

編者題註：張璪 zǎo，一作藻。字文通，吳郡（治今江蘇蘇州）人。官至檢校祠部員外郎。後坐事貶衡、忠兩州司馬。建中三年（782 年）作畫于長安，技法受王維水墨畫影響，人謂"南宗摩詰傳張璪"，創破墨法，工松石。朱景玄謂其畫松："手提雙管，一時齊下，一為生枝，一為枯枝，氣傲煙霞，勢凌風雨，槎枒之形，鱗皴之狀，隨意縱橫，應手間出，生枝則潤含春澤，枯枝則慘同秋色。"又評其山水："高低秀麗，咫尺重深，石尖欲落，泉噴如吼；其近也，若逼人而寒，其遠也，若極天之盡。"

高車高梱 得從字

高也高誰先，能教國令共。庫車難俗易，立梱竟民從。
縱使雙根限，眞堪四牡容。壯觀乘大蓋，軒舉出崇墉。
尺寸輪人度，馳驅梓里恭。水衡尊昔眠，篳簬陋前蹤。
製不重門礙，更當九達衝。乘輻趨帝闕，臣馬快如龍。

兒童冬學鬧比鄰 得冬字

納稼時方畢，兒童學課冬。四鄰聲正鬧，十脡脯曾供。
弟子村腔拗，先生古貌恭。音難分句讀，才總費陶鎔。
束髮丫雙綰，聱牙興倍濃。居環蝸舍並，冊挾兔園從。
開卷風前聒，烘窗日影重。力田同孝悌，具訓莫疎慵。

編者題註：宋·陸遊《秋日郊居》：兒童冬學鬧比鄰，據案愚儒卻自珍。

戶外一峯秀 得峯字

一覽青蒼外，山光入戶濃。飛來如此秀，坐看最高峯。
挹氣眉能爽，披圖面乍逢。當窗孤嶂月，排闥五株松。
且拄西來笻，初聞夜半鐘。黛痕看點點，嵐影辨重重。
在牖天然色，如粧絕代容。柴門將綠繞，未許水雲封。

編者題註：《楹聯集》：戶外一峯秀　窗前萬木低

未到曉鐘猶是春 得鐘字

正當三十日，報曉未聞鐘。猶是春將盡，何堪夢已慵。
蒲牢風自閟，榆莢雨重逢。鯨吼僧寮閣，驪歌祖道供。
詰朝臨午夏，此夜待丁冬。忽訝聲藏寺，微看色辨峯。
燕鶯尋舊夢，蜂蝶悵芳蹤。一刻千金值，澆愁酒尚濃。

編者題註：唐·賈島《三月晦日送春》：共君今夜不須睡，未到曉鐘猶是春。

南檐曝日冬天暖 得冬字

茅舍巡檐樂，南來得氣濃。負暄天正暖，曝背日初冬。
隅坐仍叉岫，觀儺共倚筇。消寒時自適，得地膝堪容。
火繖開千里，黃綿挾幾重。烘冰堅已釋，澼縷興應慵。
柳絮雙肩壓，梅花一笑逢。長裘能徧覆，復旦頌堯封。

雉入大水爲蜃 得冬字

細推微物化，爲蜃辨初冬。豈料山梁雉，來依水府龍。
飛潛眞入妙，魚鳥共忘蹤。瞥見噓樓幻，曾從竄圂逢。
游鱗迎浪噴，脫羽出雲封。卻笑時無失，非關氣所鍾。
淮休嘲變枳，豐亦感鳴鐘。燒尾文明象，新沾聖澤濃。

編者題註：雉，野雞。鄭康成《淮南子》、高誘俱註蜃為大蛤；《玉篇》亦曰：蜃，大蛤也；《墨子》又曰：蚌，一名蜃。《本草》車螯之條曰：車螯是大蛤，一名蜃，能吐氣為樓臺。又嘗聞海旁蜃氣成樓垣。章龜經曰：蜃，大者為車輪島嶼，月閑吐氣成樓，與蛟龍同也。

江韻
國士無雙 得雙字

一騎追蹤去，風塵控黑驄。王孫今得遇，國士信無雙。
虎幄登壇印，鷹揚背水幢。大材良將種，熱血少年腔。
漂母城陰識，諸侯壁上降。王眞扶赤漢，敵已破烏江。

廣武英雄嘆，鴻門豎子撞。至今淮市過，何處認漁矼。

其二

共逐中原鹿，淮陰謝釣矼。此才真國士，斯世本無雙。
天地身孤立，英雄血滿腔。登壇諸將冠，背水一軍撞。
與伍羞同噲，封侯獨佐邦。衆人殊易得，豎子不生降。
烹狗人言畏，歌驪楚語哤。鄧侯空賞識，定鼎卯金扛。

江上詩情爲晚霞 得江字

不儘飛霞感，離筵借酒降。吟情曾古驛，送別又長江。
檣影斜陽漾，鐘聲古寺撞。東西紅葉渡，來去木蘭艭。
城赤驪探一，天青鶩落雙。微波爭暮色，餘綺入新腔。
擊鉢雲翻岫，攜樽浪打窗。何當樓上望，潭水夜淙淙。

編者題註：唐·劉禹錫《送蘄州李郎中赴任》：樓中飲興因明月，江上詩情為晚霞。

游山雙不借 得雙字

爲踏巢山去，相需不借雙。吟情隨處著，游興幾時降。
滑每防苔徑，痕偏印石杠。半生身力健，一路足音跫。
蠟屐尋奇境，麻鞋辨異腔。織同麟士沈，隱訪鹿門龐。
意可稱何僻，軍持語亦哤。殊他蘇玉局，驚怪吠羣尨。

編者題註：陸放翁詩："遊山雙不借，取水一軍持。"不借，草鞋也，言其價賤不須借也。《古今註》："漢文帝履不藉以臨朝。"漢時已有此名矣。軍持，淨瓶也，出佛經。賈島《送僧》詩云"我有軍持憑弟子，岳陽江裡汲寒流。"

荷香暗度窗 得窗字

知是荷花放，香風度綺窗。襲來燈半壁，送入酒盈缸。
不礙鮫紗隔，都教麝炷降。夢回朱鳥桁，人在木蘭艭。
圓蓋留聽雨，微波唱涉江。琉璃煙縷一，菡萏月痕雙。

蟲語檻初透，魚游水自淙。納涼庭院悄，何處採菱腔。

支韻

政如農功 得思字

治政如農政，論功在設施。所行無越矣，有畔以閑之。
宣力勤三事，程材秉四時。敏人曾樹比，舍已欲芸誰。
霖雨千家澤，豳風七月詩。耡根期淨絕，種德務蕃滋。
好共栽棠徧，毋教去蔓遲。聖衷懷稼穡，圖易每艱思。

迨天之未陰雨 得時字

陰雨今仍未，觀天戒及時。先庚當此日，後甲已逾期。
劫黬鴉猶取，懷安馴莫追。每虞鳩喚嘔，預作蟻封思。
戰戰營巢切，兢兢累卵危。西郊雲自密，南狩翼曾垂。
桑旱盤根固，苴休補漏遲。風雷彰聖德，蔀屋洗羣疑。

編者題註：《詩經·豳風·鴟鴞》："迨天之未陰雨，徹彼桑土，綢繆牖戶。"

好雨知時節 得知字

關心時節近，好雨恰相知。吉日初占彼，屯膏更潤之。
一江瓜蔓駛，十里稻花遲。下尺頻沾澤，兼旬預卜期。
冷淘寒食夢，楊柳渭城思。社酒罇治母，番風信問姨。
清塵天不滓，潑火候相宜。屈指良辰屆，來催五字詩。

編者題註：唐·杜甫《春夜喜雨》：好雨知時節，當春乃發生。

山月隨人歸 得隨字

終南山下月，太白醉題詩。酒熟香初襲，人歸影自隨。
相思千里隔，獨酌一杯持。捷徑休爭矣，呼天欲問之。
團圞偏共照，躑躅未曾離。匹馬重關路，昏鴉古木祠。
每懷吹笛夜，況值荷鋤時。有客看顏色，行行襆被遲。

編者題註：唐·李白《下終南山過斛斯山人宿置酒》："暮從碧山下，山月隨人歸。

風約半池萍 得池字

誰料風能約，浮萍半在池。四圍初點綴，一角正漣漪。
樓影涵曾遍，山光缺乍知。縠紋衣帶束，黛色畫屏窺。
鷗夢剛分席，蟾痕恰映規。微吹蘋末起，倒照鏡中疑。
荇葉仍披拂，楊花慣別離。釣磯人獨坐，漁火隔江湄。

編者題註：唐·韓愈《獨釣》：露排四岸草，風約半池萍。

客路相隨月有情 得隨字

別路三千里，團團繫所思。多情惟有月，與客竟相隨。
一掬都盈手，雙彎恰上眉。年年憑雁訊，處處聽雞遲。
共約琴樽侶，來依襆被時。夢魂關塞遠，心事屋梁知。
未許清光減，重逢隔夕期。似曾經識面，吳質話臨岐。

編者題註：宋·蘇軾《和田仲宣見贈》：寒潮不應准無信，客路相隨月有情。

點點楊花入硯池 得池字

點點晴空入，都教漬硯池。楊垂三徑偏，花落一春遲。
有客風摹字，何人雪詠詩。頹窓消豔福，棐几寫新詞。
梨雨釵千股，松煤月半規。銜香來燕子，吞墨誤魚兒。
在水前身是，連山上口疑。更看飛瓦雀，紙閣坐多時。

其二

楊花三月暮，點點入書帷。小瓣香留硯，微凹墨浸池。
靈源來活水，好鳥在高枝。隋苑飛千片，端溪鑿半規。
一泓摩鴝眼，六畫讀犧辭。耕石原無稅，浮萍易別離。
白雲重點檢，紅雨又紛披。領略青燈味，春光去不知。

編者題註：宋·周敦頤《暮春即事》：雙雙瓦雀行書案，點點楊花入硯池。

蟪蛄不知春秋 得知字

相彼微蟲者，春秋閱幾時。準將鴻雁訊，問否蟪蛄知。
候日懷前度，號寒屬後期。二分新社散，十里故山思。
未信炎涼變，渾忘歲月馳。語冰仍自篤，坏戶欲何爲。
蠛蠓生同幻，蜉蝣世共欺。蒙莊存物論，妙悟正堪推。

編者題註："蟪蛄不知春秋"。莊周《逍遙遊》句：小知不及大知，小年不及大年。奚以知其然也？朝菌不知晦朔，蟪蛄不知春秋，此小年也。楚之南有冥靈者，以五百歲爲春，五百歲爲秋；上古有大椿者，以八千歲爲春，八千歲爲秋，此大年也。

海水知天寒 得知字

天氣寒如許，偏從海水知。每逢南雪下，相送北風吹。
絕島撐枯木，扁舟老釣絲。地初成凍候，冰恰積堅時。
黯淡雲千里，消除酒一巵。牙檣縈遠夢，紙閣賦新詩。
挾纊家家是，圍爐處處宜。草茅欣曝背，向暖頌昌期。

編者題註：漢·佚名《飲馬長城窟行》：枯桑知天風，海水知天寒。

勸君惜取少年時 得時字

記取年當少，春華努力時。君如來日誤，惜到夕陽遲。
綺歲歡能幾，流光逝若斯。月憐將滿好，花看半開宜。
結客人生樂，封侯我輩期。三河應自賞，十載莫輕離。
休說衣猶綠，須妨鬢易絲。夜遊良有以，相勸酒盈巵。

編者題註：唐·杜秋娘《金縷衣》：勸君莫惜金縷衣，勸君惜取少年時。花開堪折直須折，莫待無花空折枝。

青燈有味似兒時 得兒時

有約秋齋夜，青燈此意知。舊書經我讀，滋味似兒時。

誰卜花心燦，如嘗蔗尾遲。曾偷匡氏壁，重下董生帷。
嗜好酸鹹別，光陰鬢髮欺。文章千古事，風雨十年期。
結習孤檠戀，回甘敗簏披。劍南渾不寐，疊鼓最相思。

編者題註：宋·陸遊《秋夜讀書每以二鼓盡為節》：白髮無情侵老境，青燈有味似兒時。

陳肋革 得時字

農功傳已畢，田獵正逢時。省革看柔滑，陳肋俟取資。
調弓應賴幹，製甲恰須皮。毛去堪蒙馬，弦張欲麗龜。
誰誇能過札，聊藉此成規。綏止還供獸，原平好逐麋。
六鈞容我挽，七屬任他為。夏正今頒布，餘閒講武宜。

良弓爲箕 得箕字

本是良弓子，如何學作箕。義方原有自，物曲恰相宜。
合九形偏肖，隔三類可推。簸揚眞利用，張弛早成規。
昔以懸弧重，今將式縠貽。口同量斗計，弦共佩韋垂。
無俟穿楊擅，端須剖竹爲。載橐逢聖代，治協好風思。

編者題註：《禮記·學記》："良冶之子，必學為裘；良弓之子，必學為箕。"是說優秀的冶匠的兒子，一定是先學習縫製皮衣；好的射手的兒子，一定是先學會用竹條編制器具，比喻學習一定要由淺入深。

賦詩易蘆被 得詩字

只把蘆花織，商量易所宜。乃公方索被，此父竟求詩。
價豈黃金值，償將白玉披。揮毫當立就，覆面莫嫌遲。
楮葉三年刻，蒹葭一水知。爾情原不俗，我意亦忘疲。
抽比春蠶苦，偲同野鶴癡。扣舷能和否，鷗夢願相隨。

黃絹幼婦 得辭字

有客題黃絹，還稱幼婦奇。千秋留蔡筆，八字讀曹碑。
隱語從頭測，評章上口疑。織應勞月姊，裁欲倩風姨。
墨寫烏絲界，文成白璧辭。百金縑計值，萬首錦同披。
流水中央在，貞魂片石知。何人猜絕妙，解語莫嫌遲。

編者題註：東漢時，浙江上虞地區有一個14歲的少女，名叫曹娥。因為她的父親在江里淹死，曹娥投江尋覓父親的屍體，最後也被淹死了。這件事很快傳揚開來，並被加上迷信的色彩，曹娥也因此成為封建社會"孝女"的典型。當時的"上虞長"度尚為曹娥立了紀念碑，這個碑就是後世所傳的名碑——《曹娥碑》。據說碑文是邯鄲淳所作，當時，邯鄲淳年僅13歲。他當着眾人之面，略加思索就將碑文一揮而就，寫得相當出色。著名文學家蔡邕路過上虞時，曾特地去看這個碑，可是他到達時已是傍晚時分。在蒼茫的暮色中，蔡邕用手撫摸着讀完碑文，然後在碑的背面題了八個大字："黃絹幼婦外孫虀臼。"當時誰也不明白這八個字是什麼意思。據《世說新語》載，蔡邕題字後的一天，魏武和他的"主簿"楊修路過上虞，便一同去看《曹娥碑》。魏武指着蔡邕的題字，問楊修："這八個字的意思你知道嗎？"楊修回答："知道。"魏武說："你先不要講出來，讓我想一想。"走了三十里路，魏武才明白過來，說："我也想出來了，咱們各自把自己的理解寫出來吧。"楊修於是寫道："黃絹，色絲也，這是一個'絕'字；幼婦，少女也，這是一個'妙'字；外孫，女之子也，這是個'好'字；虀臼，受辛也，這是一個'辭'字，這八個字的意思是'絕妙好辭'！"魏武一看，跟自己寫的完全一樣，便十分感慨地對楊修說："我的才能不及你！"後來，人們便以"黃絹幼婦"或"絕妙好辭"作為文才高、詩詞佳的讚語。

賈島祭詩 得詩字

供養三杯酒，推敲一字師。世傳除夕祭，家有浪仙詩。
何以精神補，空餘瘦骨支。斗杓占丑盡，籩卣拜庚宜。
獺自今宵列，驢曾昔日騎。瓣香勞自祝，臘鼓和何遲。
此會方鳴爆，何人共繡絲。文章尊俎豆，遺蹟賈公祠。

其二

司命塗糟日，長恩逐蠹時。茶禪多妙句，祭臘有新詩。
列脯燈前拜，騎驢月下推。天將酬錦繡，人亦享馨粢。
料想才通鬼，休嫌俗笑癡。此身餘瘦骨，幾度斷唫髭。
豪翰留千載，心香祝一枝。來年春社鼓，樂此又忘疲。

其三

歷盡推敲力，編成脫稾詩。好當除夕祭，聊補一年癡。
銀燭魚膏燄，金樽蟻影釃。衣冠虔致獻，酒脯告輸辭。
敢比陳經日，剛逢索享時。卷應同筍束，禮合備芹儀。
鱗次篇排獺，珠聯句取驪。明朝椒有頌，又見寫新詞。

編者題註：據唐代馮贄的《雲仙雜記》："賈島常以歲除，取一年所得詩，祭以酒脯曰：勞吾精神，以是補之。" 元代辛文房《唐才子傳》記載：唐代詩人賈島"每至除夕，必取一歲所作置几上，焚香再拜，酹酒祝曰：'此吾終年苦心也。'痛飲長謠而罷"。

撚斷數莖髭 得髭字

費盡推敲力，沈吟自撚髭。數莖纔斷後，五字正成時。
豈等然持燭，因求妙解頤。裁箋豪寫兔，得句頷探驪。
牙慧應嫌拾，心花獨怒披。何人歌競病，有客笑于思。
唾喜隨風落，神忘照鏡疲。髯蘇才可並，奪狀替劉滋。

編者題註：唐·盧延讓《苦吟》：吟安一個字，撚斷數莖須。

第一功名只賞詩 得詩字

上賞論門第，花王一角旗。功名都入畫，風雨只催詩。
拜賜千家酒，留題七字碑。文章裝相宅，香火董仙祠。
萬戶通侯薄，三元種子宜。賀書尊豔客，擲筆謝封姨。
大塊誰宗匠，長城正犒師。儂家麟閣在，重與撚唫髭。

其二

長物吾何愛，論功一卷詩。名花眞厚福，異賞謝新知。

此是無雙譜，休刊第二碑。千紅齊俯首，尺地許揚眉。

側席推君鶚，空山算汝夔。不貪如斗印，獨撚數莖髭。

鼻觀聞香最，頭銜勒石宜。吳村壇坫勝，廿四品稱奇。

編者題註：唐·司空圖《力疾山下吳村看杏花》：儂家自有麒麟閣，第一功名只賞詩。

會送夔龍入鳳池 得池字

幸際風雲會，夔龍佐帝期。送將鵷鷺侶，都入鳳凰池。

松棟羣賢萃，薇垣碩輔基。絲綸分掌日，環珮話歸時。

一足搜羅富，千鱗變幻奇。昴星飛的鑠，卿月照漣漪。

丹沼簪纓集，黃扉砥柱資。歸昌鳴盛世，刷羽邁西岐。

編者題註：唐·杜甫《紫宸殿退朝口號》：宮中每出歸東省，會送夔龍集鳳池。

榮鞠樹麥 得時字

四月秋光過，重陽節未離。鞠榮纔應候，麥樹恰逢時。

摘艷今朝屆，嘗新異歲期。白衣人乍到，烏笠課難遲。

祇任開千朵，惟謀秀兩岐。幽芳猶惹蝶，雅韻未歌鸝。

屈子餐英早，畦丁播種宜。聖王勤率育，夏正驗無移。

編者題註：夏朝農事曆書《夏小正》中稱九月"榮鞠樹麥，時之急也"，即"菊花盛開之時，抓緊種麥"。

菱熟經時雨 得時字

遇雨菱花落，遙知乍熟時。半池萍約住，四壁藕開遲。

綠並芭蕉滴，紅應菡萏欺。聞香招鳳子，唼浪出魚兒。

騷客誰偏嗜，佳人有所思。折腰雙角露，刺手一莖持。

羅襪曾淩否，金盤欲薦之。歌聲聽不斷，新月上如眉。

編者題註：唐·杜甫《與任城許主簿游南池》：菱熟經時雨，蒲荒八月天。

左右修竹 得詩字

屋繞千竿竹，猗猗譜衛詩。清修分妙品，左右挺幽姿。
夾水雲陰合，當階月影移。蔭連圖史集，籟叶徵宮吹。
槐棘叢中雜，淇泉个裏窺。蘭亭憑映帶，荇菜擬參差。
煙鎖重簾密，風生隔樹遲。此閒佳士列，相對好彈琴。

編者題註：唐·司空圖《詩品二十四則·典雅》：坐中佳士，左右修竹。

菊殘猶有傲霜枝 得枝字

猶是重陽菊，殘秋膡幾枝。經霜惟有汝，傲世合如斯。
落豈他人後，香眞晚節遲。風塵初冷夜，顏色乍開時。
鞋伴高僧院，杯持處士籬。白衣仍舊送，靑女不妨欺。
心迹金能淡，頭銜雪亦宜。餐英相賞樂，兀坐對丰姿。

編者題註：宋·蘇軾《贈劉景文》：荷盡已無擎雨蓋，菊殘猶有傲霜枝。一年好景君須記，正是橙黃橘綠時。

披榛采蘭 得披字

聖代菁莪盛，恩膏壽寓滋。詔求蘭芷采，俗化棘榛披。
宿莽芟當路，靈根茂及時。蘿圖收並械，蒿殿獻同芝。
澤潤鑾坡徧，芳留黼座垂。作人推帝闥，香祖達皇知。
幹與岩相映，蕫眞野不遺。宸衷培萬彙，甄育並無私。

編者題註：披榛婇蘭是一個漢語成語。意思為撥開荊棘，採摘蘭草。《晉書·皇甫謐傳》：“陛下披榛采蘭，並收蒿艾，是以皋陶振褐，不仁者遠。”

微韻

學如鳥數飛 得飛字

鳥性惟吾悅，爲資在數飛。學能同彼斅，效自疾如翬。

漸喜鳴鶬變，無慚刻鵠非。步趨循雁序，俯仰悟鳶機。
秩課東西準，時妨下上違。越雞尊埶妄，宋鷉退堪譏。
隅集知民止，天高敢聖希。鴻儒崇盛世，羽翼贊彤闈。

編者題註：朱熹《論語集注》對《論語·學而》第一章中"習"字的注釋"習，鳥數飛也，學之不已，如鳥數飛也。"又說："既學而又時時習之，則所學者熟，而中心喜說，其進自不能已矣。"

五鳳齊飛 得飛字

宋代才華盛，齊看五鳳飛。樓曾平地起，詔早自空揮。
同響池頭佩，雙垂鏡裏翬。九苞紅日近，千仞碧桐依。
弱水栖仙翰，凌雲著舞衣。翔從丹穴繞，銜得紫泥歸。
阿閣風仍暖，高岡露正晞。翰林誇共入，軼事尚流微。

綠楊風外颭紅旂 得旂字

何處垂楊綠，隨風絮欲飛。到門敲白板，傍郭颭紅旂。
弱縷搓三月，濃陰護四圍。一竿依客舍，十里認漁磯。
攜榼聽鶯早，當椿繫馬肥。化身萍梗合，望眼杏花稀。
水檻懸明月，山村閃夕暉。樂天留雅句，相賞共忘機。

其二

連番風不定，春色上紅旂。望杏花如颭，垂楊絮欲飛。
一竿臨水郭，十里認柴扉。帘影沾微雨，鞭絲閃落暉。
金鈴聞箇箇，玉笛弄依依。別浦何人縎，前村有客歸。
藏鶯枝半亞，繫馬草初肥。罨畫山村畔，相黏綠四圍。

楊柳依依 得依字

多少垂楊感，歸途詠采薇。舊遊都歷歷，別恨此依依。
共憶婆娑舞，曾看嫋娜飛。夕陽催短笛，細雨送征騑。
陌路鴻泥徧，樓臺燕壘非。樹猶無恙否，景說再來非。

贈客離亭酒，懷人卒歲衣。長條休折盡，留取戀春暉。

編者題註：《詩經·採薇》：昔我往矣，楊柳依依。

菊花須插滿頭歸 得歸字

開到重陽菊，尋芳得得歸。滿頭須徧插，佳節莫相違。
傲世來青女，知心有白衣。西風吹短髮，老圃看斜暉。
大地黃金鑄，空山木葉稀。好挼陶令醉，共療屈生饑。
勝會同簪鬢，幽居此叩扉。自憐顏色瘦，待取雨中肥。

編者題註：唐·杜牧《九日齊山登高》：塵世難逢開口笑，菊花須插滿頭歸。

似曾相識燕歸來 得歸字

似是當初燕，春來度度歸。記誰曾作伴，識我又相依。
王謝尋常見，樓臺約畧非。堂前逢舊雨，巷口認斜暉。
賽社旋期準，禁風軟語微。留連三月暮，問訊一年稀。
簾待多時下，泥銜故壘飛。模糊思往事，後會訂烏衣。

編者題註：北宋·晏殊《浣溪沙》：無可奈何花落去，似曾相識燕歸來。小園
香徑獨徘徊。

魚韻
大丙 得車字

信有椎輪力，何憂脫輻歟。揚鑣傳丙御，振策走寅車。
亥步鸞和裡，庚郵馭控初。馳驅眞範我，操縱劇憐渠。
炎帝憑駿乘，陽曦假挾輿。馬疑天廐借，輦傍紫微居。
差許王良並，眞堪造父如。問名當火配，炳爍仰丹除。

編者題註："大丙"，傳說仙人名。《淮南子·原道訓》："昔者馮夷、大丙之馭
也，乘雲車，入雲蜺，遊微霧，騖恍忽……末世之馭雖有輕車良馬，勁策利鍛，不
能與之爭先。"

秋闈獻藝初 得初字

聖朝科目重，大比進賢書。過夏闈扃日，當秋藝獻初。
鹿鳴聲韻叶，鶚薦羽毛舒。月窟香爭採，風簷技早儲。
功應需九轉，業肯負三餘。共冀名題雁，先看隊貫魚。
鑑衡全賴子，衣鉢或傳予。右轄升庸慶，人文萃帝居。

編者題註：秋闈，稱科舉應試。獻藝：元·黃溍《試院為主試官作》："右轄昇庸日，秋闈獻藝初。"

課讀等身書 得書字

黃中傳幼慧，能讀等身書。乃父殷勤詔，斯兒典籍舒。
莫欺童五尺，須令學三餘。頂立躬爲度，肩隨古與居。
出頭原不讓，過眼總非虛。計日量功課，遵程驗密疏。
直同衡石勵，宜把簡編儲。年少榮科第，鴻才孰比如。

編者題註：《宋史·賈黃中傳》："黃中幼聰悟，方五歲，玭每旦令正立，展書卷比之，謂之'等身書'，課其誦讀。"玭為賈黃中父。"等身書"本謂與身高相等的一段卷子，後遂指疊起來與身高相等的書籍，形容讀書之多。

郝隆曬腹 得書字

爲愛秋陽曬，休誇錦綺舒。凡情皆負腹，我輩獨藏書。
邊笥文多積，程磚影尚徐。橋成填鵲日，樓展曝衣初。
仰面晞三足，撐腸富五車。頭烘應笑俗，背炙卻羞渠。
聊比褌披犢，何曾字飽魚。郝隆眞洒落，智次有誰如。

編者題註：郝隆，字佐治，山西省原平市人，為東晉名士，生性詼諧。年輕時無書不讀，有博學之名。後投奔桓溫，官至南蠻府參軍。據傳七月七日見富裕人家暴曬綾羅綢緞，就仰臥太陽下，露出腹部。有人問，你這是干什麼呢？郝隆答，我曬我腹中書。這就是典故"郝隆坦腹曬書"的由來。

異書渾似借荊州 得書字

雅愛文爲富，頻年索異書。遺編離魯誤，奇籍借荊如。
事業三分鼎，功名一草廬。嬝嬛眞福地，宛委卽方輿。
岣嶁碑留處，邱墳史讀餘。雉城休假我，鷗酒獨償渠。
日月雙輪照，琳瑯萬軸儲。聖朝崇實學，多士愧虛車。

編者題註：陸游《到嚴十五晦朔郡釀不佳求於都下既不時至欲借》：名酒過於
求趙璧，異書渾似借荊州。

書貴瘦硬方通神 得書字

瘦硬推能手，通靈尺幅餘。惟神方入妙，所貴在工書。
翠羽輕軀立，黃庭拓本初。得中應度合，敢諫獨心攄。
肥莫豐頤肖，柔誰繞指如。偃風芳草秀，摹月勁松虛。
匀碧箋攤繭，深青硯滴蜍。千秋傳鐵畫，珥筆侍宸居。

編者題註：杜甫《李潮八分小篆歌》：苦縣光和尚骨立，書貴瘦硬方通神。

疾風偃草 得書字

索靖工章法，和風狀草書。偃波神獨肖，肩樹妙相如。
糾結鉤宜蚓，婆娑墨豈豬。莫嘲翁舅諱，曾得大夫譽。
禾卉高垂下，枝條密間疏。齊名推杜度，寸紙寶文舒。
棠棣華同載，蒲陶結有餘。吹林能順氣，荊棘幾時除。

心正則筆正 得書字

舉筆何由正，因心課以虛。莫忘歐氏諫，難得柳公書。
朋字休從側，臣衷不負初。引繩智有準，合矩腕能如。
位素靈臺上，銘丹智府餘。主皮堪中鵠，僞體漫嘲豬。
表筯當年直，懸針此日譽。流芳金管在，染翰侍宸居。

其二
永叔曾流諫，公權又善書。因心期在正，舉筆悟相如。

畫日葵能向，成風竹自虛。寸丹堪樹鵠，尺素不傅魚。
立表三毫上，懸鍼十指餘。無偏峯自卓，入妙柿同儲。
合矩微忱抱，從繩僞體除。久欽皇建極，染翰鳳池居。

編者題註：有一次穆宗皇帝問柳公權如何將書法寫好，柳公權對曰：“用筆在心，心正則筆正。”如果人品不高，則落墨無法。蓋因穆宗怠于朝政，柳公權以書喻政，一方面說明其面對書法創作的態度，一方面也巧妙地藉由書法藝術的精神進諫，從此“心正筆正”說一直流傳至後世，成為書法倫理標準之一。

胷中有萬卷書 得書字

萬卷羅胷富，時還讀我書。鎮心仍似此，曬腹近何如。
在笥藏千帙，餔糟飽五車。可能成脈望，原不借鈔胥。
列宿三霄燦，層雲一片舒。靈臺森氣象，祕閣閎居諸。
宛委掄求徧，嬝嬛寢饋餘。便便文字福，歌嘯屬吾廬。

編者題註：古代萬卷是指皇帝的試卷。讀書為了進京趕考，金榜題名。現比喻要努力讀書，讓自己的才識過人並讓自己的所學，能在生活中體現，同時增長見識，理論結合實際，學以致用。語出 明·董其昌《畫旨》“畫家六法，一曰‘氣韻生動’。‘氣韻’不可學，此生而知之，自然天授。然亦有學得處，讀萬卷書，行萬里路，胸中脫去塵濁，自然丘壑內營。成立郛郭，隨手寫去，皆為山水傳神”。杜甫《奉贈韋左丞丈二十二韻》中有詩句：“讀書破萬卷，下筆如有神。”

謫居猶得住蓬萊 得居字

舊是蓬萊侶，如何竟謫居。幸猶留小住，未遽返吾廬。
惄許金鋄贖，名休玉檢除。自蒙天帝宥，豈借大王嘘。
手版仍隨例，頭銜不改初。蔡鞭應鑒彼，吳斧合憐予。
尚卜方壺宅，重抽祕閣書。好刪年少習，狡獪事多虛。

編者題註：唐·元稹《以州宅誇于樂天》：我是玉皇香案吏，謫居猶得住蓬萊。

通印子魚猶帶骨 得魚字

通應祠前水，嘉肴說子魚。印方容恰稱，骨小帶休除。

斫玉絲絲弄，鉤金寸寸如。充腸休易綬，鈐尾好傳書。

科斗銜泥古，之而刻木疏。人喧桃漲後，地訪荔香初。

倒用宜穿柳，貪鮮合佐蔬。莆陽誇食品，誰話故侯居。

編者題註：亦稱"通應子魚"，即子魚。王安石《送福建張比部》詩有"長魚
俎上通三印"之句，福州瀕海多魚，初不專指子魚而言。蘇軾《送牛尾狸與徐使
君》詩"通印子魚猶帶骨，披綿黃雀漫多脂"，始以"通印子魚"對"披綿黃雀"。

臣心如水 得如字

曾酌廉泉水，微臣敢弗如。門雖疑市近，心豈負齋居。

漱石知無愧，懷冰請自譽。可能輸飲馬，不信驗懸魚。

獨柱狂瀾挽，孤舟宦海虛。區區盟澹泊，懍懍戒泥淤。

素履清芬守，緇衣濁垢祛。寸忱占井洌，猶是在山初。

編者題註：心地潔淨如水，比喻為官清廉。出處《漢書·鄭崇傳》："臣門如
市，臣心如水。"

魚戲蓮葉北 得魚字

鵑聲曾喚北，今日又觀魚。戲戀蓮新植，開逢葉乍舒。

依光波月靜，涵影渚雲虛。剎海誰鳴槳，橫塘好寄書。

江鄉遲雁向，水國伴鷗居。星拱紅衣畔，風迎白社初。

東西南已徧，香色味何如。樂府歌天籟，忘機看晚蕖。

編者題註：漢·佚名《江南》：江南可採蓮，蓮葉何田田。魚戲蓮葉間。魚戲
蓮葉東，魚戲蓮葉西，魚戲蓮葉南，魚戲蓮葉北。

江湖滿地一漁翁 得漁字

滿眼干戈日，生涯遜老漁。江湖多白鳥，天地一蘧廬。

小艇來煙雨，長亭報羽書。雙鷗渾似我，孤鶩合愁予。

蒓菜思鱸後，蘆花聽雁初。挂帆殘照入，隔水夜燈疏。
萍梗嗟吾輩，綸竿問故居。少陵懷信宿，舊侶近何如。

其二

江湖多事日，寂寞釣人居。滿地愁行客，餘生話老漁。
狼煙飛劍外，蟹火覓燈初。窮士誰呼飯，將軍有報書。
此翁眞碩果，小艇卽吾廬。有願難騎鶴，無聊託賣魚。
乾坤仍似此，朋輩近何如。夔府城樓感，蕭蕭夜雨疏。

其三

長作江湖客，天涯賸老漁。干戈愁滿地，蘆荻足平居。
一水微波動，孤燈夜雨疏。吾徒誰是與，舊夢復何如。
蟹稻思鄉苦，鱸蒓返櫂初。乾坤原樂土，風月有蓬廬。
入世同飛鳥，依人笑食魚。浣花逢釣叟，爲寄腹中書。

編者題註：杜甫《秋興八首》之一：關塞極天惟鳥道，江湖滿地一漁翁。

種松皆作老龍鱗 得書字

訪舊新昌里，松陰好著書。門無凡鳥到，鱗恰老龍如。
繞屋蒼皮換，冲霄黛色舒。冰霜高士骨，風雨故人車。
夭矯虬枝挺，盤旋鶴夢虛。吼濤聲灝瀚，挐月甲齟齬。
自是精神老，何妨節目疏。吟殘摩詰句，吾亦愛吾廬。

編者題註：唐·王維《春日與裴迪過新昌裡訪呂逸人不遇》：閉戶著書多歲月，
種松皆老作龍鱗。

虞韻

耕織圖 得圖字

耕織編黎重，關心締造模。吹詩曾入樂，作繪又披圖。
蒼赤辛勤計，丹青子細摹。萬家求粟帛，七月笑瓜壺。
稻隴黃痕布，桑田綠影鋪。好謀衣與食，欲問婢兼奴。
一幅兒孫業，千緡主伯輸。聖朝敦本務，宵旰念民劬。

編者題註：《耕織圖》是南宋紹興年間畫家樓璹所作，作品得到了歷代帝王的推崇和嘉許。天子三推，皇后親蠶，男耕女織，這是中國古代很美麗的小農經濟圖景。南宋時的樓璹在任于潛令時，繪製《耕織圖詩》四十五幅。清朝康熙南巡，見到《耕織圖詩》後，感慨於織女之寒、農夫之苦，傳命內廷供奉焦秉貞在樓繪基礎上，重新繪製，計有耕圖和織圖各二十三幅，並每幅制詩一章。

函夏無塵 得無字

函夏歡聲沸，征塵半點無。士龍初入洛，司馬已旋都。

四座胡盧笑，三軍鞠脝圖。江天開帟幕，風月滿氍毹。

洗甲拋犀鎧，銷兵解虎符。中原同覆幬，大地淨泥塗。

奏凱西南徧，論功頴同俱。金墉城垢滌，明鏡照寰區。

編者題註：《漢書·揚雄傳上》："以函夏之大漢兮，彼曾何足與比功？"顏師古註引服虔曰："函夏，函諸夏也。"後以"函夏"指全國。魏晉·陸雲《大將軍宴會被命作》詩：頹綱既振，品物鹹秩。神道見素，遺華反質。辰昬重光，協風應律。函夏無塵，海外有謐。

大雅扶輪 得扶字

只有蘭成筆，如輪大雅扶。幾人猶櫪驥，我輩豈轅駒。

並轡推兼挽，聯鑣步亦趨。望塵空後起，炙輠笑當途。

鉅手爭輈快，虛車覆轍虞。軿軒風可採，軦軒信非誣。

服軝千秋任，乘輿一代驅。文章眞卓爾，旋轉五經腴。

編者題註：大雅：《詩經》中的一部分；扶輪：在車輪兩翼護持。指維護扶持正統的作品，使其得以推行和發展。

桑麻鋪棻 得都字

桑柘鳩民宅，絲麻雁戶租。鋪張班北地，棻鬱漢西都。

田舍茅龍換，溝塍稻蟹腴。蔭周森栝柏，隰坦靖崔苻。

陌上和風暢，邱中暖日晡，篝車眞滿野，荊棘不當途。

貓虎迎年曲，雞豚賽社圖。萬家鱗次樂，鼓腹誦皇謨。

水枕能令山俯仰 得蘇字

一枕滄江臥，悠然俯仰俱。能令山展轉，直與水縈紆。
拾似低頭是，流曾洗耳無。頡頑魚鳥趣，融洽鏡屏圖。
鶵首浮嵐活，蛾眉倒影鋪。峰青人去也，月白客知乎。
地勢東南坼，天光上下趨。化將身萬億，逸興想髯蘇。

唱酬佳句如連珠 得珠字

一一傳佳句，連蜷妙似珠。他山文字助，爾室唱酬俱。
得解圍中悟，聞名日下呼。故人重擊鉢，良夜共提壺。
自許千金值，應添百琲圖。編排真軋軋，贈答每于于。
鬪已雙叉捷，穿將九曲無。詩成明月弄，好語合相娛。

秋露如珠 得珠字

秋夜涼如許，晶瑩色暗鋪。清輝曾浥露，的皪竟成珠。
凝素川添媚，騰文岸不枯。滿川胎老蚌，帀樹戀飛烏。
自警林閒鶴，應穿屋角蛛。寒疑生雁背，捋莫誤羊鬚。
淫處垂丹桂，投來貫白榆。聖朝膏澤渥，甘液表祥符。

其二

清露三霄降，瀼瀼瑞色鋪。流甘同出醴，餘液恰凝珠。

涼影含金粟，寒光映玉壺。綵囊承錯落，寶甕湆醍醐。
夜靜驢眠熟，秋高鶴夢孤。砌堆還彷彿，盤走費規摹。
顆顆荷盤瀉，纍纍草帶濡。含毫歌帝澤，優渥徧如酥。

編者題註：南北朝·江淹《別賦》："至乃秋露如珠，秋月如圭，明月白露，光陰往來，與子之別，思心徘徊。"

雙鳳雲中扶輦下 得扶字

糺縵紅雲下，欣看輦並扶。中央惟鳳駕，臣庶各梟趨。
軹已飛青闕，轅初映白榆。星辰都錯落，日月共馳驅。
騎鶴風相送，驂鸞彎與俱。遊繞過閬苑，歷早到蓬壺。
栖處曾鳴竹，迎來合奏竽。雙雙朱仗列，盛會集天衢。

編者題註：宋·王珪《恭和御製上元觀燈》：雙鳳雲中扶輦下，六鼇海上駕山來。

孤燈寒照雨 得孤字

寒雨雲陽館，離杯話酒徒。與君千里別，相對一燈孤。
江海嗟為客，驢駒感在途。短檠如豆小，敗葉聽蕉枯。
此夕煙浮竹，前宵月滿湖。故人情脈脈，殘夜醉烏烏。
剔燄風明滅，跳珠點有無。司空留雅句，把盞向庭梧。

編者題註：唐·司空曙《雲陽館與韓紳宿別》：孤燈寒照雨，濕竹暗浮煙。

梅妻鶴子 得孤字

幸免妻孥累，山孤興不孤。聊將梅作伴，長與鶴為俱。
竹外鴛閨侶，松間燕翼圖。羅浮新眷屬，羽化舊仙雛。
影想懷春瘦，形憐對客癯。羞同桃妾偶，肯共雁奴呼。
迨吉三兼七，添丁有也無。先生真脫俗，遺迹在西湖。

編者題註：宋·沈括《夢溪筆談·人事二》："林逋隱居杭州孤山，常畜兩鶴，縱之則飛入雲霄，盤旋久之，複入籠中。逋常泛小艇，游西湖諸寺，有客至逋所居，則一童子出應門，延客坐，為開籠縱鶴，良久，逋必棹小船而歸，蓋嘗以鶴飛為驗也。"清·吳之振輯《宋詩鈔·和靖詩鈔序》："林逋，字君複，杭之錢塘人，少孤，力學，刻志不仕，結廬西湖孤山。……時人高其志識，賜謚和靖先生。逋不娶，無子，所居多植梅畜鶴。泛舟湖中，客至，則放鶴致之，因謂梅妻鶴子云。"

南村諸楊北村盧 得盧字

莫道村南北，諸楊外有盧。色香誰獨絕，紅紫汝先驅。
按譜推陳冠，比鄰笑阮俱。聖僧平等視，仙叟此閒輸。
左右亭亭玉，高低樹樹珠。檳榴羣季宅，閩蜀一家圖。
同具甘酸味，休訛姓氏呼。評章炎海定，百顆飽髯蘇。

編者題註：宋·蘇軾《四月十一日初食荔支》：南村諸楊北村盧，白華青葉冬不枯。

花蘂上蜂鬚 得鬚字

花底香成國，遊蜂駐得無。負蘭曾上背，採藥又粘鬚。
孕露葩重鬱，掀風粉半敷。數莖垂粒膩，小瓣綴絲糊。
桃李三春米，樓臺一寸圖。衙應髭聖放，課足蜜官輸。
脂蕚收金翼，纖鍼貼絳跗。料從脾滿後，錦水萬紅曨。

編者題註：杜甫《徐步》：芹泥隨燕觜，花蕊上蜂鬚。

春駒 得駒字

不知原是蜻，相競喚爲駒。皎皎花閒活，蓬蓬陌上驅。
騎牆三月暮，滾地一輪孤。夕照翻鴉舅，東風控鼠姑。
長隄嘶朽麥，香國飽生芻。青草王孫路，紅塵帝子圖。
鬭飛仍躪柳，入夢又平蕪。萬里春如海，牽車倩鳳雛。

其二

怪底形非蝗，如何又是駒。化生原一體，小字可相呼。

牝牡頒來似，雌雄辨得無。玉腰誰換骨，白額竟輕軀。

栩栩千金值，昂昂五色俱。蝸同稱大武，蠶亦作於菟。

空谷多情種，南華有牧奴。東君如稅駕，借汝劻前驅。

其三

探春餘事耳，如汝稱名駒。之子勞相秣，爲周笑共呼。

莫嘲形渺小，也解赴馳驅。雖媚仍留骨，能飛不畏途。

一篇休自穢，千里有吾徒。咽角深深見，修眉衮衮圖。

食苗看大地，化橘脫凡軀。瞥眼乘風去，皮毛賞識無。

其四

喚起羅浮夢，嬉春別有駒。得名同鳳子，問種異龍雛。

裙帶披雙耳，鞭絲縋五銖。六宮寒食節，一騎夜遊圖。

化葉偏生足，銜香易上鬏。翩躚妨路滑，蹀躞倩花扶。

蹴膩衣裳粉，腰纏絡索珠。最宜敲板和，驪唱聽于于。

編者題註：見宋·無名氏《采蘭雜誌》。春駒，蛺蝶的別名。

齊韻

陽律娶妻 得妻字

陽律調陰呂，如何比娶妻。偶奇惟竹截，匹儷竟絲締。

分管葭莩託，爲炊秬秠攜。雌雄均羽叶，尺寸恰眉齊。

觀德宜司饋，和倫待及笄。婦庚同手執，姑洗戒屑稽。

並奏聲吹谷，相生侯驗梯。初鐘耽樂爾，隔八莫乖睽。

戰馬南嘶草木腥 得嘶字

整旅皇威震，天南戰馬嘶。江山何攘攘，草木共淒淒。

壁壘蠻煙鎖，旌旗瘴雨迷。九關開虎豹，一騎埽鯨鯢。

髀肉消疆場，頭顱繫狄鞮。欃槍芒上下，牛女界東西。

慘淡花無色，陰寒月亦低。妖氛今日靖，奏凱樂烝黎。

編者題註：元·葉顒《至正戊戌九日感懷賦》其七：征鴻北度煙塵冷，戰馬南嘶草木腥。

佳韻

平淮西碑 得淮字

家世西平貴，將軍夜渡淮。北方誰牧馬，西徼正驅豺。
大雪眞相助，穹碑幸未埋。文章韓段異，銘勒李裴偕。
鵝鴨聲聲亂，蛟螭字字排。凌煙應繪象，紀日欲磨崖。
萬騎來天上，千秋蠹水涯。乾坤旋轉手，此筆屬吾儕。

編者題註：平淮西碑，又名韓碑，由唐代文學家韓愈撰文，記述了唐憲宗元
和十二年（817 年）裴度平定淮西藩鎮吳元濟的戰事。韓愈的《平淮西碑》寫得古
意盎然，桐城派大家張裕釗贊爲"此文自秦後，殆無能爲之者……殆欲度越盛漢，
與周人並席矣。"

僧鞋菊 得鞋字

此花原是菊，爲底號僧鞋。跌石雙雙印，同龕采采佳。
足將陶令度，餐當太常齋。色相參秋末，縈絲認水涯。
其人如汝淡，好夢借君諧。衣鉢傳香國，青黃踐玉階。
重陽經雨綻，五兩倩霜揩。大地捐金徧，禪房幾處皆。

編者題註："僧鞋菊"，附子的別稱。以其花似僧鞋，故名。

灰韻

六鼇海上駕山來 得來字

六鼇看曉策，旭日上蓬萊。跨海梁誰渡，如山駕忽來。
兩行三島峙，一柱五丁開。踏背邀同伴，當頭許占魁。
扶桑堪濯足，圓嶠共持杯。吼處鯨翻浪，噓時蜃幻臺。
欲移眞左計，能釣亦奇才。無限蒼茫裡，峩峩首屢回。

編者題註：宋·王珪《恭和禦制上元觀燈》：雙鳳雲中扶輦下，六鼇海上駕

山來。

春從何處來 得來字

訝道東皇侶，春眞有腳回。　何時從我別，幾處待君來。
音信殊憑準，郵程費浪精①。　輕裝無襆被，小住覓樓臺。
似入高枝畔，翻疑近水隈。　萍蹤終悃悗，絮語漫追陪。
風月宵千里，鶯花酒一杯。　憶曾消息漏，相盼綺窗開。

編者註：①精，疑爲"猜"。

最難風雨故人來 得來字

鎮日風和雨，何人剝啄來。最難逢戴笠，相對共銜杯。
花徑無妨滑，蓬門爲汝開。連床良夜永，把袂故鄉纏。
自踐登堂約，休勞短札催。十年同硯席，一路長莓苔。
天下誰知己，空山幾俊才。草廬相臥起，往事話徐崔。

編者題註："風雨故人"出自《詩經·鄭風》，清代大學者孫星衍撰寫的一副楹聯："莫放春秋佳日過，最難風雨故人來"

詩債敲門不厭催 得催字

有債原難負，惟詩不厭催。文章吾輩累，風雨故人來。
忙到春三月，償將日百回。頻勞他剝啄，卻費我敲推。
佳節徵租未，良宵貰酒纏。自扃猶有戶，欲避已無臺。
摻索愁憑几，遁逃笑鑿坏。禪心今謝客，騷友勿疑猜。

編者題註：元·張雨《吾愛吾廬》：先生閉戶成真懶，詩債敲門不厭催。

平明閭巷掃花開 得開字

迷路桃源入，平明有客來。花誰閭巷掃，地別洞天開。
雞犬迎人樂，桑麻傍水栽。但知秦日月，不識漢樓臺。

擁篲侵晨去，聞鐘向曉催。到門敲白板，覓路淨蒼苔。
偕隱田千頃，相邀酒一杯。輞川留雅什，高詠獨徘徊。

編者題註：唐·王維《桃源行》：平明閭巷掃花開，薄暮漁樵乘水入。

楊柳樓臺 得臺字

一幅詩中畫，楊花上砌臺。吟魂隨柳去，好景入樓來。
自有精神在，休令富貴灰。笑嚬依板渚，金碧繪蓬萊。
華屋春如海，陽關酒滿杯。流鶯嗁路曲，引鳳下庭隈。
明月仍紅杏，芳暉尚綠苔。奚囊驢背重，鸚鵡賦奇才。

鵰盼青雲倦眼開 得開字

倦飛誰自盼，青眼幸重來。鵰喜乘風去，雲看撥日開。
摩天凌咫尺，橫塞脫塵埃。毛養三年久，眸凝一瞥縈。
注應窺下界，栖不戀高臺。結念繁霄漢，超凡謝草萊。
盤秋眞得意，漉夏豈庸材。羽翼皇猷贊，鴻儒徧九垓。

編者題註：唐·劉禹錫《始聞秋風》：馬思邊草拳毛動，雕眄青雲睡眼開。

且向百花頭上開 得開字

本是調羹手，沂公擅異才。花中眞特立，頭上且先開。
百卉甘趨後，羣芳許占魁。瘦軀留豔骨，清夢破香胎。
明月前身認，春風絕頂來。冰霜推極品，紅紫陋凡材。
汁憶衣沾柳，班應位列槐。千秋資鼎鼐，相業託鹽梅。

編者題註：宋·孔平仲《談苑》：王曾布衣時，以《梅花詩》獻呂蒙正，云：
"而今未問和羹事，且向百花頭上開。"蒙正云："此生已安排狀元、宰相也。""和
羹"，本指用不同調味品配製的羹湯，後用以比喻大臣輔助君王治理國政。梅花耐
寒，開在百花之先，用以比喻狀元及第。呂蒙正從其詩語意不凡，故出言點破。王
曾咸平年間由鄉貢試禮部廷對皆為第一，又官至同中書門下平章事，已是實際上的
狀元和宰相，後以"百花頭上開"為詠梅之典。

釀梅天氣不多寒 得梅字

不多琳館竹，長伴客窗梅。地氣寒猶閣，天心釀欲開。
陰晴重繭戀，消息一鞭猜。橋北聽鵑未，湖西守鶴纏。
糟床千里夢，紙帳十分胎。瓶熟葡萄供，爐遲榾柮煨。
孕香疑中酒，吹律滯飛灰。聞梵馮臨海，唫懷淨點埃。

編者題註：金·馮子翼《祐德觀試經》：琳館清深小雪殘，釀梅天氣不多寒。

梅妻 得梅字

山妻何冷淡，素性只躭梅。一樹瓊姿匹，三更玉骨陪。
幽魂銷紙帳，粉質駐瑤臺。形影冰人結，因緣月老猜。
雪霜仍自傲，雲雨莫相催。豈有鴛同夢，居然蜨作媒。
尋香知我許，索笑爲誰來。準擬卿卿喚，無言亦快哉。

探梅吟罷帶花回 得回字

本爲尋芳去，探梅卽咏梅。吟當遊興罷，帶得暗香回。
有客騎驢泠，何人倚馬裁。錦囊千里負，綠蕚一肩來。
摘艷枝誰折，停毫思未灰。溪山清友訪，風雪美人陪。
歸迹鴻泥印，栖巢鶴夢猜。銅瓶應細插，好句定相催。

編者題註：宋·文天祥《山中再次胡德昭韻》：酹菊醉餘披草坐，探梅吟罷帶花回。

櫓搖背指菊花開 得開字

背指籬邊菊，孤舟欸乃催。半江搖櫓過，九月報花開。
繞蜨西風緊，叉魚夕照回。聞聲知汝瘦，側影避人猜。
舷向前汀扣，香從隔浦來。藍初拖一鑑，黃恰綻重臺。
千里相思未，三秋欲別纏。故園何日繫，相約共銜杯。

編者題註：唐·杜甫《送李八秘書赴杜相公幕》：石出倒聽楓葉下，櫓搖背指菊花開。

真韻

黃羊祀竈 得神字

五祀曾尊竈，非關欲媚神。糟塗難免俗，羊薦不因人。
刉血辛盤列，魚羔子夜陳。所司原在命，能送豈愁貧。
臘鼓聽今夕，脂花唼早春。牢惟供一具，酒自獻三巡。
祭虎迎貓日，吹豳祭蜡晨。來歆應降惠，鳴爆徧比鄰。

編者題註：成語黃羊祀灶。漢代陰識家先世曾以黃羊祭祀灶神而發財致富，其後子孫繁昌。《後漢書‧陰識傳》："初，陰氏世奉管仲之祀，謂為'相君'。宣帝時，陰子方者，至孝有仁恩，臘日晨炊而灶神形見，子方再拜受慶。家有黃羊，因以祀之。自是已後、暴至巨富，田有七百餘頃，輿馬僕隸，比於邦君。子方常言：'我子孫必強大。'至識三世而遂繁昌，故後常臘日祀灶，而薦黃羊焉。"

老去怕看新曆日 得新字

韶華如過客，去日惜良辰。自怕龍鍾老，旋看鳳曆新。
顏無丹可駐，髮每白堪嗔。細數花週甲，重逢月建寅。
傷心驚逝水，回首話前塵。歲序嗟殘律，光陰付轉輪。
迎年難免俗，賀朔亦因人。尚幸精神健，衣冠共薦辛。

編者題註：宋‧蘇軾《除夜野宿常州城外》二首其一：老去怕看新曆日，退歸擬學舊桃符。

閒思往事似前身 得身字

光陰嗟過客，逆旅賸孤身。閒憶前番事，翻疑隔世人。
千秋華表夢，十載碧紗塵。欲問先天卦，如迴大地輪。
桃花仍逝水，萍梗可知津。轉瞬同終古，回頭閱幾春。
江山原不老，歲月又更新。俯仰蒼茫外，鴻泥迹已陳。

編者題註：唐‧白居易《臨水坐》：手把楊枝臨水坐，閒思往事似前身。

春晚綠野秀 得春字

鳳律調三月，乘時玉輅巡。上林紅競秀，瑞草綠初勻。
大地依銅輦，芳郊蹴錦茵。萬家寒雨足，十里豔陽新。
碧染朝官履，青垂學士巾。生機含帝澤，淑景煦皇仁。
英擢瀛洲日，恩醲禁籞晨。寸心酬舜陛，隨扈翠華春。

編者題註：南北朝·謝靈運《入彭蠡湖口》：春晚綠野秀，岩高白雲屯。"

斗指兩辰閒 得辰字

斗柄何方指，占天在兩辰。推遷時恰閏，損益度彌均。
影射三垣夜，光生十座春。亢躔窺大角，軫宿驗常陳。
器府雙輝入，天廚四照頻。魁杓移旦暮，南北判風塵。
曾散精爲堯，將臨次是鶉。璇璣迴轉準，協律頌皇仁。

編者題註：《書·堯典》朞三百有六旬有六日，以閏月定四時成歲。《疏》斗之所建是為中氣，日月所在斗指兩辰之間，無中氣，故以為閏也。斗指辰是指二十四節氣中穀雨的意思。穀雨是二十四節氣的第六個節氣，源自古人"雨生百穀"之說，同時也是播種移苗、埯瓜點豆的最佳時節。

未到曉鐘猶是春 得春字

一片花飛減，明朝不是春。喜猶鐘未曉，細與酒重巡。
採蜨尋香寂，聞雞破夢頻。蒲牢聲閣雨，蔾尾宴生塵。
祖道如相待，僧寮且作鄰。論園商此夜，燒燭屬何人。
離別殘宵感，閒關後會身。恰當三十日，洗酌話良辰。

編者題註：唐·賈島《三月晦日送春》：共君今夜不須睡，未到曉鐘猶是春。

春草碧色 得春字

南浦多芳草，離離碧似茵。濃于前渡色，送盡短亭春。
馬足王孫路，楊花客子身。陌頭三月暮，雨後四郊新。
箭酒陽關曲，油幢祖道塵。痕應蘇野燒，夢尚滯江濱。

萍水逢知已，蕪城憶故人。綠波回首處，別緒感良辰。

編者題註：南北朝·江淹《別賦》：春草碧色，春水渌波，送君南浦，傷如之何！

春水綠波 得春字

別淚多于水，離懷況惜春。波光芳草岸，帆影綠楊津。
十里濃藍瀲，三篙軟翠匀。黛描螺髻活，暖送鴨頭新。
小雨湔裙褶，輕煙釀麴塵。半江雲外樹，一櫂鏡中人。
鴻爪憑君認，魚書遺我頻。魂銷驪唱後，南浦共傷神。

其二

南浦依然綠，銷魂是此辰。逝波猶去日，送別更何人。
桃葉懷前渡，楊花訴舊因。十年孤櫂夢，三月轉蓬身。
悔卻封侯早，忙他作郡頻。河梁攜手感，壇坫過江春。
憑弔憐湘女，通辭託洛神。正當時節好，紅雨浥輕塵。

政在養民 得民字

郅治咨修政，洪猷重裕民。在寬敷帝德，引養浹皇仁。
子愛廑荃宰，辛祈懋鞫人。設施懸象魏，保合仰鴻鈞。
畫卦蒙求叶，占爻井汲陳。臺萊笙奏雅，葵藿籲吹豳。
國計農桑重，天家俎豆新。大烹逢聖世，調鼎協臣鄰。

編者題註：《尚書·大禹謨》：禹曰："於！帝念哉！德惟善政，政在養民。水、火、金、木、土、谷，惟修；正德、利用、厚生、惟和。九功惟敘，九敘惟歌。戒之用休，董之用威，勸之以九歌俾勿壞。"

須知痛癢切吾身 得身字

痛癢何人切，相期吏盡循。須知黎庶命，環待宰官身。
剗齒么麼輩，同心侍從臣。四方牙爪利，萬姓股肱親。
莫遣膚相剝，爭禁指未伸。摩搔勤使臂，盤錯警亡脣。

捫蝨中原夜，除螽大地春。蒼生衣被共，鼓腹頌皇仁。

士伸知己 得伸字

知己於今得，因之士氣伸。品評留月旦，賞識出風塵。
好借揚眉地，誰爲折腳薪。牙期神獨契，管鮑意相親。
魚水歡游日，鴻毛際遇辰。文章眞有價，肝膽屬何人。
點首朱衣筆，昂頭白屋身。菁莪歌聖世，草野頌皇仁。

組織仁義 得仁字

組織功猶密，師資況故人。不惟交以義，更賴友其仁。
和煦抽心繭，剛方守道紉。綢繆千里共，經緯十年新。
繡黼文章重，投機笑語親。孔成應擇里，孟取合遷鄰。
無縫泯尋隙，相繩陋失因。孝標留緒論，銘佩至今紉。

寸轄制輪 得輪字

區區惟一寸，制度創輿人。納鍵原需轄，迴環妙在輪。
擊輄殊眾響，飛秕笑前塵。脂已閒關潤，尻能造化神。
扶將承蓋庾，投有閉門陳。合轍符斯世，虛車誚此身。
鎖經蟾蠡未，磨似蟻旋頻。尺木誰持要，文章悟夙因。

編者題註：成語。南朝·梁·劉勰《文心雕龍·事類》：“故事得其要，雖小成績，譬寸轄制輪，尺樞運關也。”

苹鹿燕嘉賓 得賓字

式燕歌苹鹿，天開藻榜新。野無嘉遯客，國有大觀賓。
琴瑟三章奏，氍毹八月春。霓裳仙子曲，槐笏宰官身。
麌麌鳴簧叶，菁菁染袖勻。羹應調芍藥，脯自擘麒麟。
舉孝興廉日，剗風緝頌人。咒觥宸賞渥，葵向戴皇仁。

編者題註：《詩·小雅·鹿鳴》：“呦呦鹿鳴，食野之蘋。我有嘉賓，鼓瑟吹笙。

吹笙鼓簧，承筐是將。”承：奉。筐：盛幣帛之器。詩以野鹿呦呦鳴聲起興，寫周代國君宴會群臣賓客，鼓樂吹笙，且以筐裝錢帛奉送給嘉賓。鹿蘋之會：借指君臣宴飲。

人淡如菊 得人字

詩品司空著，秋光淡有神。何當榮比菊，竟爾瘦如人。
夜雨東籬下，斜陽古渡濱。開樽躭味泊，簪鬢樂天眞。
此友原超俗，相看等化身。落英鋪地散，奇想出塵新。
花已疏紅蓼，風初起白蘋。不逢陶處士，誰更結芳鄰。

編者題註：唐·司空圖《二十四詩品·典雅》：落花無言，人淡如菊。

文韻

多文爲富 得文字

天地精英萃，包羅屬典墳。其鄰誰自富，所尚在多文。
鑿鑿名山業，翩翩陋巷羣。曹倉籤壓架，杜庫軸連雲。
孔壁摹三體，羲爻重一斤。船珠同錯落，杯玉共繽紛。
東觀應充棟，西園更辟芸。萬金書可抵，阿堵漫云云。

編者題註：成語。《禮記·儒行》：“不祈多積，多文以為富。”《孔子家語·儒行》：“儒有不寶金玉而忠信以為寶，不祈土地而仁義以為土地，不求多積而多文以為富。”

以文會友 得文字

載道將何以，觀摩在攷文。鶯聲求益友，蛾術會同羣。
麗澤功相長，他山志不紛。鳳樓煩共助，虎觀博多聞。
左右羅圖史，居稽讀典墳。論心眞似水，翻手莫如雲。
帷憶談狸下，香因辟蠹焚。好教疑義晰，雪案賞奇欣。

編者題註：《論語·顏淵》：君子以文會友，以友輔人。

心游萬仞 得文字

萬仞青蒼極，游心未肯紛。弱齡工作賦，令弟共能文。
壁立干霄石，風搏出岫雲。圖畫看了了，土壤陋云云。
奎府羅星斗，靈臺足典墳。身居嵩室近，手擘華山分。
虎氣中天亘，蠅聲下士聞。煙雲歸腕底，嘯傲笑同羣。

編者題註：成語，出自晉朝·陸機《文賦》：精騖八極，心游萬仞。

牀上書連屋 得文字

一醒連牀夢，攤書對暮雲。牽蘿誰補屋，命酒好論文。
有壁森俱立，何人思不羣。等身千載業，穿膝十年勤。
上下眠圖史，東西臥典墳。名山逢穉子，廣廈憶將軍。
好把丹黃徧，時將甲乙分。少陵勤寢饋，朗誦挹清芬。

編者題註：唐·杜甫《陪鄭廣文游何將軍山林》：牀上書連屋，階前樹拂雲。

止戈爲武 得文字

止辟投戈地，旂常好策勳。象形眞偃武，會意在同文。
筆定剷犀利，書訛渡豕云。中心忠自表，用力勇曾聞。
逐日揮三舍，橫流枕六軍。成能丁戊合，畔莫井田分。
無復宣韜略，相將事典墳。戢機欽聖算，四海靖兵氛。

編者題註：《左氏春秋·宣公十二年》：楚莊王曰：夫文止戈為武。又曰：夫武禁暴，戢兵保大定功，安民和財者也。

青雲在目前 得雲字

一醉高常侍，投詩慰藉勤。目前誰白髮，天末有青雲。
霄漢扶搖上，泥塗頃刻分。鸞翔雙舞麗，鳳翥九苞紛。
得路金鞭掣，因風玉佩聞。高騫依五色，俯視埽千軍。
借地揚眉待，爲霖出岫殷。聖朝歌復旦，糺縵頌仁君。

編者題註：唐・高適《醉後贈張九旭》：白髮老閒事，青雲在目前。

火雲猶未斂奇峯 得雲字

奇絶森森立，嵯峨怯夏雲。未將峯儘斂，猶是火初焚。
炎宅同爲虐，冰山異所云。盤空橫突兀，衒耀吐氤氳。
列鸛茶如望，蒸鴉語不聞。凸凹嵌石古，濃淡隔霄分。
絮影披何峭，霞光落共紛。幾重青未了，收拾待斜曛。

編者題註：宋・孫僅《秋》：火雲猶未斂奇峰，敧枕初驚一葉風。

山雲潤柱礎 得雲字

久切爲霖志，輪困竟作雲。巖廊賡糺縵，柱礎集繽紛。
黿首中流戴，魚鱗列岫分。趙牛披白絮，魯馬煥青雯。
疊石縈朝靄，奇峯斂夕曛。陰陽憑吐納，天地自絪縕。
鍊處爐蒸郁，披時棟鬱薰，山川濡聖澤，滂沛四郊聞。

編者題註：南北朝・江淹《雜體詩・張黃門協苦雨》：水鸛巢層甍，山雲潤柱礎。

青雲羨鳥飛 得雲字

左省誰懷杜，嘉州獨憶君。詩成看過鳥，宦後羨飛雲。
天末奇情想，枝頭好語聞。游絲眞不定，去雁可同羣。
得路登梯共，當風刷羽欣。輪困爭變幻，飲啄陋紛紜。
知倦思歸岫，投閒感夕曛。清時無闕事，拄笏謝塵氛。

編者題註：唐・岑參《寄左省杜拾遺》：白髮悲花落，青雲羨鳥飛。

何可一日無此君 得君字

除是山陰客，何人愛此君。可能無一日，放使戰千軍。
宛爾平安報，居然左右分。但期長作伴，莫便歎離羣。
氣味投應合，圓通賞共欣。結林邀七友，削簡讀三墳。

眼飽王郎看，胷羅左氏文。徽之供嘯咏，相對傲煙雲。

編者題註：《世說新語·任誕》："王子猷嘗暫寄人空宅住（東晉王徽之字子猷，他是大書法家王羲之的兒子，任情放達，平生最愛竹），便令種竹。或問：'暫住何煩爾？'王嘯咏良久，直指竹曰：'何可一日無此君！'"後世因常以"此君"作為竹的代稱。

元韻

地逢雷處見天根 得根字

大地雷逢處，資生肇一元。陽爲陰所伏，靜乃動之根。
庶彙胚胎茁，洪鈞孕育存。機緘將出震，朕兆已藏坤。
律轉葭灰動，春回黍谷溫。星躔占隱見，月窟驗晨昏。
誰啟干支籥，初開道義門。天心來復日，培植仰皇恩。

編者題註：邵子《月窟天根》：乾遇巽時觀月窟，地逢雷處見天根。

棋局消長夏 得園字

消夏知何處，溫公獨樂園。此枰松下展，有叟橘中論。
斯世炎凉易，其間黑白存。王柯曾爛斧，謝墅漫攜樽。
清簟雙奩列，疏簾一紙溫。小年忘日月，孤壘立乾坤。
多劫愁時局，歸休話主恩。勝他瓜李夜，六博幾黃昏。

編者題註：宋·蘇軾《司馬君實獨樂園》：樽酒樂餘春，碁局消長夏。

花氣襲人知驟煖 得村字

四面花成霧，山居別有村。襲人香驟撲，知煖氣偏溫。
暈入蝦鬚密，輕籠蝶翅翻。數分寒尚勒，一抹望如痕。
扇影深叢月，鈴聲隔院旛。惹衣眞似水，吹夢欲離魂。
舊雨來金谷，新晴過沈園。渭南千畝竹，此夜正移樽。

編者題註：宋·陸游《村居書喜》：花氣襲人知驟煖，鵲聲穿樹喜新晴。

寒韻

欲換凡骨無金丹 得丹字

欲學蘭亭帖，商量著筆難。鈎心摹玉枕，換骨煉金丹。
市駿誰求匹，和熊自弄丸。三生成慧業，九轉屬仙官。
倘識懸鍼妙，都將舐鼎看。脫胎從紙上，洗髓到毫端。
皮相休同誚，毛吹總未安。右軍書法擅，百軸仰翔鸞。

編者題註：宋・黃庭堅《楊凝式行書》：俗書只識蘭亭面，欲換凡骨無金丹。

業精於勤 得韓字

進爾諸生業，精勤學溯韓。旁搜尋墜緒，既倒挽狂瀾。
提要鈎元貴，閎中肆外難。成功雕楠木，繼晷爇膏蘭。
齒豁編騷雅，牙聲讀誥盤。爬羅收箭赤，剔抉煉砂丹。
博士三年訓，名師六藝殫。上規兼下逮，吾道蔚奇觀。

編者題註：成語。業精於勤荒於嬉，出自韓愈的《進學解》。意思是說學業由於勤奮而精通，但它卻荒廢在嬉笑聲中，事情由於反復思考而成功，但它卻能毀滅於隨隨便便。

陳詩觀風 得觀字

太史陳詩日，閭閻次第觀。搜羅窮學海，編緝壯騷壇。
南國高軒過，東山片石刊。琴尊千里契，絃誦萬家安。
自有垂綸訓，何愁改轍難。春風鳴鐸徧，時雨下車看。
六義源流貫，三餘醞釀寬。歌薰逢聖代，獲古慶彈冠。

編者題註：《禮記・王制》："命大師陳詩，以觀民風。"鄭玄註："陳詩，謂采其詩而視之。"孔穎達疏："此謂王巡守見諸侯畢，乃命其方諸侯大師是掌樂之官，各陳其國風之詩，以觀其政令之善惡。"

奉揚仁風 得安字

敢奉仁人教，清風仗謝安。揚鑣來太守，授扇及郎官。

在手初持柄，因時好製紈。馬蹴塵乍拜，羊角羽初搏。
吹黍河山煖，鞭蒲世界寬。炎蒸三伏退，生氣萬家歡。
雲逼爲霖急，絃留解慍彈。五明誇煦煦，一例掌中看。

其二

一麾江海出，朋舊盡彈冠。仁奉袁公足，風揚謝傅歡。
分符生虎嘯，得路趁鵬搏。眾母呼爲煦，羣黎賴以安。
汙人塵好障，怨女谷休乾。典午衣冠古，東陽雨露寬。
熙春登共樂，下草偃何難。鼓盪閭閻徧，鴻鈞仰御鑾。

編者題註：《晉書·袁宏傳》："時賢皆集，安欲以卒迫試之，臨別執其手，顧就左右一扇而授之曰：'聊以贈行。'宏應聲答曰：'輒當奉揚仁風，慰此黎庶。'"
奉揚：頌揚；仁風：施行仁政如同風行，舊時用作頌揚德政。

鵬搏九霄 得搏字

瞥眼冲霄去，圖南展雪翰。鯤池形倏化，鵬路翮初搏。
八九吞雲夢，三千徧廣寒。扶搖羊角上，旋轉蟻心盤。
垂翼乾坤窄，昂頭宇宙寬。蓬蒿嗤適鷃，枳棘陋棲鸞。
自是飛天易，何曾運海難。鴻毛今日順，聖主得臣歡。

編者題註：鵬展翅盤旋而上。比喻人之奮發有爲，語本《莊子·逍遙遊》："鵬之徙於南冥也，水擊三千里，搏扶搖而上者九萬里。"

霜高初染一林丹 得丹字

高著霜華染，楓林報早寒。半篙初漲綠，一角夕陽丹。
獨樹雲中綺，交枝海底珊。靚粧醺宿酒，粉本製新紈。
火獵三更幻，花紅二月殘。青山鴉背閃，黃葉雁聲乾。
策馬孤城路，叉魚淺水灘。茜窗人影悄，吟興滿江干。

編者題註：宋·陸遊《秋興》：水落才餘半篙綠，霜高初染一林丹。

小欄花韻午晴初 得欄字

小雨初晴後，何人倚曲欄。午陰環樹靜，花韻逗春寒。

深院苔痕滑，中庭鳥語歡。不留脂粉氣，好作畫圖看。

線驗貓睛細，衣罥蝶粉乾。步磚凭七寶，測晷上三竿。

獨坐支頤悄，相逢解笑難。簾旌香霧撲，盡日樂盤桓。

編者題註：唐·司空圖《歸王官次年作》：孤嶼池痕春漲滿，小欄花韻午晴初。

滿堂風雨不勝寒 得寒字

幾片蕭蕭竹，華堂滿座寒。莫將繁簡較，但作雨風看。

渲染青綃活，迷離翠袖單。有聲皆入畫，相對好凭欄。

庭院猶今夕，樓臺此數竿。一天生意思，四壁報平安。

拚酒爐初擁，橫琴燭未殘。不勝秋夜感，粉本拓來難。

編者題註：明·李東陽《柯敬仲墨竹》：君看蕭蕭只數葉，滿堂風雨不勝寒。

鸚鵡驚寒夜喚人 得寒字

信是能言鳥，偏知入夜寒。喚人來畫閣，破夢到雕欄。

休把多心懺，如聞慧語歡。籠疏栖未穩，風峭睡應難。

瓦上霜華重，簾前月魄團。非關紅板響，似怯翠衿單。

玉局飛灰冷，銅荷照影闌。願歌鸚鵡賦，獻技步金鑾。

編者題註：唐·鮑溶《漢宮詞二首》：宮槐花落西風起，鸚鵡驚寒夜喚人。

刪韻

安得廣廈千萬間 得間字

廣廈憑空想，何人肯破慳。岍嶵開萬戶，風雨庇千間。

願等三多祝，居非一堵環。無家愁錦水，有約待巴山。

拓室成奇觀，誅茅展笑顏。渠渠來燕賀，濟濟盼鵷班。

豈復繩樞困，奚虞蓆帽艱。龍樓今咫尺，多士共躋攀。

編者題註：唐·杜甫《茅屋為秋風所破歌》：安得廣廈千萬間，大庇天下寒士俱歡顏！

顏魯公乞米帖 得顏字

魯公貧約日，枵腹困鄉關。乞米曾持帖，求餐豈赧顏。
舉家饑待哺，下筆涕應潸。肯以侏儒飽，而從里黨頒。
甑塵嗟我拙，釜鬲笑兒頑。鶴俸須分給，鵝書若等閒。
數行憑告貸，五斗藉憐艱。所願平原守，儲糧措泰山。

編者題註：唐·顏真卿書。顏真卿《乞米帖》，約書于永泰元年（765 年）。據宋·歐陽修《集古錄》云："此本墨蹟在余亡友王子野家。子野生於相家而清苦甚寒士，嘗模帖刻石遺于朋友。"米芾《寶章待訪錄》云：《乞米帖》"真帖楮紙在朝請郎蘇處，度支郎中舜元子也。得于關中安氏，士人多有臨拓本。此卷古玉軸，縫有'舜元'字印，范仲淹而下題跋。"後真跡迷失。

一覽眾山小 得山字

訪勝來工部，何當絕頂攀。乾坤供一覽，齊魯小羣山。
削不三峯亞，煙如九點間。鍾靈封禪地，羅立子孫班。
識馬吳門白，聞雞海日殷。處尊惟我獨，展步豈天艱。
芥蒂誰吞澤，泥丸可閉關。帝功符泰岱，巡幸覲龍顏。

編者題註：唐·杜甫《望嶽》：會當凌絕頂，一覽眾山小。

山遠行不近 得山字

海嶠西風起，行行覓遠山。相看原不近，有路可曾攀。
襆被三秋末，金焦兩點間。浮雲蠶尾蔽，夕照馬頭殷。
咫尺覘螺髻，迷離隱豹斑。生天登恐後，鑿險笑何頑。
眼底千峯小，疆中十載還。謝公多逸興，木屐徧塵寰。

編者題註：南北朝·謝靈運《登臨海嶠初發強中作與從弟惠連見羊何共和之》：杪秋尋遠山，山遠行不近。

白日依山盡 得山字

鸛雀樓千古，登臨獨往還。依來惟白日，盡處有青山。
羅立羣峯亞，蒼茫夕照間。浮雲休自蔽，絕頂共誰攀。
忽訝陽烏入，爭投倦鳥閒。流光眞迅速，峭壁自迴環。
天地無情碧，煙霞著意頑。中條看面面，相對一開顏。

編者題註：唐・王之渙《登鸛雀樓》：白日依山盡，黃河入海流。欲窮千里目，更上一層樓。

石可攻玉 得山字

何可無良玉，攻之莫等閒。我心原匪石，此手借他山。
黽勉雕鐫下，商量利鈍間。好成瓊玖貴，不數碔砆頑。
功比三年楮，謙同五寸環。一拳磨自苦，萬鎰琢休慳。
昭質將誰譬，微瑕藉汝刪。聖朝資國器，蒲穀列清班。

編者題註：《詩經・小雅・鶴鳴》：鶴鳴於九皋，聲聞於天。魚在於渚，或潛在淵。樂彼之園，爰有樹檀，其下維穀。他山之石，可以攻玉。

花落訟庭閒 得閒字

不管花開落，衙齋鎮日關。此庭眞似水，無訟便稱閒。
傳舍三椽庇，匡牀一鶴還。抱琴仍倚樹，拄笏獨看山。
風雨忙鶯燕，桁楊笑狴犴。十年空案牘，四壁寓痌瘝。
埽徑人初到，鈔詩吏不頑。馴階看雀食，長傍蘚苔斑。

編者題註：唐・岑參《初至犍為作》：草生公府靜，花落訟庭閒。

雲合山餘一髮青 得山字

頓覺嵐光合，層雲尙在山。只餘青一髮，莫辨翠雙鬟。
隱隱描螺黛，絲絲露豹斑。遙天初過雨，叠嶂未開顏。
暮靄蒼茫裡，斜陽指點間。梳痕如月挂，帽影倩煙環。
驅犢迷應返，飛鴉倦未還。佛頭看霽色，躐屐好登攀。

編者題註：宋·陸遊《早自烏龍廟歸》：雨余澗落雙虹白，雲合山餘一髮青。

山藏小寺遠聞鐘 得山字

何處鐘初動，聞聲遠近間。遙知藏古寺，小住隔空山。
門迴雙松拱，天高獨鶴還。清齋依偪仄，餘韻叶淙潺。
花外相尋徧，林中獨坐閒。歸雲盤斗室，隨月叩禪關。
萬谷嚐呟答，千峯匝匼環。好覘溫室樹，待漏列仙班。

編者題註："聞鐘始覺山藏寺，到岸方知水隔村。"聽到鐘聲才知道山裡藏有寺廟，船已靠岸才知道大水隔斷村莊，後常用以比喻見事太遲。語出宋·無名氏《張協狀元》戲文："村落人家不足論，不如古廟且安存。聞鐘始覺山藏寺，到岸方知水隔村。"

帶水屏山 得山字

帶礪皇圖鞏，屏藩帝室環。智臨應樂水，敦艮合占山。
束赤臣躬懍，書丹祖訓頒。恩波江海沛，壽寓阜岡攀。
滅火修容紀，維垣列輔班。周圍開麓藪，流峙冠瀛寰。
樓拱懷風敞，泉聽對瀑潺。靜宜園景麗，宸賞愜龍顏。

臺灣先賢詩文集彙刊 第二輯 03 鄭用錫《北郭園全集下》之《述穀堂試帖》

卷一 第 411—502 頁

先韻

顏淵李 得淵字

西京多上果，有李號顏淵。根託仙家種，名同復聖傳。
一瓢沈在水，三月薦加籩。化雨緇林地，春風老圃年。
整冠嚴勿動，鑽核笑彌堅。垂實農山畔，成蹊陌巷邊。
廟楸姬旦夢，壇杏素王天。草木如區別，羣賢孰並肩。

編者題註：《史記》卷六十七《仲尼弟子列傳》：顏回者，魯人也，字子淵。少孔子三十歲。顏淵問仁，孔子曰："克己復禮，天下歸仁焉。"孔子曰："賢哉回也！一簞食，一瓢飲，在陋巷，人不堪其憂，回也不改其樂。""回也如愚；退而省其私，亦足以發，回也不愚。""用之則行，捨之則藏，唯我與爾有是夫！"回年二十九，髮盡白，蚤死。孔子哭之慟，曰："自吾有回，門人益親。"魯哀公問："弟子孰為好學？"孔子對曰："有顏回者好學，不遷怒，不貳過。不幸短命死矣，今也則亡。"

四十賢人 得賢字

佳句如名士，分班四十賢。揮毫方兎脫，選俊自蟬聯。
嘯傲稱强日，推敲不惑天。騷壇排一一，雅座集翩翩。
摩壘誰摧敵，扶輪好並肩。蘭亭餘過二，耆社讓居先。
拔幟呼將伯，穿珠拜列仙。登瀛依舜陛，藝苑譽爭傳。

其動也直 得乾字

造物清虛裏，苞符祕夙宣。靜專原自正，動直本無偏。
明體同旋轂，凝神恰應弦。窟深應驗月，根奧合窺天。
養氣如繩運，張機似矢懸。不撓心早定，能轉節彌堅。
壁立千尋矗，輪回一鏡圓。聖人隆首出，萬象叶乘乾。

編者題註：《周易》：其靜也專，其動也直。凡物運動，都是以直線進行，若不受外力，他是一直永遠前進的，因此可下一定例曰："其動也直"，直是不彎曲之意．凡物靜止的時候，若不受外力，他是永遠靜止的，因此可下一定例曰"其靜也專"，專是不移易之意。

焚香告天 得天字

使君眞鐵面，宦迹說當年。難得香焚夜，都將事告天。
此心原坦白，斯世有媸妍。廊廟危言達，衣冠下拜虔。
九重高乃聽，一瓣直無偏。炙手慚猶熱，從頭訴倒懸。
循聲喦鶴伴，雅化借琴傳。省盡平生過，端惟宋室賢。
其二
不合荆公癖，爭推御史賢。朝朝香自爇，事事告於天。

無愧休言諱，惟馨敢德宣。旱蝗平越郡，琴鶴上西川。
一柱扶持久，中庭盥漱虔。聲高殊叫閽，氣直欲凌煙。
民瘼蒼穹禱，臣心魏闕懸。好憑真宰訴，千古鑒廉泉。

先中命處 得先字

爭也唯君子，蓬弧卓卓傳。志原求在已，中必命乎先。
獸搏風千里，禽窺月一弦。麗龜神早定，正鵠體無偏。
橫塞流星夜，平原落日天。楊曾穿百步，輪已貫三千。
並射垂雙翼，齊驅獲兩肩。聖朝歌載纘，從事樂于田。

先器識後文藝 得先字

唐代多文藝，難期器識全。末應居厥後，大必立其先。
容物虛能受，觀人見勿偏。有餘須力學，不試故心專。
四者分華實，參之互比權。德才誰命世，憂樂敢希賢。
相顧言兼行，宜區倦與傳。通儒修素踐，摛藻頌堯天。

其二

得士推唐代，裴公判後先。識毋同器囿，藝乃並文傳。
遠大車能任，高明鏡自懸。兼修三策衍，他技六書專。
責實真儒尚，爭名末學偏。兩端宜緩急，四事有虧全。
論秀升羣彥，分科判眾賢。圭璋今特達，樂育被堯天。

編者題註：《新唐書·裴行儉傳》中有"士之志遠，先器識，後文藝"，是講我國古時知識份子為學修身的步驟。古人首先看重做人的度量與見識，至於"文藝"，則只是器識之末。

金鑄賈島 得仙字

吏部尤吟癖，曾師賈浪仙。珠誰穿句句，金欲鑄年年。
擊鉢喦清供，傳燈證老禪。鬚眉看宛若，骨格想鏗然。
口業三緘懺，心香一瓣傳。莊嚴空色相，陶冶絕塵緣。

突兀休嘲瘦，推敲莫笑顚。卽今談往事，模範仰前賢。

編者題註：清·蔣士銓《送汪魚亭還裡》：漫拋心力繡平原，誰出黃金鑄賈島。

詩家眷屬酒家仙 得仙字

嗜好惟詩酒，相隨未了緣。風流眞眷屬，瀟灑足神仙。
梅鶴吟中侶，煙霞醉裏眠。連牀邀皓月，把盞問靑天。
織錦成千首，扶筇挂百錢。一瓢兼一榻，無累亦無牽。
紙閣攜琴伴，糟邱荷鍤便。白公多樂事，祇此自年年。

編者題註：唐·白居易《重酬周判官》：秋愛冷吟春愛醉，詩家眷屬酒家仙。

誦得數篇黃絹詞 得篇字

不減曹碑語，琅琅誦數篇。白雲曾點檢，黃絹更纏綿。
雕玉羅胸富，如珠上口穿。清歌三婦豔，好句七襄聯。
糺糺絲綸美，條條組織妍。餘霞飛作綺，微唾落從天。
牙版雙聲度，璇圖一幅連。文章誰絕妙，修到散花仙。

編者題註："黃絹詞"。《世說新語箋疏》中卷下《捷悟》魏武嘗過曹娥碑下，楊修從，碑背上見題作"黃絹幼婦，外孫齏臼"八字。魏武謂修曰："解不？"答曰："解。"魏武曰："卿未可言，待我思之。"行三十裡，魏武乃曰："吾已得。"令修別記所知。修曰："黃絹，色絲也，於字爲絕。幼婦，少女也，于字爲妙。外孫，女子也，於字爲好。齏臼，受辛也，於字爲辭。所謂'絕妙好辭'也。"魏武亦記之，與修同，乃歎曰："我才不及卿，乃覺三十里。"

一年容易又秋風 得年字

又値秋風起，蹉跎似去年。靑山仍似夢，明月只如煙。
颯颯微波外，蕭蕭落木邊。衰顏楓葉老，往事柳絲牽。
蟹稻千家夜，鱸蓴一櫂天。流光眞過隙，生世易華顚。
地籟驚寒蟀，商音咽暮蟬。詩情應入早，指點荻花前。

編者題註：宋·陸游《宴西樓》：萬里因循成久客，一年容易又秋風。

渴不飲盜泉水 得泉字

此水非廉讓，相呼是盜泉。飲之雖覺爽，渴矣莫垂涎。
銜稱絛冰冷，心盟片玉堅。望梅思度度，鑽穴費年年。
笑我淘恭井，嘲他灌跖田。洗將何處耳，投得幾文錢。
同是迴車地，誰爲漉酒天。清時嚴一勺，礪齒對漪漣。

編者題註：魏晉·陸機《猛虎行》：渴不飲盜泉水，熱不息惡木陰。

邑有流亡愧俸錢 得錢字

敢以無多俸，蒼生任倒懸。流亡繁邑日，慚愧好官錢。
鶿眼誰爭擁，鳩形我亦憐。衣冠相袞袞，膏澤但涓涓。
在牧牛羊少，盈溝老弱塡。閭閻空額蹙，囊橐幾腰纏。
鄰國成逃藪，先生賸舊氈。焚香仍悔過，一紙訴靑天。

編者題註：唐·韋應物《寄李儋元錫》：身多疾病思田里，邑有流亡愧俸錢。

春江壯風濤 得年字

侍游春日麗，佳句誦延年。京口風濤壯，江南景物妍。
扶搖程九萬，鞋韉浪三千。明月拖金練，祥飆捲碧漣。
鶯花光祿筆，簫鼓晉陵船。作勢鯨能跋，知時鴨獨先。
盪智桃渡水，豁眼蒜山天。帝狩乘陽氣，懷柔徧嶽川。

編者題註：南朝·宋·顏延之《車駕幸京口侍遊蒜山作》：春江壯風濤，蘭野茂薫英。

紅樹靑山好放船 得船字

絕好春江畫，鳴鉦看放船。紅排千樹骨，靑削萬山肩。
皁莢危橋水，垂楊古渡煙。嵐光柔櫓盪，風力片帆懸。
夕照翻鴉背，平沙縮鷺拳。三篙彭蠡澤，一櫂武陵天。

帘亞長隄外，篷推疊嶂前。何當聞笛夜，蓑笠話長年。

編者題註：清·吳偉業《追敍舊約》：黃雞紫蟹堪攜酒，紅樹青山好放船。

蕭韻

果然奪得錦標歸 得標字

奪錦榮歸日，龍門姓字標。郎君真獨占，我輩好相邀。
在手雲霞燦，昂頭日月招。功名操左券，意氣壯今朝。
餅已紅綾啖，衫將白紵飄。乘風爭喊吶，擊水看扶搖。
樓閣三層浪，笙歌萬里潮。賦詩觀競渡，元箸自超超。

其二

果爾乘流上，公然看奪標。捷書誇得第，衣錦話歸朝。
一朵紅雲色，三層紫海潮。鱗從靈沼躍，尾趁禹門燒。
獨樹霞城幟，羣仙畫舫簫。真同鼇背穩，健羨馬蹏驕。
破壁睛能點，搴旗手自招。盧家裙屐少，勝地駐星軺。

編者題註：唐·盧肇《及第後江寧觀競渡寄袁州刺史成應元》：向道是龍剛不信，果然奪得錦標歸。

鳳鳴朝陽 得朝字

千仞丹山麗，休嘉應早朝。踆烏看久照，鳴鳳聽高調。
絢采臨三島，和聲澈九霄。輝騰阿閣迴，音繞海門遙。
煜爍光明放，翱翔色相超。桐生徵茂豫，葵向擬扶搖。
載舞逢周德，來儀協舜韶。彤庭多藹吉，唱和好招邀。

編者題註：《詩經·大雅·卷阿》："鳳凰鳴矣，于彼高岡；梧桐生矣，於彼朝陽。"

花朝撲蜨 得朝字

報道花生日，嬰春雅興饒。鬧蛾談往事，撲蜨趁今朝。
不用拋金彈，相逢繫玉腰。滕圖何處院，莊夢可憐宵。

纔向南園逐，旋從北苑招。飛觥燒蠟炬，傅粉上冰綃。
紈扇隨風轉，瓊筵坐月邀。唐宮傳韻事，捉放幾魂銷。

編者題註：農曆二月十二日（也有人說是二月初二或二月十五日），相傳為百
花生日，所以叫花朝。

銅雀春深鎖二喬 得喬字

不與東風便，癡情想二喬。深春扃鎖固，飛雀鑄銅翹。
自許臺甾妓，何期屋貯嬌。英雄嗟屈戍，夫壻羨穮夭。
賴瓦仍重疊，銀鐺久寂寥。魚銜門鑰靜，蟾齧炷香燒。
折戟相思夜，吹笙獨坐宵。有人談賣履，笑煞老瞞驕。

編者題註：唐·杜牧《赤壁》：東風不與周郎便，銅雀春深鎖二喬。

魚苗 得苗字

待汝魚兒出，陂塘學種苗。暫依拳石島，不上尺波潮。
佶屈窺千尾，噞喁飲一瓢。分秧田鱍鱳，剖秕水坳招。
小住繁星簇，微眴細雨跳。約萍相泛宅，渡芥可容刁。
睫自巢蚊便，肝應切蟻饒。莫教方寸澤，垂餌倩僬僥。

編者題註：清·李調元《南越筆記·魚花》："粵有三江，惟西江多有魚花……
子曰花者，以其在荇藻之間若花。又方言，凡物之微細者皆曰花也，亦曰魚苗。"

肴韻
賞雨茆屋 得茆字

小築三椽屋，幽居合近郊。此中宜賞雨，當日記誅茆。
蘿徑生涼潤，蕉窗弄影交。鳩忙仍繞樹，燕重正歸巢。
抃酒壺頻挈，催詩鉢細敲。蝸涎摹壁角，蛛網漏堂坳。
別有蓬門樂，應無陋室嘲。司空詩品在，如水借書鈔。

編者題註：唐·司空圖《詩品二十四則·典雅》：玉壺買春，賞雨茆屋。

君子之交淡如水 得交字

斯世多君子，何人解締交。斷金盟共懍，如水淡休嘲。
爲錯賡詩什，同心筮易爻。江湖欣有託，涇渭莫相淆。
敢以酸鹹異，而將道義拋。性天原浩浩，風雨任膠膠。
等是無言菊，印須利濟匏。淵衷眞上善，于野更于郊。

編者題註：《莊子·山木》："且君子之交淡若水，小人之交甘若醴；君子淡以親，小人甘以絕。"

山童隔竹敲茶臼 得敲字

一覺山中睡，呼童隔水坳。竹牀方晝永，茶臼忽聲敲。
石火生巖罅，鑪煙出樹梢。化龍初解籜，避鶴未歸巢。
拂拂春陰碾，丁丁午夢交。挈瓶應綆汲，作釣已鍼拋。
熱不因人戀，頑眞替汝嘲。商量供茗戰，借得柳詩鈔。

編者題註：唐·柳宗元《夏晝偶作》：日午獨覺無餘聲，山童隔竹敲茶臼。

豪韻

冬嶺秀孤松 得高字

峻嶺嚴冬蠱，蒼松託迹牢。歲寒仍秀茂，節勁自孤高。
霜月三更鬭，笙鐘萬籟號。千尋親雨露，百尺壯風濤。
絕澗長吟悄，空山獨立豪。嵐光呈古貌，蓋影寫清操。
隱約疑龍幻，翩躚看鶴翱。森森梁棟器，採擇在吾曹。

編者題註：晉·陶淵明《四時》：春水滿四澤，夏雲多奇峰。秋月揚明暉，冬嶺秀寒松。

萬古雲霄一羽毛 得毛字

百萬沙蟲地，風雲一旦遭。古今看鳳羽，霄漢順鴻毛。
翼衛三分定，頭銜兩字褒。爲儀期管樂，獨步渺孫曹。
傍月孤星朗，冲天健翩翱。十年豐滿養，六合浤寥高。

誚狗諸昆遜，稱龍蓋世豪。錦城森廟柏，仰首髮重搔。

編者題註：唐·杜甫《詠懷古跡五首·其五》：三分割據紆籌策，萬古雲霄一羽毛。

人在金鼇頂上行 得鼇字

絕頂何人在，來乘海上濤。成橋殊玉蝀，抃石有金鼇。
浪湧三千壯，山盤十五高。百靈皆懾伏，萬仞獨週遭。
渤海羅胷闊，榑桑濯足豪。聽雞同月弄，驅鱷息風饕。
挹袖仙乎樂，攜竿釣者勞。宸遊佳景麗，侍從列詞曹。

編者題註：元·黃鎮成《樵陽八詠用陳教和周東圃韻》其八《熙春朝陽》：滿城桃李春如繡，人在金鼇頂上行。

鶴從高處破煙飛 得高字

久抱凌煙志，孤飛出九皋。一聲驚落月，萬里送寒濤。
警露三更冷，迴風百尺高。聳身環島繞，刷翰倚天號。
冊冊羣誰立，軒軒氣自豪。爭鳴嗤眾喙，先翥屬吾曹。
碧漢開雲霧，丹霄振羽毛。鮑昭曾賦鶴，珠玉想揮毫。

編者題註：唐·周朴《桐柏觀》：人在下方沖月上，鶴從高處破煙飛。

綠槐高處一蟬吟 得高字

幾處槐陰綠，蟬吟樹最高。一聲聽悄悄，萬籟響颾颾。
吸露清誰匹，驚風冷自號。此閒眞邃密，凡鳥莫啾嘈。
古道來殘照，空山淨俗嚚。抱枝仍獨語，翳葉笑徒勞。
栖處身應穩，聞時首屢搔。五更疏欲斷，重與讀離騷。

編者題註：宋·蘇軾《溪陰堂》：白水滿時雙鷺下，綠槐高處一蟬吟。酒醒門外三竿日，臥看溪南十畝陰。

歌韻

政成在民和 得和字

緬彼安仁政，成民貴在和。花開稱滿縣，草偃驗同科。

最已三年報，功應九敘歌。飲人孚有惠，課績治無頗。

時雨由庚徧，春風坼甲多。甄陶歸橐籥，熙皞戢干戈。

雅化麟遊藪，循聲虎渡河。羣黎咸頌德，五瑞慶駢羅。

編者題註：魏晉‧潘岳《河陽縣作詩二首》其二：黔黎竟何常，政成在民和。

海不揚波 得波字

渤澥安瀾日，風恬水不波。奉琛航大海，洗甲近天河。

幻市看噓蜃，仙山淨點螺。光天逃魍魎，平地埽黿鼉。

穩渡千帆正，新澄一鏡磨。掣鯨容我獨，驅鱷仗臣多。

效順皇威暢，朝宗帝澤歌。越裳涵聖教，德化樂含和。

編者題註：成語。此典出自《韓詩外傳》五："久矣，天之不迅風疾雨也，海不波溢也，三年於茲矣，意者，中國殆有聖人，盍往朝之。"明‧梅鼎祚《玉合記‧枯海》："吾聞太平之世，海不揚波，安有今日。"

孝弟力田 得科字

一代西京訓，新開取士科。孝原兼弟貴，力更在田多。

樂事家庭敘，知時畎畝和。蘭陔祥氣釀，榆社笑顏酡。

俗已消金革，人爭藝黍禾。晨昏勤自省，晴雨課如何。

王霸分端近，丁男起舞歌。求賢逢聖世，相慶里鳴珂。

編者題註：亦作"孝悌力田"，漢代選拔官吏的科目之一。始于惠帝時，名義上是獎勵有孝的德行和能努力耕作者，高後朝置"孝弟力田"官。到文帝時，與"三老"同為郡縣中掌教化的鄉官。《漢書‧惠帝紀》："春正月，舉民孝弟力田者復其身。"《漢書‧高後紀》："初置孝弟力田二千石者一人。"亦為唐代科舉選士的科目之一。《舊唐書‧代宗紀》："癸卯，上禦紫宸殿，策試茂才異行、安貧樂道、孝悌力田、高蹈不仕等四科舉人。"

數問夜如何 得何字

記得當年事，霓裳奏大羅。捫心清若許，視夜問如何。
棐几頻鳴雀，銀缸自剔蛾。殘星沈鳳掖，斜月度鸞坡。
封事緘題玉，殘更漏滴荷。臣心覰斗柄，人語隔天河。
鵠立參文笏，鵷趨振曉珂。紅塵看曙色，征雁一聲過。

編者題註：唐·杜甫《春宿左省》：明朝有封事，數問夜如何。

畏人多言 得多字

謗書三篋畏，詛語一篇多。古以言爲戒，人當砧共磨。
重裘能自禦，零雨爲誰歌。盛德奚傷我，無瑕豈恤他。
寸心盟斗室，眾口陋懸河。同作雷霆懼，須防月旦訶。
寢衾應猛省，鄉校近如何。翼翼師前事，儒修互切磋。

編者題註：《詩經·將仲子》：將仲子兮，無逾我園，無折我樹檀。豈敢愛之？畏人之多言。仲可懷也，人之多言亦可畏也。

伏波銅柱 得波字

百粵勳名徧，爭傳馬伏波。鑄銅憑界畫，立柱紀功多。
赤手圖能拓，金精氣不磨。謗珠嗟薏苡，聚米小山河。
雄鎮留形古，蠻天奈老何。據鞍眞矍鑠，插漢看嵯峨。
刻鵠羣兒誡，飛鳶大地過。漢家資保障，奏凱聽高歌。

其二

交趾留銅柱，封侯羨伏波。埽將蠻女子，劃卻漢山河。
放膽高如此，擎天壯若何。鼓猶埋土鎮，薏竟謗珠訛。
分界終千古，平夷及二娥。自甘身裹革，相對夜橫戈。
生氣金精古，聞風瓦解多。蒼凉懷百粵，故壘長煙莎。

編者題註：唐·李白《崇明寺佛頂尊勝陀羅尼幢頌》：燦星臣而增輝，掛文字而不滅。雖漢家金莖，伏波銅柱，擬茲陋矣。”

相觀而善 得摩字

觀我觀人日，相期事事摩。莫甘嘉善蔽，而自悔尤多。
古鑑同瞻視，他山共切磋。平生文字契，良夜雨風歌。
與子論金石，誰人異臼科。服膺俱弗矢，刮目近如何。
率此天真樂，憑將世俗訶。拳拳篇什在，心鏡借書磨。

編者題註："益者三友""相觀而善"，是我國古代流傳下來的一條重要教育原則。《禮記·學記》篇云"相觀而善之謂摩"，意思是說，學生之間互相觀察，互相切磋，相互吸收對方的長處，就能成為學識淵博、品行高尚的人。

含睇宜笑 得阿字

窈窕工含怨，其如乃睇何。祇宜吟楚澤，莫笑隔天河。
秋水窺瞳影，春山暈頰渦。逐燐臨眄眇，瞰室歡醹多。
茲佩惟蘭芷，予冠稱薜蘿。盼兮憐汝獨，咥矣喜人過。
粲齒休嘲鸎，修眉莫妬蛾。絕纓成一粲，晞髮對陽阿。

編者題註：《楚辭·九歌·山鬼》："既含睇兮又宜笑，子慕予兮善窈窕。"王逸註："睇，微眄貌也。言山鬼之狀，體含妙容，美目盼然。"

荷花生日 得荷字

競說花生日，池塘正放荷。下弦仍挂月，孕水自凌波。
可許郎顏肖，何曾佛咒過。碧筒傾四座，華蓋祝三多。
菡萏千年色，鴛鴦一曲歌。根應移太乙，香或積維摩。
降豈庚寅並，猜休甲子訛。洗兒錢尚在，葉葉共婆娑。

編者題註：夏曆每年六月二十四是觀蓮節，民間以此日為荷誕，即荷花生日。水鄉澤國的江南一帶，此日是舉家賞荷觀蓮的盛大民俗節日，泛舟賞荷，笙歌如沸，流傳數代，遍染荷香，成為中國最優美浪漫的節日之一觀蓮節。

芰荷聲裏孤舟雨 得荷字

風雨孤舟夜，聲聲聽芰荷。三更收畫舫，十里隔烟波。

倚櫂經香國，跳珠滿釣簑。田田青雀外，瀝瀝白鷗多。
蛙鼓兼津鼓，菱歌又榜歌。蒼葭人宛在，紅蓼思如何。
四壁筒斟象，千山髻疊螺。恰逢裳集後，欸乃片帆過。

編者題註：宋・張耒《懷金陵三首》其一：芰荷聲里孤舟雨，臥入江南第一
州。

麻韻

孔李通家 得家字

孔李論門第，名言記不差。淵源同一室，彼此是通家。
儀邑封人見，函關尹喜誇。壁經傳脈絡，柱史擷精華。
欸鳳吾衰日，猶龍孰測涯。幾如聯沆瀣，卽此等莩葭。
投刺詞何誕，登堂謁恐賒。髫齡眞巧慧，舉座笑聲譁。

編者題註：《後漢書・孔融傳》："融幼有異才。年十歲，隨父詣京師。時河南
尹李膺以簡重自居，不妄接士賓客，敕外自非當世名人及與通家，皆不得白。融欲
觀其人，故造膺門。語門者曰：'我是李君通家子弟。'門者言之。膺請融，問曰：
'高明祖父嘗與僕有恩舊乎？'融曰：'然。先君孔子與君先人李老君同德比義，而
相師友，則融與君累世通家。'眾坐莫不歎息。"

讀書聲裏是吾家 得家字

一片書聲裏，紅塵靜不譁。平生無別業，此地是吾家。
座有談經席，門多問字車。風雲看萬里，桑柘隔三叉。
長物青氈臕，何人白板摛。草堂栽柳密，茅屋補蘿斜。
在笥千章熟，連牀百軸誇。箇中眞境樂，誰復讀南華。

編者題註：唐・翁承贊《書齋謾興》二首：過客不須頻問姓，讀書聲裡是吾
家。

地暖花長發 得花字

省識春長在，時時自發花。生機關地脈，暖氣挹天家。

温室千年樹，炎州五色花。樓臺非近水，幕帘正烘霞。
寸土根荄潤，經年雨露加。辟寒誰種玉，騎火恰抽芽。
不着三分雪，如吹六琯葭。上林移植早，珥筆誦清華。

編者題註：唐‧張子容《貶樂城尉日作》：地暖花長髮，岩高日易低。

春寒猶勒數枝花 得花字

遲汝東風暖，尋春到若耶。寒添三月雨，勒住數枝花。
燒燭當筵看，圍爐擁袖賒。重簾相護惜，古木自丫叉。
不借金鞭斷，渾疑絡索加。樓臺垂幕帘，樽酒聽箏琶。
約束香爲國，勾留蜜釀衙。千紅齊俯首，誰拗小園葩。

桃花紅似去年時 得花字

一簇夭桃豔，依稀洞口花。聊將深淺較，不管歲時賒。
度度迎風笑，年年帶雨斜。漁郎曾問渡，仙子可還家。
記憶來時肖，描摹舊態差。如粧人半面，猶認路三叉。
潭水迷香霧，天台襯晚霞。蔓蒿仍滿地，風景足繁華。

編者題註：清‧王士禎《戲仿元遺山論詩絕句三十二首》第三十首：溪水碧於
前渡日，桃花紅似去年時。

人家四月焙茶天 得茶字

四月清和候，山山已焙茶。催租逢估客，利市幾人家。
着笠沾新雨，携筐趁早霞。石泉分井臼，槐火話桑麻。
梅酎應爲佐，櫻廚合並誇。微醺樂社酒，小掇雪溪芽。
團餅雕形巧，旗槍列影斜。頭綱烘未了，獸炭地爐加。

且看黃花晚節香 得花字

看此黃金鑄，經霜綻作花。且留香到晚，便信節無瑕。
顏色中央近，光陰老圃賒。半生甘冷淡，一洗淨鉛華。

品以無言貴，容眞不改誇。九秋風景暮，三徑夕陽斜。
傲世人如玉，延齡酒是家。接䍦逢處士，招隱謝塵譁。

編者題註：宋·韓琦《九日水閣》：雖慚老圃秋容淡，且看黃花晚節香。

地鑪茶鼎烹活火 得茶字

火自鄰家乞，寒鑪夜試茶。穿雲烹活水，帶雨掇新芽。
石鼎香塵起，銅鐺夕照斜。苦吟詩思悄，團坐語聲譁。
浪沸龍頭餑，濤翻蟹眼花。秋風寒玉壘，明月冷金沙。
埽雪追前事，燃薪憶舊賒。記曾煨榾柮，相對手頻叉。

其二

爲有躭書癖，先生細品茶。鑪仍煨雀尾，鼎已試龍芽。
玉乳香生腋，銀絲冷沁牙。松煙寒老鶴，槐火亂昏鴉。
煎去翻泉脈，嘗來滴露葩。聲探三沸好，神透一槍斜。
異卉評雙品，新吟鬭八叉。此中眞足樂，月影上窗紗。

編者題註：宋·翁森《四時讀書樂》(冬)：地爐茶鼎烹活火，一清足稱讀書者。讀書之樂何處尋，數點梅花天地心。

寒與梅花同不睡 得花字

擁衾寒不睡，相伴有梅花。雪冷風逾峭，參橫月半斜。
巡檐供嘯傲，燒燭對丫叉。庾嶺高人宅，孤山處士家。
襴襡驚守鶴，消息問棲鴉。小立形何瘦，同甘夢未賒。
魂應銷紙帳，影自逗窗紗。倦眼惺忪拭，聽殘羯鼓撾。

編者題註：宋·陸遊《遣興》：寒與梅花同不睡，悶尋鸚鵡說無憀。

看到梅花又一年 得花字

不覺年光駛，山梅已放花。傷心如過客，觸目到寒葩。
竹外聞香近，窗前問訊嗟。眾芳都閴寂，萬本自橫斜。
蓬梗悲身世，詩書感歲華。粃盆當午爇，臘鼓又誰撾。

紙帳香初動，蘆簾興未賒。屠蘇應熟否，樽酒話隣家。

編者題註：宋·呂徽之《冬景》：尋常甲子無心記，看到梅花又一年。

雨牆蝸篆古 得蝸字

梅雨更番過，牆陰篆作蝸。八分秦篆判，一角觸蠻譁。
屋漏垂痕黯，垣衣着迹斜。蟺蜿都入畫，蝌蚪自成家。
破壁防穿筍，留涎貼落花。蟿窠經蘚蝕，拓本礙蘿遮。
石鼓參魴鱮，金壺幻蚓蛇。漬雲如蘸墨，字字映窗紗。

編者題註：宋·戴復古《晚春》：雨牆蝸篆古，風樹鳥巢危。

潯陽琵琶 得琶字

明妃環佩去，誰更抱琵琶。賸有潯陽妓，相逢白傅家。
哀絃驚謫宦，商舶感生涯。儘可從頭訴，何須半面遮。
裙釵悲老大，車馬說繁華。此夜同看月，而夫尚賣茶。
選聲偸菊部，和夢入蘆花。無限青衫淚，能令座客嗟。

陽韻

祥開日華 得祥字

壽寓如升頌，重華旭日祥。一輪開朵殿，五色煥奎章。
瑩鏡乾符朗，垂裳泰運昌。嚮離欽久照，出震仰當陽。
書字雲迎紫，騰輝珥守黃。葭飛曾線驗，花步合瓻量。
織錦霞輸絢，凝珠露讓光。知臨徵丙曜，紀瑞效虞颺。

編者題註：王定保《唐摭言》卷八"已落重收"條："貞元中，李繆公先榜落矣。先是出試，楊員外於陵省宿歸第，遇程于省司，詢之所試，程探靴中得賦稿示之。其破題曰：'德動天鑒，祥開日華。'於陵覽之，謂程曰：'公今年須作狀元。'翌日雜文無名，於陵深不平，乃於故策子末繕寫，而斥其名氏，攜之以詣主文，從容紿之曰：'侍郎今者所試賦，奈何用舊題？'主文辭以非也。於陵曰：'不止題目，向有人賦次韻腳亦同。'主文大驚。於陵乃出程賦示之，主文賞歎不已。於陵曰：'當今場中若有此賦，侍郎何以待之？'主文曰：'無則已，有則非狀元不可也。'於陵曰：'苟如此，侍郎已遺賢矣。乃李程所作。'亟命取程所納面對，不差一字。主文因而致謝，於陵於是請擢為狀元。"

羲皇上人 得皇字

晉魏何年代，狂榛共一方。所居惟栗里，此志在羲皇。
舒嘯東皋曠，盤桓北牖涼。心還參太古，界自闢洪荒。
同是庚寅降，都將甲子忘。門前環綠柳，枕上熟黃粱。
元酒巾湛漉，希音操不張。放懷容膝地，世事付滄桑。

編者題註：晉·陶淵明《陶淵明集》卷七《與子儼等疏》："少學琴書，偶愛閒靜，開卷有得，便欣然忘食。見樹木交蔭，時鳥變聲，亦複歡然有喜。常言：五六月中，北窗下臥，遇涼風暫至，自謂是羲皇上人。"晉人陶潛自述隱居閒適之樂，常以想像中的伏羲氏時代的人自比，後用為詠隱居閒適情趣的典故。

黃綿襖 得黃字

霏霏寒雪夜，一瞥展晴光。無復綿鋪白，相將襖着黃。
負暄情共慰，挾纊願初償。輪已迴暘谷，裘同覆洛陽。
㟃嶸眞廣廈，衣被徧中央。豈待袍爲贈，應逾絮是裝。
揚暉瞻若木，吹暖出扶桑。聖主民依切，休徵五色祥。

防意如城 得防字

此意誰能固，如城預設防。早教推蕩蕩，好自見堂堂。
眾志成原易，端居立有方。隍應醒夢鹿，牢莫笑亡羊。
守口川誰決，平心道自莊。一私祛滓穢，千里奠金湯。
湛爾猿休擾，巍然雉并藏。名言留座右，紉佩莫相忘。

編者題註：宋·周密《癸辛雜識別集下·守口如瓶》："富鄭公有'守口如瓶、防意如城'之語。"

海旁蜃氣象樓臺 得旁字

突兀樓臺景，奇觀出海旁。氣能噓有象，蜃自幻爲章。
萬頃鯨波湧，三層鳳闕昂。凌虛連碧落，倒影入蒼茫。
雉化前身是，鼉飛此地剛。彩虹拖一匹，釵雨捲千行。
鸞鶴疑巢閣，黿鼉遠駕梁。氤氳何處斂，瞥眼笑滄桑。

編者題註：《漢書·天文志》有“海旁蜃氣象樓臺，廣野氣成宮闕然”之句。此指“蜃氣”形成“樓臺”的景象，即“海市蜃樓”。

紙作良田 得良字

學耨傳家業，生涯紙一方。當年無歲惡，此日有田良。
劃盡書中畝，分來筆下疆。耕煩毛穎力，耘藉楮生忙。
菽粟曹倉貯，瓜壺孔壁藏。帶經鑱木荷，鋪几麥花光。
自具便便富，無敎每每荒。試看揮灑處，捲浪綠千行。

詩王 得王字

雲誥宣天闕，詩人拜玉章。幾人堪列伯，此老竟稱王。
心法千家授，頭銜兩字香。分班崇五等，受命領三唐。
奄有雕龍眾，誰爭倚馬強。凱旋應祭獺，臣服盡牽羊。
雜霸嗤流輩，孤行據上方。提封今不愧，無敵壓詞場。

編者題註：唐·馮贄《雲仙雜記·文星典吏》：“鶡冠童子告曰：‘汝本文星典吏，天使汝下謫，爲唐世文章海。九雲誥已降，可於豆甕下取。’甫依其言，果得一石，金字曰：‘詩王本在陳芳國，九夜捫之麟篆熟，聲振扶桑享天福。’”亦有詩王指白居易。

姜肱大被 得姜字

大被天倫敘，伊人紀姓姜。同衾偏冷耐，一榻共宵長。
棣萼仍相向，蘆花爲底裝。在原頻喚鶺，有夢未甘鶖。
纘比三軍挾，裘眞萬戶償。池塘春得句，風雨夜連床。

愛此三珠合，商將尺布量。怡怡欣臥起，五幄莫誇唐。

編者題註：漢·姜肱，字伯淮，與二弟仲海季江，友愛天至。雖各娶，不忍別寢，作大被同眠。嘗偕詣郡，夜遇盜，欲殺之，兄弟爭死，賊兩釋焉，但掠衣資。至郡，見肱無衣，問其故，肱托以他詞，終不言。盜聞感悔，詣肱叩謝，還所掠物。

瘦羊博士 得羊字

我懷甄博士，小取大官償。人共求肥羜，君惟愛瘦羊。

一麾應汝愧，五羖爲誰忙。雪窖吞氈夜，金華叱石場。

讓田應慕卜，計利肯同桑。食肉謀何鄙，腹膏念早忘。

夢園憑菜踏，歧路笑牢亡。他日成驢券，頭銜好比方。

編者題註："瘦羊博士"，《後漢書·儒林列傳》：在漢朝，博士是官名，主要是精通並能講授五經（《易》《書》《詩》《禮》和《春秋》）的人。當時得到一個博士的位子是很不容易的。甄宇是東漢人，光武帝建武年間，被封為博士。按當時舊例，每年臘月祭祀後，皇帝要賞賜給博士每人一頭羊。羊有大小肥瘦，當時的博士祭酒（博士主管）不知道怎麼辦，有人建議殺了羊分肉，有人說要抓鬮，甄宇就牽走了那頭最瘦小的羊，於是再也沒有人爭了。後來有一次光武帝在朝堂上問："那個瘦羊博士現在在哪裡？""瘦羊博士"指能克己讓人的人。

劉郎不敢題餻字 得郎字

恰遇題餻節，偏難遣興狂。字如嫌杜撰，人競說劉郎。

空自搜緗帙，無從付錦囊。檢書多闕佚，閣筆費商量。

陔黍添疑義，牢丸補散亡。入門殊諱避，拔宅笑吟忙。

槎玉形應巧，敲金句未償。簪萸歡勝會，遺事話重陽。

編者題註：宋·宋祁《九日食糕》：劉郎不敢題糕字，虛負詩家一代豪。

密幹疊蒼翠 得蒼字

戶庭吟杜老，林木自成行。疊疊疏還密，森森翠又蒼。

濃陰添雨意，淺黛染嵐光。樹底迷香霧，枝頭漏夕陽。
天空看鶴舞，葉重訝鶯藏。排骨凝雲結，垂髯拂水長。
送青來別院，分綠上匡牀。楨幹思賢佐，皇朝慶拜颺。

編者題註：唐・杜甫《題衡山縣文宣王廟新學堂，呈陸宰》：林木在庭戶，密幹疊蒼翠。

一府傳看黃琉璃 得黃字

鄆簟當窗臥，琉璃着色黃。傳看渾不厭，一府最宜涼。
冰骨分重疊，波紋認短長。冷齋天正午，片席水中央。
雲母三分薄，桃笙八尺方。枕痕嵌半月，簾影漏斜陽。
拂拭紅牙板，安排白玉牀。留將新睡足，相賞徧閒廊。

編者題註：唐・韓愈《鄭群贈簟》：攜來當晝不得臥，一府傳看黃琉璃。

柴門臨水稻花香 得香字

鸚鵡交膝啄，柴門一水香。村圍松子暗，花浸稻孫凉。
樹影三間屋，天光半畝塘。麀籬通斷港，烏臼挂斜陽。
春酒羔羊社，秋風筍蕨鄉。乍扃雙板白，新漲滿畦黃。
繞樹歸鴉寂，爬沙看蟹忙。許渾吟興逸，迴溯在中央。

編者題註：參見唐・許渾《晚自朝台津至韋隱居郊園》：村徑繞山松葉暗，柴門臨水稻花香。

好竹連山覺筍香 得香字

好竹山山竹，相連一色望。悄無人迹到，但覺筍根香。
鳳尾篩明月，貓頭戴夕陽。此君看不厭，穉子咒仍忙。
濃蔭偏垂徑，新梢未出牆。參禪誰悟版，坐嘯獨依篁。
渭畝智長在，淇泉鼻乍嘗。餉耕葵並煮，好景話農桑。

編者題註：宋・蘇軾《初到黃州》：長江遶郭知魚美，好竹連山覺筍香。

晚凉看洗馬 得凉字

南池來主簿，携伴浣花郎。一洗空凡馬，相看恰晚凉。
披襟論赭白，執策辨驪黃。練影寒前渡，鞭絲倚夕陽。
滾塵祛十丈，澡雪解雙繮。柳外隨鷗浴，花陰趁蝶香。
忘形惟水月，卻暑有陂塘。古木蟬聲噪，臨流話九方。

編者題註：宋·林希逸有《晚凉看洗馬》詩。

荷淨納凉時 得凉字

丈八溝前路，相邀好納凉。芰衣開已徧，荷蓋淨能香。
面面花爲壁，田田水是鄉。箈斟名士酒，鏡蘸美人粧。
揮塵開軒坐，披襟倚檻望。魚游天一角，鷗占席中央。
延爽惟籐枕，高眠有石牀。數聲漁笛起，破睡對滄浪。

編者題註：唐·杜甫《陪諸貴公子丈八溝攜妓納凉晚際遇雨》：竹深留客處，
荷淨納凉時。

涉江采芙蓉 得香字

覽物懷君子，芙蓉着手香。采來花四面，涉向月中央。
所贈難盈掬，相思枉斷腸。薜蘿山鬼曲，菡萏水仙鄉。
紉佩惟芳草，凌波有夕陽。此身穿藕壁，有客集荷裳。
翠袖搴時濕，紅衣拂處凉。最憐嬌欲語，葉葉蓋鴛鴦。

編者題註：出自古詩十九首《涉江采芙蓉》：涉江采芙蓉，蘭澤多芳草。

青草池塘處處蛙 得塘字

蛙聲聽遠近，草色滿池塘。處處根荄長，朝朝鼓吹忙。
堂前三月夢，水底六更長。頻聒愁人耳，能迴旅客腸。
錦衣鳴兩部，翠羽襯雙行。古井同誰語，離亭別汝傷。
繁音疑瀉瀑，嫩色漸依牆。淺漲桃花外，逢逢正夕陽。

紫櫻桃熟麥風涼 得涼字

乍見山櫻紫，剛逢隴麥黃。日烘千樹熟，風捲一畦涼。
磊磊丸連理，幢幢穗兩行。四垂珠蕊綻，十里浪花香。
映赤胭脂奪，翻紅穭稑忙。傾宜中使宴，寒異大官漿。
薦果懷登俎，延飆話築場。筍厨開御苑，綾餅喜先嘗。

編者題註：宋·歐陽修《再至汝陰三絕》：黃栗留鳴桑葚美，紫櫻桃熟麥風涼。

千林嫩葉始藏鶯 得藏字

太液千門曉，宮鶯囀綠楊。乍抽新葉嫩，始向上林藏。
鳳閣巢煙密，龍池宿雨香。穩棲芽淺碧，輕染縷微黃。
玉律調三月，金衣肅兩行。攜柑宜煮酒，待漏共聽簧。
佳話留温室，高飛入帝鄉。喬遷新刷羽，濃蔭荷恩光。

編者題註：唐·鄭愔《奉和春日幸望春宮》：百草香心初胃蝶，千林嫩葉始藏鶯。

岸容待臘將舒柳 得將字

繞岸千條柳，微舒待臘將。纏綿情乍露，旖旎態猶藏。
眉窄慵初展，腰纖舞未狂。三眠仍匿醉，半面恰成妝。
土脈占伸屈，天根較短長。飛葭吹氣暖，擊鼓聽聲忙。
可許東風漏，能容北陸光。更參山意思，消息在梅梁。

編者題註：唐·杜甫《小至》：岸容待臘將舒柳，山意沖寒欲放梅。

庚韻

以禮制心 得誠字

大禹傳心法，儀文一代呈。教中惟制禮，遏欲卽存誠。

黼座冠裳飭，靈臺矩矱明。日躋勤聖敬，風儆勵公卿。
繁緢分經緯，馳驅範性情。整躬端負扆，防意鞏如城。
戒滿占謙吉，銘新叶履亨。皇衷澄睿慮，軼物邁殷京。

編者題註：《尚書·仲虺之誥》：王懋昭大德，建中於民，以義制事，以禮制心，垂裕後昆。

由庚 得庚字

盛世休徵應，蕃滋驗物情。深宮惟正已，大道在由庚。
茂對瞻辰拱，宣和趁卯耕。子孶開位育，丑紐遂生成。
幾等占先日，無殊兆大橫。見躔同指斗，補叶並吹笙。
丙問時無失，申行蟄自驚。聖朝當午運，庶彙達勾萌。

編者題註：《詩·小雅·由庚序》：“《由庚》，萬物得由其道也。”後因以“由庚”為順德應時之典實。南朝·齊·王儉《褚淵碑文》：“弘二八之高蕈，宣《由庚》而垂詠。”《文選·束皙之四》：“由庚，萬物得由其道也。”

正誼明道 得明字

董子儒修重，千秋道誼精。持躬型久正，析理緒偏明。
直矣從繩定，昭然似鑑呈。鵠懸嚴克已，犀照徧由庚。
功利圖堪笑，天人策早成。奉三泯反側，達五共遵行。
植璧矜風厲，銘盤浴日誠。下帷勤典學，眞契見牆羹。

編者題註：董仲舒：“正其誼不謀其利，明其道不計其功。”意思是：“做人做事不要謀求一己的私利，不要貪圖一時的近功，合乎正義的利，乃公眾的利，是最遠的利；合乎規律的功，乃天下之功，是最大的功。”

閏月定四時成歲 得成字

定閏誰占月，知時驗健行。三年期最準，四序歲初成。
過隙駒何速，添翎鳳乍生。積陰均損益，按度測盈虧。
蟻磨如輪轉，鶉躔並斗橫。歸奇著扐草，合朔莢垂莖。

寒暑無愆候，周流有定程。堯門新闢左，佳日樂和平。

編者題註：出自《書·堯典》中的"期三百有六旬六日，以閏月定四時，成歲"四時，四季或一日，這裡指四季，《禮記·孔子閒居》"天有四時，春夏秋冬"成歲，一年"以閏月確定四季，成了一年"。

人情以爲田 得情字

治業如農業，陳修本此情。芸田防自舍，終畝戒無成。
莠稗仁同熟，蒲盧政速生。暑寒天冷暖，方寸地縱橫。
農畔思休越，民喦畏旱平。性禾勤有播，心糞挹何清。
非種圖滋蔓，斯倉藉力耕。間閻揚帝績，擊壤樂豐亨。

編者題註：《禮記·禮運第九》：故聖人作則，必以天地為本，以陰陽為端，以四時為柄，以日星為紀，月以為量，鬼神以為徒，五行以為質，禮義以為器，人情以為田，四靈以為畜。

寰海鏡清 得清字

賦手推裴相，寰區慶永清。劍供田器鑄，鏡澈海波瑩。
澥霧臨空淨，雲霄在上明。龐鴻千里治，氣象十洲呈。
仁壽光輝日，瀛壖頌載聲。蟠龍輪廓展，徙鱷雨風平。
淮蔡新開域，貞元已息兵。即今逢聖世，力穡樂羣氓。

編者題註：唐·裴度《鑄劍戟為農器賦》："皇帝嗣位之十三載，寰海鏡清，方隅砥平。"《舊唐書·令狐楚傳》："今陛下春秋鼎盛，寰海鏡清。"

天晷仰澄 得衡字

元圃皇家讖，歌詩有士衡。天光供仰企，日晷喜澄清。
杲杲重輪淨，蒼蒼萬石平。東南躔再午，黃赤道由庚。
曝背談暄煦，昂頭看運行。土圭中室測，金鎖上穹明。
塵滓消雙珥，靈暉徧八瀛。當陽逢聖世，碧落挂銅鉦。

編者題註:《文選·陸機〈皇太子宴玄圃宣猷堂有令賦詩〉》:協風傍駭,天晷仰澄。

方隅砥平 得平字

壽寓巡方徧,歡呼萬歲聲。如弦仁路直,似砥德隅平。
御扆權咸準,天衢彎不驚。一人恭正已,四海樂由庚。
帝道康莊坦,臣心止水衡。東西南朔屆,磨厲錯礱成。
越石鋒能淬,周圻柱並撐。皇塗眞浩蕩,祝嘏阜岡廞。

編者題註:唐·裴度《鑄劍戟為農器賦》:寰海鏡清,方隅砥平。

淨洗甲兵長不用 得平字

如洗天河甲,將軍不用兵。江山今淨土,戎馬昔長征。
判卻魚龍混,銷爲日月明。腥風猶在水,刁斗已無聲。
瀚海哥舒返,關門定遠生。百年金鎖擲,兩界玉繩橫。
赤手迴瀾挽,丹心照鑑清。賦閒歸壯士,曝背話昇平。

編者題註:唐·杜甫《洗兵馬》:安得壯士挽天河,淨洗甲兵長不用。

海城臺閣似蓬壺 得城字

臺閣重重聳,高低列海城。地非臨弱水,境卻似蓬瀛。
雉堞三層拱,魚鱗一望平。霏烟如吐蜃,噓浪欲騎鯨。
冠帔滄溟擁,笙鐘閬苑鳴。凌空浮日月,倒影落軒楹。
梁已千山駕,槎將萬里迎。玉堂今咫尺,珥筆待蓬瀛。

編者題註:唐·鮑溶《寄福州從事殷堯藩》:越嶺寒輕物象殊,海城臺閣似蓬壺。

月明見潮上 得明字

一夜東風疾,春潮應月生。水光涵紫府,山色駕蒼瀛。
準信分朝夕,清暉驗闕盈。弩迴江上射,鏡入海中明。

極浦胎靈蚌，空江吼怒鯨。客圓三五夢，軍擁萬千聲。
繞鵲棲枝穩，聽雞列嶼鳴。漁燈何處落，驚起放船鉦。

編者題註：唐‧張籍《宿臨江驛》：潮漲而無聲，因月明才見江湧。鷗飛而匿影，因江靜方覺其聲響。

月明垂葉露 得明字

野殿丹青古，秦州葉葉明。月高垂有影，露重聽無聲。
砧杵荒村夢，蒹葭故國情。蠾蟾偏不夜，送雁又長征。
老幹飛烏市，殘更睡鶴驚。九天珠錯落，一樹玉縱橫。
鐘鼓聞西時，關山近北城。年年羈滯客，別緒隴頭縈。

編者題註：唐‧杜甫《秦州雜詩二十首》之二：月明垂葉露，雲逐渡溪風。

老見異書猶眼明 得明字

莫道吾衰矣，而疑此目盲。祇因書見異，轉覺眼猶明。
窺豹重讐魯，償鷗欲借荊。桑榆嗟暮影，柿葉展餘生。
毫末千條辨，胷中百軸橫。金鎞休刮膜，銀海自瑩睛。
雪鬢臨朝鏡，霜眉對短檠。放翁身健在，努力護詩城。

編者題註：宋‧陸游《先少師宣和初有贈晁公以道詩云奴愛才如蕭》：遠聞佳士輒心許，老見異書猶眼明。

心清足稱讀書子 得清字

喜有奇書在，先生束帶迎。不教千軸厭，賴有一心清。
參諦螢囊握，聞香蠹簡生。占時逢北陸，擁卷抵南城。
石室披吟樂，靈臺洗滌明。冰壺看了了，燈盞辨聲聲。
鏡裏紅塵淨，窗前白雪橫。寒宵醅讀足，活火地爐烹。

春華秋實 得成字

敢笑劉公幹，春華尙競名。請看能實者，誰是到秋成。

北土原多彥，東阿好主盟。文章皮裏富，筆削口中評。
並爽推銜佩，同跗比弟兄。空山紆木氣，斗室作金聲。
匏繫存吾道，榛披采此生。乾坤留碩果，七子冠羣英。

編者題註：晉·陳壽《三國志·魏志·邢顒傳》："（君侯）采庶子之春華，忘家丞之秋實。"比喻文采與德行。多指因學識淵博，而明于修身律己，品行高潔。

琴聲三疊道初成 得成字

難得心心印，琴中託興清。疊三聽孰悟，道一證初成。
流水高山感，陽春白雪情。知音神乍遇，入妙耳頻傾。
珠柱參眞契，絲桐屛異營。七絃和月按，十指逐波生。
解慍殊凡響，忘機悟正聲。好吟供奉句，半偈證禪盟。

山水有清音 得明字

妙境誰能悟，清音處處生。好添山水癖，不辨竹絲聲。
摩詰披圖領，鍾期入奏驚。羣峯如應響，大海自移情。
摽簽行雲遏，眠琴濺瀑鳴。地天千籟合，風雨一庭并。
耳已箏琶洗，心還鼓吹傾。上林延賞樂，勝景紀圓明。

編者題註：宋·范仲淹《留題小隱山書室》：何須聽絲竹，山水有清音。

諸葛一生惟謹愼 得生字

一代推諸葛，龍岡享大名。綱常存正統，謹愼矢平生。
付託深淵懍，匡扶朽馭驚。羽書嗟絡繹，心秤準權衡。
社稷三分鼎，雲霄萬里程。憂勤謀北伐，惕厲佐南征。
翼翼勳猷裕，兢兢紀律明。草廬論出處，千載話躬耕。

編者題註：明代思想家李贄曾寫過一副對聯："諸葛一生唯謹愼，呂端大事不糊塗"，這副對聯非常出名，連毛澤東主席也曾引用過。對聯說了兩個人，上聯說的是大名鼎鼎的諸葛亮，一生行事風格嚴謹；下聯說的是北宋宰相呂端，遇到大事都能冷靜處置。

詩成燈影雨聲中 得成字

江亭纔破睡，詩句又裁成。竹屋搖燈影，蕉窗滴雨聲。
懷人巴峽夢，送客楚山情。冷燄重簾逗，涼痕一枕生。
餘光窺紙帳，微響和瓶笙。子細分箋潤，丁當擊鉢清。
半窗金穗爐，千潤玉泉鳴。坐有長吟者，瀟瀟對短檠。

編者題註：宋·陸遊《懷舊》：夢破江亭山驛外，詩成燈影雨聲中。

九日春陰一日晴 得晴字

漫道風光好，濃陰處處生。一春惟有雨，九日幾多晴。
連夕雲披絮，今朝樹挂鉦。爲霖三已浹，占畢十爲程。
往事鳩頻逐，當前鵲乍鳴。從頭推換甲，屈指數逢庚。
柳自藏時暗，花應養處明。宸襟欣茂對，紅紫滿皇京。

編者題註：宋·陸遊《龜堂晚興》：九日春陰一日晴，回塘閑院愜幽情。

蘭芷升庭 得榮字

紫庭眞咫尺，傅句誦君明。臭擬蘭相契，升欣芷向榮。
茅茹初拔彙，荃蕙本同生。嘉種芳堪佩，靈根秀自呈。
蓬門凡卉謝，蒲穀眾香迎。言利金能斷，神幽玉比清。
雨風尼父操，沅澧屈原情。聖世菁莪盛，聞馨邁杜蘅。

編者題註：《大戴禮記·曾子疾病》："與君子游，苾乎如入蘭芷之室，久而不聞，則與之化矣。"漢·劉向《說苑·雜言》："與善人居，如入蘭芷之室，久而不聞其香，則與之化矣。與惡人居，如入鮑魚之肆，久而不聞其臭，亦與之化矣。"

既雨晴亦佳 得晴字

既慰三農望，佳辰盼出耕。儘教占好雨，亦復快時晴。
芳樹濃紅綻，平疇淺綠生。嶺雲猶自漬，簷溜已無聲。
此日開軒爽，前宵破塊驚。酒陪茅屋賞，篇檢綺窗明。

笠屐王孫路，雞豚主伯情。披襟欣坐對，一色挂銅鉦。

編者題註：唐・杜甫《喜晴》：皇天久不雨，既雨晴亦佳。

夏雨生眾綠 得生字

買夏論園好，知時雨未晴。丁畦添眾綠，甲坼喜初生。
樹密煙猶鎖，泥融路乍平。郊原誰犢叱，池館有蛙鳴。
屐齒千山響，裙腰一帶橫。夜深聽斷續，曉起辨分明。
豈借吹噓力，還聽霢霂聲。韋公多逸興，繡壤樂催耕。

編者題註：唐・韋應物《始除尚書郎，別善福精舍》：遠峰明夕川，夏雨生眾綠。

綠波如畫雨初晴 得晴字

湖上添詩本，煙蕪入望平。綠波三月畫，紅雨六隄晴。
笠屐留痕潤，樓臺蘸影明。濃雲天末斂，柔櫓鏡中行。
曬網雙丫挂，開奩尺幅橫。水光垂柳渡，山色夕陽城。
南浦重簾捲，西泠去櫂輕。艤舟新霽後，好結白鷗盟。

編者題註：宋・方嶽《湖上》：綠波如畫雨初晴，一岸煙蕪極望平。

天青雁外晴 得晴字

無限瀟湘意，吟將五字成。天空青未了，雁外雨初晴。
孤鶩齊飛悄，斜陽一片明。潑藍開晚景，涵碧起秋聲。
古塞三千里，殘霞十二城。馬頭鞭共指，牛背笛仍橫。
淨展塘坳鏡，光懸樹杪鉦。待看星數點，更觸倚樓情。

編者題註：宋・范成大《將至石湖，道中書事》：水綠鷗邊漲，天青雁外晴。
柳堤隨草遠，麥隴帶桑平。

老枝擎重玉龍寒 得擎字

玉龍寒似水，枝老重能擎。古幹橫空蠹，蒼髯入夜明。
孤山擎屈曲，庾嶺積晶瑩。盤地根應蟄，參天節自撐。
蛟寒千歲月，鶴守五雲莖。苔髮封疑甲，松脂點作晴。
劍光開匣影，笛韻倚樓聲。耐冷巡檐笑，新詩雪裏成。

編者題註：宋・韓琦《壬子十一月二十九日時雪方洽》：危石蓋深鹽虎陷，老枝擎重玉龍寒。

松月生夜涼 得生字

微露松梢月，涼風謖謖生。眠琴陰滿地，撅笛夜初更。
蟾魄三霄冷，龍鱗四照明。鏡圓湘簟夢，濤答梵鐘聲。
一枕寒凝石，千釵影落棚。牽牛無睡待，過雁此宵征。
境悄凡塵隔，天空眾籟清。東軒延爽入，倚銚欲茶烹。

編者題註：唐・孟浩然《宿業師山房待丁大不至》：松月生夜涼，風泉滿清聽。

小欄花韻午晴初 得晴字

十二闌干悄，初逢雨乍晴。小開花有韻，卓午鳥無聲。
深院苔痕滑，中庭樹影生。不留脂粉氣，如抱水雲情。
蝶曬雙飛翅，貓分一線晴。八磚斜度玉，七寶窄雕瓊。
久倚聞香度，微溫索笑迎。困人春晝永，薄霧撲簾旌。

編者題註：唐・司空圖《光啟四年春戊申》：孤嶼池痕春漲滿，小欄花韻午晴初。

朽麥化爲蜻 得生字

蜻是何年化，相傳朽麥生。微蟲終得氣，敗物豈無情。
困竟如輪轉，衣原積雪成。落花香國活，曬粉太倉晴。
多事驚呼魏，何勞話倩嬰。夢魂看變幻，色相辨分明。
草笑螢同腐，蒲稱蝶異名。綠裙他日壞，栩栩更身輕。

青韻

束帶迎五經 得經字

束帶頻迎送，醖醪在五經。有人同飲戴，大笑自攜瓶。
道味薰常醉，危言悚獨醒。讀眞心不厭，披復手無停。
夜月藜燃乙，春風菜釋丁。一斤新醖釀，三雅舊儀型。
鄴架雙鷗借，湯盤九字銘。何如酣六籍，鼓吹奏彤廷。

西蜀子雲亭 得亭字

夢得依西蜀，因編陋室銘。地傳揚氏宅，人說子雲亭。
環水珠江碧，依山玉壘靑。一廛春可坐，九曲畫誰扃。
酒爲澆書載，車應問字停。夕陽何處訪，杜宇此間聽。
校獵曾留賦，談元尙著經。錦官城上望，弔古酹芳醽。

編者題註：唐·劉禹錫《陋室銘》：山不在高，有仙則名。水不在深，有龍則靈。斯是陋室，惟吾德馨。苔痕上階綠，草色入簾靑。談笑有鴻儒，往來無白丁。可以調素琴，閱金經。無絲竹之亂耳，無案牘之勞形。南陽諸葛廬，西蜀子雲亭。孔子云："何陋之有？"

遊鱗萃靈治 得靈字

文沼同遊泳，恩波及百靈。躍鱗仍萃澤，跋浪正開溟。
縱壑鬐翻白，登門額聳靑。子來成不日，乙列戴惟星。
貫處聯臣庶，幾餘辨色形。施仁君解網，守潔吏懸庭。
甃石春如海，銜珠月滿汀。躍舟符聖瑞，賜袋拜彤廷。

風約半池萍 得萍字

點點楊花落，無端半作萍。池幽容恰好，風定約曾經。
樓影斜涵碧，山光缺露靑。別離看一水，聚散悟雙星。
小泊堂坳芥，微聞樹罅鈴。劃流憑蟹斷，盟席占鷗汀。
結束皴衣帶，平分蘸畫屏。游蹤逢左右，應話可中亭。

編者題註：唐·韓愈《獨釣四首》之三：露排四岸草，風約半池萍。

蒸韻

六年春王正月 得興字

聖道乾綱握，初春泰運興。六年占首祚，正月肇休徵。
鳳紀人時授，麟書歲數增。履端開乙覽，啓朔矢寅承。
統一璇圖闢，兼三寶籙乘。斗占星象轉，輪捧日華澄。
帝日勤資治，臣哉共業兢。佳辰逢壽丙，椒酒頌升恆。

編者題註：《公羊傳·隱西元年》：元年者何也？君之始年也。春者何？歲之始也。王者孰謂？謂文王也。曷為先言"王"而後言"正月"？王正月也。何言乎王正月？大一統也。

率土稱臣 得稱字

寸土天家屬，臣僚率作興。東西南朔訖，侯伯子男稱。
拜手揚惟后，歸心立此烝。鴻圖真遠拓，魚貫此同升。
對命簽名入，來朝載寶登。要荒無弗屆，戎狄不須膺。
一統收疆域，三公效股肱。錫圭叨大賚，壽寓祝岡陵。

編者題註：《周易上經》（三）：以率土稱臣，望風納贄，既免征誅，又沐聖化。

新數中興年 得興字

中天歌舜日，甲子數龍興。域淨干戈戢，年豐黍稷登。
赤符侔漢紀，石鼓媲周稱。星聚真人瑞，河清乃聖徵。
八埏皇極建，五福帝躬膺。再造金湯鞏，同僚佩黻升。
摩崖碑共勒，寰海鏡初澄。幸際重華盛，鴻猷仰統承。

編者題註：唐·杜甫《喜達行在所三首》：今朝漢社稷，新數中興年。

人間文武能雙捷 得能字

武達人爭羨，文通汝亦能。疊雙堪命中，先捷許同登。

兩字頭銜冠，千秋姓氏徵。英雄都入縠，科第有傳燈。
斗柄星分曲，雲梯日共昇。檀王兼技擅，廉藺一身稱。
鳴野三秋鹿，揚塵萬里鷹。卽今推經緯，多士更蒸蒸。

編者題註：唐·楊巨源《重送胡大夫赴振武》：人間文武能雙捷，天下安危待
一論。

海不揚波 得澄字
四海安恬日，天清萬象澄。波臣蹤已斂，河伯氣休騰。
鼇柱擎天立，黿梁駕霧登。擊鯨容我獨，驅鱷問誰曾。
不雨憑吹浪，無風孰盪陵。布帆開六幅，金鏡澈千層。
澎拜曾奔馬，蒼茫欲化鵬。百靈今效順，聖世瑞堪徵。

萬馬定中原 得陵字
且喜中原定，新詩詠杜陵。八駥同起舞，萬馬自喧騰。
絡索千軍控，鞍韉一將憑。相皮餘子笑，汗血幾人曾。
在握琴如彎，窺邊月似棱。馳驅雙耳雪，蹀躞四蹄冰。
壯士頭顱老，英雄髀肉增。不羈天地濶，飛躍誦龍興。

直如朱絲繩 得繩字
敢以朱絲比，誰將物理徵。不惟清似玉，更有直如繩。
兩界懸杓轉，千章削墨能。此心抽乙乙，予手觸棱棱。
綸綍真堪擬，紺緅合並稱。笑他膠柱未，問我按絃曾。
破的棚誰中，調琴几獨凭。聖朝多經緯，赤烏喜同登。

編者題註：南北朝·鮑照《代白頭吟》：直如朱絲繩，清如玉壺冰。

青燈有味似兒時 得燈字
猶記兒時事，垂青伴一燈。相依真有味，似我豈無能。
照壁花雙穗，窺窗月半棱。蠟灰偏耐嚼，馬齒愧虛增。

憶昔休檠棄，回甘慣几凭。晦明千古共，辛苦十年曾。
衫舊痕凝酒，氈寒影臥冰。燃藜剛綺歲，祕閣快先登。

尤韻

遜志時敏 得修字

奮志師於古，乘時勵厥修。虛懷惟遜讓，敏學在勤求。
戒滿先型述，銘新祖訓留。謙衷君子受，乾德至人謀。
左右勞咨儆，光陰懍息游。簡篇分乙夜，日月速庚郵。
法健爻開畫，持盈道訪疇。孜孜昭聖教，雅化及遐陬。

編者題註：《尚書・說命下》：「惟學遜志，務時敏，厥修乃來。」

尚書為喉舌 得喉字

列位台星近，尚書職最優。傳宣三寸舌，出入九重喉。
翕自南箕異，躔應北斗侔。含雞同馥郁，追駟戒愆尤。
音徹宸聰朗，聲偕渙汗流。重霄咳唾落，萬里綍綸周。
囀處珠能潤，捫來刺尚留。即今逢聖代，辰告佐皇猷。

諸葛武侯上出師表 得侯字

季漢紆籌策，孤忠有武侯。出師曾盡瘁，拜表獨眈憂。
餘子吞吳魏，斯人匹呂周。河山先主託，梁棟老臣謀。
叩闕雲霄捧，回天日月侔。扇巾尊一代，文字重千秋。
鼎已三分峙，圖仍八陣留。心書時展讀，誰抱臥龍愁。

編者題註：《出師表》出自於《三國志・諸葛亮傳》卷三十五，是三國時期蜀漢丞相諸葛亮在北伐中原之前給後主劉禪上書的表文，闡述了北伐的必要性以及對後主劉禪治國寄予的期望，言辭懇切，寫出了諸葛亮的一片忠誠之心。

陶侃取樗蒲投江 得投字

不事豬奴戲，樗蒲水底投。當躬修職治，諸佐戒嬉遊。

方罫中原定，殘碁半壁收。此心爭一着，予手敵千秋。
分寸餘陰惜，輸贏上策籌。奇功需柱石，壯志陋枰楸。
浩刼干戈弭，孤軍竹木留。陶公勤晉室，運甓未曾休。

編者題註：出自典故"博具投江"。《晉書·陶侃傳》："諸參佐或以談戲廢事者，乃命取其酒器蒲博之具，投之于江，吏將則加鞭撲。曰：'摴蒲者，牧豬奴戲耳。老莊浮華，非先王之法言，不可行也。君子當正其衣冠，攝其威儀，何有亂頭養望，自謂宏達耶！'"晉大將軍陶侃帶兵四十一年，雄毅有權威，明悟善決斷。任職期間，十分注意對部下軍紀作風的教導。他發現參佐人員中有因為飲酒賭博而瀆職者，便命人把他們的酒器博具投入江中，吏將因此而失職，則加以鞭笞，以示懲徵。後因用為整飭部下紀律作風的典故。

賣劍買牛 得牛字

渤海分符日，龔公政治修。蒼龍歸北斗，烏牸下西疇。
爲棄雌雄佩，因占子母儔。牡丹新入絡，蓮萼舊鳴韛。
彈鋏誰貽誚，披蓑共聽謳。山中驅犢候，水底化龍秋。
審戚應相飯，虞公莫更求。熙朝超漢治，賣劍易爲牛。

編者題註：《漢書·龔遂傳》："民有持刀劍者，使賣劍買牛，賣刀買犢。"原指放下武器，從事耕種，後比喻改業務農或壞人改惡從善。

圯上進履 得侯字

圯上相逢夜，干戈竟未休。一椎嗟力士，雙履進留侯。
道貌先生肅，儀容孺子修。陰符存日月，黃石祀春秋。
鹿尚中原逐，梟從夕照收。河山供響屧，功業借前籌。
舞劍嗟依項，傳書切輔劉。穀城猶在否，憑弔水長流。

編者題註：圯上敬履原名《圯橋三進履》，講的是漢初三傑的張良年輕時，在橋上遇到一個老人，老人三次約張良夜間都橋上見面，並把破破爛爛的鞋故意掉到橋下，讓張良撿來給他穿上。原來這個老人叫黃石公，張良通過他的考驗後，他授予張良兵法，使得張良在輔佐漢高祖劉邦時運籌帷幄，立下汗馬功勞。故事的寓意在於年輕人要心懷善良，不怕磨難，積極進取，終成大器。

當避此人出一頭地 得頭字

廬陵能得士，賞識有名流。餘子難迷目，斯人避出頭。
冰壺吾輩澈，珠網此才收。黼黻無雙品，淵源第一儔。
五經推首席，三唱借前籌。脫穎應多讓，吹竽莫濫投。
超羣空我顧，入彀拔誰尤。千載傳文采，坡公盛事留。

編者題註：宋‧歐陽修《與梅聖俞書》：讀軾（蘇軾）書，不覺汗出，快哉快
哉！老夫當避路，放他出一頭地也。

黃河入海流 得流字

好卜中條隱，來登鸛雀樓。黃河分派入，大海逐波流。
鯤壑浮千古，黿梁駕一舟。涓涓原不擇，滾滾幾曾休。
車憶桑乾渡，槎憑博望遊。極天探宿海，此地溯瀛洲。
萬壑荊門赴，雙條濟水求。朗吟之渙句，逸興感清秋。

編者題註：唐‧王之渙《登鸛雀樓》：白日依山盡，黃河入海流。

瀛洲玉雨 得洲字

玉樹瀛臺雨，春光勝十洲。根荄沾帝澤，雨露徧皇洲。
蓬島聽鶯早，花天走馬周。金莖思舊挹，瑤草待同收。
賜醴朝官燕，鳴珂學士驕。珠跳香霧窟，衣溼染霞樓。
聯筍仙班列，然蓮御苑游。溶溶新月上，清賞鳳池頭。

編者題註：梨花的別名。宋‧陶穀《清異錄‧瀛洲玉雨》："司空圖《菩薩蠻》，
謂梨花為瀛洲玉雨。"

一年容易又秋風 得秋字

容易經年別，涼風又報秋。黃花仍識面，明月況當頭。
客話前番雨，人歸舊渡舟。匆匆重駐馬，度度待牽牛。

蟹稻江鄉戀，鱸蒓水國愁。長楊仍北向，大火復西流。
寄遠書頻達，相思袂强留。每逢蘆荻夜，窮燭憶高樓。

山雨欲來風滿樓 得樓字

咸陽東向望，日腳四山收。雨欲來猶閣，風先滿此樓。
漬雲城郭暝，吹籟地天秋。黯黯千嶂曀，颼颼四壁稠。
辨聲飄瓦未，作勢撼窗不。乍避堂前燕，相催屋角鳩。
潤疑生柱礎，影自動簾鈎。丁卯詩人興，登臨勝境幽。

編者題註：唐·許渾《咸陽城東樓》：溪雲初起日沉閣，山雨欲來風滿樓。

翦得秋風入卷來 得秋字

入得詩情早，清光一卷浮。好教千首翦，並作十分秋。
吳郡新藏本，并州欲斷流。天心空點綴，人意巧雕鏤。
未碎邱遲錦，應添宋玉愁。移將淞水潤，寫此洞庭幽。
蘆荻三更夢，珠璣百軸收。深閨今夜月，刀尺製來不。

編者題註：宋·陸遊《秋思》：詩情也似並刀快，翦得秋光入卷來。

一夜扁舟宿葦花 得秋字

此夜西江宿，離懷滿釣舟。一天楓葉暮，十里葦花秋。
倚柂聞過雁，攜竿狎泛鷗。篷推橋畔月，纜繫水邊樓。
荻港聽鐘醒，蘆磯曬網收。浮家成眷屬，生計託泡漚。
篝火頻吹口，煙波獨掉頭。明朝何處泊，七十二灣愁。

編者題註：唐·溫庭筠《西江上送漁父》：三秋梅雨愁楓葉，一夜篷舟宿葦花。

惟有江心秋月白 得秋字

送客潯陽夜，琵琶水上舟。江山惟見月，人意不勝秋。
一曲歌聲慢，三更練影浮。青衫紅袖夜，楓葉荻花洲。

過雁驚寒斷，孤蟾入抱愁。四絃調遠恨，九派溯中流。
金鏡憐華髮，朱絲怨白頭。素娥長不寐，今古自悠悠。

編者題註：唐‧白居易《琵琶行》：東船西舫悄無言，唯見江心秋月白。

紅蓼花疏水國秋 得秋字

淺渚娟娟月，疏紅一桁浮。蓼灘聽水夜，鷗國著花秋。
漁火三更閃，蒲帆六幅流。推篷依岸背，罷釣臥江頭。
荻浦初聞雁，葦磯正泊舟。風聲催葉老，人影借燈留。
隔斷雙叉港，斜鋪十里洲。微波天欲曉，涼意上高樓。

編者題註：唐‧杜荀鶴《題新雁》（一作羅鄴詩）：暮天新雁起汀洲，紅蓼花疏水國秋。

楓葉荻花秋瑟瑟 得秋字

送別潯陽夜，相望瑟瑟秋。荻花搖櫓指，楓葉蘸波流。
舊夢江鄉冷，生涯水國愁。聽風紅蓼岸，泛月白蘋洲。
一櫂平沙外，孤燈古渡頭。橫斜依落雁，疏密伴眠鷗。
罷畫漁郎網，迷離估客舟。琵琶停撥後，萬頃浸銀鈎。

編者題註：唐‧白居易《琵琶行》：潯陽江頭夜送客，楓葉荻花秋瑟瑟。

疏簾巧入坐人衣 得秋字

巧入螢三兩，巫山昨夜秋。簾疏人獨坐，衣冷火初流。
點綴珊枝映，依稀玉蒜留。扇疑同撲蝶，屏欲待牽牛。
燕尾紅添袖，蝦鬚碧上鈎。樓臺雙桁下，風雨一燈收。
腐草前身幻，湘紋淺暈浮。錦囊如可照，展卷白雲謳。

編者題註：唐‧杜甫《見螢火》：巫山秋夜螢火飛，疏簾巧入坐人衣。

蟋蟀俟秋吟 得秋字

久切知時志，高吟每俟秋。蜉蝣形自渺，蟋蟀興偏悠。
南國籬花寂，西堂野草幽。爭鳴嗤眾喙，懷響屬吾儔。
刀尺荒苔外，篝燈古渡頭。空階尋舊夢，落月伴閒謳。
信逐金風急，音隨玉管流。王褒名句在，雅頌奏聖猷。

編者題註：宋·司馬光《資治通鑑》：“故虎嘯而風洌，龍興而致雲，蟋蟀俟秋吟，蜉蝣出以陰”。

侵韻

竹解虛心即我師 得心字

不信凌雲竹，偏虛一片心。有誰能此解，惟我久相欽。
瞻仰思丰度，追隨契古今。切磋君子意，風雨故人忱。
氣味淇園合，淵源嶰谷尋。好教留勁節，儘許滌塵襟。
戛玉班聯笥，敲金譜學琴。千竿堪北面，繼起蔚成林。

編者題註：唐·白居易《池上竹下作》：水能性淡為吾友，竹解心虛即我師。

成連移情 得琴字

欲識絃中趣，須從海上尋。移情如此水，妙悟在於琴。
三疊琅琅調，千秋颯颯音。蒼茫寬眼界，澎湃滌胸襟。
相對神應爽，無言契獨深。九章仙子曲，一櫂故人心。
波闊魚遊出，沙平雁影沈。成連人在否，逝者古猶今。

編者題註：見《文選·嵇康〈琴賦〉》註引漢·蔡邕《琴操》：“伯牙學琴於成連先生，先生曰：‘吾能傳曲，而不能移情，吾師有方子春者，善於琴，能作人之情。今在東海上，子能與我同事之乎？’伯牙曰：‘夫子有命，敢不敬從。’乃相與至海上，見於春，受業焉。”唐·吳兢《樂府古題要解》卷下：“《水仙操》，右舊說伯牙學鼓琴於成連先生，三年而成。至於精神寂寞，情至專一，尚未能也。成連云：‘吾師子春在海中，能移人情。’乃與伯牙延望，無人。至蓬萊山，留伯牙曰：‘吾將迎吾師。’刺船而去，旬時不返，但聞海上水汩汲淜渺之聲。山林窅冥，群鳥悲號，愴然歎曰：'先生將移我情。'乃援琴而歌之。曲終，成連刺船而還，伯牙遂為天下妙手。"

布裘多年冷似鐵 得裘字

獨臥蕭齋冷，多年擁布裘。一寒偏至此，似鐵到於今。
襆被三更夢，風霜萬里心。肌誰憐起粟，鍋卻羨銷金。
如水愁孤榻，空山急暮碪。重裘誰着綫，敝袴共紉鍼。
老鶴襤褸伴，殘灰榾柮尋。聖恩眞挾纊，獻曝好輸忱。

編者題註：唐·杜甫《茅屋為秋風所破歌》：布裘多年冷似鐵，嬌兒惡臥踏裡裂。

苦吟僧入定 得吟字

詩學通禪學，跏趺面壁深。如僧初入定，得句且長吟。
探本蓮生舌，涵空鏡在心。一篇參色相，五字滌塵襟。
遠寺鐘聲答，寒窗月影沈。斷髭仍兀兀，抽繭獨尋尋。
香火重緣結，蒲團夜氣侵。同龕應不負，什襲待雞林。

編者題註：唐·裴說《句》：苦吟僧入定，得句將成功。

江心鑄鏡 得心字

神物何人鑄，揚州進水心。鶂飛江競渡，犀照鏡初臨。
水火交相濟，波濤鑒此忱。懸虛成萬象，在冶值千金。
天地爐中鍛，蛟龍匣底吟。樓臺應有影，風雨不曾侵。
辨字殊仁壽，留形閱古今。良辰逢聖世，航海貢奇珍。

編者題註："江心鑄鏡"：唐代揚州進貢的銅鏡。因每年五月五日鑄于江心，故名。宋代翰苑進撰端午帖子，多用江心鏡典故。唐·李肇《國史補》卷下載："揚州舊貢江心鏡，五月五日揚子江中所鑄也。或言，無有百煉者，或至六七十煉則已，易破難成。"江心鏡的特點是"百煉"，沒有高超技術，就要破碎。因為難造，在大曆十四年（779年），曾將"揚州每年貢端午日江心所鑄鏡"（舊唐書·德宗紀）罷去。後以端午江心鑄鏡以進，成為故事。宋代翰苑進撰端午帖子，多用江心鏡事，為祝頌端午的典故。

與人一心成大功 得心字

天驥成功大，沙場歲月深。與人能共膽，此馬有同心。
麟閣憑君繪，鴉軍賴爾擒。十年消髀肉，萬里助胸襟。
汗血河山徧，嘶風草木瘖。裹瘡經百戰，市骨重千金。
蒙虎威誰假，驅羊力自任。烽煙今日息，奏凱據鞍吟。

編者題註：唐·杜甫《高都護驄馬行》：此馬臨陣久無敵，與人一心成大功。

又展芭蕉數尺陰 得陰字

數尺芭蕉展，休教午餤侵。瀟瀟曾聽雨，密密又添陰。
園畔看舒卷，窗前映淺深。扇開經寸骨，旗卓幾重心。
帀地青光潤，橫天綠影臨。何人尋夢鹿，此處寫來禽。
一紙和風折！雙旌蔽日沈。半床涼意足，更自理瑤琴。

編者題註：宋·陸遊《夏日雜題六首》其二：茅簷三日蕭蕭雨，又展芭蕉數尺陰。

一徑綠陰三月雨 得陰字

新闢通幽徑，垂楊碧作林。綠波三月暮，紅雨一庭陰。
簾幕濃雲捲，樓臺古木沈。賞沾茅屋雨，眠穩柳堤琴。
玉勒停遊騎，金鈴閣曉音。平蕪歸燕倦，滿地落花深。
潑墨看天色，拖藍蘸水心。春光將九十，繞樹聽鳴禽。

編者題註：元·虞集《費無隱丹室》：一徑綠陰三月雨，數聲啼鳥百花風。

覃韻

宵雅肄三 得三字

入學官其始，陳詩肄者三。有司歌自習，宵雅義誰探。

業已剗風並，音還緝頌堪。韋編功早邃，皮弁禮能諳。
競奏簫韶叶，休貽鼓篋慙。集愁如杞苦，食喜有苹甘。
先甲重爻演，由庚佚句參。彤庭賡燕樂，競誦主恩覃。

編者題註：《禮記·學記》："《宵雅》肄三，官其始也。"鄭玄註："宵之言小也；肄，習也。習《小雅》之三，謂《鹿鳴》《四牡》《皇皇者華》也。"

三筆六詩 得三字

典册詩推六，高文筆仰三。蜚聲雄絶代，競爽有奇男。
峽水源同湧，葩經義共探。元音鐘吕列，浩氣地天參。
賦雪滕神豔，歌絃蔣妹諳。五思呼鄭歇，九憶喚歐堪。
扛得龍文健，吟成鳳藻酣。芳名劉氏著，分道各揚驂。

編者題註：謂劉孝儀長於文，劉孝威工於詩。《梁書·劉潛傳》："劉潛字孝儀，祕書監孝綽弟也。幼孤，與兄弟相勵勤學，並工屬文。孝綽常曰：'三筆六詩。'三即孝儀，六孝威也。"孝儀排行三，孝威排行六，故云。

曝背談金鑾 得談字

多故思田里，眉山一草庵。金鑾隨例入，曝背幾時談。
晚景斜陽感，君恩大地覃。艱難懷骨肉，賓主數東南。
收到桑榆暖，供來筍蕨甘。風檐終愛日，湖海待抽簪。
得鯶無官樂，燒豬此願貪。千秋冤獄白，檜雨尚毿毿。

編者題註：宋·蘇軾《送千乘千能兩姪還鄉》：相從結茅舍，曝背談金鑾。

三入鳳凰池 得三字

鳳凰池上客，宋璟拜恩覃。登第題名一，爲官入閣三。
君猶分省貴，我亦逐波慙。小謫離家苦，頻遷作宦諳。
嗟余仍似此，奪汝更何堪。瓜待門前種，薇從日下探。
羽毛誰得養，台鼎許相參。知己懷供奉，多情水滿潭。

編者題註：唐・杜佑《通典》卷二十一《職官三》：魏晉以來，中書監令掌贊詔令，記會時事，典作文書，以其地在樞近，多承寵任，是以人因其位，謂之"鳳凰池"焉。唐・李白《竄夜郎，于烏江留別宗十六璟》："一回日月顧，三入鳳凰池。"

興酣落筆搖五嶽 得酣字

筆底蛟龍鬱，高吟興正酣。嶽眞搖徧五，峽異倒流三。
鎭紙元精降，揮毫鉅手探。繭波生檢策，虹氣亘東南。
日月衡嵩峙，雲煙泰華含。河山雙酒榼，風雨一詩盫。
能撼千峯力，誰驚四座談。宸巡鑾蹕駐，臣庶頌恩覃。

編者題註：唐・李白《江上吟》：興酣落筆搖五嶽，詩成笑傲淩滄洲。

人語中含樂歲聲 得含字

歲熟千家樂，聲隨笑語含。桑麻曾共話，羔酒有餘酣。
不負籌車祝，遙傳里巷談。築場欣積九，擊壤慶登三。
喜氣茅簷溢，歡情蔀屋探。耕耘酬子婦，祈報愜丁男。
相慰饗飱足，羣耽稼穡甘。屢豐歌聖世，郊遂拜恩覃。

編者題註：宋・陸遊《送客至江上》：郊原遠帶新晴色，人語中含樂歲聲。

蒸棃 得甘字

食品圓棃紀，誰蒸此味甘。瓊漿餘潤挹，玉質冷香含。
讓者儀能習，攢之禮久諳。熟時應並棗，摘處恰如柑。
執贄陳筐重，開筵佐酒酣。籠烘經日午，榼餉到村南。
莫誤楂名比，同嘗蔗境堪。堆盤甜雪滿，佳果話秋三。

編者題註：見"哀梨蒸食"。南朝・宋・劉義慶《世說新語・輕詆》："桓南郡每見人不快，輒嗔曰：'君得哀家梨，當複不蒸食不？'"晉朝時期，金陵哀仲家種的梨味道鮮美，入口便化解了，如果蒸一下就會變了味道。大將軍桓溫每對人不滿，便說："你得到哀家的梨，能不能不再蒸了。"譏笑對方真愚蠢。將哀梨蒸着吃，比喻不識貨，糊裡糊塗地糟蹋好東西。

鹽韻

長官齋馬吏爭廉 得廉字

自分清齋慣，休爭長物兼。官眞同馬旋，吏亦效雞廉。
獨騎風雙袖，閒廳水一區。潔身如槁蚓，强步笑竿鮎。
可有吹齏警，應無戀豆嫌。頭銜偏耐冷，皮相漫趨炎。
惜錦泥誰濺，辭金夜最嚴。驅民登上善，天廄拜恩沾。

編者題註：見"齋馬清風"：據說唐時，有個叫馮元淑的人，在武則天當政的時候任清漳縣令，政績極為突出，百姓奉他為神明。後來，他又出任浚儀、始平縣令時，馮元淑都單人獨騎前去上任，從不把自己的妻兒老小帶在身邊。平日，馮元淑所乘騎的馬匹，午後不再餵草料，他說這是讓馬做齋戒。還有，他自身及隨從奴僕，每天也只吃一頓飯，把節省下來的俸祿用來做辦公的費用，或是用來救濟貧寒之人。於是，便有人譏諷他這是沽名釣譽，而馮元淑卻說，這是我的本性，並不覺得清苦。唐中宗李顯曾下詔書慰勞和勉勵馮元淑，並命史官編寫他的事蹟來教育後人。

戶映花枝當下簾 得簾字

侵戶芳叢密，橫斜當畫簾。誰移花悄悄，恰映月纖纖。
爐篆香縈押，波紋水滿區。蜨應迷去路，燕不礙歸檐。
旛影重門護，衣痕一桁添。綠天疑種紙，紅雨盼垂帘。
翡翠櫳微隔，蠨蛸網半黏。佳辰逢上巳，鉤莫誤明蟾。

編者題註：見詩句"花枝能語出朱簾。"宋‧陳亮《浣溪沙》：小雨翻花落畫簷。欄堂香注酒重添。花枝能語出朱簾。

華嶽峯尖見秋準 得尖字

魏侯奇骨聳，嶽嶽亦何嫌。隼恰三秋見，峯如二華尖。
鷹韝平地脫，雁塔入天纖。此出風塵小，其巔日月兼。

羽迴仙掌蠹，旗笑畫叉拈。北嚮凝眸疾，西來豎指嚴。
帝曾投箭博，公好射埔占。七字將軍贈，毫同頰上添。

　　　　　　其二
華嶽當空見，將軍爽氣添。秋都生筆底，隼又在峯尖。
晴昊摩雙翮，咸京俯萬檐。揚眉驚日近，捎爪趁風嚴。
絕好蓮花削，何來楛矢銛。兒孫羅竦處，燕雀謝高瞻。
俊恰鷹眸竝，奇還馬耳兼。如斯英偉態，願爲寫冰縑。

鹹韻

　　　　嗜好與俗殊酸鹹 得鹹字
與眾何殊處，端由辨俗嚴。我非忘嗜好，人自具酸鹹。
直道脾神守，醝風腎府芟。乞醯羞獨巧，點醬怕同饞。
水木源先異，鹽梅用不凡。甜鄉銷半刺，苦境託長鑱。
志淡茶庸譜，憂深酒亦監。廿年參世味，敢負此冰銜。

編者題註：唐·韓愈《酬司門盧四兄云夫院長望秋作》：云夫吾兄有狂氣，嗜
好與俗殊酸鹹。

　　　　　竟達空函 得函字
欲達桓公訊，書成啟視嚴。誰知郵遠道，竟爾託空函。
反覆期申意，兢持在畏讒。忘言魚枉剖，多事雁相銜。
畫比通神贈，碑眞沒字嵌。中虛無一紙，外愼且三緘。
莫副蒼生望，終看白簡劖。問天徒咄咄，名士太庸凡。

編者題註：《晉書·殷浩傳》：“浩欣然許焉，將答書，慮有謬誤，開閉者數，
竟達空函。”明·淩蒙初《初刻拍案驚奇》卷二十：“李克讓竟達空函，劉元普雙生
貴子。”釋義：最後寄出去的卻是一封空信。比喻做事過分小心反而會出錯。

　　　　十年塵土青衫色 得衫字
塵土年年涴，勞人色不劖。半生盟白水，十載負青衫。

麴意斑斑染，泥痕縷縷嵌。裁縫艱滅迹，拂拭怯開緘。
草褪初春綠，梅添隔歲鹹。名場詩一覺，清淚酒雙銜。
好向江湖浣，休嗟日月颿。他時衣一品，拔淖詎同凡。

斷雲一片洞庭帆 得帆字

一片飄然去，孤雲下斷巖。收將衡岳雨，送過洞庭帆。
遠陣鴉疑破，長空馬共颿。白沙痕隱隱，靑草影髟髟。
綺偶餘霞帶，檣剛落日銜。好隨湘女纖，莫誤水仙衫。
巫峽神應到，君山態自巉。朗吟沈醉裏，此境隔塵凡。

神麴 得監字

此麴泉南品，稱神早不凡。良方應聖授，妙製儼師監。
消納中樞筦，溫涼眾藥芟。六時修日月，五味備酸鹹。
色黝長留范，腸肥藉去饞。近塵防贗物，遠道伴郵函。
鼎銚供三沸，刀圭費一劖。相傳需地脈，取水最高巖。

其二

六神傳妙麴，范氏禱祈諴。利市松牌挈，傳家石臼鹹。
兼收雙塔草，曾荷萬峯鑱。雞戀殘膏舐，蟫穿隔歲緘。
稻孫蒸在籠，梔子襲爲衫。方切囊中玉，堅投櫝裏瑊。
檳榔同此性，荳蔲不須銜。教婦休教女，偏勞一室監。

蠣房 得鹹字

幻泡成佳品，烹鮮辨海鹹。列房添結構，牡蠣解貪饞。

每值潮痕退，都依石骨嵌。螺攢高架斗，蜂聚密圍巖。

萬落環鼇柱，連山俯鷁帆。榴開欣肉滿，蓮熟想蹡銜。

問狀蛟宮化，分甘蜑戶劖。梅花風味好，大嚼喜非凡。

編者題註："蠣房"，指簇聚而生的牡蠣。因牡蠣附石而生，連結如房，故稱，亦特指牡蠣的殼。宋·方勻《泊宅編》卷二："蔡襄守泉州，因故基修石橋……十八年橋乃成，即多取蠣房，散置石基，益膠固焉。"明·李時珍《本草綱目·介二·牡蠣》〔集解〕引蘇頌曰："（牡蠣）皆附石而生，磈礧相連如房，呼為蠣房。"

臺灣先賢詩文集彙刊 第二輯 03 鄭用錫《北郭園全集下》之《述穀堂試帖詩》卷二 第 513-604 頁

《西行吟草》
李望洋

敷教在寬（貢院內擬作）

有教原無類，敷之在以寬。道濟皆德禮，老少共懷安。

善誘因成美，程功戒畏難。從容施孔鐸，循序讀周官。

化雨先芹泮，春風繼杏壇。心惟期不倦，術更覺多端。

旦夕休言效，賢愚合可觀。聖朝宏造士，濟濟慶彈冠。

編者題註：敷教，佈施教化。語出《書·舜典》："帝曰：''契，百姓不親，五品不遜，汝作司徒，敬敷五教，在寬。'"

臺灣先賢詩文集彙刊 第二輯 04 李望洋《西行吟草》卷上 第 56 頁

佳士如香固可薰

自命非凡士，佳哉品異常。可人還似菊，薰我固如香。

坐久神俱遠，心清味轉長。開襟皆馥郁，親炙盡芬芳。

德以馨為貴，情因淡益彰。芝蘭初入室，桃李快稱觴。

吐屬文言艷，甄陶大器良。願攜風兩袖，聯步到朝堂。

編者題註：宋・劉克莊《懷友》：狂生似膩寧堪近，佳士如香故可熏。

安危須仗出羣才

執出安危計，須知獨冠軍。祇因才可仗，更覺品迢羣。
驥德誠難匹，龍韜乃奏勳。心惟扶社稷，志即壯風雲。
國士生非偶，蒼黎賴不紛。運籌操勝算，揮指靖邊氛。
務使苞桑奠，緣求俊乂殷。聖朝崇碩輔，投筆佐賢君。

編者題註：唐・杜甫《諸將五首》：西蜀地形天下險，安危須仗出羣材。

臺灣先賢詩文集彙刊 第二輯 04 李望洋《西行吟草》卷上 第 58 頁

《篇竹遺藝》
陳宗賦

賦得霜始降 得霜字

換去炎涼態，長空始降霜。板橋微積雪，山寺淡斜陽。
氣蕭峰千仞，陰凝水一方。蘋洲花漸白，楓岸葉初黃。
樹杪寒纔逼，叢中冷忽揚。農功勤帝籍，大有積神倉。

編者題註：出自《禮記・月令》：「孟秋之月寒蟬鳴，仲秋之月鴻雁來，季秋之月霜始降。」

賦得桂子飄香 得香字

幾陣秋風到，飄飄桂子香。天台開落後，月色古今長。
韻自蟾宮送，芬從鷲嶺颺。味流修竹外，人定小山旁。
簾額珠生馥，巖頭蕊帶芳。上林消息近，佇獻吉雲漿。

編者題註：唐・宋之問《靈隱寺》：桂子月中落，天香雲外飄。又宋・陸遊《老學庵筆記》卷二載：「張子韶對策，有『桂子飄香』之語。趙明誠妻李氏（李清照）嘲之曰：『露花倒影柳三變（柳永），桂子飄香張九成（字子韶）』。」此典原形容桂花散發的香氣，後常借喻仲秋時節。

賦得踏雪尋梅 得尋字

昨有羅浮夢，飄然踏雪尋。美人何匿跡，吾友孰知音。
品向江鄉問，神從庾嶺參。馬蹄三尺過，鴻爪一雙臨。
縞袂含風冷，芒鞋印露深。相逢皆索笑，頻寫昔時心。

編者題註：踏雪尋梅。宋·孫光憲《北夢瑣言》卷七：“或曰：‘相國（指鄭
綮）近有新詩否？’對曰：‘詩思在灞橋風雪中驢子上，此處何以得之？’蓋言平
生苦心也。”明·程羽文《詩本事·詩思》：“孟浩然詩思在灞橋風雪中驢子背上。”
後因以“踏雪尋梅”形容文人雅士賞愛風景苦心作詩的情致。

賦得月中桂 得中字

猶是人間桂，如何種月中。花方搖兔窟，影更射蟾宮。
仙掌承丹露，天心愛郁風。靈根蟠上界，香韻溢秋空。
老幹重輪抱，圓光一鏡融。吳郎遊跡在，幾度斧聲終。

編者題註：“高攀月中桂”，源見“蟾宮折桂”，指科舉應試及第。

賦得梅占花魁 得梅字

着意東風促，衝寒放早梅。花魁經獨占，臘信見先催。
第一春情洩，無雙品格該。群英曾管領，凡卉莫追陪。
作伴頻羞濯，孤標費訝猜。和羹今未問，試向月中開。

編者題註：清·鄭燮《題牡丹梅花圖》：莫道牡丹真富貴，不如梅占百花魁。

賦得何日復同遊 得遊字

覽盡湖光好，翻然憶舊遊。何時同把盞。幾日復乘舟。
孤館清風夜，巴山話雨秋。雲鄉憐我隔，烟景與君籌。
月獨西樓望，樽空北海留。歸期如有定，共醉以忘憂。

編者題註：唐・張謂《同王征君湘中有懷》：故人京洛滿，何日複同遊。

賦得鑑空衡平 得平字

有鑑皆空也，無衡不見平。冰清堪比類，玉潔更同情。

水鏡圓圓澈，璇璣一一呈。中邊眞爽朗，上下盡精瑩。

迹象胥渾化，高低貴定評。辭明兼理達，雅頌普休聲。

編者題註：清・楊潮觀《開金榜朱衣點頭》："今司文柄，鑒空衡平，不受一毫請托。"猶言明察持平。

賦得雨後有人耕綠野 得人字

綠野初逢雨，耕田遂有人。紅泥千頃舊，黃犢一犂新。

篛笠雲應濕，簑衣霧欲屯。草痕和水潤，苔色帶烟勻。

鍔影橫晴晝，鋤聲送晚春。三推勤帝籍，大有慶振振。

編者題註：宋・李拱《句》：雨後有人耕綠野，月明無犬吠花村。

賦得思樂泮水 得芹字

小大從公賦，多栽泮水芹。一池昭皎潔，雙袖動清芬。

繞頖神皆爽，圜橋氣帶氳。鸞旂鳴噦噦，鼉鼓響紛紛。

染柳情同切，題蓉意最欣。魯侯曾著作，大雅誦其文。

編者題註：《詩經・泮水》：思樂泮水，薄采其芹。

賦得國士無雙 得韓字

國士無雙擅，斯人合姓韓，蟾宮誇首選，鳳闕試微官。

佐漢勳誰匹，興劉計不殫。先生來贈劒，大將拜登壇。

位至三齊赫，功成九里寒。至今淮市上，稱頌未曾闌。

賦得槐花黃 得黃字

爲報秋風到，槐花忽吐黃。滿林金散彩，夾道蕊生香。

曾兆名公貴，頻摧舉子忙。丹惟雲外染，妝向雨中忙。
影訝橙翻日，英疑菊醉霜。庭前開幾度，正色壓群芳。

賦得濯足萬里流 得流字

曾記滄浪詠，濛濛萬里流。此心聊待洗，我足且先謀。
鳥下魚龍走，波間日月浮。紅塵休揷腳，碧落可昂頭。
十趾濤奔雪，千條水滌秋。而今泥不染，跨鶴上神州。

編者題註：魏晉·左思《詠史》：振衣千仞岡，濯足萬里流。

賦得溫風至 得溫字

舜陛薰風奏，瑤琴一曲喧。披襟餘潦暑，拂袖帶殘溫。
竹外氤氳布，松間鬱勃翻。秋中涼月待，夏季濕雲屯。
火傘飄飄送，焦衣陣陣掀。羲皇人以上，高臥北窗軒。

編者題註：我國古代將小暑分為三候：“一候溫風至，二候蟋蟀居宇，三候鷹
始鷙。”

賦得花撲玉缸春酒香 得香字

花撲缸盈酒，花香酒亦香。一壺春色釀，四面錦標揚。
影拂紅光溜，杯涵綠嫩芳。滿衣都醉月，觸鼻欲流漿。
舞對銀觴白，斟來玉盞黃。開樽風味好，我客滌詩腸。

編者題註：唐·岑參《韋員外家花樹歌》：朝回花底恒會客，花撲玉缸春酒香。

賦得冬至陽生春又來 得春字

未報嚴冬至，陽光鬱不伸。一從經亞歲，頓覺又來春。
北陸梅先報，東郊柳漸勻。八荒開泰運，一氣轉洪鈞。
地脈滋培厚，天機往復巡。群陰初隱伏，萬物盡生新。

編者題註：唐·杜甫《小至》：天時人事日相催，冬至陽生春又來。

賦得用汝作霖雨 得霖字

應夢徵賢相，天工汝往欽。濟川資作楫，大旱賴爲霖。
赤子沾恩久，蒼生望澤深。千家爭藻頌，一片表葵忱。
酒醴調從昔，塩梅和自今。雲龍巖穴慶，囘首別知音。

編者題註：連綿大雨，亦指甘雨，時雨，比喻恩澤甘霖。《尚書·商書·說命上》：爰立作相，王置諸其左右，命之曰：“朝夕納誨，以輔台德。若金，用汝作礪。若濟巨川，用汝作舟楫，若歲大旱，用汝作霖雨。”舊題漢·孔安國傳：“霖，三日雨。霖以救旱。”

賦得聞雞起舞 得聞字

報曉窗雞叫，膠膠入耳聞。壯心因起舞，俊慨更超群。
豈是蠅聲亂，那堪鶴夢紛。五更聽已到，三尺弄當愍。
風雨愁身世，雌雄決使君。餘音茅店外，高臥敢云云。

編者題註：《晉書·祖逖傳》：“中夜聞荒雞鳴，蹴琨覺，曰：‘此非惡聲也。’因起舞。”

賦得春風語流鶯 得風字

如此流鶯叫，知春到野東。柔身翩暖日，嬌語度香風。
解向花間聽，言應柳上通。刀疑收舌後，玉幷合喉中。
淑氣雙襟暢，神機百囀聰。吹笙能感我，對景歎和融。

編者題註：唐·李白《春日醉起言志》：借問此何時？春風語流鶯。

賦得恨不十年讀書 得書字

幼學當知也，何人更忽諸。十年誰守墨，五夜不攻書。
玉筍稱儕輩，金花愧獨予。雞窗虧百日，蝸舍失三餘。
面壁今空悔，窺園昔久虛。盛強宜奮發，勿使老欷歔。

編者題註：恨不十年讀書。唐·李延壽《南史·沈攸之傳》（卷三七）：“攸之晚好讀書，手不釋卷，《史》《漢》事多所記憶。常歎曰：'早知窮達有命，恨不十年讀書。'"後藉以形容後悔自己讀書太少。

賦得小樓一夜聽春雨 得書字

竟夕猶難寐，油雲黑一庭。春從當夜賞，雨在小樓聽。
漸濕侵花徑，含香入草亭。窗低燈不焰，宵久夢偏醒。
竹瓦聲聲響，茅簷瀝瀝聆。明朝深巷裏，賣杏憶園丁。

編者題註：宋·陸游《臨安春雨初霽》：小樓一夜聽春雨，深巷明朝賣杏花。

賦得首夏猶清和 得清字

百五芳韶去，如何首夏盈。梅坡晨氣爽，槐逕午陰清。
四月詩曾詠，三春景復賡。天心仍醞釀，地脈亦幽明。
綠訝楊煙溼，黃知麥浪輕。蘭池真有韻，潤處雨無聲。

編者題註：南北朝·謝靈運《游赤石進帆海》：首夏猶清和，芳草亦未歇。

賦得廣寒宮 得宮字

水鏡圓靈轉，清虛此月宮。高寒都縹緲，寬廣又和融。
銀笛新聲外，金錢舊夢中。瓊樓涼有韻，玉宇靜而空。
榜篆非常手，書鐫意化工。置身真閬苑，陣陣送仙風。

編者題註：廣寒宮。舊稱月中仙宮為"廣寒宮"。舊題唐代柳宗元撰《龍城錄·明皇夢游廣寒宮》記唐玄宗於八月望日遊月中，見一大宮府，"榜曰：'廣寒清虛之府'。"

賦得投桃報李 得投字

豈必金蘭訂，深交自有由。多情將李報，微意借桃投。
可愛盈車擲，非甘戲陌籌。仙根吾已贈，玉質我應酬。
友寄梅曾折，親遺桔敢收。攀荊傾蓋詠，敍好並千秋。

編者題註：《詩經·大雅·抑》："投我以桃，報之以李。"

賦得深巷明朝賣杏花 得朝字

深巷江南路，思量到隔朝。花應和雨賣，雨又遂花飄。
壓想肩非重，聽來韻亦超。紅連鶯語滑，香趁馬蹄驕。
名自烏衣著，音從綠野遙。放翁遺句在，長與杏同嬌。

編者題註：宋·陸游《臨安春雨初霽》：小樓一夜聽春雨，深巷明朝賣杏花。

賦得海不揚波 得波字

極目蒼茫表，澄清保太和。三江消巨浪，四海息輕波。
雨碧涵天淨，雲紅浴日多。平開金鏡澈，靜印玉輪過。
春水桃花灩，秋風藓髮羅。蜃樓眠鷺雁，鮫室閉黿鼉。
浩瀚形如此，安恬景若何。懷柔來外國，納貢聖功歌。

編者題註：海不揚波。比喻天下太平。清·程恭尹《鐃歌》："海不揚波萬國通，三吳閩浙各乘風。"《韓詩外傳》卷五："〔周〕成王之時……有越嘗氏重九譯而至，獻白雉于周公，'道路悠遠，山川幽深，恐使之未達也，故重譯而來。'周公曰：'吾何以見賜也？'譯曰：'吾受命國之黃髮曰：久矣，天之不迅風疾雨也。海不波溢也，三年於滋矣。'"相傳周公攝政時，越嘗（裳）國來獻白雉，使臣對周公說，已有三年天上不刮大風，不下暴雨，海上不翻騰狂浪。

賦得誰家新燕啄春泥 得湖字

知是誰家燕，翩翩過碧湖。春泥曾記啄，社日又頻呼。
粉抹樓臺滑，丸封壁壘汙。池塘應入夢，庭院漸棲軀。
滿口銜紅媚，全身曳白腴。玉釵經故國，銀剪試平蕪。
巷暗天如水，巢涼日欲晡。上林新景象，相識認天衢。

編者題註：唐·白居易《錢塘湖春行》：幾處早鶯爭暖樹，誰家新燕啄春泥。

賦得五月江深草閣寒 得江字

五月寒威至，幽深透遠江。荷亭涼可納，草閣熱先降。
竹簟堪消暑，梅花自落腔。羊裘思釣艇，漁父泛歸艭。
靑送山排闥，風來樹隔窗。葛衣披玉體，香酒釣金缸。
夏氣蘭池淨，鐘聲古寺撞。此間留客好，吟興動流淙。

編者題註：唐·杜甫《嚴公仲夏枉駕草堂，兼攜酒饌》：百年地辟柴門迥，五月江深草閣寒。

賦得荷淨納涼時 得荷字

夏竹生寒外，香聞十里荷。時來涼若此，淨處納如何。
紅植擎爲蓋，靑浮水不波。且欣塵弗到，幾訝暑將過。
最愛披衣葛，奚須用扇羅。薰風吹面冷，珠露滴盤多。
寂寂三更夜，亭亭萬柄柯。飄然歸棹去，又唱采菱歌。

編者題註：唐·杜甫《晚際遇雨二首》之一：竹深留客處，荷淨納涼時。

賦得山意衝寒欲放梅 得梅字

不盡嚴冬景，遙看嶺上梅。寒衝山欲笑，蕊放意兼該。
羞澀言芳否，爭春報信哉。群英會屈下，凡卉莫追陪。
着未疑輸雪，香生覺占魁。倘教和靖在，誰氏作花媒。

編者題註：唐·杜甫《小至》：岸容待臘將舒柳，山意沖寒欲放梅。

賦得更上一層樓 得層字

極目窮千里，危樓想一層。看來連步上，賞去振衣升。
月窟探安得，雲梯擬欲登。四圍徵鸛雀，百尺付鯤鵬。
眼老舒何處，情關陟未曾。山河憑領略，吟眺興難勝。

編者題註：唐·王之渙《登鸛鵲樓》詩：欲窮千里目，更上一層樓。

賦得春樹暮雲 得江字

雲樹微茫裏，氤氲障大江。春深經北渭，日暮映南窗。
老幹隨風秀，凌雲蔽水淙。韶光深世界，晚照對寒釭。
屋繞扶疎葉，空騰向小艭。杜君吟雅句，追憶志無雙。

編者題註：語本唐·杜甫《春日憶李白》："渭北春天樹，江東日暮雲。清·程
允升《幼學故事瓊林·朋友賓主》："落月屋樑，相思顏色；春樹暮雲，想望豐儀。"

賦得火輪車 得輪字

巧製輕車捷，非關六轡均。暗爐方縱火，長坂便飛輪。
影奪流星疾，光分滿月勻。物情趨氣燄，神技邁風塵。
到處轟雷誤，馳來閃電頻。指南通百越，運北歷三秦。

迅速蠲叢險，遙經馬迹陳。狼煙消敵壘，龍炬照迷津。
遞命休乘驛，催兵不借駰。交馳看繹繹，載驟認轔轔。
似挽懸弧發，如扶畫舫新。九州同軌驗，皇極樂咸遵。

編者題註：火車的舊稱。清·薛福成《創開中國鐵路議》："迨道光十年造成鐵
路，始以火輪車載客載貨。"

賦得獨嘯晚風前 得前字

有客臨風立，謳吟向晚前。孤歌殘照景，獨嘯夕陽天。
笛弄聲三四，絃揮曲萬千。數聲鷗夢破，一唱鳥情遷。
響徹雲曾過，音清韻欲仙。優遊眞適興，氣象自無邊。

編者題註：唐·白居易《閒居》：深閉竹間扉，靜掃松下地。獨嘯晚風前，何
人知此意。

賦得忠信爲寶 得儒字

別有珍如寶，能令異物輸。信忠眞至味，咳唾亦生珠。
品擅珪璋重，言偕玉石符。楚書惟敬善，孫圉已輕瑜。

白璧嗤人貴，黃金漫我汚。蠻邦猶仰式，風度憶名儒。

編者題註：《禮記·儒行》：不寶金玉，而忠信以為寶。釋義：金玉並不值得寶貴，忠信才值得寶貴。

賦得不速客來惟夜月 得來字

不速誠嘉客，何時得共陪。休將風送至，幸遇月迎來。
舊雨今宵憶，前身此夕猜。舉觴邀尚未，把臂見方縋。
地白珠光錯，天空鏡鏡開。聯床談已久，弗覺徹明催。

賦得紅裙妒殺石榴花 得花字

將誇裙似血，竟勝石榴花。紫擅羅裳妒，紅飄繡幄遮。
胭脂敎已染，要棘恨無譁。絳帶誰能比，丹鬚孰與加。
四圍猩色著，六幅虎彝賖。眉黛將萱奪，嬌嬌態半斜。

編者題註：唐·萬楚《五日觀妓》：眉黛奪將萱草色，紅裙妒殺石榴花。

賦得明月入懷 得懷字

霽月光風度，風清月並佳。乍看光入戶，都覺色盈懷。
一片常憐玉，雙扉漫掩柴。前身知爾是，圓相恰余儕。
朗愛蟾輝抱，思從兔魄偕。胸懷眞有伴，皎潔共無涯。
桂久馨香挹，梅還種植諧。年年金鏡契，揖拜下瑤階。

編者題註：南朝·宋·鮑照《代淮王》詩："朱城九門門九闈，願逐明月入君懷。"

賦得八陣圖 得圖字

絕妙回天力，先生赤漢扶。八門成乃陣，萬變伏斯圖。
天地看旋轉，風雲幻有無。龍蟠兼虎臥，鳥並亦蛇俱。
伍兩參鵝鸛，三千遯鼠狐。平沙江石在，遺策運東吳。

賦得一客聽琴 得琴字

曠志誰家客，雲泉聽一音。聆聲三峽險，解慍五絃琴。
蘿月孤侵磴，松風濟浣襟。韻中流水悟，象外伴山尋。
有士聞清曲，何人坐綠陰。此中眞妙趣，寂寂契彌深。

賦得成連移情 得移字

楚客名曾著，琴心妙可師。絃因蒼海結，情實白雲移。
意樂關魚鳥，音清重酒詩。徽傳相契合，雅操莫猜疑。
弱水層層遠，蓬山歷歷披。冷然風景靜，繫我夢中思。

賦得日月耀人文 得文字

盛世徵符瑞，巍峨仰大文。山河曾劈界，日月竟騰雲。
筆潤三秋露，詞廻五色紋。凌空銷障翳，現彩絕塵氛。
斗宿光輝照，危樓絢爛分。濡毫眞軼類，華國總超群。
珠玉連奎璧，經綸裕典墳。宋公賡祚句，班馬可同欣。

賦得日月耀人文 得文字

日月徵嘉瑞，占祥自此聞。當天騰耀景，遍地萃人文。
盈昃乘除驗，陰陽嬗代分。鴻猷誇絕世，驥足想空群。
筆繪三秋藻，詞裁五色紋。瓊霄懸朗鑑，玉宇淨塵氛。
斗宿呈青靄，奎躔煥彩雲。儒生資黼黻，珥筆頌仁君。

賦得采菊東籬下 得東字

羞寄人籬下，黃華傲骨同。松濤眠牖北，菊雨采園東。
香晚蛩聲外，秋盈麂眼中。掇英朝露白，對蕊夕陽紅。
柳映先生圃，花饒隱士風。白衣欣送酒，佳色醉陶公。

編者題註：東晉·陶淵明《飲酒·其五》：采菊東籬下，悠然見南山。

賦得桃李陰陰柳絮飛 得陰字

李白桃紅日，新黃柳綻金。千條旋作絮，萬葉已成陰。
帀地周遮影，因風去住心。香痕平野認，花事隔蹊尋。
落蕊同依草，穠花記滿林。團來晴雪豔，量入濕煙沈。
蝶舞時黏翅，鸝歌自囀音。御園酣雨露，景物報春深。

編者題註：唐·王維《酬郭給事》：洞門高閣靄餘輝，桃李陰陰柳絮飛。

賦得春泥百草生 得生字

東風纔解凍，消息入句萌。秀野春先到，芳泥草漸生。
微黃村外路，嫩綠水邊程。舊草蘇涼雨，新荄茁曉晴。
遙看真有色，細認不知名。迸出金鉤小，鋪來繡陌平。
已無鴻爪印，欲試馬蹄輕。淑景瀛洲早，葵心更向榮。

編者題註：唐·杜甫《陪裴使君登岳陽樓》：雪岸叢梅發，春泥百草生。

賦得露重覺荷香 得荷字

陡覺銀塘裏，香生萬柄荷。微颸空際颭，重露夜來多。
四面花爲壁，三更水不波。聞根徐領略，鼻觀恰經過。
珠密應團蓋，衣單已浥羅。光同螢點碎，味化麝丸和。
沁爽清如此，晞陽湛若何。納涼亭畔坐，韋句試吟哦。

編者題註：唐·韋莊《夏夜》：星繁愁晝熱，露重覺荷香。

賦得多竹夏生寒 得多字

竹節迎風者，居然百畝多。寒生時不暖，夏滿氣倍和。
把扇涼如此，披襟意若何。籛抉裁鳳律，竿取帶漁簑。
葉冷堪吹笛，枝陰可佩珂。南薰民解慍，帝德化虞歌。

編者題註：宋·戴復古《次韻謝敬之題南康縣劉清老園》：萬松春不老，多竹
夏生寒。

臺灣先賢詩文集彙刊 第四輯 01 陳宗賦《篇竹遺藝》詩 第 21-33 頁

賦得桃紅又見一年春 得春字
賴世觀

惜昔桃源路，花紅遠近新。忽看千樹麗，又見一年春。
依舊風前笑，仍然井上匀。霞蒸幽隱地，錦簇豔陽辰。
王母嘗留迹，漁人幾問津。漫教流水去，長此避嬴秦。

編者題註：化用《桃花源記》。這句詩出自宋代謝枋得的《慶全庵桃花》：“尋
得桃園好避秦，桃紅又是一年春。”

臺灣先賢詩文集彙刊 第五輯 02 賴子清《臺灣詩醇》前編 第 20 頁

賦得春賴閏加添 得春字
賴世觀

猶是東風轉，渾添幾度春。時兼天氣閏，景寫露華新。
蝶使迷前恨，蜂媒話宿因。陽回饒上巳，斗指向雙辰。
隔樹鶯啼亂，疏簾燕掠頻。烟深楊柳暗，霧重杏花匀。
婪尾林中路，鰲頭宴裏人。料知桐葉綻，暮靄散香塵。

編者題註：唐·白居易《書事詠懷》：日遭齋破用，春賴閏加添。

賦得人在蓬萊第一峰 得峰字
賴世觀

蓬萊人不到，有客步仙蹤。諤諤無雙士，峨峨第一峰。
振衣排玉筍，舉袖摘芙蓉。近日丹梯接，書雲碧落封。
三千塵極目，兩大象羅胸。最是登瀛路，彈冠慶協恭。

編者題註：清・陳勳《張芝雲丈三令嗣卓人遊泮》：蓬萊第一峰，位置高群仙，龍門荷疊賞，萬選誇青錢。

作者簡介

賴世觀，字士仰，號東萊，臺灣嘉義縣人。清光緒三年取中臺灣府學生員。光緒五年補廩生。光緒十年，法軍侵臺，奉命協理嘉義團練總局事宜。光緒十二年，協力緝賊有功，獎賞五品職銜。晚年多隱居，並行義舉，助印《四聖真經》等千餘卷善書，贈人誦讀。著有《賴士仰廣文筆記》《東萊詩文集》等，惜多不傳。

賦得清明無客不思家
賴世貞

遠隔家鄉久，悠悠亂我思。況當佳節至，更覺客心悲。
泛梗憐飄泊，飛蓬悵別離。魂銷沽酒市，腸斷賣花時。
風雨魚書寂，關山蝶夢馳。萍踪千里外，屈指計歸期。

編者題註：元・高啟《清明呈館中諸公》：白下有山皆遶郭，清明無客不思家。

賦得朗朗如玉山行

賴世貞

別具光明景，風流實契予。玉山行朗若，妙品恰溫如。
採藥來仙路，尋師訪道廬。此間無俗客，勝地不樵漁。
石室烹經久，雲衢躡足初。其人堪比美，雜佩有瓊琚。

編者題註：南朝・宋・劉義慶《世說新語・容止》：時人目夏侯太初朗朗如日
月之入懷，李安國頹唐如玉山之將崩。釋義：當時的人評論夏侯太初好像懷裡揣著
日月一樣光彩照人，李安國精神不振，像玉山將要崩塌一樣。

臺灣先賢詩文集彙刊 第五輯 02 賴子清《臺灣詩醇》後編 第 166 頁

作者簡介

賴世貞，名克忠，字篤庵，臺灣嘉義縣人。清光緒三年入縣學，旋取
中廩生。書院月課恒列優等，書法筆勁朗潤蒼古，詩文俱工，頗獲嘉義知
縣邱峻南器重。因得心疾，遂無意於功名，光緒十六年逝世，得年卅三。

賦得滿山秔稻入閩中

賴國華

大有資秔稻，行行一望同。高山環郭外，勝地話閩中。
潁秀迎秋日，花香度晚風。耕耘圖致力，種植戒荒功。
葉密蘆呈白，枝疏蓼襯紅。餐憐來鳥雀，饁擬到兒童。
宛爾時無害，居然歲兆豐。倉箱欣既足，貢獻慰宸衷。

編者題註：明・劉基《過閩關》：過了秋風渾未覺，滿山秔稻入閩中。

臺灣先賢詩文集彙刊 第五輯 02 賴子清《臺灣詩醇》後編 第 168 頁

賦得千林嫩葉始藏鶯

楊士芳

萬戶千門外，芳林列幾行。葉方滋雨嫩，鶯始帶烟藏。

深處棲宜穩，高枝借不妨。縷疎晴更翠，巢暗午猶凉。
玉樹新遮碧，金衣半露黃。春敎舒錦幄，調欲譜銀簧。
繞屋陰仍淺，遷喬願早償。乘時來奮翼，鸞鳳竝翱翔。

臺灣先賢詩文集彙刊 第五輯 02 賴子清《臺灣詩醇》後編 第 322 頁

賦得暖風遲日賣花聲
（得春字，玉峯書院院課）
黃鴻藻

欲共餳簫賣，花聲度比鄰。暖風來逸響，遲日際芳春。
凍已前番解，時方淑氣新。樓頭香乍送，巷口色難勻。
鐵馬喧三徑，金烏駐一輪。綠吹閨夢醒，紅襯晚粧陳。
鈴動當清午，籃挑喚令辰。韶華洵可愛，寄語惜陰人。

編者題註：金·毛麾《春賞》：翠勺銀罌沽酒市，暖風遲日賣花聲。

臺灣先賢詩文集彙刊 第五輯 07 賴子清《臺灣詩海》前編 第 127 頁

作者簡介
黃鴻藻，字采侯，臺灣嘉義朴仔腳舉人，清光緒間人士，余事不詳。

《燕南行卷》
王觀漁

賦得佳人拾翠春相問
小隊傾城色，聯翩踏好春。飄香衣似雪，緩步焉生塵。
蝴蝶緣裙舞，鴛鴦畫扇新。珠鈿沉碧徑，翡翠墜芳茵。
窈窕初廻步，殷勤更啓脣。愛憐從陌路，問訊到鄉親。
淺會人如夢，將歸柳自嚬。桃花紅隔歲，珍重待劉晨。

編者題註：唐·杜甫《秋興八首》之八：佳人拾翠春相問，仙侶同舟晚更移。

賦得芸香是小懲 得懲字

已醒樊川夢，閒情記畧曾。背燈呼小字，抱枕是親承。
香國情猶戀，文園渴不勝。驚弓終似鳥，玷璧嘆如蠅。
歲月淒馨過，情懷怨慕乘。縱非踰大德，還是警微懲。
宋玉詞皆諷，陳王賦可徵。賢賢宜易色，聖訓足規繩。

編者題註：唐・李商隱《別薛岩賓》：桂樹乖真隱，芸香是小懲。

賦得青山紅樹夕陽垂 得夕字

曳杖上郊原，歸鴉催日夕。霞橫遠樹紅，嵐繚前巖碧。
茅徑滿黃花，青川盤碢石。村童叱犢驕，野叟攜鋤懌。
適意羨漁翁，垂綸依錦磧。山陽景色冥，白露霑浮客。

編者題註：參見宋・歐陽修《豐樂亭遊春・其三》：紅樹青山日欲斜，長郊草色綠無涯。

賦得櫓搖背指菊花開 得開字

秋水連天碧，孤舟欸乃催。風收波影靜，櫓劈浪花開。
遙指黃花發，頻勞皓首回。未簪遊女鬢，且醉野人杯。
香繚寒江側，榮舒曉澔隈。眼猶繁日色，心尚繫霜栽。
碎雪前舷動，浮金後岸猜。還思返三徑，恐有白衣來。

編者題註：唐・杜甫《送李八秘書赴杜相公幕》：石出倒聽楓葉下，櫓搖背指菊花開。

賦得鴻雁幾時到三首 得時字

黃葉天霜墮，悲秋又一時。鳴蛩皆入戶，候鳥竟愆期。
訴月孤音杳，回峰白日馳。臨湘應眷眷，離塞尚遲遲。
印雪痕猶在，書汀序漸移。衡陽聲未斷，沙磧夢相隨。
束帛憑誰繫，啣蘆費我思。望穿雲際影，迢遞汝何之。

天青河白夜，遵渚費沉思。去燕愁今日，賓鴻卜幾時。
沙明憐叫月，霜重憶臨池。湘浦無聲度，寒塘有夢隨。
半行誰與寫，數點竟難窺。朔氣辭何晚，南來序已移。
望窮千里目，恐負一年期。中澤哀哀甚，冥飛倘未知。

仙掌月明候，寒林木落時。刺天飛未已，橫塞到何遲。
千里風堪藉，三秋序漸移。衡陽猶自斷，隴底料仍羇。
泥雪憐痕在，關山豈路歧。萬重雲不失，一片月應知。
避繳期無恙，登樓繫所思。江湖波萬頃，悵惘水之湄。

編者題註：唐・杜甫《天末懷李白》：鴻雁幾時到，江湖秋水多。

臺灣先賢詩文集彙刊 第五輯 13 王觀漁《燕南行卷》第 24 頁

作者簡介

　　王觀漁，字渭濱，福建金門縣人。出身儒門，賦性豪爽，剛直耿介。幼讀經史，繼攻文學，造詣精湛，對於詩、詞、文賦、書法更為所長，嘗為當代大家所推許。有《燕南行卷》。

《琢其吟草遺稿》
賴國華

賦得一琴一鶴 得清字

入蜀無他物，高人致倍清。孤琴堪作伴，老鶴可隨行。
梗概覘臣志，歸裝驗宦情。賞心惟古契，縮頸在陰鳴。

雁柱調和切，雞羣骨格呈。遺音將意寫，上相按圖評。
宛爾塵襟滌，超然妙趣生。趙林傳軼事，宋史句堪賡。

編者題註：宋·沈括《夢溪筆談》卷九："趙閱道為成都轉運史，出行部內，唯攜一琴一鶴，坐則看鶴鼓琴。"《宋史·趙抃傳》："帝曰：'聞卿匹馬入蜀，以一琴一鶴自隨；為政簡易，亦稱是乎！'"

賦得竹解心虛即我師 得心字

孰解為師道，池邊竹一林。相從憑故我，可法即虛心。
若谷昭明訓，瞻淇守鳳箴。當風流逸韻，待月弄清陰。
儘擬停車問，何勞負笈尋。曲成知不倦，自滿戒良深。
卓爾堅貞立，居然保傅臨。無常惟主善，句句好披吟。

編者題註：唐·白居易《池上竹下作》：水能性淡為吾友，竹解心虛即我師。

賦得說詩仍記夜連牀 得仍字

把却前詩說，清新得未曾。連牀知莫逆，傍夜記相仍。
絕俗詞堪誦，高談興倍增。迂疏慚故我，俊逸憶良朋。
話久猶欹枕，更深又剔燈。佳篇看燦燦，妙義愛層層。
得意應生草，成章合寫藤。劍南留好句，吟詠擁青綾。

編者題註：宋·陸游《讀胡基仲舊詩有感》：訪古每思春並轡，說詩仍記夜連床。

賦得崑山積瓊玉 得山字

重器推瓊玉，居然望裏環。溫純藏太璞，粹美積崑山。
德潤原堪擬，岡高未易攀。沾來姿特異，蘊處石非頑。
雪聚呈昭質，雲開現笑顏。幾層疑鳥道，一片擁螺鬟。
絢采朝暉外，騰光暮靄間。圭璋逢盛世，共仰寵恩頌。

編者題註：魏晉·潘尼《贈侍御史王元貺詩》：崑山積瓊玉，廣廈構眾材。

賦得寒梅着花未 得梅字

已作他鄉客，還將近事猜。飄零思故國，問訊到寒梅。
破臘姿堪挹，衝寒理可推。盟憐孤鶴守，折擬玉人來。
積凍千重合，凝陽一綫回。能無疏影動，果否暗香催。
得氣宜先吐，爭春肯後開。歸期應未遠，撫景益徘徊。

編者題註：唐·王維《雜詩三首》之二：來日綺窗前，寒梅着花未。

賦得雨後有人耕綠野 得人字

好雨初來後，迎眸綠野春。深耕看處處，有事憶人人。
隴上艱難共，田間笑語頻。占魚徵熟酉，叱犢趁良辰。
牧笛憑風度，農篆曬日陳。芳原泥尚潤，絕壑水縈勻。
野曠雲千頃，山空月一輪。三推關睿念，樂歲慰編民。

編者題註：宋·李拱《句》：雨後有人耕綠野，月明無犬吠花村。

賦得鶺鴒音斷雲千里 得雲字

式好兄兼弟，聯芳倏爾分。音沉千里月，夢斷一天雲。
久謝班行接，難誇笑語紛。魚書誰達意，雁序慨離羣。
勢阻懷思切，情深慰誨勤。還期傳約略，更歎隔氤氳。
強飯憐今日，耽吟對夕曛。何時重聚首，棣萼繼前聞。

賦得鶺鴒音斷雲千里 得雲字

和樂兄兼弟，居然一体分。二難懷曩日，千里隔層雲。
地遠乖魚信，情深憶雁羣。聲容知渺渺，慰誨謝勤勤。
久絕班行接，難將唱和聞。何時重聚會，徒此挹清芬。

賦得人淡如菊 得如字

最淡籬邊菊，詩人寄詠初。超羣神畢肖，絕俗格相如。
浥露懷三徑，迎秋瘦一廬。繁英俱謝矣，艷態詎方諸。

落落空凡品，蕭蕭契隱居。知心宜藉汝，覿面忍遺余。
桂蕊香應邀，梅花影共疏。此中饒雅趣，得句待相於。

臺灣先賢詩文集彙刊 第五輯 08《詩詞合鈔》之八 賴國華《琢其吟草遺稿》
第 57 頁

賦得一年容易又秋風 得容字
賴國華

不覺秋風到，蕭蕭刻不容。一年如逝水，萬里寄浮蹤。
此日思捐扇，前時憶聽松。成羅雲影薄，炫玉露華濃。
宛爾朝憐燕，仍然夜感蛩。看花知已到，落葉記曾逢。
捲幔炎威減，開軒爽氣衝。西樓人去後，客思正重重。

陳漢光《臺灣詩錄》第八卷 第 898 頁

賦得倚樹聽流泉
陳志魁

地僻人聲靜，山泉繞樹流。依林身染翠，俯澗耳盛秋。
律呂因波激，宮商觸石幽。隨風飄別岫，帶月響孤洲。
冷韻叢中繞，清音木末浮。會心知不淺，東意會松楸。

編者題註：唐・李白《尋雍尊師隱居》：撥雲尋古道，倚樹聽流泉。

陳漢光《臺灣詩錄》第六卷 第 508 頁

作者簡介
陳志魁，字號不詳。清乾隆年間（1736—1795 年）人士，生平不詳。

賦得朗朗如玉山行
賴世貞

別具光明景，風流實契予。玉山行朗若，妙品恰溫如。
採藥來仙路，尋師訪道廬。此間無俗客，勝地不樵漁。
石室烹經久，雲衢躡足初。其人堪比美，雜佩有瓊琚。

陳漢光《臺灣詩錄》第九卷 第 1088 頁

賦得觀於海者難爲水（得觀字 府試稿）
莊士勳

一自經滄海，方知有大觀。望洋應竊歎，爲水實難安。
以蠡非堪測，旋螺孰可看。河流歸滴滴，江沠見漫漫。
道岸登其上，心源接不殘。深沉欽聖學，文德壯波瀾。

編者題註：孟子曰："孔子登東山而小魯，登泰山而小天下。故觀于海者難為水，游于聖人之門者難為言。觀水有術，必觀其瀾。日月 有明，容光必照焉。流水之為物也，不盈科不行；君子之志于道也，不成章不達。"

陳漢光《臺灣詩錄》第十卷 第 1142 頁

賦得聚米爲山（得山字 府試稿）
莊士勳

又識山之勢，何爲識此山。肖形殊聚米，成象自開顏。
萬點峰宜繪，千堆路幾彎。眼前尋棄地，畫裡比斜鬟。
朗朗形如見，層層叠莫攀。將才多妙策，蓋績出人寰。

編者題註：《後漢書》卷二十四〈馬援列傳·馬援〉：八年，帝親自西征隗囂，到達漆縣，各將領都認為王師重要，不宜深入險阻，計畫猶豫不決。召馬援，馬援夜至，帝大喜，引入，就告以大家議論的意見徵求他的決策。馬援因此說隗囂將帥有土崩瓦解之勢，進兵就有必破之狀。並在帝面前聚米以為山谷模型，指畫形勢，指出眾軍應從哪條山道進去又從哪條山道出來，分析曲折，明明白白，帝說"敵虜已在我眼中了"。第二天早晨，就進軍到第一，隗囂眾大潰。

陳漢光《臺灣詩錄》第十卷 第 1143 頁

作者簡介

莊士勳，號竹書，臺灣彰化鹿港人。光緒五年舉人，掌教文開書院。乙末內渡，光緒二十四年回籍課讀，及門多達材。

《虹玉樓詩選》
徐宗幹

聽德惟聰

聽聞惟廣遠，宥密見深功。茂矣宣三德，欽哉達四聰。
辰猷昭政績，寅亮代天工。納自形諸坎，明毋蔀以豐。
無稽當戒謹，有蘊悉旁通，韜鐸咨詢切，輶軒採取公。
敢將規作瑱，詎謂耳如充，謨與垂彝訓，淵涵仰聖躬。

編者題註：謂聽用有德之言。《書·太甲中》："視遠惟明，聽德惟聰。"《國語·楚語上》："臣聞國君服寵以為美，安民以為樂，聽德以為聰，致遠以為明。"韋昭註："聽德，聽用有德也。"

遜志時敏

尚書言學始，務敏著謨猷。遜以持其志，時哉慎厥修。
鳥飛成德象，娥術化民由。道至依仁篤，心緣好古求。
師傅徵敩篋，漸進習箕裘。惜寸稽於夏，程功穫有秋。
自新懷祖訓，無逸荷天休。念典昭文治，儒林澤被周。

編者題註：《尚書·說命下》："惟學遜志，務時敏，厥修乃來。"蔡沈集傳：

"遜，謙抑也。務，專力也。時敏者，無時而不敏也。遜其志如有所不能；敏於學如有所不及，虛以受人，勤以勵己，則其所修，如泉始達，源源乎其來矣！"

問衣燠寒

褕裕經冬夏，誠求忍凍饑。曰寒兼曰燠，謀食更謀衣。
轉瞬嗟衰暮，關心報寸暉。以風絺也展，不燠帛耶非。
自奉情多隱，承顏辨以微。減增新纊繭，量度舊腰圍。
愛曝頻增絮，迎凉莫捲幃。回思懷抱日，溫情尚無違。

編者題註：《禮記·內則》："及所，下氣怡聲，問衣燠寒。"

佩象環五寸

象應昭法象，環以取循環。義取推金木，謙辭佩水山。
用虛觿燧設，制合穀蒲頒。治骨如弓弭，圍腰擬劍鐶。
度同量駔篆，本異飭魚班。倘共雙衡繫，鏘鳴樂燕閒。

編者題註：《禮記·玉藻》："孔佩象環五寸而綦組綬。"孔穎達疏："佩象環者，象牙有文理，言己有文章也；而為環者，示己文教所迴圈無窮也。"

砥礪廉隅

功修深砥礪，廉角舉其隅。利器加磋琢，成材愛瑾瑜。
事同居肆者，象異大方無。攻辨真如木，雕刓詎不觚。
藏刀宜善用，韞玉肯求沽。當及鋒而試，應知厲以須。
脫硎新拂拭，疊矩細規摹。倘與圭璋達，懷珍待聘儒。

編者題註：宋·蘇軾《劉有方可昭宣使依舊嘉州刺史內侍押班制》：砥礪廉隅，有搢紳之風。

循名責實

綜實懸金鑑，推循秉玉衡。豈為嚴責備，藉以去浮名。
柎本須中美，披根匪外榮。觀瞻宜井辨，升進受離明。

尚絅風之自，無源水不盈。闇修求在己，揆度後於庚。
始信翩翩失，何妨嗛嗛鳴。甄陶欽盛世，多士快蜚聲。

景風晨扇

樂章歌赤帝，郊祀屆清晨。似扇能扇物，惟風正風人。
東來當首夏，南至餞餘春。曉望迎離午，時行協巽申。
樹聲鳴有自，草偃化彌神。琴譜虞絃阜，禾抽禹甸畇。
脯搖生素籉，垢起卷青蘋。糺縵星雲裏，廣颺叶吉辰。

鍊雲生水

別有媧皇手，鑄陶萬類含。寸膚雲出岫，千尺水盈潭。
炭以陰陽合，工須造化參。峰頭濃潑墨，江面淨拖藍。
布澤天開一，為霖日記三。友風兼子雨，暮靄與朝嵐。
氣轉洪爐運，膏流滿缶甘。聖恩彌六合，義蘊寫淮南。

中必疊雙

獵射呈奇技，彎弧力獨扛。必能先中中，更復疊雙雙。
比翼辭林藪，從肩近海邦。雌雄齊弋獲，牝牡並奔降。
遙指青翎影，如聞絳樹腔。騶虞歌壹發，聖澤慶敦龐。

曉策六鼇

振策滄溟外，扶桑曉日高。奔瀧馳白馬，鞭浪抃金鼇。
爽氣三山挹，前驅六轡操。昂頭凌砥柱，笞背撼神皋。
冰殿開朝旭，虹梁駕怒濤。波瀾飛竹箭，風雨吼蒲牢。
駕御占乾象，周章詠楚騷，任公如把釣，海上得詩豪。

編者題註：唐·司空圖《詩品二十四則·豪放》：曉策六鼇，濯足扶桑。

築室松下

築室宜何處，經營曳短筇。欲為巖下室，應傍澗邊松。
屋補煙蘿密，泥鋤碧蘚封。有楨兼頌禱，如茂共秋冬。
蔽雨同棲鶴，更衣並化龍。樹垂丹粒重，人坐綠陰濃。
明暗窗間月，西南戶外峰。司空勤執管，評論振詞鋒。

編者題註：唐·司空圖《二十四詩品·疏野》：築室松下，脫帽看詩。

脫帽看詩

脫略簪纓外，閒看絕妙辭。居然同落帽，用以借評詩。
露頂優游暇，凝眸把玩時。烏紗堪命徹，黃絹許親窺。
樹下人誰整，花間手自披。只因柔翰弄，安用角巾欹。
倚坐危欄石，停敲小院棋。編題疏野品，削管採松枝。

編者題註：唐·司空圖《二十四詩品·疏野》：築室松下，脫帽看詩。

共登青雲梯

同我凌雲志，登高袖共攜。飛行天有路，聯步玉為梯。
身與仙班列，心無俗障迷。此間真碧落，何處不紅泥。
舉手星堪摘，回頭月亦低。石門留雅詠，珥筆許攀躋。

編者題註：南朝·宋·謝靈運《登石門最高頂》：惜無同懷客，共登青雲梯。
李白詩云：腳著謝公屐，身登青雲梯。

摛藻艷春華

摛毫驚絕豔，春色寫河陽。掞藻芝蘭室，飛華翰墨場。
開函箋染彩，落筆字含香。意蕊舒瓊管，詞條織錦囊。
摘來貽屈宋，夢裏詠池塘。猶記花盈縣，才名合擅長。

編者題註：西晉·潘尼《贈河陽詩》：流聲馥秋蘭，摛藻豔春華。

玉水記方流

同是溪中水，方流色倍鮮。只因多玉韞，故爾異珠圓。
圭角皆稜露，韡紋妙折旋。空明開寶鏡，區畫認藍田。
偏作晶盂貯，翻疑翠簡傳。波平應似矩，浪小不如錢。
溫潤留丹浦，精英隱紫淵。懷人思比德，染翰溯延年。

編者題註：唐·白居易有《玉水記方流》詩。

文以意為車

意匠經營出，成詞始不虛。能將文作馬，若以德為車。
載道薪傳後，凝思蕊結餘。遣驅皆典籍，工巧即輪輿。
鉅製宜行遠，陳言務剪除。謀篇看合轍，問友造穹廬。
藝苑爭傾蓋，詩衢好曳裾。雄師能左右，拔幟擅奇譽。

編者題註：宋·張耒《與友人論文因以詩投之》：文以意為車，意以文為馬。
理強意乃勝，氣盛文如駕。

山情因月甚

有客登山晚，山情動客情。雲中原擢秀，月裏更添明。
列岫千重疊，銜峰半面呈。蟾輝方吐盡，螺髻恰妝成。
樹際孤村迥，樓頭一笛橫。還須憑曉望，挹爽喜天晴。

編者題註：唐・張籍《和左司元郎中秋居十首》之四：山晴因月甚，詩語入秋高。

春陰為釀花

幾番花信到，醞釀藉春陰。風定枝低亞，煙含葉暗深。

抽芽滋雨腳，含蕊得天心。麴卵同霑土，園丁莫灌林。

鶯聲方細細，蝶夢尚沉沉。省識東皇意，憑欄永晝吟。

編者題註：王實甫《西廂記》〔雙調・豆葉黃〕曲："薄薄春陰，釀花天氣，雨兒廉纖，風兒淅瀝。"

壯筆過飛泉

源導流三峽，瀾迴障百川。會須探筆海，始信湧文泉。

鋒銳開山劍，神馳下水船。有源非醴出，不竭等河懸。

揮灑風初埽，鑽研石亦穿。珠璣偏湧地，波浪直摩天。

汲古臨寒井，澄懷對靜淵。贈詩縈舊雨，溪畔浣花箋。

編者題註：唐・杜甫《贈李十五丈別（李秘書文嶷）》：揚論展寸心，壯筆過飛泉。

月湧大江流

大江南北互，明月古今留。銀線隨潮湧，冰輪泊浪浮。

排空飛雪練，倒影撼瓊樓。地接青山遠，人懷碧宇遊。

帆檣千頃水，星火一天秋。散彩通淮泗，涵虛蕩斗牛。

露橫前赤壁，煙鎖古揚州。夜色清如許，仙槎接上流。

編者題註：唐・杜甫《旅夜書懷》：星垂平野闊，月湧大江流。

江遠欲浮天

一覽滄江闊，浮光互遠煙。豈惟天似水，直訝水連天。

潮息空中落，帆來望裏懸。尋源千里渺，臨鏡四圍圓。

練淨明沙岸，雲低覆樹巔。遙青橫不斷，軟碧曠無邊。
北固蒼茫際，南徐指顧前。會須登絕頂，長嘯挾飛仙。

編者題註：宋·蘇軾《同王勝之游蔣山》：峰多巧障日，江遠欲浮天。

折桂早年知

品藻當風桂，芬芳折一枝。年來高第得，早許寸心知。
秋院吟香地，春華努力時。金門呈策問，玉樹想丰姿。
識月攀應近，探花信未遲。李君推幼慧，紀美少陵詩。

編者題註：唐·杜甫《同豆盧峰知字韻》：夢蘭他日應，折桂早年知。

水煙通徑草

草色通幽徑，蒼茫倍覺鮮。只緣依遠水，更復帶新煙。
軟翠三篙漲，濃青一桁連。日斜深巷裏，雲暗畫橋邊。
含潤潛滋長，浮光愛接聯。渡頭舟似葉，湖外碧如天。
影泛鷗兼鷺，痕迷陌與阡。杜公留小築，溪畔浣詩箋。

編者題註：宋·釋紹嵩《山居即事》：水煙通徑草，冰玉入詩腸。

斜暉轉樹腰

古樹峰腰植，晴暉一抹遮。恰宜雲帶束，轉睹日輪斜。
竣影沉山閣，蟠根臥水涯。光猶三匝繞，大許十圍誇。
返照楓生瘦，微薰柳折芽。曝宜分櫸背，明未墮檐牙。
溪足捎輕浪，枝頭襯遠霞。草堂延佇久，月色映蒹葭。

編者題註：唐·杜甫《絕句六首》之四：急雨捎溪足，斜暉轉樹腰。

秋露接園葵

遷居行厭露，擇處智如葵。秋草青相接，園蔬綠亦滋。
承來莖擢秀，綴盡葉紛披。偏覺傾心潤，何妨洗目窺。

齋清松下折，花亞竹邊移。氣冷連雲溼，光晞向日遲。
恰當歌蓼彼，好共詠亨之。菘韭堪兼味，公安把酒時。

編者題註：唐·杜甫《移居公安敬贈衛大郎鈞》：水煙通徑草，秋露接園葵。

閏年春近梅差早

歲晚因餘閏，天寒即釀春。頓教鋤月地，早有詠花人。
隱隱幽香逗，枝枝冷蕊皴。纔當開嶺側，漸已渡江濱。
風雪留生意，湖山現此身。玉堂看放遍，幾倍著精神。

編者題註：宋·陸遊《冬晴日得閒遊偶作》：閏年春近梅差早，澤國風和雪尚慳。

雁點青天字一行

戲寫來禽帖，天然鳥篆書。陣行橫又直，乙字卷還舒。
飛白文垂蚓，空青墨洗豬。別無摹本似，偶作短篇如。
繫帛臨池後，銜蘆下筆初。勢真盤獨鶴，信不寄雙魚。
紙搨烏絲淨，碑懸碧落虛。江樓新見雁，一幅繪蕭疏。

編者題註：唐·白居易《江樓晚眺景物鮮奇吟玩成篇寄水部張員外》：風翻白浪花千片，雁點青天字一行。

鐘聲搖暮天

不辨鐘何處，聲聲欲暮天。春容蕭寺裏，搖曳夕陽邊。
殘響盤空際，餘音繞樹巔。樵風穿古徑，漁火動江船。
催上城頭月，撞開艣背煙。黃昏無限意，千里客心懸。

編者題註：參見唐·王昌齡《潞府客亭寄崔鳳童》：秋月對愁客，山鐘搖暮天。

桂馨一山

己卯（1819）鄉闈試帖

杏種壇成蔭，蘭薰室有銘。人應山共仰，德擬桂斯馨。

臭味他全別，攀留此慣停。溼將寒露白，香到晚峰青。
秋月今宵滿，春風往哲型。一枝天賦質，千古嶽鍾靈。
陋巷欽賢範，緇林佩聖經。芳名能早播，郗策獻彤庭。

編者題註：明·蕭良有《龍文鞭影》卷一："鄴仙秋水，宣聖春風（漢武帝謂
東方朔曰：'孔顏之道德何勝？'方朔曰：'顏淵如桂馨一山；孔子如春風，至則萬
物生。'）。"

惠澤成豐歲

庚辰（1820）會闈試帖

豐年欣有兆，喜雨句重賡。羲易占孚惠，箕疇衍用成。
中原禾彧彧，下尺澤生生。優渥符三日，崇崇計十京。
甘宜田祖御，星驗丈人明。蓑笠雲煙影，枌榆醉飽情。
維魚歌建旐，酌兕祝稱觥。聖世恩膏溥，簪毫播頌聲。

編者題註：唐·張九齡《和崔尚書喜雨》：惠澤成豐歲，昌言發上材。

臨民思惠養

庚辰（1820）覆試

太宗傳雅詠，思治貴勤民。地澤敦臨廣，天恩惠養均。
惟予方造夏，願眾共登春。正位宜占鼎，施膏肯筮屯。
虞謨飢溺己，商誥鞠謀人。可以居南面，其如拱北辰。
五鳩勤保息，六馬凜調馴。聖德欽垂拱，衢歌頌至仁。

編者題註：唐·李世民《帝京篇十首》之十：奉天竭誠敬，臨民思惠養。

分秧及初夏

庚辰（1820）朝考

曾記歌秧馬，蘇公句舊聞。尾春宜早播，首夏及時分。
西陌興斯趙，南訛繼以殷。青拈三寸水，翠撥一蓑雲。
天氣梅纔熟，人功草未耘。趁餘槐日永，忙到麥風薰。

似線光陰速，如鍼灌溉勤。至仁思稼穡，惠澤溥絪縕。

編者題註：將稻種播種於秧田中，待成苗後，分而插之，謂之分秧。宋·蘇軾《東坡》詩之四："分秧及初夏，漸喜風葉舉。"

披沙剖璞
戊子（1828）山東考簾

未校金門策，先憑玉尺衡。聚沙披仔細，識璞剖分明。
撲去塵三斗，敲開石一枰。犁然區以別，善者擇之精。
水淨錐頻盡，山輝骨自瑩。淘從河萬里，取得璧連城。
有馬求宜郭，何人抱自荊。爾音無久悶，天府貢群英。

編者題註：唐·劉禹錫《唐尚書吏部侍郎奚公神道碑銘序》："一入中禁考策詞，三在天官第章句，披沙剖璞，由我而顯者落落然居多。"指從沙粒中區分出金子，從石頭中剖出美玉。比喻從大量的人中識別、挑選出有用的人材。

百川學海
戊子（1828）同考擬作

大哉難測海，逝者有如川。分派名三百，尋源學後先。
春潮來早晚，秋水灌澄鮮。統會瀛溟渤，兼收井澤泉。
波瀾真汩汩，德性本淵淵。功豈山虧一，心同月印千。
莫之能禦也，則必取盈焉。道脈須沿溯，修途矢勉旃。

學海終歸海，名川附大川。莫教中道畫，不擇細流涓。
習坎難為水，求蒙正出泉。支流須一貫，眼界到無邊。
推放天臨闊，工夫月印圓。注之兼瀆四，源也讓河先。
道岸期登彼，文瀾引沛然。添籌縣曼壽，方至九如全。

水之為物也，時出乃淵淵。從我思浮海，如斯憶在川。
觀瀾同日月，語大識魚鳶。性自東西合，功由晝夜專。

盈科皆漸進，有本者原泉。濂洛通洙泗，源流孰後先。
滔滔歸以壑，浩浩達其天。若見江河決，非能願學焉。

泱泱東海表，秋汛正無邊。文學詞流峽，功名楫濟川。
望洋希聖近，縱壑得臣賢。汶濟齊兼魯，蓬萊水接天。
何殊為蛾術，定許到驪淵。星宿源歸一，風帆路幾千。
波瀾馳竹箭，根柢問桑田。化澤咸漸被，瀛洲指顧前。

　　編者題註：中國刻印最早的叢書，宋度宗咸淳九年（1273 年）左圭輯刊。書
名取于漢代學者揚雄《揚子法言》："百川學海而至於海"。該書分甲乙丙丁戊已庚
辛壬癸十集，後由明代吳永續之，凡三十集，至馮可賓又擴充十集。所收多系唐宋
文人野史雜說之屬。《百川學海》雖然成書晚於《儒學警悟》七十餘年，但因其流
傳較為廣泛，影響遠遠超過《儒學警悟》。

表裏盡虛明
辛卯（1831）山東考簾

表裏清如洗，澄懷秉至公。虛靈懸朗抱，明辨挹淵衷。
靜室方生白，纖塵不染紅。此心形則著，眾物豁然通。
玉尺初量後，冰壺一片中。雲開新見月，波定未迴風。
知者無私照，昭然若發蒙。觀光群仰鏡，籲俊達宸聰。

　　編者題註：唐·仲子陵《秦鏡》：雲天皆洞鑒，表裏盡虛明。

蟬聲驛路秋山裏
辛卯（1831）同考擬作

記得擔簦日，山蟬遍路鳴。問途來古驛，努力此秋聲。
飲露單寒體，吟風逆旅情。晝長人意倦，暑退客懷清。
野館知何處，雲梯又幾程。馬蹄盤石滑，驢背夕陽橫。
行李嗟于役，文章噪爾名。紅塵馳報捷，振翼近蓬瀛。

海岱文同軌，星軺出帝城。山光開驛路，秋思寄蟬聲。
去遠音猶曳，居高韻獨清。畫圖看不厭，詩境假之鳴。
席帽天寒暖，旂亭樹暗明。蒼苔樵徑曲，楊柳酒帘橫。
駐節瞻銜詔，賓賢聽奏笙。盡搜巖壑士，灑埽迓雙旌。

西疇秋正穫，傳檄到山城。匹馬先登路，殘蟬遠送聲。
別枝空爾過，仄徑少人行。風露無求飽，杠梁有未成。
碧雲梟繹潤，紅葉鵲華明。高唱憐才調，疏林淡宦情。
雕蟲思舊業，附驥認前程。岱嶽多靈秀，賢書獻鹿鳴。

編者題註：唐‧韓翃《送王光輔歸青州兼寄儲侍郎》：蟬聲驛路秋山裏，草色河橋落照中。

冰壺玉鑑懸清秋
甲午（1834）山東考簾

吏從冰上渡，人在玉山行。鑑澈千秋朗，壺藏一片清。
貯來花四照，鍊到雪初晴。天路紅塵淨，塵懷白水盟。
買春宜此夕，邀月問前生。縮地心心印，虛堂面面呈。
提衡如北斗，仰鏡遍東瀛。聖世懸旌召，文昌照眼明。

編者題註：明‧徐弘祖《徐霞客遊記‧滇遊日記三》：“是日碧天如濯，明旭晶然，騰翠微而出，浩波映其下，對之覺塵襟盪滌，如在冰壺玉鑑中。”

黃河從西來
甲午（1834）同考擬作

聖世懷柔遠，黃河滾滾來。東方資潤澤，西域洗氛埃。
古道疏平野，榮光接上臺。安瀾長底貢，平秩澹無災。
源溯崑崙遠，流環沇濟回。齊南橫帶礪，海右接樓臺。
春汛桃花漲，秋風竹箭催。鏡清游化宇，即敘遍埏垓。

表海文瀾闊，魚龍跋浪開。共尋登岱約，同是渡河來。
舟楫賢能備，鉤盤考據該。流應同大火，澤或被無雷。
濟濼相環抱，榛苓一溯洄。夕陽千里送，秋色半天回。
益地圖懷禹，觀濤筆憶枚。西江誰吸盡，網取謫仙才。

西清傳使節，水驛看山來。日觀遙情寄，天河爽氣開。
東行途曲直，右轉象昭回。率濱思周道，尋源憶漢才。
中流如玉瓚，倒影接銀臺。折入青齊界，朝宗碧海隈。
勢全歸指顧，量不擇涓埃。上善汪洋度，龍門喜共陪。

習我初瞻岱，黃河繞路隈。自登山絕頂，始識水從來。
北折途經魯，東歸國近萊。密雲千里潤，返照一帆開。
白練同搖曳，蒼葭此溯洄。支流分簡絜，去路過徂徠。
曠野秋成未，重簾暮捲緰。宦游名勝地，勉植濟川材。

編者題註：唐·李白《游泰山六首》：黃河從西來，窈窕入遠山。

鴻毛遇順風

際遇驟然順，飛鴻喻用賢。羽毛應獨滿，風力更高騫。
遰陸占儀吉，扶搖得路先。其來知有自，所向直無前。
振翮騰霄際。舒翎近日邊，不同都過鷁，奚啻紙為鳶。
輔翼歌遵渚，經綸筮在天。聖朝欣解皐，鵷鷺肅班聯。

夏雨雨人

夏日方堪畏，甘膏渥似春。惠民因利物，雨我更宜人。
商誥功推傳，周原德憶郇。羅紈皆潤澤，蓑笠亦精神。
漸見苗而秀，無分瘠與津。天之兼所養，化者不違仁。
海岱蒼生福，雲雷治世臣。四秋書大有，富庶報楓宸。

編者題註：語出漢·劉向《說苑·貴德》："管仲上車曰：'嗟茲乎，我窮必矣。

吾不能以春風風人，吾不能以夏雨雨人，吾窮必矣。'"管仲：春秋時齊國人，他輔佐齊桓公第一個稱霸諸侯。他的意思是說如果身居高位而無恩惠及於人，那就必然要失敗，比喻幫助人非常及時。

音聲樹

清聲何處發，省院夜初分。柳記登科染，槐曾入相聞。
黃花含瑞靄，青瑣蔭仙群。此日承平協，他年建樹勤。
上林方獻賦，天籟自成文。梁棟新儲選，笙簧好紀勳。
響隨宮漏永，韻繞御爐薰。會任鹽梅重，和鳴佐聖君。

編者題註：是傳說中的樹名。唐·趙璘《因話錄·徵》："都堂南門東道，有古槐垂陰至廣。相傳夜深聞絲竹之音，省中即有人入相者，俗謂之音聲樹。"

春風狂似虎

陡覺狂飆起，春回大地風。占來羊角利，嘯似虎聲同。
怒吼郊原外，盤旋苑囿中。萍翻千點綠，杏鬧一枝紅。
渡處冰方解，撓時草未豐。翦應催早燕，翼自附輕鴻。
鼓盪生機暢，奔騰噫氣雄。休徵符聖世，吹垢卜飛熊。

本性原從虎，光陰正值春。快哉風乍起，狂者趣如親。
候早占逢戊，雄應似屬寅。山間哮處徹，草際拂來頻。
德自符君子，文曾類大人。催花噓谷口，掠柳渡河濱。
力猛驅寒盡，聲威布化新。卷阿歌盛治，賁衛羨王臣。

正值春舒蕩，東風勁莫當。附鴻毛遇順，似虎性多狂。
綠意千林振，紅塵十里揚。園亭雄氣象，花柳蔚文章。
吹煖聲偏猛，噓枯力自剛。搏來羊角轉，怒逐馬蹏忙。
草偃晴郊外，沙飛遠陌旁。倚欄高詠候，取喻憶冬郎。

編者題註：唐·韓偓《信筆》：春風狂似虎，春浪白於鵝。

疑是林花昨夜開

瞥見瓊林裏，群芳憶昔時。是花皆吐放，憶昨更驚疑。
或者春先到，都緣目未窺。璇宮宵漏歇，露井曉風吹。
久掃亭前葉，何來竹外枝。翦裁能就否，消息欲探誰。
樹密人難辨，天寒鳥不知。只因飛六出，白雪譜新詩。

瑞霰繽紛集，園林寂寞時。是花還是雪，將信更將疑。
窗外尋香杳，宮中翦綵誰。未曾催羯鼓，也自拂青旗。
點綴珠千樹，玲瓏玉一枝。倏看舒萼不，回憶問何其。
梅影巡簷索，梨雲隔院思。祥霙霏上苑，培植聖恩滋。

編者題註：唐・宋之問《苑中遇雪應制》：不知庭霰今朝落，疑是林花昨夜開。

荷鍤成雲

舉鍤來郊外，農民負荷勤。白渠方集雨，綠野更如雲。
笠戴煙痕重，蓑披翠影分。一肩隄具築，眾力草齊耘。
耒擁豐盈象，田開刻鏤文。午陰看聚散，酉熟盼鋪紛。
鴉觜交芳陌，龍鱗漾夕曛。登臺書大有，鑄劍頌仁君。

編者題註：全唐文第十部 卷九百八十：“三輔名區，千里奧壤，決渠為雨，荷鍤成雲。”

春在濛濛細雨中

欲識春何在，庭前細雨濛。韶光明暗裏，芳信有無中。
漏洩生機暢，氤氳淑景融。鶯聲幽谷外，人影小樓東。
霡霂含芳野，霏微散遠空。草添三徑綠，花釀幾分紅。
前度餘香雪，更番送協風。時和欣潤物，霑被慰宸衷。

編者題註：宋・釋輝《潤州》：江南二月多芳草，春在濛濛細雨中。

雪霽瑤林春意滿

昨夜飄輕雪，瑤林望不真。恰逢天欲霽，頓覺物皆春。
玉屑隨風散，瓊枝映日新。亭園開障翳，梅柳著精神。
白眼連朝冷，紅香隔夜勻。遙知飛絮地，早憶詠花人。
葩萼初苞甲，盃盤好薦辛。御園芳信準，晴景麗楓宸。

濟南瀟灑似江南

山左同江左，風光處處新。褐來尋勝地，瀟灑樂芳辰。
細雨花飛杏，明湖水泛蘋。壯游思白下，妙境出紅塵。
一樣樓臺影，無分錦繡春。遙看千佛嶺，猶憶六朝人。
夙況回頭憶，他鄉託興頻。庭堅詩句在，高詠獨超倫。

編者題註：宋·黃庭堅《同世弼韻作寄伯氏在濟南兼呈六舅祠部》：伯氏清修
如舅氏，濟南瀟灑似江南。

伏生新學始山東

書教昌明日，山東學始新。講由曾氏盛，訓自伏生遵。
四海文宗魯，千年劫避秦。秀良鍾此地，祖述賴斯人。
壁簡通今古，中經辨偽真。篇殘重削竹，口吃許傳薪。
家令身親受，歐陽義夙陳。聖朝儒術重，洙泗尚斷斷。

編者題註：宋·曾鞏《郡齋即事二首》其一：暘氏宿奸投海外，伏生新學始山
東。

落花水面皆文章

水面繁花落，花香水亦香。自然工點綴，到處煥文章。
瀾動聞飄蕊，風來乍度芳。安排春世界，渲染舊池塘。
縐綠波三折，裁紅錦一方。武陵迷洞口，毫畫指溪旁。
有斐機堪悟，無言趣獨長。簪毫思獻賦，太液寫韶光。

編者題註：宋·翁森《四時讀書樂》：好鳥枝頭亦朋友，落花水面皆文章。

綠樹陰濃夏日長

長日逢初夏，庭前樹影沉。一簾垂永晝，眾綠布濃陰。
旭景炎辰駐，幽居卓午深。紅輪行緩緩，翠蓋覆森森。
綦落花間韻，詩敲石上吟。小年閒佇晷，斜照尚眠琴。
鳥囀遷喬木，人歸戀晚林。蓬壺仙境麗，長養契宸襟。

編者題註：唐·高駢《山亭夏日》：綠樹陰濃夏日長，樓臺倒影入池塘。

龍應鳴鼓

莫慰蒼生望，潛龍尚未興。一聲鳴鼓振，群起挾雷騰。
側耳淵淵送，揚鬐冉冉升。只緣同氣感，頓覺濕雲蒸。
雙角行天去，三摑動地曾。不從沮澤伏，如聽大昕徵。
迎社神宜降，祈甘眾弗勝。籲章應獻祝，聖澤協時乘。

編者題註：參見晉·左思《蜀都賦》：潛龍蟠於沮澤，應鳴鼓而興雨。

汲古得修綆

汲盡文千古，難容短綆求。逢原尋妙悟，自得識真修。
玉甃盈涓滴，金繩細引抽。理從觀水溯，知豈挈瓶俘。
墳典其能讀，泉源不擇流。淵淵勤丐液，井井許探鉤。
尺寸三餘積，波瀾一線收。韓潮如可及，學海任優游。

編者題註：唐·韓愈《秋懷詩十一首》：歸愚識夷塗，汲古得修綆。

碧水映天天映水

一碧遙無際，蒼茫入素秋。水光天上落，天色水中流。
波暈晴初麗，雲陰淡尚留。宛然瞻尺咫，渾不辨汀洲。
萬頃涵虛合，雙丸倒影收。綠波痕澹蕩，玉宇氣沉浮。
瑩淨清如洗，空明晚更幽。御園開霽後，太液景夷猶。

編者題註：宋·白玉蟾《悲秋》：碧水映天天映水，淡雲如幕月如鉤。

學古有獲

有獲非無自，端由學古勤。居今惟考業，建事在多聞。
志本為徒切，情恒弗慮厪。敏求思一德，念典及三墳。
漁獵多為富，搜羅用不紛。知羞謀野得，功比力田芸。
著述兼謨訓，光陰惜寸分。緝熙欽聖主，千載仰崇文。

柳橋晴有絮

柳外紅橋麗，橋邊碧柳榮。郊原看有絮，天氣喜初晴。
隱隱朱欄隔，依依綠蔭清。雪疑驢背擁，花送馬蹄輕。
石矼吹時積，金隄落處平。二分新漲煖，一帶軟沙明。
煙影春三月，風光水半泓。御溝韶景媚，太液認萍生。

編者題註：唐·白居易《三月三日祓褉洛濱》：柳橋晴有絮，沙路潤無泥。

迎春東郊

先立春三日，迎鑾待近郊。乘乾遵皞令，出震應羲爻。
翠仗龍扶輦，青旆鳳曳梢。土牛寒已送，星鳥度初交。
寅谷方吹黍，辛擅擬用匏。史臣司守典，田畯命親教。
展禮如觀稼，宣仁禁覆巢。陽和東作候，慶惠協民胞。

編者題註：唐·張濯有《迎春東郊》詩。

護持新筍似嬰兒

直上雲霄去，端須長育成。竹慈原似母，筍稚乃如嬰。
冬雪無多冒，春雷或共驚。哺應桐乳冷，浴借石泉清。
低亞花為姊，提攜藕是兄。入林頻繞膝，當戶最關情。
羅列宜三四，扶持課雨晴。龍孫依御砌，珍重繼家聲。

編者題註：宋·劉克莊《為圃二首》其一：愛敬古梅如宿士，護持新筍似嬰兒。

耕田欲雨刈欲晴

慰滿三農望，陰晴倏變遷。耕須膏土渥，刈恐霪雲連。
屈指旬逢十，關心歲取千。高低皆沃壤，燥潤總豐年。
念切分鞭石，功成並戴天。鳩應朝暮喚，人願雨暘偏。
荷鍤清渠外，腰鎌夕照邊。熙朝從欲治，率育普情田。

編者題註：宋・蘇軾《泗州僧伽塔》：耕田欲雨刈欲晴，去得順風來者怨。

日中有王字

日德符君德，靈臺紀運昌。其中觀有字，以一貫成王。
震位初懸曜，離宮乍覿光。通三昭上界，無二表當陽。
螭認蟲書細，烏看鳥跡長。重輪遙結體，五色正書祥。
天現同文彩，人瞻抱珥黃。熙朝端主極，殊應拱遐方。

編者題註：見唐・鄭錫《日中有王字賦》。

荷喧雨到時

荷淨新涼納，池塘寂不喧。忽聞涼雨到，如聽暮濤奔。
粉墜金莖濯，珠跳白點繁。翠雲搖滿蓋，玉溜落當門。
天籟生斯際，秋聲送幾番。影圓隨浪打，響急趁風翻。
乍訝溪前獺，方驚葉底鴛。採蓮歸去晚，花裏渡潺湲。

編者題註：唐・溫庭筠《盧氏池上遇雨贈同遊者》：蘋鱍風來後，荷喧雨到時。

雨息雲猶積

欲雨雲先積，看雲雨已收。空階聲漸息，遠岫影仍浮。
出郭青如許，催詩黑尚不。半遮初上月，未洗一天秋。
層疊舒還卷，氤氳去更留。嬾歸山外樹，停住水邊樓。
宿靄溶溶聚，微波片片流。芳田應更灑，吟賞任夷猶。

編者題註：南朝・梁・丘遲《侍宴樂游苑送張徐州應詔》：風遲山尚響，雨息雲猶積。

初日芙蓉

旭景芙蓉豔，堪評謝客詩。波平開曲沼，日朗出咸池。
錦簇丹霞燦，珠含紺露滋。曉風殘月後，花放水流時。
碧海三竿上，紅雲一朵披。裳將騷客集，鏡許狀元窺。
自覺丰神見，天然點綴宜。彤廷歌復旦，天藻仰昭垂。

編者題註：初日芙蓉：初開的蓮花，比喻清新可愛。語本《南史·顏順之傳》：
"延之嘗問鮑照，己與靈運優劣，照曰：'謝五言如初發芙蓉，自然可愛；君詩若鋪
錦列繡，亦雕繢滿眼。'"

梅雨灑芳田

灑遍芳田裏，瀟瀟細雨催。風光饒綠野，天氣熟黃梅。
珠濺翻空際，金垂綴隴隈。絲看如霧散，人喜插秧來。
摘子衣斑涇，逢庚壁暈迴。輕寒輕煖後，或耔或耘纔。
迎送三春過，溟濛半畝栽。須臾農慰望，應藉作羹才。

編者題註：唐·李世民《詠雨》其二：和氣吹綠野，梅雨灑芳田。

天香夜染衣

爐香方滿袖，別自染芬馡。富貴群芳首，清華一品衣。
風和飄瀟纚，露豔綴珠璣。花向瑤臺放，人應玉案依。
薰非須艾蒳，瀚不待薔薇。黃紫疑裁錦，繽紛羨賜緋。
蓉裳仙子集，蓮炬侍臣歸。柳汁霑恩近，紓金詠帶圍。

編者題註：唐·李正封《牡丹詩》：國色朝酣酒，天香夜染衣。

微雲淡河漢

萬里銀河迥，長空色映幃。宵痕看淡蕩，雲氣自霏微。

纖月林梢掛，殘星戶外稀。不同虹遠見，莫辨鵲南飛。
淨練拖千尺，輕羅暈一圍。波涵清且淺，跡隱是耶非。
天上秋如此，花間露未晞。直繩欽聖世，紞緜頌彤闈。

編者題註：唐・孟浩然《句》：微雲淡河漢，疏雨滴梧桐。

雨後山光滿郭青

郊外濃陰布，巖阿宿霧冥。雨過方出郭，山遠忽添青。
排闥今時見，空階昨夜聽。雲多歸嶺岫，天為洗林坰。
到處螺鬟現，何人蠟屐停。淺深留畫本，膏沐上秋屏。
古木千重翠，平蕪十里亭。開窗看未厭，斜月照疏櫺。

編者題註：唐・張籍《寄和州劉使君》：曉來江氣連城白，雨後山光滿郭青。

秋澄萬景清

秋色澄如許，深宵月正明。一輪天際照，萬景夜分清。
玉宇空於洗，銀河淡自橫。高寒塵不到，爽潔雨初晴。
露浥珠光淨，江浮練影平。人間涼似水，雁外靜無聲。
冰雪壺中映，樓臺鏡裏呈。木樨香正滿，灝氣接蓬瀛。

編者題註：唐・劉禹錫《八月十五日夜玩月》：暑退九霄淨，秋澄萬景清。

大木百圍生遠籟

何處風濤起，聲從大木求。百圍根自直，眾籟韻偏幽。
冰碎千尋理，陰垂十畝稠。條鳴清引鳳，幹老翠盤虯。
聳勢層霄迥，凌空逸響留。吹來平地窾，迸作一山秋。
謖謖方驚鳥，森森或蔽牛。松雲欽聖世，擢秀傍瀛洲。

編者題註：宋・蘇軾《答仲屯田次韻》：大木百圍生遠籟，朱弦三歎有遺音。

秋天不肯明

秋深嫌晝促，宵永盼天明。總覺窗多暗，如防客早行。
向晨依舊夜，似雨未能晴。宿鳥羈幽樹，吟蛩伴短檠。
不同春易曉，若為夢難成，砧杵思千里，霜鐘戀五更。
星猶橫雁塞，月尚遲雞聲。待旦披衣起，東方曙色生。

人靜宵深後，披衣待旦明。卻嫌天不曉，似為客留行。
夜自殊冬夏，時難辨雨晴。燈光猶掩映，月色故縱橫。
戍柝關心切，寒砧入耳清。雞聲催永漏，蛩語伴殘更。
星落河初淡，江澄露尚盈。東方觀旭景，曙色接蓬瀛。

編者題註：唐·杜甫《客夜》：客睡何曾著，秋天不肯明。捲簾殘月影，高枕遠江聲。

石磴瀉紅泉

潺湲分碧澗，仙磴瀉玲瓏。石聳群峰翠，泉飛百丈紅。
豔疑霏杏雨，韻欲雜松風。梯接丹沙潤，膏流絳雪融。
巖前垂似布，橋外映如虹。盤曲層雲裏，虛明夕照中。
麻源窺徑險，鐘乳悟笙空。枕漱清溪畔，山居憶謝公。

編者題註：南朝·宋·謝靈運《入華子崗是麻源第三谷》：銅陵映碧澗，石磴瀉紅泉。

木落遠山多

遠峰群木杪，多在有無間。落盡村邊葉，飛來樹外山。
蕭森驚薜隝，層疊認苔斑。鴉噪霜千點，螺添翠一彎。
天低開曠野，秋老見孱顏。岩塹參差列，郊原障翳刪。
頓消林靄淨，遙指岫雲閒。滿郭橫青處，扶筇幾度攀。

編者題註：宋·陸遊《心晴》：稼收平野闊，木落遠山多。

銀漢無聲轉玉盤

銀漢遙橫影，無聲玉宇寒。空明河似鏡，圓轉月如盤。
斜度金波互，潛行碧落寬。但聞宵漏永，猶記小時看。
練曳天如洗，珠流露欲團。移從仙掌外，託出暮雲端。
涼貯秋光滿，清含夜色闌。迢迢平案戶，幾點曉星殘。

編者題註：宋·蘇軾《陽關曲·中秋月》：暮雲收盡溢清寒，銀漢無聲轉玉盤。

檐際雨餘逢月色

待月偏逢雨，褰哀久倚檐。幾曾飛石燕，倏爾吐冰蟾。
屋角尋聲寂，林端露影纖。隔窗聽已罷，捲幔看無厭。
人坐庭垂溜，天開鏡啟匳。微涼何處送，清景此時添。
響滴梧桐冷，光流荇藻霑。九重如可傍，禁籞仰森嚴。

賞雨旋逢月，開門看未厭。餘輝方滿地，深夜尚巡檐。
銀瓦濡千片，金波浸一匳。舉頭窺皎潔，入耳憶廉纖。
亭院剛如洗，陰晴合並占。苔痕猶潤磴，花影忽穿簾。
遠岫雲仍積，方池水暗添。霓裳新譜就，膏澤喜同霑。

編者題註：清·法式善《清秘述聞三種》：順天戊子科鄉試，題"言思忠事"
二句，"苟不固聰"一節，"曰周公弟宜乎"。賦得"簷際雨餘逢月色"得"簷"字。

綠竹助秋聲

一樣涼飆起，緣何分外清。祇因添竹韻，相助作秋聲。
遠屋書方讀，敲窗夢欲驚。人由居不俗，天亦假之鳴。
並力婆娑舞，餘音附和生。倍增佳士興，端賴此君成。
戛玉霜痕染，搖青月影橫。庭前凋眾綠，獨與歲寒盟。

編者題註：唐·李白《題宛溪館》：白沙留月色，綠竹助秋聲。

曉霜楓葉丹

曾見楓林密，青青映曉巒。一天霜送白，幾點葉凝丹。
綠已千枝脫，紅疑二月看。板橋前渡暗，漁火半江寒。
赭色偏如渥，冰痕尚未乾。晴烘朝旭麗，濃曳溼雲漫。
棹倚扁舟冷，鐘鳴古寺殘。更宜斜照處，煙紫暮山攢。

編者題註：南朝·宋·謝靈運《晚出西射堂》：曉霜楓葉丹，夕曛嵐氣陰。

稼穡為寶

萬寶成初告，欣逢大有期。費琛非所貴，稼穡務先知。
乃粒懷珠玉，其香時鼎彝。賢能同秀穎，食貨重賓師。
高廩珍藏後，司農拜獻時。納禾陳禹貢，報嗇譜豳詩。
嘉種由天降，良田別土宜。聖朝輕異物，瑞應繪雙歧。

編者題註：《詩經·桑柔》：好是稼穡，力民代食。稼穡維寶，代食維好。

疏雨滴空階

庭際雲如墨，蕭疏萬籟空。當階聞滴滴，久雨尚濛濛。
溜引層檐下，涼生永漏中。更無翻芍藥，漸欲落梧桐。
礎潤苔痕碧，燈搖樹影紅。陰迷三徑月，寒雜五更風。
子夜聲猶急，丁冬響未終。課晴覘曙色，聽罷小樓東。

編者題註：宋·柳永《尾犯·夜雨滴空階》。

柿葉肆書

何須誇紙貴，柿樹繞吾廬。不減詩題葉，應同荻肆書。
墨飛千片溼，紅埽半窗虛。帖與林檎似，文偏梵貝如。
名園資點染，秋境寫蕭疏。橘綠澄黃外，雲收月上初。
滿山留拓本，幾屋遍鈔胥。合並松枝管，珍藏藝苑儲。

藤紙青詞潤，蒲編綠字舒。柿堪為漆簡，葉乃類蟲書。

霜染賤捶冷，雲堆簏絡虛。署名添七絕，摘卷課三餘。
鳥跡臨池後，蠶聲下筆初。烏椑研墨似，紅課印泥如。
或比香凝蜜，何煩網織魚。慈恩蕭寺靜，猶憶廣文居。

編者題註：椑：俗作柿。《新唐書・文藝傳中・鄭虔》："虔善圖山水，好書，常苦無紙，於是慈恩寺貯柿葉數屋，遂往日取葉肄書，歲久殆遍。"後常用"書柿葉"為勤苦習字的典故。宋・蘇軾《孫莘老寄墨》詩之三："瓦池研灶煤，葦管書柿葉。"宋・楊萬里《食雞頭子》詩之二："卻憶吾廬野塘味，滿山柿葉正堪書。"

果然銜得錦標歸
破浪乘風去，雄才本不凡。衰然金榜首，果爾錦標銜。
奪幟朱衣點，探驪繡口緘。千艘觀競渡，五色羨歸帆。
振策馳雲陣，搴旗曳絳緣。丁年曾槖筆，甲第此朝衫。
綾餅方傳宴，金泥恰啟函。龍門欣得士，霖雨卜商巖。

編者題註：據五代・王定保《唐摭言》卷三記載，唐盧肇與同郡黃頗齊名，但肇貧頗富，兩人一同趕考，當地刺史嫌貧愛富只在離亭為黃頗餞行。第二年，盧肇中了狀元，衣錦還鄉。一次，刺史宴請盧肇看划船比賽，席間，盧肇即興賦詩道："石溪久住思端午，館驛樓前看發機。鼙鼓動時雷隱隱，獸頭凌處雪微微。沖波突出人齊譀，躍浪爭先鳥退飛。道是龍剛不信，果然奪得錦標歸。"

飲馬投錢
迢迢臨渭水，何事解囊酬。但見飛蚨擲，偏緣飲馬投。
暫停沾渴吻，有價付清流。誰贈生芻束，卬須買渡留。
脫驂風未古，棄地貨誰收。德向重淵報，貪毋滿腹求。
素懷嚴取與，赤仄任沈浮。一介嚴趨步，廉泉勵進修。

編者題註：漢・趙岐《三輔決錄》："安陵清者有項仲仙，飲馬渭水，每投三錢。"漢・應劭《風俗通議・衍禮》："太原郝子廉，饑不得食，寒不得衣，一介不取諸人。曾過姊（註：此當指弟妻。《白帖》卷六引作"過姊留飯，密留五十錢于席上而去"）飯，留十五錢，默置席下去。每行飲水，常投一錢井中（《蒙求舊註》引作："常遠行于路飲馬，輒投錢于井中）."項仲仙和郝子廉性行廉潔，從來不願沾別人一點便宜。或在渭水飲馬，或食用井水，都要把錢幣投到水中，彷彿買水一樣。

挹露收新稼

甲辰（1843）福建監試擬作

白露初登稼，西成應蓐收。新之藏栗栗，挹彼潤油油。
米共珠千斛，鐮分月半鉤。蟬聲楓樹曳，人影稻田留。
甘澍同沾渥，涼風待簸蹂。玉研雙袖浧，雲壓一肩秋。
恩溥來天上，年豐遍海陬。滋培期百穫，維寶副旁求。

皇華承湛露，觀稼駐星郵。仙掌金莖挹，神倉玉粒收。
雲英和稇束，霜氣逼鐮鉤。蓑笠人同井，蒹葭水一溝。
爽迎初出日，釀足十分秋。翠浧濃盈掬，珠團淡欲流。
酒漿田祖社，風月稻孫樓。洗眼看攀桂，新恩鐵網搜。

擔簦山挹爽，垂筆露吟秋。海上群英拔，田間我稼收。
碧雲今夕釀，紅粟去年留。路滑拋遺秉，陽晞曬滿篝。
執筐同采采，蒸釜尚浮浮。欲借荷盤注，如斟桂醑流。
人聲蟲語共，天氣雁來不。報爾萹畲力，瓊漿宴鹿呦。

編者題註：唐·皇甫冉《送元晟歸潛山所居》：裛露收新稼，迎寒葺舊廬。

半帆斜日一江風

丙午（1846）江南擬作

一覽長江水，孤帆入遠空。半檣斜挂日，片席飽乘風。
夕照□輕柁，秋聲上晚篷。有情留去鷁，無恙送歸鴻。
客路三湘外，天光十幅中。蒲痕衝浪碧，櫓背翦潮紅。
斷岸橫芳草，餘霞浸冷楓。煙波迴首處，丁卯小橋東。

編者題註：唐·許渾《送杜秀才歸桂林》：兩岸曉霞千里草，半帆斜日一江風。

□：缺字。

《全臺詩》第肆冊 徐宗幹 第 253-277 頁

作者簡介

徐宗幹，字伯楨，號樹人，江蘇通州人，清嘉慶二十五年進士，道光二十八年四月授福建臺灣道。宗幹博文多才，禮賢下士，振興文教，尤汲汲以育材為務，集諸生於海東書院，訓之以保身、敦行、積德、養氣、篤志、專心之方，勉之以讀書作文之法，一時諸生競起，互相觀摩，及門之士多成材焉。考錄制藝雅馴者，編為《東瀛試牘》；又將說經、論史及古近雜體詩文等諸生院課肄業之作，裒輯二卷刊之，題曰《瀛洲校士錄》，以為鼓舞獎勵之用，又刊有《虹玉樓詩選》，內分"虹玉樓詩帖選""古今體試草附"兩部份，其於教育之用心良苦亦可見一斑。

賦得廣學開書院
得開字五言八韻
石嗣莊

至治昌明日，文章耀上臺。學因施教廣，院以育賢開。
采藻鶯旗振，談經馬帳推。衣冠登俎豆，德行筮雲雷。
講席春風坐，黌宮夏屋陪。倫明三代共，道盡百年該。
比戶歸絃誦，登門起草萊。聖朝恩澤溥，濟濟集英才。

編者題註：唐·李隆基《集賢書院成，送張說上集賢學士，賜宴得珍字》：廣學開書院，崇儒引席珍。

賦得毋雷同
得雷字五言八韻

欲作翻空想，難將舊說該。異應思計月，同亦戒如雷。
窠臼何曾襲，機關獨自開。文章除共語，體格出新裁。
慧豈同牙拾，聲非貫耳來。缶鳴誇霹靂，粉本費疑猜。

依樣羞為伍，胥鈔愧作陪。毫端精銳意，摛藻著鴻才。

編者題註：《禮記‧曲禮上》："毋剿說，毋雷同。"鄭玄註："雷之發聲，物無不同時應者；人之言當各由己，不當然也。"

《全臺詩》第伍冊 石嗣莊 第 65 頁

作者簡介

石嗣莊，字號、生平均不詳，清道光年間（1821—1850 年）人士。

賦得鍊雲生水得生字五言八韻
吳敦仁

禁丙祈壬候，良苗望澤誠。雲能將雨鍊，水不待金生。
律呂還宮理，陰陽鑄物情。無心興岳出，有力挽河傾。
地覺屯膏久，天須補石成。蒸來濃墨色，化作碎珠聲。
醞釀歸鴻運，滋濡慰扈耕。淮南存妙解，兩大奧機呈。

《全臺詩》第伍冊 吳敦仁 第 68 頁

作者簡介

吳敦仁，字號、生平均不詳，清道光年間（1821—1850 年）人士。

賦得天臨海鏡
得年字五言八韻
吳敦常

雅禊延之頌，元嘉十一年。臨瞻天有象，鏡徹海無邊。
高遠星垂極，清瑩月印川。卦占爻九五，光滿界三千。
雲爛居辰後，河澄洗甲先。運樞功作幬，保鑑德如淵。
在上明明者，其流浩浩然。覆涵周庶彙，帝澤溥垓埏。

編者題註：指明亮如鏡的海或海面。南朝·宋·顏延之《應詔宴曲水作詩》：
"太上正位，天臨海鏡。"唐·黃滔《狎鷗賦》："至若海鏡秋碧，天藍霽青，磨開桂
月於浩渺，畫出蓬山於杳冥。"

賦得月餅
得甜字五言八韻

三百茶團外，佳名餅肆添。時光逢月滿，風味話秋甜。
搗麵疑春兔，蒸酥儼炙蟾。圓裁輪影細，高疊塔形尖。
裹到紅綾煖，修成玉斧銛。屑霏瓊碎杵，粉膩鏡開奩。
偶為登盤擘，非同破璧占。霓裳歌聽罷，綺席好頻拈。

編者題註：據史料記載，早在殷、周時期，江、浙一帶就有一種紀念太師聞
仲的邊薄心厚的"太師餅"，此乃我國月餅的"始祖"。漢代張騫出使西域時，引進
芝麻、胡桃，為月餅的製作增添了輔料。這時便出現了以胡桃仁為餡的圓形餅，名
曰"胡餅"。唐代天寶初年的一個中秋月夜，唐太宗和楊貴妃在皎潔的月光下一起
賞月吃胡餅。唐太宗嫌棄胡餅名字不好聽，一旁的楊貴妃為了討皇上歡心，於是取
了月餅的名字，從此，"月餅"的名稱就一代代的傳了下來。

《全臺詩》第伍冊 吳敦常 第 73 頁

作者簡介
吳敦常，字號、生平均不詳，清道光年間（1821—1850 年）人士。

賦得編橋渡蟻
得元字五言八韻
陳奎

公序蝸廬伏，傳臚慶狀元。編橋資折竹，渡蟻救傾盆。
念恰關心切，功真以手援。術能全蛾子，庇合藉龍孫。
芥泛舟無異，苔封垤尚存。安排成雁齒，依附等蜂屯。

架檻同開網，銜珠解報恩。聲名題虎榜，竟作雁行論。

《全臺詩》第伍冊 陳奎 第 93 頁

作者簡介
陳奎，字號、生平均不詳，清道光年間（1821—1850 年）人士。

賦得取人以身
得賢字五言八韻
陳朝新

門將開籲俊，館更闢招賢。莫漫求人切，須從正己先。
無雙才自裕，帷一學宜專。玉尺何由準，金繩本不偏。
望風欽九德，指日定三銓。樂育菁莪什，威儀菉竹篇。
分官遲命巽，立政早乘乾。聖學唐虞紹，翹材遍八埏。

編者題註：《中庸·第二十章》：為政在人，取人以身。修身以道，修道以仁。

《全臺詩》第伍冊 陳朝新 第 94 頁

作者簡介
陳朝新，字號、生平均不詳，清道光年間（1821—1850 年）人士。

賦得已涼天氣未寒時
得涼字五言八韻
黃聯璧

已是清秋候，連朝覺早涼。人心寒未戒，天氣暑初藏。
玉露霑珠箔，金風度畫堂。綺羅纔欲換，刀尺且休忙。
紙薄窗微透，紗輕帳細颺。蟾光都一色，雁影自成行。
綠葉還經雨，黃花漸傲霜。會看交冷節，處處授衣裳。

編者題註：宋·李之儀《浣溪沙·昨日霜風入絳帷》：羅衣初試漏初遲，已涼天氣未寒時。

作者簡介

黃聯璧，字號、生平均不詳，清道光年間（1821—1850 年）人士。

賦得硯田無惡歲
得田字五言八韻
蔡傳心

古硯堪磨礪，辛勤若服田。有秋同力穡，無歲不豐年。
鴝眼迷花雨，螺紋認墨煙。舌耕煤帶潤，筆耨鐵應穿。
釀到心苗長，栽成意蕊妍。才堪分斗八，書擬貯倉千。
半畝三餘積，微凹百穫便。菑畬叨聖澤，染翰冠群賢。

編者題註：宋・唐庚《次泊頭》：硯田無惡歲，酒國有長春。

作者簡介

蔡傳心，字號、生平均不詳，清道光年間（1821—1850 年）人士。

賦得神仙排雲出 得臺字
鄭日章

縹緲神仙境，層雲片片堆。遙排依玉宇，偶出見銀臺。
鶴自衝煙破，鶯應拂霧開。九門方鉄蕩，五色共徘徊。
洞裏氤氳繞，壺中日月回。霓旌舒復卷，風馬往還來。
升降憑三島，飄飆戲九垓。欲尋蹤跡去，蒼翠滿蓬萊。

編者題註：郭璞《遊仙詩》其六：神仙排雲出，但見金銀台。

作者簡介

鄭日章，字號、生平均不詳，清道光年間（1821—1850 年）人士。

賦得春盡雨聲中
得聲字五言六韻
陳維英

雨不隨春去，春歸雨未晴。卻添空翠影，慣聽落紅聲。
旅邸愁無限，番風信已更。花殘誰續夢，樓小更關情。
有腳難留住，連宵滴到明。蕉窗分曙色，何處曉鐘鳴。

留春春不住，聽雨益關情。雨竟攏春色，春都付雨聲。
歸愁青帝縹，買傍玉壺行。有腳憑誰送，關心苦不晴。
落花新漲合，殘夢小樓醒。欲變黃花節，塵枝一濯清。

了卻煙花事，三春剩雨聲。雨來春欲盡，春去雨猶行。
但恨留無計，何堪久不晴。番風終廿四，繁響尚三更。
蝶已紛紛去，蛙還處處鳴。黃梅消息近，滴斷小樓情。

編者題註：唐·李昌符《旅遊傷春》：曙分林影外，春盡雨聲中。

賦得雨中春樹萬人家
得中字五言八韻

古樹春爭碧，人家雨正濛。雨來千樹外，春到萬家中。
隔塢埋青靄，當門繞綠叢。高添喬木翠，光認小樓紅。
犬吠鳴泉裡，鳩鳴矮屋東。虹枝看縹緲，雉堞不玲瓏。
酒斾前林暗，炊煙十里籠。帝城逢晚霽，飛紫滿晴空。

編者題註：唐·王維《奉和聖制從蓬萊向興慶閣道中留春雨中春望之作應制》：
雲裡帝城雙鳳闕，雨中春樹萬人家。

賦得杏花春雨江南
得春字五言八韻

十里江南路，名花處處新。碧煙能釀雨，紅杏不勝春。
錦碎枝頭麗，污粘屐齒勻。鄉情牽杜牧，村景艷朱陳。
賣遍烏衣巷，飄清白下塵。日邊金粉地，夜半小樓人。
影閃旗沾酒，聲喧瓦疊鱗。乘時消息到，遊過六橋頻。

編者題註：元·虞集《風入松·寄柯敬仲》：報導先生歸也，杏花春雨江南。

賦得雨足郊原草木柔
得柔字五言六韻

一幅天然畫，郊原雨正收。草痕無限碧，樹色不勝柔。
滋霭猶芳隴，繁聲隱小樓。茵舖金粉地，紫拂畫橋頭。
滴破池塘夢，沾成客舍愁。送香風十里，乘霽踏青遊。

編者題註：宋·黃庭堅《清明》：雷驚天地龍蛇蟄，雨足郊原草木柔。

賦得秋雨梧桐葉落時
得秋字五言八韻

奏罷淋鈴曲，經年恨尚留。況當梧葉落，又聽雨聲秋。
畫檻雲空淡，瑤階月不浮。滴殘連理樹，飄到望仙樓。
日暮巫山遠，風寒玉井幽。宵添鴛被冷，詩寫馬嵬愁。
舊話思巴蜀，前緣感御溝。朝陽鳴盛世，唱和鳳凰遊。

編者題註：唐·白居易《長恨歌》：春風桃李花開日，秋雨梧桐葉落時。

賦得秋雨梧桐葉落時
得秋字五言六韻

又見梧桐葉，君王畏及秋。雨聲縈舊恨，桐葉破新愁。
白點垂垂滴，黃痕片片投。西宮鴛瓦上，南外蚓階頭。

教曲懷秦棧，題詩感御溝。微雲河漢淡，星影暗牽牛。

惹卻當時恨，梧桐雨不收。無人無月夜，一葉一聲秋。
綠打蕉窗碎，黃迷蘚砌稠。淋鈴思駐馬，蕭瑟感牽牛。
被底難成夢，階前不掃愁。春風花滿檻，曾聽小樓頭。

賦得遠泉經雨夜窗知
得知字五言八韻

絕壑秋經雨，空齋那得知。泉鳴窗不鎖，夜靜枕頻欹。
瀑影憑雲隔，風聲傍竹吹。流添音瀝瀝，紗透韻遲遲。
列岫煙消否，殘燈夢醒時。度關牽客思，剪燭話歸期。
響切疑琴弄，櫺疏併月移。來期閒捲幔，霽色畫山眉。

編者題註：唐・楊巨源《題賈巡官林亭》：明月出雲秋館思，遠泉經雨夜窗知。

賦得山靜似太古
得山字五言八韻

為愛空山靜，洪荒啟此山。從今深戀戀，太古等閒閒。
雲鎖疑無路，塵飛不到關。華胥酣蝶夢，草昧鬪螺鬟。
渾噩遺風俗，喧囂隔市闤。葛天真世外，桃水豈人間。
惟有泉微咽，將偕石並頑。寄懷三代上，日對翠眉彎。

編者題註：宋・唐庚《醉眠》：山靜似太古，日長如小年。

賦得竹聲兼夜泉
得聲字五言六韻

飛到名園裡，泉聲更竹聲。泉兼秋竹響，竹並應泉鳴。
地籟偕天籟，風清與月清。渭川聽不盡，淇水辨難明。
凌處行雲遏，流時咽石驚。敲金還漱玉，和漏欲三更。

編者題註：唐・李巖《林園秋夜作》：月色遍秋露，竹聲兼夜泉。

賦得良玉比君子

無瑕君子德，追琢自含章。儒待珍爭聘，人將玉比良。

惟賢知所寶，有美韞而藏。守璞神偏固，成圭行本方。

楚喡玗問白，周詠瓚流黃。品貴金同式，才高尺細量。

他山資砥礪，汝器勝琳琅。得士班名笥，磨礱聖化彰。

編者題註：三國・魏・曹丕《與鍾大理書》：良玉比德君子，圭璋見美詩人。

《全臺詩》第伍冊 陳維英 第 207-211 頁

十一

唱酬詩

題唐薇卿中丞請纓日記（選二）
鄭肖彭

功名何必柱鐫銅？單騎居然郭令公。[①]
奏疏一封書八卷，華夷誰不識英雄？

玉門生入羨班超，吏部文章世不祧。
我欲請纓無路去，讀餘熱血動中宵。

編者註：①郭令公：郭子儀，華州鄭縣（今陝西華縣）人，祖籍山西太原，唐代政治家、軍事家。郭子儀早年以武舉高第入仕從軍，積功至九原太守，一直未受重用。安史之亂爆發後，郭子儀任朔方節度使，率軍勤王，收復河北、河東，拜兵部尚書、同中書門下平章事。757 年，郭子儀與廣平王李俶收復西京長安、東都洛陽，以功加司徒，封代國公。758 年，進位中書令。759 年，因承擔相州兵敗之責，被解除兵權，處於閑官。762 年，太原、絳州兵變，郭子儀被封為汾陽王，出鎮絳州，不久又被解除兵權。西元 763 年，僕固懷恩勾結吐蕃、回紇入侵，長安失陷。郭子儀被再度啟用，任關內副元帥，再次收復長安。765 年，吐蕃、回紇再度聯兵內侵，郭子儀單騎退回紇，並擊潰吐蕃，穩住關中。779 年，郭子儀被尊為"尚父"，進位太尉、中書令。781 年，郭子儀去世，追贈太師，諡號忠武。

臺灣文獻叢刊 第 0034 種 王松《臺陽詩話》上卷 第 15 頁

作者簡介
鄭籛，字肖彭，閩中人，生平不詳。

和黃壽丞上舍（蕃雲）作
鄭用錫

書帶草青青，[①]題門愧德星。退閑烏就養，置散雀羅庭。
座乏談心輩，車誰問字停。一氈傳舊學，十載抱遺經。
尚幸身還健，如從帝乞靈。猥蒙佳什贈，強飯勝參苓。

編者註：①書帶草：古有一草，葉長為帶，窮書生沒錢置書，以草葉為紙，抄錄詩書經史，結之為書，勤讀不輟，將書名為"草帶書"，將草名為"書帶草"。書帶草名字詩意得很，令人騁思遐想。以其書，以其帶。草而為書帶，覺其草甚可愛，有泠泠清質，有淡淡的書卷氣。書若靜女，草則束素。李白有"書帶留青草，琴堂幕素塵"之歌，蘇軾有"庭下已生書帶草，使君疑是鄭康成"之詠，王世貞有"仍棲故壘學庚桑，書帶沿街薜荔牆"之句等。

臺灣文獻叢刊 第 0041 種 鄭用錫《北郭園詩鈔》卷二 第 31 頁

又之茂才客游鹿港，富益齋司馬（謙）邀同赴蘭廳，道徑塹垣贈詩，即和元韻（二首選一）

鄭用錫

揚帆一夕海東來，覽古誰登百尺臺。

入幕芙蓉初日麗，圜池芹藻古香開。

羈身作客愁生計，遷地爲良許借才。

此去吳剛有同伴，桂花看汝月中栽。

臺灣文獻叢刊 第 0041 種 鄭用錫《北郭園詩鈔》卷三 第 40 頁

頌述安司馬德政（二首選一）

鄭用錫

誰借階前尺地揚，　春風桃李遍公堂。

萬間廣廈羅馮鋏，①一勺廉泉潤趙囊。②

月旦衡文親几席，　璆琳得士列門牆。

却慚筆硯荒蕪者，　許我青氈炙末光。

編者註：①馮鋏："馮驩彈鋏"之省。唐·羅隱《投鄭尚書啟》："何昔時有殉義之人，而今日無死恩之士，輒復更彈馮鋏，上指膺門。"宋·李曾伯《水調歌頭·和吳鶴林舍人送楊柳韻》詞："琳檄未能草，馮鋏直空彈。"明·邵璨《香囊記·辭婚》:"鄉書有雁,晏裘凋弊成長嘆;旅食無魚,馮鋏歌殘厭久居。"喻懷才不遇。②趙囊:漢·趙壹《刺世疾邪賦》有"文籍雖滿腹,不如一囊錢"之句,後遂以"趙囊"指空乏的錢袋。宋·王禹偁《謝賜禦書字樣錢表》:"臣等名慚夷甫,才謝魯褒。實趙囊而空荷君恩,探禹穴而難窮聖作。"

臺灣文獻叢刊 第 0041 種 鄭用錫《北郭園詩鈔》卷三 第 46 頁

和曾簫雲茂才（驤）見贈元韻
鄭用錫

旗鼓雄壇百萬兵,淋漓大筆冠群英。
無官好叙天倫樂,得地偏逢人境清。
今日衣冠萃東海,多年琴劍別春明。
小山咫尺如招隱,桂樹經冬亦向榮。

臺灣文獻叢刊 第 0041 種 鄭用錫《北郭園詩鈔》卷四 第 61 頁

讀簫雲詩寄贈
鄭用錫

卓犖英才願未償,饑驅無力赴名場。
長途屢蹴蹉贏馬,修脯無多漸饒羊。
挾策能伸三寸舌,憂時空結九廻腸。
匡廬嘯詠終何補?恐有旁人笑汝狂!

臺灣文獻叢刊 第 0041 種 鄭用錫《北郭園詩鈔》卷四 第 62 頁

再呈周觀察二首（選一）
蔡廷蘭

領略芝顔笑語親,金針密度指迷津。

揮毫字挾風霜氣，下榻光生雨露春。

早有瑤篇公海內，又攜珊網遍湖濱。

探懷欲把心香爇，不省雲泥隔此身！

贈徐闇公年丈
張煌言

王謝風流誰更傳，　雄文廿載國門懸。

胡床高據談經日，　漢室初徵射策年。

每擬珊瑚為架筆，　雅聞縹組更當筵。

豈知把臂蓬壺外，　江左衣冠傲昔賢。

竹箭東南橫得名，　飛來龍劍卻爭鳴。

誰云四海同科第？　自是中原一社盟。

懸榻君應稱快事，　乘槎我亦歎勞生。

他年若遂蓴鱸興，　擬共山陰道上行。

吾道滄洲任所遭，　豈因標榜得名高。

重逢尚握蘇卿節，[1]　久別誰彈鍾子操。[2]

明日開尊皆勝侶，　春風入座似醇醪。

偉長未便從軍老，　已羨文章晚更豪。

編者註：①蘇卿：指蘇武。武字子卿，故稱。唐·李商隱《茂陵》詩：“誰料蘇卿老歸國，茂陵松柏雨蕭蕭。”宋·文天祥《題》詩之一：“蘇卿更有歸時國，老相兼無去後家。”②鍾子：指鐘子期：春秋時楚人，伯牙鼓琴，意在高山流水，鐘子期聽而知之。明·張煌言《感懷》詩：“流水非因鐘子調，陽春只合郢人吟。”

作者簡介

張煌言，字玄著，號蒼水，鄞縣人。南明儒將、詩人，著名抗清英雄。明崇禎時舉人，官至南明兵部尚書。後被俘，遭殺害，就義前，賦《絕命詩》一首。謚號忠烈。其詩文多是在戰鬥生涯裡寫成，質樸悲壯，表現出憂國憂民的愛國熱情，有《張蒼水集》行世。

潮州喜晤溫慕柳同年別後卻寄（三首選一）
丘逢甲

七載春明別，重逢五嶺東。共驚鬚鬢改，暫喜笑言同。

落葉人千里，寒蘆雪滿篷。相看遽乖隔，歸棹大恩恩。

溫慕柳名仲和，嘉應州松口人，清己丑翰林。

臺灣文獻叢刊 第 0070 種 丘逢甲《嶺雲海日樓詩鈔》卷一 第 7 頁

贈夏季平（同和）殿撰（二首選一）
丘逢甲

周南留滯得歸遲，三策天人聖主知。

四海喜聞新政日，六街爭看狀元時。

小臣下土縱橫涕，世事長安反覆棋。

回首觚棱俱遠夢，天涯相對悵秋期。

夏季平名同和，一字用卿，貴州省人，清狀元。

臺灣文獻叢刊 第 0070 種 丘逢甲《嶺雲海日樓詩鈔》卷五 第 92 頁

風雨中與季平游東山，謁雙忠、大忠祠，兼尋水簾亭、紫雲巖
諸勝，疊與伯瑤夜話韻

丘逢甲

萬石捧雲鬱飛舞，神龍出布狀元雨。
寒鴉無語杜鵑語，心憫大忠來弔古。
等是金鰲背上人，悲歌重寫沁園春。
河山一統初破碎，縈余更屬浮萍身。
零丁洋邊與君遇，靈威廟前誦遺句。
同揩遠目青山間，一髮中原夕陽氣。

原註：靈威廟在潮陽東山麓，即雙忠祠，祀張巡、許遠；大忠祠在靈威廟左，
祠文天祥。

臺灣文獻叢刊 第 0070 種 丘逢甲《嶺雲海日樓詩鈔》卷五 第 93 頁

送蘊白之京（二首）
丘逢甲

廿載風塵兩鬢絲，眼中世局太離奇。
馬蹄重踏春明路，只有西山似舊時。

一官垂老如雞肋，百口長貧借鶴糧。
猶有開元舊時曲，錦袍牙笏再登場。

蘊白，許南英字。

臺灣文獻叢刊 第 0070 種 丘逢甲《嶺雲海日樓詩鈔》卷十一 第 212 頁

呈頤山先生並上許仙屏中丞
丘逢甲

風流又見玉臺巾，揮塵還同話劫塵。
東閣上賓新設醴，南州大雅久扶輪。
薦衡文舉行修表，用趙廉頗待得人。
四海蒼茫渾未定，乾坤何地着閒身。
（時中丞方將爲奏請歸籍）

臺灣文獻叢刊 第 0070 種 丘逢甲《嶺雲海日樓詩鈔》選外集 第 300 頁

贈池滋膺同年（伯煒）（二首選一）
丘逢甲

飛鳧初下五雲端，兼領雷封表海寬。
兩邑萬家歌管樂，三山千里板輿安。
瀛洲舊授神仙職，嶺嶠眞推父母官。
聞說訟稀親課士，滿城桃李共騰歡。

臺灣文獻叢刊 第 0070 種 丘逢甲《嶺雲海日樓詩鈔》選外集 第 309

送何孝廉（朝章）北上，何故門下士，且嘗佐予軍，今亦回籍
于潮，感昔勉今，輒有斯作（二首選一）
丘逢甲

才名鵲起海東天，何武稱詩最妙年。
氈影立餘門外雪，角聲吹散幕中蓮。
愧無相業誇傳缽，好向神州快着鞭。
畢竟功名出科第，莫將竹帛薄時賢。
（"每飯未曾忘竹帛，敢將科第當功名"，予得第時句也。）

送何士果同年（壽朋）之京，兼寄懷梁詩五孝廉（三首選一）
丘逢甲

徵書鄭重逮巖阿，伊呂欣聞有特科。①
走馬笑看人應詔，奔鯨愁說海揚波。
梁鴻伏處觀時切，黃琬登朝薦士多。②
長我不才閒撫劍，十年燕市負悲歌。

原註：①時方有詔求經濟之士。②謂黃公度廉訪兩君均于闈後將訪黃于長沙。

即席贈黃詔平明經
丘逢甲

駿馬雕鞍百寶裝，看君結客少年場。
中原多少英雄在，不爲看花到洛陽。

次韻答藕華（十首之一）
丘逢甲

天馬何曾西極來？千金市駿枉燕臺。
不應河岳英靈盡，歲歲天門詔榜開。

奉贈吳肅堂殿撰魯
林朝崧

君門射策奪宮袍， 衣錦還鄉意氣豪。
霽月光風周茂叔，①渾金璞玉晉山濤。②
人思附驥情應切， 我喜登龍價倍高。
往日諸兄曾受業， 雲亭問字敢辭勞。

　　編者註：①周茂叔：周敦頤，原名周敦實，字茂叔，諡號元公，北宋道州營道樓田堡（今湖南省道縣）人，世稱濂溪先生。周敦頤是北宋五子之一，是宋朝儒家理學思想的開山鼻祖，文學家、哲學家，著有《周元公集》《愛蓮說》《太極圖說》《通書》。所提出的無極、太極、陰陽、五行、動靜、主靜、至誠、無欲、順化等理學基本概念，為後世的理學家反復討論和發揮，構成理學範疇體系中的重要內容。②晉山濤：山濤，字巨源。河內郡懷縣（今河南武陟西）人。三國至西晉時期名士、政治家，“竹林七賢”之一。山濤早年孤貧，喜好老莊學說，與嵇康、阮籍等交遊。四十歲時，才任郡主簿。大將軍司馬師執政時，山濤被舉為秀才，累遷尚書吏部郎。西晉建立後，升任大鴻臚。歷任侍中、吏部尚書、太子少傅、左僕射等職，封新遝伯。他每選用官吏，皆先秉承晉武帝意旨，且親作評論，時人稱之為“山公啟事”。曾多次以老病辭官，皆不准。太康三年（282年），升為司徒，以老病歸家。次年去世，年七十九，諡號“康”。同為“竹林七賢”之一的名士王戎曾盛讚山濤道：“山濤就像未經琢磨的玉和未經冶煉的金一樣。人們往往都欣賞玉和金光彩奪目的外表，而對未經琢磨的玉和未經冶煉的金，卻不知道它們內在的高貴質地。”

臺灣文獻叢刊 第 0072 種 林朝崧《无悶草堂诗存》卷一 第 5 頁

憶昔答洪月樵（一枝）即次其韻
林朝崧

憶昔游泮池，詞場結交盛。識君人叢中，神彩朗月暎。
示我帖括文，妙義闡思孟。奪標童子軍，時畏此敵勁。

詩才尤敏捷，落筆春泉迸。　兼長賈董策，萬言論時政。^①

鵬翼摶扶搖，只待風月橫。　所願豈溫飽，欲佐堯舜聖。

余亦志青雲，道同陪嘯詠。　朝游聯衣袂，夕飲將燈檠。

光景宛目前，事隔兩塵覺。　海邦鼎革來，新學方馳競。

一唱而百和，同音若笙磬。　聞人彈古詞，齒冷加譏評。

而我與夫子，頓減飛騰興。　落魄兩青衫，老大意不稱。

初日出東方，彈丸被兼併。　伶俜新寡婦，羞再窺妝鏡。

誰知耳後珠，照國非照乘。　出門望新高，萬丈懸危嶝。

上自白玉苗，采之欲誰贈？　自有此山來，積雪翠微互。

登高懷美人，長嘯天地暝。　浪捲前朝去，雲海空澒瀅。

成功逐荷蘭，延明一線命。　兒孫非霸才，窮波坐蹭蹬。

靖海樓船來，一舉降諸鄭。　從此屬神州，鳳曆春王正。

海疆本盜藪，民俗頗剽輕。　滔滔婆娑洋，蛟鼉時游泳。

二百餘年中，揭竿亂靡竟。　淡江軍幕開，伏莽始稍定。

方面托名臣，政治較昔勝。　星羅起衙寺，丹刻俱華靚。

蛛絲牽電線，羊腸通軌徑。　豈知好江山，拱手讓他姓。

幾處呼倉葛，失主旋掃淨。　嗟余避風鳥，回惑迷本姓。^②

飛去生處樂，饑驅還入穽。　振翮觸羅網，聲發懼禍應。

安敢華廈居，自屏邃㜑艷。　家世鼎鐘業，墜落已無剩。

愧君贈我詩，滿紙猶餖飣。　邇來久謝客，車馬絕蘿磴。

閉門惟種菜，不求彭澤令。　茆齋臨清溪，瀟灑置几凳。

青山隔牆頭，時來竹欄憑。　索性畏俗氛，與君頗同病。

既遠磨涅場，庶葆堅白行。　回思半生事，一夢邯鄲醒。

詩詞雖無用，未忍棄破甀。　汐社自唱酬，尚有知音聽。

共君素位行，休悲辱泥濘。　憤懣種豆歌，須防漢庭偵！

編者註：①賈董：漢賈誼和董仲舒的並稱。二人以文才著名。元·周伯琦《考試鄉貢進士紀事》詩："事憶歐蘇遠，詞懷賈董雄。"明·孫柚《琴心記·陽關送別》："慚愧孫吳將略，衛霍功勳，賈董文才。"②倉葛：姓或作蒼。春秋時陽樊人。

周襄王以陽樊、溫、原、欑茅之田賜晉侯，陽樊人不服，晉師圍陽樊。倉葛大呼安撫中原，應以德行，刑罰乃用以威懾四方夷狄，此處誰非周天子親戚，豈可作俘虜，晉侯於是乃放百姓出城。

臺灣文獻叢刊 第 0072 種 林朝崧《无闷草堂诗存》卷二 第 56 頁

夜訪滄玉、錫祺寓齋作（二首選一）
林朝崧

蕭齋聽雨夜眠遲，拈韻燈前課小詩。
重疊鉢聲催納卷，儼然風味棘闈時。

臺灣文獻叢刊 第 0072 種 林朝崧《无闷草堂诗存》卷二第 72 頁

送邱石莊孝廉北上
陳肇興

屈指登蟾窟，於今已十年。蛟龍升碧海，鷹隼擊秋天。
留滯由人事，飛騰卜子賢。乘槎掛帆去，計日羨登仙。

臺灣文獻叢刊 第 0144 種 陳肇興《陶村詩稿》卷一第 5 頁

題畫梅，贈同年柯玉庭銓部（時余改官，分發廣東）
許南英

同是慈恩塔下人，君真仙吏我風塵！
相逢一別羅浮去，重寄梅花祝好春。

臺灣文獻叢刊 第 0147 種 許南英《窺園留草》丁酉、戊戌 第 47 頁

再和徐展雲先生重九登石門嶺原韻（六首選一）
許南英

秋士悲秋感慨增，吟秋好句筆能勝！
城東雁塔題名處，留待明秋拾級登。

臺灣文獻叢刊 第 0147 種 許南英《窺園留草》辛丑、壬寅 第 63 頁

贈張魯恂（昭芹）廣文（四首選二）
（用芝眉太史贈彭華絢原韶）
許南英

曲江風度冠時儔，講席青氈尚褐裘。
雲表鵬摶期直上，雪泥鴻印紀同遊。[①]
一堂絃誦胡安國，萬卷琅環李鄴侯。
記得春江風雨夜，攜尊話到四更籌。

睅目東鄰事北征，勞勞席帽旅魂驚。
頻年封豕開邊釁，鎮日寒蟬噤冷聲。
賈誼匡時曾上策，劉蕡下第轉知名。
"陽春"忽入巴人耳，竟使先生累後生。[②]

原註：①予任陽春曾與同事。②魯恂門徒應試，文冠童隊，主試者轉疑爲魯恂作，批爲"不通"抑之；實則本童本色也。

臺灣文獻叢刊 第 0147 種 許南英《窺園留草》癸卯、甲辰 第 72 頁

舊友陳基六相遇於新竹吟壇，口占絕句見贈。即用原韻，口占
兩絕以報（二首選一）

許南英

猶有元龍湖海氣，竹城城畔忽班荊。
相期大雅扶輪手，曉日金鰲背上行。

臺灣文獻叢刊 第 0147 種 許南英《窺園留草》壬子 第 129 頁

正月二十日啟館呈遜蘭師，並示若邨舍弟
林占梅

少小須勤學，文章實可親。師嚴力不廢，性定課方真。
絳帳丹鉛重，青燈尺璧珍。待看春試返，芹藻羨頭巾。

臺灣文獻叢刊 第 0202 種 林占梅《潛園琴餘草簡編》第 7 頁

答徐碧巖令弟薦秋（上扶）茂才（二首選一）
林占梅

珊瑚筆架舊家聲，人自溫醇學自精。
寶翰沸漓承辱贈，還將木李報投瓊。

臺灣文獻叢刊 第 0202 種 林占梅《潛園琴餘草簡編》第 19 頁

呈台澎道徐樹人廉訪（宗幹）四首（選三）
林占梅

價留鸞掖有文章，此日旌旄鎮海疆。
眾望巍巍崇魯殿，輿情歷歷數甘棠。
培才不惜金針度，選士頻操玉尺量。

喜看公門桃李樹，秋來並作桂花香。①

黃初七子仰前基，廿載廉勤受特知。
講學堂高施絳帳，宣威部肅擁朱旗。
人瞻北斗欽風度，我向龍門愧品題。
最羨聯輝花萼貴，阿連並侍鳳皇池。②

辭章經術兩超然，海內聞風亦有年。
文信豚魚韓子櫪，恩賙粟麥范公船。③
東南任重屏藩寄，教化功深禮樂宣。
愧我駑駘無報處，惟將椿樹祝青天！

原註：①邇年公所選士，中式最多。②公弟霽吟先生登辛亥榜，欽點中翰。
③今年春，澎湖大饑，公專員運粟賑之，民賴以生。

臺灣文獻叢刊 第 0202 種 林占梅《潛園琴餘草簡編》第 48 頁

和馮秋槎廣文寄贈五十韻
施士洁

人生知己中，難得師兼友。嗟我廿年來，所遇皆腐朽。
歷數交游者，拂意常八九。朋峯馮夫子，①宿望隆山斗。
詩書發光華，經濟徵抱負。論史極馬班，作文抗韓柳。
前年海外游，群材別妍醜。兩眼大如箕，鑒衡端的否。
我時未弱冠，君獨待我厚。秀才既康了，旋向秋闈走。
羅隱泣江東，溫岐滯淮右。赤嵌賦歸來，招搖方指丑。
閉門度窮臘，痛飲屠蘇酒。此身愧無用，枝贅同駢拇。
何似君於我，心好不啻口？春風年復年，光陰一回首。
殘月過下弦，影缺玉免臼。聞君唱驪歌，使我心慄瀏。
見遲別太早，渴念時時有。及我上公車，始得隨君後。

長安紈袴兒，若輩非我耦。癡肥厭膏粱，濁氣熏蔥韭。
茫茫萬人海，與君願相守。轉瞬入試院，鏖戰逢敵手。
詞源快傾吐，筆陣恣騰蹂。誰知老劉蕡，一第迍邅久！
揭然藥榜開，此事復掣肘。我輩縱得意，何顏見茲叟。[②]
自顧十三篇，塵羹與藜糗。僥倖博科名，豈敢夸天牖。
侍直吟紫薇，叨光曳藍綬。清班掌綸誥，秘器窺彝卣。
斯世互標榜，虛譽慚妄受。昂藏七尺軀，面目笑土偶。
竟邀君賞識，驪黃定牝牡。尊酒共論文，自午每至酉。
暢談塵屢揮，疑義鐘頻扣。寂寞宣城南，相對塵襟擻。
浮蹤倏聚散，怳如星在罶。我羈冠蓋都，君返山林藪。
河橋柳色青，離思日纏糾。於茲幸再晤，細把哀腸剖。
晨夕同素心，竊比竝根藕。何圖半屏去，索居宮一畝。[③]
懷我寄詩來，天末北風吼。一字一珍珠，清光照幽蔀。
會當從君行，先驅擁篲帚。慷慨踏燕市，嗚嗚歌拊缶。
攜手糟邱臺，醉倒蟠虯甃。還期惠一篇，當作貽佩玖！

原註：①秋查居近朋山，因取以爲別號。②丙子春闈，余與君同爲顧瀚臣房師所薦，而君竟以額隘見抑，惜哉。③自丁丑冬同客艋川，嗣復同來赤崁，先後聚首已三年矣。今秋君司鐸往鳳山，至是一別。

贈家石薌茂才
施士洁

秘書渠閣溯宗風，此日掄英入頖宮。
愧我琴曾搜爨下，羨君穎早脫囊中！
鵬霄萬里飛騰速，蟾窟三秋意氣雄。
回首童軍鏖戰地，藍袍何負一燈紅！

都門重晤宋佩之編修
施士洁

詩酒少年場，望氣各龍虎。
一見一星終，龍魚而虎鼠。

臺灣文獻叢刊 第 0215 種 施士洁《後蘇龕詩鈔》卷三 第 71 頁

次韻答陳仲璃茂才（七首選三）
施士洁

泮芹采采老逾芬，名列前茅早歲聞。
我識元龍湖海士，自慚豪氣不如君！

浮塵一枕黑甜鄉，回首遺珠泣夜光。
從古晚成多大器，太公八十始鷹揚。①

暗中傀儡一絲牽，文字前因豈偶然？
畢竟憐才秦學士，潁川家法此薪傳。②

原註：①君年七十。②謂秦佩蕚學使。

臺灣文獻叢刊 第 0215 種 施士洁《後蘇龕詩鈔》卷六 第 129 頁

泉郡守金韶笙（學獻）同年秩滿將行，賦此志別（四首選一）
施士洁

春明卅載舊齊年，　梓里今稱太守賢。

郭伋輿前喧竹馬，[1]劉寬堂上息蒲鞭。[2]

蠶桑一變泉山俗，　鸞藻重賡泮水篇。

白傅長裘杜陵廈，　蚌幪又徧海東天！[3]

編者註：[1]郭伋：字細侯，東漢扶風茂陵（今陝西興平縣）人。少時胸懷大志，初在大司空府任職，累遷漁陽都尉。王莽時，擔任上谷大尹、并州牧。更始元年（公元23年），更始帝劉玄征為左馮翊。建武元年（公元25年），光武帝劉秀以為雍州牧、尚書令。調任為并州牧。建武二十二年（公元46年），被徵召為太中大夫。二十三年，去世，時年八十六歲。[2]劉寬：字文饒。東漢弘農郡華陰縣（今陝西潼關）人，東漢時期名臣、宗室，漢高祖劉邦十五世孫、司徒劉崎之子。延熹八年（165年），朝廷徵召劉寬為尚書令，又升任南陽太守。劉寬掌理三郡，辦理政事，仁厚寬恕，就算在很急迫的時候，也沒有看見他臉色急切有變。他常常認為"以刑罰治理百姓，百姓雖然不觸犯刑罰但難免有過失"。屬下官吏有了過錯，只以薄鞭輕罰，以示恥辱而已。施行政策有功，都讓給屬下，災禍出現時，便自己引咎負責。每到縣中亭傳旅舍，一停下來，就招引學官祭酒及處士諸生手執經書對講。看到父老慰問農作的話，見到少年勉勵他們善事兄長，百姓感念他的德政，漸漸都深受感化。[3]蚌幪 píng méng：帷帳。漢·揚雄《法言·吾子》："震風陵雨，然後知夏屋之為蚌幪也。"註："在旁曰蚌，在上曰幪，即今帳篷也。"本指古代帳幕之類的物品。後亦引申為覆蓋。

臺灣文獻叢刊 第0215種 施士洁《後蘇龕詩鈔》卷六 第137頁

次龔達舟文學韻
施士洁

英年射策庾蘭成，飯顆相逢太瘦生。

幕府芙蓉標麗則，頖池芹藻飲香名。

鯉城月影經旬淡，鷺島風懷到處縈。

我本傷春狂杜牧，因君棖觸不勝情！

閩游客胡恂如廣文署中話舊（四首選一）
施士洁

秀才康了尋常事，君我同時有淚痕。①

三十年前鯤海夢，那堪白首話榕門？

原註：①辛未與君歲試臺、彰兩邑，各冠童軍；旋以意外風潮，被斥不錄。

鷺門喜晤石卓夫同年
施士洁

四十年來選佛場，巋然猶見魯靈光。

紀群風義三生契，賈鄭經書一脈香。

鷺市浮蹤雙白髮，燕臺舊夢幾黃粱！

狀頭鼎足今安在？宦海塵塵劫後桑。

（乙亥同榜，得人最盛，先後三狀元：黃慎之、曹竹銘、陳冠生今皆溘逝）

贈黃仲聚參戎
（名廣，新安人，庚辰狀元）
錢秉鐙

猿臂開弓三百鈞，殿前御試射如神。

黃童本號無雙士，先帝親除第一人。

亂日山城參闒賤，非時旌纛出關頻。

將軍不羨通侯印，誓復新安把釣綸。

（時新安方陷，黃辭官，願募壯士自往恢復）

奉別朱文園先生入虔
錢秉鐙

潦到文場二十秋，難餘偶被藥籠收。

朝廷多故官難擇，科舉成名志已休！

小草愧虛知己望，鉛刀妄擬聖恩酬。

即今匹馬青烽外，慚負先生絳帳留。

（郡試蒙先生首拔，力勸勿受吏職，將館予以俟秋闈，予竟負之而去）

送陳省三舍人望增歸臺灣（四首選一）
楊浚

同是鳳凰池上客，客中相送又重陽。

疏星淡月舳艫夢，執手他鄉話舊章。

作者簡介

楊浚，字雪滄，寄籍福建侯官。清同治八年，淡水同知陳培桂延修《淡水廳誌》，著有《冠悔堂詩文集》。

左侯相橄方伯沈吉田師冒險援臺，舟次廈門；余倡集漁團，約吳春波軍門護吾師所部湘軍飛渡澎湖溝（師名應奎，後署臺灣巡撫）

林鶴年

魚龍夜嘯答潮音，垂老蒼茫海上琴。

憂樂早存天下想，艱危何負秀才心！

（余幼時赴郡試，受師知。師以秀才辟帥幕，膺保薦；不一年，權署郡守。時髮逆初平）

臺灣文獻叢刊 第 0280 種《臺灣詩鈔》卷八第 145 頁

開春連句，陪唐方伯官園讌集有呈（十首選二）

林鶴年

醞釀能開富貴春，①金鈴香護展芳辰。

百花魁首滋培遠，　鄉國榕門有替人。②

華省翩翩五鳳翔，　滿園桃李宴芬芳。

文昌雜錄登科記，　佳話新傳徧玉堂。

原註：①院中牡丹待開。②令婿劉伯崇新得殿選。

臺灣文獻叢刊 第 0280 種《臺灣詩鈔》卷八第 147 頁

和同年方雨亭太史見贈原韻

林鶴年

笑踏金鰲頂上來，①龍門訣蕩倚天開。

霓裳舊隊先鴻唱，　雲路初梯展驥才。

師友淵源參學案，②文章光燄貫星台。

同舟郭泰猶仙侶，^③清淺蓬萊笑舉杯。

原註：①朝考第一。②校寶師遺集。③郭賓石同年同寓臺北。

臺灣文獻叢刊 第 0280 種《臺灣詩鈔》卷八第 163 頁

贈方橚庭司馬祖蔭（二首選一）
鄭如蘭

龍門咫尺接奎樓，萬丈文光射斗牛。
取士名都符月旦，憐才趣亦解風流。
鳳雛破例開新課，鴻爪留痕紀舊遊。
何事鬱林空載石，壓囊佳句伴歸舟。

臺灣先賢詩文集彙刊 第二輯 05 鄭如蘭《偏遠堂吟草》卷下 第 94 頁

《奎府樓詩草》中卷 感舊篇（選）
謝汝銓

進士許南英夫子
科名春榜得經魁，不入詞林負藻才。
浩劫心傷家國事，劉琨末路賦詩哀。

孝廉蔡國琳夫子
十年絳帳鄭祠中，靜夜窮經燭火紅。
不第春官無所恨，藻詞才子譽瀛東。

茂才郭對揚夫子
立言詩禮失庭趨，返籍漳城信息無。
師誼却兼親誼重，絳幃猶記拜宗姑。

撫憲邵友濂夫子
持節南疆遠駐臺，更兼學政育英才。
恩科小試壬辰榜，幸入珊瑚鐵網來。

進士施士洁 山長
兩世文宗在海東，才華艷說八閩雄。
風流放誕真名士，小我能無尚大同。

明經李秉鈞先生
秋水軒中問力回，因知典實譽高才。
國黌十倍增聲價，多藉春風口角來。

廣文林慶岐先生
儒學安平縣正堂，壬辰小試出監場。
案頭落帽潛傳稿，結禮思多不捉槍。

臺灣先賢詩文集彙刊 第二輯 15 謝汝銓《奎府樓詩草》中卷 感舊篇 第 39 頁

孝廉賴文安芸友
秋闈方喜桂花攀，書劍飄零故國還。
竟洒窮途寒士淚，鷺江埋骨鬼仍鰥。

臺灣先賢詩文集彙刊 第二輯 15 謝汝銓《奎府樓詩草》中卷 感舊篇 第 46 頁

茂才陳淑程知友
鹽務權分作富豪，老年猶自愛風騷。
忍看學海淪書院，金碧祠堂築姓高。

茂才陳篇竹社友
蕭條舊物剩青氈，宏道公司事可憐。

更向榕垣開講席，不歸旅櫬葬倉前。

臺灣先賢詩文集彙刊 第二輯 15 謝汝銓《奎府樓詩草》中卷 感舊篇 第 48 頁

茂才林瓊輝案友

同為紅案捉刀人，榜後纍纍各受銀。

君自得多余得少，賣文依舊兩清貧。

茂才郭鏡蓉社友

馳騁文場四十年，困窮人笑走街先。

垂簾賣卜成都市，落拓君平不自憐。

臺灣先賢詩文集彙刊 第二輯 15 謝汝銓《奎府樓詩草》中卷 感舊篇 第 49 頁

茂才韓斗華案友

龍科一榜有三韓，誰是遼東管幼安。

叔侄弟兄游泮水，學租分得免儒酸。

茂才葉凌雲芸友

家有嚴君武老師，亞魁高中弟怡怡。

廣文借得書齋宿，誤說豬寮笑上司。

臺灣先賢詩文集彙刊 第二輯 15 謝汝銓《奎府樓詩草》中卷 感舊篇 第 50 頁

茂才蘇石生芸友

星夜椿庭送考來，龍銀如雪滿囊堆。

文章乍熟光明錦，堂試名成小秀才。

茂才陳大鈞芸友

因名成讖顯三科，府縣前茅枉得多。

文筆不將刀筆換，其如生計迫人何。

茂才楊雲階芸友
童年負笈拜先生，絳帳難聞絲竹聲。
一日以吾為長爾，奇疑析賞有溫情。

臺灣先賢詩文集彙刊 第二輯 15 謝汝銓《奎府樓詩草》中卷 感舊篇 第 51 頁

蔡秋江校友
同庚同縣又同窗，出入人諧國士雙。
三載學成歸梓里，相期管鮑不孫龐。

臺灣先賢詩文集彙刊 第二輯 15 謝汝銓《奎府樓詩草》中卷 感舊篇 第 54 頁

瀛士會即事（選一）
謝國文

春雪乍消學子忙，殘梅猶滯稻門香。
相將磨練如杠筆，開拓前途一綫光。

臺灣先賢詩文集彙刊 第二輯 18 謝國文《省廬遺稿》第 109 頁

作者簡介
　　謝國文，字星樓，號省廬，臺灣臺南人。清邑庠生。少通達，有大志，甫冠，即以詩名，創"南社"詩會。後赴日留學，屢赴大陸，徧游名山大川。盧溝橋事變翌年病卒，臨終歎曰："我死固無憾，所惜此幕雪恥劇未能看完耳。"王開運謂其詩，不拘一格，每匠心獨運，出語驚人。

上撫軍徐樹人夫子六首（選一）
吳子光

孝廉漢詔重科名，　題額昇仙意轉驚。

殷浩漫存高閣志，　葉公終有好龍情。

作書態愛張長史，[①]投刺心慚禰正平。[②]

破帽塞驢溫卷日，　此心一味效葵傾。

編者註：①張長史：唐代書法家張旭，字伯高，與李白、賀知章等人共列飲中八仙之一。唐文宗曾下詔，以李白詩歌、裴旻劍舞、張旭草書為"三絕"。又工詩，與賀知章、張若虛、包融號稱"吳中四士"。傳世書跡有《肚痛帖》《古詩四帖》等。②禰正平：禰正平，即禰衡，是孔融的一個好朋友，才高但十分自傲，裸衣大罵曹操。李白詩云：魏帝營八極，蟻觀一禰衡。黃祖鬥筲人，殺之受惡名。吳江賦《鸚鵡》，落筆超群英。鏘鏘振金玉，句句欲飛鳴。鷙鶚啄孤鳳，千春傷我情。五嶽起方寸，隱然詎可平？才高竟何施，寡識冒天刑。至今芳洲上，蘭蕙不忍生。

臺灣先賢詩文集彙刊 第三輯 05 吳子光《一肚皮集》之《小草拾遺》第 45 頁

送梁星槎源明府之浦城任
吳子光

鸞鳳雄姿上九天，英年早着祖生鞭。

六條考績存真鑒，百里程才讓大賢。

宓子弦歌花作縣，鄴侯風骨吏如仙。

文章潤色吾曹事，定有軍民畫像傳。

臺灣先賢詩文集彙刊 第三輯 05 吳子光《一肚皮集》之《小草拾遺》第 51 頁

《泰階詩稿》題詞（選）
黃元炘

羨君淹博與風流，經濟文章好并優。
價重泮林芹藻外，名標棘院桂香秋。
家聲已把青箱振，器識仍教白面羞。
膽略況膺鄉國望，才猷雅愛吏民求。

臺灣先賢詩文集彙刊 第三輯 08 李逢時《泰階詩稿》第 1 頁

作者簡介
黃元炘，字號、生平、均不詳。

贈珍如朱山長
李逢時

仰山山長舊知名，載道清風入竹城。
噶瑪蘭停車六月，諸羅縣續夢三更。
丹鉛坐擁都人士，芹藻從遊附學生。
釋奠歸來開曉曙，門前桃李正敷榮。

臺灣先賢詩文集彙刊 第三輯 08 李逢時《泰階詩稿》第 30 頁

贈同年張一策六 嘉義縣人
李逢時

文字由來萬選錢，喜看鵷鷺共聯班。
諸羅七十二峯秀，君是蓬萊第一仙。

臺灣先賢詩文集彙刊 第三輯 08 李逢時《泰階詩稿》第 34 頁

贈同年顏一崇其
名廷鏞 台灣縣人
李逢時

妙齡才藻大名馳，橫埽千軍筆陣奇。
上苑無邊春色麗，阿誰先占鳳凰池。

臺灣先賢詩文集彙刊 第三輯 08 李逢時《泰階詩稿》第 35 頁

呈黃莘田先生
（先生名任，字予莘，早歲捷巍科，名噪海內。官新會令，有惠政。
忤大僚意，劾以詩酒廢事。歸舟惟載端溪十研。榜所居曰十研齋，著有
《秋江集》。壬午重宴鹿鳴）
吳玉麟

弱冠名傾四海豪，小鮮共笑鼓牛刀。
一行作吏催科拙，十硯歸耕解組高。
綵筆夢花傳別恨，錦箋香草續離騷。
鹿鳴重宴今猶健，回首秋風白髮搔。

臺灣先賢詩文集彙刊 第五輯 02 賴子清《臺灣詩醇》前編 第 149 頁

作者簡介
吳玉麟，字號不詳，閩中舉人，臺灣鳳山縣學教諭。

寄懷家工部仞千
徐仲山

相逢今日倍相思，名士風流想見之。
兩試冠軍推辣手，一魁獨占許揚眉。
雲程發軔同誇早，杏苑探花莫放遲。

麟種家聲今未墜，壎篪好賦玉臺詩。

鐵石梅花勵志堅，囊熒造鳳重英年。
鵬程九萬須張翮，鯤浪三千要著鞭。
風月樓高誰作主，珊瑚筆妙爾應傳。
霓裳定訂瓊宮譜，他日仍當會眾仙。

絲竹逢君寫素心，高山流水有知音。
枝因許借仍棲枳，花到親探便入林。
文字有靈能赤綠，詩書無劫可浮沉。
春風若釋虞翻恨，始信名山醞釀深。

弱冠曾歆李杜名，憐渠秀骨本天成。
陽春白雪憑誰和，鳳管鸞笙賴爾賡。
司馬才高凌漢代，雕龍手妙接西京。
休將彩筆題橋柱，留作昇平雅頌聲。

臺灣先賢詩文集彙刊 第五輯 02 賴子清《臺灣詩醇》前編 第 151 頁

作者簡介

　　徐仲山，字次岳，广东揭阳人，寄籍彰化。丁曰健观察见其文奇之，遂入邑庠，为廩生，三十七歲領鄉薦。性好佛，生平觀書，惟觀大意。在彰化關帝廳行醫，醫術甚精。

留別八首和徐幼眉大令必觀見贈韻（選一）
周凱

蔡生才調解吟詩，惜別匆匆繫別思。
學行要遵先輩錄，科名須及少年時。
東山溫飽非初志，北海疎狂惜大兒。

但祝秋高鬐鬣壯，龍門燒尾順風吹。

陳漢光《臺灣詩錄》第七卷 第 682 頁

有一書生落魄風塵賣字為活題詩相贈步其元韻
黃敬

浪跡江湖未了期，勸君莫怨命途奇。
書傳鳥跡堪欣賞，楚挽白駒共縶維。
一旦名登龍虎榜，三春身到鳳凰池。
歸舟借問將何處，他日親尋董子帷。

《全臺詩》第肆冊 黃敬 第 133 頁

十二

祝壽詩

七十自壽（八首選二）
鄭用錫

一卷琅琅讀父書，　趨庭曾記惜居諸。
五經鼓吹依函几，　十載簑燈課草廬。
拜母相傳能擇里，①生兒敢負望充閭。②
每思三命銘恭語，　遺訓循牆尚宛如。

負笈纔逾弱冠時，　黌宮尺地許揚眉。
待賈莘野三番試，　曾踏槐花兩度遲。
人羨開荒先得第，③我慚摩壘獨搴旗。
高堂白髮雙親在，　贏得浮名慰所思。

原註：①丙寅年自壠遷塹。②余十三歲能文。③臺灣土著成進士自余始。

臺灣文獻叢刊 第 0041 種 鄭用錫《北郭園詩鈔》卷四 第 64 頁

和施耐公六十初度見贈之作並次原韻（四首選一）
許南英

小少胭肢走馬坡，　暮年在客作常何。
公原靖海將軍裔，　我亦終南進士科。
蠟燭灰心還墜淚，　爨琴焦尾尚高歌。
銅駝荊棘重相見，　老淚縱橫手自摩。

臺灣文獻叢刊 第 0147 種 許南英《窺園留草》癸丑 第 141 頁

寄和黃巖蔡□□茂才七十自壽韻
施士洁

六疊前韻（四首選一）
風檐雪案可憐生，五五聽殘試院更。
梁灝終成名進士，鍾嶸早定卷中評。
有詩便是真仙骨，不字何妨老女貞。
今越豈無歐冶手，九霄一躍湛盧精。

臺灣文獻叢刊 第 0215 種 施士洁《後蘇龕詩鈔》卷四 第 102 頁

黃菊三中將六十壽詩
又代友百韻
施士洁

葵山矗天高，	導此文山脈。	魁鼎孕其間，	紫雲專一席。
我公繩厥武，	材武萬夫特。	書劍兩可學，	豈屑雕蟲癖。
峨峨棘闈開，	一試冠千百。	六鈞共傳觀，	千牛負大力。
起宗名第二，	主司爲痛惜。	再試春官榜，	會狀連中式！
奪標今果龍，	拾芥唾手得。	綠衣美少年，	侍直玉皇側。
鶡冠次期門，①	巖郎好資格。②	心簡出楓宸，③	秩滿叙階勛。
鬱林本漢地，	一麾句漏宅。	長材驥足舒，	末俗鴃音革。
大吏顧之喜，	借箸仗公策。	欽州古象郡，	今實萑苻澤。④
公至若撥籰，	狐鼠杳無迹。	繄時茶陵公，	開府趙佗域。⑤
細柳閱軍屯，	知公可柱石。	求賢甚饑渴，	材官馳羽檄。
奉調入鈴轅，⑥	兼領五羊驛。	公酬國士知，	相示寸心赤。
外固金湯險，	内核兵農籍。	蒐獮千貔貅，	粵嶠長城屹！
儒將整以暇，	帥幕多薦辟。	推轂意拳拳，	挾纊聲嘖嘖。
量移莅香山，	輿誦騰猶昔。	説禮敦詩書，	講堂七星闢。

郡邑高材生，　負笈遂絡繹。
公才兼文武，　公施及蠻貊。
得公坐鎮之，　五獠盡部勒。
公曰"吾赤子，教養乃吾職。
用撫既鮮效，　用勤亦宜亟。
躬擐甲綠沈，　打麾旂太白。
珠厓今重鎮，　龐然黎母國。
有詔授專閫，　臨淮幟易色。
金城無充國，　何以資控扼？
廣州有城守，　號稱最煩劇。
水陸當要衝，　輪蹄互梭織。
公席不暇煖，　公輿不停刻。
措施甚條理，　如珠穿一一。
陣法精魚麗，　軍容壯飛鶴。
夷庚歌坦蕩，　令甲森警敕。
佇看搏霄鵬，　一振扶搖翮。
神武挂冠歸，　廠門謝熱客。
伏莽尤縱橫，　胝篋苦行役。
蒼生起謝傅，　投箸寧安食？
公以一木支，　大廈免傾仄。
都門政事堂，　論功紀玉冊。
重上黃金臺，　搣抄舊銅狄。
頗牧在禁中，　運籌偉且碩。
故園莫菊香，　尊酒話晨夕。
氣和祥自致，　德厚福必獲。
我吟祝嘏詞，⑨珥筆頌公德。
大被聯姜肱，　亡詩補束皙。
長郎握鰲綱，　贊府階早歷。
三郎紹任子，　別駕輿題額。

至今零丁洋，　干戈化玉帛。
高涼洗氏城，　節鉞雄半壁。⑦
潢池偶盜弄，⑧梗頑趻知識。
擾鋤吾之民，　棘矜吾之賊"。
鑑江腥霧昏，　浮山瘴氛墨。
一戰遂禽渠，　千里狼烽息。
以公韓范流，　良足展擘畫。
大吏夙倚公，　高涼實公責。
借寇治河內，　抗疏留子翼。
公獨再蒞之，　六轡惟所適。
華夷況雜糅，　兵民尤跳擲。
上秉節帥指，　下樹寅僚則。
石門駐高壘，　珠江堵巨舶。
輕裘緩帶風，　談笑岸巾幘。
大吏獎公能，　異數九重錫。
桑田忽三淺，　時局同置弈。
泉漳吾梓里，　鬥蟻紛赤黑。
鷺江閩下游，　南顧憂當軸。
角蝸方戰爭，　逐鹿互雄伯。
機心泯螳雀，　潛謀銷鬼蜮。
熠熠"嘉禾章"，橐橐豹皮舄！
密勿參軍府，　集思而廣益。
函夏無纖塵，　高遠望掌蹠。
秋分見壽星，　榮光燭南極！
躋堂共稱觥，　萊衣欣繞漦。
公獨內行修，　人言無間隙。
孝友裕心源，　蘭玉拓手植。
次郎傳治譜，　齊安留政績。
宦里聽鳴珂，　軍門看列戟！

我忝附宗支，　　葛藟共休戚。　　高唱鶴南飛，　　手撦李委笛。⑩
鷺江稱詩藪，　　名作更林立。　　齊賡燕喜章，　　載誦鶯回什。
公如衛武公，　　上壽彌溫克。　　公如郭汾陽，　　百福萃一室。
公如武夷君，　　孫曾累千億！　　花甲此方周，　　如公已無匹！
燕山秋氣高，　　加餐正相憶。　　願寄雙鯉魚，　　中有素盈尺。
祝公莞樞衡，⑪　　公望侔旦奭。⑫　　祝公拯饑溺，　　公仁洽禹稷。⑬
芸芸萬口碑，　　鶴算岡陵積。　　海屋歲添籌，　　洪厓肩可拍！

編者註：①鶡冠：以鶡羽為飾之冠，武官之冠。《後漢書‧輿服志下》：“武冠，俗謂之大冠，環纓無蕤，以青系為緄，加雙鶡尾，豎左右，為鶡冠雲。五官、左右虎賁、羽林、五中郎將、羽林左右監皆冠鶡冠，紗縠單衣。”清‧錢謙益《中秋日得鳳督馬公書來報剿寇師期喜而有作》詩：“鶡冠將軍來打門，尺書遠自中都至。”亦指隱士之冠。《文選‧劉孝標〈辯命論〉》：“至於鶡冠甕牖，必以懸天有期。”李善註：“《七略》鶡冠子者，蓋楚人也，常居深山，以鶡為冠，故曰鶡冠。”唐‧杜甫《小寒食舟中作》詩：“佳辰強飲食猶寒，隱几蕭條戴鶡冠。”②巖郎：官名。羽林郎別稱。羽林郎掌宿衛侍從，以便馬從獵，還宿殿陛巖下室，故號巖郎，即羽林郎。《後漢書‧百官志》：“羽林郎，比三百石，掌宿衛侍從。常選漢陽、隴西、安定、北地、上郡、西河凡六郡良家補。本武帝以便馬從獵，還宿殿陛岩下室中，故號巖郎。”③楓宸：宮殿。宸，北辰所居，指帝王的殿庭。漢代宮庭多植楓樹，故有此稱。三國‧魏何晏《景福殿賦》：“芸若充庭，槐楓被宸。”宋‧王安石《賀正表》：“臣尚依枌社，獨隔楓宸，緬瞻朝著之班，竊慕封人之祝。”④萑苻：澤名。《左傳‧昭公二十年》：“鄭國多盜，取人於萑苻之澤。”杜預註：“萑苻，澤名。於澤中劫人。”一說，凡叢生蘆葦之水澤皆可謂之萑苻之澤，見楊伯峻《春秋左傳註》。後以稱盜賊出沒之處。亦指盜賊；草寇。《明史‧李俊傳》：“屍骸枕藉，流亡日多，萑苻可慮。”⑤趙佗：恒山郡真定縣（今河北正定縣）人，原為秦朝將領，與任囂南下攻打百越。秦末大亂時，趙佗割據嶺南，建立南越國。趙佗是南越國第一代王和皇帝，號稱“南越武王”或“南越武帝”。在執政期間，由於他一直實行“和輯百越”的政策，促進了漢越民族的融合，並把中原地區的先進文化帶到了南越之地，使南越得到了更好的發展。⑥鈴轅：長官的公署或臨時駐地。清‧馮桂芬《懷人‧羅椒生太僕時視學皖江》詩：“午夜鈴轅靜讀書，青氈風味似寒儒。”⑦蠻貊：亦作"蠻貉"，亦作"蠻貊"，古代稱南方和北方落後部族，亦泛指四方落後部族。⑧潢池：池塘。明·唐順之《海上凱歌贈湯將軍》詩之二："自吒一身都是膽，欲將巨海作潢池。"《漢書·循吏傳·龔遂》："海瀕遐遠，不沾聖化，其民困於饑寒而吏不恤，故使陛下赤子盜弄陛下之兵于潢池中耳。"後因以"潢池弄兵"謂叛亂，造反。⑨嘏：福，《詩·小雅·賓之初筵》錫爾純嘏，子孫甚湛。指壽辰。⑩李委笛：元豐五年十二月十九日東坡生日，置酒赤壁磯下，踞高峰，俯鶻巢。酒酣，笛聲起于江上。客有郭、尤二生，頗知音。謂坡曰："聲有新意，非俗工也。"使人問之，則進士李委聞坡生日，作新曲曰《鶴南飛》以獻。呼之使前，則青巾紫裘腰笛而已。既奏新曲，又快作數弄，嘹然有穿雲裂石之聲，坐客皆引滿醉倒，委袖出嘉紙一幅曰："吾無求於公，得一絕句足矣！"坡笑而從之，"山頭孤鶴向南飛，載我南遊到九嶷。下界何人也吹笛，可憐時複犯龜茲。"⑪樞衡：中央行政機關的職權。亦指宰輔之位。唐·張九齡《酬宋使君見贈之作》詩："時來不自意，宿昔謬樞衡。翊聖負明主，妨賢愧友生。"⑫旦奭 dàn shì：周公旦與召公奭的並稱，兩人都是周初功臣。漢·蔡邕《太傅胡公碑》："傅聖德於幼沖，率旦奭於舊職。"⑬禹稷：指夏禹與後稷。夏禹後稷受堯舜命整治山川，教民耕種，稱為賢臣。《孟子·離婁下》："禹稷當平世，三過其門而不入，孔子賢之。"漢·王充《論衡·逢遇》："夫能禦驥騄者，必王良也；能臣禹、稷、皋陶者，必堯舜也。"

臺灣文獻叢刊 第 0215 種 施士洁《後蘇龕詩鈔》卷十 第 240 頁

補作六十述懷寄示諸同人索和（八首選一）
施士洁

奔輪甲予已平頭，萬感辛酸一慟休。
得失鷄蟲聊爾爾，屈伸龍蠖更悠悠。
故園二頃亡秦鹿，弱冠三場沐楚猴。
今日遺民前進士，墜天何與杞人憂！

臺灣文獻叢刊 第 0215 種 施士洁《後蘇龕詩鈔》卷十 第 252 頁

壽基六案兄六十（二首選一）
林耀亭

百花生日近芳辰，孤矢懸門慶六旬。
泮水舊遊餘幾輩，潁川家學詔前人。
桂蘭繞砌當秋茂，芹藻留名奕世新。
兩鬢風霜松柏節，相期共守歲寒身。

臺灣先賢詩文集彙刊 第二輯 09 林耀亭《松月書室吟草》第 42 頁

六十初度感賦
（夏曆八月初十日）（四首選一）
傅錫祺

弱冠雄心欲薄天，①及鋒而試亦摧堅。②
科場許與三條燭，③文字憨非萬選錢。④
聚眾授書皮坐虎，⑤從戎投筆幕思蓮。⑥
滿頭霜雪吾如故， 辜負當時一少年。

（右叙改隸前事）

原註：①年二十初應試。②二十二入泮。③雖得鄉試然甲午中日釁起途至臺北復回。④不易登進士第。⑤為塾師凡八年。⑥棟軍營長傅管帶德生招入幕約未踐而臺灣割讓矣。

臺灣先賢詩文集彙刊 第二輯 11 傅錫祺《鶴亭詩集》下 第 183 頁

五十生辰自述（三首选一）
賴世英

往事懷總角，七齡就小學。魯鈍懶書攻，戲嬉怨師撲。

愧把朽木雕，實負良工斲。十四學作文，塗鴉多舛駮。
是年賊圍城，文心亂飛雹。我父佐繭絲，保障資商榷。
地震城將傾，四門噭鷖鷺。我心甚驚惶，依母把膝捉。
迨至十七八，雙親嚴雕琢。廿四纔遊泮，前程歎渺邈。
廿八膺廩膳，欲進足已鋜。勞勞棘院中，一榜難超逴。
貴顯望同輩，同輩殊卓犖。或步捷南宮，或貢叨選擢。
卽如我諸弟，雄才皆奇卓。同誼與同根，去我何急數。
愧我老明經，大夢宜先覺。

臺灣先賢詩文集彙刊 第五輯 02 賴子清《臺灣詩醇》前編 第 119 頁

作者簡介

　　賴世英，字俊臣，號冠堂，清軍府時輝司馬長子。初試鄉闈中副榜，庚辰防禦佛軍有功。欽授忠憲大夫，五品頂戴藍翎，改隸後推薦嘉義保良局佐官，竭力撫綏人心有功。平居善教子弟，青緗世胄，其賴家之謂歟。

曹仁憲謹榮壽七言截句四首（選二）
鄭廷理

弱齡文采自翩翩，品擅蟾宮第一仙。
轉瞬韶光週甲子，是君重宴鹿鳴年。

恩周為士與為農，芰憩芳蹤喜得逢。
欲把甘棠比松柏，歲寒常晤召公容。

林文龍《臺灣詩錄拾遺》第 71 頁

作者簡介

　　鄭廷理，字號不詳，福建閩清人，清道光年間（1821—1850 年）恩貢生，二十四年，署淡水廳儒學訓導。

曹仁憲（懷樸）六十榮壽六首（選一）
蘇袞榮

講席斯文課切磋，肯因小邑廢絃歌？
新成試院觚初破，自是虛堂鑑不磨。
歲却鶯旂絲竹奏，輸將鶴俸鼓鐘和。
奎星輝映弧星朗，到處葵忱聽玉珂。

林文龍《臺灣詩錄拾遺》第 73 頁

作者簡介

蘇袞榮，字子褒，臺灣淡水艋舺人，原籍晉江。清同治元年恩貢，四年中式鄉試，後補內閣中書。

曹仁憲（懷樸）謹六十榮壽四首（選二）
戴祥雲

當年妙手步雲時，折得桂花第一枝。
出宰閩中蠶績著，三山舊尹萬家思。

甘棠蔭被入人深，塾課觀風振士林。
如此栽培桃李樹，淡江到處綠成陰。

林文龍《臺灣詩錄拾遺》第 74 頁

作者簡介

戴祥雲，字凌高。臺灣淡水人，清道光年間人士。陳維英弟子，曾官侯官訓導，著《十番風雨錄》，今不傳。

曹仁憲謹榮壽七言律四首（選一）
李文光

炯炯華星列上臺，東瀛政績見風裁。
少曾結客魁多士，老尚親民困盛才。
義塾傳薪崇禮讓，孝經誦背集嬰孩。
洛中舊有耆英會，願奉介眉酒一杯。

《全臺詩》第肆冊 李文光 第 156 頁

曹仁憲謹榮壽七言截句四首（選二）
黃長春

飽學詩書羨五車，當年月殿挺才華。
洛陽自古稱多士，誰占文章第一家。

孝經疊錫課孩提，口誦心維化自齊。
又值滿庭桃李樹，幾時開向鳳城西。

《全臺詩》第肆冊 黃長春 第 164 頁

作者簡介
黃長春，字號、生平均不詳，清道光年間（1821—1850 年）人士。

曹仁憲謹榮壽五言截句四首（選一）
黃枚

昔日雲梯步，青年月殿揚。
桂枝攀第一，姓字早生香。

《全臺詩》第肆冊 黃枚 第 176 頁

作者簡介

黃枚，字號、生平均不詳，清道光年間（1821—1850 年）人士。

曹仁憲謹榮壽七言截句二首（選一）
黃宗嶽

冰清不受半塵侵，大雅扶輪振士林。

卅載甘棠誇芰憩，淡江桃李又成陰。

《全臺詩》第肆冊 黃宗嶽 第 184 頁

作者簡介

黃宗嶽，字號、生平均不詳，清道光年間（1821—1850 年）人士。

曹仁憲謹榮壽七言律二首（選一）
魏瑩

士中名吏學中賢，經濟文章儘可傳。

昔日桂香標第一，今朝桃實慶三千。

廣詩人是金蘭集，祝壽班同玉筍聯。

我也有心齊獻頌，雕蟲小技愧成篇。

《全臺詩》第肆冊 魏瑩 第 195 頁

作者簡介

魏瑩，字號、生平，均不詳，清道光年間（1821—1850 年）人士。

曹仁憲謹榮壽七言律四首（選一）
蔡來章

溯厥生平學問醇，巍巍科甲獨超倫。

無雙國士無雙品，第一風流第一人。
十載讀書酬素願，九重側席重儒珍。
欣然出宰東瀛地，為國為民共此身。

《全臺詩》第肆冊 蔡來章 第 199 頁

十三

哀輓詩

補悼亡作（選一）
鄭用錫

秋闈三度兩春明，計日看登萬里程。
差喜泥金相慰藉，看儂甲乙榜題名。

臺灣文獻叢刊 第 0041 種 鄭用錫《北郭園詩鈔》卷五 第 75 頁

哭宇寬孝廉
林朝崧

自古誰無死，悲君在客邊。一靈歸故國，萬恨掩窮泉。
永罷春明試，空留寶劍篇。傷心帝京友，猶盼孝廉船。

臺灣文獻叢刊 第 0072 種 林朝崧《無悶草堂詩存》卷二 第 57 頁

孔觀察殉節詩（二首選一）
陳肇興

不把科名鬻，清修絕代無。五年持玉尺，一網盡珊瑚。
洙泗淵源遠，乾坤節義孤。招魂感知已，剪紙幾遙呼。

臺灣文獻叢刊 第 0144 種 陳肇興《陶村詩稿》卷七 第 92 頁

客有自程鄉來，云黃香銕（釗）先生已歿於江右撫州任內。驚悼之餘，作長歌哭之
林占梅

香銕先生我岳伯，　讀書萬卷長為客。
囊中傑句天無功，　筆下顛書風借力。
文章立綴咄嗟間，　紛紛餘子無顏色。

嘗聞生長自吳中，　姿神瀟灑多其風。
十六歸鄉應童試，　玉樹翩翩眾譽同。
生花不律三峽瀉，　如錐脫穎驚文宗。
謂折桂枝如拾芥，　燒尾龍門嗟屢敗。
日向長潭事嘯遊，①嚴花社酒亦稱快。
五羊城裏中副車，　落寞頻年意不如。
鴻文只作成均貢，　從此才名競應徐。
例同過夏三冬貯，②京兆賢書欣得舉。
南官報罷陸莊荒，③欲去仍留同首鼠。
可憐一第費經營，　昔日黃童已得名。
詼諧能動公卿色，　詩句曾傳粉黛情。
萬卷鸝龍吟律細，　一閑揮塵論衡精。
到處逢迎珠履跋，　諸侯賓客幕中人。
宰相堂前許縱談，　將軍麾下容長揖。
晚筵客散獨留髡，　入座重聞絲竹急。
倦還遽授一官歸，　廿載潮陽列絳幃。
皋比復設韓山院，　春官桃李成芳菲。
天下廣文官獨冷，　先生裘馬何輕肥！
天下廣文飯不足，　先生黍稷滿困圍。
先生平生嗜俠義，　當仁強項無趨避。
京邸歸來見末由，　詢公行止感公誼。
詩篇自昔雞林通，　題名處處碧紗籠；
鄭虔事業子雲札，　杜牧情懷短簿容。
天性由來好詩酒，　諷詠杯鐺不離口。
四集詩編"讀白華"，④一區寓室名"香韭"。⑤
丹青嘗畫醉禪圖，　高聳吟肩復露肘。
蒲團箕踞赤雙趺，　筍腹便便光禿首。
一浮三白作鯨吞，　掌上瘦瓢大若斗。
天花醉裏落繽紛，　神女維摩互纏糾。

白鶴朱霞幻合離，　龍象爭拏獅子吼。
嘻笑怒罵皆文章，　狡獪中間戒律守。
詩佛同登彌勒龕，　智珠一串菩提手。
興豪走馬章臺街，　折得春風兩枝柳。⑥
詩人少達而多窮，　揮霍如公復何有！
晚年需次向豫章，　蠟屐廬山再徜徉。
撫州司馬青衫客，⑦又作黃粱夢一場。
巫陽促赴修文召，　遺金難買返魂香。
鄙人本是公家婿，⑧蒙公一見垂青睞。
海外瞻韓益壯心，　何期此日已集逝！
知己不聞勝感恩，　天涯哭當寢門例！
太息桃夭古渡頭，⑨蕭寥最是鐵耕樓。⑩
抱琴鼓罷平陵曲，　七條絃上一時愁。
年來春日下黃路，⑪唯有桃花逐水流。

原註：①長潭，為鎮邑最名勝。先生家居，與諸韻士遊詠其間。②會試留京者，古時謂之過夏。③先生數上不第，家園又遭水荒。④先生著《讀白華草堂詩》四集，風行海內，膾炙人口。⑤吳太守贈先生寓室榜曰"香韭老人之室"。⑥曾有巨公贈買二姬人，為先生晚年最得意者。⑦先生以軍功分發江右，曾署理撫州事。⑧先岳為先生從弟。⑨先生家，門臨溪水，夾岸桃花，名桃壩；邑中八景之一。⑩先生書樓名。⑪下黃，乃先生鄉村名。

臺灣文獻叢刊 第 0202 種 林占梅《潛園琴餘草簡編》丁巳 第 96 頁

哭彭遜蘭師
林占梅

治任歸去後，空憶幔亭晨。畢世雄談爽，平生率性真。
明經經學博，作賦賦編新。筆陣降多士，書香繼有人。①
及門誰立雪？入室我書紳。已圮靈光殿，難扶大雅輪。

徒然稱沆瀣，竟敢詡荀陳！賻奠余孤往，能禁淚滿巾？

原註：①雅夫世兄己酉科選拔，召考二等。

臺灣文獻叢刊 第 0202 種 林占梅《潛園琴餘草簡編》己未 第 111 頁

哭同年楊庶常三首（選一）
錢秉鐙

之子黔陽彥，同門最少年。主恩傷賈誼，吾道失顏淵！
紗帳頻聯坐，花磚亦比肩。修文寧不足，奪我玉堂仙。
（時扈從死者甚多）

臺灣文獻叢刊 第 0225 種 錢秉鐙《藏山閣詩選》之《行朝集》第 170 頁

懷舊（選一首）
楊浚

施雲舫舍人士洁
海東擁一硯，皋比亦足豪！時哉易白頭，逝水看滔滔。
春明強別後，九日思題糕。少年當努力，為底名山逃！

臺灣文獻叢刊 第 0280 種《臺灣詩鈔》卷四 第 84 頁

吊陳進士省三公
胡殿鵬

人立鰲峰第一層，南宮三捷啖紅綾。
賜書「福壽」皇恩大，列傳才名「循吏」稱。
跌宕風流真孝友，安危、經濟仗賢能。

遺臣道誼千秋重，文獻應徵最上乘。

臺灣文獻叢刊 第 0280 種《臺灣詩鈔》卷十八 第 354 頁

楊雪滄山長挽詩（四首選一）
林豪

綺歲文章噪帝京，迎門倒屣有公卿。
鳳凰池上陳書壯，鵁鵲樓前待漏清。
一第蹉跎違素抱，萬言慷慨為蒼生。
茂陵如欲求遺稿，半部還堪策治平。

臺灣先賢詩文集彙刊 第四輯 20 林豪《誦清堂詩集》卷九 第 213 頁

附：

王鴻鵬科舉詩五首

附：

王鴻鵬科舉詩五首

參加第九屆科舉研討會有感二首

一

古道春城築杏壇，①八方學子聚滇南。②
翠湖雲岫觀鷗島，③貢院燈紅澍圃庵。④
科舉賢良書睿見，　門生座主續時譚。⑤
捧心告白編修苦，⑥要得清名日省三。

自註：①春城：崑明的別稱。杏壇：古代授徒講學之所。②滇南：指云南。
③翠湖：崑明名勝之一。研討會在其岸畔之連雲賓館舉行。觀鷗島：翠湖一景，名
為觀鷗亭。④貢院：在云南大學內。為古代云南科考之地，現仍保留有考棚等。澍
圃庵：雲南唯一經濟特科狀元袁嘉谷，號澍圃，其故居在貢院附近。⑤時譚：時人
的言論。譚通"談"。⑥編修苦：研討會上，余受邀作主旨發言《科舉千千結》，講
述與同人編纂科舉史料叢書的艱辛，哽咽落淚。

二

高原尋古道，驛路上滇池。
玉樹蘭花放，山茶滴露垂。
翠湖堤柳趣，鷗島岸荷居。
四訪袁嘉谷，奎樓夜宴誰？

小記：參會期間四訪袁嘉谷：一訪為研討會報到之日，只打聽到袁嘉谷故居
在翠湖邊及云南大學對面。二日飯後圍翠湖步行兩圈也未找到袁氏故居。三日再
訪，終於得見故居真貌，但禮賓小姐告之，每天只有下午2～4點可以參觀，其
他時間不開放，因為此故居已成高檔餐館。研討會最後一天，放棄參觀石林、九
鄉。上午再去云大尋訪貢院、考棚，午後兩點準時來到袁嘉谷故居，有些廳堂依然
有食客未全散去。故居很有特色，只是廳堂全為餐廳，唯一的文人氣息是各廳牆壁
上懸掛的今人書錄的袁嘉谷詩作。崑明的文物古跡是這樣保護的麼？帶着遺憾悻悻
而去。

2012 年 12 月 16 日

承接《千年科舉》電視片有感

千年科舉重頭看，百萬精英社稷賢。
十載寒窗延月色，一朝及第拜嬋娟。
布衣卿相才名旺，天子門生玉殿前。
憂樂情懷家國事，神州舊制賦新篇。

2013 年 9 月 22 日寫于北京回龍觀

訪江南貢院

煙雨秦淮白鷺洲，飛虹橋畔訪名樓。
號房才俊魁星伴，墨卷硃批太白羞。
金殿臚傳天下士，紫宸再拜玉堂儔。
千年科舉憑誰論，貢院楓丹照壁秋。

2013 年 11 月 29 日

賀第十三屆科舉制與科舉文化國際研討會召開

四方俊碩聚皇城，丹陛臚傳進士名。
論策重評家國事，墨闈彰顯古文明。
深研舉業功還過，探究掄才縱與橫。
太廟拜師行大禮，九州韶樂馭風清。

小記：5 月 28 日由我館承辦的第十三屆科舉制與科舉文化國際研討會在故宮舉行了開幕式。張希清會長說我們都是從各地來京趕考的舉子，在故宮參加殿試。固有"丹陛臚傳進士名"之句。我們都是為着給科舉正名而來，我們的"殿試策"論的都是家國之事。我們的論文集都是為彰顯科舉文化博大精深的篇篇力作，都是弘揚古代文明的率性時文。學者們從不同的角度縱論科舉的是非功過，歷朝歷代掄才大典對中國及世界的深遠影響。29 日閉幕式在孔廟與國子監舉行，我們集體拜謁至聖先師孔老夫子，然後觀看了禮儀樂舞。身心又一次如沐春風。欣喜之餘，即興而作。

2016 年 5 月 29 日寫於科舉研討會上

作者簡介

王鴻鵬。北京人，1954 年出生，北京市東城區第一圖書館研究館員。搜集整理科舉史料二十餘年，先後出版《歷代科舉人物傳記》六冊，《歷代科舉鼎甲詩選》六冊，均擔任主編並執筆明朝部分。獨自編輯《臺灣科舉史料彙編》一卷,《三忠集》——歷代歌詠岳飛、文天祥、于謙詩鈔三卷，《燕京八景詩鈔》一卷。

跋

《臺灣科舉史料彙編》編輯後，我到點退休。之前曾規劃着游徧祖國的名山大川，出一本攝影詩集。閑來無事，再唱唱歌、跳跳交誼舞、練練書法。

孫女的降生，打亂了我的人生軌跡，一切都不得不拋在腦後。三年間，每天二十四小時全包式帶娃，尊享天倫之樂。

然多有不甘，心心念念的還是科舉那點事。《臺灣科舉史料彙編》出版後，遂將重心放在科舉詩的發掘整理上，並仍從臺灣入手，力爭有新的收穫。於是，借兒子給放一半天假的機會，直奔國家圖書館，查到有關臺灣的詩集，沒有時間抄錄，直接掏錢複印。

孫女順利入園後，立刻進入衝刺狀態，每天除了接送孩子和晨練，其他時間幾乎都用在伏案整理資料上。

《臺灣科舉詩選》是一項漫長而浩繁的"工程"，其中十余萬字，都是靠手機逐字錄入，然後一篇篇甄別、遴選、分類，直至編排、校對，其中甘苦，唯有心知。

人們常說"一分耕耘 一分收穫。"我是只有耕耘不問收穫。甚至沒想如此辛辛苦苦編輯的書稿。誰會給出版，有誰會看？

偶爾也會天真的想，興許若干年後，我們的子孫想要瞭解千年科舉史，想要探究科舉文化的奧妙所在？那古代先賢的詩句會告訴他們：讀書的重要；春闈的嚴苛；及第的榮耀；落第的悲涼……

科舉的魅力因詩歌而不朽。這就是編輯此書的初衷。

在此還要特別感謝我的親密搭檔，東城區圖書館肖佐剛館長，為了這個選題，為了爭取經費和出版事宜，盡心盡力，遊說八方；感謝中華炎黃文化研究會科舉研究分會李世愉、郭培貴教授的鼓勵與指導；感謝圖書館同仁師毅、包紀波等給我提供的幫助；感謝九州出版社獨具慧眼。

值此《臺灣科舉詩選》出版之際，獻上我的祝福。

王鴻鵬

壬寅春月

寫于安華橋